国家社科基金
GUOJIA SHEKE JIJIN HOUQI ZIZHU XIANGMU
后期资助项目

鲁迅：从越文化视野透视

Lu Xun：
A Perspective from the Vision of Yue Culture

王晓初 著

北京大学出版社
PEKING UNIVERSITY PRESS

图书在版编目(CIP)数据

鲁迅:从越文化视野透视/王晓初著. —北京:北京大学出版社,2012.3
(博雅文学论丛)
ISBN 978-7-301-20060-5

Ⅰ. ①鲁… Ⅱ. ①王… Ⅲ. ①鲁迅研究 Ⅳ. ①I210

中国版本图书馆 CIP 数据核字(2012)第 006921 号

书　　名:鲁迅:从越文化视野透视
著作责任者:王晓初　著
责 任 编 辑:艾　英
标 准 书 号:ISBN 978-7-301-20060-5/I · 2437
出 版 发 行:北京大学出版社
地　　址:北京市海淀区成府路 205 号　100871
网　　址:http://www.pup.cn　　电子邮箱:pkuwsz@yahoo.com.cn
电　　话:邮购部 62752015　发行部 62750672　出版部 62754962
编辑部 62756467
印　刷　者:三河市北燕印装有限公司
经　销　者:新华书店
787mm×1092mm　16 开本　22.5 印张　408 千字
2012 年 3 月第 1 版　2012 年 3 月第 1 次印刷
定　　价:40.00 元

国家社科基金后期资助项目
出版说明

后期资助项目是国家社科基金设立的一类重要项目，旨在鼓励广大社科研究者潜心治学，支持基础研究多出优秀成果。它是经过严格评审，从接近完成的科研成果中遴选立项的。为扩大后期资助项目的影响，更好地推动学术发展，促进成果转化，全国哲学社会科学规划办公室按照“统一设计、统一标识、统一版式、形成系列”的总体要求，组织出版国家社科基金后期资助项目成果。

全国哲学社会科学规划办公室

目　录

中编一 对越文化的时时返顾:寻觅文化之根与精神之源

中编二 鲁迅文学艺术中的越文化底蕴

下编 作为“中华民族新文化方向”的鲁迅

——越文化在中国现代文化建构中的生成性意义

序一

重新体认鲁迅的源泉性价值

钱理群

晓初执意要我为他的书写序,这心情我是理解的。十多年前,他初涉学术研究领域,就和我相识:在某种程度上,可以说我是看着他在学术上逐渐“长大”的,他能够走到今天这一步,确实不易。这些年,我们来往不多,却总能读到他的文章,也为他的勤奋与学术上的不断开拓而感到高兴。现在汇集成书,我也理应说些什么。就说说我的读后感吧。

晓初在“引论”里,一开始就谈到对鲁迅的评价问题,看似突兀,其实是自有针对性的。如晓初所说,这些年思想文化学术教育界一直有一股“解构经典,否定鲁迅”的思潮。先是用“你死我活”的阶级斗争思维去看待鲁迅和孔子、胡适的关系,大刮“尊孔、尊胡而贬鲁”之风。我为此曾发过这样的感慨:我们这个民族好不容易有了一个孔子,又有了一个鲁迅,还有一个胡适,这都是民族血战前行的历史留下来的一点精华,我们却硬要将他们活生生地撕裂开来,抛弃一个,利用一个,这实在是愚蠢之至。郁达夫早就说过,一个民族,没有伟大作家是可悲的,有了伟大作家,却不能认识,是更可悲的。最近几年,教育界又不断有人鼓吹“淡化鲁迅作品教学”,甚至还出现了“将鲁迅拉下人坛”的鼓噪,这样的“消解一切”的虚无主义之风,直接影响对年轻一代的教育和引导,实在令人担忧。

因此,晓初在他的书里,开宗明义地指出:鲁迅思想是“(中国)现代思想不竭的源泉”,“构建了现代中国人的精神家园,提供了现代中国人文精神的支撑与标杆”,这样的“重新认识”是有着非同小可的意义的。晓初强调鲁迅思想的“源泉性”,这一点,尤得我心。我曾经说过,在评价鲁迅时,我们应该有个大视野。全世界每一个民族,都有一些原创性的,能够成为这个民族的思想源泉的大思想家、大文学家。他们的思想,构成了民族文化的核心,是民族文化教养最重要的内容,全民族的人都能够到这些凝结了民族精神的大家那里,不断吸取精神的养料。这样的原创性、源泉性的大家,每个民族都不多,却是家喻户晓,渗透到每一个人的心灵深处。比如说,英国的莎士比亚,德国的歌德,俄国的托尔斯泰,等等。而鲁迅对于中华民族正是这样的源泉性的作家、思想家,他是和孔子、庄子、屈原、李白、杜甫、陶渊明、曹雪芹等并肩的。鲁迅开创的是现代思想、文化的新传统,他对于现代中国,始终是一个"正在进行式"的作家、思想家,我们在现实生活中遇到什么问题,都能从他那里得到启示。

这里,不妨举一个例子。在当下中国思想文化学术界,就遇到一个如何对待中国传统文化与西方文化的问题,围绕着"新儒学"与"普世价值"等命题,展开了激烈的论争。而这样的问题,其实是一直缠绕着中国现代知识分子的经典命题,也是当年鲁迅曾经面临的问题。在我看来,晓初的这本书,在鲁迅和越文化的关系的视野下,所要探究的就是鲁迅面对西方文化的冲击与传统文化的变革所作出的艰难的文化选择。本书论述的中心,就是鲁迅所提供的思想文化的、文学的模式:既学习西方,"把西方的近代包容到自己的历史中来";又坚持反抗,坚守自我,"以自我否定的方式"将西方"解构进东方的现代中",最终的目标是"别立新宗",创立现代中国的新的主体性,并创造一种"对某种可能性的否定性表达"方式。这鲁迅式的模式,完全跳出了"东方—西方"、"传统—现代"二元对立、相互排斥、非此即彼的模式,而正是这样的看似明快的简单化模式,长期支配着我们的思考,以致今天的讨论、我们的认识,也就不断在"全盘西化"与"回归传统"两个极端间来回摇摆。了解了这样的思想文化背景,就不难看出,晓初这本书所讨论和强调的,鲁迅在西方文化与中国传统之间,在中国传统文化中的各种因素(中心与边缘、正统与异端、精英与民间)之间,以及所有这些文化因素和自我生命个体之间的复杂关系中的纠缠,以及鲁迅以自我否定性的方式进行反抗和自立的意义。因此,我读晓初这本书,总有强烈的现实感,并从他的论述中引发出许多思考:或许这也是本书的价值所在吧。

当然,对鲁迅的新体认,也要掌握好分寸。据晓初说:"鲁迅作为'现代中国的圣人'、'中华民族新文化的方向'的论断却越来越得到人们的认同。"我不知道这样的说法有多大的根据,我对晓初和他的年轻朋友有这样的想法是理解的;但我仍然不同意这样的论断。"圣人"之说,多少有"神化"、"半神化"之嫌,至少会把鲁迅"神圣化",这恰恰是鲁迅坚决拒绝的,鲁迅说他"只在泥土上爬来爬去,决非洋楼上的通人"和远离人世的"天人师"(《华盖集·题记》)。"方向"之说,也容易把鲁迅的选择绝对化、唯一化。鲁迅绝不是真理的掌握者、宣示者,只是真理的探索者,他的思想、文化选择，只具有启发性（当然是巨大的、特别的、不可忽视的），而不具有示范性。鲁迅自己也一再拒绝充当导师。我注意到晓初在书中引述了我的意见："鲁迅从来就不是，也从来没有成为'方向'，他任何时候（过去，现在和将来）都不可能成为'方向'，因为他对任何构成方向的主流意识形态，以至'方向'本身，都持怀疑、批判的态度。"我依然坚持这样的看法。对鲁迅的重新认识，切不可导致另一个极端，在这方面的历史教训是不能忘记的。

无论如何，在晓初这一代新的鲁迅研究者这里，鲁迅的价值得到新的体认，我还是十分欣慰的。我在写完《心灵的探寻》以后，就写过这样的寄语："向青年学生讲述我的鲁迅观：这是做了几十年的梦。现在使命已经完成，我应当自动隐去，但仍期待于后来者——鲁迅的真正知音必在中国当代青年中产生。"虽然到现在，我还没有"隐去"；但对后来者的期待，却是始终缠绕于心，念兹在兹的。我之所以乐于为晓初和许多年轻学人写序，为之鼓吹，原因也在于此。我在读本书时，就特别注意晓初在注释与参考书目里提到的研究者中，有不少是我并不熟悉的青年研究者，从晓初的引述中可以看出他们的有些研究已经达到了相当的深度。这就引发了我的第二个感想：对鲁迅研究及青年研究者的潜力、鲁迅文学与思想开掘的可能性，也要有新的认识和充分估计。这也是我读晓初这本书最大的感触：最初看到"鲁迅与越文化关系"这一题目，就想到多年前，我为陈方竟先生的《鲁迅与浙东文化》一书写过序，以后又陆续看到不少有关的研究论文，似乎这一课题的研究已经挖掘得差不多了；但仔细读了晓初的著作，看到他竟然由此生发到如此广泛的领域，从鲁迅的精神成长背景，到鲁迅的创作历程，到鲁迅的文学世界、文体、风格，都开掘出了深层的越文化底蕴，并由此展开了有关鲁迅思想、文学的创造，以至中国现代文化建构的一系列重大问题的思考，这是出乎我的意料的。仅在这样一个命题上，就能有可供不断开掘的空间，是令人惊叹的。我想起了英国人说的"说不尽的莎士比亚"；我们也完全可以说，鲁迅也是说不尽的。我做了几十年的鲁迅研究，至今依然觉得鲁迅是常读常新的。我甚至觉得，鲁迅研究现在才开始，或者说，我们现在又面临鲁迅研究的一个新的开始。

我曾经说过："或许已经到了打破学科界限，对鲁迅这样的大思想家、大文学家、大艺术家进行综合研究和把握的时候。"也就是说，鲁迅研究的新开始，要求向"博"与"通"的方向发展，即要深入到更广博的领域，进行贯通式的研究与把握。这就要求新的知识结构、新的感悟力和新的想象力。就本书研究的课题而言，实际上就已经涉及了多个学科，坦白地说，仅这一点，就使我望而生畏，不敢涉及。晓初比我年轻，他对这一课题的处理，显示出他的知识结构就比我要合理。但我也看出了他仍有力不从心之处。这主要是对越文化的把握,我注意到,他在这方面的论述,大都引述越文化研究者的成果。学术研究不可能不利用他人的研究成果,但我想,如果在越文化的某些方面,甚至是某一个方面,晓初能够有自己的独立研究或独到感悟,再来处理鲁迅与越文化的关系,可能就会有更为融会贯通的把握。当然,这可能是一个苛求。但所提出的问题却是不能回避的:无论是鲁迅研究,还是现代文学研究,以至整个中国学术研究,发展到现阶段,都要求学者必须打通古今中外,打通相关学科,即使做不到精通,也要有相当的修养。因此,我曾经有这样的预感:对鲁迅研究的突破,可能不是来自鲁迅研究内部,而是具有其他学科的学养而又深知鲁迅的学者。这或许会对晓初这样的鲁迅研究者形成某种压力:如果要"更上一层楼",有更大的开拓,就必须对知识结构作一定调整,并不断提升自己的精神境界。好在晓初还年轻,还有时间和精力,来日方长。这也算是我对晓初和他这一代研究者的一个期待吧。

当然,从更长远的眼光来看,晓初这一代也是历史的"中间物"。这就说到了我要说的第三个感想。我是注意到晓初任教于鲁迅故乡的大学,而想到如何将他关于鲁迅与越文化关系的学术研究的成果转化为教育资源的问题。这是这些年我最为关心的,也是我经常说的:对传播鲁迅文学与思想的潜力、可能性,也要有一个新的认识和充分估计。我对鲁迅思想、文学自身的力量是从不怀疑的。我多次说过,在当下中国,只要具备一定的文化程度,而又喜欢思考问题的人,特别是年青人,迟早是要和鲁迅相遇的。不管贬抑鲁迅的风刮得多猛,我这一信念,从未动摇过。作为鲁迅研究者,我们是负有传播鲁迅思想与文学的责任的。我想,至少我们可以把鲁迅的家乡作为一个实验地,让鲁迅作品在他故乡的青少年的心灵上扎根。这些年我一直在和绍兴的小学老师刘发建先生合作,编写《鲁迅小学生读本》,希望作为乡土教材进入小学课堂。在这方面,晓初和他的同事,作为当地的大学教师和专业研究者,或许是可以做更多的工作,发挥更大的作用的。我期待着,在鲁迅的故乡,围绕着"鲁迅与越文化"这一中心,地方学术界与文化界、教育界,大学与中小学之间,能够有更好的合作。对晓初来说,这不仅是将自己的学术研究成果转化为地方文化、教育资源,从长远来看,也是为鲁迅研究培养后续人才:鲁迅的家乡是应该不断出现鲁迅研究的专家的。——这都是我的理想主义,我姑妄说之,晓初和本书的读者,就姑妄听之吧。

2011 年 7 月 23 日

序二

越文化里的鲁迅

孙　郁

越文化在我眼里有着难解的题旨，以绍兴为基点的地域风俗，牵连着历史的神经，非一句两句话可以说清。我先前以为江南以柔美著世，小桥流水里看得出缕缕柔情。但细细瞭望那里，也非想象的那样简单，比如越人的精神里，看不到多少江南的刚烈，也恰如绍兴人王思任所云“报仇雪耻之乡”，放浪形骸的人可以举出很多。我后来多次去绍兴，觉得以一般的地域理念未必可以看清它的面目，那里有奔放的绍剧，旋律像北方粗狂的咏叹，撼人心魄；也有纤细如玉的越剧，缠绵得似祥云缭绕，去阳刚甚远。这种反差很大的艺术形态，曾使我对其久久不解，亦有探寻的冲动。一缓一急，一轻一重，哪是它的核心呢？但因为功底浅的原因，只是想想而已，却迟迟不敢动手考究。

绍兴有一批醉心于对故土进行读解的人，我自已就接触了其间的几代学者。裘世雄、陈越、徐东坡等都有好文章在。近来比较活跃的是王晓初先生，一直做鲁迅与越文化的专题，这让我抱着浓厚的期待。我知道，理清这个话题不易，要做的准备也非一日之功。偶然读到他关于鲁迅与绍兴的论文，都有所收益。这是绍兴人的一种痴情，他们在寻找自已的基因时，也完成了自已与世界的对话。明清以来的文人传统，在这个地方似乎从未断过。

研究越文化，自然要有丰富的学养，也要有一定的体验，仅仅字面的了解会流于平庸。倘能入乎其里，又出乎其中，还有一种距离感，对现象界就看得更清了。章学诚是绍兴人，越人的诗文与思想都在其身上发生变化，乃至影响了章太炎、胡适的思路。其辐射力之大，是可以想象的。秋瑾的一句“秋风秋雨愁煞人”，便唱断骚客的愁思，有侠气飘来。这也是我们理解鲁迅、蔡元培的背景。我曾经留意徐渭的文章，有劲健的流韵在，这些在周氏兄弟那里都得到了回应。越人写文章，不都是柔软者的吟唱,放达与老辣,也是多的。即便是孙伏园、孙福熙、许钦文这样的小文人,笔端亦多古风,不是随随便便的泼墨,与苏白里的柔意相对,是北方式的果断、从容。此类余风,亦可解鲁迅的乡土意味,文本的深处,有他处未有的味道。

越文化的奇特风骨,在中国文明史里有它不凡的位置。大禹时代的遗存我们不说了,仅中古以来的遗风,就让我们应接不暇。那里不都是儒家的孑遗,亦多非正宗的士大夫情调。我们从鲁迅的文本里,就看到了它的复杂。鲁迅对越文化的摄取,不像周作人那么有民俗理念的自觉,只在风物、情理间盘桓。他在故土里缠绕着宗教、民风、士人的情怀,还隐隐地有哲人式的追问。在叙述故土的历史时,俄国人的忧郁、肃杀也带进来了。周作人眼里的绍兴风物,不免日本式的清秀、委婉,永井荷风、柳田国男的宁静都有,是东方式的冥思与顿悟。鲁迅没有这样单一,他的文字固然从日本民俗小品里淌过,而并未停留在那里,却和尼采、果戈理、爱罗先珂汇合了。但又不是西洋语境的翻版,还有古代越人的风貌在。王充的"疾虚妄",陆游的"铁马冰河"的意象,多少内化在他的笔端。这的确复杂,不像梳理周作人那么简单。从王充、王羲之、陆游、徐渭、陈老莲到章学诚、蔡元培、鲁迅、周作人,越文化的起落各有玄机,传统的转换也是不一的。

在鲁迅的文本里,对故土的发现当然得力于翻译实践,日本经验也起到很大的作用。可是他眼里的越文化不是单面的存在,美丑间的不同,在他作品里有相应的表达,暧昧的眼光是看不到的。一方面有感念与追忆,一方面是无奈与冷视,这些混杂在文字里,让我们感到语态的多致。中国的现代文人,言及故土,情感单调者甚多,纠缠的意象颇窄。鲁迅与越文化,就是若离若近、亦爱亦怨的,他发现了故土,却自愿地远离故土,不生归乡之心。这个现象,倒可以看出他的文化路向。沉浸于此,或许可以解开鲁迅的一种心结。

对复杂的存在的复杂化处理,是学界注意的问题,我读王晓初的书,觉得多维度地描述了绍兴内外的文化沿革,关于浙东学术的传统、方言里的谣俗,以及鲁迅文本的悖反的句式,都有非直观的打量。比如鲁迅在整理绍兴先贤的文字时,那种眼光与见识,就与浙东人的气质相近,而视野就高于古人了。那些关于鬼的世界的描写与分析,就切入到文化理念的深处,可以窥见精神的卓异处。讨论这样的问题,是要有另外的眼光的。从世界史的层面理解鲁迅对绍兴的发现,话题也随之开阔了。

民国以降的文人,也许只有鲁迅有"文化还乡里"的哲学领悟。倘若还唱着陈老莲、徐渭、章学诚的调子,绍兴的意象就没有新意了。他从现代意识里，回到故土，又从故土，面对世界，就把思想的维度拓展了。我们看他写故乡的文章，在爱欲里写到了绝望，从死灭中发现了曙色。感觉和思想都盘旋在灰暗与明朗之间，显得内蕴的不俗。古老的绍兴给过他暖意，但那些苦雨里的惆怅也是其离家的因由吧。他一生喜欢在没有乡音的地方独处，大概是摆脱旧梦的选择？现在我们到这个古越之地走走，知其厚重而拜之，察其幽微而思之，因鲁迅的片影而怀旧，借远去的忧思而动容，那便是一种读人读史的收获。不了解绍兴，要进入鲁迅世界，也是难的。

周作人说从习俗里能够看到真的人生，也许不错。绍兴学者对于这个话题的理解，绝不是感觉的，而是沉浸到精神的海里。从哲学、民俗、制度、文章等角度出发，把我们一般的感觉引向深的世界。不像一般的著作沉浸在民俗文化单调的思考里，而是有着一种多样的视角。因为理解鲁迅，是应该将触觉伸向多种向度的。这恰如王晓初所说的“在跨文化对话中寻求民族新生与复兴之路”，越文化的形成，未尝没有多种精神的汇合。鲁迅在传统里得到的不是凝固的因子，而是活的灵魂。那些沉睡的诗文，都在先生的文体里激活了。

面对鲁迅的时候，人们常常感到述说的困难。他背景中飘忽不定的幽魂，那些稍纵即逝的灵光，来自何处，如何飘来，真的不易捕捉。从越文化的角度看越人的世界，是一种乡土的返观，于江南水乡的画面里寻觅曾有的灵意，自然有泥土气和悠远的情思在。日本学者丸尾常喜曾有书专门讨论绍兴的鬼魂，以及民间的艺术，细腻的笔触中多新的发现。我看他的书，感到精神的深，但一面也觉得与我们的隔。中国人自己认识自己，总要比别人亲切。可是我们缺乏外在于自我的眼光，也就常常不能发现自我的内在性的隐秘。现在，这个时机较先前略微成熟，我们可以从中对比着思考和探究。关于传统，世人的认识还待重新整理，不独乡土问题、制度问题、革命话语问题，许多方面的遗存都该重新打量。这样的研究，不是否定前人，而是回到前人的基点重新开始。路不仅仅是一条，也许，还有别的可能未被发现，在另外的路上会遇见另外的风景，那历史的颜色也就不同了。

我偶然也好奇地发问：现在的越文化还留存多少呢？也许今人看见的山阴，已与昨日有别了。我们如今不能出现大的作家，有复杂的原因，失去地域思想与审美的根，大概也是一个因素。中国各地的文物保留殊少，仅存的残物也只有其形，难觅其神，真的渺乎不知其踪了。当代人面临的课题不仅仅是经典的回味，自然也有对失去的昨天的寻找。昨日的落花已不复香气缭绕，而于梦中得其一二也是好的。

书在，梦也在，王晓初的苦梦，我们见之而肃然起敬。鲁迅故土上的人，不都是忘却了自己固有之血脉的。从越文化里读远去的灵魂,也多少知道我们散失了什么,哪些基因犹在。文化不都是进化的,我们并不比前人聪明。

2011 年 4 月 29 日

序三

从区域文化视角对鲁迅现代性文化思想的深层开掘

王嘉良

在近年来的鲁迅研究中，致力于越文化视角的开掘，探究作为一个伟大文学家的鲁迅生成的地域文化背景及其为中国文化现代化所作出的卓越建树，王晓初先生是非常突出的一位。此前他已有不少探索鲁迅与越文化关系的论著发表，着力于从现代性命题上阐述鲁迅的文化选择；而摆在我们面前的这部《鲁迅:从越文化视野透视》，更是他最近四五年来专力于这一课题研究的一次集中、充分的成果展示，显示出他在鲁迅与越文化关系命题上一以贯之又渐趋深化的学术思考。此书不但详尽阐述了鲁迅生成的多重文化背景，还进而寻觅鲁迅的文学艺术在越文化精神之旅中的执著探求，并将其提升到探寻“中华民族新文化方向”之路的高度，这是一种颇见功力也很有创建的理论思索。我以为这部著作不但是晓初个人学术生涯中的一项重要成果，也是近年来鲁迅研究界“从越文化视野”研究鲁迅的一项不可多得的研究成果，理应引起学界的重视。

鲁迅作为一位独标高格的“精神界之战士”，其精神范式将被世代承传，“鲁迅精神”已然是我们民族的一份宝贵的精神文化遗产。探究鲁迅精神范式的“发生学”意义，一直是学界关注的话题。就文化思想的“接受源”而言，鲁迅成就为一位中外融通的大家，当然与其勇于接纳近代世界文化新潮密切相关。假如鲁迅不是从青年时代起便“走异路，逃异地”，冲出越地走向世界，不断开阔眼界与胸襟，也许不可能有更深厚的思想文化积淀而成就为一位伟大的思想家与文学家。所以该书认为鲁迅是在“多元文化背景中生成”的，对鲁迅思想、鲁迅精神的形成应有更拓展的认识，无疑是颇有识见的。然而，从文化接受“源头”探寻，“多元”中最切近作家个体的地域文化传统“一元”又是特别重要的，因为一个作家最初接受的文化思想在其生命历程中往往占据着十分重要的位置，因此中国传统文化思想对中国作家的深刻影响始终不能低估,尤其是其独创性的思想与独特的人格精神生成,遇合在近现代中国思想文化剧烈震荡、深刻变动之际,“传统”的力量会得到更清晰的呈现。诚如费正清所言:“在现代中国,国外鼓动的革新仍必须作为‘传统内的变化’而出现。因为即使与传统最惊人的决裂,仍然是在继承下来的中国方式和环境的日常连续统一体中发生的。”①鲁迅精神及其文化思想生成亦然。其早年的文化选择,便有“外之既不后于世界之思潮,内之仍弗失固有之血脉”(《文化偏至论》)的清醒认识,这内、外两面的同样重视,正可视为他对两种文化传统的同样关注,也昭示着其独特的思想、文化人格形成的两种不可或缺的思想资源。然而值得注意的是,采取这样的文化选择,是基于鲁迅对“传统”的深切感知,因此,由内及外、内外交融,应当是我们审视鲁迅文化选择的出发点。当鲁迅对中国的文化传统已有了深切体悟和足够的审视以后,当他对于由传统“继承下来的中国方式和环境”也不乏种种体验和认知,深感单凭传统的力量并不能从根本上改造民族文化时,这才促动他毅然走出国门,去“寻求别样的人们”,即找寻一种“国外鼓动的革新”力量,以求民族文化的日趋完善。这就意味着:鲁迅从早年开始形成的具有“革新”意义的文化思想,尽管颇具文化“先觉者”的特色,但它依然是在深切体认“传统”的基础上形成的;此种“革新”思想不但与传统有着割不断的联系,甚至可以说它也是在同传统的“连续统一体中发生的”。正由于此,探究鲁迅文化思想的“发生”意义,传统文化积淀便是一个不可或缺的视角,而在传统文化中选择更逼近鲁迅本体的“越文化”进行研究,更有着无可漠视的意义。该书在“越文化”视野内,探讨鲁迅在传统与现代中的选择,揭示鲁迅文化思想的丰富性和深邃性,其意义与价值也正在于此。

从越文化视角切入透视鲁迅,最重要的是应有对越文化精神内涵的准确把握与理解。作为从越地走出的鲁迅,生于斯长于斯的地域文化背景在其毕生的文化实践中都会产生潜在的作用。这是其生命的摇篮,也是其文化的源头。我们可以对其博大精深的文化思想作出尽情描述,但这一些似乎都离不开对其原初文化接受的探察,当然也离不开对其思想文化人格形成产生奠基意义的越地故土这一文化命脉的把握。问题的关键是在于:面对鲁迅这样的现代文化巨匠,应当从何种角度深入去把握越文化的精神所在?换言之,对于现代人的文化接受而言,越文化的精神内涵在哪些层面上最适合现代人的精神需求,产生了现实接受效应?

① 〔美〕费正清编:《剑桥中华民国史》,中国社会科学出版社1993年版,第10页。

越文化有着极为丰富的内涵，古越文化积淀之深至与厚重，在整个华夏文明史上都是屈指可数的。然而，对于历史文化传统的审视，重要的是要强调传统的继承与创新，应从传统的积累中寻觅出对于当代文化发展更具观照意义的东西。尤其是对于像鲁迅这样的现代知识分子而言，考察其对传统文化的接受，寻找出传统与现代性实现最有效对接的成分，更是至关重要的。因此，我一直认为，研究中国现代作家的传统文化接受，重要的是要考量现代人在"传统的进程"中对其作出现代性的"选择"，研究越地作家对越文化传统的接受，则应努力揭示越文化的"近传统"意义。文化在其累积过程中，总是不断同其他因素"综合"而丰富其内涵，产生出新质。文化传统越是发展到后来，越是同时代社会发展相联结，形成一种新的精神性的东西为后人承传。在文化传统的历时性意义上，这种后起的文化精神不妨称之为"近传统"。纵观越地文化发展历史，体现"远传统"的古越文化精神固然已积淀为本地域的思想文化资源，然而，就近现代我国文化发展趋向看，对于近现代越人产生更为深刻的影响的，应是在中国文化史上显出更大优势、取得更显赫地位的越文化"近传统"精神。中国晚近的文化历史证明，中国的"传统内部"的确潜滋暗长着"从旧的因素中创造出新体系"的痕迹，这就是费正清曾论述过的"面海的中国"的"小传统"构成对"占支配地位的农业—官僚政治腹地"的"大传统"的冲击与颠覆，中国文化在由传统向现代转型中"内部结构的变化"。越文化的近现代走向，恰恰显示出其发展到"近传统"时期所显现的"小传统"文化的独特意义与价值，这正显示出"传统"本身的演进性，越文化传统的不断发展与刷新。以鲁迅为代表的越地作家对本地域文化传统的接受，主要也是经过发展与刷新的"近传统"文化精神，这构成其文化思想立时显现出现代性价值的一个重要元素。

正是在上述意义上，该书对越文化精神内涵的阐释，就见出独到之处。为充分展示更为广阔、辽远的越文化生成背景，本书当然有对越文化"精神原型"的探析，大禹、勾践为代表的古越文化精神自然也在著者的观照范围之内。然而因其所论是鲁迅文化思想的生成背景，关注的重点显然也在适于为现代人接受的越文化"近传统"意义上。作为本书提纲挈领的"导论"部分，著者阐述"多元文化背景中生成的鲁迅"，着重论述的便是晚近时期的"文化背景"。其论述越文化精神谱系的三个层面：1. 由王充而嵇康、王羲之：越文化在与中原文化的融合中结晶与升华；2. 由浙东学派到阳明心学：越文化孕育的中国（东方）现代性之源；3. 浙东史学：越文化启蒙思潮的萌动。这三个层面，正是越文化"近传统"的生成、发展过程：由晋末、南宋发端，中经明清，至近代启蒙文化思潮的萌动达于高潮。这联系着中国文化中心的几次南迁,越文化在与多种文化的融合中不断升华,遂有其“近传统”新格局的建构,显示出越地这一块根基厚实而又敏于新变的文化土壤,在我国晚近时期造就了灿烂辉煌的文化发展局面。梁启超就认为,出于浙东的“残明遗献思想”已处在当时的“文化中心”地位,并事实上构成了对处于急剧震荡中的近现代中国知识界强大的思想、精神“原动力”。[1]在此“背景”上,才有了从越地走出的蔡元培、鲁迅、周作人等新文化先驱承续先贤在“五四”时期的内源性自觉,去召唤、感应外来思潮,高举思想启蒙的大旗,成为“五四”新文化运动的精神领袖。这样看来,越文化“近传统”对鲁迅文化思想、文化人格生成的重要性就不待论证了。确乎如此,对鲁迅而言,“远传统”的因素,即古老的于越文化精神对其的影响不能低估,如鲁迅对越人引为自豪的大禹、勾践等于越精神的赞赏常常溢于言表,此种精神也内化为鲁迅的一种人格力量;然而,更切近时代思潮的越文化“近传统”,对造就鲁迅的现代文化人格显然有着更为直接也更具效应的影响力。作为现代人文知识分子,鲁迅对传统的接受,更多地表现在思想文化层面,诸如人文精神、伦理规范、行为模式、艺术追求等等,越地“文人”楷模提供的精神范式对其文化思想形成的意义也正在于此。这可以在他与晚近“乡先贤”的精神交流中一一找到对应,即以鲁迅经常提到的几位越中文人而论,如“非汤武而薄周孔”的嵇康,豪放不羁、愤世嫉俗的徐渭(文长),为反抗民族压迫而作殊死抗争的王思任、朱舜水,日记中“上自朝章,中至学问,下讫相骂”无所不至的有棱有角的李慈铭(莼客),等等,这些思想敏锐、精神卓特的“乡前贤”成为他思想行为的楷模。而近代越人秉承先贤遗教,奋身于民族民主斗争,如章太炎、秋瑾、徐锡麟等,对鲁迅施加了更显在的影响,或者可以说直接催发鲁迅走上民族民主革命道路。因此,就鲁迅早期思想发展轨迹看,他走出越中,外向拓展,广泛接受新知,感受近现代文化思潮大裂变,形成科学民主思想,取决于多重因素,然而在相当程度上同受惠于越文化传统的近代积淀攸切相关是没有疑义的,而这,恰恰是我们审视鲁迅从越文化传统中汲取有益养分应予着重关注的。就此而论,该书著者侧重从“近传统”意义上考察鲁迅对越文化精神的吸收,从中揭示鲁迅的文化思想在承续传统中显现的现代性特质,我以为是颇有眼光的。我在研究浙江新文学作家群与两浙人文传统的关系时,所重也在“近传统”意义上,与晓初的观点可谓不谋而合,容易产生精神共鸣,故而对此特别赏识。当然他的研究比我更为深入,他在两浙人文传统的“浙东文化”—“越文化”中深入,更

① 梁启超:《中国近三百年学术史》,《梁启超论清学史二种》,复旦大学出版社 1987 年版,第 123 页。

容易深挖出很多东西;他用相当篇幅阐述了越文化在与中原文化融合中的结晶与升华、越文化孕育的中国(东方)现代性之源等,对于越文化“近传统”的生成及其达到的文化品位作了非常有说服力的论说,这也是我的研究所未及或未予深入的,对我有很多启迪,我也就难于掩饰对此书的激赏之情了。

研究鲁迅与越文化的关系,考察鲁迅的文化实践活动对越文化精神之源的探寻,以及其创作文本中越文化精神的深厚底蕴,是题中应有之义,因为只有对此作充分的论述,方能将作家的文化接受及其产生何种影响关系等话题的探究落到实处。该书对此的用力是最多的:用了两编八章的篇幅,对鲁迅的文化活动和文学艺术在越文化精神之旅中的执著探求作了详尽的阐述,清晰地呈现出鲁迅与越文化深厚的渊源关系。该书对这一问题的论述,是从两个方面展开的。其一是鲁迅对越文化精神之源的追寻。著者认为,浸淫在积淀深厚的越文化土壤上,鲁迅的“文化苦旅”起于《新生》文艺运动,讫于“魂归故里”,几乎大半生都在越文化的精神之旅中苦苦探索着、追求着,遂有对故土文化精神的洞悉与理解,并将其融合在自己为之追求的现代性文化建构中。著者将鲁迅对越文化深入思考的起点定在《新生》文艺运动,认为其思考中含有催促民族文化“固有之血脉”的“新生”之意,因此应成为其“立人”思想的“一个重要基点”,这也是颇有创见之论。由此昭示的意义是:鲁迅注视越文化,并非只是出于对故土文化的偏爱,而是在他走出国门后,以更开阔的视野(“世界之思潮”)、站在更高的起点上(中国文化的“新生”与再造),开始他的深层次审视地域文化之旅,这不但显出其对越文化的思考立足地域又超越地域的意义,同时也显出其审视地域文化的现代价值取向。从这个起点出发,阐述鲁迅探索越文化精神之旅,便有了清晰的理路:鲁迅后来进行的与越地相关的一系列文化实践活动,包括在越地办报,整理越地古籍,创作反映越地生活的文学作品,几乎都可以看成是“《新生》文艺运动的延伸”,这样就有了对鲁迅文化思想和认知地域文化精神的整体把握。其二是对鲁迅文本世界中越文化底蕴的探究。这一方面的研究,以往多有涉及,诸如鲁镇、未庄、S城这些刻印着越地水乡村镇印记的场域,可以看成是一种越文化原型的标记,就常常为人们阐释越文化特质时所引用;又如,古越乃“报仇雪耻之乡”,于是对鲁迅小说、散文中的“复仇”主题(如《故事新编》中的《铸剑》、杂文中的《女吊》等),也就有了鲁迅张扬越文化精神的阐说,等等。应当说,这样的阐说,因结合着对一种地域文化精神的深层开掘而展开,赋予了文本以新的意义解读,同时也深化了对鲁迅思想、精神的认知,是颇为可取的。该书对此类话题的深入开掘,表现为理论的提升,特别是在对许多具体文本的细致解读中,着重揭示其蕴涵的地域文化精神,往往显示出著者的独到发现。例如,阐述《呐喊》、《彷徨》中的“狂人形象谱系”,可视为“越地异端知识分子系谱的镜像”;《故事新编》中的“油滑”,映照出“越地(民间)艺术和智慧”;杂文中表现的“鲁迅风骨”,正是“中国(越地)民间艺术的现代升华与显现”等,所论都给人耳目一新之感,显出较此前研究的重要突破。

从越文化视角透视鲁迅,还需要在现代性意义上对鲁迅在中国现代文化史上的地位作出评价。晓初在做鲁迅研究以前,曾在文学的现代性、现代化命题研究中下过相当功夫,因此当他以鲁迅作为研究对象时,自然也不会放弃从现代性视角对鲁迅的文化思想价值作更深入的理论探究。他在“导论”部分对鲁迅作出“现代中国(东方)文化的‘精神之父’”的定位,便颇值得注意。他认为鲁迅文化成就的独到性,“就在于他立足于中华民族的实际(也即亚洲的实际),对于东西方文化作了富有成效的融合与创造,并且生成了自身(中国/东方)现代性的主体性”。此说虽非为他所独创,关于鲁迅对东西方文化的融合意义,尤其是鲁迅的文化思想对于亚洲(特别是东亚)精英知识界的代表意义,已为众多海内外学者所论述,但将此定位予以强调,更从“生成了自身(中国/东方)现代性的主体性”的意义作出阐述,我以为这是对鲁迅身上所体现的“现代性”的一种有所发见的论述。下编通过对“越文化在中国现代文化建构中的生成意义”的论析,确定鲁迅作为“中华民族新文化方向”的意义与价值,对鲁迅的文化定位作了更全面、深入的阐发。对此的论述,是在纵、横坐标上确定鲁迅的地位与价值:在纵向上,中国文化现代化的独特走向,中国文化内部的差异性及“内在运动”的特殊性,揭示越文化作为“面海的中国”一部分显出日渐走向文化现代化的优势;在横向上,近现代文化的“世界史”背景,鲁迅在跨文化对话中寻求民族新生与复兴之路,体现出“代表了亚洲的近代化的方向”意义等,由此总结出鲁迅文化思想对于建构中国现代文化的创造意义与现代价值。本书最后推出的结论——“鲁迅:中国现代文化之父”,便有了充分依据。这一结论的推导,人们曾从不同角度论证过,但本书从越文化视角切入,又从一个特定视角作出了令人信服的阐释:就其文化思想“发生学”意义上说,在相当程度上是接受了越文化传统显在的或潜在的影响;就文化实践与文学创作实绩而论,其在越文化的滋养中确立“人”的意识的自觉,建构体系性的“人学”理论,毕生重视改造国民灵魂的工作,致力于民族文化现代化建设,理所当然成为中国现代文化的卓越代表。就此而言,本书对鲁迅文化思想定位的论述也是较此前的研究有较大的突破与创新的。

王晓初先生的这本论著，从宏观的视野上论述了鲁迅与越文化的关系，涉及多方面的理论话题，内容宏富且新见迭出，难于一一作出描述与评估。他请我作序，我本来是难以胜任的，我虽也身为越人，但在越文化领域却没有做过认真研究，许多认识只停留在感性层面，只怕话说不到点子上，所以就颇犹豫。但多年的同行、朋友关系，加以晓初的坚请，便勉为其难，上面写下的一些意见都是很不成熟的，有些甚至是信口开河，不当之处请晓初和读者谅宥。好在有晓初的原著在，读者当可细细品味原著的精彩论述，并从著者艰辛的学术思考中有所收益。

2011 年 7 月 11 日

引论　多元文化背景中生成的鲁迅

一、多元文化背景中的鲁迅

（一）现代中国（东方）文化的“精神之父”：回心/转化型的文化选择

1936年10月19日上午5时25分，一代文豪鲁迅病逝于上海北四川路底施高塔路（现山阴路）大陆新村9号寓所。虽然他生前曾谆谆叮嘱“不要做任何关于纪念的事情”，但是成千上万的人还是自动汇集在为他送葬的道路上，唱起“他是我们民族的灵魂/他是新时代的号声”的歌声陪伴他走向公墓，并在他的灵柩上盖上一面绣着“民族魂”的旗帜，朴素地表达了人民群众对他的衷心敬仰与爱戴。1937年10月19日，革命领袖毛泽东在延安陕北公学纪念鲁迅逝世周年大会上作了题为《论鲁迅》的演讲，说“鲁迅在中国的价值，据我看要算是中国的第一等圣人。孔夫子是封建社会的圣人，鲁迅则是现代中国的圣人”①。随后又在《新民主主义论》中指出，“鲁迅是中国文化革命的主将，他不但是伟大的文学家，而且是伟大的思想家和伟大的革命家。鲁迅的骨头是最硬的，他没有丝毫的奴颜和媚骨，这是殖民地半殖民地人民最可宝贵的性格。鲁迅是在文化战线上，代表全民族的大多数，向着敌人冲锋陷阵的最正确、最勇敢、最坚决、最忠实、最热忱的空前的民族英雄。鲁迅的方向，就是中华民族新文化的方向”。② 半个多世纪以来，中国的社会与历史发生了天翻地覆的变化，在后现代主义的冲击下，许许多多的经典都遭到解构，包括毛泽东定义鲁迅的三个“家”也受到了一些人的质疑，但是鲁迅作为“现代中国的圣人”、“中华民族新文化的方向”的

① 毛泽东：《论鲁迅》，《毛泽东文集》（第二卷），人民出版社1991年版，第43页。

② 毛泽东：《新民主主义论》，《毛泽东选集》（第二卷），人民出版社1993年版，第698页。

论断却越来越得到人们的认同[①]。“现在看来，对鲁迅的评价，还是‘圣人’的概括最为准确，这是对鲁迅作为文学巨匠、思想巨人和文化巨人在中国现代文化史上最为恰当的定位。他是中国现代文化的‘精神之父’，是现代思想不竭的源泉，他对中国现代文化的贡献和影响是其他人无与伦比的，也是后人所无法企及的。”一方面，“在历史层面上，鲁迅开启了中国现代文学和文化的新方向，建构了中国现代文化的基本精神”；另一方面，“在现实意义层面上，鲁迅的人格、精神、思想仍然是我们今天最为珍贵的财富，是我们思想不竭的源泉和动力”。[②]

日本学者伊藤虎丸认为：在亚洲近代化的道路上，鲁迅“凭借绝望，事实上是开辟了一条真正继承和再生作为民族个性的文化传统之路”。因而“鲁迅提出的问题，至今仍然暗示给我们今后文化努力的重要方向”，“不仅对亚洲，而且也对今后世界文化的应有方向提出某种暗示”。[③] 韩国学者朴宰雨也说“鲁迅是20世纪东亚历史上非常重要的思想的、文化的、人物的资源。他虽然首先是属于中国的知识分子，但又是属于东亚的知识分子。他是现代东亚知识界里一直受瞩目的文学家兼思想家，是一位很难再有的历史文化向导”[④]。鲁迅之所以成为“现代中国的圣人”、“中华民族新文化的方向”，并且成为亚洲现代性的方向与旗帜，在某种意义上，就在于他立足于中华民族的实际（也即亚洲的实际）对于东西方文化进行了富有成效的融合与创造，并且生成了自身（中国/东方）现代性的主体性。早在1940年代，日本学者竹内好在探讨“亚洲的近代”时便指出，不同于日本作为学习西方的优等生的“转向”的文化，鲁迅代表了另外一种“回心/转化”的文化。“转向”发生于自我放弃，因而日本虽然进步很快，却失去了自我主体；“回心/转化”以抵抗为媒介，而抵抗“是对于自身的一种否定性的固守与重

---

① 虽然鲁迅曾在《现代中国的孔夫子》一文中称孔子为摩登圣人，对其十分反感，根本不可能自己想做圣人，但是从建构了现代中国人的精神家园，提供了现代中国人文精神的支撑与标杆的角度，还是可以把他理解为现代中国的文化圣人。

② 高玉：《鲁迅“现代中国的圣人”解》，《中南民族大学学报》2004年第4期。

③ ［日］伊藤虎丸著，李冬木译：《鲁迅与日本人——亚洲的近代与“个”的思想》，河北教育出版社2000年版，第172页。

④ ［韩］朴宰雨：《韩国鲁迅研究文集·序》，《韩国鲁迅研究文集》，河南人民出版社2004年版，第3页。张全之在分析了“鲁迅对‘个人无治主义’的成功借鉴，是一个‘亚洲事件’”之后说：“在中国乃至亚洲走出中世纪，进入现代社会过程中，人们还会不断地回溯到鲁迅这里，在鲁迅的思想体系中寻找通向未来的思想能量。”见《从施缔纳到阿尔志跋绥夫——论无政府主义对鲁迅思想与创作的影响》，《鲁迅研究月刊》2007年第11期。

造"[1],通过"保存"自我而又"否定"自我的"挣扎/抵抗",在自己内部形成一种新的主体性。"在竹内好的分析里,这个朝向内部的文化否定力量,才是创造东方历史的真正动力,它同时以抵抗为媒介,把西方的近代包容到自己的历史中来。因此,东方的现代化过程,对于世界史而言,是一个以西方的入侵为媒介再造传统的过程,在这个过程里,西方同样被东方以主体自我否定的方式解构进东方的现代之中。而这个结构,却不是以西方的逻辑建构的,它遵循了东方的逻辑。"[2]

(二)为民族的新生与复兴:对东西方文化的自觉择取、传承与超越

这样一种以"挣扎/抵抗"为媒介的"回心/转化"型文化,核心就是立足于民族的新生与复兴而对于东西方文化的自觉择取、传承与超越,从而生成中国/东方自身现代性的主体性。一方面,为适应新时代的挑战,它不得不更新传统,学习西方,从而"把西方的近代包容到自己的历史中来"。另一方面,它又始终坚守自我,因而"以主体自我否定的方式"将西方"解构进东方的现代之中"。没有西方近代的到来,便没有东方的觉醒。"东洋的近代是欧洲强制的结果,或者说是这一结果引导出的后果。"另一方面,没有抵抗也没有东方的近代,"抵抗的历史便是近代化的历史,不经过抵抗的近代化之路是不存在的"。[3] 而这两个方面又是相互依存、相互联系、相互促进、相互贯通的。1907 年,鲁迅在日本东京倡导《新生》文艺运动时就明确提出"明哲之士,必洞达世界之大势,权衡校量,去其偏颇,得其神明,施之国中,翕合无间。外之既不后于世界之思潮,内之仍弗失固有之血脉,取今复古,别立新宗"[4]。为了民族新生与复兴,他别求新声于异邦,热情洋溢地介绍了施蒂纳、尼采等倡导的"非物质"、"重个人"的新神思宗学说,介绍了拜伦、雪莱等代表的"立意在反抗,指归在动作"的"摩罗"诗人,同时还译介了以东北欧被压迫国家和弱小国家的文学为主体的《域外小说集》,期望通过这种文化交流与融合,为我们民族的新生与复兴带来新的生机与启迪。而他在南京求学期间,通过阅读严复译《天演论》所确立起来的西方进化论观念则几乎构成了贯穿他一生的精神血脉,支撑着他的求索与奋斗。他又对与现代"个"的文化相对立的"不撄"(人)的传统文化给予了激烈的批评:

---

① 孙歌:《竹内好的悖论》,北京大学出版社 2004 年版,第 58 页。

② 孙歌:《在零和一百之间》,〔日〕竹内好著,李冬木、赵京华、孙歌译:《近代的超克》,三联书店 2005 年版,第 56 页。

③ 〔日〕竹内好著,李冬木、赵京华、孙歌译:《近代的超克》,三联书店 2005 年版,第 182、286 页。

④ 鲁迅:《文化偏至论》,《鲁迅全集》第 1 卷,人民文学出版社 2005 年版,第 57 页。

由于“中国之治,理想在不撄(扰乱)”①,一切平和,沉静如死水,从而“本根剥丧,神气旁皇”,“心夺于人,信不繇已”,“举天下无违言,寂漠为政,天地闭矣”②。

但是鲁迅并不是简单、盲目地引进西方文化而否定民族传统文化,而是着眼于在世界民族之林的生存竞争背景中我们民族的新生与复兴的现实需要而有选择地作出这种文化引进、融合、改造与沟通的。因而他以开阔的视野审视了(西方)人类社会历史和文化的发展流脉,赞扬西方“物质文明之盛,直傲睨前此两千余年之业绩”,使“世界之情状顿更,人民之事业益利”。③ 但是另一方面,如果这一倾向走向极端,片面地追求物质功利,便会走向偏至。“诸凡事物,无不质化,灵明日以亏蚀,旨趣流于平庸,人惟客观之物质世界是趋,而主观之内面精神,乃舍置不之一省。重其外,放其内,取其质,遗其神,林林众生,物欲来蔽,社会憔悴,进步以停,于是一切诈伪罪恶,蔑弗乘之而萌,使性灵之光,愈益就于黯淡。”④同样,他赞扬以法国大革命为顶点的欧洲反对封建专制统治的“革命”,“扫荡门第,平一尊卑,政治之权,主以百姓,平等自由之念,社会民主之思,弥漫于人心。流风至今,则凡社会政治经济上一切权利,义必悉公诸众人,而风俗习惯道德宗教趣味好尚言语暨其他为作,俱欲去上下贤不肖之闲,以大归乎无差别”。但是另一方面,如果走向极端,也会发生弊病。民主如果演变成“以多数临天下而暴独特者”⑤,就会变成新的专制;“平等”如果变成“夷隆实陷”,“使天下人人归于一致”,就必然扼杀“个人殊特之性”,并降低社会发展水平,“精神益趋于固陋”⑥。正是在这一历史视野之下,他着重于引进并倡导施蒂纳、尼采等“非物质”、“重个人”的新神思宗学说——“知精神现象实人类生活之极颠,非发挥其辉光,于人生为无当;而张大个人之人格,又人生之第一义也”⑦,并反观了当时我们国家的现代化方案,批判了以西方物质是趋的“辁才小慧之徒,于是竞言武事”(金铁/洋务论)倾向和惑言“众治”的“制造商估立宪国会”(国会论)倾向皆非“根本之图”⑧,且把这种“重杀之以物质而

① 鲁迅:《摩罗诗力说》,《鲁迅全集》第1卷,人民文学出版社2005年版,第70页。
② 鲁迅:《破恶声论》,《鲁迅全集》第8卷,人民文学出版社2005年版,第25页。
③ 鲁迅:《文化偏至论》,《鲁迅全集》第1卷,人民文学出版社2005年版,第49页。
④ 同上书,第54页。
⑤ 同上书,第49页。
⑥ 同上书,第51—52页。
⑦ 同上书,第55页。
⑧ 同上书,第46页。

囿之以多数,个人之性,剥夺无余”的倾向称为“获以交通传来之新疫”[①]而加以警惕,进而提出了他独特的救国救民方略——“诚若为今立计,所当稽求既往,相度方来,掊物质而张灵明,任个人而排众数。人既发扬踔厉矣,则邦国亦以兴起”[②],“是故将生存两间,角逐列国是务,其首在立人,人立而后凡事举;若其道术,乃必尊个性而张精神”[③],“国人之自觉至,个性张,沙聚之邦,由是转为人国”[④]。同样,在对待民族传统文化的态度上,鲁迅也是以能否“立人”,唤醒“国人之自觉至,个性张”作为选择取舍文化的价值标准的。在鲁迅看来,中国传统文化的正统和主流是一种非个人的文化:“中国之治,理想在不撄(扰乱)……有人撄人,或有人得撄者,为帝大禁,其意在保位,使子孙王千万世,无有底止,故性解(Genius)之出,必竭全力死之;有人撄我,或有能撄人者,为民大禁,其意在安生,宁蜷伏堕落而恶进取,故性解之出,亦必竭全力死之。”[⑤]“吾中国爱智之士,独不与西方同,心神所注,辽远在于唐虞,或迳入古初,游于人兽杂居之世;谓其时万祸不作,人安其天,不如斯世之恶浊阽危,无以生活。”[⑥]如同儒家言诗“乃云持人性情,三百之旨,无邪所蔽。夫既言志矣,何持之云?强以无邪,即非人志。许自繇于鞭策羁縻之下,殆此事乎?”[⑦]正是这种“羁縻”,使“上下求索,几无有矣”[⑧]。而“老子书五千语,要在不撄人心;以不撄人心故,则必先自致槁木之心,立无为之治;以无为之为化社会,而世即于太平”[⑨]。一切平和,沉静如死水。因而鲁迅在《摩罗诗力说》中更主要的是热情地介绍了西方从英国拜伦、雪莱,俄国的普希金、莱蒙托夫,到匈牙利的裴多菲等“摩罗诗人”——精神界之战士,“起国人新生”,以完成这一历史使命。并且和他的二弟周作人一起翻译出版了与中国的历史语境十分相似的东北欧被压迫民族的现代文学作品——《域外小说集》。鲁迅晚年曾谈到“‘绍介波兰诗人’,还在30年前,始于我的《摩罗诗力说》。那时满清宰华,汉民受制,中国境遇,颇类波兰,读其诗歌,即易于心心相印”[⑩]。瞿秋白则明确指出“他(指鲁迅)是真

---

① 鲁迅:《文化偏至论》,《鲁迅全集》第1卷,人民文学出版社2005年版,第58页。
② 同上书,第47页。
③ 同上书,第58页。
④ 同上书,第57页。
⑤ 同上书,第70页。
⑥ 同上书,第69页。
⑦ 同上书,第70页。
⑧ 同上书,第71页。
⑨ 同上书,第69页。
⑩ 鲁迅:《题“未定草”(一至三)》,《鲁迅全集》第6卷,人民文学出版社2005年版,第368页。

正介绍欧洲文艺思想的第一个人"①。

但是另一方面,面对那些所谓的维新"志士英雄",用浅薄的"科学"、"适用"、"进化"、"文明"等好听的言词来剥夺国人的宗教信仰,"灭裂个性"的现象,鲁迅则大声疾呼"伪士当去,迷信可存,今日之急也"。"夫人在两间,若知识混沌,思虑简陋,斯无论已;倘其不安物质之生活,则自必有形上之需求。故吠陁之民,见夫凄风烈雨,黑云如盘,奔电时作,则以为因陁罗与敌斗,为之栗然生虔敬念。希伯来之民,大观天然,怀不思议,则神来之事与接神之术兴,后之宗教,即以萌孽。虽中国志士谓之迷,而吾则谓此乃向上之民,欲离是有限相对之现世,以趣无限绝对之至上者也。人心必有所冯依,非信无以立,宗教之作,不可已矣。"②我们中华民族在几千年的繁衍生息中也创造了"世未见有其匹也"的灿烂精神信仰与文化。虽然在封建专制秩序的残酷压迫下,"民生多艰,是性日薄,洎夫今,乃仅能见诸古人之记录,与气禀未失之农人"③,但是正是这样一种气秉构成了我们民族生生不息的精神血脉。可这些所谓"志士"却借口反对迷信,剥夺那些"朴素之民,厥心纯白","劳其终岁,必求一扬其精神"的"报赛",因而"志士之祸,烈于暴主远矣"。④ 同样,"嘲"古民神思之"神话",完全抹杀民族文化的个性,"定宗教以强中国人之信奉",都是使中国人"心夺于人,信不繇己"的新专制的文化殖民主义与强权政治。这构成了鲁迅式以"挣扎/抵抗"为媒介的"回心/转化"型文化选择方式的辩证法,"'转化'是凭借'抵抗'来否定旧的自己,但同时却并不是把自己变成别人,而是更好地成为自己,即必须要有崭新的自我发现相伴随"⑤。可以说引进西方"个"的现代思想,改造我们的民族文化,激活与连接起民族古老的精神血脉,促进以底层民众为主体的民族新生与复兴,建立现代的民族国家——"人国"——正构成了鲁迅终身的文化理想——"梦"。⑥

---

① 瞿秋白:《〈鲁迅杂感选集〉序言》,《1913—1983 鲁迅研究学术论著资料汇编》第1辑,中国文联出版公司 1985 年版,第 821 页。

② 鲁迅:《破恶声论》,《鲁迅全集》第 8 卷,人民文学出版社 2005 年版,第 29 页。

③ 同上书,第 30 页。

④ 同上书,第 32 页。

⑤ 〔日〕伊藤虎丸著,李冬木译:《鲁迅与日本人》,河北教育出版社 2000 年版,第 47 页。

⑥ 与鲁迅有深入交往的日本友人增田涉在追述了鲁迅对于"奴隶"一词的痛切感觉并且"跟他的'人'的自觉相联结","决定他的生涯的根据"之后说:"他的愤怒、悲哀、热骂、冷嘲、讽刺、讥笑,或者他常说的'寂寞',这一切都联系到历史的、民族的深广的底层,是他肉体的呼吸,是他根深的意志。"(增田涉:《鲁迅的印象》,《鲁迅回忆录》专著下册,北京出版社 1999 年版,第 1382 页)。

伊藤虎丸说,鲁迅"在接受西方近代文明(语言)时,已经在自身当中以强有力的形态,具有着竹内好所说的'抵抗'(坚守自我)的主体(民族语言)"①。的确,鲁迅青少年时代是以受学于方正、博学的"三味书屋"宿儒寿镜吾和国学大师章太炎而著称的。在他接受西方近代文明之前,已经形成了丰富而深厚的民族传统文化根柢。因而在他学习西方、反思和批判传统的过程中,仍然体现出一种传统的力量。这不仅仅在于他是以中国民族的语言来接受西方文化的(如据田刚考证,作为鲁迅思想与文学原论的早期五篇文言论文所使用词汇来源于《庄子》的就达六十余处之多②),而且在于他"在对传统文化的批判中,潜在于文化心理深层结构中的传统文化精神,尤其是中国知识分子的那种人格精神,不是作为对传统文化的一种态度,而只是作为一种内在的心理力量或精神力量而作用于自觉意识层次的,因而倒是奇妙地变成了推动批判活动的内在心理动力,成了他自己都无法抗拒的心理内驱力"③。他之所以到日本学医,然后又弃医从文,引进西方的"新神思宗"和"摩罗诗人"群,改造民族文化,就在于自古以来我们民族知识分子(士人)一代一代地亘续下来的关心国事民瘼、以天下为己任的精神情怀。所谓"灵台无计逃神矢,风雨如磐暗故园,寄意寒星荃不察,我以我血荐轩辕"④,正是他的这一情怀的真实写照,并奠定了他一生为民族的解放、新生与复兴而努力奋斗的精神指向。

与此同时,鲁迅批判传统的一部分资源与动力也来源于传统。中华文明是由多个民族、多种文化经过漫长的历史岁月发展演变而形成的。"就中国文化的发展过程来看,在史前和先秦时期,多元的区域性文化色彩很鲜明,这一特征与诸多历史因素的作用,促成了春秋战国时代百家争鸣的文化格局。其后,以秦代大一统帝国为开端,经过较长的历史时期,才逐渐形成了以汉族文化为主体的中华文明。在政治、经济、文化、教育等领域,这种趋同性都是很明显的。西汉以降,儒学思想在思想领域中主导地位确立以后,不同思想流派之间平等竞争的机会大大减少了,社会思想领域相对沉寂,也是不容否认的事实。但是具有多元性文化特色的作品依然不绝于世,并在思想文化领域产生不可忽视的影响。宗教、哲学、文化艺术领域中非儒学化的现象,也是始终存在的。毫无疑问,由于数千年中外文化的交流,各民族

① 〔日〕伊藤虎丸著,李冬木译:《鲁迅与日本人》,河北教育出版社 2000 年版,第 53 页。

② 参见田刚:《鲁迅与中国士人传统》,中国社会科学出版社 2005 年版,第 167 页。

③ 孔范今:《鲁迅批孔:历史价值范畴里的符号选择》,《悖论与选择》,明天出版社 1992 年版,第 46 页。

④ 鲁迅:《自题小像》,《鲁迅全集》第 7 卷,人民文学出版社 2005 年版,第 447 页。

之间的相互往来和融合等因素,汉族文化从周边文化吸收了很多营养,因而变得更为丰富多彩,而非原初相对单一的状况。”①实际上在儒学传统内部也是存在多种差异与矛盾因素的,而且正是这些差异与矛盾才促进了它的发展。E. 希尔斯说:“传统并不是自己改变的。它内含着接受变化的潜力;并促发人们去改变它。某些传统变迁是内在的,就是说,这些变迁起源于传统内部,并且是由接受它的人所加以改变的。这样一种变迁并不是由外部环境‘强迫他们’作出的;而是他们自身与传统之关系自然成长的结果。”②在中华文明漫长的历史演变中,虽然为适应大一统的封建专制帝国的需要而“罢黜百家,独尊儒术”,但是道、墨、法等各家文化,还有后来引进的佛教文化等,或是被儒家文化吸收整合在正统的主流文化中,构成主流文化中的一些异质成分,或是播撒和散逸在底层与民间,酝酿着新的文化冲动。而且对作为主流与正统的儒家文化来说,每当遇到新的时代危机与挑战,儒学传统也不得不作出应有的改变。从汉代“天人感应”的经学,到宋代“存天理、灭人欲”的理学,再到明代“心即理”、“心外无理”的心学,以及注重考据的朴学和注重历史的史学,都蕴涵着儒学内在的矛盾与发展,同时也促进了某种异端思想的生成。例如,作为王阳明心学左派的李贽便公开宣称“不以孔子之是非为是非”③,被认为“非圣无法”,“凡千古相传之善恶,无不颠倒异位”④。所以侯外庐在论述鲁迅与中国传统文化的关系时说,鲁迅“直接继承和发展了章太炎思想的传统,更以章氏为桥梁,把诸子异端思想以至魏晋‘非汤、武而薄周孔’的嵇康、鲍进言的思想,溶化于他的前期文学作品中”⑤。余英时在谈到五四运动与传统文化时也曾说:“当时在思想界有影响力的人物,在他们反传统,反礼教之际首先有意或无意的回到传统中非正统或反传统的源头上去寻找根据。”并且具体论述到章太炎对五四人物的影响:“五四以来大家所推崇的非正统的思想家如王充、嵇康、阮籍、颜元、戴震等人差不多都曾先由他作过近代的评价。……甚至对嵇康‘非汤武而薄周

① 《中华文明史》第一卷,河北教育出版社 1989 年版,第 2 页。

② 〔美〕E. 希尔斯著,傅铿、吕乐译:《论传统》,上海人民出版社 1991 年版,第 285—286 页。

③ 参见李贽:《藏书·世纪列传总目前论》:“前三代吾无论矣,后三代,汉唐宋是也。中间千百余年而独无是非哉,岂其人无是非哉?咸以孔子之是非为是非,故未尝有是非耳。然则予之是非人也又安能已!夫是非之争也,如岁时然,昼夜更迭,不相一也。昨日是今日非矣,今日非而后日又是矣。虽使孔子复生于今,又不知作何是非也,而遽可以定本行赏罚哉!”(见《李贽文集》第二卷,社科文献出版社 2000 年版,第 7 页)

④ 纪昀等编:《四库全书总目》卷五十《史部·别史类存目·藏书》,中华书局 1997 年版,第 702 页。

⑤ 侯外庐:《论鲁迅三题:鲁迅与中国传统思想》,1948 年 9 月 22 日《文汇报》。

孔'之语，他也从当时政治背景上去加以同情的解释，这一点同鲁迅的反传统、反礼教思想尤其有很深的渊源。"[①]所以相对于中国传统中维护封建专制秩序的正统文化或主流文化来说，在其内部也始终汹涌着一股追求民主与个性解放的非正统或反传统的异端文化思潮。鲁迅"个"的思想正潜在地承继着这一文化的血脉。

E. 希尔斯论述到传统的多样性与差异性时说："没有一个庞大社会的诸种传统可能是完全同质的，它的各个部分最多共有某些根本性的传统。这样一种社会必然会有不同的部分。自然资源的分布带有职业的空间差异；一系列复杂的欲求有各种非常不同的、由各个专门职业群体生产的物品。许多大社会都是通过联邦或征服而建立起来的，并吸收了众多的移民，这一事实连同不同的才智和不同的趣味都促成了社会中传统的多样性。既然他们的传播范围扩展到整个社会，所以在各种传统中除了存在某些共识之外，也必然存在着众多差异性。"[②]中华文化是由多民族的文化融合而成的，地域辽阔、幅员广大，不同的山川地理，不同的语言人种，不同的经济形态与不同的民俗传统，形成了不同特色的文化，如齐鲁文化、楚文化、吴越文化、巴蜀文化、秦文化、三晋文化、河洛文化等等。鲁迅的故乡绍兴正处于越文化的中心地带，而越文化是一种源远流长而又独具特色的文化，不仅在春秋战国时期演出轰轰烈烈的吴越春秋，书写了卧薪尝胆的复仇传奇，而且哺育滋养了一大批文化名人，如勾践、范蠡、文仲、王充、王羲之、谢灵运、嵇康、贺知章、陆游、杨维桢、王阳明、徐渭、张岱、刘宗周、黄宗羲、章学诚、任伯年等。毛泽东曾作诗赞曰："鉴湖越台名士乡，忧忡为国痛断肠。剑南歌接秋风吟，一例氤氲入诗囊。"(《七绝·咏绍兴》)露丝·本尼迪在其名著《文化模式》中指出："个体生活历史首先是适应由他的社区代代相传下来的生活模式和标准。从他出生之时起，他生于其中的风俗就在塑造着他的经验与行为。到他能说话时，他就成了自己文化的小小的创造物，而当他长大成人并能参与这种文化的活动时，其文化的习惯就是他的习惯，其文化的信仰就是他的信仰，其文化的不可能性亦就是他的不可能性。"[③]从小就生长在这样一种文化氛围中，鲁迅的人格精神也就理所当然深深地打上了越文化的烙印。他在日本留学期间，他的同学便赞叹他"斯诚越人也，有卧薪

---

① 〔美〕余英时：《中国思想传统及其现代变迁》，广西师范大学出版社 2004 年版，第 85、87 页。

② 〔美〕E. 希尔斯著，傅铿、吕乐译：《论传统》，上海人民出版社 1991 年版，第 339 页。

③ 〔美〕露丝·本尼迪著，何锡章、黄欢译：《文化模式》，华夏出版社 1987 年 9 月版，第 2 页。

尝胆之遗风"①。后来他也多次在文学作品中抒写了对故乡生活与文化的追忆与怀念——"他们也许要哄骗我一生,使我时时返顾"②,并多次引用乡贤王思任的话——"会稽乃报仇雪耻之乡,非藏垢纳污之地",表达了对故乡文化精神的坚守、认同与向往。乃至到了生命将息的1936年,在与朋友的通信中,他仍然不无自豪地表达了对故乡越文化精神的自觉承传与捍卫——"自为越人,未忘斯义"③。

当然,在不同的历史时期鲁迅所吸收和融合的中西文化资源是有不同侧重的。1920年代中后期,随着社会反抗运动的高涨和北洋军阀政府的腐败,毗邻的俄罗斯也正在发生一种翻天覆地的变化——"将'宗教,家庭,财产,祖国,礼教……一切神圣不可侵犯'的东西,都像粪一般抛掉,而一个簇新的,真正空前的社会制度从地狱底里涌现而出,几万万的群众自己做了支配自己命运的人"④。特别是面对大革命失败后蒋介石国民党发动的血腥屠杀,鲁迅反思以前所发出的"那些四平八稳的'救救孩子'似的议论"的"空空洞洞"⑤,义无返顾地站在被压迫的广大底层民众的立场上,走向了反抗蒋介石法西斯专制政权的左翼文化(文学)运动。因而他开始有意识地阅读与翻译马克思主义文艺理论与苏俄文学作品,主编了《科学的艺术论丛书》,翻译了普列汉诺夫的《艺术论》,卢那察尔斯基的《艺术论》、《文艺与批评》,以及《文艺政策》等著作,并且为任国桢编译的《苏俄的文艺论战》写了《前记》,翻译了《毁灭》、《竖琴》等大量苏俄文学作品。的确如孙郁所说,在鲁迅的精神活动中,"有几个领域的工作是互动的",除了翻译与创作/思想外,还有"学术研究与创作,也是一种交织;还有美术介绍与杂文写作,似乎也有彼此的暗示与渗透"。而且"译著对他而言只是其问题意识的开始,凭着翻译时的刺激而思考的话题,很快就进入到社会风潮的体味中,并沿着自己的思路转化成独立的表达语序。鲁迅从未停留在对象的意念里,并附会着它们"。例如"他后来译介的同路人小说集《竖琴》,我的理解是回答了中国文坛的一个疑问的,创造社和太阳社的青年所倡导的革命文学不过是沙漠上的幻影"。孙郁在注释中说:"《竖琴》主要是同路人的作品,和后来一般的苏联文学有很大的区别。鲁迅对这些处于社会变革中的

① 沈瓞民:《回忆鲁迅早年在弘文学院的片断》,《鲁迅回忆录》散篇上册,北京出版社1999年版,第42页。

② 鲁迅:《朝花夕拾·小引》,《鲁迅全集》第2卷,人民文学出版社2005年版,第236页。

③ 鲁迅:《书信·360210·致黄苹荪》,《鲁迅全集》第14卷,人民文学出版社2005年版,第24页。

④ 鲁迅:《林克多〈苏联闻见录〉序》,《鲁迅全集》第4卷,人民文学出版社2005年版,第436页。

⑤ 鲁迅:《答有恒先生》,《鲁迅全集》第3卷,人民文学出版社2005年版,第456—457页。

小知识分子的内心，颇为留意。也有对暴力革命的不同理解。"①——根据中国的国情，鲁迅始终追求的是"人各有己，而群之大觉近矣"②，始终把个的独立与群的觉醒有机统一在一起，当有人打着革命的旗号，"只借革命以营私"，制造新的专制与新的压迫时，鲁迅给予了坚决的斗争。③ 因而无论是取今复古、别立新宗，还是中西融合、古今贯通，其根本的目的都在于促进我们民族的解放、新生与复兴。

鲁迅晚年曾写过一篇《拿来主义》，说一个穷青年得了一所大宅子。"如果反对这宅子的旧主人，怕给他的东西染污了，徘徊不敢走进门，是孱头；勃然大怒，放一把火烧光，算是保存自己的清白，则是昏蛋。"值得提倡的是："不管三七二十一，'拿来'！""占有，挑选"，"或使用，或存放，或毁灭。那么，主人是新主人，宅子也就会成为新宅子"。"没有拿来的，人不能自成为新人，没有拿来的，文艺不能自成为新文艺。"④——同样，鲁迅为了民族的解放、新生与复兴，面对古今中外的各种文化，也都首先"拿来"，为我所用——"或使用，或存放，或毁灭"，从而铸造成一种适应现代人生存的新的现代文化；反过来，也可以说正是这样一种多元多样多型文化的交流与融合，生成与造就了现代的鲁迅。其中，鲁迅长期耳濡目染的故乡的越文化构成了鲁迅精神世界与艺术世界的一种重要的资源与维度。这正是本书想着重加以梳理与探讨的课题。

二、越文化的精神原型、流变与谱系

（一）越文化的发生及其精神原型

地处我国东南沿海的越族具有悠久的历史，越文化源远流长。根据地质学、历史地理学、第四纪学、古气候学、古生物学等学科的综合研究，结合考古学、历史地理学、历史学等的大量成果表明，从第四纪晚更新世以来，中国东、南部沿海曾经发生过三次海侵，即星轮虫、假轮虫和卷转虫海侵。⑤

---

① 孙郁：《鲁迅的译介意识》，《鲁迅：跨文化对话》，大象出版社2006年版，第40、43、45页。

② 鲁迅：《破恶声论》，《鲁迅全集》第8卷，人民文学出版社2005年版，第26页。

③ 参见王晓初：《中国左翼文学思潮的内在差异性和张力》，《文学评论》2007年第1期。

④ 鲁迅：《拿来主义》，《鲁迅全集》第6卷，人民文学出版社2005年版，第40—41页。

⑤ 陈桥驿：《吴越文化和中日两国的史前交流》，《浙江学刊》1990年第4期。

第一次海侵即星轮虫海侵发生于距今十万年以前,海退发生于距今七万年以前。海退后,中国东南部江浙的平原地带尚处在浅海之中。距今四万余年前,第二次海侵即假轮虫海侵发生,一万多年后海退。这次海退是全球性的,规模极大,中国东部海岸后退约 600 公里。当时,东海海岸在舟山群岛以东约 300 公里,杭州湾及两岸支流完全不受潮汐影响,其间的宁绍平原背山面海,水土资源丰富,又属于温暖湿润的亚热带气候,越族的先民就在如此得天独厚的自然环境中生存繁衍发展,形成著名的河姆渡文化。这是一种不同于中国大陆内地农业—畜牧业文明的海洋文明。《文史杂志》1999 年第 4 期刊登了 100 位海内外史学教授要求重写中华古史的建议书,说"考古发现,生活在东南沿海'饭稻羹鱼'的古越人,在六七千年前即敢于以轻舟渡海;河姆渡古文化遗址出土的木桨、陶舟模型与许多鲸鱼、鲨鱼的骨骼,都表现了海洋文明的特征。……古越人的发明创造如植茶、养蚕、干栏式建筑等等,现在也都成为代表中华民族文明的事物而为世人所称道。经过近年来的对外学术交流,我们还了解到古越人很早就向海外迁移,主要是向东南迁移,因此现在东南亚与南太平洋诸岛上的许多民族都与古越人的后裔有一定的血缘关系。台湾的先住民高山族也是古越人的一支。过去认为黄河流域是中华文明之源,一切重要的发明创造都产生于北方,然后才向南方传播。试举一例:直到现在有些历史书中仍说养蚕缫丝为黄帝正妃嫘祖发明,但在黄帝之前两千年,河姆渡古文化遗址中已经有丝织工具的图像,足证古史记载失实。近年来考古发现与民俗调查的许多研究成果说明,黄河文明已经形成中华文明的主流;但也应该承认,就文明的起源而言,南方更早于北方这一历史事实"。

岁月悠悠,一万多年过去了。当古越族文明日渐辉煌之时,遭到了第三次海侵即卷转虫海侵的吞噬。此次海侵来势较缓,偌大的宁绍平原被海水一片一片地吞食。海侵在距今 7000—6000 年前形成高潮,古越先民被迫舍弃家园,向三个方向开始了大规模的部族迁徙。

一是古越族中临江的部落越过今杭州湾(古钱塘江下游)向浙江西部和江苏南部的丘陵地带迁移,他们在以后的岁月中创造了马家浜文化、崧泽文化、良渚文化等,是载入史书的句吴族的缔造者。《越绝书》中说:"吴越为邻,同俗并土"①,"吴越二邦,同气共俗"②;《吴越春秋》中说"吴与越,同

① 《越绝书》卷六,见《二十五别史·越绝书》第 6 集,齐鲁书社 2000 年版,第 31 页。
② 《越绝书》卷七,见《二十五别史·越绝书》第 6 集,齐鲁书社 2000 年版,第 35 页。

音共律，上合星宿，下共一理”①；《吕氏春秋》中引伍子胥的话说“吴之与越也，接土邻境，壤交通属，习俗同，语言通”②；这些说法大体反映出这一吴越同源，由越而吴的历史。

二是古越族中濒海的部落，在宁绍平原生存环境逐渐恶化的过程中，运用他们长期与江海打交道而积累、掌握的漂流技术，用简单的独木舟或木筏漂洋过海，落脚于台湾、琉球、南部日本以及菲律宾、印度支那等地。

三是古越族中靠山的部落进入宁绍平原以南的会稽、四明山麓，“河姆渡文化”就是他们留下的一个聚落点。今象山城郊的塔山遗址、奉化南浦的茗山后遗址、宁波市江北区的妙山八字桥遗址和丈亭镇鲻山遗址等(还有大量的遗址有待发现)，清晰地保留了这批古越族人在漫长岁月中不断南移、东迁的足迹。

上述后两部分古越族人漂洋过海和南移进山的情况，《越绝书》中也有记载：一者称为“外越”，或称“东海外越”，是指漂洋过海的一支；另一称为“内越”。③ 陈桥驿认为“内越”就是移入会稽、四明山地的一支；“东海外越”指离开今宁绍平原而漂洋过海的一支，他们中的一部分很可能到达“台湾、琉球、南部日本以及印度支那等地”。④ 移入山地的越民生存境遇相当艰难，《吴越春秋》中说越人“随陵陆而耕种，或逐禽鹿而给食”⑤，其实就是刀耕火种与原始狩猎，与海侵之前越人祖辈在山会平原上的生活相比实在是一种倒退。他们为了生存，在极端险恶的自然环境中顽强拼搏，显示了坚忍不拔、艰苦卓绝的斗争精神与务实性的思维。如同丹纳在谈到古代日耳曼民族来到自然条件恶劣的尼德兰后形成的思维特征时所说：“为了要生存，要有得住，有得吃，有得穿，要防冷，防潮气，要积聚，要致富，他们没有时间想到旁的事情，只顾着实际和实用的问题。住在这种地方，不可能象德国人那样耽于幻想，谈哲理，到想入非非的梦境和形而上学中去漫游，非立刻回到地上来不可；行动的号召太普遍了，太急迫了，而且连续不断；一个人只

---

① 《吴越春秋·夫差内传》卷六，见《二十五别史·吴越春秋》第6集，齐鲁书社2000年版，第52页。

② 吕不韦门客编撰，关贤柱等译注：《吕氏春秋全译》，贵州人民出版社1997年版，第865页。

③ 《越绝书》卷八，见《二十五别史·越绝书》第6集，齐鲁书社2000年版，第43页。

④ 乐祖谋较早把从宁绍平原逐渐进入山区的于越部族的一支作为《越绝书》所说的“内越”，把由于海侵而向今舟山群岛或其他岛屿迁移的于越部族的另一支作为《越绝书》所说的“外越”(见《历史时期宁绍平原城市的起源》油印本)。继而陈桥驿在《于越历史概论》(《浙江学刊》1984年第2期)和《吴越文化和中日两国的史前交流》(《浙江学刊》1990年第4期)等文中加以完善。引文见《吴越文化和中日两国的史前交流》。

⑤ 《吴越春秋》卷六，见《二十五别史·吴越春秋》第6集，齐鲁书社2000年版，第60页。

能为了行动而思想。几百年的压力造成了民族性,习惯成为本能,父亲后天学来的一套,在孩子身上变做遗传……"①越人在会稽山地居住了三千多年,这一精神与思维必然深深地溶入这一民族的血液中,构成其"文化基因"和"集体无意识"。在海退之后,大约公元前十世纪前后,其中一部分人回到了宁绍平原,这便是后来载入史书的于越一族的缔造者。

面对这种沧海桑田的历史巨变,越人这种坚忍不拔、艰苦卓绝的斗争精神与务实求新的思维特征便集中地凝聚在他们所创造的"大禹治水"的神话传说之中。早在1930年代,历史地理学家顾颉刚在他的《古史辨》中便推断:"禹是南方民族神话中的人物",会稽(越)是"禹的神话的中心点"。②越文化研究专家陈桥驿在《越族的发展与流散》中说:"越族居民在会稽、四明山的山麓冲积扇的顶端,俯视这片茫茫大海,面对着这块他们祖辈口口相传的,如今已被洪水所吞噬的美好故土,当然不胜感慨,他们幻想和期待着有这样一位伟大的神明,能够驱走这滔天洪水,让他们回到祖辈相传的这块广阔、平坦、富庶、美丽的土地上去。"③神话传说中"胼手胝足"、"三过家门而不入"的禹,正曲折地反映了古越先民与"汤汤洪水方割,荡荡怀山襄陵,浩浩滔天"的恶劣自然环境顽强拼搏的精神以及所祈盼的英雄形象的象征。而禹虽然继承父亲鲧的遗志治水,却并不因循其"堙"的旧法,而改用"导"的方式,又鲜明地体现出越人在求实奋斗中勇于探索创新的精神特征。维柯在《新科学》中指出,原始人类还没有抽象思维能力,用具体形象来代替逻辑概念是当时人们思维的特征。例如,他们没有勇猛、精明这一类抽象概念,却通过想象创造出希腊神话中的阿喀琉斯和尤里塞斯这样的英雄来体现,所以他认为神话英雄都是"想象性类概念",是某一类人物概括起来产生的形象。人按自己的形象创造了神,神话是"真实的叙述",不过它和诗一样,不能照字面直解,它是古代人类认识事物的特殊方式,是隐喻,是对现实的诗性诠释。④"大禹治水"的神话在越地是影响深远的,在越文化的延续与发展中被不断提及。至今在越地仍然保留了大量禹的遗迹与传说。大禹祭祀已上升为国家级的祭祀。可以说大禹构成了越先民最初的"集体无意识"与"原型"。所谓"集体无意识","是指有各种遗传力量形成的一定的心理倾向,意识即从这种心理倾向发展而来"⑤。"原型"则"向我

---

① 〔法〕丹纳著,傅雷译:《艺术哲学》,人民文学出版社1963年版,第162页。

② 顾颉刚:《古史辨》第1册,上海古籍出版社1982年版,第121—122页。

③ 陈桥驿:《越族的发展与流散》,《东南文化》1989年第6期。

④ 〔意〕维柯著,朱光潜译:《新科学》,商务印书馆1989年版,第199页。

⑤ 〔瑞士〕荣格著,冯川、苏克译:《心理学与文学》,三联书店1987年版,第137页。

们指出了这些集体无意识的内容，并关系到古代的或者可以说是从原始时代起就存在的形式，即关系到那些自古时代起就存在的宇宙形象”①。所以陈桥驿说：“禹的传说就因为卷转虫海侵而在越族中起源，然后传到中原。但是这种传说在宁绍平原地区一带是根深蒂固的。中原的汉族虽然把这位越族传说中的伟大人物据为己有，但是他们显然留有余地，设法在这种传说中添枝加叶，尽量布置一个结局，让这位从越族中硬拉过来的人物，最后仍然回到越族中去，这就是权威的史书《史记·夏本纪》中所说的：‘帝禹东巡猎，至于会稽而崩。’在《史记》的正文以后，司马迁还要加上一段他自己的话：‘禹会诸侯江南，计功而崩，因葬焉，命曰会稽，会稽者，会计也。’……实际上就是汉族人告诉越族人：‘对不起，我们占用了你们传说中的一位伟大人物，但是在他死以前，我们原物奉还吧！’”②荣格说：“原始意象或者原型是一种形象（无论这形象是魔鬼，是一个人还是一个过程），它在历史进程中不断发生并且显现于创造性幻想得到自由表现的任何地方。因此它在本质上是一种神话形象。……它们为我们祖先的无数类型的经验提供形式。可以这样说，它们是同一类型的无数经验的心理残迹。它们为日常的、分化了的、被投射到神话中众神形象中去了的精神生活，提供了一幅图画。……每一个原始意象中都有着人类精神和人类命运的一块碎片，都有着我们祖先的历史重复了无数次的欢乐与悲哀的残余，并且总的说来始终遵循同样的路线。……无论什么时候，只要重新面临那种在漫长的时间中曾经帮助建立起原始意象的特殊情境，这种情形就会发生。”③

承续了这一原型精神的首先是越王勾践。《史记·越王句践世家》指出：“越王句践，其先禹之苗裔，而夏后帝少康之庶子也。封于会稽，以奉守禹之祀。文身断发，披草莱而邑焉。”④越王勾践不仅仅流淌着大禹的血脉，更重要的是传承了他的精神。虽然他不听范蠡的劝告，贸然伐吴，兵败会稽，不过最后还是勇敢地承担起报仇复国的重担，率妻和大臣范蠡亲去吴国臣事夫差，入质于吴。抵达吴都时，吴王夫差有意羞辱他，囚之于石室，要他住在吴先王阖闾坟前的一个小石屋里守坟喂马，有时骑马出门还故意要他牵马在国人面前走过。勾践忍辱负重，自称贱臣，对吴王执礼极恭，吃粗粮、睡马房、服苦役，三年不愠怒，无恨色，胜过夫差手下的仆役。夫差生病，勾

---

① 〔瑞士〕荣格著，冯川、苏克译：《心理学与文学》，三联书店 1987 年版，第 53 页。
② 陈桥驿：《吴越文化和中日两国的史前交流》《浙江学刊》1990 年第 4 期。
③ 〔瑞士〕荣格著，冯川、苏克译：《心理学与文学》，三联书店 1987 年版，第 120—121 页。
④ 司马迁著，杨燕起译注：《史记全译》，贵州人民出版社 2001 年版，第 1925 页。

践前去问候,甚至"问疾尝粪",终于博得吴王夫差的欢心和信任而得以回国。勾践归国后,为了激励报仇雪耻之志,"卧薪尝胆"。他和夫人始终过着清贫的生活,吃饭没有鱼肉,穿衣不加修饰。自己经常同百姓下田耕种,夫人也亲手养蚕织布。同时采纳范蠡、文种提出的"十年生聚,十年教训"之策,苦心焦思,发愤图强,励精图治,富民兴国,"子而思报父母之仇,臣而思报君之仇,其有不敢不尽力者乎"①。经过长达二十余年的艰苦努力,终于一举消灭吴国而复兴越国,并成为春秋的霸主。所以司马迁说:"禹之功大矣,渐九川,定九州,至于今诸夏艾安。及苗裔句践,苦身焦思,终灭强吴,北观兵中国,以尊周室,号称霸王。句践可不谓贤哉!盖有禹之遗烈焉。"②由勾践所代表的这样一种坚韧顽强、报仇雪耻的抗争精神可以说构成了越文化精神的又一精神原型。在某种意义上,也可以说是越人经过三次海侵,由河姆渡文化退居会稽山上刀耕火种三千余年顽强存活下来的民族精神的一种历史积淀。在越文化的发展史上,这种"硬气"的人物可谓比比皆是,而且越是面对险恶的环境,这一精神越是鲜明突出。例如魏晋时的嵇康,因"刚肠疾恶"而为司马昭所不容,临刑一曲《广陵散》,成千古绝唱。明会稽沈炼刚正不阿,疾恶如仇,严斥严嵩、严世藩父子,终被严氏罗织罪名处死。明末面对异族侵略者的滚滚铁蹄,山阴王思任怒斥奸相马士英"叛兵至则束手无措,强敌来则缩颈先逃",宣告"夫越乃报仇雪耻之国,非藏垢纳污之地",拒绝马士英退避绍兴。后绍兴城破,大书"不降"二字,绝食而亡。朱舜水则"窜身海外,志在恢复"。③ 同时的山阴刘宗周,清以礼相聘,刘书不启封,勺水不进,壮烈殉国。山阴祁彪佳亦拒绝清之礼聘,置《别庙文》与《绝命词》于桌,自沉于寓园梅花阁水池。志书记载:"东方渐明,柳陌浅水中,露角巾寸许,端坐卒矣,犹怡然有笑容。"至于清末的徐锡麟、秋瑾,世所皆知。还有现代的马寅初,新中国成立前,他抨击时弊,国民党当局用尽种种手段也无法压制他的声音。新中国成立后,他的《新人口论》被诬为"中国的马尔萨斯主义",引发全国性的大围剿,但他拒绝检讨:"我虽年近八十,明知寡不敌众,自单身匹马,出来应战,直到战死为止,决不向专以压服不以理说服的那种批判者们投降。"④

这样一种从海洋文明发展起来的充满自由与野性的文化,相对以农

---

① 黄永堂译注:《国语全译》,贵州人民出版社 1995 年版,第 712 页。

② 司马迁著,杨燕起译注:《史记全译》,贵州人民出版社 2001 年版,第 1952 页。

③ 鲁迅:《这回是"多数"的把戏》,《鲁迅全集》第 3 卷,人民文学出版社 2005 年版,第 186 页。

④ 转引自陈越:《鲁迅传论》,海南出版社 2000 年版,第 27—28 页。

耕—礼仪为主导的中原文化来说，就难免被视为一种蛮夷文化。所以管仲说："越之水重浊而洎，故其民愚极而垢。"①稍晚于勾践的墨翟说："昔者，越王句践，教其士臣三年，以知其未足为知之也。焚舟失火，鼓而进之，其士偃前列，伏水火而死，有不可能胜数也。"②《吕氏春秋·遇合》篇也记载："客有以吹籁见越王者，羽角宫徵商不缪，越王不善，更为野声，越王反善之。"③《汉书·严助传》也说："越，方外之地，剪发文身之民也。"④《汉书·地理志》说"吴粤（越）之君皆好勇，故其民至今好用剑，轻死易发"⑤。但越人对自己的文化却富于自信。《越绝书·记地传》中曾记载孔子往见越王勾践，曰："丘能述五帝三王之道，故奏雅琴至大王所。"勾践答曰："夫越性脆而愚，水行而山处，以船为车，以楫为马，往若飘风，去则难从，锐兵任死，越之常性也。"⑥态度异常坚决地谢绝了孔子："夫子异则不可！"所以越人始终坚守着自己的民族个性，并且以"越语"、"鸟书"、"断发文身"、"蛇鸟图腾崇拜"和浓厚的"鬼神信仰"等独特的民间习俗保持着相对于正统的中原文化的异质性。《说苑·奉使》篇记载了这样一个有意思的故事：越国使臣诸发出使到魏国，梁王的一位臣子韩子戏弄诸发说："大王有命，客冠则以礼见，不冠则否。"诸发立场坚定地说"愿无变国俗"，并进而反驳道："假令大国之使，时过鄙邑，鄙邑之君亦有命矣，曰：客必剪发文身然后见，于大过如何？"梁王听说后便"披衣出以见诸发"，并下令驱逐了韩子。⑦《韩诗外传》卷八也记载了这一故事。在秦统一全国后，秦始皇出于对这种异质文化的顾忌，采取强迫移民的措施，分散其力量；同时还亲自跋山涉水，于公元前210年"上会稽，祭大禹，望于南海，立石颂秦德"⑧。固然随着各民族之间文化的交流与融合，原生态的越文化也随着岁月的流逝而发生着变异，但是孕育了独特的古越先民文化的原型与基因却像遗传密码一样顽强地伸展在这一由独特的地理山川环境和深厚的人文积淀所构成的文化场中，影响着后来的每一个人。诚如荣格说："人的无意识同样容纳着所有从祖先遗传下来的生活和行为模式，所以每一个婴儿一生下来就潜在地具有一整

① 《管子·水地》三十九，《管子新注》，齐鲁书社2006年版，第315页。
② 周才珠、齐瑞端译注：《墨子全译》，贵州人民出版社1995年版，第153页。
③ 《吕氏春秋·遇合》，《吕氏春秋新校注》，上海古籍出版社2002年版，第822—823页。
④ 班固：《汉书·严助传》卷六十四上，中华书局1962年版，第2777页。
⑤ 班固：《汉书·地理志第八下》卷二十八下，中华书局1962年版，第1667页。
⑥ 《越绝书·记地传》卷八，见《二十五别史·越绝书》第6集，齐鲁书社2000年版，第47页。
⑦ 刘向：《说苑·奉使》，中华书局1985年版，第121—122页。
⑧ 司马迁著，杨燕起译注：《史记全译》，贵州人民出版社2001年版，第286页。

套能够适应环境的心理机制。这种本能的、无意识的心理机制始终存在和活跃于成人的意识生活中。"①"禹、勾践之精神已深深注入浙东大地,积淀于越民族精神之底层,集而成为一种自律性的'集体无意识',内在地制约着浙东文化的发展,深刻地影响着浙东千百年来的志士仁人的精神品貌。"②所以当斗转星移,时间之箭穿越了两千多年后,周作人还感到他有一种"不可拔除的浙东性"③。而鲁迅同样表达了对"越人"性格的自觉认同④。

(二) 由王充而嵇康、王羲之:越文化在与中原文化的融合中结晶与升华

实际上,仔细回顾与梳理越地两千多年来思想文化发展的历史,在"大禹"、"勾践"原型的影响下,的确形成了一种独具特色的文化谱系与精神传统。东汉的王充大概是第一个鲜明地表现了越文化精神的著名思想家。面对由封建专制皇朝倡导与推崇的董仲舒所代表的天人感应论、流行的谶纬学说及迷信观念,他不但在《论衡》中大胆地提出与张扬起"疾虚妄"⑤的现实批判精神,并且在《问孔》、《刺孟》、《劈韩》等篇章中针对先秦诸子也表现出了独立思考与探索的理性精神,"根据实在的事理系统地全面地将所有'儒生'(主要指谶纬)'道家'(方士神仙术)的种种谬说以及日常生活中的各种迷信行为(阴阳五行家各派别的法术),一概予以驳斥"⑥。影响所及,以至左右了整个中国思想史的发展。"其突出的贡献则正在于其倡导了一种坚持独立的哲学思考的理性精神,并在这种精神主导之下对各种浮词妄说、无根之谈进行了广泛的理性反思,黜虚妄之论,正世俗之谬,表现了对于真理的孜孜寻求,从而开创出了一种以实诚为基本精神的新学风。……在很大程度上廓清了当时思想界之迷雾,实际上宣告了以天人感应为核心的谶纬学说的终结,因此而成为思想解放之先导;他是汉代最后一个哲学家,亦是一个新思想的启导者"⑦。诚如钱穆先生所指出的,王充"下开魏晋。魏晋人在中国思想史上之独特贡献,正为其能继承王充,对邹、董一派天人

① 〔瑞士〕荣格著,冯川、苏克译:《心理学与文学》,三联书店 1987 年版,第 42 页。
② 陈方竞:《鲁迅与浙东文化》,吉林大学出版社 1999 年版,第 91 页。
③ 周作人:《周作人自编文集·雨天的书·自序二》,河北教育出版社 2002 年版,第 3 页。
④ 鲁迅说:"身为越人,未忘斯义。"见《书信·360210·致黄苹荪》,《鲁迅全集》第 14 卷,人民文学出版社 2005 年版,第 24 页。
⑤ 王充:《论衡·佚文篇》,《论衡校释》,中华书局 1990 年版,第 870 页。
⑥ 范文澜:《中国通史简编》(第 2 编),人民出版社 1965 年版,第 232 页。
⑦ 董平:《浙江思想学术史——从王充到王国维》,中国社会科学出版社 2005 年版,第 28 页。

相应，五行生克，及神化圣人等迹近宗教的思想，再加以一番彻底的澄清”①。余英时则干脆称王充为“晚汉思想界之陈涉”，其“思想影响及于汉魏之际之思想变迁者”“至为深微”。②

鲁迅曾在《魏晋风度及文章与药及酒之关系》中说：“汉末魏初这个时代是很重要的时代，在文学方面起一个重大的变化”，“这时代的文学的确有点异彩”，可以说是一个“文学的自觉时代”。③“文学的自觉”实质上反映了当时一些文化精英的“人之自觉”。如余英时就根据钱穆的观点，认为“文学之自觉乃本于东汉以来士大夫内心之自觉，而复与老庄思想至有渊源”④。“所谓个体自觉者，即自觉为具有独立精神之个体，而不与其他个体相同，并处处表现其一己独特之所在，以期为人所认识之义也。”⑤所以海内外颇有些学者把魏晋时代比拟为意大利文艺复兴时代⑥。笔者以为这一个性张扬的时代得以形成的一个重要原因就是南北文化的交流与融合，也就是说由于王充的影响，越文化作为一种异质的文化融入到正统的中原文化中并影响了它的发展，“以热烈的怀疑与破坏精神，推倒一切前代的因袭制度传统道德和缚住人心的僵化了的经典”⑦。其中一个突出的事例就是作为“竹林七贤”代表的嵇康。《晋书·嵇康传》载：“嵇康，字叔夜，谯国銍（今安徽宿县）人也。其先姓奚，会稽上虞人，以避怨，徙焉。铚有嵇山，家于其侧，因而命氏。”⑧“嵇”与他故乡的会稽山之“稽”同音，从中寄寓着身徙他乡而不忘祖籍会稽的眷恋之情，同时又使仇人无法查找。作为越人的后裔，嵇康在少年时代便养成非礼无法的叛逆性格，如他在《与山巨源绝交书》所称，“母兄见骄，不涉经学”，而性复疏懒，“头面常一月十五日不洗”，遂致“纵逸来久，情意傲散”，大为礼法之士所侧目。⑨ 面对司马氏集团打着“以孝治天下”的“名教”幌子阴谋篡权夺位的无耻行径，他公开张扬起“越

① 钱穆：《中国思想史》，台北学生书局 1985 年版，第 118 页。

② 〔美〕余英时：《士与中国文化》，上海人民出版社 2003 年版，第 282 页。

③ 鲁迅：《魏晋风度及文章与药及酒之关系》，《鲁迅全集》第 3 卷，人民文学出版社 2005 年版，第 526 页。

④ 〔美〕余英时：《士与中国文化》，上海人民出版社 2003 年版，第 295 页。

⑤ 同上书，第 270 页。

⑥ 同上书，注 20，上海人民出版社 2003 年版，第 345 页。

⑦ 刘大杰：《魏晋思想论》，上海古籍出版社 1998 年版，第 18 页。

⑧ 房玄龄等：《晋书·嵇康传》，《晋书》第 5 册，中华书局 1974 年版，第 1369 页。

⑨ 嵇康：《与山巨源绝交书》，《鲁迅辑录古籍丛编》（第四卷），人民文学出版社 1999 年版，第 39 页。

名教而任自然”①的旗帜,与好友阮籍、山涛、刘伶、阮咸、向秀、王戎等一起啸傲山林,摒弃礼俗,弹筝抚琴,饮酒咏诗,清谈玄远,高倡自然,“或率尔相携,观原野,极游浪之势,亦不计远近;或经日乃归,复修常业”②,把庄子哲学自然任性的一面发挥到极致,并以此与儒教名法对抗,“于时风誉扇于海内”③。同时他还“非汤、武而薄周、孔”④,以大胆的怀疑精神向凛然不可冒犯的“圣训谟典”发起攻击并借以揭露现实的黑暗:《难自然好学论》借批判儒家传统的“自然好学论”,把矛头直接指向借“名教”以营私的司马氏集团;《管蔡论》为周朝的叛臣管叔和蔡叔公开翻案,为反抗司马氏集团的“叛乱”(志士)辩护。尤其难能可贵的是面对司马氏集团威胁利诱的政治高压,“竹林七贤”中的几位朋友先后进入了司马氏政权,即使阮籍也纵酒佯狂,甚至“口不臧否人物”,唯独嵇康公开发表了《与山巨源绝交书》,口无遮拦,把自己“刚肠嫉恶,轻肆直言,遇事便发”⑤的越人性格展现得淋漓尽致。即使陷身囹圄,也始终无怨无悔,最终表示将“采薇山阿,散发岩岫”⑥,借不食周粟的伯夷兄弟,决绝地宣告绝不屈服于司马氏集团的淫威,拒绝承认其是什么顺天应人的圣人。临刑之际,更以一曲千古绝唱的《广陵散》显示了一个遭逢乱世的桀骜狷介之士的坚毅意志与从容赴义的人格尊严。

如果说嵇康北上代表着越文化加入到中原主流文化中并影响了它的发展的话,那么随着晋朝东移,北方文化大规模南迁,也影响和促进了越地文化的发展。这一次南迁,从东晋至南朝,持续时间长约三百年。越文化此前从未接受过如此大规模的异文化洗礼,从而使此后的越文化与以前相比有了明显的文野之分,从此越地文风大盛,光芒四射。陈越以王羲之的书法作为象征,把东晋以后的越文化称为“书文化”。⑦ 余英时说:“东汉中叶以后士大夫之个体自觉既随政治、社会、经济各方面之发展而日趋成熟,而多数士大夫个人生活之悠闲,又使彼等能逐渐减淡其对政治之兴趣与大群体之意识,转求自我内在人生之享受,文学之独立,音乐之修养,自然之欣赏,与

---

① 嵇康:《释私论》,《鲁迅辑录古籍丛编》(第四卷),人民文学出版社 1999 年版,第 83 页。

② 《太平御览》卷四〇九引《向秀别传》,中华书局 1960 年影印本,第 1888 页。

③ 《世说新语·任诞第二十三》注引孙盛《晋阳秋》,中华书局 1883 年版,第 727 页。

④ 嵇康:《与山巨源绝交书》,《鲁迅辑录古籍丛编》(第四卷),人民文学出版社 1999 年版,第 39 页。

⑤ 同上。

⑥ 嵇康:《嵇康集·幽愤诗一首》,《鲁迅辑录古籍丛编》(第四卷),人民文学出版社 1999 年版,第 14 页。

⑦ 陈越:《剑与书:越文化的精神模式与鲁迅的精神结构》,《西南民族大学学报》2006 年第 7 期。

书法之美化遂得平流并进，成为寄托性情之所在。亦因此故，草书始为时人所喜爱。盖草书之任意挥洒，不拘形迹，最与士大夫之人生观相合，亦最能具个性之发挥也。"①而到西晋，经过"八王之乱"与"永康之乱"，北方陷入民族混战之中，大批士族南迁江南。王羲之正是在这种背景下随家族由琅琊临沂（今山东临沂）迁居建康，定居会稽，官至右军将军、会稽内史。虽然他出身书法世家，从小便师从叔父王廙，后又从卫夫人学书，得见汉魏以来诸名家书法，草书学张芝，正书学钟繇，兼善隶、草、正、行各体，博采众长，备精诸体，但是真正臻于化境，还是辞官隐逸于会稽山水之间的时期。元代书家郝经说，王羲之"自放山水间，与物无竞，江左高人胜士鲜能及之，故其书法韵胜遒媚，出奇制胜，不失其正，高风逸迹，邈不可及，为古今第一"②。在辞官前夕的东晋永和九年（353），王羲之同谢安、孙绰等42人在绍兴兰亭修禊，饮酒赋诗，汇诗成集，羲之即兴挥毫作序，创作出千古绝唱《兰亭集序》，既描绘了江南会稽山水之美丽，记述了当时文人雅集的胜景——"此地有崇山峻岭，茂林修竹；又有清流激湍，映带左右，引以为流觞曲水，列坐其次。虽无丝竹管弦之盛，一觞一咏，亦足以畅叙幽情"，也表达了他们"仰观宇宙之大，俯察品类之盛"，"夫人之相与，俯仰一世，或取诸怀抱，晤言一室之内；或因寄所托，放浪形骸之外。虽取舍万殊，静躁不同，当其欣于所遇，暂得于己，快然自足，不知老之将至。及其所之既倦，情随事迁，感慨系之矣。向之所欣，俯仰之间，已为陈迹，犹不能不以之兴怀。况修短随化，终期于尽"的人生情怀。或许正是这样一种宁静秀美的越地山水，使他们遭遇战乱灾祸，感受到人生无常而又追求自由的心灵得到了慰藉与安宁，从而达到了一种物我的相契与共鸣。此序的书法艺术也达到一种神采飞扬的境界，其中有二十多个"之"字，写法各不相同，笔势委婉含蓄、遒美健秀，后人评曰"飘若游云，矫若惊蛇"，被称为书法极品。所以王羲之归隐之后，与东土人士"遍游东中诸郡，穷诸名山，泛沧海，叹曰：'我卒当以乐死。'"③可以说以王羲之为代表的中原文化融入以绍兴为中心的江南地区（越文化区域），既提升了越文化的人文品格与文采，也在越地宁静秀美的山水中寻找到一种天人合一的自然环境，同时也吸收了越文化中豪

---

① 〔美〕余英时：《士与中国文化》，上海人民出版社2003年版，第301页。

② 郝经：《移诸生论书法书》，《历代书法论文选续编》，上海书画出版社1993年版，第174—175页。

③ 房玄龄等：《晋书·王羲之传》，中华书局1993年版，第2101页。

放旷达、开拓创新的人文底蕴,从而将中华文明推向了一个新的境界。① 所以“右军书成而汉魏西晋之风尽,右军固创新可喜,而古法之废,实自右军始”②。元代著名书家赵子昂也说:“大王字势,古法一变,其雄秀之气出于天然,故古今以为师。”③其他如孙绰对于玄言诗、谢灵运对于山水诗的开创也都可以说是南北文化交融的结晶。董楚平说:“寓居会稽的北方士人,多为文化名流、高僧隐士,主要集中于远离政治中心的剡溪——曹娥江流域。而那些用世之心较切的北方士人,多居于建康一带。会稽离政治中心较远,文化底蕴也还深厚,文人学士都喜欢流连其间。……使会稽形成独特的文化小气候。建康城里勾心斗角,江淮地区金戈铁马,这里却诗赋唱和,曲水流觞。这批会稽名士的生活,还有点竹林七贤的遗韵,这里孕育出书圣王羲之、王献之父子,山水诗人‘二谢’,后来,江南第一大佛,佛教天台宗,都诞生于会稽东部。”④所以陈寅恪曾指出:六朝的政治中心在建康,但文化中心却在会稽。⑤

当然随着以农业—官僚为特征的北方文化入主江南,也在提升江南文化的文品与文采的同时,带来某种浮华、颓废与萎靡之风。鲁迅在《北人与南人》中便指出“权贵南迁,就带了腐败颓废的风气来,北方倒反而干净”⑥。不过“衣冠南渡”对吴越的影响,由北至南又略有程度深浅的差异与不同。史载,当时南迁人数至少有 70 万。一部分越过长江后,继续南进,达到今浙江和皖南,甚至深入闽广,但落户今江苏的较多,其中扬州所集南迁的人最多,占全部南迁人总数的一半以上。⑦ 相对而言,由于天堑钱塘江之隔,到今绍兴一带的浙东地区的北人较少些,西晋贵族的奢侈和清淡之风对这一越文化的发源地影响较小,未曾动摇传统的刚烈勇悍和俭朴务实之风。“宋室南渡”⑧的情况亦是如此,北人大量迁居杭州,似乎把整个的汴京一锅儿都端了过来,“暖风熏得游人醉,直把杭州作汴州”,南宋一百五十年

---

① 沈刚认为,琅琊大族的南迁似乎与文化寻根有关,“越王勾践灭掉吴国后为拓势中原而迁都琅琊,现在是北方战乱,遂东渡发展,至少会稽是旧邦之故都,在文化上会有一种认同感,在感情上会有一种归依感”(见《六朝——越文化研究的历史馈赠》,《绍兴文理学院学报》2004 年第 2 期),可备一说。

② 刘有定:《衍极注》,《历代书法论文选》,上海书画出版社 1979 年版,第 407 页。

③ 赵孟頫:《松雪斋书论》,《历代书法论文选续编》,上海书画出版社 1993 年版,第 179 页。

④ 董楚平:《吴越文化的三次发展机遇》,《浙江社会科学》2001 年第 5 期。

⑤ 参见陈寅恪:《魏晋南北朝史讲演录》,黄山书社 1987 年版,第 118—119 页。

⑥ 鲁迅:《北人与南人》,《鲁迅全集》第 5 卷,人民文学出版社 2005 年版,第 456 页。

⑦ 参见翦伯赞:《中国史纲要》,人民出版社社 1983 年版,第 335—336 页。

⑧ 绍兴许多姓氏的族谱或门斗都有“南渡世家”的记载或悬挂“南渡世家”的匾额。

之久的偏安之局，使西湖成了“销金窝”，“山外青山楼外楼，西湖歌舞几时休”（林升），这与以后“浙东”、“浙西”之明显的文化差异的形成有因果关系。清代乾隆元年刊刻进呈的《浙江通志》记载：“元至正二十六年，置浙江等处行中书省，而两浙始以省称……国朝因之，省会曰杭州，次嘉兴，次湖州，凡三府，在大江（即钱塘江）之右，是为浙西。次宁波，次绍兴、台州、金华、衢州、严州、温州、处州，凡八府，皆大江之左，是为浙东。”明王士性在《广志绎》中说：“两浙东、西以江为界而风俗因之：浙西俗繁华，人性纤巧，雅文物，喜饰槃悦，多巨室大豪，若家僮千百者，鲜衣怒马，非市井小民之利；浙东俗敦朴，人性俭啬椎鲁，尚古淳风，重节概，鲜富商大贾。”①这种状况，衍及近代。浙东金华人曹聚仁历陈浙东、浙西民风、民俗、民性之不同，说：“浙西的事，跟我们浙东人毫不相干”，“浙西属于资产阶级的天地，浙东呢，大体上都是自耕农的社会”。② 鲁迅说：“浙东多山，民性有山岳气，与湖南山岳地带之民气相同。”③这种“山岳气”是与“大禹治水”的神话传说内在相通的：“禹理水，三至桐柏山，惊风走雷，石号木鸣，五伯拥川，天老肃兵……”④周作人在《苋菜梗》中有更细致的说明：“读外乡人游越的文章，大抵众口一词地讥笑土人之臭食，其实这是不足怪的，绍兴中等以下的人家大都能安贫贱，敝衣恶食，终岁勤劳，其所食者除米而外唯菜与盐，盖亦自然之势耳。干腌者有干菜，湿腌者以腌菜及苋菜梗为大宗，一年间的‘下饭’差不多都在这里……《邵氏闻见录》云，汪信民常言，人常咬得菜根则百事可做……咬了菜根是否百事可做，我不能确说，但是我觉得这是颇有意义的，第一可以食贫，第二可以习苦……”⑤无疑这样一种“敝衣恶食，终岁勤劳”，“食贫”、“习苦”的生活方式与生活习性是与越地自古以来所崇尚的禹墨“以自苦为极”、“而形劳天下”⑥的精神传统一脉相承的。与此同时，以“勾践”为原型的那种在复仇中抗争的精神也在默默地传承、延续与嬗递。特别是每当民族国家处于危亡的时候，如前所述，总会涌现出一批轻死赴难的慷慨义士，迸发出刚正不阿、坚贞不屈、舍生取义、视死如归的炫目光芒。例如南宋一生致力于抗金复宋的陆游，至死也没有忘记恢复大好河山，给儿

① 王士性：《广志绎》卷四《江南诸省 · 浙江》，《广志绎》，中华书局 1981 年版，第 167 页。

② 曹聚仁：《我与我的世界》，人民文学出版社 1983 年版，第 39 页。

③ 徐梵澄：《星花旧影——对鲁迅先生的一些回忆》，《鲁迅回忆录》散篇下册，北京出版社 1999 年版，第 1317 页。

④ 李公佐：《古岳读经》，《太平广记》（十）卷四六七，中华书局 1961 年版，第 3845 页。

⑤ 周作人：《苋菜梗》，《周作人自编文集 · 看云集》，河北教育出版社 2002 年版，第 31—32 页。

⑥ 庄子：《庄子 · 杂篇 · 天下》，《南华经》，安徽人民出版社 1994 年版，第 512 页。

子留下了"王师北定中原日,家祭无忘告乃翁"(《示儿》)的临终遗嘱。又如明代著名学者方孝孺面对明成祖朱棣篡君夺位,强迫他起草即位诏书的无耻行为,誓死不从,宁可被诛十族,大书"燕贼篡位"而亡。以至在一般的知识分子乃至民众中形成了一种普遍的风气:"逆于时趋","辩论之间,颇乖时人好恶"。① 周作人说"我们一族住在绍兴只有十四世……这四百年间越中风土的影响大约很深,成了我的不可拔除的浙东性……清朝的章实斋、李越缦即是这派的代表,他们都有喜骂人的脾气。……想混迹于绅士淑女之林,更努力学为周慎……无如旧性难移,燕尾之服装终不能掩羊脚,检阅旧作,满口柴胡,殊少敦厚温和之气"②。如鲁迅的祖父介孚公就性格倔强、硬气、好骂人,上至"昏太后"(慈禧)、"呆皇帝"(光绪),下至家族子侄辈,"说话的谿刻,那总是独一的"③。即使底层如"土谷祠"的阿Q,对于未庄人普遍尊敬的"文童的爹爹"赵太爷、钱太爷之流,也"在精神上独不表格外的崇奉"(《阿Q正传》)。

(三)由浙东学派到阳明心学:越文化孕育的中国(东方)现代性之源

浙东与浙西民风、民性之不同,衍至学术与学风殊异。清代学者章学诚在《文史通义·浙东学术》中说:"世推顾亭林为开国儒宗,然自是浙西之学;不知同时有黄梨洲氏出于浙东,虽与顾氏并峙,而上宗王刘,下开二万,较之顾氏,源远而流长矣。顾氏宗朱而黄氏宗陆,盖非讲学专家各持门户之见者,故互相推服而不相非诋。学者不可无宗主,而必不可有门户,故浙东、浙西,道并行不悖也。浙东贵专家,浙西尚博雅,各因其习而习也。"④"两浙"是清代经史之学的中枢之一。浙西重经学究学理而显博雅,浙东重史学切人事而见深刻。章学诚进而提出"六经皆史",以史学代经学。浙东自古就有重史的传统。近人何炳松在《浙东学派溯源》中认为浙东学派形成于南宋,以史学而显著,在其发展过程中存在着南宋与清代这两个互为承续的高峰,并指出浙东学派始终与正统的朱熹理学"水火"不容。⑤ 南宋永嘉学派的代表叶适说:"仁人'正谊不谋利,明其道不计其功',此语初看极好,细看全疏阔。古人以利与人,不肖居其功,故道义光明;后世儒者行仲舒之

---

① 章学诚:《上辛楣宫詹书》,《章学诚遗书卷二九》,文物出版社1985年版,第332页。
② 周作人:《周作人自编文集·雨天的书·自序二》,河北教育出版社2002年版,第3页。
③ 周作人:《鲁迅的文学修养》,《关于鲁迅》,新疆人民出版社1997年版,第438页。
④ 章学诚:《文史通义》内篇卷五《浙东学术》,《文史通义校注》,中华书局1985年版,第523页。
⑤ 何炳松:《浙东学派溯源》,中华书局1989年影印本,第4—8页。

论，既无功利，则道义者乃无用之虚语尔。”①同时指出：“欲折衷天下之理，比尽考详天下之事物，然后不谬。”②鲜明地强调了理论的效用与实践的一致性。永康学派的代表陈亮也竭力反对道德性命之空谈，强调道存在于实事实物之中、“以适用为主”③的效用目的论。金华学派的吕祖谦则强调在“天人之际”的结构中，民为“天地之心”，故道的内涵必须融入“人事”，唯有人事的实践活动才可能把道实现出来，人是历史的主体。因而历史事实本质上是人的主体性的呈现，故“史，心史也；记，心记也”④。由于“道的运动展开了社会历史的全部运动，因此所谓现实，便不过是道或天人之际历史运动的当前状态”，因而“唯有将现实置于历史的背景之下，现实的意义才能更为充分地呈现出来，才能得天人之际之真际，才能得时措之宜而实现对现实的恰当干预”⑤，“通古今事势之变以达于当前之治体。通融经史，实现哲学与历史学的义阈整合，并将其作为一种学术的基本理念与方法而贯彻到一般研究之中，由是开辟了中国古代历史哲学研究领域……并且亦一般地体现为浙东学派的共同特征”⑥。浙东学派的学术品格，如章学诚所说：“浙东之学，言性命者必究于史”，“史学所以经世，固非空言著述也”，“正以切合当时人事耳”。⑦“经世”以“切合当时人事”为本，与“舍今而求古”、“舍人事而言性天”的“空言著述”相区别，所强调的正是大禹所开创的越文化注重于求实中探索的实践性品格。

所以彭晓丰、舒建华在《“S会馆”与五四新文学的起源》中说：“中国文化有两个基本的板块：东南沿海和中原腹地。历史发展中的区域不平衡性导致强烈的文化落差，形成了一个‘中心—边缘’结构。”⑧前者“大量地凝聚了中国传统内固有的反叛因素，并强有力地呼应异质文化传统”⑨，“对于来自内陆的强大的同化力量，它自然会作出相当敏锐的反应。这种反应当然不是采取激进的暴力的形式，而是表现在文化心理上的疏离，或者说，有一股绵密坚劲的离心力从区域文化场中渗透出来。这一离心力汇流整个传统中所有的对抗性因素，主动呼应和适应异质文化传统的冲击波。……可

---

① 叶适：《习学记言》卷二十三，《四库》，上海古籍出版社1992年影印本，第201页。
② 叶适：《题姚令威西溪集》，《叶适集》第二册，中华书局1961年版，第614页。
③ 陈亮：《陈亮集》（增订本），中华书局1987年版，第347页。
④ 吕祖谦：《齐桓公辞郑太子华》，《东莱博议》卷二，中国书店1986年版，第164页。
⑤ 董平：《浙江思想学术史》，中国社会科学出版社2005年版，第175—176页。
⑥ 同上书，第172页。
⑦ 章学诚：《浙东学术》，《文史通义校注》，中华书局1985年版，第523—524页。
⑧ 彭晓丰、舒建华：《“S会馆”与五四文新学的起源》，湖南教育出版社1995年版，第30页。
⑨ 同上书，第37页。

以说,东南沿海是中国整个密不透风的文化桶围中最短的板块,那种骇人的决溃就由此生发"①。笔者以为,如果进一步分析的话,东南沿海文化中的反叛性力量的核心与源泉在由"大禹"和"勾践"作为原型的越文化发源地——浙东地区。余英时说:"自十五、十六世纪以来,中国社会开始了一个长期的变动历程。……尤其是十九世纪中叶以后,这一内在的渐变和西方文化的入侵所激起的剧变汇合了……从思想史上看,清末民初出现了一批求变求新的儒家知识分子,他们在西方的价值和观念方面作出了明确的选择,这些选择并不是任意性的;明清儒学的新动向在很大程度上决定了他们的选择。这是明清以来中国的内在渐变在近代继续发挥影响力的显证。"②笔者以为,引发中国历史走向近代的"内部渐变"的思想力量便渊源于越地的阳明心学。作为越中学子的王阳明正是在对当时正统的朱熹"格物致知"的理学的怀疑与超越中,鲜明地提出了"无心外之理,无心外之物"③的命题,将人们的思维本体从外在的"理"转移到内在的心上来,从而为冲破"灭人欲"的"天理"的束缚提供了思想解放的武器与力量。而"致良知"④则要求个体将他本具的良知尽可能完善地充分表达于经验领域,并以这种个体实践活动为中介,实现天下万物一体之仁。因此"知行合一"⑤的实践性原则得到了充分强调,这也是浙东学术的一条基本的血脉。或许正是这样一种在求实中探索的精神,使王阳明大胆提出了许多富有反叛专制传统的创造性洞见:"四民异业而同道"⑥——提升了新兴的商人阶层的社会地位;"夫学贵得之心,求之于心而非也,虽其言之出于孔子,不敢以为是也"⑦,"良知良能,愚夫愚妇与圣人同"⑧——在封建专制鼎盛的时代开了反叛专制性伦理教条、追求平等的思想解放之先河。所以余英时说:"专制君主要使'天下是非一出于朝廷',现在阳明却说:'良知只是个是非之心。'而良知则是人人都具有的。这样一来,他便把决定是非之权暗中从朝廷夺还给每一个人了。从这一点来说,致良知又含有深刻的抵抗专制的意义。"⑨

---

① 彭晓丰、舒建华:《"S会馆"与五四文新学的起源》,湖南教育出版社1995年版,第39—40页。
② 〔美〕余英时:《士与中国文化》,上海人民出版社2003年版,第527页。
③ 王阳明:《传习录一》,《王阳明全集》卷一,上海古籍出版社1992年版,第6页。
④ 王阳明:《传习录二》,《王阳明全集》卷二,上海古籍出版社1992年版,第71页。
⑤ 王阳明:《传习录三》,《王阳明全集》卷三,上海古籍出版社1992年版,第96页。
⑥ 王阳明:《节庵方公墓表》,《王阳明全集》卷二十五,上海古籍出版社1992年版,第941页。
⑦ 王阳明:《传习录二》,《王阳明全集》卷二,上海古籍出版社1992年版,第76页。
⑧ 王阳明:《传习录三》,《王阳明全集》卷三,上海古籍出版社1992年版,第96页。
⑨ 〔美〕余英时:《中国思想传统及其现代变迁》,广西师范大学出版社2004年版,第225页。

被称为“左派王学”(嵇文甫语)的泰州学派和李贽则进一步发展了这种叛逆精神,应和着当时以江南为中心的商品经济的发展和市民社会的崛起,他们明确提出“穿衣吃饭,即是人伦物理”[①]和“夫私者,人之心也。人必有私,而后其心乃见;若无私,则无心矣”[②],倡导“不以孔子之是非为是非”[③],“夫童心者,绝假纯真,最初一念之本心也。若失却童心,便失却真心;失却真心,便失却真人”[④]。因而无论是嵇文甫《左派王学》(开明书局1932年版),还是侯外庐《中国早期启蒙思想史——十七世纪至十九世纪四十年代》(人民出版社1956年版)都认为他们形成了一股“思想解放的潮流”,被“新文化运动家”拉为同调的晚明文学中的“自由解放反抗传统思想的精神”,其实在明中叶以后便开始在“思想界”的各个方面“表现出来”。[⑤]余英时在《士与中国文化》新版序言中也“把十六世纪划为新阶段的开始”[⑥]。任访秋也指出“李贽与其他左派王学的思想家们,在反程朱理学的过程中进一步对孔子的是非观也提出疑义与批评,从晚明思想界来说,这实在是一场革命运动”[⑦]。日本学者岛田虔次的名著《中国近代思维的挫折》则从1.对人的全盘肯定,2.圣人权威的世俗化,3.“良知”论的确立,使得人的知识、才能、情意等获得了独立的地位,4.人作为良知的存在,具有“平等”特征,从而在“庶民”阶层开出了一条与士大夫相同的学问道路等几个方面,概括了阳明学的义理结构及其思想展开过程中的近代思维特征。只是明末以降,由于种种外在因素(新朝政治上以及文化上的高压政策),这一“近代思维”的历史进程最终遭受了意外的“挫折”。沟口雄三则在《中国前近代思想的屈折与展开》中认为从晚明的李贽到明清之际的顾炎武、王夫之、黄宗羲的思想展开过程来看,虽然前者往往被后者视为异端而遭到否定,但是换一种视角,李贽“思想、行为的真髓(这真髓是历史的真髓)却被历史

---

① 李贽:《答邓石阳》,《李贽文集》(第一卷),社科文献出版社2000年版,第4页。

② 李贽:《德业儒臣后论》,《李贽文集》(第二卷),社科文献出版社2000年版,第626页。

③ 参见李贽《藏书·世纪列传总目前论》:“前三代吾无论矣,后三代,汉唐宋是也。中间千百余年而独无是非哉,岂其人无是非哉?咸以孔子之是非为是非,故未尝有是非耳。然则予之是非人也又安能已!夫是非之争也,如岁时然,昼夜更迭,不相一也。昨日是今日非矣,今日非而后日又是矣。虽使孔子复生于今,又不知作何是非也,而遽可以定本行赏罚哉!”(见《李贽文集》[第二卷],社科文献出版社2000年版,第7页)

④ 李贽:《童心说》,《李贽文集》(第一卷),社科文献出版社2000年版,第92页。

⑤ 嵇文甫:《左派王学》,开明书店1934年版,第2页。

⑥ 余英时:《士与中国文化》,上海人民出版社2003年版,第4页。

⑦ 任访秋:《中国新文学渊源》,河南人民出版社1986年版,第2页。

地继承下来了”。因而他和岛田氏相同,都“把阳明学看作近代的远的渊源”①。李泽厚也认为那些“开辟近代自然人性论的先驱健将李贽、康有为或公开崇奉王学,或直接与王学理论相连,决不是偶然的”②。实际上阳明心学对整个东亚的近代化运动都发生过启示作用,成为东方现代性的一个重要的资源。如“对朝鲜饰新政治,维新变法起了极大的先导作用”,对日本“开港倒幕,废藩置县,教育改革,富国强兵,促进明治维新”也“具有重大影响,起过积极作用”。③

由阳明心学及左派王学影响漫衍到文艺上,则开启出“一种具有近代解放气息的浪漫主义的时代思潮”④。其中“公安派”倡导的“独抒性灵,不拘格套,非从自己胸臆流出,不肯下笔”⑤开创了个性解放文学之先河。“《牡丹亭》直接提出‘情’作为创作的根本,并有意地把‘情’与‘理’对立了起来……深刻地折射出当时整个社会在要求变异的时代心声。”⑥影响所及也促进了一批市民文学的兴起,以冯梦龙的“三言”和凌濛初的“二刻”为代表的话本小说“‘极摹人情世态之歧,备写悲欢离合之致’,把当时由商业繁荣所带给封建秩序的侵蚀中的社会作了多方面的广泛描绘。……对人情世俗的津津玩味,对融化富贵生活的钦羡渴望,对性的解放的企望欲求,对‘公案’、神怪的广泛兴趣……尽管这里充满了小市民种种庸俗、低级、浅薄、无聊,尽管这远不及上层文人士大夫艺术趣味那么高级、纯粹和优雅,但它们倒是有生命的新生意识,是对长期封建王国和儒学正统的侵袭破坏”⑦。任访秋也说:“思想的解放,实为文学革新的先导。以袁中郎为首的公安派反前后七子的复古主义,其思想实来源于当时的‘左派王学’,特别是李贽所提倡的思想革命。当时思想革命与文学革命汇成一支文化革命的洪流,有力地冲击了封建思想与封建复古主义的文学。其流风历清初,直到乾隆中叶而未沫。”⑧刘大杰则认为:“晚明公安派的议论,精神是浪漫的,态度是革命的,一反传统的释古思想,而建立起重个性、重自由、重内容、重情感的新理论。……这与五四时代的文学运动精神完全相同。”⑨

---

① 〔日〕沟口雄三著,索介然、龚颖译:《中国前近代思想的演变》,中华书局2005年版,第43页。
② 李泽厚:《中国古代思想史论》,人民出版社1986年版,第249页。
③ 傅振照:《绍兴思想史》,中华书局2004年版,第217—218页。
④ 李泽厚:《美的历程》,中国社会科学出版社1984年版,第248页。
⑤ 袁中郎:《小修诗叙》,《袁中郎随笔》,作家出版社1996年版,第165页。
⑥ 李泽厚:《美的历程》,中国社会科学出版社1984年版,第249页。
⑦ 同上书,第236页。
⑧ 任访秋:《中国新文学渊源》,河南人民出版社1986年版,第2页。
⑨ 刘大杰:《中国文学发展史》下卷,中华书局1949年版,第309页。

在这股气势磅礴的浪漫洪流中，越中奇人徐渭焕发出夺目的光彩。作为王阳明再传弟子的徐渭，虽然一生坎坷，满腔忧愤，却始终疾恶如仇，蔑视权贵，我行我素，啸傲烟霞，狂放近乎于疯癫，始终坚持“真我”的独立个性，“传姚江（王阳明）纵恣之派”①，形成了“疏纵不为儒缚”②的思想作风。师心横纵，任其野性，崇尚俚俗，发而为诗为文为戏曲为书画而竞放异彩。其诗“为公安一派之先鞭”，其文则“为金人瑞等滥觞之始”。③袁宏道读到其诗文后不由大为惊叹：“先生诗文崛起，一扫近代芜秽之习，百世而下，自有定论。”④徐渭的杂剧《四声猿》，更是体现其艺术精神的力作。“徐渭第一次把明代社会新思潮引入到戏剧创作中，公然宣扬人的情欲具有天然合理性，冲破了笼罩着戏剧领域的迂腐酸臭的空气，表现出鲜明的时代特征。《玉禅师》的出现，可以说标志了明代戏曲一个重大转折的开端，就肯定人欲，否定虚伪的禁欲主义这一点而言，它无疑是汤显祖《牡丹亭》的先声。”⑤在徐渭的书画中更是“生命奔泻出淋漓而又洒泼的墨色与线条，躁动的笔墨后面游动着不驯与无奈”，“全身心的苦恼、焦灼、挣扎、痴狂在画幅中燃烧，人们可以立即从笔墨、气韵、章法中发现艺术家本人”。⑥因而他的“狂草书法与之前流行的馆阁体书法几乎没有关系，而且开启了晚明黄道周等灿烂的书法华章”；其独创性的水墨大写意花鸟画也“开启了后来石涛、扬州画派，海派诸家以及近代齐白石等大家”。⑦其“猖狂绝伦”的艺术风格显示了艺术家自我人格的充分显露和高度张扬。因而“徐渭的意义决不止是他在形式上开创了水墨大写意画法，更重要的是人们从他那里倾听到了中国绘画美学由古典向启蒙转换的最初呼喊”⑧。在越中影响所及，形成王思任、张岱与越中曲派等诸多杰出的艺术家。

（四）浙东史学：越文化启蒙思潮的萌动

由明入清，阳明心学经过阳明再传弟子刘宗周的推陈出新，在其“蕺山学派”的弟子黄宗羲那里汇合浙东学术的史学精神，创一新的学术高峰。

---

① 纪昀等：《四库全书总目》，中华书局 1983 年版，第 1606 页。

② 徐渭：《自为墓志铭》，《徐渭集》，中华书局 1983 年版，第 639 页。

③ 纪昀等：《四库全书总目》，中华书局 1983 年版，第 1606 页。

④ 见《徐渭集》，中华书局 1983 年版，第 1344 页。

⑤ 骆玉明、贺圣遂：《徐文长传》，浙江古籍出版社 1987 年版，第 82—83 页。

⑥ 余秋雨：《秋雨散文》，浙江文艺出版社 1994 年版，第 141 页。

⑦ 范美俊：《明代中后期徐渭的书画转型与心学背景》，《西昌学院学报》（自然科学版）2006 年第 2 期。

⑧ 李敬仕：《个性人格的凸现——论徐渭绘画的特色及其历史价值》，《艺术探索》2000 年第 1 期。

黄宗羲的政治著作《明夷待访录》鲜明地表达了对封建专制制度的批判。他认为,“有生之初,人各自私也,人各自利也,天下有公利而莫或兴之,有公害而莫或除之”。为兴公利,除公害,故立君主。上古时代“以天下为主,君为客”,国君不仅从属于天下百姓,而且也直接为天下百姓服务。所以,“凡君之所毕世经营者,为天下也”。“后之为人君者”却唯以驰骋其私欲,竞逐其私利为能事,“敲剥天下之骨髓,离散天下之子女,以奉我一人之淫乐,视为当然”。因而“向使无君,人各得自私也,人各得自利也”,而现在人民生灵涂炭,被任意宰割,故“为天下之大害者,君而已矣”。[①] 为改变这种君主专制之害,黄宗羲进而提出了废除“一家之法”,制定“天下之法”,而“天下之法”又须“有治法而后有治人”的新型法治思想[②],同时倡议设立新型学校,代表人民公意,监督政府,从而使“天子之所是未必是,天子之所非未必非,天子亦遂不敢自为非是,而公其非是于学校”[③]。为适应社会商品经济的发展,继阳明“四民异业而同道”的思想,明确提出“工商皆本”的观点。[④] 所以《明夷待访录》被称为明末清初的“人权宣言”,黄宗羲被誉为“东方/中国的卢梭”[⑤],在后来的民主解放运动中发挥过巨大的作用。梁启超说,(《明夷待访录》)“对于三千年专制政治思想为极大的反抗。在三十年前——我们当学生时代,实为刺激青年最有力之兴奋剂。我自己的政治运动可以说是受这部书的影响最早而最深”[⑥]。“梁启超、谭嗣同辈倡民权共和之说,则将其书(《明夷待访录》)节钞印数万本,秘密散布,于晚清思想之骤变,极有力焉。”[⑦]黄宗羲的《明儒学案》则开辟了一个全新的史学领域,“中国之有专门的学术思想史,实从《明儒学案》始”。他“博雅以穷经,通变以治史,总在经纬天地,还归儒学之本色;实证为方法,致用为目的,总在实事求是,自得于心,而还原学术本身之价值的经验效用”。[⑧]“其特重经史之会通并以此为基础而注重将哲学向史学领域推进的基本学术取向,实质上正代表了南宋浙学之核心理念及其本质精神的回归……亦代表了浙东

---

① 黄宗羲:《明夷待访录·原君》,《黄宗羲全集》第一册,浙江古籍出版社2005年版,第2—3页。

② 黄宗羲:《明夷待访录·原法》,《黄宗羲全集》第一册,浙江古籍出版社2005年版,第7页。

③ 黄宗羲:《明夷待访录·学校》,《黄宗羲全集》第一册,浙江古籍出版社2005年版,第10页。

④ 参见黄宗羲:《明夷待访录·计财三》,《黄宗羲全集》第一册,浙江古籍出版社2005年版,第41页。

⑤ 参见蔡元培:《绍兴教育会之关系》,《蔡元培全集》第一卷,中华书局1984年版,第170页;另参见刘师培:《黄梨洲先生的学说》,1904年。

⑥ 梁启超:《中国近三百年之学术史》,《梁启超全集》,北京出版社1999年版,第4452页。

⑦ 梁启超:《清代学术概论》,上海古籍出版社1998年版,第18页。

⑧ 董平:《浙江思想学术史》,中国社会科学出版社2005年版,第379页。

学派在其历史展开过程中所再度凸起的一座学术高峰。"[①]

在黄宗羲之后，章学诚是浙东史学又一杰出的大家。章学诚虽一生穷愁潦倒，颠踬困顿，却著述不辍，其代表作《文史通义》、《校雠通义》"于古今学术，辄能条别而得其宗旨，立论多前人所未发。"[②]他的史学理论凸现了浙东学派将道的追寻推进于人类社会生活本身之演进过程的基本学术理念，认为人类社会历史在本质上体现为道之必然性的不断实现过程。"道者，万事万物之所以然，而非万事万物之当然也。人可得而见者，则其当然而已矣。"[③]故"道不离器，犹影不离形"，"天下岂有离器言道，离形存影者哉"？[④]因而"道"也就是一个社会历史范畴，"道"之存在的当前状态，本质上即是以一种"天人之际"的特定结构显示出来的。"道"本身之运动的充分展开即是社会历史本身。对"道"的认识必然是以一定的"时会"为基本条件的。周公"是以经纶制作，集千古之大成，则亦时会使然"[⑤]。《六经》也是特定历史环境下的"天人之际"之实存状态的体现。因而"《六经》皆史也"，"《六经》皆先王之政典也"。[⑥] 虽然以前也有类似说法，如王阳明尝谓"《春秋》亦经，五经亦史"[⑦]，但是章学诚的"《六经》皆史"说"并非仅以《六经》为史料，而尤以《六经》为特定之'时会'或历史状态之下的'天人之际'之载体，亦即其本身乃是'历史的'"，从而"实质上乃解构了《六经》不可动摇的权威性，使《六经》转化为历史范畴而被纳入于通常意义上的历史学领域"[⑧]，"大胆地把中国封建社会所崇拜的六经教条，从神圣的宝座拉下来，依据历史观点，作为古代的典章制度的源流演进来处理，并把它们规定为'时会使然'的趋向"[⑨]。所以梁启超说："《文史通义》实为乾嘉后思想解放之源泉"，"实为晚清学者开拓心胸，非直史家之杰而已"。[⑩] 日本学者山口

---

① 董平：《浙江思想学术史》，中国社会科学出版社 2005 年版，第 379 页，第 382 页。

② 赵尔巽等：《清史稿·章学诚列传》卷四八五，《清史稿》四四册，中华书局 1997 年版，第 13398 页。

③ 章学诚：《文史通义·原道上》，严杰等译注《文史通义全译》，贵州人民出版社 1991 年版，第 134 页。

④ 章学诚：《文史通义·原道中》，严杰等译注《文史通义全译》，贵州人民出版社 1991 年版，第 149、150 页。

⑤ 章学诚：《文史通义·原道上》，严杰等译注《文史通义全译》，贵州人民出版社 1991 年版，第 136 页。

⑥ 章学诚：《文史通义·易教上》，严杰等译注《文史通义全译》，贵州人民出版社 1991 年版，第 1 页。

⑦ 王阳明：《传习录上》，《王阳明全集》卷一，上海古籍出版社 1992 年版，第 10 页。

⑧ 董平：《浙江思想学术史》，中国社会科学出版社 2005 年版，第 398 页。

⑨ 侯外庐《中国思想史》第 5 卷，人民出版社 1956 年版，第 509—510 页。

⑩ 梁启超：《清代学术概论》，上海古籍出版社 1998 年版，第 69—70 页。

久和也认为:“‘六经皆史’思想否定了孔子之后两千多年来作为中国人思维与行动典范的经书权威,其中更是隐藏了足以颠覆儒教之根本的起爆剂。”①

承接章学诚而起的是龚自珍,虽然他生活在浙西文化圈里,自幼浸润于乾嘉古文经学,却重新倡导对性与天道的追寻,“要求撤除学术上汉宋藩篱,将儒学从支离破碎的词语训诂中解放出来,会同通‘道学问’与‘尊德性’于一途,冶经术与治术为一体,而重新追问经世治用的价值之原”②。与章学诚“六经皆史”,“究天人之际以通古今之变”的思想颇相吻合。所以钱穆说:“定庵之学,虽相传以常州今文目之,而其最先门径,则端自章氏人”③,“定庵之学,影接实斋,濡染杂博”④。实际上正是向由大禹所象征的越先民在求实中探索的精神原型的回归。或许正是这种经世治用的精神,使他直面现实,在封建王朝盛世的回光返照中洞察到它的腐朽与衰败:“日之将夕,悲风骤至,人思灯烛,惨惨目光,吸饮莫气,与梦为邻。”⑤特别是把那些只知“点头称是”、“唯唯诺诺”、“退缩老成”的官员称为“腐肉”,认为导致官僚阶级全面腐败的根源正是封建专制政体本身:“昔者霸天下之氏,称祖之庙,其力强,其志武,其聪明上,其财多,未尝不仇天下之士,去人之廉,以快号令;去人之耻,以嵩高其身;一人为刚,万夫为柔……积百年之力,以震荡摧锄天下之廉耻;既殄,既狝,既夷,顾乃席虎视之余荫,一旦责有气于臣,不亦暮乎!”⑥承续了黄宗羲对封建专制制度的批判。同时,他还鲜明地张扬“我”的力量:“天地,人所造,众人自造,非圣人所造。圣人也者,与众人对立,与众人为无尽。众人之宰,非道非极,自名曰我。我光造日月,我力造山川,我变造毛羽肖翘,我理造文字言语,我气造天地,我天地又造人,我分别造伦纪。”⑦虽然这一“我”还不是个体的“自我”,而是群体的“群我”⑧,但是“我”“光造日月”,“力造山川”,“理造文字言语”,“分别造伦纪”,继阳明“无心外之理,无心外之物”后,极大地张扬了人的主体性与创造性,而且这一“群我”是与“圣人”对立的,从而对于人的思想解放产生了

---

① 〔日〕山口久和著,王标译:《章学诚的知识论——以考证学批判为中心》,上海古籍出版社 2006 年版,第 84 页。

② 董平:《浙江思想学术史》,中国社会科学出版社 2005 年版,第 419 页。

③ 钱穆:《中国近三百年学术史》,中华书局 1986 年版,第 536 页。

④ 孙文光、王世云编:《龚自珍研究资料集》,黄山书社 1984 年版,第 163 页。

⑤ 龚自珍:《尊隐》,《龚自珍全集》,上海人民出版社 1975 年版,第 87 页。

⑥ 龚自珍:《古史钩沉论一》,《龚自珍全集》,上海人民出版社 1975 年版,第 20 页。

⑦ 龚自珍:《壬癸之际胎观第一》,《龚自珍全集》,上海人民出版社 1975 年版,第 12 页。

⑧ 参见朱奇志:《龚自珍鲁迅比较研究》,岳麓书社 2004 年版,第 226 页。

巨大的作用。所以梁启超说:“晚清思想之解放,自珍确与有功焉。光绪间所谓新学家者,大率人人皆经过崇拜龚氏之一时期。初读《定庵文集》,若受电然,稍进乃厌其浅薄。然今文学派之开拓,实自龚氏。”①或许这一人的主体精神的极大张扬与龚自珍晚年所受西学的影响是分不开的。深知他的魏源说他“晚尤好西方之书”。②

鲁迅直接师承的章太炎,虽然出生于余杭,但他尝自称余姚人,也就是祖籍浙东的余姚。③ 其生命之根与文化之根深深地扎在浙东的土地中,且以“越之贱氓”④为自豪。梁启超说:“炳麟少受学于俞樾,治小学极谨严,然固浙东人也,受全祖望、章学诚影响颇深,大究心明清间掌故,故排满之信念日烈。”⑤这种影响或许首先便在于他承传了章学诚“六经皆史”的精神,“言六经皆史者,贤于《春秋》制作之论”⑥,并进一步指出:“孔氏,古良史也,辅以丘明而次《春秋》,料比百家,若旋玑玉斗矣。谈、迁嗣之,后有《七略》。孔子死,名实是以伉者,汉之刘歆。”⑦抬出司马谈父子、刘歆与孔子同列,这在当时的思想界无疑是石破天惊:“余杭章氏《訄书》至以孔子下比刘歆,而孔子遂大失其价值,一时群言多攻孔子矣。”⑧同时他还抬出先秦诸子与儒家抗衡,从而“使六经的神圣性发生根本的动摇,也使由经见道,援道济世的千古大理想崩坠”⑨,为消解思想文化专制、尊重个性与差异性的文化多元主义的崛起奠定了历史的基础,产生了久远的历史回响。章太炎的“全部思想学说由此而展开,浙东学术的实践性品格在他身上得到充分的继承与发展,表现为他既是思想家,又是革命家的特点。章太炎由此确立了自身在近、现代之交中国社会根本性转变过程中无人可以替代的重要位置”⑩。

章太炎所倡导并产生了广泛影响的“依自不依他”、“自贵其心,不依他力”、“自贵其心,不以鬼神为奥主”、“自贵其心,不援鬼神”的“唯以自识为

---

① 梁启超:《清代学术概论》,上海古籍出版社 1998 年版,第 75 页。

② 魏源:《定庵文录叙》,《龚自珍全集》附,上海人民出版社 1975 年版,第 650—651 页。

③ 《余姚文史资料》第二辑有《章太炎为何自称“余姚人”》一文,转引自蔡克骄《“浙东史学”再认识》,《史学理论研究》2002 年第 3 期。

④ 章太炎:《明独》,《章太炎全集》第三册,上海人民出版社 1985 年版,第 55 页。

⑤ 梁启超:《清代学术概论》,上海古籍出版社 1998 年版,第 95 页。

⑥ 章太炎:《原经》,《精读章太炎》,鹭江出版社 2007 年版,第 19 页。

⑦ 章太炎:《订孔》,《章太炎政论选集》上册,中华书局 1977 年版,第 180 页。

⑧ 许之衡:《国粹学报》乙巳年(1905)第六号《社说》。

⑨ 王汎森:《章太炎的思想(1868—1919)及其对儒学传统的冲击》,台北时报文化出版公司 1985 年版,第 236 页。

⑩ 陈方竞:《鲁迅与浙东文化》,吉林大学出版社 1999 年版,第 247 页。

宗”①的思想除了佛教法相宗、禅宗的渊源之外,也整合吸收了中国传统文化思想,首先是阳明心学的因素。所以他说:“明之末世,与满洲相抗,百折不回者,非耽悦禅观之士,即姚江学派之徒。日本维新,亦由王学为其先导。”②或许也可以说正是他首先受到阳明心学的影响,在阳明心学作为主体意识之“心”与佛教作为真如本体之“自心”、“自识”之间达到沟通,才进而开创“以自识为宗”的宗教论。所以汪卫东说:“以儒家心学为代表的‘汉族心理’,才是章氏显得颇为激进的‘个人’观念的真正的心理根源。”③正是这种“依自不依他”、“自贵其心”的独立自主的“个人”观念与态度,使章太炎从不盲从别人,虽然广泛地吸收了中外古今的各种学问、知识与学说,但是面对为时尚所推崇与趋奉的诸多新的事物与观念,如进化论、民主代议制、国家、公理等等都进行了有分析的批判与否定,并且在重新诠释庄子《齐物论》的基础上,建立起他独特的以“以不齐为齐”抗衡“齐不齐”,即强调多元差异取代单一大同的普世主义的齐物思想。“在二十世纪的初头,即已对其时正成为理所当然、不容置疑、锐不可挡的意识形态强势的诸多如公理、进化、唯物等西方现代性理念、制度,表示不能惬意和默然,对文(文明、现代)/野(野蛮、传统)等两极性思维模式所蕴含的虚妄性有所察识,并对其背后的进化论和一元论历史观在哲学上作出了某种程度的解构”,从而“为中国现代思想学术提供了一种抵抗简化和趋同、守持差异和复杂的认知评判系统,对现代转型进程中居思想强势、世人忙于趋从而疏于反思的诸多现代性理念,立足自己的根柢而多有置疑”。④ 此外他对“学在民间”的信守、对魏晋文学的尊崇等都体现了一种不同于中原正统文化的追求自由与个性的边缘文化(越文化)精神与意识,并对后来的新文化运动产生了重要的影响。至于他在人格上始终坚守的特立独行、独立不倚、注重生命的亲证与践履的精神,成就了他“以大勋章作扇坠,临总统府之门,大诟袁世凯的包藏祸心者,并世无第二人;七被追捕,三入牢狱,而革命之志,终不屈挠者,并世亦无第二人”⑤的伟大风范。这实质上就是由“大禹”、“勾践”精神奠定原型,再由嵇康、徐渭等承续与张扬的越人性格的现代彰显。

综上所述,从远古的大禹到近代的章太炎,在一代一代越地著名的知识分子和文化名人之间,的确构成了一种前后相续、源远流长的精神谱系。当

---

① 章太炎:《答铁峥》,《章太炎全集》第四册,上海人民出版社 1985 年版,第 369—370。
② 同上。
③ 汪卫东:《鲁迅前期文本中的“个人”观念》,人民文学出版社 2006 年版,第 157 页。
④ 李振声:《作为新文学资源的章太炎》,《书屋》2001 年第 Z1 期(增刊)。
⑤ 鲁迅:《关于太炎先生二三事》,《鲁迅全集》第 6 卷,人民文学出版社 2005 年版,第 567 页。

然它并非一种封闭的系统，而始终是在与其他文化，特别是中原文化的交流、渗透与融合中发展的。比如前面所论嵇康与王羲之就是越文化与交融的结晶与升华。王阳明的心学也吸收了孟子的心性学说作为资源。章太炎更是广泛吸取了佛教的法相宗和禅宗、楚文化的庄子乃至西方和印度的哲学思想等精华，“这种运用古今中外的学术，糅合而成一家言的哲学体系，在近世他是第一个博学深思的人”①。但是诚如上述，在他们的思想之间又的确有一条前后相承、推陈出新的精神纽带，构成一种独特的精神传统。这一传统的核心便是渊源于由大禹和勾践所象征的求实中探索与复仇中抗争的集体无意识原型。在王充的笔下主要显现为一种独立思考的“疾虚妄”的现实批判精神，在嵇康身上显现为一种“越名教而任自然”的抗争与自由的精神，在王阳明的心学中彰显为“无心外之理，无心外之物”的主体精神，在黄宗羲的思想里凸显为对封建君主专制制度批判的启蒙精神，在章学诚的史学中显现为“《六经》皆史”的对神圣与权威的解构精神，在章太炎的思想中则体现为“依自不依他”、“自贵其心”的个体主义精神和以不齐为齐、尊重差异与多元的齐物思想。它们隐隐地相互勾连贯通起来，便构成了中华民族（东方）追求自身解放，争取民主与自由，走向现代与世界的精神血脉。在某种意义上，鲁迅正是这一精神血脉孕育的新生儿，并且通过他的承传与创造，把这一精神血脉推向了一个新的高峰。

（五）越文化的另一面：越地民性的沦落、扭曲与沉淀

细心的读者不难发现，这批越地著名的知识分子和文化人实际上在世的时候并不得意，甚至是历尽坎坷，潦倒终生。嵇康虽然与曹魏宗室联姻，但是面对司马氏专权的黑暗政治，“非圣无法”，“明胆异气，不能相生”②，只能啸傲竹林，锻铁与灌园。当然也因此而成就了他“上不臣天子，下不事王侯，轻时傲世，不为物用，无益于今，有败于俗”③的叛逆性格。《世说新语》载：“钟士秀精有才理，先不识康，钟要（邀）于时贤隽之士，俱往寻康。康方大树下锻，向子期为佐鼓排，康扬锤不辍。旁若无人，移时不交一言。钟起去，康曰：‘何所闻而来？何所见而去？’钟曰：‘闻所闻而来，见所见而去’。”④最终嵇康被司马氏集团借故杀害。徐渭虽然是开创了书、画、戏曲、

---

① 侯外庐：《中国近代启蒙思想史》，人民出版社 1993 年版，第 215 页。

② 嵇康：《明胆论》，《鲁迅辑录古籍丛编》（第四卷），人民文学出版社 1999 年版，第 91 页。

③ 刘义庆：《世说新语・雅量篇第六》注引《文士传》，商务印书馆 1956 年版，第 24—25 页。

④ 刘义庆：《世说新语・简傲》，商务印书馆 1956 年版，第 49 页。

文的一代大家,却一生潦倒,病魔缠身,九次自杀,入狱七年,但又从不低眉折腰,曲为攀结,维持着一个布衣的尊严。"眼空千古,独立一时,当时所谓达官贵人,骚人墨客,文长皆叱而奴之,耻不与交。"①章学诚同样穷困潦倒,一生著述虽丰,却无一刊行。在他去世三十年后,其《文史通义》、《校雠通义》才由次子章华绂刻印成书,主要在浙东学人中流传。其价值要到五四时期才得到真正的发现。梁启超说:"清代史学开拓于黄梨洲、万季野,而昌明于章实斋。……但梨洲、季野在草创时代,其方法不尽适用于后辈;实斋才识绝伦,大声不入里耳,故不为时流宗尚。三君之学不盛行于清代,清代史学界之耻也。"②如前所述,章太炎也一生历尽坎坷,甚至被目为"疯子"。但他却不以为忤,反而朗声宣称:"大凡非常可怪的议论,不是神经病人,断不能想,就能想也不敢说。说了以后,遇着艰难困苦的时候,不是神经病人,断不能百折不回,孤行己意。所以古来有大学问成大事业的,必得有神经病才能做得到。"③并以身践行,成就了他特立独行、不随时流的人格风范。即使为大明王朝立下了平定宁王朱宸濠的谋反等大功的王阳明,也备受朝廷上下猜忌,连蛰居余姚讲学也被朝廷禁止,因而只能以古之"狂""狷"者自慰。所以这一文化谱系相对于封建正统(官方)的主流文化传统来说往往是被压抑的、异端的、边缘化的。但是正是这样一种文化维系着越文化源远流长的精神血脉,孕育着走向现代的文化基因。

中国封建社会是一种大一统的专制社会,由封建王朝所倡导与推行的正统文化也是一种大一统的专制文化。随着封建王权的扩张,文化专制主义的正统文化也日益渗透、扩展到各边缘地区与文化,改造着这些地区原有的文化。所以在越文化中也存在着不同于上述追求民族自身解放,争取民主与自由,走向现代与世界的异端谱系的倡行封建正统礼教文化的另一面向。特别是在宋室南迁越地以后,封建礼教日益强化。即使越文化的发源地浙东也深受儒家礼教,特别是宋明理学思想的侵染。清代浙东名儒全祖望说:"吾乡自宋、元以来,号为邹鲁。"④鲁迅也很有感慨地记叙过,绍兴历史上的一个女子"曹娥的投江觅父,淹死后抱父尸出,是载在正史,很有许多人知道的。但这一个'抱'字却发生过问题","我幼小时候,在故乡曾经听到老年人这样讲:'……死了的曹娥,和她父亲的尸体,最初是面对面抱着

---

① 袁宏道:《徐文长传》,《徐渭集》,中华书局1983年版,第1342页。

② 梁启超:《中国近三百年之学术史》,《梁启超全集》,北京出版社1999年版,第4567页。

③ 章太炎:《东京留学生欢迎会演说辞》,《章太炎政论选集》(上册),中华书局1977年版,第270页。

④ 全祖望:《鲒埼亭集》外编卷十六《槎湖书院记》(木刻本)。

浮上来的。然而过往行人看见的都发笑了，说：哈哈！这么一个年青姑娘抱着这么一个老头子！于是那两个死尸又沉下去了；停了一刻又浮起来，这回是背对背的负着。'"所以鲁迅不无愤懑地感叹道："好！在礼义之邦里，连一个年幼——呜呼，'娥年十四'而已——的死孝女要和死父亲一同浮出，也有这么艰难！"①给鲁迅留下深刻记忆的还有为治"父亲的病"，越中名医"陈莲河"开出的药方——"最平常的是'蟋蟀一对'，旁注小字道：'要原配，即在一巢中者。'似乎昆虫也要贞节，续弦或再醮，连做药引资格也丧失了"②。并且这种礼教规训还和越地本身浓厚的鬼神信仰糅合起来，形成一种十分盛行的民间习俗。如明清以来"绍兴主要城外，都有叫行牌头的地方，那里贞节牌坊林立。在乡间路旁或城里台门口，还有旌节石碑，甚至有的台门口挂有'奉旨旌表'的巨幅匾额"③。正是这"名教的斧钺"（鲁迅语）的禁锢与压抑，导致了越人"锐兵任死"的狂野豪放天性的沦落与萎靡。再加上两次奴于异族的残酷统治，特别是"扬州十日"、"嘉定屠城"的血腥屠杀，以及"古人又造出了一种难到可怕的一块一块的文字"，使百姓就"像压在大石底下的草一样"，"默默的生长，萎黄，枯死了"。④ 而且"造化生人，已经非常巧妙，使一个人不会感到别人的肉体上的痛苦了，我们的圣人和圣人之徒却又补了造化之缺，并且使人们不再会感到别人的精神上的痛苦"⑤。

同时，在这种森严的封建专制等级制度与秩序下，越人那种独立不倚的性格也被扭曲，再加上商品经济的发展与市场的影响，攀慕富贵，遵从权势，谄上欺下，落井下石，投机取巧，趋炎附势，等等，形成一种新的世风。被打入社会另类的绍兴堕民，虽然饱受社会歧视、奴役与欺压，却自甘这种被奴役的命运。当鲁迅母亲谢绝她们到旧主人家走动时，她们却说："你说的是什么话？我们是千年万代，要走下去的。"⑥鲁迅在《〈呐喊〉自序》中写道："有谁从小康人家而坠入困顿的么，我以为在这途路中，大概可以看见世人的真面目。""我有四年多，曾经常常，——几乎是每天，出入于质铺和药店

---

① 鲁迅：《朝花夕拾·后记》，《鲁迅全集》第2卷，人民文学出版社2005年版，第336页。

② 鲁迅：《朝花夕拾·父亲的病》，《鲁迅全集》第2卷，人民文学出版社2005年版，第296页。

③ 裘士雄等：《鲁迅笔下的绍兴风情》，浙江教育出版社1985年版，第126—127页。

④ 鲁迅：《俄文译本〈阿Q正传〉序及著者自叙传略》，《鲁迅全集》第7卷，人民文学出版社2005年版，第83—84页。

⑤ 鲁迅：《俄文译本〈阿Q正传〉序及著者自叙传略》，《鲁迅全集》第7卷，人民文学出版社2005年版，第83页。

⑥ 鲁迅：《我谈"堕民"》，《鲁迅全集》第5卷，人民文学出版社2005年版，第228页。

里,年纪可是忘却了,总之是药店的柜台正和我一样高,质铺的是比我高一倍,我从一倍高的柜台外送上衣服或首饰去,在侮蔑里接了钱,再到一样高的柜台上给我久病的父亲去买药。”①在祖父的科场案“变故”中,他寄住在一个亲戚家,也曾被称为“乞食者”②。表面上温文尔雅的封建世家在崩溃没落之际也相互倾轧,钩心斗角。当鲁迅父亲病故,祖父关押在杭州时,族中一些长辈便趁他们孤儿寡母之际,重新分配房屋,损害他们的利益,逼着鲁迅签字,还造流言诬蔑,以致几十年后一直烙印于鲁迅心灵的伤痕都没有得到修复。③ 绍兴城“街上还有不少游手好闲的‘破脚骨’,他们找各种机会寻事造孽,恶作剧,打群架,有时遇见单身走过的陌生孩子,便设法挑衅,殴打取乐。成年的‘破脚骨’也是这样,无理取闹,还敲诈勒索”④。或许正是出于对这种炎凉世态的反抗,鲁迅后来毅然走上了当时受到世人“加倍的奚落而且排斥的”到洋学堂求学的道路。⑤

不过另一方面,在越人“气秉未失之农人”中那种从远古传承下来的“白心”、“素心”也仍然在默默地传递。⑥ “只要心思纯白,未曾经过‘圣人之徒’作践的人,也都自然而然的能发现这一种天性。”⑦鲁迅在《故乡》中不断回忆到的“我二十年来时时记得的故乡”——“深蓝的天空中挂着一轮金黄的圆月,下面是海边的沙地,都种着一望无际的碧绿的西瓜,其间有一个十一二岁的少年,项带银圈,手捏一柄钢叉,向一匹猹尽力的刺去,那猹却将身一扭,反从他的胯下逃走了”——或许正是这一“白心”、“素心”的艺术的象征。鲁迅随母亲回外婆家(安桥头)所感受到的那质朴刚健的人性,未失童心、稚气的温情与友谊也化作了如仙境般的《社戏》。周建人在《鲁迅故家的败落》中也谈到,当他们搬家北上,打算送一点礼物给他们的老朋友,即闰土原型的章运水时,章运水却只要了一支破旧的板枪,并且“拿了这管板枪,已十分过意不去”。周建人不由得感叹“忠厚老实的运水,他那满是皱纹的苍老的脸,是多么纯洁高尚”。⑧

---

① 鲁迅:《〈呐喊〉自序》,《鲁迅全集》第 1 卷,人民文学出版社 2005 年版,第 437 页。

② 鲁迅:《俄文译本〈阿 Q 正传〉序及著者自叙传略》,《鲁迅全集》第 7 卷,人民文学出版社 2005 年版,第 85 页。

③ 参见周作人:《鲁迅的青年时代 · 往南京》《关于鲁迅》,新疆人民出版社 1997 年版,第 416—417 页;鲁迅:《朝花夕拾 · 琐记》,《鲁迅全集》第 2 卷,人民文学出版社 2005 年版,第 302 页。

④ 周建人:《鲁迅故家的败落》,福建教育出版社 2001 年版,第 111 页。

⑤ 鲁迅:《〈呐喊〉自序》,《鲁迅全集》第 1 卷,人民文学出版社 2005 年版,第 437 页。

⑥ 参见鲁迅:《破恶声论》,《鲁迅全集》第 8 卷,人民文学出版社 2005 年版,第 30 页。

⑦ 鲁迅:《我们现在怎样做父亲》,《鲁迅全集》第 1 卷,人民文学出版社 2005 年版,第 138 页。

⑧ 周建人:《鲁迅故家的败落》,福建教育出版社 2001 年版,第 11 页。

其实，越地先民的那种复仇中抗争的精神虽然遭到封建专制统治与秩序的压抑，也以一种变形的形式默默地流淌在越地民间的神话、传说、故事、戏剧、仪式、风俗等精神信仰与文化形式中。例如在越地十分盛行的目连戏，虽然有着祭祀鬼灵、超度亡魂的宗教性，但也带有底层民众自娱自乐的性质。目连戏虽然以目连救母劝善惩恶为基本框架，但是“占据目连全剧的十分之九地位的插曲，差不多都是一个个剧化的笑话，社会家庭的讽刺画。这可以说是目连戏的精华部分，也正因为这些使得群众喜欢看，也冲淡了劝善的宗教剧的空气”①。而且纯粹是民众自己演出：“所用言语系道地土话，所着服装皆极简陋陈旧，故俗称衣冠不整为‘目连行头’；演戏的人皆非职业的优伶，大抵系水村的农夫，也有木工瓦匠舟子轿夫之流混杂其中，临时组织成班，到了秋风起时，便即解散，各做自己的事去了。”②鲁迅也指出，“这是真的农民和手工业工人的作品，由他们闲中扮演。借目连的巡行来贯串许多故事，除《小尼姑下山》外，和刻本《目连救母记》是完全不同的”③，并且“用语极奇警，翻成普通话，就减色”④。“这些滑稽当然不很‘高雅’，然而多是壮健的，与士流之扭捏的不同，这可以说是民众的滑稽趣味的特色”，“乡间的人常喜讲‘外辞’及‘冷语’，可以说是‘目连趣味’的余流”。⑤ 诚如鲁迅所说：“农人耕稼，岁几无休时，递的余闲，则有报赛，举酒自劳，洁牲酬神，精神体质，两愉悦也。”⑥同时这种目连戏和赛会不仅仅是民众的一种娱乐，更重要的是曲折地表达了他们对现世的反抗与精神追求。绍兴之所以盛行这种戏剧与赛会，特别对于“无常”“最为稔熟，也最为亲密”，就因为广大民众“活着，苦着，被流言，被反噬，因了积久的经验，知道阳间维持‘公理’的只有一个会，而且这会的本身就是‘遥遥茫茫’，于是乎势不得不发生对于阴间的神往”。而无常正是阴间那“公正的裁判”。因而这是“一个感情鲜明的世界，一个疯狂的、怪诞的、颠覆了等级秩序的世界，一个把个体孤独感的阴暗的悲剧色彩烘托成为节日狂欢的世界，一个民间想象的、原始的、具有再生能力的世界”⑦。这或许就是越地具有浓厚而悠久的鬼神信仰的一个重要原因。它对阴间的神往“是以对充满痛苦的现世

① 周作人：《关于目连戏》，寿永明主编《鲁迅与社戏》，江西人民出版社 2005 年版，第 186 页。
② 周作人：《谈目连戏》，寿永明主编《鲁迅与社戏》，江西人民出版社 2005 年版，第 179 页。
③ 鲁迅：《门外文谈》，《鲁迅全集》第 6 卷，人民文学出版社 2005 年版，第 102—103 页。
④ 鲁迅：《书信・35120・致徐訏》，《鲁迅全集》第 13 卷，人民文学出版社 2005 年版，第 599 页。
⑤ 周作人：《谈目连戏》，寿永明主编《鲁迅与社戏》，江西人民出版社 2005 年版，第 181、179 页。
⑥ 鲁迅：《破恶声论》，《鲁迅全集》第 8 卷，人民文学出版社 2005 年版，第 31—32 页。
⑦ 汪晖：《死火重温》，人民文学出版社 2000 年版，第 420 页。

的否定,更确切地说,即对自己之今生的否定为前提"[1]的。而越地民众所创造的"一个带复仇性的,比别的一切鬼魂更美,更强的鬼魂"[2]——女吊,则更鲜明地凝聚与迸射出由勾践所象征的越人在复仇中抗争的报仇雪耻的精神。

三、《故乡》:鲁迅与越文化的精神解读

(一)"故乡"的文化内涵与闰土的形象

《故乡》是鲁迅1921年写作的小说名篇,是鲁迅根据1919年回到故乡绍兴告别老屋,搬家到北京的经历写成的。故乡在鲁迅的精神世界中具有极其重要的意义。早在1912年,他为故乡青年创办的《越铎日报》所撰写的发刊辞便以"海岳精液,善生俊异","其民复存大禹卓苦勤劳之风,同勾践坚确慷慨之志"[3]对故乡的文化精神给予了热烈的赞美与歌颂。1927年,在《〈朝花夕拾〉小引》中他又充满深情地说:"我有一时,曾经屡次忆起儿时在故乡所吃的蔬果:菱角、罗汉豆、茭白、香瓜。凡这些,都是极其鲜美可口的;都曾是使我思乡的蛊惑。"[4]在生命垂危的1936年,他更是在病中不无自豪地回忆故乡"在戏剧上创造了一个带复仇性的,比别的一切鬼魂更美,更强的鬼魂"[5]——女吊,并以浓墨重彩的笔调塑造了这一光辉形象。当然与此同时,他对于故乡"世俗递降,精气播迁,则渐专实利而轻思理,乐安谧而远武术,鸷夷乘之,爰忽颠陨,全发之士,系踵蹈渊,而黄神啸吟,民不再振"[6]的现实有清醒的认识,特别是对"专制久长,鼎镬为政,以聚敛穷其膏髓,以禁令制其讥平,瘠弱槁枯,为日滋永,桎梏顿解,卷挛尚多,民声寂寥,群志幽閟"[7]的现象表达了深切的忧思与批判。《故乡》作为以"故乡"命名的小说,可以说集中地表达了他对故乡深沉而复杂的情感。

---

① 〔日〕丸尾常喜著,秦弓译:《"人"与"鬼"的纠葛——鲁迅小说论析》,人民文学出版社2006年版,第188页。

② 鲁迅:《女吊》,《鲁迅全集》第6卷,人民文学出版社2005年版,第637页。

③ 鲁迅:《〈越铎〉出世辞》,《鲁迅全集》第8卷,人民文学出版社2005年版,第41页。

④ 鲁迅:《〈朝花夕拾〉小引》,《鲁迅全集》第2卷,人民文学出版社2005年版,第236页。

⑤ 鲁迅:《女吊》,《鲁迅全集》第6卷,人民文学出版社2005年版,第637页。

⑥ 鲁迅:《〈越铎〉出世辞》,《鲁迅全集》第8卷,人民文学出版社2005年版,第41页。

⑦ 同上。

“我冒了严寒,回到相隔二千余里,别了二十余年的故乡去。”开首的一句,便如音乐的主旋律一样奠定了全篇的情感基调。接着展开“我”回归故乡所见的景物与心情:“时候既然是深冬;渐近故乡时,天气又阴晦了,冷风吹进船舱中,呜呜的响,从篷隙向外一望,苍黄的天底下,远近横着几个萧索的荒村,没有一些活气。我的心禁不住悲凉起来了。阿!这不是我二十年来时时记得的故乡?”——以现实故乡的颓败更加强烈地烘托与呼应出“我”对故乡深切的期望。但是,那“我二十年来时时记得的故乡”在哪里呢?当“我”回到家,母亲提起“我”儿时的朋友“闰土”时,“我的脑里忽然闪出一幅神异的图画来:深蓝的天空中挂着一轮金黄的圆月,下面是海边的沙地,都种着一望无际的碧绿的西瓜,其间有一个十一二岁的少年,项带银圈,手捏一柄钢叉,向一匹猹尽力的刺去,那猹却将身一扭,反从他的胯下逃走了”。由此进而回忆起“我”与闰土的相识,闰土教“我”捕鸟,闰土给“我”讲的到海边去捡五颜六色的贝壳,特别是在西瓜地里刺猹,还有潮汛要来的时候有青蛙似的两个脚只是跳的“跳跳鱼”等“无穷无尽的希奇的事”,为当时“只看见院子里高墙上的四角的天空”的“我”和我的朋友所不知道的事。正是从这些闪电似的苏生过来的儿时记忆里,“我”“似乎看到了我的美丽的故乡了”。可以说“我”二十年来时时记得的“故乡”正是以天真烂漫、纯洁无瑕、生机勃勃的闰土为象征的。它标志的是一种自由、活泼、浪漫、平等、友爱的青春生命与生活。在另外一篇直接描写作家童年生活的小说《社戏》中同样展示了“我”的“乐土”——外婆家平桥村的生活。“在小村里,一家的客,几乎也就是公共的。我们年纪都相仿,但论起行辈来,却至少是叔子,有几个还是太公,因为他们合村都同姓,是本家。然而我们是朋友,即使偶而吵闹起来,打了太公,一村的老老少少,也决没有一个会想出‘犯上’这两个字来,而他们也百分之九十九不识字。”“我”和伙伴们一起掘蚯蚓、钓虾、放牛,还到赵庄看社戏。在回村的路上,当大家饿了想摘一点罗汉豆来吃时,阿发毫无私心地选择了他家的豆,因为他家的豆大得多。另一被摘豆的人家六一公公也没有责怪他们,反而说请客,还送了一些给“我”外婆家里。难怪“我”多年后还感叹道:“真的,一直到现在,我实在再没有吃到那夜似的好豆,——也不再看到那夜似的好戏了。”表达了对故乡淳朴、善良、仁厚、勇敢的民风的深切怀念。

然而当“我”真正见到闰土时,故乡的“梦”却幻灭了。他不仅身体发生了巨大的变化:“身材增加了一倍;先前的紫色的圆脸,已经变作灰黄,而且加上了很深的皱纹;眼睛也像他父亲一样,周围都肿得通红”,“那手也不是我所记得的红活圆实的手,却又粗又笨而且开裂,像是松树皮了”。更重要的是他的精神世界发生了更剧烈的变迁:当“我”兴奋地招呼他“阿! 闰土哥,——你来了? ……”后,他虽然“脸上现出欢喜和凄凉的神情;动着嘴唇,却没有作声。他的态度终于恭敬起来了,分明的叫道:‘老爷! ……’”使“我”似乎打了一个寒噤。而当“我”母亲提示他还是照过去的“迅哥儿”称呼时,他却说“阿呀,老太太真是……这成什么规矩。那时是孩子,不懂事……”——随着“懂事”,原来两小无猜的好朋友终于被“规矩”隔了一层可悲的厚障壁了。虽然他也觉得苦,却又形容不出来,仿佛木偶人一般,只能把生活的希望寄托到来世与神佛身上了,在“我”送他东西时特意拣去了“一副香炉和烛台”。因而当“我”离开故乡时,“我却并不感到怎样的留恋。我只觉得我四面有看不见的高墙,将我隔成孤身,使我非常气闷;那西瓜地上的银项圈的小英雄的影像,我本来十分清楚,现在却忽地模糊了,又使我非常的悲哀”。

虽然作品对于闰土精神变化的过程着墨不多,但是二十年间,他从一个鲜活英雄的少年变成一尊木偶人所经历的巨大沧桑却是惊心动魄的。这其中森严的封建专制等级制度及其礼教秩序和几千年来由圣人倡导的伦理道德规范对人们的精神束缚与禁锢无疑是一个重要的原因。诚如作者在《俄文译本〈阿Q正传〉序及著者自叙传略》中所说,由于圣人和圣人之徒的道理、文字(文言)的艰涩和千年的“古训”,最底层的广大民众(“百姓”)只能“沉默”了,“像压在大石底下的草一样”,默默地生长、萎黄、枯死了。① 因而伴随着闰土的“懂事”,封建社会的规矩也就扭曲了他的性格与心灵,从而造成刚健质朴的故乡文化的沦落。——这正是“我”(鲁迅)气闷悲哀的深层原因。

(二)杨二嫂形象及其文化意义

如果说闰土是作为勤劳质朴的传统农民的形象而被封建专制社会秩序及其礼教文化扭曲了心灵的话,那么《故乡》中的另一个人物杨二嫂的变化则从另一侧面揭示了故乡文化在世俗实利冲击下的沦落。相对于闰土的沉默来说,杨二嫂是能言善辩的。当杨二嫂出现在作品中时,首先传出的是她“哈! 这模样了! 胡子这么长了!”的尖利的怪叫。接着才是她“凸颧骨,薄嘴唇”,“两手搭在髀间,没有系裙,张着两脚,正像一个画图仪器里细脚伶仃的圆规”的形象。面对这种怪叫,“我”只能由惊吓而“愕然”。在母亲的

---

① 鲁迅:《俄文译本〈阿Q正传〉序及著者自叙传略》,《鲁迅全集》第7卷,人民文学出版社2005年版,第83—84页。

提示下，"我"终于记起她就是当年在斜对门的豆腐店里终日坐着的"豆腐西施"后，迎来的却是"圆规"的"很不平"、"鄙夷"和"冷笑"，并且以"真是贵人眼高……"加以尖刻的嗤笑。随即又以"你阔了"、"放了道台"、"有三房姨太太；出门便是八抬的大轿"等莫须有而又栩栩如生的胡话强词夺理地奉承"我"，最终目的却是想从"我"家里多拿些东西。而当目的没有达到时，则咄咄逼人地以"阿呀阿呀，真是愈有钱，便愈是一毫不肯放松，愈是一毫不肯放松，便愈有钱……"的逻辑直接攻击"我"；同时不忘在向外走时"顺便将我母亲的一副手套塞在裤腰里，出去了"。

同样，杨二嫂的变化也是巨大的。如果说当年她在豆腐店里出卖色相是迫于生存的压力和迎合小市民的庸俗心理的话，那么在这样一种环境里长期耳濡目染，便逐渐形成了她尖酸刻薄、尖嘴利舌、庸俗世故的性格。对于S城和鲁镇来说，这样一种性格也是一种普遍的存在。虽然这里作为大禹、勾践的故乡，"其民复存大禹卓苦勤劳之风，同勾践坚确慷慨之志"①，但是随着其他文化的冲击，特别是随着晋室东渡与南宋王朝的南迁，安逸享乐之风也开始在越地盛行，"世俗递降，精气播迁，则渐专实利而轻思理，乐安谧而远武术"②。到近代，作为东南沿海地区，又首当其冲地面临帝国主义殖民经济的猛烈冲击，其民风，特别是一些城镇的市民风气必然产生某种蜕变。所以虽然"禹勾践之遗迹故在"，但"士女敖嬉，睥睨而过，殆将无所眷念"③。杨二嫂形象正是这一文化沦落的形象代表。因而面对这样一种"恣睢"（放纵、暴戾）的形象，"我"只能是"愕然"、"愈加愕然"、"惶恐"，终于是"无话可说"，"闭了口，默默的站着"。然而杨二嫂的这种"恣睢"的生活同时也是"辛苦"的。为了得到"我"家里的一些东西，她不但"每日必到"，而且在自以为有功地发现了闰土藏在灰堆里的碗碟后，"便拿了那狗气杀，飞也似的跑了，亏伊装着这么高低的小脚，竟跑得这样快"。因而当"我"最后为了宏儿和水生的未来而期望去创造一种新的生活时，也表达了对"别人"（杨二嫂）的辛苦恣睢生活的关切。

（三）"我"的怀乡与鲁迅的故乡情结

中国是一个具有悠久的农耕文化传统的国度。聚族而居血缘相亲、日出而作日入而息的生存方式使世世代代的中国人与自己生活的故土结下了

---

① 鲁迅：《〈越铎〉出世辞》，《鲁迅全集》第8卷，人民文学出版社2005年版，第41页。
② 同上。
③ 鲁迅：《〈会稽郡故书杂集〉序》，《鲁迅全集》第10卷，人民文学出版社2005年版，第35页。

不解之缘。土地维系着每一个家庭的生计,家园连接着这片土地,土地使生命生根。因而故土不仅给我们提供了生息的家园,也为我们构建了精神栖息与滋养的圣地。当人们或是因为出仕或是因为征戍或是因为游历而远离家乡漂泊在外孤苦无依之时,都会把思念的目光投向故土,到那熟悉而温馨的故乡去寻求精神的温暖、支撑与依恋。“游子”的“乡愁”成为了中国文学一个永远的母题。“日暮乡关何处是？烟波江上使人愁”(崔颢),正形象地表达了千古以来人们对故乡的深情。同样,在现代知识分子的精神结构中,故乡也具有十分重要的精神家园的意义。随着现代社会流动性的增强,现代化都市的兴起,生产方式与生活方式的改变,人与土地的分离成为一种必然的趋势,人与土地的这种本然的联系便显得更加弥足珍贵。特别是在现代社会急剧变动,生存竞争激烈,心灵世界错位或分裂的时候,这种怀乡或寻根的文化意向便更加强烈。无论是1920年代的乡土小说,还是1930年代的京派小说与现代派的诗歌,都响起过这一强劲的“还乡”的主旋律。

或许正是在这一心理背景下“我”虽然到“异地”谋生,但是二十年来却时时记得故乡。不过这样一种记忆经过了时间的淘汰和“我”的加工,必然失去它原有的形态,而仅仅成为一种意念性的存在。因而当“我”失望于现实故乡的荒凉,而要“记起他的美丽,说出他的佳处来”时,“却又没有影像,没有言辞了”。在心理学意义上,回忆不仅仅是过去经验的浮现与记忆的持存,它实际上是一种具有情感心理趋向的选择行为。当意识的烛光照临记忆的经验世界时,意识对过去经验的选择类似于摄影中的聚焦,即将自己希望看到的过去经验从记忆世界中提取出来,使它们进入意识区。当回忆的内容浮现在意识范围内时,最初的状态“犹如一块逐渐转浓的云彩;它从虚拟状态转变成为现实状态;它的轮廓越来越清晰,它的表面也逐渐呈现出色彩;它具备了模仿知觉的趋向。但是,回忆最深处的根依然联系着过去”①。只有当“我”听到母亲说出“我”儿时的朋友闰土的名字时,“我”关于美丽的故乡的回忆才“忽而全都闪电似的苏生过来”。如前所述,由少年闰土所象征的故乡是一种自由、活泼、浪漫、平等、友爱的青春生命与生活,一种淳朴、善良、仁厚、勇敢的民风。然而这样一种故乡却在封建社会的“规矩”,还有“多子,饥荒,苛税,兵,匪,官,绅”等的压迫与掠夺下一去不复返了。因而“我”感到巨大的失落与悲哀,“老屋离我愈远了;故乡的山水也都渐渐远离了我,但我却并不感到怎样的留恋”,那记忆中的作为精神家园的故乡也“忽地模糊了”。所以故乡梦幻的失落不仅表达了“我”对失落童

① 〔法〕昂利·柏格森著,萧聿译:《材料与记忆》,华夏出版社1999年版,第117页。

年朋友的哀悼，对闰土们沧桑巨变的同情，同时也潜在地凸现了“我”所面临的新的精神危机。虽然“我”对于宏儿和水生“应该有新的生活，为我们所未经生活过的”生活的希望也可能是渺茫的“手制的偶像”，但是正如“地上本没有路，走的人多了，也便成了路”一样，只要大家都努力地去创造，也可能就会成为现实。正是从“走”——绝望的抗争——中“我”找到了新的支撑性的精神力量。因而在朦胧中，“我”眼前又展开了“一片海边碧绿的沙地来，上面深蓝的天空中挂着一轮金黄的圆月”。

不过如同这一新的精神信念仍然联系着“我”的故乡的影像——“一片海边碧绿的沙地”，“上面深蓝的天空中挂着一轮金黄的圆月”一样，在现实生活中，故乡越地的文化精神始终构成了鲁迅精神世界坚固的根基与底色。特别是当他思想处于苦闷、寂寞、孤独、痛苦、彷徨的时期，他总是要一次次返回到精神的家园去寻求支撑性的精神力量和心灵的慰藉。如辛亥革命后的十年沉默时期，他“沉入国民中”，“回到古代去”①，实际上是“以会稽郡为横坐标，以魏晋时代为纵坐标”②，搜集整理着故乡的乡邦文献，从中吸取抵抗黑暗的思想资源和精神力量。到 1920 年代的“华盖—彷徨期”，他又一次集中返回故乡，写作了《朝花夕拾》、《野草》等篇什。在他生命的黄昏，在他为应付来自四面八方的迫害而被迫“横站”的时期，同样再一次返回他的精神故乡，写作了《故事新编》后五篇、《女吊》、《我的第一个师父》等充满战斗光辉的作品，表达了对故乡越文化精神的自觉承传与坚定捍卫。从张扬着底层民众反抗压迫和寻求公正裁判与复仇精神的无常与女吊，到不惜以自己的头颅与专制的王的头共同演绎一场神采飞扬、摄人心魄的三头大战以报仇雪恨的“眉间尺”与“黑衣人”，都是对越地勾践“十年生聚、十年教训”，卧薪尝胆报仇雪耻的复仇精神的复活与继承，也正是对《故乡》中“走”的文化精神的开掘与发扬。

---

① 鲁迅：《〈呐喊〉自序》，《鲁迅全集》第 1 卷，人民文学出版社 2005 年版，第 437 页。

② 徐小蛮：《鲁迅辑校古籍手稿及其研究价值》，《鲁迅研究动态》1987 年第 7 期。

上　编

在越文化摇篮里成长的鲁迅

第一章 越地民间文化的熏陶与同农民的精神联系

一、童年经验与鲁迅思想和艺术的发生

1933年瞿秋白发表《鲁迅杂感选集·序言》,第一次对鲁迅的思想与文学作出了全面的梳理与总结。他一方面充分肯定了鲁迅在中国人民与民族解放斗争中的典范性意义与作用——“中国新文学的第一座纪念碑”、“青年叛徒的领袖”①,从而纠正了当时“左”和右倾倾向对于鲁迅的偏见和模糊认识。不过,另一方面,他从当时的无产阶级革命意识出发,也把鲁迅的思想简单概括为“从进化论最终走到了阶级论,从进取的争求解放的个性主义进到了战斗的改造世界的集体主义”②的历程,从而奠定了划分鲁迅前后期思想,并且后期政治的阶级的鲁迅高于前期启蒙的文化的鲁迅的基本模式。这一模式随着政治意识形态的日益高涨而偏激到否定前期鲁迅的程度。随着新时期思想解放运动的兴起与展开,李泽厚1979年发表《略论鲁迅思想的发展》,虽然仍然坚持鲁迅前后期思想两个时期的划分,但明确提出“从早年到晚岁,鲁迅虽然经历了思想的重大变迁,但始终抓住启蒙不放。启封建之蒙,向它作持久的韧性的战斗。特别是在晚年,鲁迅对于各种以新形式出现的旧事物,或附在新事物上的旧幽灵,总是剥其画皮,示其本相,以免它们贻害于人民。鲁迅是近代中国最伟大最深刻的启蒙思想家”③,从而对鲁迅贯穿终生的启蒙思想给予了高度的重视。随后,王得后在《致力于改造中国人及其社会的伟大思想家》(1981)中

① 瞿秋白:《鲁迅杂感选集·序言》,《瞿秋白选集》,人民出版社1985年版,第534页。
② 同上书,第540页。
③ 李泽厚:《中国近代思想史论》,人民出版社1979年版,第469页。

进一步提出鲁迅的启蒙("立人")思想"贯彻于鲁迅一生始终,遍及鲁迅著作的各个方面,是鲁迅思想的核心"①,从而凸现了鲁迅的思想文化价值,并且由此引发了对于启蒙("立人")的鲁迅得以生成的鲁迅早年思想的关注。王富仁提出"鲁迅之所以为鲁迅,应从《文化偏至论》的发表起"②。日本学者伊藤虎丸则认为鲁迅1906年从仙台到东京从事《新生》文艺运动所准备的几篇评论奠定了后来鲁迅思想和文学的基本原型与框架,因而把这一时期的鲁迅称为构成了后来鲁迅思想和文学原型的"原鲁迅"。③ 钱理群后来在他的《与鲁迅相遇》中也把这一时期鲁迅"以'立人'为中心"的思想确定为"鲁迅思想与文学的逻辑起点"。④ 不过为什么鲁迅在1907年前后的日本东京形成这一"个"的思想呢?伊藤虎丸在强调鲁迅与以尼采为代表的西方相遇之外,对于鲁迅所传承的中华民族追求民主与个性解放的异端文化思潮的血脉有所疏忽。⑤ 同时,虽然他对于早年生活之于鲁迅思想艺术的影响也卓有创见,但是对于童年经验(特别是我们前面所梳理的由大禹和勾践作为原型的越文化精神)对鲁迅思想与艺术形成的影响仍然重视不够。

现代精神分析学派认为,艺术家的艺术创作与他儿时的经验具有深刻的关联。弗洛伊德通过对列奥纳多·达·芬奇和他童年的一个记忆的细致分析,充分证明了"只有具有列奥纳多童年经验的人才能画出《蒙娜丽莎》和《圣安妮和另外两个人》,才能为他的作品招来如此令人伤感的命运,才能作为一个自然科学家达到如此惊人的成就,似乎他所有成就和不幸的秘密都隐藏在童年的秃鹫幻想之中"⑥。"一个人思考他在童年时代留下的印象并不是无足轻重的;一般说来,残留的记忆——这些东西他自己也不理解——掩盖着他的心理发展中最重要的特征的无法估价的证据。"⑦同样

---

① 王得后:《致力于改造中国人及其社会的伟大思想家》,《1913—1983鲁迅研究学术论著资料汇编5》,中国文联出版公司1989年版,第561页。

② 王富仁:《从"兴业"到"立人"》,《中国社会科学》1987年第2期。

③ 伊藤虎丸:《鲁迅与日本人——亚洲的近代与"个"的思想》,河北教育出版社2000年版,第60页。日文版于1983年由朝日新闻社出版,但2000年才由李冬木翻译成中文在河北教育出版社出版。

④ 钱理群:《与鲁迅相遇》,三联书店2003年版,第60页。

⑤ 参见王晓初:《"原鲁迅":在传承与超越中的跨文化对话》,《天津师范大学学报》2007年第5期。

⑥ 〔奥〕弗洛伊德著,张焕民译:《列奥纳多·达·芬奇和他童年的一个记忆》,《弗洛伊德论美文选》,知识出版社1987年版,第102页。

⑦ 同上书,第59页。

地,鲁迅赴南京读书前在故乡绍兴度过的童年与少年时期也孕育了鲁迅思想与文学的胚胎,甚至有些因素成为贯穿鲁迅一生始终的精神原型。在鲁迅的文学创作中,不但不少作品都投影或映现了故乡越地的底色或背景,而且如前所述,他还不断地返回故乡,去寻觅精神慰藉与家园。如同他自己所说:"我有一时,曾经屡次忆起儿时在故乡所吃的蔬果:菱角、罗汉豆、茭白、香瓜。凡这些,都是极其鲜美可口的;都曾是使我思乡的蛊惑。后来,我在久别之后尝到了,也不过如此;惟独在记忆上,还有旧来的意味存留。他们也许要哄骗我一生,使我时时反顾。"①虽然这些"童年期回忆并不真是记忆的痕迹,却是后来润饰过了的产品,这种润饰承受多种日后发展的心智力量的影响",但是"这些被遗忘的童年期心理活动并不轻易消逝,必将烙痕于个人的发展史上,永远影响他的未来"。② 冯雪峰在《回忆鲁迅》中写道:"他(鲁迅)谈到绍兴,每次都使我发生一个相同的感觉,就是他的故乡绍兴,似乎常常在引起他的一种很可回味的回忆。而这种回忆似乎不是由于别的,就只由于在那里有过他的童年的生活,有过他和农民以及下层社会的人民的接近,他于是有着一种深刻的留恋和爱。""正是这种回忆带给他一种力量,带给他文章上一种生气和风格上一种美,因为这种回忆大都是关于他以前所接触的农村与下层社会的人民的印象的。"③夏志清在讨论鲁迅的小说时也说,"他(鲁迅)的故乡显然是他灵感的主要源泉",虽然"鲁迅对于农村人物的懒散、迷信、残酷和虚伪深感悲愤;新思想无法改变他们,鲁迅因之摈弃了他的故乡,在象征的意义上也摈弃了中国传统的生活方式。然而,正与乔哀思的情形一样,故乡同故乡的人物仍然是鲁迅作品的实质"。④ 冯雪峰还回忆道:"当他写好《女吊》后,大约是(1936 年)九月二十或二十一的晚间,我到他那里去他从抽屉里拿出原稿来:'我写好了一篇就是我所说的绍兴的"女吊",似乎比前两篇强一点了。'"⑤日本友人鹿地亘也回忆说,鲁迅去世前两天的 10 月 17 日,他们夫妇见到鲁迅时,鲁迅谈话间提到他所写的"关于死的文章",神情颇为得意,"以有特征的鼻子上聚起皱纹的笑法

① 鲁迅:《〈朝花夕拾〉小引》,《鲁迅全集》第 2 卷,人民文学出版社 2005 年版,第 236 页。

② 〔奥〕弗洛伊德著,林克明译:《日常生活的心理分析》,浙江文艺出版社 1986 年版,第 40、38 页。

③ 冯雪峰:《回忆鲁迅》,《鲁迅回忆录》专著中册,北京出版社 1999 年版,第 610、678 页。

④ 〔美〕夏志清著,刘绍铭等译:《中国现代小说史》,香港中文大学出版社 2001 年版,第 29—30 页。

⑤ 冯雪峰:《鲁迅先生计划而未完成的著作》,《鲁迅回忆录》散篇中册,北京出版社 1999 年版,第 696 页。

笑着而这样说”。[1] 鲁迅临终前对于以充满原始野性与抗争精神的“女吊”为代表的故乡越地文化精神的回归与眷顾,正表明从童年时代就烙印在他心中的以社戏、目连戏为代表的越地民间文化难以磨灭的印象,以及对由这种文化形式所凸显出来的越地源远流长的“报仇雪耻”精神的坚守与张扬。因而在某种意义上,可以说“在中国现代文学作家群中,像鲁迅这样与其所属的区域文化联系如此深刻紧密,怕再无出其右者”[2]。越文化构成了其思想与艺术发生的最初的原点,构成了其思想与艺术不可或缺的一个维度。

二、越地的神话传说与鲁迅的天性取向

鲁迅对于自己童年最早时期的回忆大约要数《我的第一个师父》中他父亲在他不到一岁时拜长庆寺的龙师父为师的事。虽然当时拜师的情形“我完全不知道。只知道我却由此得到一个法名叫作‘长庚’”,不过这最初的先生留给我的记忆却是“瘦长的身子,瘦长的脸,高颧细眼,和尚是不应该留须的,他却有两绺下垂的小胡子。对人很和气,对我也很和气,不教我念一句经,也不教我一点佛门规矩;他自己呢,穿起袈裟来做大和尚,或者戴上毗卢帽放焰口,‘无祀孤魂,来受甘露味’的时候,是庄严透顶的,平常可也不念经,因为是住持,只管着寺里的琐屑事,其实——自然是由我看起来——他不过是一个剃光了头发的俗人”。[3] 特别是他替戏子敲锣,与观众对骂,躲避甘蔗梢头的攻击而结识了师母,并养育了一群小和尚的故事更是活脱脱地呈现了一个风流潇洒、放任自由的独特和尚的形象,激活了小鲁迅追求自由、热爱生活的天性。借用荣格理论,这种天性也可以称为越人的集体无意识的精神原型。荣格说“个人无意识的内容主要由名为‘带感情色彩的情结所组成,它们构成心理生活中的个人和私人的一面,而集体无意识的内容则是所谓的‘原型’”。而这种集体无意识原型“容纳着从我们祖先——他们以他们的存在为物种的演化做出了贡献——的生活中积累起来的丰富财富”。虽然“它仅仅是一种潜能,这种潜能以特殊形式的记忆表象,从原始时代一直传递给我们,或者以大脑的解剖学上的结构传递给我

---

① 〔日〕鹿地亘:《鲁迅和我》,《鲁迅回忆录》散篇中册,北京出版社1999年版,第1473页。

② 陈越:《论鲁迅的越文化背景》,《鲁迅研究月刊》2000年第6期。

③ 鲁迅:《我的第一个师父》,《鲁迅全集》第6卷,人民文学出版社2005年版,第597页。

们”,但是“它在历史进程中不断发生并且显现于创造性幻想得到自由表现的任何地方”。①

或许正是出于这种天性(原型),小鲁迅对于弥漫于越地的民间神话、传说中那些追求自由与解放的形象充满同情,对于那些压制人的自由与人性的黑暗势力充满憎恶。在一个个夏夜,当他躺在大桂树下的小板桌上乘凉,祖母摇着芭蕉扇坐在桌旁,由西湖的雷峰塔而给他讲起白蛇娘娘带着青蛇丫环嫁给曾经救过她们的许仙,法海和尚却把他们生生拆散,并把前来寻夫的白蛇娘娘镇压在雷峰塔下后,他当时“惟一的希望,就在这雷峰塔的倒掉”,以至长大后,“到杭州,看见这破破烂烂的塔,心里就不舒服”。那原因就是“和尚本应该只管自己念经。白蛇自迷许仙,许仙自娶妖怪,和别人有什么相干呢?他偏要放下经卷,横来招是搬非,大约是怀着嫉妒罢,——那简直是一定的”。并且这也正是“吴、越的山间海滨”共同的“民意”。② 稍大一点在大舅父那儿看到一部弹词《白蛇传》,竟用指甲将法海绣像的眼睛掐得稀烂③,本色地表达了童年鲁迅朴素的爱憎。

这种热爱生活、追求自由的精神使童年鲁迅十分神往远古先民神话中那些狂放不拘、神采飞扬、具有强悍生命意志与创造精神的神话形象。当他的一个远房叔祖玉田老人告诉他有“一部绘图的《山海经》,画着人面的兽,九头的蛇,三脚的鸟,生着翅膀的人,没有头而以两乳当作眼睛的怪物……”之后,他就日思夜想,念念不忘。以至当他的保姆长妈妈费心给他买来了《山海经》以后,他“似乎遇着了一个霹雳,全体都震悚起来;赶紧去接过来,打开纸包,是四本小小的书”,“这四本书,乃是我最初得到,最为心爱的宝书”。那“人面的兽;九头的蛇;一脚的牛;袋子似的帝江;没有头而‘以乳为目,以脐为口’,还要‘执干戚而舞’的刑天”④——正鲜明地展现了我们远古先民最自由、神奇的想象力与创造力。神话作为“原始人对自身心理状态和生活状态的表述”,作为一种表达原型的方式,并“不是被原始人类用来赏心悦目、陶冶性情的,它包含着更深刻的一种精神。其中寄托着原始人类对宇宙奥秘的理解和对自己‘命运’的固执追求。……原始的

① 〔瑞士〕荣格著,冯川、苏克译:《心理学与文学》,三联书店1987年版,第53、42、120页。
② 鲁迅:《论雷峰塔的倒掉》,《鲁迅全集》第1卷,人民文学出版社2005年版,第178—180页。
③ 参见周作人:《关于鲁迅》,新疆人民出版社1997年版,第402页。
④ 鲁迅:《阿长与〈山海经〉》,《鲁迅全集》第2卷,人民文学出版社2005年版,第254—255页。

神话比文明的艺术,更直接地表达了人性中接近‘底层’或‘本质’的东西”。[①] 那能歌善舞的神鸟帝江,特别是那被断头也还要执干戚而舞,与天帝抗争(争神)的刑天十分耀眼地呈现了远古先民顽强抗争的精神和自由创造的生命意志,并深深地融注和流贯到鲁迅的人格精神与文学创作之中。据周作人回忆:“有一时期鲁迅早就寝而不即睡,招人共话,最普通的是说仙山。这时大抵看些《十洲》《洞冥》等书,有‘赤蚁如象’的话,便想象居住山中,有天然楼阁,巨蚁供使令,名阿赤阿黑,能神变,又炼玉可以补骨肉,起死回生,似以神仙家为本,而废除道教的封建气,完全童话化为以利用厚生为主的理想乡,每晚继续的讲,颇极细微”[②]。绍兴是传说的治水英雄大禹“禹禅会稽”、“禹疏了溪”(剡溪)、“禹会会稽”、“禹娶会稽”、“禹葬会稽”之所在地,也上演过越王勾践卧薪尝胆、惨痛酷烈复仇的吴越春秋的英雄传奇,遍布大禹、勾践的遗迹,如大禹陵庙、禹祠、窆石、越王陵、越王峥、越王台、浣纱溪、投醪河等等。这些闪耀着越地先民的英雄业绩的遗迹熏陶着鲁迅的成长,引起小鲁迅无限遐想与神往,每睹“禹勾践之遗迹”,而“穆然有思古之情”。[③] 他不但专门写作了《会稽禹庙窆石考》,而且直接赞扬故乡越地“海岳精液,善生俊异”,“其民复存大禹卓苦勤劳之风,同勾践坚确慷慨之志”[④],表达了对以大禹、勾践作为原型的越地远古先民的创造精神与坚强意志的自觉认同与向往。

不过对于另外一些违反、压抑甚至是扼杀人性的传说故事,小鲁迅却充满了天然的反感。例如,他最先得到一本《二十四孝图》的图画书,起初高兴极了,但“高兴之余,接着就是扫兴”。在他“请人讲完了二十四个故事之后,才知道‘孝’有如此之难”,虽然“子路负米”、“黄香扇枕”乃至“陆绩怀桔”之类可以勉强做到,但是“卧冰求鲤”,就有性命之虞了。特别是“老莱娱亲”和“郭巨埋儿”,一个是躺在父母跟前的老头子,“简直是装佯,侮辱了孩子”,而且还要“诈跌”;另一个是抱在母亲手上的小孩子,却正在被父亲掘坑活埋。这种“以不情为伦纪”[⑤],真使人感到人生的阴森与恐怖。对

---

① 谢选骏:《神话与民族精神》,山东文艺出版社 1986 年版,第 382 页。鲁迅后来在《破恶声论》中也说:“夫神话之作,本于古民。睹天物之奇觚,则逞神思而施以人化,想出古异,諔诡可观。”(《鲁迅全集》第 8 卷,人民文学出版社 2005 年版,第 32 页)——在鲁迅看来,在某种意义上“神话”正是先民神思的活化石,因而他对神话的喜爱,恰恰体现了他对于古(先)民“神思”的自觉承传。

② 周作人:《鲁迅的故家》,《关于鲁迅》,新疆人民出版社 1997 年版,第 53 页。

③ 鲁迅:《〈会稽郡故书襍集〉序》,《鲁迅全集》第 10 卷,人民文学出版社 2005 年版,第 35 页。

④ 鲁迅:《〈越铎〉出世辞》,《鲁迅全集》第 8 卷,人民文学出版社 2005 年版,第 41 页。

⑤ 鲁迅:《二十四孝图》,《鲁迅全集》第 2 卷,人民文学出版社 2005 年版,第 262 页。

《山海经》与《二十四孝图》不同情感取向的对比与反差,清楚地显示出小鲁迅天真烂漫、渴望自由、爱好驰骋想象的天性,以及对束缚、扭曲人性的道德的天然厌恶。

三、热爱自然、热爱生命与同越地农民的精神感应和血肉联系

或许正是这种天性使鲁迅从小就热爱生命,热爱自然,勇于探索。鲁迅二三岁时,因种痘得到父亲两件礼物,其中一件是万花筒。"一个小小的长圆筒,外糊花纸,两端嵌着玻璃,从孔子较小的一端向明一望,那可真是猗欤休哉,里面竟有许多五颜六色,希奇古怪的花朵,而这些花朵的模样,都是非常整齐巧妙,为实际的花朵丛中所看不见的。况且奇迹还没有完,如果看得厌了,只要将手一摇,那里面就又变了另外的花样,随摇随变,不会雷同"。然后就想来"探检这奇境了"。"背着大人,在僻远之地,剥去外面的花纸,使它露出难看的纸版来;又挖掉两端的玻璃,就有一些五色的通草丝和小片落下;最后是撕破圆筒,发见了用三片镜玻璃条合成的空心的三角。花也没有,什么也没有,想做它复原,也没有成功,这就完结了"。[①] 虽然使他遗憾了大半生,但是也纯真地表现了他儿时好奇探索的精神。而他家后园——由各种植物、昆虫组成的百草园——则被他当做被围墙围困起来的台门世家里的自由乐园。"不必说碧绿的菜畦,光滑的石井栏,高大的皂荚树,紫红的桑椹;也不必说鸣蝉在树叶里长吟,肥胖的黄蜂伏在菜花上,轻捷的叫天子(云雀)忽然从草间直窜向云霄里去了。单是周围的短短的泥墙根一带,就有无限趣味。油蛉在这里低唱,蟋蟀们在这里弹琴。翻开断砖来,有时会遇见蜈蚣;还有斑蝥,倘若用手指按住它的脊梁,便会拍的一声,从后窍喷出一阵烟雾。何首乌藤和木莲藤缠络着,木莲有莲房一般的果实,何首乌有拥肿的根。……如果不怕刺,还可以摘到覆盆子,像小珊瑚珠攒成的小球,又酸又甜,色味都比桑椹要好得远"[②]——就这样,通过他心灵的感应,这些平淡无奇的虫鸟和花卉草木被赋予了神奇而灵动的生气、韵律与色彩。由此鲁迅也很喜爱他偶然救活的一只小隐鼠,虽然柔弱,却十分可爱,它"时时跑到人面前来,而且缘腿而上,一直爬到膝髁",放在书桌上,"则从容

---

① 鲁迅:《我的种痘》,《鲁迅全集》第 8 卷,人民文学出版社 2005 年版,第 386 页。

② 鲁迅:《从百草园到三味书屋》,《鲁迅全集》第 2 卷,人民文学出版社 2005 年版,第 287 页。

地游行,看见砚台便舔吃了研着的墨汁”①,并因它的死而种下了对据说是吃了它的“猫”的恨。

当然对于“只看见院子里高墙上的四角的天空”的台门子弟来说,要知晓那“四角的天空”以外的世界和事情,也是困难的。对于生命、自然、自由充满憧憬与向往的小鲁迅却渴望冲出这一封闭的台门。因而当海边的小闰土来他家帮忙,给他讲“雪地捕鸟”、“瓜地刺猹”,还有“五色的贝壳”、“有青蛙似的两个脚”的跳跳鱼等等“无穷无尽的希奇的事”,他们就成为了知心的朋友。特别是“深蓝的天空中挂着一轮金黄的圆月,下面是海边的沙地,都种着一望无际的碧绿的西瓜,其间有一个十一二岁的少年,项带银圈,手捏一柄钢叉,向一匹猹尽力的刺去,那猹却将身一扭,反从他的胯下逃走了”②的图画成为了鲁迅心灵永恒的记忆。当鲁迅跟随母亲去外祖母家探亲,外祖母家所在的小小的安桥头村成了小鲁迅的乐土。那村子“住户不满三十家,都种田,打鱼,只有一家很小的杂货店”。作为远方来客,小鲁迅不但受到优待,而且免念“秩秩斯干幽幽南山”的诗句了。“一家的客,几乎也就是公共的”,许多小朋友都从父母那里得了减少工作的许可,来伴他游戏。他们打破了森严的宗法秩序,不论行辈,一起玩耍,一起吵闹。掘蚯蚓,钓虾,放牛,又在海滩上寻蛇:用竹竿打动塘上芦苇,且打且跑,蛇从芦苇丛中出来,几十条不断。还结伴独立摇船去更远的赵庄看社戏。③ 在回村的路上,当大家饿了想摘一点罗汉豆来吃时,阿发毫无私心地选择了自己家的豆,因为他家的豆大得多。另一被摘豆的人家六一公公也没有责怪他们,反而说请客,还送了一些给“我”外婆家。正是从这些淳朴的民性中鲁迅感受到一种“离绝了交换关系利害关系的爱”,“未曾经过‘圣人之徒’作践的人”所保持的“心思纯白”的天性,也正是这些“没有读过‘圣贤书’的人,还能将这天性在名教的斧钺底下,时时流露,时时萌蘖;这便是中国人虽然凋落萎缩,却未灭绝的原因”。④ 如前所述,这些“白心”正默默地传递着远古以来越人中那些“气秉未失之农人”的“素心”。也正是从这些淳朴的“白心”中,鲁迅沟通了远古越地先民集体无意识的精神原型,贯通了民族固有精神之血脉。当然另一方面,鲁迅又从这些农民身上了解到他们的苦难、痛苦和悲哀。如他后来所说:“我生长于都市的大家庭里,从小就受着古书和

① 鲁迅:《狗·猫·鼠》,《鲁迅全集》第2卷,人民文学出版社2005年版,第244页。

② 鲁迅:《故乡》,《鲁迅全集》第1卷,人民文学出版社2005年版,第504、502页。

③ 鲁迅:《社戏》,《鲁迅全集》第1卷,人民文学出版社2005年版,第590页。

④ 鲁迅:《我们现在怎样做父亲》,《鲁迅全集》第1卷,人民文学出版社2005年版,第138、140页。

师傅的教训，所以也觉得劳苦大众和花鸟一样。有时感到上流社会的虚伪和腐败时，我还羡慕他们的安乐。但我母亲的母家是农村，使我能够间或和许多农民相亲近，逐渐知道他们是毕生受着压迫，很多苦痛，和花鸟并不一样了"①，因而"根子是植在农村中，农民中及学者的生活中"②。对底层民众（以农民为主体）的亲近与同情，奠定了他的文学以及他和底层民众（以农民为主体）血脉相通，始终关怀被压迫的底层民众，为他们的解放呼号、抗争，并最终走向左翼运动的精神原点。"他在《朝花夕拾》中那些回忆童年生活的散文，在《呐喊》中的《故乡》和《社戏》，以及一九三六年写的散文《我的第一个师父》和《女吊》等，这些优美而抒情诗的气氛就是他对于淳朴的农民和农民的孩子们的真诚的感情，以及对于养育过他的童年的那民间文艺和人民智慧的向往。"③诚如瞿秋白所说，他"在儿童时代就混进了野孩子的群里，呼吸着小百姓的空气。这使他真象吃了狼的奶汁似的，得到了那种'野兽性'"④。

四、民间艺术与民俗活动的滋养：精神与审美

给予鲁迅深刻影响的还有具有浓厚的民间信仰、仪式、习俗与宗教色彩的目连戏、迎神赛会、社戏等越地民间艺术与民俗活动。目连救母故事的主角目连的原型出自印度佛教传说。目连救母事迹随着汉文翻译佛经活动从魏晋时期开始传入中国，最早见于西晋月氏三藏竺法护译《佛说盂兰盆经》⑤。梁武帝萧衍始设盂兰盆斋，施斋供僧，举行诵经法会，举办水陆道场，放焰口，放灯。以后代代承袭下来，并愈演愈烈，逐渐与道教中元节祭鬼及民间祭奠先祖习俗结合起来。寺院俗讲兴起后，《佛说盂兰盆经》也就被编为变文之类的通俗说经唱本、宝卷或杂剧，在民间流传。到北宋的中元节盂兰盆活动，孟元老《东京梦华录》有"构肆乐人自过七夕便般《目连救母》杂剧，直至十五日止，观者增倍"⑥的记载。在以后的流布过程中，逐渐加入

---

① 鲁迅：《英译本〈短篇小说选集〉自序》，《鲁迅全集》第7卷，人民文学出版社2005年版，第411页。

② 戈宝权：《史沫特莱回忆鲁迅》，《鲁迅生平史料汇编》第5辑，天津人民出版社1981年，第453页。

③ 冯雪峰：《回忆鲁迅》，《鲁迅回忆录》专著中册，北京出版社1999年版，第610页。

④ 瞿秋白：《鲁迅杂感选集·序言》，《瞿秋白选集》，人民出版社1985年版，第528页。

⑤ 据日本学者考证，《佛说盂兰盆经》"在印度梵语原典和西藏译经里都找不到原型，因此应该是中国人自己创造的所谓佛经"。参见廖奔：《中国戏曲史》，上海人民出版社2004年版，第353页。

⑥ 孟元老等：《东京梦华录 都城纪胜 西湖老人繁胜录 梦粱录 武林旧事》，中国商业出版社1982年版，第55页。

了不少民间传说、小戏,从而使剧情更为曲折丰富。到明代郑子珍撰写的《目连救母劝善记》戏文已显示了比较完备庞大的规模和构制。但各地民间演出仍有自己的创造。目连戏在由寺庙道场走向民间,由单纯的论经讲义演变为具有娱乐性的地方戏剧时,已不仅仅是佛教的经典,而且"把佛家的善恶观与儒家的道德观揉合到一起"①,"牵涉巫、道、释、儒,以及民间难堂诸神","涉及到戏曲、民俗、宗教、声腔、方言、历史、哲学诸多学科"②的具有中国特色的民间戏剧。它扎根于民间信仰与民间宗教的土壤之中,表现着中国人的鬼神观。目连戏在对"鬼"的世界的表演过程中,以其对灵魂的关注、对来世的因果报应及人神鬼的沟通吸引着民众,在宗教信仰的民俗化中表现了老百姓以敬鬼、祭鬼、媚鬼为手段,以禳鬼、驱鬼、祈福为目的的民俗活动。

越地是一个具有浓厚的鬼神信仰的地区。《史记·孝武本记》载"越人俗信鬼,而其祠皆见鬼"。春秋以来,"周礼既废,巫风大兴,楚越之间,其风尤甚"③。《越绝书》述吴越争霸,便记载有越王勾践以巫作法,"覆祸吴人船"④。绍兴等地的越人还有自己独特的神灵崇拜,如盛行祭防风氏。"越俗,祭防风神,奏防风古乐,截竹长三尺,吹之如嗥,三人披发而舞。"⑤还把农历七月十五日称为鬼节或中元节,认为阴司于农历七月十三日将鬼魂放出,任其自由活动,至十五夜收回。所以七月十五日那天,越地民间都要祭祖先,做羹饭,以飨鬼灵。因而古书记载"楚人鬼而越人禨"⑥,"荆人畏鬼,而越人信禨"⑦。越人常把人生祸福寄托于神灵,所以祭祀迎赛,自古称盛。古代要筑稷坛(社坛)来祭社稷神,这就是祭社。春秋两季都要祭社,春祭叫"春社",秋祭叫"秋社",祭社之日就叫"社日"。在绍兴,社日成为民间的盛大节日,以祭社活动为中心,"社"亦逐渐成为居民的村落或区域的一种名称。至今,绍兴一些地区还保留着"谷社"、"阮社"这样的地名。旧时每个乡镇村落都有社庙,平原水乡称"土地庙",山乡称"山神庙",城镇称"城隍庙"。各村社都有民约规定,春秋两季要祭社,祭社活动除了以酒肉祀神之外,后来还增加了以演戏祭神,并且逐渐发展成为祭社活动的主要形

① 张庚:《中国戏剧通史(中)》,中国戏剧出版社1980年版,第223页。
② 参见茆耕茹:《目连戏资料编目概略》,台北施合郑基金会1999年版,第44页。
③ 王国维:《王国维戏曲论文集》,中国戏剧出版社1984年版,第4页。
④ 《越绝书·记地传》卷第八,《二十五别史·越绝书》第6集,齐鲁书社2000年版,第47页。
⑤ 《述异记》卷上,《四库全书》第1047册,子部,上海古籍出版社1987年影印本。
⑥ 王强模译注:《列子全译》,贵州人民出版社1993年版,第252页。
⑦ 吕不韦门客编撰,关贤柱等译注:《吕氏春秋全译》,贵州人民出版社1997年版,第308页。

式。民间俗称的"年规戏"即是鲁迅所说的社戏。村里有了年规戏,演出之前,人们奔走相告翘首以待,邀请亲友及附近群众前来看戏。演出之日(或数日),杀猪宰羊,制酒作羹,一片神鸦社鼓,热闹非凡。陆游《稽山行》"太平处处是优场,社日儿童喜欲狂"、"空巷看竞渡,倒社观戏场"正形象地展现了南宋时越地社戏的喧哗、热闹与浩大。后来,民间封土的社稷坛由于各种原因被毁坏,祭社活动也被庙会活动所代替,不过还是一面祭土地神,一边演戏,俗称"庙会戏"。庙会活动不仅限于祭祀土地神,凡菩萨的生辰都演社戏。如碰到暑天,久旱不雨,为向菩萨求雨,拣个黄道吉日,把庙里的菩萨抬出去巡行,紧接着就演社戏。到后来演社戏成为民间迎神、赛会或逢年过节、丰收、祭祖礼佛、给人做寿等喜庆活动的传统习俗。

或许正是这种浓厚的鬼神信仰和社戏、迎神、赛会习俗,使越地十分盛行目连戏。明人张岱记载当时越地上演目连戏的盛况说:"余蕴叔演武场搭一大台,选徽州旌阳戏子剽轻精悍、能相扑跌打者三四十人,搬演目莲,凡三日三夜。四围女台百什座,戏子献技台上,如度索舞絙、翻桌翻梯、筋斗蜻蜓、蹬坛蹬臼、跳索跳圈,窜火窜剑之类,大非情理。凡天神地祇、牛头马面、鬼母丧门、夜叉罗刹、锯磨鼎镬、刀山寒冰、剑树森罗、铁城血澥,一似吴道子《地狱变相》,为之费纸札者万钱,人心惴惴,灯下面皆鬼色。戏中套数,如《招五方恶鬼》、《刘氏逃棚》等剧,万余人齐声呐喊。熊太守谓是海寇卒至,惊起,差衙官侦问,余叔自往复之,乃安。"①到鲁迅生活的时代,虽然已没有张岱那时热闹,往往"始于黄昏,到次日的天明便完结"②,俗称"两头红"(以表示吉祥之意),但仍然是民间盛大的节日。绍兴水乡的戏台,十之八九造在土地庙前的小河里,俗称"万年台",又称"水台"。观众既可以站在岸上看戏,也可以坐在船上看戏。入夜,灯火阑珊,弦歌悠扬,水上陆上人头攒动,让人"疑心画上见过的仙境,就在这里出现了。……近台的河里一望乌黑的是看戏的人家的船篷"③。李慈铭的《越缦堂日记》载他在清咸丰四年(1854)五月十八日"买舟至五云门外看竞渡,下午看戏至晚,拟拨舟归,被他舟横截不能出,因留看夜戏"④。

越地的目连戏在长期的流传中,聚合了越地丰富的历史文化与艺术因素而具有了自己鲜明的特色。据周作人回忆:"吾乡有一种民众戏剧,名

---

① 张岱:《陶庵梦忆》,西湖书社 1982 年版,第 74 页。
② 鲁迅:《朝花夕拾·无常》,《鲁迅全集》第 2 册,人民文学出版社 2005 年版,第 279 页。
③ 鲁迅:《社戏》,《鲁迅全集》第 1 册,人民文学出版社 2005 年版,第 593 页。
④ 李慈铭:《越缦堂日记》第 1 册,广陵书社 2004 年版,第 71 页。

‘目连戏’,或称曰《目连救母》。每到夏天,城坊乡村醵资演戏,以敬鬼神,禳灾厉,并以自娱乐。”虽然“所演只有一出戏,即《目连救母》”,但是“除首尾以外,其中十分七八,却是演一场场的滑稽事情,算是目连一路的所见,看众所最感兴味者恐怕也是这一部分。乡间的人常喜讲‘舛辞’(Eengwc)及‘冷语’(Sccnwc),可以说是‘目连趣味’的余流”。[①] 鲁迅也说,他家乡的目连戏是“借目连的巡行来贯串许多故事,除《小尼姑下山》外,和刻本的《目连救母记》是完全不同的”[②],“是用目连巡行为线索,来描写人情世故”[③],而且“演戏的人皆非职业的优伶,大抵系水村的农夫,也有木工瓦匠舟子轿夫之流混杂其中,临时组织成班,到了秋风起时,便即解散,各做自己的事去了”[④]。因此“这是真的农民和手工业工人的作品”[⑤]。由于是底层民众的创造并以底层民众作为主体,目连戏已不仅仅是敬鬼酬神的戏剧,同时也表现着人与鬼神之间的沟通,具有了多重内涵与意义。一方面固然表现了佛教生死轮回、因果报应的劝善观念;同时由于民间傩祭文化意识的渗入与融合,又鲜明地表达了普通民众祭祀鬼灵、超度亡魂、祈福消灾的宗教性目的。因而目连戏通常在开演之前,先由镇台的王灵官把演戏的宗旨宣讲一番:“×乡×村送上平安大戏一台,家家户户各得平安。有恐五殇恶鬼前来袭扰,为此做平安大戏一台,善哉!”越地民间认为,凡人死于意外,即不正常死亡,死时出血的,如吊死、溺死、跌死、火殇、产殇等统称“五殇”,也就是鲁迅在《女吊》中说的“横死”,都是由于“五殇怨鬼”在作祟,于是就演目连戏娱鬼,替怨鬼消怨超度,以求避邪祈安。进而认为演目连戏还可以驱瘟神,消灾荒,因而目连戏变成了祛除天灾人祸的太平戏。更重要的是目连戏所着重描写的“人情世故”,正是广大普通民众自己的生活与愿望。“那虽然是鬼戏,地狱里的大小鬼物,几乎要全体登台,而全剧所写,却都是里巷间的琐事。所有人物,除了傅员外一家,也无非贩夫走卒、引车卖浆者流,跟站在台下的正是一伙。王婆骂鸡,张蛮打爹,哑子背疯婆,大家早就在生活里熟悉的了。即使是鬼物吧,它们嬉笑怒骂,也往往比世间有些俨乎其然的角色更多生人气,连那阴司的使者无常,也会插科打诨,使观众觉得可亲,跟站在城隍庙里板着面孔的家伙大不相同。”[⑥]所以“做目连戏和迎神赛会虽说是

① 周作人:《谈目连戏》,寿永明主编《鲁迅与社戏》,江西人民出版社 2005 年版,第 179 页。
② 鲁迅:《门外文谈》,《鲁迅全集》第 6 卷,人民文学出版社 2005 年版,第 102—103 页。
③ 鲁迅:《书信・351204・致徐訏》《鲁迅全集》第 13 卷,人民文学出版社 2005 年版,第 599 页。
④ 周作人:《谈目连戏》,寿永明主编《鲁迅与社戏》,江西人民出版社 2005 年版,第 179 页。
⑤ 鲁迅:《门外文谈》,《鲁迅全集》第 6 卷,人民文学出版社 2005 年版,第 102 页。
⑥ 柯灵:《从〈目莲记〉说起》,《柯灵杂文集》,三联书店 1984 年版,第 351 页。

祷祈，同时也等于娱乐"①。在这人与"鬼"的沟通与交融中，反映着普通民众的理想、愿望与情趣。

鲁迅说："朴素之民，厥心纯白，则劳作终岁，必求一扬其精神。故农则年答大戬于天，自亦蒙庥而大酺，稍息心体，备更服劳"，"农人耕稼，岁几无休时，递得余闲，则有报赛，举酒自劳，洁牲酬神，精神体质，两愉悦也"②。这种以目连戏、迎神赛会、社戏为代表的民间艺术与民俗活动正表现了以农民为主体的底层民众在繁重的物质劳作间隙的精神信仰与追求，这正是人类区别于动物的一个根本标志。"夫人在两间……倘其不安物质之生活，则自必有形上之需求。……希伯来之民，大观天然，怀不思议，则神来之事与接神之术兴，后之宗教，即以萌孽。虽中国志士谓之迷，而吾则谓此乃向上之民，欲离是有限相对之现世，以趣无限绝对之至上者也。人心必有所冯依，非信无以立，宗教之作，不可已矣。"③因而在民间"报赛"活动中正表现出普通民众"欲离是有限相对之现世，以趣无限绝对之至上者"的"纯白"之心。不过随着封建专制秩序及其意识形态日益严酷的禁锢与压迫，经过"圣人之徒"作践和"名教的斧钺"，民生多艰，这种"纯白"之心只能以一种变形或扭曲的形式表现出来。因而以目连戏为代表的鬼的世界实际上曲折地反映着民众的精神世界。由于目连戏、迎神赛会、社戏出于底层民众的创造，因而对礼教时有颠覆，颇有"狂欢化"的色彩。例如，上虞东关的梅姑庙神座上塑着一对少年男女，眉开眼笑，"殊与'礼教'有妨"。另一座五猖庙里的五通神（五个男人）后面列坐着五位太太，却并不"分坐"，也"殊与'礼教'有妨"④。目连戏中的"张蛮打爹"则是对"孝道"的戏谑。"小尼姑下山"则潜在地表现了民众冲破封建陈规陋习的束缚，对于人间幸福美满生活的追求与向往。而民众之所以神往这鬼的世界的阴间，是因为他们"想到生的乐趣，生固然可以留恋；但想到生的苦趣，无常也不一定是恶客。无论贵贱，无论贫富，其时都是'一双空手见阎王'，有冤的得伸，有罪的就得罚"，因而"公正的裁判是在阴间！"⑤并且"穷人们是大抵以为死后就去轮回的"，"从新来过"，"他们确信自己并未造出该入畜生道的罪孽，他们从来没有能堕畜生道的地位，权势和金钱"。因为阴间的主宰者，"极其严厉，公

① 鲁迅：《朝花夕拾·后记》，《鲁迅全集》第2卷，人民文学出版社2005年版，第346页。
② 鲁迅：《破恶声论》，《鲁迅全集》第8卷，人民文学出版社2005年版，第32、31页。
③ 同上书，第29页。
④ 鲁迅：《朝花夕拾·五猖会》，《鲁迅全集》第2卷，人民文学出版社2005年版，第271页。
⑤ 鲁迅：《朝花夕拾·无常》，《鲁迅全集》第2册，人民文学出版社2005年版，第279页。

平”。[①] 正是这样一种充满自由、解放与野性的文化精神使他们创造出了两种最有越文化特色的鬼:一个是对恶的审判的“无常”。他不但手里拿着大算盘,任你摆尽臭架子也无益。“难是弗放者个! /那怕你,铜墙铁壁! /那怕你,皇亲国戚! /……”“他不但活泼而诙谐,单是那浑身雪白这一点,在红红绿绿中就有‘鹤立鸡群’之概。”他一出台就“打一百零八个嚏,同时也放一百零八个屁”,“蹙紧双眉,捏定破芭蕉扇,脸向着地,鸭子浮水似的跳舞起来”。[②] 他的“四叹”——“官、财、文、色”,其实是“骂,把贪官污吏、财主相公、刀笔恶讼、色情淫棍骂得个狗血淋头”,还“把那些‘只认衣衫不认人’的张家狗、李家狗、黄毛狗、黑毛狗、来路狗、本地狗、拦路狗、把门狗、烂脚瞎眼狗、红毛西洋狗大骂一通,指狗骂人,鞭挞了那些为虎作伥的统治阶级的走卒”。[③] “无常这种超越尘世名利,笑傲庸碌众生的独特个性,这种不徇私情,蔑视权贵,秉公执法的可贵精神,正反映了广大劳动人民的意愿。”[④]同时他还充满了人情味,也有自己的“冤苦”,爽直,爱发议论。因而“人民之于鬼物,惟独与他最为稔熟,也最为亲密”[⑤]。另一个则是代表着对恶的复仇的“女吊”。她穿着“大红衫子,黑色长背心,长发蓬松,颈挂两条纸锭,垂头,垂手,弯弯曲曲的走一个全台”,然后将披着的头发向后一抖,这才现出了脸孔:“石灰一样白的圆脸,漆黑的浓眉,乌黑的眼眶,猩红的嘴唇”,“她两肩微耸,四顾,倾听,似惊,似喜,似怒,终于发出悲哀的声音,慢慢地唱道:‘奴奴本身杨家女,呵呀,苦呀,天哪! ……’”[⑥]“实在够惊心动魄”,“在这一声里差不多把千百年来妇人女子所受的怨苦都迸叫了出来了”。[⑦] 实际上也把在封建专制统治者的残酷“治”下,只能是“活着、苦着、被流言、被反噬”的底层民众的冤屈和仇恨迸叫了出来。因而她是越地人

---

① 鲁迅:《死》,《鲁迅全集》第6卷,人民文学出版社2005年版,第632—633页。

② 鲁迅:《朝花夕拾·无常》,《鲁迅全集》第2册,人民文学出版社2005年版,第281—280页。

③ 裘士雄等:《鲁迅笔下的绍兴风情》,浙江教育出版社1985年版,第55、59页。

④ 陈逸:《漫话“社戏”》,寿永明主编《鲁迅与社戏》,江西人民出版社2005年版,第131—132页。

⑤ 鲁迅:《朝花夕拾·无常》,《鲁迅全集》第2册,人民文学出版社2005年版,第277页。

⑥ 鲁迅:《女吊》,《鲁迅全集》第6卷,人民文学出版社2005年版,第640—641页。

⑦ 周作人:《活无常与女吊》、《旧戏的印象》,《关于鲁迅》,新疆人民出版社1997年版,第620、622页。

民在戏剧上所创造的“一个带复仇性的，比别的一切鬼魂更美，更强的鬼魂”①。可以说，“无常”和“女吊”贯通了以大禹、勾践为原型的求实中探索与复仇中抗争的越地先民精神，是源远流长的越文化在民间曲折而漫长的传承与流布中的凝聚与结晶，并且从民间的维度对封建专制秩序及其正统文化给予了尖锐的质疑、颠覆与批判。可以说，“女吊、无常这两类绍兴民间鬼物形象在塑造鲁迅强硬、幽默的性格过程中起到了潜移默化的作用，并与鲁迅强劲、决绝而又犀利、幽默的思想风格之间具有隐秘的渊源关系”②。

巴赫金通过对欧洲中世纪的狂欢节的研究，指出当时的人们过着两种生活：“一种是常规的、十分严肃而紧蹙眉头的生活，服从于严格的等级秩序的生活，充满了恐惧、教条、崇敬、虔诚的生活；另一种是狂欢广场式的自由自在的生活，充满了两重性的笑，充满了对一切神圣物的亵渎和歪曲，充满了不敬和猥亵，充满了同一切人一切事的随意不拘的交往。”③而这第二种生活就是超越了现实生活陈规的民间的狂欢化。它体现了“几千年来全体民众的一种伟大的世界感受。这种世界感知使人解除了恐惧、使世界接近了人，也使人接近了人（一切全卷入了自由而亲昵的交往）；它为更替演变而欢呼，为一切变得相对而愉快，并以此反对那种片面的严厉的循规蹈矩的官腔……狂欢式世界感受正是从这种郑重其事的官腔中把人们解放出来”④。其核心就是一种狂欢式的笑，它的“特性在于‘与自由不可分离的和本质的联系’，它显示了人们从道德律令和本能欲望的紧张对峙中所获得的自由”⑤，同时也“有死亡与再生的结合，否定（讥笑）与肯定（欢呼之笑）的结合”⑥。钟敬文认为，中国民间文化中也有狂欢化现象存在，“像中

---

① 鲁迅：《女吊》，《鲁迅全集》第 6 卷，人民文学出版社 2005 年版，第 637 页。对女性缢死鬼的尊崇是绍兴特有的一种民俗文化现象。“在绍兴的樊江老岳庙中，置有各种非正常死亡的鬼魂（五殇）的塑像之处，称为‘阴司间’，女吊却不在其内，供祀女吊的，另有一处建造得小巧精美、雕花鎏金的神龛，中坐一位凤冠霞帔的端庄女神塑像，神龛的匾额上，题为‘凤（红）神’。绍兴人称女吊为‘红神’，是演戏者与观戏者的共识。”（见罗萍：《绍剧发展史》，中国戏剧出版社 1996 年版，第 205 页）可见绍兴民众对于女吊的喜爱与崇拜。

② 陈浩：《思想对话的形象——从绍兴民间文化解读鲁迅的思想风格》，《鲁迅研究月刊》2004 年第 10 期。

③ 〔俄〕巴赫金著，白春仁、顾亚玲译：《陀斯妥耶夫诗学问题》，《巴赫金全集》第 5 卷，河北教育出版社 1998 年版，第 170 页。

④ 同上书，第 212 页。

⑤ 夏忠宪：《题注》，《巴赫金全集》第 6 卷，河北教育出版社 1998 年版，第 611 页。

⑥ 〔俄〕巴赫金著，白春仁、顾亚玲译：《陀斯妥耶夫诗学问题》，《巴赫金全集》第 5 卷，河北教育出版社 1998 年版，第 167 页。

国保留至今的民间社火和迎神赛会,其中一些比较主要的活动和民俗表演,就同世界性的狂欢活动,在一定程度上,具有一致性”。虽然它具有中国民族的特点,但也与世界性狂欢活动具有“‘相似的精神内涵’,这种精神内涵一方面指的是通过狂欢表现出来的‘心灵的欢乐和生命的激情’,一方面指的是把社会的一些事象颠倒过来看,对僵化的制度、秩序和规范进行嘲讽、抨击和反抗。钟敬文认为在中国狂欢文化中,在民间狂欢节日活动中,更突出地表现出一种抗争的精神”。① 在某种意义上,可以说越地以目连戏的无常与女吊为代表的“鬼的世界”正是与正统的官方的生活构成了某种对立的中国民间狂欢精神鲜明而璀燦的艺术显现。

或许是出于与远古先民心灵的这种跨越历史时空的沟通与回应,鲁迅从小就迷恋故乡的目连戏、迎神赛会、社戏等民间艺术与民俗活动。每当迎神赛会的时候,他都要“伸着颈子等候”。虽然由于他家比较偏僻,“待到赛会的行列经过时”,都“只见十几个人抬着一个金脸或蓝脸红脸的神像匆匆地跑过去”,不过对照张岱《陶庵梦忆》时赛会的盛大,更加强化了他对阔大繁盛的赛会的渴望。后来也“亲眼见过较盛的赛会。开首是一个孩子骑了马来,称为‘塘报’;过了许久,‘高照’到了,长竹竿揭起一条很长的旗,一个汗流浃背的胖大汉用两手托着;他高兴的时候,就肯将竿头放在头顶或牙齿上,甚而至于鼻尖。其次是所谓‘高跷’,‘抬阁’,‘马头’了;还有扮犯人的,红衣枷锁,内中也有孩子”。这样一种借“迎神”而自娱的放恣,使他很羡慕,也想有一个“扮犯人”的机会。② 至于目连戏和赛会中的“无常”,他不但和广大底层民众一样“最愿意看”,而且“和无常开玩笑”,寻他做“真实的朋友”。③ “十余岁时候”,他还在目连戏“起殇”的仪式中充当过“义勇鬼”。对于“女吊”,他不但赞扬她是故乡人民创造的“一个带复仇性的,比别的一切鬼魂更美,更强的鬼魂”,“发掘出被压抑在民众潜意识中的本真的生命意志和生活的真理”④,甚至到生命的黄昏,还深情地说:“假使半夜之后,在薄暗中,远处隐约着一位这样的粉面朱唇,就是现在的我,也许会跑过去看看的……”⑤对这些目连戏的鬼魂形象“隐藏着一种秘密的爱恋”,

---

① 转引自程正民:《文化诗学:钟敬文和巴赫金的对话》,《文学评论》2002 年第 2 期。

② 鲁迅:《朝花夕拾·五猖会》,《鲁迅全集》第 2 卷,人民文学出版社 2005 年版,第 269—270 页。

③ 鲁迅:《朝花夕拾·无常》,《鲁迅全集》第 2 册,人民文学出版社 2005 年版,第 276、282 页。

④ 王晓初:《论鲁迅思想和艺术的越文化渊源》,《文学评论》2005 年第 5 期。

⑤ 鲁迅:《女吊》,《鲁迅全集》第 6 卷,人民文学出版社 2005 年版,第 641 页。

“他看到这些鬼魂可怕的外形中富有魅力的另一面,并使之富于情趣”。①实际上,这不仅仅是一种对民间艺术与民俗活动的兴趣和爱好,更重要的是通过这些民间的艺术、信仰、仪式、风俗的熏陶,他吸收了一种流淌在民间的生生不息的文化精神之血脉。诚如夏济安说:“这些鬼魂不仅使鲁迅表现了他的艺术的好奇,超群的才智以及怀乡之情,而且它们还表现了更深一层的含义:死的美和恐怖,透过浓厚的白粉和胭脂的假面,窥探着生命的奥秘。”②

进一步考察,以目连戏为代表的民间艺术不仅仅为鲁迅的思想提供了深厚的精神资源和支撑性的精神力量,而且还为鲁迅日后的艺术创作提供了丰富的审美滋养。如前所述,目连戏是一种十分独特的民间艺术。一方面,它是简洁的。虽然演出“自傍晚做起,直到次日天明”③,但是其基本框架却是单一的。另一方面,它又是复杂的,含蕴丰富。虽然“所演只有一出戏,即《目连救母》”,但是“除首尾以外,其中十分七八,却是演一场场的滑稽事情,算是目连一路的所见,看众所最感兴味者恐怕也是这一部分”。④它是“借目连的巡行来贯串许多故事”⑤,因而充满了简洁与复杂、单一与丰富的艺术张力。连接起这种艺术张力的“贯串”,也可以理解为“穿插”,即“打破时空限制地串入一个个互不相关的讽刺故事的表现方法”⑥,而且“那些穿插戏多是讽喻性的小故事”⑦,是乡民们根据自己的生活经历、观察与体验创造出来的,或讽刺社会,或用滑稽可笑的故事倾吐内心的喜怒哀乐。因而“这戏里的穿插,实在有许许多多的幽默味”⑧,“比起希腊的伊索,俄国的梭罗古勃的寓言来,这是毫无逊色的”⑨。王瑶也认为“由于它在

① 〔美〕夏济安:《鲁迅作品的黑暗面》,乐黛云编《国外鲁迅研究论集》,北京大学出版社 1981 年版,第 375、376 页。

② 同上书,第 378 页。

③ 周作人:《谈目连戏》,寿永明主编《鲁迅与社戏》,江西人民出版社 2005 年版,第 179 页。

④ 同上。

⑤ 鲁迅:《门外文谈》,《鲁迅全集》第 6 卷,人民文学出版社 2005 年版,第 102—103 页。王瑶说:(目连戏)“就故事主线来说,它是敬神的宣传因果报应的很正经的戏,但穿插的小故事却都是一些具有相对独立性的诙谐油滑的应归丑角表演的节目。后来在舞台上独立演出的剧目《定计化缘》、《瞎子观灯》、《王婆骂鸡》、《哑子背疯》,以及由《和尚下山》、《尼姑思凡》合成的《僧尼会》,原来都是《目连救母记》中的穿插性节目。”见《〈故事新编〉散论》,《鲁迅作品论集》,人民文学出版社 1984 年版,第 196—197 页。

⑥ 陈方竞:《鲁迅与浙东文化》,吉林大学出版社 1999 年版,第 157 页。

⑦ 裘士雄等:《鲁迅笔下的绍兴风情》,浙江教育出版社 1985 年版,第 42 页。

⑧ 鲁迅语,见郁达夫:《回忆鲁迅》,《鲁迅回忆录》散篇上册,北京出版社 1999 年版,第 152 页。

⑨ 鲁迅:《门外文谈》,《鲁迅全集》第 6 卷,人民文学出版社 2005 年版,第 103 页。

民间是由劳动人民业余演出的,这些穿插性故事一般都有诙谐油滑的特点;它同主要线索目连救母的联系很少,而且大都带有喜剧色彩"①。可以说,它源于农民的浪漫气质,反映出农民丰富的想象力和创造力,也孕育了鲁迅后来在小说、散文与杂文中常常使用的舒卷历史风云、纵横人情世故、收放自如、诙谐轻松的艺术结构的原型。与此同时,"无常"和"女吊"形象那由白色、红色、黑色构成强烈对比的色调,"基本上是互不关联的","所表示的基本品质是互相排斥的","在一幅构图上这些单纯的色相决不能当作过渡色来用","它们可以彼此区别,但它们在一起就引起一些紧张"。② 还有伴随着"无常"出场的"目连瞎头"吹出的单调凄厉、冤苦不堪之音和"女吊"出场前那"悲凉的喇叭"声,都给鲁迅留下了不可磨灭的印象,构成了他后来审美倾向的一些基本的质素和艺术创作的一些基本的原质。

目连戏纯粹是民众自己演出的:"所用言语系道地土话,所着服装皆极简陋陈旧,故俗称衣冠不整为'目连行头'。"③这种"道地土话"就是绍兴方言。"绍兴农民,具有中国农民刚直、淳朴的一般性格,而比起憨厚的北方农民来,或许又更多一点幽默感。这特别表现在绍兴的方言土语中。"绍兴方言中的近义词特别多,这些近义词在表情达意上的细微差别几乎达到了只可意会不可言传的微妙程度。同时还一词多义,灵活生动。这些"方言土语一搬上舞台,更是出口成趣"④。因而目连戏"用语极奇警,翻成普通话,就减色"⑤。童年鲁迅和故乡的"下等人"一起,"常常这样高兴地正视过这鬼而人,理而情,可怖而可爱的无常,而且欣赏他脸上的哭或笑,口头的硬语与谐谈……"⑥"乡间的人常喜讲'舛辞'(Eengwc)及'冷语'(Sccnwc),可以说是'目连趣味'的余流"⑦。所谓"硬语"、"舛辞"、与"谐谈"、"冷语",都是对绍兴方言特色的一种概括。"所谓'硬语'、'舛辞'是指绍兴话入声多,有一股'硬'气"⑧;"但绍兴话并非全都是硬音,也有软的。绍兴话可谓'软硬兼施'、'快慢相间',形成一种特别的腔调"⑨。并且常常从这些方言土语中提炼出"炼话"。鲁迅说:"方言土语里,很有些意味深长的

① 王瑶:《〈故事新编〉散论》,《鲁迅作品论集》人民文学出版社 1984 年版,第 197 页。
② 〔德〕R. 阿恩海姆著,常又明译:《色彩论》,云南人民出版社 1980 年版,第 27—28 页。
③ 周作人:《谈目连戏》,寿永明主编《鲁迅与社戏》,江西人民出版社 2005 年版,第 179 页。
④ 裘士雄等:《鲁迅笔下的绍兴风情》,浙江教育出版社 1985 年版,第 63 页、第 13 页。
⑤ 鲁迅:《书信 · 351204 · 致徐訏》,《鲁迅全集》第 13 卷,人民文学出版社 2005 年版,第 599 页。
⑥ 鲁迅:《朝花夕拾 · 无常》,《鲁迅全集》第 2 册,人民文学出版社 2005 年版,第 281 页。
⑦ 周作人:《谈目连戏》,寿永明主编《鲁迅与社戏》,江西人民出版社 2005 年版,第 179 页。
⑧ 钱理群:《周作人评传》,北京十月文艺出版社 1990 年版,第 29 页。
⑨ 裘士雄等:《鲁迅笔下的绍兴风情》,浙江教育出版社 1985 年版,第 19 页。

话，我们那里叫‘炼话’，用起来是很有意思的，恰如文言的用古典，听者也觉得趣味津津。”①其实就是指俗语，包括谚语、俚语、俗语、歇后语之类。这些“炼话”多用比喻，意在言外，富有哲理，并包含讽刺。而且这些“警句或炼话，讥刺和滑稽，十之九是出于下等人之口的”②，十分生动地表现了越地底层民众的人生智慧、性格与风趣，因而给予鲁迅很深的影响。在他离开故乡，定居异地后，还喜欢把故乡流传的一些幽默故事讲给友人听，常常在讲的过程中情不自禁地说起家乡话，说毕自己就禁不住大笑起来。③ 可以说这些“硬语”、“舛辞”、“谐谈”、“冷语”和“炼话”构成了鲁迅文学语言最底层的色调。

由对民间神话、传说、故事、艺术（戏剧）等的爱好，还引发了鲁迅对于民间美术与绘画的爱好，开启了他“幼稚的爱美的天性”④。《山海经》不仅以富有强悍生命意志与创造精神的神话形象震撼了鲁迅，而且以其狂放不拘、神采飞扬的生动形象吸引了鲁迅。鲁迅回忆说：“书的模样，到现在还在眼前。可是从还在眼前的模样来说，却是一部刻印都十分粗拙的本子。纸张很黄；图象也很坏，甚至于几乎全用直线凑合，连动物的眼睛也都是长方形的。但那是我最为心爱的宝书，看起来，确是人面的兽；九头的蛇；一脚的牛；袋子似的帝江；没有头而‘以乳为目，以脐为口’，还要‘执干戚而舞’的刑天。此后我就更其搜集绘图的书，于是有了石印的《尔雅音图》和《毛诗品物图考》，又有了《点石斋丛画》和《诗画舫》。”⑤他对于家里收藏的《於越先贤像传》和《剑侠传图》也“很是爱好”⑥。同时不仅“从小就喜欢看画书，也爱画几笔”⑦，“在院子里矮墙上画有尖嘴鸡爪的雷公，荆川纸小册子上画过‘射死八斤’的漫画”⑧。在大舅父那里见到小说《荡寇志》，因喜爱其绣像和像赞的字体，便影描下来。后来在书塾中每当先生读书入神的时候，他就画画儿，用一种叫做“荆川纸”的，蒙在小说的绣像上一个个描下来，继《荡寇志》后，又描画了《西游记》。“后来，因为要钱用，卖给一个有钱

① 鲁迅：《门外文谈》，《鲁迅全集》第 6 卷，人民文学出版社 2005 年版，第 100 页。
② 鲁迅：《答〈戏〉周刊编者信》，《鲁迅全集》第 6 卷，人民文学出版社 2005 年版，第 150 页。
③ 参见夏衍《懒寻旧梦录》，三联书店 1985 年版，第 149 页。
④ 鲁迅：《〈二十四孝图〉》，《鲁迅全集》第 2 卷，人民文学出版社 2005 年版，第 259 页。
⑤ 鲁迅：《阿长与〈山海经〉》，《鲁迅全集》第 2 卷，人民文学出版社 2005 年版，第 255 页。
⑥ 周作人：《鲁迅的青年时代》，《关于鲁迅》，新疆人民出版社 1997 年版，第 405 页。
⑦ 周作人：《鲁迅的故家》，《关于鲁迅》，新疆人民出版社 1997 年版，第 33 页。
⑧ 周作人：《鲁迅的青年时代》，《关于鲁迅》，新疆人民出版社 1997 年版，第 403 页。

的同窗了"①。他买来各种画谱,如《芥子园画传》、《天下名山图咏》、《古今名人画谱》、《海上名人画稿》、《点石斋丛画》、《诗画舫》、《晚笑堂画传》等,并把借来的《诗中画》和《三十六赏心乐事》以及家藏《农政全书》残本中的《野菜谱》影写了一遍。《野菜谱》谱录灾年人民充饥度荒的野菜标本,每一幅图上都有题赞,如一首通俗歌谣,鲁迅特别喜爱。② 后来又从影写发展为独立的绘画。据鲁迅三弟周建人回忆,鲁迅给他画过一个扇面,画的是一块石头,旁生天荷叶即虎耳草,一只蜗牛在石头上爬,还有些杂草,纯用墨画的。③ 现存鲁迅 1897 年前拟购书目一页,都是上海点石斋书局出版的新书。鲁迅还迷恋过英人傅兰雅氏编印的《格致汇编》的插图。他后来回顾说:"那时我还是一个儿童,见了这些图,便震惊于它的精工活泼,当作宝贝看。"④同时他也喜欢"花纸"——民间的年画。如对"老鼠成亲"及其仪式感到十分可爱因而神往:"自新郎、新妇以至傧相、宾客、执事,没有一个不是尖腮细腿,象煞读书人的,但穿的都是红衫绿裤。""几百年的老屋中的豆油灯的微光下,是老鼠跳梁的世界,飘忽地走着,吱吱地叫着,那态度往往比'名人名教授'还轩昂。"⑤这样一种刚健清新,充满了原始信仰、原始生命活力与想象的"花纸"艺术与目连戏等一起熏陶了鲁迅的审美趣味和艺术爱好,并为他后来倡导木刻、版画、连环画等新兴美术奠定了基础。

与此同时,与鲁迅渴望自由、爱好驰骋想象的天性相联系,他对于主要流传于民间,受到封建正统排斥的小说、杂览也充满兴趣。这也与他祖父周介孚的教育理念有关。周介孚虽然热心功名,却并不反对儿孙看一点儿闲书,反而主张"第一步的方法是教人自由读书,尤其是奖励读小说,以为最能使人'通',等到通了之后,再弄别的东西便无所不可了"⑥。"这在清末那种只知抱着四书五经,视小说为'闲书'的空气里,实在是一种难得的开明通达的识见。"⑦因而鲁迅不但读了家里收藏的《镜花缘》、《儒林外史》、《西游记》、《三国演义》、《封神榜》、《聊斋志异》、《夜读随录》、《绿野仙

---

① 鲁迅:《朝花夕拾·从百草园到三味书屋》,《鲁迅全集》第 2 卷,人民文学出版社 2005 年版,第 291 页。

② 参见周作人:《关于鲁迅》,新疆人民出版社 1997 年版,第 406—407 页。

③ 参见周建人:《略讲关于鲁迅的事情》,《鲁迅回忆录》专著中册,北京出版社 1999 年版,第 740 页。

④ 鲁迅:《〈木刻创作法〉序》,《鲁迅全集》第 2 卷,人民文学出版社 2005 年版,第 291 页。

⑤ 鲁迅:《朝花夕拾·狗·猫·鼠》,《鲁迅全集》第 2 卷,人民文学出版社 2005 年版,第 243、242 页。

⑥ 周作人:《自己的园地·镜花园》,《周作人集》,花城出版社 2004 年版,第 63 页。

⑦ 林辰:《鲁迅传》,福建人民出版社社 2004 年版,第 3 页。

踪》、《天雨花》、《义妖传》等小说①，后来避难随大舅父迁居小皋埠"娱园"，又在"娱园"主人友舅舅那里读到了他收藏的当时几乎所有的说部（小说）。② 这为鲁迅后来的小说创作与小说史研究打下了坚实的基础，同时也使他生成了一种民间的知识、情趣与视野。可以说，"这种俚俗的、民间的、特别是对古人充满生气的神思的关注以及有关古代小说的知识，在他后来的教养中，和他少年时代被强制暗诵经书史籍的教养，形成了鲜明的对照"③。

① 参见《鲁迅年谱》（增订本）第一册，人民文学出版社1981年版，第20—21页。

② 参见周作人：《关于鲁迅》，新疆人民出版社1997年版，第404页。

③ 〔日〕伊藤虎丸著，李冬木译：《鲁迅与日本人》，河北教育出版社2000年版，第55页。

第二章　浙东学术、魏晋文章与早期教育:思维与文风

一、浙东学术、杂学、“浙东性”与鲁迅的思维和“师爷笔法”

如前所述,远在南宋,越地便开始形成一种“通古今事势之变以达于当前之治体”①的学术取向,即“言性命者必究于史”,“史学所以经世,固非空言著述也”,“正以切合当时人事耳”②的浙东学术(浙东史学)。“元明之世,浙东史家虽趋衰微,而其统不绝”,“至清初黄宗羲出,则骤成中兴之新局面”,“数百年间,师教乡习,濡染成风,前后相维,若脉可寻”。③ 所以“浙东史学,自宋元数百年来,历有渊源”④。这样一种学术与文化的取向也影响到越地一般的文化风习与趋向。鲁迅所在家族的家学渊源便以史学为重。鲁迅的祖父周介孚为他择定的第一本教材就是《鉴略》。“他认为首先应有一些历史基础的知识(虽然那书并不好懂)。他不赞成一般通行的先读《百家姓》或《千字文》”⑤,而且这是“严格按照祖宗的规定进行”的,“我们覆盆桥周家三台门,都不读《三字经》、《百家姓》、《千字文》、《神童诗》,而是读《鉴略》”⑥。周作人也回忆说:“小时候在书房里学做文章,最初大抵是史论,材料是《左传》与《纲鉴易知录》,所以题目总是管仲论汉高祖论之类。”⑦正是这一学术文化导向,使鲁迅自幼喜欢读史,尤其是野史,并形

① 董平:《浙江思想学术史》,中国社会科学出版社 2005 年版,第 172 页。

② 章学诚:《文史通义·浙东学术》,《章学诚遗书》,文物出版社 1985 年版,第 15 页。

③ 杜维运:《清代史学与史家》,中华书局 1988 年版,第 165 页。

④ 章学诚:《与胡雒君论校胡稚威集二篇》,《章学诚遗书》,文物出版社 1985 年版,第 117 页。

⑤ 乔峰:《鲁迅的幼年时代》,《鲁迅回忆录》专著中册,北京出版社 1999 年版,第 746 页。

⑥ 周建人:《鲁迅故家的败落》,福建教育出版社 2001 年版,第 92 页。

⑦ 周作人:《师爷笔法》,《知堂集外文》,岳麓书店 1988 年版,第 442 页。

成了深厚的史学修养与独特的史学眼光。① 他后来多次说"无论是学文学的，学科学的，他应该先看一部关于历史的简明而可靠的书"②，因为"历史上都写着中国的灵魂，指示着将来的命运"③，而"一治史学，就可以知道许多'古已有之'的事"④。不过这种史学修养，并不仅仅是一般的历史知识，还包括各种能够切合与增进人生实用知识的闲书与杂览。这是因为自清乾嘉以来，浙东史学已显颓势。一方面满人入主中原，直下江南，遭到知识阶层最有力的抵抗。"满廷最痛恨的是江浙人。因为这地方是人文渊薮，舆论的发纵，指示所在，'反满州'的精神到处横溢。"⑤因而有清一代的"文字狱"中，江浙文人罹祸最为惨烈。另一方面，又以调控科举中举数额，乃至停止乡试会试来钳制考生最为密集的江浙地区。因而原本就十分拥挤的科举仕途上的读书人不得不寻求新的出路。而深受博览洞悉历史知识以"切合当时人事"学术熏陶的知识倾向使他们自然关注与切入民生实业与社会实用。满人入主中原后，对汉人猜忌重重，不予重用；但又苦于文化上的输逊，急需有才识、谙文墨之人辅佐公务，致使幕府制格外盛行。同时清朝地域辽阔，人口众多，事务烦琐，行政与司法不分，都由主官直接承担；而许多主官以八股而厕身仕途，不谙世事与政务。因而协助主官处理刑名与钱粮等事务的幕友师爷便应运而生。"满人罕通汉语，不得不延揽名流，非特以集思广益，左右顾问，足资臂助，而人才以阅历而出，造就培养，异时备朝廷之用，大臣事君以人，此亦其一也。雍正、乾隆两朝，此风尤盛。"⑥越地素有"三山六水一分田"之称，中原汉民几次南迁，特别是"靖康之难"的大南迁，更加剧了"人众地狭"的矛盾；而悠久的习文风尚和做吏的传统，更促进了为幕即做师爷的风气在越地大盛。周作人说："不知从什么时候起的，绍兴的风水变了的缘故吧，本地所出的人才几乎限于师爷与钱店官这两种，专以苛细精干见长。"⑦此两种中，"师爷"又称"幕"——为幕者，"以图名未就转而治生，惟习幕一途，与读书为近，故从事者多"⑧。蒋梦麟追溯得更远："'刑名钱谷酒，会稽之美。'这是越谚所称道的。刑名讲刑法，钱谷讲民法，

---

① 据徐梵澄记载，鲁迅和他谈话时曾"甚夸'浙东学派'"。见《星花旧影——对鲁迅先生的一些回忆》，《鲁迅回忆录》散篇下册，北京出版社1999年版，第1317页。

② 鲁迅：《随便翻翻》，《鲁迅全集》第6卷，人民文学出版社2005年版，第142—143页。

③ 鲁迅：《忽然想到·四》，《鲁迅全集》第3卷，人民文学出版社2005年版，第17页。

④ 鲁迅：《又是"古已有之"》，《鲁迅全集》第7卷，人民文学出版社2005年版，第239页。

⑤ 梁启超：《近三百年学术史》，中国书店1985年版，第15页。

⑥ 平步青：《霞外捃屑·幕友》，上海古籍出版社1982年版，第145页。

⑦ 周作人：《〈陶庵梦忆〉序》，《周作人集》，花城出版社2004年版，第188页。

⑧ 汪龙庄：《佐治药言·勿轻令人习幕》，《中国官场学》，今日中国出版社1995年版，第266页。

统称绍兴师爷。宋南渡时把中央的图书律令,搬到了绍兴。前清末造,我们在绍兴的大宅子门前常见有'南渡世家'匾额,大概与宋室南渡有关系。绍兴人就把南渡的文物当成了吃饭的家伙,享受了七百多年的专利,使全国官署没有一处无绍兴人,所谓'无绍不成衙'。因为熟谙法令律例,故知追求事实,辨别是非;亦善于歪曲事实,使是非混淆。因此养成了一种尖锐锋利的目光,精密深刻的头脑,舞文弄墨的习惯。相沿而成一种锋利、深刻、含幽默、好挖苦的士风。"①周作人则称这种风气为"浙东性"("师爷气")②。

实际上,如上所述,除了图书律令这些南渡文物之外,越地师爷风习的兴起是与其独特的地理历史文化相关联的。章学诚说:"吾乡山水清远,其人明锐而疏达,地僻,人工不修,士之所出,不足食土之人,秀民不得业,则往往治文书律令,托官府为幕客,盖天性然也。"③陈方竞说:"'师爷'作为绍兴知识群体在生存困境中的一种无奈也是智慧的选择,不能不与浙东学术的影响有关——'史学所以经世,固非空言著述也。……正以切合当时人事耳'(章学诚语),这种迥异于'舍人事而言性天'之理学的浙东史学传统,成就了浙东知识阶层与现实人生的广泛联系。""绍兴师爷与'民'的这种深刻联系,使融会于民之生活、体现民之生活智慧的'杂学'即所谓'黄老刑名百家之言'兴而适得用场,传习民间,即使诗礼之家也概莫能外。"④浙东学术所开拓的求实尚用重史创新的倾向切合了国家地方行政事务的管理,因而由越文化培育出来的绍兴师爷成为中国师爷的杰出代表。正是在这一背景中,越文化的杰出传人徐渭(文长)、章学诚(实斋)等都曾做过师爷。或许正是这样一种历史背景,使鲁迅的祖父周介孚不再将"读书求仕"作为子弟的唯一出路。一方面告诫子弟"游惰无不败家";另一方面认为"厌执业卑微,是大昏谬","世事如转毂,惟有业可立于不败之地"。⑤ 立普通实业,自然要多识民间百类风土物产及博物,此类"杂学"不见经传却存在于所谓"世俗陋书"即杂书之中。因而他又鼓励子弟阅读小说、野史等杂览,习学各种实业与实学知识。所以李欧梵说,鲁迅被允许读小说、野史、闲书与杂览,"对于他后来思想的发展颇有影响,似乎铺平了他以后长期对于'杂学'

---

① 蒋梦麟:《谈中国新文艺运动》,《新潮》,台北传记文学出版社 1967 年版,第 111—112 页。

② 周作人在《〈自己的园地〉自序二》中追溯了他的家族在绍兴生活"十四世"以后说:"这四百年间越中风土的影响大约很深,成就了我的不可拔除的浙东性,这就是世人所通称的'师爷气'。"(见《周作人自编文集·谈龙集》,河北教育出版社 2002 年版,第 3 页)

③ 章学诚:《汪泰岩家传》,《章学诚遗书》,文物出版社 1985 年版,第 170 页。

④ 陈方竞:《鲁迅与浙东文化》,吉林大学出版社 1999 年版,第 223—224、225 页。

⑤ 周介孚:《恒训》,《鲁迅研究资料》第 9 辑,天津人民出版社 1982 年版,第 22 页。

以及爱好并提升‘小传统’通俗潮流的兴趣”①。这在一定意义上也是浙东学术风习的一种自然传承。

鲁迅早在开蒙之时就从“爱种一点花木”的叔祖周玉田处接触到这类杂书,对其中知识性、趣味性颇强的“杂学”产生了浓厚的兴趣。最初喜读陆玑的《毛诗草木鸟兽虫鱼疏》,“最爱看的是《花镜》”,之后兴趣又转到“绘图的《山海经》”②,后来借来一部《唐代丛书》,如同“发见了一个新天地”,抄了陆羽的《茶经》三卷、陆龟蒙的《耒耜经》与《五木经》,以及花木类的谱录《说郛录要》等③。他还把这些知识运用到实践中,并且根据实践经验对这些书本知识加以修正。例如《花镜》上写映山红“若移植家园,须以本山土壅始活”。鲁迅根据自己的移植经验,在该条下批注:“按:花性喜燥,不宜多浇,即不以本山土栽亦活。”④或许正是这种在求实中探索的越文化集体无意识基因使鲁迅对各种“杂学”,特别是流传于民间的“野史与杂记”,始终充满了兴趣。鲁迅自述:“余少喜披览古说。”⑤这“古说”,就包括大量的野史与笔记。即使他在绍兴“全城中称为最严厉的书塾”的三味书屋读书时,虽然由于自己的聪慧,“几乎读过十三经”⑥,但是受“方正、质朴、博学”的老师寿镜吾先生的熏陶,对他真正发生影响的却是汉魏六朝的文章和小说、杂览等闲书。据周作人记叙,鲁迅“读‘正经书’——准备靠八股出题目用的四书五经读得很快,可是因为有反感,不曾发生什么影响……他就用余暇来看别的古书,这在正经用功赶考的人说来是‘杂览’,最是妨碍举业,要不得的。鲁迅看了许多正史以外的野史,子部杂家的笔记,不仅使他知识大为扩充,文章更有进益,又给了他两样好处,那是在积极方面了解了祖国伟大的文化遗产的价值,消极方面则是深切感到封建礼教的毒害,造成他‘礼教吃人’的结论”⑦。鲁迅晚年也回忆说:“我常说明朝永乐皇帝的凶残,远在张献忠之上,是受了宋端仪的《立斋闲录》的影响的。那时我还是满洲治下的一个拖着辫子的十四五岁的少年,但已经看过记载张献忠怎样屠杀蜀人的《蜀碧》,痛恨着这‘流贼’的凶残。后来又偶然在破书堆里发见了一本不全的《立斋闲录》,还是明抄本,我就在那书上看见了永乐的

---

① 〔美〕李欧梵著,尹慧珉译:《铁屋中的呐喊》,河北教育出版社 2000 年版,第 4 页。

② 鲁迅:《朝花夕拾·阿长与〈山海经〉》,《鲁迅全集》第 2 卷,人民文学出版社 2005 年版,第 253 页。

③ 参见周作人:《关于鲁迅》,新疆人民出版社 1997 年版,第 66 页。

④ 《鲁迅年谱》(增订本)第一册,人民文学出版社 1981 年版,第 38 页。

⑤ 鲁迅:《〈古小说钩沉〉序》,《鲁迅全集》第 10 卷,人民文学出版社 2005 年版,第 3 页。

⑥ 鲁迅:《十四年的“读经”》,《鲁迅全集》第 3 卷,人民文学出版社 2005 年版,第 138 页。

⑦ 周作人:《鲁迅与中学知识》,《关于鲁迅》,新疆人民出版社 1997 年版,第 435 页。

上谕,于是我的憎恨就移到永乐身上去了。”①这时期陆续读到的野史杂说还有《曲洧旧闻》、《窃愤录》、《玉芝堂谈荟》、《鸡肋编》、《明季稗史汇编》、《南烬纪闻》等,成就了他独特的“野史思维”②,认为野史比正史更真实。正史有掩饰,“‘官修’而加以‘钦定’的正史也一样,不但本纪咧,列传咧,要摆‘史架子’;里面也不敢说什么”③。因而读正史必须“不被搽在表面的自欺欺人的脂粉所诓骗”④。“野史和杂说自然也免不了有讹传,挟恩怨,但看往事却可以较分明,因为它究竟不像正史那样地装腔作势。”⑤从而以一种边缘性的另类的异质性思维构成对官方正史思维的疏离乃至挑战与解构。同时,在这一过程中他受张澍辑录的《二酉堂丛书》的影响,对于家乡朴野而丰富的乡邦文献产生了极大的兴趣,“他一面翻查古书抄唐以前的小说逸文,一面又抄唐以前的越中史地书。这方面的成绩第一是一部《会稽郡故书杂集》……此外又有一部谢承《后汉书》”⑥。至于许多乡贤的著作,如《王阳明全集》、《章氏遗书》(即《文史通义》)、《癸巳类稿》、《於越先贤像传》等,则作为家里的藏书,早已被他们熟读过了⑦——实际上正潜在地体现出鲁迅对自己故乡文化血脉的寻根式追溯与认同⑧。

---

① 鲁迅:《且介亭杂文·病后杂谈之余》,《鲁迅全集》第6卷,人民文学出版社2005年版,第185页。

② 参见赵宪涛:《鲁迅与“野史思维”》,《石家庄学院学报》2007年第5期。在他看来“不同于正史的官修和集体著述,野史是私人著述,具有私人性。野史一般不追求对历史的宏观把握和梳理,而只以不同于正史的视线描述历史的一角,触摸被忽略的历史片断。正史构建着大传统,野史却在历史的另一面构建着小传统。野史作为一种话语体系,对正统话语起着一种疏离作用。正史是官方正统意识形态的表达,野史多是个人言说,具有很强的个人主观性或随意性,至臆测性”。周聪秀认为,在鲁迅的心目中,野史、杂说、笔记、档案等是同类的书,其共同的特点是“野”。“所谓‘野’,有两层含义:第一,从与在朝人士相对立而言,是在野人士(或士大夫的下层人士)所作,未经官方审定,更不是‘钦定’的,甚至为官方所禁,不是藏于庙堂官厅,而是流传于‘野’,当然,其中某些书也流传到官厅,在流传中经过官方删改;第二,从雅与俗、文与野相对立而言,是未经人工过分雕饰的,鲁迅说是‘无伪饰’的,是原始的史料,虽然显得粗鄙,但具有原始性、真实性。”(见《鲁迅与野史》,《鲁迅研究月刊》2005年第2期)杨义则进一步认为,“鲁迅在章学诚把经学史学化的基础上,进一步把史学野史化了,这符合他以四野之学消解四库之学的价值结构的思维方向。史学野化,自然也就敞开了通向杂学的精神通道。或者说,他幼年的杂学趣味使他的史学容易野化,这种精神通道是双向的”(见《鲁迅与中国文化的现代启示》,《文学评论》2006年第5期)。

③ 鲁迅:《这个与那个》,《鲁迅全集》第3卷,人民文学出版社2005年版,第148页。

④ 鲁迅:《中国人失掉自信力了吗》,《鲁迅全集》第6卷,人民文学出版社2005年版,第122页。

⑤ 鲁迅:《这个与那个》,《鲁迅全集》第3卷,人民文学出版社2005年版,第148页。

⑥ 周作人:《鲁迅的青年时代》,《关于鲁迅》,新疆人民出版社1997年版,第496页。

⑦ 参见周作人:《关于鲁迅》,新疆人民出版社1997年版,第64、405页。

⑧ 或许正是这种认同使鲁迅“甚夸(故乡的)‘浙东学派’”(见徐梵澄:《星花旧影——对鲁迅先生的一些回忆》,《鲁迅回忆录》散篇下册,北京出版社1999年版,第1317页)。

值得注意的是,鲁迅的这种源于浙东史学传统的“野史思维”始终是与越地底层民众世界的“鬼”的视野相融合的。“在鲁迅的意念中,对‘黑暗’的现实和历史的意象性感受是与重压在现实底层和隐没在历史深处的无数怨鬼结合在一起的。……鲁迅的‘黑暗’思想意念与民间鬼魂意象(包括非人间、地狱意象)之间存在着一种内在转义关系。正如鲁迅想象‘重迭的黑云’中闪动着有叫唤和无叫唤的各种故鬼、新鬼、游魂所暗示的,民间的鬼魂意象是鲁迅借以穿透重重历史帷幕的一束黑色光亮,它对鲁迅的思想理念具有隐秘的赋形作用。”①正是这两种视野的融合与交织,使鲁迅获得了一种尖锐而犀利的历史洞察力与反叛性。木山英雄发挥竹内好关于鲁迅与“鬼”“对坐”的想象,读出了鲁迅作品隐藏着“对死者、对由无数死者堆积起来的历史的感觉”,“对历史的感觉一下子就换成了对世界的感觉”;而伊藤虎丸则进一步认为,“对鲁迅而言,剥夺一切高论,正论以及公论的权威,揭露虚伪的终末论式的观点,并非来自跟西欧式的至高无上的超越者相遇,恰恰相反,而应该说是通过跟构成亚洲历史社会最底下的‘深暗地层’的民众的死以及还活着的彷徨的孤魂幽鬼‘对坐’而获得的”。② 陈浩补充说:“鲁迅对现实的感受并不是历史意象的投射。鲁迅对历史的真正偏执,其实是要对历史是否真有终极记忆进行彻底审查,并在有意和无意忘却的历史中锲入一个‘忘却’的标识,由此唤醒怨鬼孤魂们的自我记忆。”③

或许正是这种注重异端与野史的取向以及广博的另类(杂学)阅读与认同,培养了鲁迅异端、另类的思维方式与眼光——“无论时间与空间如何重叠、渗透、交融与转化,对问题的判断总是与对历史和过去的经验的追忆相交织”④,“以过去和现在的铁铸一般的事实来测将来,洞若观火!”⑤因而“思想锐利到穿透了现实的表层。他看生活,看到的是日常细节下的本

---

① 陈浩:《思想对话的形象——从绍兴民间文化解读鲁迅的思想风格》,《鲁迅研究月刊》2004 年第 10 期。

② 〔日〕伊藤虎丸:《鲁迅的“生命”与“鬼”》,《文学评论》2000 年第 1 期。

③ 陈浩:《思想对话的形象——从绍兴民间文化解读鲁迅的思想风格》,《鲁迅研究月刊》2004 年第 10 期。

④ 汪晖:《进化的理念与“轮回”的经验》《广东社会科学》1989 年第 4 期。鲁迅说:“历史上都写着中国的灵魂,指示着将来的命运。”(《忽然想到·四》)“读史,就愈可以觉悟中国改革之不可缓”(《读经与读史》)因而积极倡导读史。在陈方竞看来,这样“一种研史以透视社会人生的史学思想”正是浙东史学的一种贯通。“注重明古鉴今以知其所以然的‘史法’与‘史识’,作为浙东史学的重要传统,是与鲁迅的思维特征内在的相通的。”(见《鲁迅与浙东经史文化》,《中国现代文学研究丛刊》1993 年第 2 期)。

⑤ 鲁迅:《〈守常全集〉题记》,《鲁迅全集》第 4 卷,人民文学出版社 2005 年版,第 540 页。

质"①;"每不肯相信表面上的事情"②,"总能一下子透彻的注视到事物的最深处和最远处"③;"不仅注意对象的正面,而且注意其反面;不仅注意对象的一个侧面,而且注意其前后左右,东西南北各个侧面,并且从这些不同方位的观察的综合中,得到对对象的全面认识"④。所以"当我们见到局部时,他见到的却是全面。当我们热衷去掌握现实时,他已把握了古今与未来"⑤,从而形成了鲁迅思维的深刻、犀利,乃至"刻毒"的特色——"他不断从表面的繁荣底下,看出持续的荒芜和破产;从'现代'里面,发现明季和宋末的幽灵;从每每遭人轻蔑的底层民众的被动状态中,他看到了深藏的清醒和透彻;从若干新颖的旗帜、姿态和运动当中,他更觉察出向来深恶的专横与奴性"⑥。

这里值得思考的一个问题是鲁迅与绍兴师爷的关系问题。1926年"女师大"事件中,陈源讥讽说,鲁迅很有"他们贵乡绍兴的刑名师爷的脾气",是个"做了十几年官的刑名师爷"。⑦ 随后在革命文学的论争中,成仿吾化名石厚生说鲁迅的"词锋诚然刁滑得很,因为这是他们师爷派的最后的武器"⑧;苏雪林也骂鲁迅"不但是一位刀笔吏,而且是一位酷吏",其文字"辛辣阴毒、尖酸刻薄"⑨;曹聚仁则说"周氏兄弟的性情与文章风格,都是属于绍兴的,有点刑名师爷的调门"⑩。钱理群在1980年代重提陈源称鲁迅为"做了十几年官的刑名师爷"这桩旧案时说:"如果排除论战中所特有的感情成分,作客观的考察,那么,应该承认,在思维方式与相应的文字表现上,鲁迅与绍兴师爷传统,确实存在着某种继承关系。"⑪李乔则撰写专文《烈日

① 王安忆《类型的美》,《21世纪:鲁迅和我们》人民文学出版社2001年,第438页。
② 鲁迅:《两地书·十》,《鲁迅全集》第11卷,人民文学出版社2005年版,第40页。
③ 刘纳:《"也是人"的鲁迅作为"人"的独异性》,《21世纪:鲁迅和我们》人民文学出版社2001年。
④ 钱理群:《心灵的探寻》上海文艺出版社1988年版,第74页。
⑤ 郁达夫:《鲁迅的伟大》,《鲁迅研究学术论著资料汇编》第2卷,中国文联出版公司1985年版,第700页。
⑥ 王晓明:《鲁迅式眼光》,见《21世纪:鲁迅与我们》人民文学出版社2001年版。
⑦ 陈源:《闲话的闲话之闲话引出来的几封信》,《鲁迅研究学术论著资料汇编》第1卷,中国文联出版公司1985年版,第134页。
⑧ 石厚生:《毕竟是"醉眼陶然"罢了》,《鲁迅研究学术论著资料汇编》第1卷,中国文联出版公司1985年版,第365页。
⑨ 苏雪林:《论鲁迅的杂感文——四年前的一篇残稿》,《鲁迅研究学术论著资料汇编》第2卷,中国文联出版公司1985年版,第723页。
⑩ 曹聚仁:《鲁迅评传》,复旦大学出版社2006年,第9页。
⑪ 钱理群:《心灵的探寻》,上海文艺出版社1988年版,第92页。

秋霜——鲁迅与绍兴师爷》,说"鲁迅曾生活在遍布绍兴师爷的环境中和'师爷气'(即师爷文化)弥漫的氛围中,受到过绍兴师爷和'师爷气'的潜移默化的影响。鲁迅反感并拒绝了'师爷气'中的恶劣成分,接受了'师爷气'中的精华。鲁迅所受的某些中国传统文化因素的影响,是通过了绍兴师爷这个中介的,或是以绍兴师爷为中介之一。鲁迅的思想、性格和文风即'鲁迅风'中,留下了深深的'师爷气'的烙印。'师爷气'对于鲁迅的深邃、深刻的思想体系和鲁迅的精神风貌、人格风貌、文章风貌的形成,起过相当重要的作用"①。陈越则以《摆脱陈源的阴影——也谈鲁迅与"绍兴师爷"》为题,反驳了这一观点。他认为鲁迅对于"师爷气"是深恶痛绝的,因而把鲁迅的文风看成是对师爷传统的继承"有点出格",说鲁迅"生活在遍布绍兴师爷的环境中和'师爷气'(即师爷文化)弥漫的氛围中,受到过绍兴师爷和'师爷气'的潜移默化的影响"则"有点想当然","'师爷气'弥漫的氛围"属于夸张。不过他也同样承认"鲁迅与绍兴师爷确有某些相似处",但"这种相似绝非是鲁迅'继承'了绍兴师爷的传统或者说是绍兴师爷影响了鲁迅的结果,而是因为他们都植根于同一地域文化的土壤之中,越文化的某些'基因',决定了他们身上会有某些共通的文化表征。鲁迅和绍兴师爷之间不存在着因果关系,他们二者和越文化之间才存在着'源'和'流'的关系,因为他们都是越文化这棵'历史之树'所结出的果实"。②

笔者以为,既然绍兴师爷和鲁迅都是越文化"这棵'历史之树'所结出的果实",那么它们就已经成为越文化的一部分,相互之间必然具有某些共同性。这也是人们往往把两者相互联系起来的原因。这一共同性是建立在越文化这一共同的根基之上的。但是另一方面,如同鲁迅对越文化的态度是矛盾的一样,他对于这种"师爷气"也是反感的。鲁迅在自己撰写的《鲁迅自传》中写道:"我渐至于连极少的学费也无法可想;我的母亲便给我筹办了一点旅费,教我去寻无须学费的学校去,因为我总不肯做幕友或商人——这是我乡衰落了的读书人家子弟所常走的两条路。"③"总不肯"三字清楚地表明了鲁迅不愿学做师爷的决绝态度。周作人根据他的记忆也透露过鲁迅对幕业的反感,说鲁迅"对于他的故乡一向没有表示过深的怀念,这不但在小说上,就是《朝花夕拾》上也是如此。大抵对于乡下的人士最有反感,除了一般封建的士大夫之外,特殊的是师爷和钱店伙计(乡下人叫做

① 李乔:《烈日秋霜——鲁迅与绍兴师爷》,《鲁迅研究月刊》2000年第9期。

② 陈越:《摆脱陈源的阴影——也谈鲁迅与"绍兴师爷"》,《鲁迅研究月刊》2004年第10期。

③ 鲁迅:《鲁迅自传》,《鲁迅全集》第8卷,人民文学出版社2005年版,第342页。

‘钱店倌’),气味都有点恶劣”①。鲁迅于三味书屋受业的老师寿镜吾先生在《持身之要》中也告诫子弟说:“境况清贫,不论何业,都可改就。唯幕友、衙门人、讼师不可做。”②——这根源于有清一代不少劣幕利用一支刀笔,阴险狡猾,翻云覆雨,舞文弄墨,营私舞弊,败坏了师爷的名声。以至在绍兴民间社戏中人们借无常的“文叹”骂道:“堪叹你,自负才高,不务正道,说什么我有笔如刀,法词揽包,舞文墨作奸藏刀,拆人家骨肉分抛。装斯文,谈名教,丧廉耻,行贪婪,为虎作伥是尔曹,还说什么读书高,一旦无常到,看你再逍遥,人死难把臭名消,人死难把臭名消!”③因而很难说鲁迅会自觉地去“继承”师爷传统,或者以师爷为中介而接受传统文化因素的影响。

不过,“无绍不成衙”作为一种重要的历史文化现象,也反映了绍兴师爷与越文化深刻的联系。绍兴籍师爷之所以成为师爷文化的杰出代表,是与绍兴所具有的独特的区域性文化传统紧密联系的。如前所述,无论是绍兴师爷那种锐利、深刻的眼光,尖刻、犀利、老辣的文笔,还是清醒、冷静、缜密的思维,见微知著、“察见渊鱼”的洞察能力,“满口柴胡”的脾气都可以在越文化传统中找到渊源。例如曹聚仁就认为东汉王充的《论衡》“无视孔、孟、墨、道各家的思想权威,一一剥去他们的外衣”,其“尖锐的战斗风格,也可以说是开出后来绍兴师爷的先河”。④ 追溯其远古渊源则与大禹所象征的求实中探索的精神原型相联系。由此而下,也与勾践原型所象征的复仇中抗争的越文化精神原型一脉相承。吴越争霸时期,越文化又受到荆楚之地的兵家、阴阳术数思想的深刻影响。辅助越王勾践完成兴国复仇大业的几位重要的名臣文种、范蠡、计然等都是来自荆楚之地的客卿。范蠡为当时著名兵家,本黄老道家之学。“《越语下》所载范蠡所论,多属军事范围,可代表范蠡的思想。……范蠡之师计然(或作计倪)传即老子弟子、曾与楚平王问答的文子。《文子》一书,正是道家的著作。《越语下》的范蠡思想,兼有道家、兵家、阴阳术数的特点。”⑤记叙吴越争霸史迹的《越绝书》,“历来学者颇有以为兵书的”⑥。兵家思想之要在于客观冷静地判断敌我双方的形势,科学地制定攻战方略,迅速舍弃次要因素、表面现象,找出制约全局的

---

① 周作人:《鲁迅小说里的人物》,《关于鲁迅》,新疆人民出版社 1997 年版,第 295—296 页。

② 转引自周芾棠:《乡土忆录——鲁迅乡亲友人忆鲁迅》,陕西人民出版社 1983 年版,第 52 页。

③ 裘士雄等:《鲁迅笔下的绍兴风情》,浙江教育出版社 1985 年版,第 56 页。

④ 曹聚仁:《鲁迅评传》,复旦大学出版社 2006 年版,第 9 页。

⑤ 李学勤、江林昌:《越文化在中国文明史中的地位以及对东南亚历史文化的影响》,费君清主编:《中国传统文化与越文化研究》,人民出版社 2004 年版,第 8—9 页。

⑥ 陈桥驿:《点校本〈越绝书〉序》,《越绝书》,上海古籍出版社 1985 年版,第 4 页。

主要矛盾而突破之。这样便形成了一种"清醒冷静的理性主义的思辨方式,见微知著洞悉全局的判断能力,以及以少胜多、避实就虚、当机立断、决不犹疑的行事作风"①。同时兵家强调的"分数形名"、设范立制、赏罚严明、法令通行等又明显地与法家精神相通。据《史记·老庄申韩列传》,法家思想源于黄老。"将欲弱之,必固强之。将欲废之,必固兴之。将欲取之,必固与之"②的君王南面术乃法家之本。勾践卧薪尝胆、报仇雪耻的历史传奇虽然已消逝在历史风尘的深处,但是那种兼有道家、阴阳术数与法家色彩的兵家思想却积淀在越文化的底层,构成制约它发展演变的一个重要基本因素。③ 荆楚之地与越地的民风也就具有了某种血缘的联系。鲁迅便说:"浙东多山,民性有山岳气,与湖南山岳地带之民气相同。"④而师爷"合则留,不合则去"⑤的独立个性又与越地阳明心学所孕育的个性解放思潮与以为自我谋利的交换意识和商品经济为基础的契约性伦理关系不无关系。⑥ 鲁迅说:"自己却正苦于背了这些古老的鬼魂,摆脱不开,时常感到一种使人气闷的沉重。就是思想上,也何尝不中些庄周韩的毒,时而很随便,时而很峻急。"⑦"所谓'峻急',也就是法家的冷峻、刻急、犀利的思维方式和文风,形象一点说,就是法家那种烈日秋霜般的风格。"⑧而在钱理群看来,鲁迅所说的中韩非"峻急"之毒,"所指的正是这种法家的人生态度、思维方式及其外在表现形式,直接地、间接地(通过'师爷气'、'师爷笔法'这一中间环节)对他思想、文字所发生的深刻影响"⑨。

---

① 顾琅川:《周氏兄弟与浙东文化》,人民出版社 2008 年版,第 188 页。

② 老子:《老子》,《国学备览》(7),首都师范大学出版社 2007 年版,第 7 页。

③ 鲁迅在《写在〈坟〉后面》回顾自己的思想说:"就是思想上,也何尝不中些庄周韩非的毒,时而很随便,时而很峻急。"这里的"韩非"应该说就是这种兼有道家、阴阳术数与法家色彩的兵家思想的代称。木山英雄指出,绍兴师爷"虽说并不一定要和韩非直接搭上关系,然而以群臣的职位言说而责其实功,正可谓'峻急'的刑名之术,本来是韩非所强调的。实际上,在排除儒家的'德治'主义,主张通过法和权势以及这个刑名之术来推行'法治'的韩非思想中,确实有痛快无情的一面"(见《文学复古与文学革命》,北京大学出版社 2004 年版,第 103—104 页)。

④ 徐梵澄:《星花旧影——对鲁迅先生的一些回忆》,《鲁迅回忆录》散篇下册,北京出版社 1999 年版,第 1317 页。

⑤ 汪龙庄:《佐治药言·勿过受主人情》,《中国官场学》,今日中国出版社 1995 年版,第 269 页。郑天挺听章廷谦转述过鲁迅的话"我们绍兴师爷箱子里总放着回家的盘缠(路费)"(见郑天挺:《清代的幕府》,《明清时国际学术讨论会论文集》,天津人民出版社 1982 年版,第 214 页)——或许正说明了鲁迅对于"师爷气"根源于越文化的独立自主精神个性的潜在认同。

⑥ 参见金尚理:《绍兴师爷人格与智慧臆说》,《绍兴师爷与中国幕府文化》,人民出版社 2007 年版。

⑦ 鲁迅:《写在〈坟〉后面》,《鲁迅全集》第 1 卷,人民文学出版社 2005 年版,第 301 页。

⑧ 李乔:《烈日秋霜——鲁迅与绍兴师爷》,《鲁迅研究月刊》2000 年第 9 期。

⑨ 钱理群:《心灵的探寻》,上海文艺出版社 1988 年版,第 95 页。

周作人在论述近代文艺的文风时说:“近来三百年的文艺界里可以看出有两种潮流,虽然别处也有,总是以浙江为最明显,我们姑且称作飘逸与深刻。第一种如名士清谈,庄谐杂出,或清丽,或幽玄,或奔放,不必定含妙理而自觉可喜。第二种如老吏断狱,下笔辛辣,其特色不在词华,在其着眼的洞彻与措语的犀利。在明末时这种情形很是显露,虽然据古文家看来这时候文风正是不振,但在我们觉得这在文学进化上却是很重要的一个时期,因为那些文人多无意的向着现代语这方向进行,只是不幸被清代的古学潮流压倒了。浙江的文人略早一点如徐文长,随后有王季重张宗子都是做那飘逸一派的诗文的人物,王张的短文承了语录的流,由学术转到文艺里去,要是不被间断,可以造成近体散文的开始了。毛西河的批评正是深刻一派的代表。清朝的西泠主布衣显然是飘逸的一派,袁子才的声名则更是全国的了,同他正相反的有章实斋,我们读《妇学》很能明白他们两方面的特点,近代的李莼客与赵益甫的抗争也正是同一的关系。俞曲园与章太炎虽然是师弟,不是对立的时人,但也足以代表这两个不同的倾向。”①从毛西河到章实斋再到章太炎的深刻一派“老吏断狱,下笔辛辣”、“着眼的洞彻与措语的犀利”的风格可以鲜明地看到形成师爷文风的精神个性与文化的原型。在《雨天的书·自序二》中,周作人在追述了他们家族到绍兴的四百年历史之后,更透彻地说:“这四百年间越中风土的影响大约很深,成就了我不可拔除的浙东性,这就是世人所通称的‘师爷气’。本来师爷和钱粮倌同是绍兴土产的坏东西,民国以来已逐渐减少,但是他那法家的苛刻的态度,并不限于职业,却弥漫及乡间,仿佛成为一种潮流,清朝的章实斋,李越缦即是这派的代表,他们都有一种喜骂人的脾气。”②章学诚也说浙东民众中形成一种普遍的风气——“逆于时趋”,“辩论之间,颇乖时人好恶”,实际上正根于“诚”的“狂”“狷”之气。③ 的确,如鲁迅的祖父周介孚便是以性情耿介、好骂人而著称。周作人回忆说:“介孚公爱骂人,自然是家里的人最感痛苦,虽然一般人听了也不愉快,因为不但骂的话没有什么好听,有时话里也会有刺,听的人疑心是在指桑骂槐,那就更有点难受了。他的骂人是自昏太后、呆皇帝直至不成材的子侄辈五十、四七,似乎很特别,但我推想也可能是师爷学风的余留。”④鲁迅受业七年的三味书屋寿镜吾先生也一生蔑视权贵,

① 周作人:《地方与文艺》,《周作人自编文集·谈龙集》,河北教育出版社 2002 年版,第 11 页。
② 周作人:《雨天的书·自序二》,《周作人自编文集·谈龙集》,河北教育出版社 2002 年版,第 3 页。
③ 章学诚:《上辛楣宫詹书》,《章学诚遗书》,文物出版社 1985 年版,第 332 页。
④ 周作人:《关于鲁迅》,新疆人民出版社 1997 年版,第 75 页。

好骂贪官污吏,骂到“合肥宰相天下瘦”的李鸿章时,甚至说,“假使我能碰到,就一口咬死他!”自称“山膏如豚,厥性好骂,我就是这副脾气”。①

正如周作人所说:“师爷虽是为世诟病,毕竟也是从人民中出来的。他本身传受了师爷的事业,其从父祖传下的土气息泥滋味还是存在,这也是可以注意的事。师爷笔法的成分从文的方面来的是法家秋霜烈日的判断,腐化成为舞文弄墨的把戏,从人民方面来的是人生苦辛的经验,这近于道家的世故(特别是老子),为二者之中的主要分子,可以称为人民的智慧。”②所以鲁迅虽然并不认同“绍兴师爷”的传统,但是他毕竟是在孕育了“师爷气”的文化土壤中生长起来的。在这样一种耳濡目染的氛围与环境中,鲁迅自觉或不自觉地受到这样一种孕育了“绍兴师爷”以及“师爷气”文风的浙东文化风习的影响也就很自然了。周作人说:“不但他读过《文史通义》和《越缦堂日记》,就是只听祖父介孚公平日的训话,也是影响不小了。介孚公晚年曾手抄一本,保存至今,其中所说的话什九不足为训,可以不提,但是说话的豁刻,那总是独一的了。”③据寿洙邻回忆,鲁迅在三味书屋读书时,虽不喜谈政治和法律,但是“其法律小文,字字精当,老吏弗及”④。这样一种“老吏弗及”的“师爷笔法”实际上正是鲁迅从小浸润在这一文化土壤中生成的一种文笔风格。

二、魏晋文章(“嵇康风”)、章太炎与鲁迅的思维和“师爷笔法”

实际上,鲁迅独特的文笔风格的形成还与魏晋文章有密切的关系,而这种关系又经过了章太炎这一文化中介。孙伏园记载刘半农赠送鲁迅“托尼学说,魏晋文章”的联语,“当时的朋友都认为这副联语很恰当,鲁迅先生自己也不加反对”⑤。的确,鲁迅与魏晋文章有很深的渊源。据寿洙邻回忆,鲁迅到三味书屋读书时“镜吾公喜汉魏六朝古典文学,时时诵读,虽因文义较为深奥,未便以教初学生徒,但鲁迅耳濡目染,已心领神会,能为古典文学的笔墨”;“镜吾公常手抄汉魏六朝古典文学,但鲁迅亦喜阅之,故往往置正

---

① 周芾棠:《乡土忆录——鲁迅乡亲友人忆鲁迅》,陕西人民出版社1983年版,第51—52页。
② 周作人:《目连戏的情景》,《知堂集外文·〈亦报〉随笔》,岳麓书社1988年版,第443页。
③ 周作人:《鲁迅的青年时代》,《关于鲁迅》,新疆人民出版社1997年版,第438页。
④ 寿洙邻:《我也谈谈鲁迅的故事》,《鲁迅回忆录》散篇上册,北京出版社1999年版,第8页。
⑤ 孙伏园:《鲁迅逝世五周年杂感二则》,《鲁迅回忆录》专著上册,北京出版社1999年版,第109页。

课不理,其抽屉中小说杂书古典文学,无所不有";"鲁迅不喜词章之学,以为此等描头画角,文人习套,不足以发挥志意";"鲁迅生平,绝对不作谀佞之文,凡投时所好,揣摩迎合,应酬请托的文字语言未尝形诸笔墨,出诸口角,以为可耻,莫甚于是。故唐人韩愈所作的谀墓碑文,涂抹粉饰,强作声势,博取金钱者,深加鄙视,以为见之令人做三日呕。惟于六朝人文字,昔人所讥为清谈衰敝者,独取其风致高尚,神观气穆,每仿为之";所以"鲁迅的文章,是特别出众的,锋利无比,针针见血,而且生动有趣,引人入胜,尤其思想的深刻,独具见解"。① 不难看到,鲁迅这一文章兴趣、取向和风格是与他追求自由的天性相一致的,潜在地传承着越人的文风与品格。周作人也记叙鲁迅"看重魏晋六朝的作品,过于唐宋,更不必说'八大家'和桐城派了"②。可以说魏晋文章与鲁迅的个性和趣味有着某种天然的感应与契合。如前所述,魏晋文章的卓越代表嵇康源出于越地,其非礼无法、自由不羁的叛逆性格正植根于勾践所代表的复仇抗争的原型精神及其衍生的以王充为代表的独立思考与探索的理性精神。或许是由于这种血缘文化的认同,跨越一千多年的时空间隔,鲁迅与嵇康达到了一种内在心灵的沟通与交融。从1913年到1935年,二十三年间,鲁迅先后校勘《嵇康集》达十余遍,并撰有《〈嵇康集〉逸文考》、《〈嵇康集〉著录考》、《〈嵇康集〉序》、《〈嵇康集〉跋》、《〈嵇康集〉考》等文。对嵇康的阅读与研究已经融入鲁迅的生命之中,以至被称为他的"魏晋感受"与"魏晋情结"(陈方竞语),渗入其深层的生命体验,参与建构其人格情怀与文学风格。而这样一种跨越与沟通又是通过自称为"越之贱氓也"③的章太炎的中介而实现的。

章太炎是一个对于鲁迅有极大影响的越籍著名学者。鲁迅在临终前夕写的《关于太炎先生二三事》中说:"我的知道中国有太炎先生,并非因为他的经学和小学,是为了他驳斥康有为和作邹容的《革命军》序,竟被监禁于上海的西牢。那时留学日本的浙籍学生,正办杂志《浙江潮》,其中即载有先生狱中所作诗,却并不难懂。这使我感动,也至今并没有忘记……一九〇六年六月出狱,即日东渡,到了东京,不久就主持《民报》。我爱看这《民报》,但并非为了先生的文笔古奥,索解为难,或说佛法,谈'俱分进化',是为了他和主张保皇的梁启超斗争,和'××'的×××斗争,和'以《红楼梦》

---

① 寿洙邻:《我也谈谈鲁迅的故事》,《鲁迅回忆录》散篇上册,北京出版社1999年版,第4—7页。

② 周作人:《鲁迅的青年时代》,《关于鲁迅》,新疆人民出版社1997年版,第439页。

③ 章太炎:《明独》,《章太炎全集》卷三,上海人民出版社1985年版,第55页。

为成佛之要道'的×××斗争，真是所向披靡，令人神旺。"①刚好也在1906年，鲁迅由日本仙台弃医从文来到东京，开始他改良国民精神的《新生》文艺运动。他立即为章太炎先生那种"依自不依他"的大独人格与斗争精神所吸引。所谓大独人格，在章太炎看来，是建立新型（现代）民族共同体的人格基础，"群必以独成"，"大独，大群之母也"。② 这种大独人格的核心精神就是"依自不依他"的"厚自尊贵"、"特立独行"的精神特征。章太炎在答友人书中称"要之，仆所侍奉，以'依自不依他'为臬极"③。这里的"他"，包括国家、社会、公理等等，凡对个人自由构成束缚与侵夺者，一概排击而否定之。章太炎认为，盖人者，"非为世界而生，非为社会而生，非为他人而生。故人对于世界、社会、国家，与其对于他人，本无责任"④。人是生而自足的，人自身便是其应当生存的理由。从章太炎的大独人格可以看到，它一方面是越文化中争取主体自由与解放的个性精神以及批判与解构封建专制秩序与圣典的启蒙精神的发展，同时也融合了西方近代无政府主义与民主主义的思想因素，因而章太炎成为中国由古代向现代转变之交一位影响深远的思想家。鲁迅与周作人、许寿裳、钱玄同等越籍子弟很快就拜入他的门下，跟从他学习《说文解字》、《庄子》等古代文化经典。在这一过程中，也不能不潜在地受到章太炎文风的影响，从而激发了他早已孕育在心中的"魏晋情结"。鲁迅与周作人合译的《域外小说集》"词致朴讷"⑤就是一个例证。在《集外集·序言》中，他更明确说："我的文章里，也有受着严又陵的影响的，例如'涅伏'，就是'神经'的腊丁语的音译，这是现在恐怕只有我自己懂得的了。以后又受了章太炎先生的影响，古了起来。"⑥在《坟·题记》中也回忆到在日本东京写作"新生"文言论文时，"又喜欢做怪句子和写古字，这是受了当时的《民报》的影响"⑦。

章太炎在《自述学术次第》中说，他"中岁所作，既异少年之体，而清远本之吴魏，风骨兼存周汉"⑧。这种卓具魏晋风骨的"中岁之作"，就是发表于《民报》上的与康梁论战的文章，也就是鲁迅回忆说"真是所向披靡，令人

① 鲁迅：《关于太炎先生二三事》，《鲁迅全集》第6卷，人民文学出版社2005年版，第565—566页。
② 章太炎：《明独》，《章太炎全集》卷三，上海人民出版社1985年版，第54页。
③ 章太炎：《答铁铮》，《章太炎全集》卷四，上海人民出版社1985年版，第374页。
④ 章太炎：《四惑论》，《章太炎全集》卷四，上海人民出版社1985年版，第444页。
⑤ 鲁迅：《〈域外小说集〉序言》，《鲁迅全集》第10卷，人民文学出版社2005年版，第168页。
⑥ 鲁迅：《集外集·序言》，《鲁迅全集》第7卷，人民文学出版社2005年版，第4页。
⑦ 鲁迅：《坟·题记》，《鲁迅全集》第1卷，人民文学出版社2005年版，第3页。
⑧ 章太炎：《太炎先生自述学术次第》，《民国章太炎先生自订年谱》，台湾商务印书馆1980年版，第59—60页。

神旺”的檄文。黄侃在《国故论衡·赞》中称其“持论议礼,尊魏晋之笔;缘物体情,本纵横之家”①。章太炎在《国故论衡·论式》中说:“魏晋之文,大体皆埤于汉,独持论仿佛晚周。气体虽异,要其守己有度,伐人有序,和理在中,孚尹旁达,可以为百世师矣。”②所谓“守己有度”、“伐人有序”即指说理严密、驳论锐利的语言风格。同时“效唐宋之持论者,利其齿牙,效汉之持论者,多其记诵,斯已给矣;效魏晋持论者,上不徒守文,下不可御人以口,必先豫之以学”③。所谓“必先豫之以学”指必须首先具有深厚的学养。这样一种既严密锋利,又博大深厚的文风可以说正是植根于古越文化的一种文学表现,开启了后来浙东“深刻”一派文风与“师爷气”的文学渊源。“吴、魏之文,仪容穆若,气自卷舒,未有辞不逮意,窘于步伐之内也。”④可以说,“章氏的思想和文章,有着魏晋的灵魂”⑤。并且正是章太炎的爱好与倡导,进而影响到弟子们对于魏晋之风的学习与熏陶。⑥ 在他看来,当时流行的“桐城文风既少独创性也不严密,不能适应说明和论辩得要求,因而提倡文风复古,要求直截明确。而魏晋文章恰恰也是改革汉代以来奢糜的文风而上溯先秦诸子说明的、论辩的方式的,它的简练的文字结构承载着极大的思想密度。……他把许多典故压缩在一个似乎是无中心、无条理的整体之中。准确与混乱,简练与臃肿,颇有些矛盾地结合在一起,这是章太炎用以对付当时流行学派的文风的武器。在风格和思想方面,章太炎或许提供了和康、梁一派往往是一个观点突出展开的‘时文’传统的尖锐对比。可以说是开创了一种思想方式,与那种系统的和谐几乎正好相反”⑦。

魏晋处于我国历史上一个易代之世,既是一个政治动荡、战争频仍的时代,也是一个思想解放、文学自觉的时代,文学终于摆脱经学的附庸地位而取得了自身的独立,并形成了一种清峻、通脱,亦即“简约严明”、“想说什么

---

① 黄侃:《国故论衡·赞》,《国故论衡》,上海古籍出版社2003年版,第4页。

② 章太炎:《国故论衡·论式》,《国故论衡》,上海古籍出版社2003年版,第84页。

③ 同上书,第85页。

④ 章太炎:《太炎先生自述学术次第》,《民国章太炎先生自订年谱》,台湾商务印书馆1980年版,第59页。

⑤ 曹聚仁:《中国学术思想史随笔》,三联书店1986年版,第12页。

⑥ 据曹聚仁记载:“章师推崇魏晋文章,低视唐宋古文。季刚自以为得章师的真传。我对鲁迅说:‘季刚的骄散文,只能算是形似魏晋文;你们兄弟俩的散文才算是得魏晋的神理。’他笑着说:‘我知道你并非捧我们的场的。’后来,这段话传到苏州去,太炎师听到了,也颇为赞许。”(见《我与鲁迅》,《我与我的世界》,人民文学出版1983年版,第399页)

⑦ 〔美〕李欧梵著,尹慧珉译:《铁屋中的呐喊》,河北教育出版社2000年版,第107页。

便说什么"[①]的谨严、峭劲而又自由无拘的文章风格。嵇康正是这样一种文风的卓越代表。首先是一种反抗腐朽的名教,争取自由与个性解放的精神,即他所倡导的"越名教而任自然"[②]、"非汤武而薄周孔"[③]的思想追求。所谓"越名教而任自然",就是利用老庄的思想资源,突破名教对人的个性的束缚,追求人性自然化的自由解放,让人性真正回归人自身。而"非汤武而薄周孔"则是从人性自由解放的角度对于一切阻碍人性解放的圣训谟典、纲常名教都给予无情的批判与掊击。这样一种"师心以遣论"[④]的思维方式与思想作风正吸取与传承了越地王充独立思考"疾虚妄"的现实批判精神资源与传统;而且其率真任性、爱好自由的人格追求也获得了古越蛮野文化的支持,所谓"刚肠嫉恶,轻视直言,遇事便发"[⑤]可以说是越人"轻死易发","锐兵任死"性格的一种传承;从而"以热烈的怀疑与破坏精神,推倒一切前代的因袭制度传统道德和缚住人心的僵化了的经典"[⑥],鲜明地表现出魏晋时代自由解放的精神。鲁迅对于这样一种"师心使气"的"魏晋文章及风度"[⑦]表现出由衷的赞赏,这作为一个重要的资源孕育生成了鲁迅怀疑性批判性的思维特征——"每不肯相信表面上的事情"[⑧],常多"疑心"。其文章也以强烈的怀疑性攻击性而闪烁着严冷逼人的批判色彩,具有一种摧枯拉朽的凌厉气势。

善于伺隙乘虚,抓住论敌要害,给予致命一击,也是嵇康文章的一大特色。这样一种特色正显示出魏晋文章"师心独见,锋颖精密"的风格与"守己有度,伐人有序"的辩驳力量。如《管蔡论》为西周初年的一桩历史冤案翻了案。管蔡二人乃文王、武王、周公"列而显之"、"举而任之"的王公大臣;文王、武王、周公乃世所崇奉的圣人,因而管蔡之受信任重用,自"非以情亲而相私","乃所以崇德礼贤"。于是"管蔡凶顽"论者便陷入这样的理论尴尬:"不知管蔡之恶,乃所以令三圣为不明也。"钟嵘《诗品》从儒家温柔敦厚

---

① 鲁迅:《魏晋风度及文章与药及酒之关系》,《鲁迅全集》第3卷,人民文学出版社2005年版,第524—525页。

② 嵇康:《释私论》,《鲁迅辑录古籍丛编》(第四卷),人民文学出版社1999年版,第83页。

③ 嵇康:《与山巨源绝交书》,《鲁迅辑录古籍丛编》(第四卷),人民文学出版社1999年版,第39页。

④ 刘勰:《文心雕龙·才略篇》,《国学备览》(12),首都师范大学出版社2007年版,第99页。

⑤ 嵇康:《与山巨源绝交书》,《鲁迅辑录古籍丛编》(第四卷),人民文学出版社1999年版,第39页。

⑥ 刘大杰:《魏晋思想论》,上海古籍出版社1998年版,第18页。

⑦ 鲁迅:《魏晋风度及文章与药及酒之关系》,《鲁迅全集》第3卷,人民文学出版社2005年版,第537页。

⑧ 鲁迅:《两地书·一〇》,《鲁迅全集》第11卷,人民文学出版社2005年版,第40页。

的诗教标准出发,以为嵇康持论“过为峻切,讦直露才,伤渊雅之致”①,恰从反面说明了其锋芒毕露、直扑论敌要害的辩难风格。鲁迅也坚持“正对‘论敌’之要害,仅以一击给予致命的重伤”②的战法。他的文章“每绞了许多脑汁”提炼成“极精锐的一击”③,这成为他的杂文常常能“以寸铁杀人,一刀见血”④,所向披靡的一个重要原因。另外“康文长于言理,藻艳盖非所措意”⑤,嵇康文章质直简劲、不重藻饰的语言特色也影响到鲁迅,使之形成了一种“古朴、简劲,不事华饰”⑥的语言风格。因而也可以把鲁迅的这种文章风格称为“嵇康风”⑦。

如前所述,章太炎对于鲁迅的影响不仅仅是对“魏晋文章”的认同,而且以“自贵其身,不依他力”⑧的大独人格给予鲁迅深刻的精神启迪。而这种大独人格又融合、凝聚与升华了自古以来我们民族争取自由与个性解放的异端思想传统,传承了中华民族源远流长的狂人精神谱系。作为“有学问的革命家”,章太炎是以学识渊博精深、举世罕有其匹而著称的。在诂经精舍师从朴学大师俞樾的长期苦读,使他打下了堪与乾嘉诸老比肩的朴学根柢,而于西学的广取博纳,更使他获得了乾嘉学人缺少的世界眼光而突破了朴学的局限。诚如梁启超所说,章太炎“既亡命日本,涉猎西籍,一新知附益旧学,日益闳肆”,因而“中岁以后所得,固非清学所能限矣”。⑨ 章太炎的弟子许寿裳说,先生“以朴学立根基,以玄学致广大,批判文化,独具慧眼,凡古今政俗的消息,社会文野的情状,中印圣哲的义谛,东西学人的所说,莫不察其利病,识其流变,观其会通,穷其指归。‘千载之秘,睹于一曙’。这种绝诣,在清代三百年学术史中没有第二个人”⑩。的确,章太炎是晚清学贯中西的一代文化巨子。尤其难能可贵的是,对于中西文化、古今学说,章太炎在广纳博取的同时,还站在近代中华民族的解放与新生的

① 钟嵘著,陈延杰注:《诗品注》,人民文学出版社 1961 年版,第 32 页。
② 鲁迅:《两地书·一〇》,《鲁迅全集》第 11 卷,人民文学出版社 2005 年版,第 41 页。
③ 许广平:《鲁迅先生的写作生活》,《鲁迅回忆录》专著上册,北京出版社 1999 年版,第 376 页。
④ 郁达夫:《〈中国新文学大系·散文二集〉导言》,《郁达夫文集》第六卷,花城出版社 1983 年版,272 页。
⑤ 鲁迅:《嵇康考》,《鲁迅全集》第 10 卷,人民文学出版社 2005 年版,第 81 页。
⑥ 巴人:《鲁迅的创作方法》,《鲁迅研究学术论著资料汇编》第 2 卷,中国文联出版公司 1985 年版,第 1187 页。
⑦ 参见顾琅川:《周氏兄弟与浙东文化》,人民出版社 2008 年版,第 197 页。
⑧ 章太炎:《答铁峥》,《章太炎全集》第四册,上海人民出版社 1985 年版,第 369 页。
⑨ 梁启超:《清代学术概论》,上海古籍出版社 2005 年版,第 80、81 页。
⑩ 许寿裳:《章炳麟传·绪言》,《鲁迅回忆录》(专著上册),北京出版社 1999 年版,第 229 页。

立场上，以强烈的怀疑精神，对于这些思想学说加以细致的审视、辨析与取舍。余英时高度赞赏其师钱穆评论章氏《国故论衡》的一段话："论衡者，乃慕王充之书。太炎对中国已往二千年来学术思想，文化传统，一以批评为务。所谓国故论衡，犹云批评这些老东西而已。故太炎先生此书即是一种新文化运动，惟与此下新文化运动之一意西方有不同而已。"余英时补充发挥说："《訄书》第二篇'订孔'，即仿《论衡》的'问孔'而来，更使人诧异的是他对远藤、白河等人的激烈反孔言论虽略有辩解，但是却丝毫也不以为忤。"①贺麟也指出"（章太炎）他不但反对传统的中国思想，他同样的反对西方的新思想，其勇于怀疑，与康有为之破除九界，谭嗣同之冲决网罗，有同等甚或较大的思想解放、超出束缚的效力"，因而他不仅是"当时革命党唯一的哲学代言人，而且可以认作民国八年以来新思想运动的先驱"。② 实际上章太炎对于魏晋文章与风骨的倡导也根源于对于长期统治文坛的桐城派"文以载道"风气的反抗。所谓"仪容穆若，气自卷舒"，正源于"清远本之吴魏，风骨兼存周汉"，是一种富有个性的思想与对这种思想的有力表达。因而它与正统的载道派文学是大异其趣的。舒芜在《〈中国中古文学史论文杂记〉校点后记》中指出："所谓中古时期，文学思想的特点是，注意于艺术的技巧，而于载封建之道，不甚积极。当时的文章，在华丽的形式之下，有的隐藏着反封建和非封建之道，有的隐藏着腐臭和血腥的现实，于是又分为两途。大概魏、晋文学，'非圣无法'。甚至'无父无君'，常常出现，是前一条路占的上风；宋、齐、梁、陈，大抵吟风弄月，醉生梦死，是后一条路得了优势。"③

可以看到，无论是章太炎对于王充思想传统的传承，还是他对于魏晋风骨的倡导，无论是他对于章学诚"六经皆史"观点的发展与张扬，打破儒术独尊的正统思想的封闭，倡导诸子百家的争鸣，打破学在官府的垄断与禁忌，倡导学在民间，以实现学术在多元的基础上的兴盛与繁荣，所谓"学术文史，在草野则理，在官府则衰"④，"中国学术，自下倡之则益善，自上建之则日衰"⑤，还是他对于戴震"后儒以理杀人"之说的发现等等，都是立足于中国传统文化异端思潮，对于扼杀人性解放与自由的封建正统思想的精神反叛，"五四以来大家所推崇的非正统的思想家如王充、嵇康、阮籍、颜元、

---

① 余英时：《中国思想传统及其现代变迁》，广西师范大学出版社 2004 年版，第 84 页。
② 贺麟：《五十年来的中国哲学》，辽宁教育出版社 1989 年版，第 5 页。
③ 舒芜：《〈中国中古文学史论文杂记〉校点后记》，人民文学出版社 1959 年，第 144 页。
④ 章太炎：《说林下》，《章太炎全集》卷四，上海人民出版社 1985 年版，第 120 页。
⑤ 章太炎：《与王鹤鸣书》，《章太炎全集》卷四，上海人民出版社 1985 年版，第 152 页。

戴震等人差不多都曾先由他作过近代的评价"①。而在这样一种异端的思想文化潮流中,又鲜明地凸现出越文化中从王充到嵇康、从王阳明到章学诚等争取人的个性自由与精神解放的精神谱系。即使章太炎有所微辞的黄宗羲,其史学精神与践履精神也给他深刻的影响。诚如梁启超所指出的,他"受浙东黄梨洲、全谢山影响甚深"②。而他所倡导的大独人格实际上也融汇了王阳明心学的主体精神、黄宗羲对封建专制的批判精神和龚自珍对"我"的崇拜与张扬,以狂狷之气对几千年的封建专制秩序及其"吃人"的伦理文化发起猛烈的冲击,因而成为近代中国挣脱专制秩序走向民族与个性解放的一个焦点性的时代课题。鲁迅正是在这一背景中接受了这种叛逆与解放的异端思想。从他在日本东京《新生》文艺运动中所形成的"个"的思想多次使用"自"、"自性"、"独"等概念便不难发现与章太炎所倡导的"依自不依他"的"自识宗"前后相续的继承关系,并且构成了他选择以尼采为代表的西方个性主义的"新神思宗"和以拜伦为代表的"摩罗诗人"的期待视野与接受心理。在他对"不和众嚣,独具我见之士"③的热切呼唤中不难看到章太炎大独人格的身影,而从他"盖惟声发自心,朕归于我,而人始自有己;人各有己,而群之大觉近矣","人各有己,不随风波,而中国亦以立"④的命题也不难看到继承了章太炎大独人格"群必以独成"、"大独,大群之母也"⑤的诸多元素。所以侯外庐指出,鲁迅"直接继承与发展了章太炎的传统,更以章氏为桥梁,把诸子异端思想以至魏晋'非汤武而薄周孔'的嵇康、鲍敬言思想融化于他的前期文学中",并把这一传统现代化。⑥ 可以说,对这样一种异端的、特立独行的、叛逆的思想传统的传承与发扬,构成了鲁迅"魏晋文章"式"深刻"⑦文风最深厚的思想渊源与文笔底色。

---

① 余英时:《中国思想传统及其现代变迁》,广西师范大学出版社 2004 年版,第 85 页。

② 梁启超:《中国近三百年学术史》,山西古籍出版社 2001 年版,第 30 页。

③ 鲁迅:《破恶声论》,《鲁迅全集》第 8 卷,人民文学出版社 2005 年版,第 27 页。

④ 同上书,第 26 页。

⑤ 章太炎:《明独》,《章太炎全集》卷三,上海人民出版社 1985 年版,第 54 页。

⑥ 侯外庐:《论鲁迅三题》,1948 年香港《文汇报》。

⑦ 周作人在《地方与文艺》中把近三百年浙江的文风概括为"飘逸"与"深刻"的两派,并认为从毛西河到章实斋再到章太炎构成了"如老吏断狱,下笔辛辣,其特色不在词华,在其着眼的洞彻与措语的犀利"的"深刻"一派的文风谱系(参见《周作人自编文集 · 谈龙集》河北教育出版社,2002 年,第 10—11 页)。鲁迅可以说是这一文风的现代代表。

第三章　家庭变故:创伤性体验与求索精神

一、台门里的周氏家族

鲁迅家族自他的始祖周逸斋于明朝正德年间迁入绍兴后到鲁迅生活的年代已经经历了约四百年的时间。一世祖周逸斋落户绍兴鱼化桥。六世祖周煌(韫山)考取清朝乾隆丙辰恩科举人,开始跻身士大夫阶层。其第五子周绍鹏(乐庵)开始定居覆盆桥老台门。周绍鹏的儿子周渭(熊占)生三子,分住老台门、东昌坊口新台门和过桥台门。新台门致房第十二世即为鲁迅的祖父周福清(介孚)。鲁迅所在的"新台门比老台门小,比过桥台门大,全部房屋面积约有一千一百二十五平方米"①,六个房族共住,内有礼、义、信三房,外有兴、立、诚三房。鲁迅出生时竟有"15 个曾祖辈,28 个祖辈,30 多个叔伯辈,至于兄弟辈,就弄不清了"②。所谓"台门",就是士大夫或商人的宅邸。台门是一种平面规整、纵向展开的院落式组合的民居宅院,一般由门斗、堂屋、座楼、侧屋和天井组成。台门的面宽和进深依据住户的身份高低、财力强弱、人口多寡而定,宽有三开间、五开间、七开间不等,深有二进、三进、五进、七进之别。通常大的府第,以门面的"间"与深院的"进"数多为气派的标志。台门里的天井,又称"明堂",大致上如同北方人的院子,而地面大都采用石板砌成道地,称作"一马平川"。台门内厅后有"退堂",实际上是通往后宅的过道,厅两旁有"侧厢",则是附房。许多大台门前后皆通路或河,俗话说"前门进,后门出",交通极为方便。因而一个台门往往繁衍着一个世家。绍兴的民居一直以台门著称。民国初期就有这样的说法:"绍兴城里十万人,十庙百庵八桥亭,台门足有三千零。"虽不免夸张,亦可

---

① 周建人:《回忆鲁迅》,上海人民出版社 1976 年版,第 178 页。

② 周建人:《鲁迅故家的败落》,福建教育出版社 2001 年版,第 27 页。

见当时台门数量之多。绍兴自两晋以来一直是官宦名士聚居之地,绍籍人氏出仕在外为官或经商的也很多。他们大多在绍兴为自己选地营建邸宅,以荣宗耀祖,光耀门楣。

在这四百年间周氏家族已经完全融入越人的性格与文化中,一方面他们承续了越人自立自强奋斗不息的性格,学习和吸取了越人求实创新的精神,在不长的时间里便形成了庞大的家族。鲁迅的祖父周介孚在写给子孙的《恒训》中称"予族明万历时,家已小康,累世耕读。至乾隆年分老七房,小七房,合有田万余亩。当铺十余所,称大大族焉"①。彭定安说:"在中国现代著名作家中,类似于他(按,指鲁迅)的这种生世的,大概只有巴金一人吧。"②后来周氏家族虽几经跌宕,但是这种自立自强、求实通变的精神还是传承了下来。周介孚在《恒训》中就特别强调"自立"为祖宗起家之训,并结合新的时势,不再将"读书求仕"作为子弟的唯一出路。一方面告诫子弟"游惰无不败家",另一方面认为"厌执业卑微,是大昏谬",并以兄弟二人,兄入仕,死后子孙"奢侈性成,尽其产","流为丐",为"业豆腐店"的弟弟收养,"始得成家"的教训,来说明"世事如转毂,惟有业可立于不败之地"③的人生道理。

或许正是这样一种求实变通的精神使周介孚主张子弟"自由读书"。他对子弟的教育法"很特别","他当然仍教子弟做时文,唯第一步的方法是教人自由读书,特别奖励读小说"。④ 同时按照周氏家族的惯例,读书启蒙时首先读一些历史书,"他不赞成一般通行的先读《百家姓》或《千字文》",而是要子弟读介绍历史常识的《鉴略》⑤。同时周介孚自身也自立自强,性格刚毅,为人耿介,不畏权势。小时候,由于家庭无力延请塾师,他就到同族书塾去旁听。后来点翰林外放到江西金溪县做知县,更是恃才傲物,刚正不阿,即使对自己的顶头上司也是如此。一次他与抚州知府吵了起来,知府抬出皇上来压他,说这是皇上家的事情。没有想到他竟不把皇上放在眼里,说皇上是什么东西,什么叫皇上,结果遭到参劾革职。后来在他科场行贿案事发,交苏州府查办。苏州知府王仁堪不想深究,借口犯人素患怔忡,即精神病,可以免于定罪。可他却不顺水推舟,反而在公堂上振振有词,申明自己并没有精神病,并历陈某科某科的某某人都通关节中了举人,于是被判处斩

① 周介孚:《恒训》,《鲁迅研究资料》第9辑,天津人民出版社1982年版,第26—27页。

② 彭定安:《温床与羁绊:鲁迅世界和他的家世》,《鲁迅研究月刊》1990年第9期。

③ 周介孚:《恒训》,《鲁迅研究资料》第9辑,天津人民出版社1982年版,第22页。

④ 周作人:《镜花缘》,《周作人集》上,花城出版社2004年版,第63页。

⑤ 乔峰:《鲁迅的幼年时代》,《鲁迅回忆录》专著中册,北京出版社1999年版,第746页。

监候,在杭州监狱关了八年。庚子事变后,被恩准释放。按照当时狱中的规矩,犯人出去时,都要给牢头送钱,但他不送。当牢头来讨时,他还抓起门闩,追着牢头就打,牢头只好把他放了。回到家里,一谈起时势与朝政,就"'昏太后,呆皇帝'地痛骂起来,大家听了,不由得吓一大跳,这不是犯上作乱,要杀头的么?大家都替他捏一把汗",可是他仍"自顾自地痛骂着"。周建人回忆说:"我们全家发觉,这八年的监狱生活没有使他有丝毫的改变。如果说有什么改变的话,他变得更锋利尖刻,更肆无忌惮,更愤世嫉俗了。"①不过虽然他好骂人,"但他不是通常骂'娘杀'、'逃生'、'贱胎'这一类的粗话、脏话,除了'昏太后,呆皇帝'以外,他骂人的话都是些比喻、典故,文质彬彬,然而相当刻薄"②。就是对他的亲儿子也是如此。鲁迅的父亲周伯宜在郁闷中受一位本家的影响,染上了烟瘾。他一直耿耿于怀,儿子死了也不原谅,在送儿子的挽联上联写"世间最苦孤儿,谁料你遽抛妻孥,顿成大觉",下联则是"地下若逢尔母,为道我不能教养,深负遗言",其中"不能教养"即指周伯宜染上烟瘾事。他就是这样眼里容不得沙子,不留情面,冷峭峻刻而又出语含蓄辛辣。一方面正是他的开明给鲁迅的精神求索提供了自由而宽阔的空间;另一方面,在某种意义上,他也作为一个地道的越文化的传人潜在地熏陶与影响着鲁迅的性格及其对于另类的人格气质——"浙东性"与"师爷气"的汲取。所以周建人发现鲁迅"与祖父有些相像"③。鲁迅在三味书屋读书时,旁边王广思堂也有一家私塾,塾师绰号"矮癞胡",经常严厉地体罚学生,并设置了"撒尿签",学生要领到签才能去大小便。鲁迅和三味书屋的同学听到这种塾规后,都为那里的学生抱不平。一天中午放学后,鲁迅与几位同学一起冲进了王广思私塾,把"矮癞胡"的"撒尿签"全部折断,并把砚台覆在地上,笔墨乱撒一地,以示惩罚。又有一个姓贺的武秀才,经常无故殴打与辱骂过路的小学生,激起了大家的义愤,决定惩罚他。鲁迅特地从楼上把祖父做知县时的"民壮"(即卫队)挂过的一把腰刀拿出来,藏在大褂底下,在贺家门口等了好半天。武秀才一直没有出来,大家以为他屈服了才走散。

如果说祖父周介孚主要影响了鲁迅性格疾恶如仇、刚直耿介的一面,那么母亲鲁瑞则在传承给鲁迅正直善良品德的同时,更影响到他性格坚韧顽强的一面。周建人曾回忆母亲说:"她性格开朗、宽厚,无论我们怎么顽皮

---

① 周建人:《鲁迅故家的败落》,福建教育出版社 2001 年版,第 157 页。

② 同上书,第 185 页。

③ 周建人:《鲁迅去逝已经十年了》,上海《群众》周刊 1946 年 10 月 17 日。

淘气,也没有看到她真正动怒,总是那么和颜悦色,无论后来家里遇到什么灾难,她从不愁眉苦脸,总是那么坚忍刚强。"①她虽出身名门,但毕竟生于农村,且受传统思想的束缚,没有专门上过学,却"以自修得到能够看书的能力"②。嫁到周家后,相夫教子,乐于助人。后来家庭遭遇一系列灾难,先是女儿早夭,接着是公爹因科场案入狱候斩,然后是丧夫丧子,但这一切灾难都没有击倒她,她紧咬牙关,坚忍顽强地支撑着这一摇摇欲坠的家,在极其艰难的条件下把三个儿子培养成人。同时她还敢于与一切不合理的行为乃至种种黑暗势力抗争。周福清和继室蒋氏吵架,闹得家里不得安宁。鲁瑞看不惯,也要站出来批评。周建人回忆说:"有一次,他们在小堂前坐着,又吵开了,祖父骂了祖母。我母亲从自己的房里走出来,很严肃地对我祖父说:'这么大年纪了,还吵什么?头发都白了,还不给小辈做个样子?'祖父没有料到我母亲竟然会出头来,不觉一怔……他看了我母亲一眼,一言不发,逃进自己的房里去了。从此以后,虽然对祖母的感情还是不好,但不再吵吵闹闹了。"③清朝末年,响应"天足"运动,鲁瑞把裹着的脚放开了,遭到守旧的族人的攻击——"某人放大了脚,要去嫁给外国鬼子了"。鲁瑞听说后只冷冷地说"可不是么,这倒真是很难说的呀"④,以不屑置辩的态度给了守旧势力迎头一击。

不过另一方面,伴随着"台门"地位的优越和荣耀,周氏家族也日益滋长起骄奢懒惰、贪图享乐、好逸恶劳的恶习。"乡下人所谓台门意思是说邸第,是士大夫阶级的住宅,与一般里弄的房屋不同,因为这里边的人,无论贫富老少,称为台门货,也与普通人有点不同。在家景好的时候可以坐食,及至中落无法谋生,只有走向没落一路。根据他们的传统,台门货的出路是这几条,其原有资产,可以做地主,或开当铺钱店的,当然不在此限。其一是科举,中了举人进士,升官发财,或居乡当绅士。其二是学幕,考试不利,或秀才以上不能进取,该学师爷,称为佐治。其三是学生意,这也限于当铺钱店,若绸缎布店以次便不屑干了。可是第一第二要多少凭自己的才力,若是书读得不通,或是知识短缺,也就难以成功。至于第三类也需要有力的后援,而且失业后不易再得,特别是当铺的伙计,普通尊称为朝奉,诨名则云'夜壶镴',因为它不能改制其他器皿也。照这样一来情形,低不就,高不凑,结

① 周建人:《鲁迅故家的败落》,福建教育出版社 2001 年版,第 185 页。

② 鲁迅:《俄文译本〈阿 Q 正传〉序及著者自叙传略》,《鲁迅全集》第 7 卷,人民文学出版社 2005 年版,第 85 页。

③ 周建人:《鲁迅故家的败落》,福建教育出版社 2001 年版,第 192—193 页。

④ 同上书,第 250 页。

果只是坐吃山空，现出那些不可思议的生活法，末了台门分散，混入人丛中不可再见了。论他们的质地，即使不能归田，很可能做个灵巧的工人，或是平常的店伙，可是懒得做或不屑做，这是台门的积习害了他们。”①

延续了几百年的周氏家族，如同其他封建世家一样也经历了由盛转衰的历史衰变过程。如果说八世祖以下几代尚能株守祖业的话，那么，从十一世即鲁迅的曾祖这一代开始就江河日下了。“十一世值太平军起义以后，遭受兵燹影响，损失甚巨，各房族多致一蹶不振，甚或流离失所。”②显赫的覆盆桥周氏家族巨厦就这样在太平天国革命的狂风暴雨冲击下开始迅速地倾圮了。虽然也有鲁迅祖父周福清等苦苦支撑，企望重振家业，却丝毫不能阻挡其颓败的趋势。到鲁迅生活的年代“愁云惨雾遍被整个家族。姑嫂勃豀，妯娌争吵，婆媳不和，夫妻反目；今天这个上吊，明天那个投河，你吞金子，他吃毒药。大户人家的老爷少爷，本来无所事事，也就以吸鸦片为乐，弄得壮志消磨，形毁骨立，到时还是寻死的一个简便办法——吞鸦片烟膏”。无怪乎在明道女校教书的族叔对周建人说：“‘我们周家的气数尽了。你看，台门出来的人，一个个像败蓬时的钩头黄瓜！’可不是吗？鸦片、疾病、贫困饥饿，使这些自命不凡的‘台门货’一个个都不像人样了！”③就是在周氏三台门里，鲁迅目睹了“明爷爷”（从叔祖周子京）既进不了学又教不了书，落魄到疯狂地掘藏不成而溺毙在咸欢河里；目睹了至死“连半个秀才的名分也未捞到”的“孟夫子”，因“窃”挨打致残并被作为笑料的一生；目睹了“周桐生”等从叔祖的“末路”、“周四七”的“瘪三气”、“衍太太”的诡与阴险……目睹了众多的长辈在鸦片烟的云雾中形销骨立，人财两空。这一切都促使鲁迅加深了对于社会人生的认识，使他看到了“上流社会的虚伪与腐败”④，看到了台门子弟的精神萎靡、苍白、空虚与堕落；同时也更深刻地感受到劳苦大众的质朴与痛苦，萌生了怀疑乃至反叛“台门”这一阶级（层）的意志与愿望。特别是在经历了一场巨大的家庭变故，更深刻地认清了世人的真面目以后，他义无返顾地离开了台门，走向远方去寻求别样的人们，寻求新生。

---

① 周作人：《关于鲁迅》，新疆人民出版社 1997 年版，第 93 页。

② 观鱼：《回忆鲁迅房族和社会环境 35 年间（1902—1936）的演变·周氏的崛起与衰落》，人民文学出版社 1959 年版，第 1 页。

③ 周建人：《鲁迅故家的败落》，福建教育出版社 2001 年版，第 14—15 页。

④ 鲁迅：《英译本短篇小说序》，《鲁迅全集》第 7 卷，人民文学出版社 2005 年版，第 411 页。

二、家庭变故:去寻求别样的人们

这场家庭变故是这样引起的:1892 年除夕鲁迅的曾祖母戴氏去世,祖父周福清遵封建丧制丁忧归家。翌年恰逢清朝举行乡试,浙江乡试主考殷如璋是与周福清同科取中的进士,有同年之谊。亲友家有去应试的,就托周福清去向主考行贿以求中举。结果事情败露,惊动了光绪帝,周福清被判处斩监候,关押在杭州监狱;鲁迅父亲周伯宜也被牵连,革除了秀才功名,并不得再参加科举考试。周作人回忆说:"因为这是一个'钦案',哄动了一时,衙门方面的骚扰由于知县俞凤冈的持重,不算利害,但是人情势利,亲戚本家的嘴脸都显现出来了。大人怕小孩子在这纷乱的环境不合适,乃打发到外婆家去避难,这本来是在安桥头村,外祖父晴轩公中举人后移住皇甫庄,租住范氏房屋,这时便往皇甫庄去了。鲁迅被寄在大舅父怡堂处,我在小舅父寄湘那边……我因为年纪不够,不曾感觉什么,鲁迅则不免很受些刺激,据他后来说,曾在那里被人称作'讨饭',即是说乞丐。但是他没有说明,大家也不曾追问这件不愉快的事情,查明这说话的究竟是谁。这个刺激的影响很不轻,后来加上本家的轻蔑与欺侮,造成他的反抗的感情,与日后离家出外求学的事情也是很有关连的。"①为了营救祖父和供给他在杭州的花费,鲁迅家卖去了大部分田产。屋漏偏遭连夜雨,一波未平,一波又起。祖父入狱后,被革夺了秀才身份的父亲心情阴郁暴躁,喜怒无常,借酒浇愁,常常无缘无故地把妻子端来的饭菜摔掉,脸色还那样阴沉,使人不敢问他一声"为什么";同时又忧伤成疾,吐血,水肿,病了三年,换了好几位诊金甚高的越中名医(姚芝仙、何廉臣),用了许多希奇古怪的药(如"经霜三年的甘蔗"、"原配蟋蟀一对"等药引、"败鼓皮丸"等),最终还是死去。在这些阴霾的日子里,少年鲁迅默默地尽着长子长孙的义务,为母亲分忧。为了给父亲治病,家里只得陆续把一些衣服和首饰送当铺典押,这个差事自然落到长男鲁迅的身上。俞芳在《鲁迅先生的母亲回忆鲁迅先生》中说:"太师母说,你们的大先生从小就很懂事,办事能干,先是爷爷介孚公下狱,接着太先生卧病三年,医治无效,吐狂血而逝世,从此沉重的家庭担子就落在他的肩上。在那艰难岁月,他最能体谅我的难处;特别是进当铺当东西,要遭受到多少势利人的歧视,甚至奚落,可他为了减少我的忧愁和痛苦,从来不在我面前

---

① 周作人:《鲁迅的青年时代》,《关于鲁迅》,新疆人民出版社 1997 年版,第 401—402 页。

吐露他的苦恼和遭遇。而且,对于这些有损自尊心的苦差事,他从来没有推托过,每次都是默默地把事情办好,将典当来的钱如数交给我,不吐半句怨言。"①

不过这样一种创伤性体验对于鲁迅却是刻骨铭心的。三十年后他在《呐喊·自序》中写道:"有谁从小康人家而坠入困顿的么,我以为在这途路中,大概可以看见世人的真面目","我有四年多,曾经常常,——几乎是每天,出入于质铺和药店里,年纪可是忘却了,总之是药店的柜台正和我一样高,质铺的是比我高一倍,我从一倍高的柜台外送上衣服或首饰去,在侮蔑里接了钱,再到一样高的柜台上给我久病的父亲去买药"。② 那"一倍高的柜台"和"一样高的柜台"已成为一种永远的意象定格在鲁迅的心中。它代表着一种高高在上的位阶、权势与歧视以及永远被间隔开的隔膜、冷漠与距离,使少年鲁迅"看见了世人的真面目",体味到被权势金钱所左右的炎凉世态的黑暗真相,从而憎恨这一黑暗的社会。他后来回忆他的思想性格的形成时不无感慨地说:"我小的时候,因为家境好,人们看我像王子一样了,但是,当我家庭发生变故后,人们就把我看成叫化子都不如了。我感到这不是一个人住的社会,从那时起,我就恨这个社会。"③实际上不仅仅是世人,他自己家族的一些族人也落井下石,公开地歧视与欺负这沦落的一家。据俞芳回忆,鲁迅母亲曾对她说:"记得在太先生(指周伯宜)逝世不久,有一次,本家长辈为重新分配房屋,集会商议。他们欺负我们这一房孤儿寡母,爷爷又关押在狱中,分给我们的房屋既差又小。你们的大先生(指鲁迅)对这种不公平的分法,非常不满,当场提出这件事自己不能做主,要请示爷爷,坚决不肯签字。当时他还是一个未成年的孩子,足见他的机智勇敢。当然这类事情给他内心的创伤是深重的。"④另有一次,鲁迅因家境贫困,无钱购买必需品,族中一位叔祖母就怂恿他寻找家里的首饰去卖,事后又放出"流言",诬蔑鲁迅偷了家里的东西,使鲁迅"如掉在冷水里","连自己也仿佛觉得真是犯了罪,怕遇见人们的眼睛,怕受到母亲的爱抚"。⑤ 不堪忍受的侮蔑,流言的中伤,势利而刻薄的人性,阴暗而颓败的宗族,沉滞而守旧的社会,都使他洞穿了台门子弟的末路,而反叛他旧有的生活模式与轨道,走出

---

① 俞芳:《鲁迅先生的母亲回忆鲁迅先生》,《新文学史料》1979 年第 4 辑。

② 鲁迅:《〈呐喊〉自序》,《鲁迅全集》第 1 卷,人民文学出版社 2005 年版,第 437 页。

③ 林楚君:《鲁迅热切关怀文艺青年》,薛绥之主编:《鲁迅生平史料汇编》第 4 辑,天津人民出版社 1983 年版。

④ 俞芳:《鲁迅先生的母亲回忆鲁迅先生》,《新文学史料》1979 年第 4 辑。

⑤ 鲁迅:《朝花夕拾·琐记》,《鲁迅全集》第 2 卷,人民文学出版社 2005 年版,第 302 页。

因袭的故乡,"走异路,逃异地,去寻求别样的人们"①——"S城人的脸早经看熟,如此而已,连心肝也似乎有些了然。总得寻别一类人们去,去寻为S城人所诟病的人们,无论其为畜生或魔鬼"②。

与此同时,这种创伤性体验(缺失性体验)也促进了鲁迅独特个性与思维方式的形成。如果说鲁迅早年所接受的浙东学术与"师爷气"的熏陶为他的独特个性与思维方式奠定了一个基本的初型,那么这次"家庭变故"的巨大的物质与精神创伤则作为一种契机,加速了这一独特个性与思维方式的形成。"缺失、不幸、苦难的经验其外在的形态对人们的心理器官具有阻拒性,它不会给人们轻易带来快感,但却具有一种吸引力,促使人们从对象的外表中解脱出来而去关注与追寻对象内部的真实而深封的人生意味。而且在沉思中,人将变得更敏锐、更聪慧。现代心理学的研究表明,人处在'感觉剥夺'的缺失的状态中,将变得高度敏感,连极微小的刺激也会作出强烈的反应,并伴随认知的异常活跃,从而达到对事物的深刻理解。"③由"一倍高的柜台"和"一样高的柜台"的意象所带出来的歧视、侮蔑的目光,既造成了一种伴随鲁迅终生的刻骨铭心的创伤性人生体验,也构成他后来思想与眼光尖锐犀利的一个重要来源。④

① 鲁迅:《〈呐喊〉自序》,《鲁迅全集》第1卷,人民文学出版社2005年版,第437页。
② 鲁迅:《朝花夕拾·琐记》,《鲁迅全集》第2卷,人民文学出版社2005年版,第303页。
③ 童庆炳:《作家的童年经验及其对创作的影响》,《文学评论》1993年第4期。
④ 参见张业松:《重读〈呐喊·自序〉》,《鲁迅研究月刊》2008年第5期。

中编一

对越文化的时时返顾：
寻觅文化之根与精神之源

第四章 “原鲁迅”:《新生》文艺运动的文化建构

一、“个”的思想:争取自由与解放的(越地)异端文化思潮的结晶

伊藤虎丸在《鲁迅和日本人——亚洲的近代与“个”思想》中指出:鲁迅在日本留学与西方近代相遇,特别是与尼采的个人主义相遇而形成了一种“真正的个人主义”,即“个”的思想,并进而形成了构成后来鲁迅思想和文学原型的“原鲁迅”①——这就是鲁迅弃医从文创办《新生》文艺杂志失败但却借《河南》杂志发表的五篇文言论文《人之历史》、《科学史教篇》、《文化偏至论》、《摩罗诗力说》、《破恶声论》②,“这些文章是鲁迅的文学原论,也是他青年思想的集成,从中已经可以看出鲁迅后来的思想框架”③。实际上,这一“个”的思想,并不仅仅来自以尼采为代表的西方近代思潮的启迪与影响,也是中华民族传统文化中争取自由与解放的(越地)异端文化思潮发展的结晶。中华文化是由多民族的文化融合而成的。在它远古的血液中流淌着来自东南沿海,更多受到海洋文化影响的越文化的因素。后来这种文化向度便作为一种“文化基因”流淌在以江南为中心的越文化的涌流中,形成了一种不轻信、不盲从、反奴役以及勇于质疑、探索和创新的特立独行的异端思想传统。东汉时期的王充可称为这一异端思潮的杰出代表,面对董仲舒所代表的天人感应论、流行的谶纬学说及迷信观念,他大胆地提出

---

① 伊藤虎丸说:“鲁迅的思想或小说主题,实际上几乎都可以在这一时期的评论中找到原型,也就是说,这里存在一个‘原鲁迅’。”见《鲁迅与日本人》,河北教育出版社 2000 年版,第 60 页。

② 周作人在《鲁迅的青年时代》中说:“鲁迅本来想在《新生》上说的话,现在都已在《河南》上发表出来了。”见《关于鲁迅》,新疆人民出版社 1997 年版,第 425 页。

③ 〔日〕伊藤虎丸著,李冬木译:《鲁迅与日本人》,河北教育出版社 2000 年版,第 8 页。

"疾虚妄"的现实批判精神,并且在《问孔》、《刺孟》、《劈韩》等篇章中针对先秦诸子也表现出了独立思考与探索的理性精神。正是这一精神"下开魏晋。魏晋人在中国思想史上之独特贡献,正为其能继承王充,对邹、董一派天人相应,五行生克,及神化圣人等迹近宗教的思想,再加以一番彻底的澄清"①。嵇康"非汤、武而薄周、孔"②,"越名教而任自然"③,"刚肠嫉恶,轻肆直言"④,可以说是这一叛逆精神的又一次集中喷发。特别是孕育了明清浪漫洪流的一代心学宗师王阳明所谓的"心即理"、"心外无理"的命题,开始将人们的思维本体从外在的理转移到内在的心上来,从而为冲破"灭人欲"的天理的束缚提供了思想解放的武器与力量。应和着当时商品经济的发展和市民社会的崛起,王学左派——泰州学派和李贽更是明确提出"穿衣吃饭,即是人伦物理"⑤,"夫私者,人之心也。人必有私,而后其心乃见;若无私,则无心矣"⑥,倡导"不以孔子之是非为是非"⑦,"夫童心者,绝假纯真,最初一念之本心也。若失却童心,便失却真心;失却真心,便失却真人"⑧,"非圣无法","凡千古相传之善恶,无不颠倒异位"⑨,开启了中国近代启蒙思想的先声。虽然这一思想流脉在满族入主中原后遭到各个方面的非议与排挤,却以各种变异的形式传承了下来。从明清之际破天荒地提出"为天下之大害者,君而已矣"⑩的黄宗羲,再到戴震对宋明礼教的控诉:"其所谓理者,同于酷吏之所谓法。酷吏以法杀人,后儒以理杀人,浸浸乎舍法而论理,死矣,更无可救矣!"⑪再到有清一代"但开风气不为师"的龚自珍、主张"六经皆史"的章学诚和"自我横冲的独行孤见"(侯外庐语)的

---

① 钱穆:《中国思想史》,台湾学生书局 1985 年版,第 118 页。

② 嵇康:《与山巨源绝交书》,《鲁迅辑录古籍丛编》(第四卷),人民文学出版社 1999 年版,第 39 页。

③ 嵇康:《释私论》,《鲁迅辑录古籍丛编》(第四卷),人民文学出版社 1999 年版,第 83 页。

④ 嵇康:《与山巨源绝交书》,《鲁迅辑录古籍丛编》(第四卷),人民文学出版社 1999 年版,第 39 页。

⑤ 李贽:《答邓石阳》,《李贽文集》(第一卷),社科文献出版社 2000 年版,第 4 页。

⑥ 李贽:《德业儒臣后论》,《李贽文集》(第二卷),社科文献出版社 2000 年版,第 626 页。

⑦ 参见李贽:《藏书 · 世纪列传总目前论》:"前三代吾无论矣,后三代,汉唐宋是也。中间千百余年而独无是非哉,岂其人无是非哉? 咸以孔子之是非为是非,故未尝有是非耳。然则予之是非人也又安能已! 夫是非之争也,如岁时然,昼夜更迭,不相一也。昨日是今日非矣,今日非而后日又是矣。虽使孔子复生于今,又不知作何是非也,而遽可以定本行赏罚哉!"(见《李贽文集》[第二卷],社科文献出版社 2000 年版,第 7 页)

⑧ 李贽:《童心说》,《李贽文集》(第一卷),社科文献出版社 2000 年版,第 92 页。

⑨ 纪昀等编:《四库全书总目》卷五十,中华书局 1997 年版,第 702 页。

⑩ 黄宗羲:《明夷待访录 · 原君》,《黄宗羲全集》第一册,浙江古籍出版社 2005 年版,第 2—3 页。

⑪ 戴震:《孟子字义疏证》卷上,中华书局 1982 年版,第 174 页。

章太炎,几乎构成了一个前后相互贯通的精神谱系。不难发现鲁迅“个”的思想与这一思想谱系的精神联系①。

据周作人说,在他们家的藏书中,便包括了《王阳明全集》、《章氏遗书》(即《文史通义》)等。② 在祖父“自由读书”的鼓励下,喜爱广泛浏览群书的鲁迅无疑也受到过这些思想的熏染。而他在“三味书屋”师从的老师寿镜吾先生也很喜爱魏晋文章而憎厌《近思录》等程朱理学③。或许正是这些影响使鲁迅“决不跟着正宗派去跑,他不佩服唐朝的韩文公(韩愈),尤其是反对宋朝的朱文公(朱熹)”④。实际上这种异端思想传统不仅仅在学术精英的思想间嬗变传递,也弥漫在民间,在一般的知识分子乃至民众中形成一种普遍的风气:“逆于时趋”,“辩论之间,颇乖时人好恶”。⑤ 所以在这样一种文化摇篮中成长起来的“鲁迅对于古来文化有一个特别的看法,凡是‘正宗’或‘正统’的东西,他都不看重,却是另外去寻找出有价值的作品来看”⑥。正是这种对个性自由的认同与向往,对奴役和压迫的厌恶与反抗,使他自幼便承接了中国民族文化传统中争取人的解放,反抗专制与精神奴役的思想血脉,并且在章太炎大独人格的激活下、在与尼采等新神思宗的“个人主义”思想的对话中获得了共鸣与深化。所以我们反对简单地将传统作为一个整体来加以肯定与否定,必须看到它的复杂性与多样性,鲁迅之所以接受了西方以尼采为代表的新神思宗的“个”的思想,是与我们文化传统中本身便涌流着这一思想的暗流相应合的⑦,也可以说是在西方“个”的思想的启迪下,开启了中国传统文化的新的重构。

---

① 郜元宝分析了鲁迅的“立人”思想——“‘立人’的关键则是先立其人之‘心’,‘心’乃一切文明的‘始’与‘本根’”:“这个结论主要得力于他对孟子至陆象山、王阳明‘心学’传统的独特领会,但也感染了晚清士人(包括在日本活动的一些革命党人)喜谈佛教、爱好‘王学’的思想风气。数篇论文多用孟子、陆王和刘勰语(‘易’‘佛’相杂的刘勰虽非‘心学’一系,然其文论思想和‘心学’最能互相发明),基本思想构架,就是杂糅中国心学传统与 19 世纪末西方个人主义哲学及主观意志论。这个构架影响了他一生的思想与创作。”(见《鲁迅六讲》,北京大学出版社 2007 年版,第 90 页)

② 周作人:《关于鲁迅》,新疆人民出版社 1997 年版,第 64 页。

③ 同上书,第 126 页。

④ 同上。

⑤ 章学诚:《上辛楣宫詹书》,《章氏遗书》卷二十九,中华书局 1985 年版,第 332 页。

⑥ 周作人:《关于鲁迅》,新疆人民出版社 1997 年版,第 435 页。

⑦ 章太炎在《答铁铮》中谈到佛学、王学与尼采思想暗合的关系,说:“仆所奉持,以‘依自不依他’为臬极。佛学,王学虽有殊形,若以《楞伽》,五乘分教之说约之,自可铸融为一。王学深者,往往涉及大乘,岂特天人之诸教而已,及其失也,或不免偏于我见,然彼所谓我见者,是自信,而非利己,犹有厚自尊贵之风,尼采所谓超人,庶几近之(但不可取尼采贵族之说)。”(见《章太炎全集》第四卷,上海人民出版社 1985 年版,第 374—375 页)

二、民族文化“固有之血脉”的“新生”:“立人”思想的一个重要支点

同时我们还应看到,对于民族文化“固有之血脉”的发掘并促其新生,构成了鲁迅“立人”思想的另一个重要的支点。他立论的一个重要前提就是“外之既不后于世界之思潮,内之仍弗失固有之血脉,取今复古,别立新宗”①。如果说对于以尼采为代表的西方个性主义的“新神思宗”和以拜伦为代表的“摩罗诗人”的汲取与呼唤主要体现了“外之既不后于世界之思潮”的“取今”的话,那么对于我们民族既有的文化精神与民族性格的发掘与张扬则体现出传承“固有之血脉”的“复古”一面。但是这一“古”并不是占据既有文化正统与主流的儒道文化,而是被这一正统文化压抑到边缘与底层的民众超越现世的“白心”与“神思”。虽然“顾民生多艰,是性日薄,洎夫今,乃仅能见诸古人之记录,与气秉未失之农人,求之士大夫,戛戛乎难得矣”②,但正是这些被压抑到底层与边缘的以农民为主体的底层民众的“白心”与“神思”延续并传承着我们民族文化的“固有之血脉”,因而对底层民众的“白心”与“神思”的召唤与激活,是实现我们民族文化“固有之血脉”的新生与发扬的一个重要支点与源泉。因而“在他看来,在‘国粹’荡然的中国,只有农民的‘迷信’,才是接受作为‘启示’的欧洲近代的‘主体’,才是通过启示而应当‘觉醒’的主体”③。

在鲁迅看来,“夫人在两间,若知识混沌,思虑简陋,斯无论已;倘其不安物质之生活,则自必有形上之需求。故吠陁之民,见夫凄风烈雨,黑云如盘,奔电时作,则以为因陁罗与敌斗,为之栗然生虔敬念。希伯来之民,大观天然,怀不思议,则神来之事与接神之术兴,后之宗教,即以萌孽。虽中国志士谓之迷,而吾则谓此乃向上之民,欲离是有限相对之现世,以趣无限绝对之至上者也。人心必有所冯依,非信无以立,宗教之作,不可已矣”④。被近代维新志士所蔑称的“迷信”实际上是底层民众淳朴的民间信仰,正是这种精神信仰构成了文化创造的原动力。“顾吾中国,则夙以普崇万物为文化

---

① 鲁迅:《文化偏至论》,《鲁迅全集》第1卷,人民文学出版社2005年版,第57页。

② 鲁迅:《破恶声论》,《鲁迅全集》第8卷,人民文学出版社2005年版,第30页。

③ [日]伊藤虎丸著,李冬木译:《鲁迅与日本人》,河北教育出版社2000年版,第37页。

④ 鲁迅:《破恶声论》,《鲁迅全集》第8卷,人民文学出版社2005年版,第29页。

本根,敬天礼地,实与法式,发育张大,整然不紊。覆载为之首,而次及于万汇,凡一切睿知义理与邦国家族之制,无不据是为始基焉。”①从而创造了“世未见有其匹”的灿烂的精神信仰与文化。但是在几千年封建专制秩序及其伦理道德的残酷压迫下,“民生多艰,是性日薄,洎夫今,乃仅能见诸古人之记录,与气禀未失之农人”②。问题的严重性还在于,即使这些“朴素之民,厥心纯白,则劳作终岁,必求一扬其精神”,“农人耕稼,岁几无休时,递得余闲,则有报赛,举酒自劳,洁牲酬神,精神体质,两愉悦也”,但是却遭到“志士”的禁止,因而“志士之祸,烈于暴主远矣”。③ 甚至连神话,这种“本于古民,睹天物之奇觚,则逞神思而施以人化,想出古异,诙诡可观”的由远古流传下来的精神形式也遭到“志士”的嘲笑,这些“志士”们不过是要“定宗教以强中国人之信奉矣,心夺于人,信不繇己”。④ 所以鲁迅大声疾呼道:“伪士当去,迷信可存,今日之急也。”⑤

可以看到,鲁迅对于“伪士”的抨击、对于“迷信”的辩护都来源于他对中华民族精神信仰的维护。这样一种精神信仰发源于民族的远古时代,“盖文明之朕,固孕于蛮荒,野人狉獉其形,而隐曜即伏于内。文明如华,蛮野如蕾,文明如实,蛮野如华,上征在是,希望亦在是。”⑥虽然在几千年封建专制秩序及其意识形态的压迫下,这种蛮野的民性和无羁的生命力已被排挤与压抑到社会与文化的底层,但是它毕竟构成了中华民族走向“新生”的民族主体。“民间信仰中蕴含的精神气质不仅构成反思现代文明的资源,也是构造新价值时可以汲取的资源。”⑦因而如何从西方求来“新声”,拨开重重的压抑与遮蔽,激起底层民众(以农民为主体)的心声,“声发自心,朕归于我,而人始自有己;人各有己,而群之大觉近矣”,“庶几烛幽暗以天光,发国人之内曜,人各有己,不随风波,而中国亦以立”⑧——通过“立人”进而使中华民族与国家获得“新生”,可以说是鲁迅《新生》文艺运动的梦想,也是鲁迅终身奋斗的一个梦想。而这一梦想又是和他早年所接受的源远流长的越文化熏陶,特别是越地民间文化与底层农民的影响分不开的。例如

---

① 鲁迅:《破恶声论》,《鲁迅全集》第8卷,人民文学出版社2005年版,第29页。
② 同上书,第30页。
③ 同上书,第32页。
④ 同上书,第33页。
⑤ 同上书,第30页。
⑥ 鲁迅:《摩罗诗力说》,《鲁迅全集》第1卷,人民文学出版社2005年版,第66页。
⑦ 程凯:《“招魂”、“鬼气”与复仇——论鲁迅的鬼神世界》,《鲁迅研究月刊》2004年第6期。
⑧ 鲁迅:《破恶声论》,《鲁迅全集》第8卷,人民文学出版社2005年版,第26—27页。

对“报赛”、“酬神”活动的感受便来源于鲁迅从小便亲身感受并心仪向往的迎神赛会、社戏和目连戏等民间艺术、信仰、仪式、风俗活动的体验。因而边缘的异端的越文化构成了他建构中华民族现代文化价值观念的一个重要的资源。“对鲁迅而言,剥夺一切高论、正论以及公论的权威,揭露虚伪的终末论式的观点,并非来自跟西欧的至高无上的超越者相遇,恰恰相反,而应该说是通过跟构成亚洲历史最下层的‘深暗地层’的民众的死以及还活着的彷徨着的孤魂野鬼‘对坐’而获得的。”①同时也构成了他始终把民族新生的主体寄托在底层民众的身上,并始终站在他们的立场上呼号战斗的左翼维度与取向。

① 〔日〕伊藤虎丸:《鲁迅的生命与鬼——鲁迅的生命论与终末论》,《文学评论》2000年第1期。

第五章　从《越铎》到《会稽郡故书杂集》

一、"沉默的鲁迅"及其意义

从鲁迅1909年由日本回到中国到1918年发出他在五四新文化运动中的第一声呐喊——《狂人日记》,其间大致经历了十年的时间。这十年被学术界习惯地称为"沉默的十年"。"这十年,与他频繁转移的生活轨迹相比,他的笔述生涯则暂显停顿,比较于其前的慷慨激昂的日本时期和其后的'一发而不可收'的五四时期,显然独自构成了一个'心声'隐默的十年。"① 不过细致地划分,这十年又大致可以分为回到故乡越地(杭州、绍兴)的两年多,与到教育部(南京—北京)任职的七年多,即寓居S会馆的时期。鲁迅自己也谈到他在经历了《新生》呐喊的失败以后,为了驱除"不可不驱除的"寂寞与痛苦,"用了种种法,来麻醉自己的灵魂,使我沉入于国民中,使我回到古代去"。② 日本学者竹内好认为这是鲁迅传记中"最弄不懂"也"最重要的时期"③。因为这一时期孕育了可以称之为文学家鲁迅的基点的东西,那就是"无"。而"所谓'无'则来自于对政治革命的绝望而产生的自觉,正是在'无'的绝望之中,文学家鲁迅才得以产生"④。伊藤虎丸则认为鲁迅并非因为对于政治的绝望才回到文学,而是透过这一段沉默的反省,达到了一种"罪的自觉",从而赋予他"作为主体'个'的责任意识"。所以这一时期结束的标志——《狂人日记》是"作者的告别青春,获得自我的记录",从而使他"确立了'真正的个人主义',也即"科学者的自觉(即现实主

① 汪卫东:《鲁迅前期文本中的"个人"观念》,人民文学出版社2006年版,第214页。
② 鲁迅:《〈呐喊〉自序》,《鲁迅全集》第1卷,人民文学出版社2005年版,第440页。
③ 〔日〕竹内好著,李冬木、赵京华、孙歌译:《近代的超克》,三联书店2005年版,第45页。
④ 汪卫东:《鲁迅前期文本中的"个人"观念》,人民文学出版社2006年版,第219页。

义小说家的诞生)”。[①] 他们都强调了S会馆的沉默期对于鲁迅思想发展的重要意义。不过由于鲁迅这一时期留下的文献资料的确不多,再加上竹内直观式描述所透现出来的日本式幽玄,因而带有明显的推测与猜想性质。彭小燕通过对鲁迅本时期有关史料的详细解读,认为一方面归国初期的鲁迅透过蒙昧、守旧的国民精神状态与社会文化氛围,1918年以后对于封建专制秩序及其礼教文化的批判与思考在这一时期已经生发、形成了;另一方面在私人生活困境与社会化价值危机的双重压力下,鲁迅精神生命中的一种根本元素——“最透彻、最纯粹的虚无遭遇,虚无沉潜”——在这一时期也形成了。[②] 汪卫东也认为,“鲁迅在《新生》事件之后的一系列文学启蒙的挫折中,第一次产生了绝望,绝望来自对‘庸众’麻木的深切体验,这就是‘荒原’、‘寂寞’和‘无聊’感,并转而对自身行动能力产生怀疑”[③]。陈方竞则根据学界关于鲁迅这十年里辑录古籍是“以会稽郡为横坐标,以魏晋时代为纵坐标”[④]的发现,进一步提出“魏晋感受”、“浙东情结”构成了鲁迅生命之根,并形成了他“以‘魏晋’为内核,倡导五四新文学发生的浙东背景”。[⑤] 李欧梵也认为:“鲁迅生活中的‘过去’并不是蛰伏在他意识中的一个消极因素,相反,它在他的创作中积极的起着作用,如一片沃土,如催唤他的使者”;同时他对古籍的收集、比较、编校等只属于与学术的活动也“为他今后的创作活动暗中做了储备”,因而“他实际上是抓住这段精神压抑的时间,从不断积累的文化资源中建立某种可资参考的框架,在其中寄托他生存的意义”[⑥],并进而“为他后来支持‘五四’思想上的反传统和文学创作上的语言形式上的反旧习提供了极重要的来源”[⑦]。沿着鲁迅与越文化关系这一思路,笔者以为还可以作更深入的探讨。一方面承接“新生”文艺运动,鲁迅回到越地故乡作了进一步探索与思考;另一方面,在所遭遇的空前的寂寞、绝望与虚无的精神危机中,他又通过回到自己精神故乡的返顾与寻觅,汲取抵抗黑暗的思想资源和精神力量,并进而在“五四”新文化运动的启迪下奋起呐喊。

---

① 〔日〕伊藤虎丸著,李冬木译:《鲁迅和日本人——亚洲的近代与“个”思想》,河北教育出版社2000年版,第120、123页。

② 彭小燕:《存在主义视野下的鲁迅》,北京大学出版社2007年版,第228页。

③ 汪卫东:《鲁迅前期文本中的“个人”观念》,人民文学出版社2006年版,第229页。

④ 徐小蛮:《鲁迅辑校古籍手稿及其研究价值》,《鲁迅研究动态》1987年第7期。

⑤ 陈方竞:《鲁迅与浙东文化》,吉林大学出版社1999年版,第111页。

⑥ 〔美〕李欧梵著,尹慧珉译:《铁屋中的呐喊》,河北教育出版社2000年版,第24页。

⑦ 同上书,第37页。

1909年鲁迅由日本回到国内,在某种意义上固然有"谋饭"的意味[①],但是在他决绝地离开故乡十年后再重回故地,毕竟别有一番滋味。

首先便是"无辫之灾"。晚年的鲁迅曾回顾他回国后的经历说:"一到上海,首先得装假辫子。……装了一个多月,我想,如果在路上掉了下来或者被人拉下来,不是比原没有辫子更不好看么?索性不装了,贤人说过的:一个人做人要真实。但这真实的代价真也不便宜,走出去时,在路上所受的待遇完全和先前两样了。我从前是只以为访友作客,才有待遇的,这时才明白路上也一样的一路有待遇。最好的是呆看,但大抵是冷笑,恶骂。小则说是偷了人家的女人,因为那时捉住奸夫,总是首先剪去他辫子的,我至今还不明白为什么;大则指为'里通外国',就是现在之所谓'汉奸'。我想,如果一个没有鼻子的人在街上走,他还未必至于这么受苦,假使没有了影子,那么,他恐怕也要这样的受社会的责罚了。我回中国的第一年在杭州做教员,还可以穿了洋服算是洋鬼子;第二年回到故乡绍兴中学去做学监,却连洋服也不行了,因为有许多人是认识我的,所以不管如何装束,总不失为'里通外国'的人,于是我所受的无辫之灾,以在故乡为第一。尤其应该小心的是满洲人的绍兴知府的眼睛,他每到学校来,总喜欢注视我的短头发,和我多说话。"[②]由于"辫子"已经成为国民政治身份的一种标志[③],因而这种由于"无辫"而受到的敌视对于鲁迅而言是刻骨铭心的。后来他在小说《头发的故事》中,借N先生的口抒发道:"头发是我们中国人的宝贝和冤家,古往今来多少人在这上头吃些毫无价值的苦呵!""我不知道有多少中国人只因为这不痛不痒的头发而吃苦,受难,灭亡。""我最得意的是自从第一个双十节以后,我在路上走,不再被人笑骂了。"[④]当然这样一种仅仅关系一条辫子的改革无疑是微不足道的,但是仅仅这样一条辫子的废除也是多少人流血牺牲才换来的。因而鲁迅晚年再一次提及对于"辫子"的刻骨铭心的感受:"我觉得革命给我的好处,最大,最不能忘的是我从此可以昂头露顶,慢慢

---

① 鲁迅回忆说,自已曾"想往德国去,也失败了。终于,因为我的母亲和几个别的人很希望我有经济上的帮助,我便回到中国来;这时我是二十九岁"(《俄文译本〈阿Q正传〉序及著者自叙传略》)。在1911年致友人许寿裳的信中也倾诉说:"仆今年在校,卒卒鲜暇,事皆琐末猥杂,足浊脑海,然以饭故,不能立时绝去。"(《书信·110420·致许寿裳》)。

② 鲁迅:《病后杂谈之余》,《鲁迅全集》第6卷,人民文学出版社2005年版,第194—195页。

③ 鲁迅说:"对我最初提醒了满汉的界限的不是书,是辫子。这辫子,是砍了我们古人的许多头,这才种定了的,到得我有知识的时候,大家早忘却了血史,反以为全留乃是长毛,全剃好像和尚,必须剃一点,留一点,才可以算是一个正经人了。"(《病后杂谈之余》)所以"辫子"其实是奴隶的标志,具有了身体政治的意义。

④ 鲁迅:《头发的故事》,《鲁迅全集》第1卷,人民文学出版社2005年版,第485—486页。

的在街上走,再不听到什么嘲骂。几个也是没有辫子的老朋友从乡下来,一见面就摩着自己的光头,从心底里笑了出来道:哈哈,终于也有了这一天了。"①

其次是饱尝封建专制压迫之苦。晚清政府在庚子事变酿成的空前民族危机的压力下被迫实行新政,于1905年废除科举制度,开办新学堂。浙江省也于1908年兴办了浙江两级师范学堂,开始新学教育。鲁迅回国后即就任该校的化学与生理学教员。但是在开明校长沈钧儒赴省谘议局任副议长后,上头很快派来以道学自命的夏震武出任校长。夏震武一到校便要求全体教师穿礼服,向他行下属参见上司的"庭参"礼,并攻击新教育"邪说滔天,正学扫地,几首异服,将有普天为夷之惧"②,自然遭到倡导新学的教师们的反对。虽然这场"木瓜之役"最终以驱逐夏震武离开两级师范学堂而宣告胜利,但是继任者、御史出身的徐定超的官气一点也不亚于夏震武,因此鲁迅等愤而离开了学校。随后鲁迅受友人邀请出任绍兴府中学堂监学,但是当学生兴起风潮,拒绝杜海生到校任监督(校长)时,他一方面同情学生的正义要求,另一方面又不能不履行自己的职责,因而处境十分尴尬与痛苦,在给友人的信中写道:"顾身为屠伯,为受斥者设身处地思之,不能不恻然。颇拟决去府校,而尚无可之之地也。"③

再次是遭受这样一种严酷的封建专制秩序的压迫与禁锢导致的社会颓败、人格沦落、世道险恶、人心浇离的阴暗现实的刺激。可以说,沉闷、腐败、闭锁、黑暗笼罩整个越地,奴颜卑膝的奴才气息与庸俗势利贪图享乐的颓败气息充斥绍兴城内外。台门比以前更破败了,台门子弟"虽然还穿大衫,但不是油污,就是破洞。特别是凤桐,已经穷困潦倒,和乞丐差不多了。他脑后的辫子蓬乱,身上的大衫都是窟窿。就是这样的人,台门外任何人见了他,都还得称他为桐少爷,就是吆五喝六的地保,见到他也得恭恭敬敬地垂手而立,喊一声'桐少爷',等他走过,自己才开步"。而他"只要一有钱,就到酒店去喝酒,一反他羞涩的常态,变得非常活跃,爱发议论,爱开玩笑"④。给官府衙门抬轿子的轿夫也要收取市上摊贩的例规钱,否则就肆意报复。⑤即使被打入社会另类的绍兴堕民,虽然饱受社会歧视、奴役与欺压,却自甘

① 鲁迅:《病后杂谈之余》,《鲁迅全集》第6卷,人民文学出版社2005年版,第195页。

② 夏震武:《两级师范训词》,薛绥之主编:《鲁迅生平史料汇编》第二辑,天津人民出版社1982年版,第421页。

③ 鲁迅:《书信·101115·致许寿裳》,《鲁迅全集》第11卷,人民文学出版社2005年版,第335页。

④ 周建人:《鲁迅故家的败落》,福建教育出版社2001年版,第264页。

⑤ 参见周作人:《鲁迅的故家·单妈妈》,《关于鲁迅》,新疆人民出版社1997年,第90页。

被奴役的命运。当鲁迅母亲谢绝她们到主人家走动时，她们却说："你说的是什么话？我们是千年万代，要走下去的。"①面对古越先民的辉煌强悍与现实越地民性沦落的巨大落差，鲁迅不由得发出这样的感叹与诅咒："近读史数册，见会稽往往出奇士，今何不然？甚可悼叹！上自士大夫，下至台隶，居心卑险，不可施救，神赫斯怒，湮以洪水可也。"同时发出了"吾乡书肆，几于绝无古书，中国文章，其将陨落"②的忧虑。

二、开拓"越学"：民族文化"固有之血脉"的发掘

正是在以上的社会历史文化语境中，鲁迅继续他《古小说钩沉》、《会稽郡故书杂集》等古籍的搜集编校工作。《古小说钩沉》辑校了自汉至隋的古小说三十六种佚文。在《〈古小说钩沉〉序》（1912 年刊行于绍兴《越社丛刊》第一集）中，鲁迅说："余少喜披览古说，或见讹舛，则取证类书，偶会逸文，辄亦写出。"说明搜集整理古小说是他从小便开始的一项文化工作。其中一个重要原因便是它"录自里巷，为国人所白心"③，也就是说这些"街谈巷语"反映并保存着以农民为主体的底层民众质朴的心声，而这种心声恰恰是我们民族能够亘古常新、绵延至今的文化血脉的一种重要元素，因而他投入了巨大的精力与时间去发掘与整理。实际上这项工作延续到后来的《中国小说史略》写作等学术研究。诚如伊藤虎丸所说："收集和整理在儒教长期支配的历史中流于一隅的小说、话本、传说以及散佚在类书中的片段，进行重新评价，也是一项对中国古代传统文明进行反省和发掘的工作。这也是他在东京时代维护'朴素之民'的'白心'（纯洁之心），维护'古民丰富之神思'以来的另一个未曾改变的志向。"④这既为他后来写作《中国小说史略》做了准备，同时也在这种被传统正统文化（文学）排斥到边缘和底层的文学（小说）中发掘出某种可以颠覆正统文化的异端文化因素，在对民间文化内在精神的张扬中重新建构了中国文学与文化。《会稽郡故书杂集》同样源于鲁迅早年对于杂览野史的广泛阅读，乃受张澍辑录的《二酉堂

① 鲁迅：《我谈"堕民"》，《鲁迅全集》第 5 卷，人民文学出版社 2005 年版，第 228 页。

② 鲁迅：《书信 · 110102 · 致许寿裳》，《鲁迅全集》第 11 卷，人民文学出版社 2005 年版，第 341 页。

③ 鲁迅：《〈古小说钩沉〉序》，《鲁迅全集》第 10 卷，人民文学出版社 2005 年版，第 3 页。

④ 〔日〕伊藤虎丸著，李冬木译：《鲁迅和日本人——亚洲的近代与"个"思想》，河北教育出版社 2000 年版，第 130 页。

丛书》影响而开始的一项文化工程。虽然后来因赴南京—日本求学而中辍,但是当他“十年以后”重回故里,目睹“禹勾践之遗迹故在。士女敖嬉,睥睨而过,殆将无所眷念,曾何夸饰之云,而土风不加美”,因而辑录整理了有关古会稽郡的八部史传与地志佚文,“书中贤俊之名,言行之迹,风土之美,多有方志所遗,舍此更不可见”。其目的却在于“用遗邦人,庶几供其景行,不忘于故”。① 实际上这种“归魂故书”②正是鲁迅的《新生》文艺运动发掘民族文化“固有之血脉”的继续,是对刚健质朴的古越文化的召唤与征用。所以虽然他一方面向友人诉苦:“仆荒落殆尽,手不触书,惟搜采植物,不殊囊日,又翻类书,荟集古逸书数种,此非求学,以代醇酒妇人者也。”③另一方面又不无热情地邀请友人聚集越地来“开拓越学,俾其曼衍,至于无疆”④。在某种意义上,鲁迅是把发掘越文化资源作为“越学”的一个重要内容来看待的。而越学则被看做是重振我们民族精神与重建我们民族文化的一个重要资源。或许正是在这一意义上,他参与发起了革命文学团体——越社,拟“集资刊越先正著述,次第流布”⑤。

三、《越铎日报》:《新生》文艺运动的延伸

就在这样一个时刻,历史为他提供了崛起的另一个契机。1911 年 10 月 10 日,武昌起义成功。11 月 5 日,杭州光复,浙江省军政府宣布成立。消息传到绍兴,越社发起庆祝大会,鲁迅被推为主席,发表了讲演。他还组织学生成立“武装演说队”,率领学生上街宣传和维持秩序,迎接王金发的革命队伍来到绍兴。王金发重组了绍兴军政分府,任命鲁迅为山会初级师范学堂监督(校长),鲁迅的好朋友范爱农为监学(教务长)。这是两个“醉后常谈些愚不可及的疯话”的至诚的革命青年,革命的到来使他们“不大喝酒了,也很少有工夫谈闲天”,以高昂的革命热情投入革命的事业中,“实在勤快得可以”。⑥ 然而好景不长,绿林大学出身的王金发很快就“被许多闲汉和新进的革命党所包围,大做王都督。衙门里的人物,穿布衣来的,不上

① 鲁迅:《〈会稽郡故书杂集〉序》,《鲁迅全集》第 10 卷,人民文学出版社 2005 年版,第 35 页。

② 鲁迅:《〈古小说钩沉〉序》,《鲁迅全集》第 10 卷,人民文学出版社 2005 年版,第 3 页。

③ 鲁迅:《书信·101115·致许寿裳》,《鲁迅全集》第 11 卷,人民文学出版社 2005 年版,第 335 页。

④ 鲁迅:《书信·101221·致许寿裳》,《鲁迅全集》第 11 卷,人民文学出版社 2005 年版,第 337 页。

⑤ 鲁迅:《书信·110412·致许寿裳》,《鲁迅全集》第 11 卷,人民文学出版社 2005 年版,第 346 页。

⑥ 鲁迅:《范爱农》,《鲁迅全集》第 2 卷,人民文学出版社 2005 年版,第 323—325 页。

十天也大概换上皮袍子了,天气还并不冷"[1]。"自绅士至于庶民又用了祖传的捧法群起而捧之","这个拜会,那个恭维,今天送衣料,明天送翅席,捧得连自己也忘乎所以了,结果是渐渐变成老官僚一样,动手刮地皮"。[2] 越社的一些青年来找鲁迅商谈:"我们要办一种刊物来监督他们。不过发起人要借用先生的名字。"鲁迅慨然允诺。12 月 31 日,由周树人、陈子英、孙德卿三人署名的"出报的传单"印出来了,1912 年 1 月 3 日,《越铎日报》在绍兴正式创刊。鲁迅不仅被推为名誉总编辑,而且亲自撰写了《〈越铎〉出世辞》和其他一些文章[3],表达了他对于当时中国社会现实与历史,特别是革命的思考,开始了在中国的大地上切切实实地建立现代文化的公共空间的尝试。所以虽然他于短短两个月后的 2 月 13 日辞去山会师范学堂监督,应蔡元陪先生之邀赴南京中华民国临时政府教育部任职,但是这一段时间确是鲁迅人生中的一个亮点,深化了鲁迅对于中国历史与社会,特别是深刻影响了中国现代社会历史进程的辛亥革命的思考。

关于鲁迅和《越铎日报》的关系,学界的研究相对比较薄弱。彭定安、马蹄疾先后发表了《〈军界痛言〉为鲁迅辛亥革命时期的佚文考》(《社会科学辑刊》1981 年第 2 期)、《〈越铎日报〉署名为"独应"的四篇"古文"为鲁迅佚文考》(《辽宁大学学报》1981 年第 5 期)等考证文章,裘士雄也在《鲁迅研究月刊》1990 年第 4 期上发表了《鲁迅与〈越铎日报〉》,澄清了某些历史事实,但是人民文学出版社 2005 年版的《鲁迅全集》仍然只是补充了《军界痛言》作为鲁迅的著述,其他几篇未收入。细考彭定安、马蹄疾《〈越铎日报〉署名为"独应"的四篇"古文"为鲁迅佚文考》,分别从"鲁迅在《越择日报》上发表'古文'毋庸置疑"、"'独应'和'独'都是鲁迅早期使用的笔名"、"四篇文章的思想、风格、语言和鲁迅其他著作的一致性"、"为什么说这四篇'古文'不是周作人所作"等几个方面作了严密的论述,言之有理,持之有据。因而在没有出现令人信服的反驳之前,应该把《越铎日报》这四篇文言论文《望越篇》(1912 年 1 月 18 日)、《望华国篇》(1912 年 1 月 22 日)、《尔越人毋忘先民之训》(1912 年 2 月 1 日)、《民国之征何在》(1912 年 2 月 2 日)看做是鲁迅的文章。除了彭定安、马蹄疾论述的理由外,笔者认为,他们与被明确归于鲁迅作品的《〈越铎〉出世辞》以及鲁迅此时期的思想相互

---

① 鲁迅:《范爱农》,《鲁迅全集》第 2 卷,人民文学出版社 2005 年版,第 325 页。
② 鲁迅:《这个与那个》,《鲁迅全集》第 3 卷,人民文学出版社 2005 年版,第 151 页。
③ 鲁迅在《集外集序言》中回顾了他在日本的写作之后,说:"以后回到中国来,还给日报之类做了些古文,自己不记得究竟是什么了,霁云先生也找不出,我真觉得侥幸得很。"(见《鲁迅全集》第 7 卷,人民文学出版社 2005 年版,第 4 页)

贯通,构成了一个相互联系的有机整体。①

据说《越铎日报》的"越铎"之名,还是由鲁迅起的,"越"是绍兴的古称,"铎"是铃铎,是警声,即所谓"报为遒铎,亦为警钟",合在一起就是要给都督王金发为首的绍兴军政分府敲政治上的警钟,即以"纾自由之言议,尽个人之天权。促共和之进行,尺政治之得失,发社会之蒙覆,振勇毅之精神"②作为《越铎日报》的宗旨。其实就是要在刚刚建立的民国开拓一种能够对于官府(政治机构)产生某种制衡作用的自由言论的公共空间,发出社会的声音。因而《越铎日报》开辟了"自由言论"、"黄钟"、"禹域秋阳"、"稽山镜水"等专栏进行社会批评与文明批评。"以士夫之清议,作舆论之代表,凡记载新闻评论,是非务求事之确当,不期辞之过激,为獬豸之驱邪,戒山膏之善詈,是以登高一呼欢腾越水。"③不过它并不仅仅局限于绍兴,而是"唯以越一隅之为征"④,观"华国之民"以寻求"民族之中兴"⑤。因而它不仅仅批评监督了以王金发为首的绍兴军政分府,更重要的是透过绍兴的现象对于当时中国社会的现实与历史,特别是中华民国的政治与文化建构问题展开批评与思考。一方面,鲁迅对于辛亥革命给中华民族带来的解放与新生给予了热情的歌颂——"首举义旗于鄂。诸出响应,涛起风从,华夏故物,光复太半,东南大府,亦赫然归其主人。越人于是得三大自由,以更生于越,索虏则负无量罪恶,以底于亡。民气彭张,天日腾笑,孰善赞颂,庶猗伟之声,将充宙合矣"⑥;另一方面,他又并不满足于这样一种形式的解放,而是着眼于民主政治和国民精神的觉醒与更生,因而更集中地对于革命后的

---

① 周作人曾在《知堂回想录》中回忆说《望越篇》为他所写,经过了鲁迅的修改,但是对于这篇文章的深刻意义却非常含混,说"写的意思不是很透彻,色彩很是暗淡,大有定命论一派的倾向"(第2卷,群众出版社1999年版,第238页),并没有真正理解它与《〈越铎〉出世辞》相互关联的深刻意义,甚至对辛亥革命也是漠然置之的。如他所说:"辛亥革命秋天,我回到绍兴,一直躲在家里,虽是遇着革命这样大事件,也没有出去看过。"(同上书,第225—226页)。因而即使周作人的话属实,也应该是他们共同的作品。他们这一时期许多创译作品都是这样生成的。丸尾常喜在讨论《望越篇》时指出:(虽然它)"作为周作人的文章在《知堂回想录》中被引用,但当时鲁迅与周作人每每合作写文章,这一篇也应该视为合作的作品"(见《耻辱与恢复》,北京大学出版社2009年版,第413—414页)。熟悉他们兄弟俩的母亲回忆说:"他(按,指鲁迅)早年写的文章,有的就以老二的名字发表。"(见俞芳:《我记忆中的鲁迅先生》,《鲁迅回忆录》专著下册,北京出版社1998年版,第1542页)

② 鲁迅:《〈越铎〉出世辞》,《鲁迅全集》第8卷,人民文学出版社2005年版,第42页。

③ 子木:《越铎报之历史》,中华民国元年十二月二十二日绍兴《天觉报》。

④ 鲁迅:《望越篇》,朱忞等编:《鲁迅在绍兴》,浙江文艺出版社1997年版,第220页。

⑤ 鲁迅:《望华国篇》,朱忞等编:《鲁迅在绍兴》,浙江文艺出版社1997年版,第221页。

⑥ 鲁迅:《〈越铎〉出世辞》,《鲁迅全集》第8卷,人民文学出版社2005年版,第41页。

"共和之治,人仔于肩,同为主人,有殊台隶"①的国民性现状进行了批判性思考。虽然建立了民国,但是"官威如故,民瘼未苏;翠舆朝出,荷戈警哗;高楼夜宴,倚戟卫门,两曹登堂,只梏加足;雄师捉人,提耳流血"。如果说"昔为异族,今为同气;昔为专制,今为共和",那么"以今较昔,其异安在?由今之道,无变今之俗。浙东片土,固赫然一小朝廷也。异于昔者,殆在是耶"。② "公仆之政,何所别于君侯?国士之行,何所异于臣妾?凡兹同异,靡不当详。国人性格之良康,智虑之蒙启,可于是见之。"③从而发出"民国之征何在"的激切的呼问。这样一种独特的视角,一方面使鲁迅在辛亥革命的高潮中便洞察到革命的不彻底性,表现出对于中国社会现实、历史与革命的敏锐性。他同时期写作的文言小说《怀旧》也对辛亥革命作了敏锐的思考:民众对辛亥革命全然无知。当风声传到芜市时,他们把革命党人和"长毛"造反或强盗作乱混为一体。巨富金耀宗和塾师秃先生忙着投机取巧,而广大民众则争相躲避,何墟的居民直奔芜市,而芜市的居民又逃向何墟,来往道上,人群穿梭,"多于蚁阵",却又都不知何事。虽然这不过是一场虚惊,却透过这种虚妄揭示了辛亥革命时期民众的意识背景。另一方面又是他在日本《新生》文艺运动中所确立的"立人"启蒙思想的进一步延伸,即借这一历史变革之机,促进国人精神的新生,"今者千载一时,会更始之际,予不知华土之人,其能洗心涤虑,以趣新生乎?"④

出于对中国历史的深刻了解,鲁迅深刻地探讨了国民性积重难返的原因。一方面是长期的封建专制秩序的压迫禁锢了民众的声音,"顾专制久长,鼎镬为政,以聚敛穷其膏髓,以禁令制其讥平,瘠弱槁枯,为日滋永",因而"桎梏顿解,卷挛尚多,民声寂寥,群志幽闷"。⑤ 更严重的是,在这种专制秩序的压迫及其伦理文化束缚下,国民的性格被扭曲被异化,"中国政教,自昔皆以愚民为事,以刑戮慑俊士,以利禄招黠民。盖以儒者邪说(专指宋儒)助张其虐,二千年来,经此洗汰,庸愚者生,佞捷者荣;神明之种,几无孑遗"⑥。"往者政教为虐,种性日离。千载以来,世为胜民。以利禄为性命,以残贼为功业。利之所在,不问恩仇,虽异族可君,同种可杀也。其次所畏

① 鲁迅:《〈越铎〉出世辞》,《鲁迅全集》第 8 卷,人民文学出版社 2005 年版,第 41 页。
② 鲁迅:《民国之征何在》,朱忞等编:《鲁迅在绍兴》,浙江文艺出版社 1997 年版,第 223 页。
③ 鲁迅:《望越篇》,朱忞等编:《鲁迅在绍兴》,浙江文艺出版社 1997 年版,第 220 页。
④ 同上。
⑤ 鲁迅:《〈越铎〉出世辞》,《鲁迅全集》第 8 卷,人民文学出版社 2005 年版,第 42 页。
⑥ 鲁迅:《望越篇》,朱忞等编:《鲁迅在绍兴》,浙江文艺出版社 1997 年版,第 220 页。

莫若威,故所业二,不受制于人,则为暴于国。”[①]面对这样一种奴性与势利横行的人性世界,鲁迅不无愤激地呼吁道:“余欲登高丘,呼国人而属之曰:汝其悔改,汝倘自觉,戴其夙业,号泣于旷野以自怨艾,悲哀之声发于中,汝乃昭苏。宁保灵明而死,毋徇物欲以生也。”[②]而之所以形成这样一种堕落的国民性,在鲁迅看来,是几千年的封建专制统治压迫积染造成的,乃至形成了一种历史因循的“种业”,直接关系到“一国文明之消长”。[③]“种业”这一概念也延续了鲁迅在《破恶声论》中“膴膴华土,凄如荒原,黄神啸吟,种性放失,心声内曜,两不可期已”[④]的关于“种性”的探索与思考。

值得注意的是,鲁迅始终是立足于“越”来展开他的探索与思考的。这并不仅仅是因为鲁迅自己是越人,更重要的还在于,在他看来,质朴刚健的古越文化正是被封建专制压抑的中华民族优秀传统的一个重要部分,发掘与激活这种文化正构成了我们民族走向新生的一个重要的内在前提。因而他在《〈越铎〉出世辞》中热情地赞扬了越地“海岳精液,善生俊异”,“其民复存大禹卓苦勤劳之风,同勾践坚确慷慨之志”[⑤]的先民精神,“盖越自勾践以来,遗风未泯,士尚气节,中世遭种族之变,苦心积虑,不忘报复。绍兴一郡,遂屡为诸夏君民最后诀别地。虽曰不详,亦烈矣哉!北虏乱华,十年经营,而后报之。越之人实有力焉。生荣死哀,天下昭见。呜呼,亦越之光矣”[⑥],谆谆告诫“尔越人毋忘先民之训”,继承“会稽乃报仇雪耻之乡,非藏垢纳污之地”的报仇雪耻的精神。这正与他同一时期编校古籍,发掘民族文化“固有之血脉”,“开拓越学,俾其曼衍,至于无疆”[⑦]的志向相吻合。实际上都可以看做是他在日本东京开始的《新生》文艺运动的继续与延伸。

四、“浙东情结”与“魏晋感受”:生命之根

如同鲁迅在《〈越铎〉出世辞》所说,“唯专制永长,昭苏非易”,即使原来以报仇雪耻著称的越地也“世俗递降,精气播迁,则渐专实利而轻思理,

① 鲁迅:《望华国篇》,朱忞等编:《鲁迅在绍兴》,浙江文艺出版社1997年版,第221页。
② 同上书,第222页。
③ 鲁迅:《望越篇》,朱忞等编:《鲁迅在绍兴》,浙江文艺出版社1997年版,第220页。
④ 鲁迅:《破恶声论》,《鲁迅全集》第8卷,人民文学出版社2005年版,第28页。
⑤ 鲁迅《〈越铎〉出世辞》,《鲁迅全集》第8卷,人民文学出版社2005年版,第41页。
⑥ 鲁迅:《尔越人毋忘先民之训》,朱忞等编:《鲁迅在绍兴》,浙江文艺出版社1997年版,第220页。
⑦ 鲁迅:《书信·101221·致许寿裳》,《鲁迅全集》第11卷,人民文学出版社2005年版,第337页。

乐安谧而远武术,鸷夷乘之,爰忽颠陨,全发之士,系踵蹈渊,而黄神啸吟,民不再振"。[①] 中国的现代化进程是从沿海向内地、从都市向乡村沿梯度波动展开的。绍兴虽然地处沿海,但是相对上海、杭州等大都市,仍然处于封闭滞后的地区。再加上文化积淀厚重,传统的制约力也就更加顽固,在这样一个专制、封闭与沉闷的环境中是不允许自由言论存在的。虽然《越铎日报》别开生面地致力于中华民国公共空间的建设,销售量很快由原来的 200 份迅速增至一千七百多份,产生了越来越大的影响,但却惹怒了王金发,他先是扬言要杀鲁迅,后又不给山会师范学堂办学经费。再加上《越铎日报》同人也产生了某些分歧,"纵横家"的排挤,官场的腐败,都使鲁迅感到"越中理事,难于杭州"[②]。他于 1912 年 2 月受蔡元培邀请赴南京中华民国临时政府教育部任职。好友范爱农也被排挤出山会师范学堂,在写给鲁迅的信中说:"听说南京一切措施与杭绍鲁卫,如此世界,实何生为,盖吾辈生成傲骨,未能随波逐流,惟死而已,断无生理。"[③]在听说范爱农的死讯以后,鲁迅悲愤地赋诗《哀范君三章》,其中有"狐狸方去穴,桃偶已登场。故里寒云恶,炎天凛夜长"之句,既表明他对于刚刚过去的辛亥革命内在危机的敏锐动察,也表达了视绍兴为"棘地"的心情。[④]

更大的危机还在后面。1912 年 5 月鲁迅随教育部迁至北京,寓居宣武门外的绍兴会馆(即 S 会馆),开始他的沉默时期。这种沉默首先来源于他对辛亥革命的深沉思考。辛亥革命是中国近代历史上一次不彻底的民主革命,虽然它赶走了清朝皇帝,建立了民国,但是由于缺乏广泛的社会动员和现代民主自由观念的启蒙与民主制度,很快便被袁世凯篡夺了革命果实,上演袁世凯称帝、张勋复辟等一幕幕丑剧。鲁迅在辛亥革命高潮的短暂兴奋之后就敏锐地觉察到这种不彻底性,无论是王金发的蜕变,还是章介眉之流摇身一变"咸与维新",都使他感受到一种刻骨铭心的痛苦,给他的心理罩上了一重难以抹去的阴影。到北京后又耳闻目睹了袁世凯废除《临时约法》、刺杀宋教仁、囚禁章太炎、改内阁制为总统制、定孔教为国教等一系列倒行逆施,感到更深沉的痛苦与悲哀。为了驱除寂寞,麻醉灵魂,他开始"沉入国民中","回到古代去"。[⑤] 上班之余,他在会馆里默默地校勘古

---

① 鲁迅:《〈越铎〉出世辞》,《鲁迅全集》第 8 卷,人民文学出版社 2005 年版,第 41 页。

② 鲁迅:《书信 · 110102 · 致许寿裳》,《鲁迅全集》第 11 卷,人民文学出版社 2005 年版,第 341 页。

③ 转引自鲁迅博物馆鲁迅研究室编:《鲁迅年谱》第 1 卷,人民文学出版社 1981 年版,第 259 页。

④ 参见鲁迅:《书信 · 110307 · 致许寿裳》,《鲁迅全集》第 11 卷,人民文学出版社 2005 年版,第 345 页。

⑤ 鲁迅:《〈呐喊〉自序》,《鲁迅全集》第 1 卷,人民文学出版社 2005 年版,第 440 页。

籍、研读佛经、搜集拓片、抄写古碑。这一方面是封建专制高压下的一种韬晦的策略,如同历史上的魏晋时代,是以避祸的方式,隐含着对黑暗现实的愤懑与绝望。另一方面如同魏晋文人沉湎于"酒",固然表现了"对生命的绝望",同时也在饮酒中追求着生命的"真味","饮酒正是他们求得一种超越境界的实践"①,鲁迅在《〈呐喊〉自序》中所追述的"麻醉"也包括"绝望"和"超越"两个侧面②,可以说也是一种"魏晋感受"③。李欧梵也认为:"鲁迅在这段时间里并未成功地'麻痹'了自己的灵魂,他实际上是抓住了这段精神压抑的时间,从不断积累的文化资源中建立某种可资参考的框架,在其中寄托他生存的意义。"④在这期间,鲁迅辑录的古籍主要"以会稽郡为横坐标,以魏晋时代为纵坐标"⑤。除《古小说钩沉》外,他主要辑录和校辑了《会稽郡故书杂集》、《嵇康集》和《谢承后汉书》(嵇康和谢承都是绍兴人)。如前所述,他在《会稽郡故书杂集》的序中说,"禹勾践之遗迹故在。士女敖嬉,睥睨而过,殆将无所眷念",故辑录此书,"用遗邦人,庶几供其景行,不忘于故",实际上这也可以说是夫子自道,是鲁迅首先希望"眷念"与"景行"的。以会稽郡为中心的浙东越地素称"报仇雪耻之乡",而魏晋文人则是传统文化中蕴涵着强烈的反叛因素的异端。鲁迅研究它们无疑是要从中汲取抵抗黑暗的思想资源和精神力量。的确,"浙东情结"和"魏晋感受"构成他终生的生命之根,特别是对集浙东情结和魏晋感受于一身的嵇康其人其文保持着一以贯之的特别喜好,从 1913 年到 1935 年前后校勘《嵇康集》长达二十三年。嵇康"非汤武而薄周孔"⑥,"越名教而任自然"⑦,"刚肠嫉恶,轻肆直言"⑧,正鲜明地体现了浙东和魏晋源远流长的反叛精神。鲁迅后来在《魏晋风度及文章与药及酒之关系》中说:"嵇康的论文,比阮籍更好,思想新颖,往往与古时旧说反对。"⑨正是一种会心的感应。同时他"纠缠如毒

---

① 王瑶:《中古文学史论》,《王瑶文集》卷一,河北教育出版社 2000 年版,第 194 页。
② 钱理群:《与鲁迅相遇》,三联书店 2003 年版,第 104 页。
③ 陈方竞:《鲁迅与浙东文化》,吉林大学出版社 1999 年版,第 283 页。
④ 〔美〕李欧梵著,尹慧珉译:《铁屋中的呐喊》,河北教育出版社 2000 年版,第 24 页。
⑤ 徐小蛮:《鲁迅辑校古籍手稿及其研究价值》,《鲁迅研究动态》1987 年第 7 期。
⑥ 嵇康:《与山巨源绝交书》,《鲁迅辑录古籍丛编》(第四卷),人民文学出版社 1999 年版,第 39 页。
⑦ 嵇康:《释私论》,《鲁迅辑录古籍丛编》(第四卷),人民文学出版社 1999 年版,第 83 页。
⑧ 嵇康:《与山巨源绝交书》,《鲁迅辑录古籍丛编》(第四卷),人民文学出版社 1999 年版,第 39 页。
⑨ 鲁迅:《魏晋风度及文章与药及酒之关系》,《鲁迅全集》第 3 卷,人民文学出版社 2005 年版,第 533 页。

蛇，执着如怨鬼"[①]的坚忍不拔和"一个也不宽恕"[②]的疾恶如仇的性格也来源于这两种精神情结的交汇。可以说，鲁迅对于嵇康的认同，正是对于越先民文化精神的追溯与认同，达到了对古越文化的激活与贯通，从而构成了他的现代主体精神结构的一个内在前提。

① 鲁迅：《杂感》，《鲁迅全集》第3卷，人民文学出版社2005年版，第52页。
② 鲁迅：《死》，《鲁迅全集》第6卷，人民文学出版社2005年版，第635页。

第六章 “思乡的蛊惑”:《朝花夕拾》及其他

一、“第二次绝望”与《朝花夕拾》

《朝花夕拾》是鲁迅 1926 年 2 月至 11 月有计划地写作并发表在《莽原》半月刊上的一组回忆性散文。发表时有一个总的题目《旧事重提》,每发表一篇,都注明是《旧事重提》第几篇,显然要对自己过去的生活道路作比较系统的回顾。1927 年 7 月,鲁迅在广州重新编订时更名为《朝花夕拾》,并增加了《小引》和《后记》。在《小引》中鲁迅写道:“我常想在纷扰中寻出一点闲静来,然而委实不容易。目前是这么离奇,心里是这么芜杂。一个人做到只剩了回忆的时候,生涯大概总要算是无聊了罢,但有时竟会连回忆也没有。……前天,已将《野草》编定了;这回便轮到陆续载在《莽原》上的《旧事重提》,我还替他改了一个名称:《朝花夕拾》。带露折花,色香自然要好得多,但是我不能够。便是现在心目中的离奇和芜杂,我也还不能使他即刻幻化,转成离奇和芜杂的文章。或者,他日仰看流云时,会在我的眼前一闪烁罢。我有一时,曾经屡次忆起儿时在故乡所吃的蔬果:菱角、罗汉豆、茭白、香瓜。凡这些,都是极其鲜美可口的;都曾是使我思乡的蛊惑。后来,我在久别之后尝到了,也不过如此;惟独在记忆上,还有旧来的意味存留。他们也许要哄骗我一生,使我时时返顾。”①无疑透露了《朝花夕拾》写作的心境:一方面是期望“在纷扰中寻出一点闲静来”,这种“纷扰”包括他在“北京寓所的东壁下”,后来的“流离”,以及“被学者们挤出集团之后”来到“厦门大学的图书馆的楼上”中间颠沛流离的经历,而这些经历又和“当局”、“文人学者”的压迫相关;另一方面由于“目前是这么离奇,心里是这么芜杂”,而又不能即刻将这些离奇和芜杂“幻化”,“转成离奇和芜杂的文章”,

① 鲁迅:《朝花夕拾·小引》,《鲁迅全集》第 2 卷,人民文学出版社 2005 年版,第 236 页。

因而只能是“朝花夕拾”,逝去的儿时与故乡的生活成为“我思乡的蛊惑”,虽然味道也可能“不过如此”,但是那“旧来的意味”,却“也许要哄骗我一生,使我时时返顾”。可以看到,在《朝花夕拾》中,对儿时与故乡生活的返顾是与目前的“离奇”与“芜杂”相对应展开的。“他们——敝同乡‘下等人’——的许多,活着,苦着,被流言,被反噬,因了积久的经验,知道阳间维持‘公理’的只有一个会,而且这会的本身就是‘遥遥茫茫’,于是乎势不得不发生对于阴间的神往。人是大抵自以为衔些冤抑的;活的‘正人君子’们只能骗鸟,若问愚民,他就可以不假思索地回答你:公正的裁判是在阴间!想到生的乐趣,生固然可以留恋;但想到生的苦趣,无常也不一定是恶客。无论贵贱,无论贫富,其时都是‘一双空手见阎王’,有冤的得伸,有罪的就得罚。”①“《朝花夕拾》里的回忆,始终有一个‘他者’的存在:正是这些‘绅士’、‘名教授’构成了整部作品里的巨大阴影。鲁迅在《朝花夕拾》里所要创造的‘世界’是直接与这些‘绅士’、‘名教授’的世界相抗衡的:不仅是两个外部客观世界的抗衡,更是主观精神、心理的抗衡。”②无论是视角、思想和语言,“阴间”、“民间”都和“阳间”、“官方”构成了鲜明对照与对立的两个世界。

1925年的岁末,鲁迅将他在这一年写作的杂感编为《华盖集》后在《题记》中写道:“现在是一年的尽头的深夜,深得这夜将尽了,我的生命,至少是一部分的生命,已经耗费在写这些无聊的东西中,而我所获得的,乃是我自己的灵魂的荒凉和粗糙。但是我并不惧惮这些,也不想遮盖这些,而且实在有些爱他们了,因为这是我转辗而生活于风沙中的瘢痕。凡有自己也觉得在风沙中转辗而生活着的,会知道这意思。”③这种“荒凉和粗糙”正是他在“风沙中转辗”、在“命交华盖”的时运中对于中国的社会、文明,对于中国的学者、文士、正人、君子等等都毫无忌惮地加以批评的结果。在1926年将当年的杂文编为《华盖集续编》之后继续写道,他的这些杂文“如悲喜时节的歌哭一般”是为了“释愤抒情”,并不想“和谁去抢夺所谓公理或正义”,不过“你要那样,我偏要这样是有的;偏不遵命,偏不磕头是有的;偏要在庄严高尚的假面上拨它一拨也是有的”。④ 可以说正是这些“荒凉和粗糙”、“释愤抒情”构成了他写作《朝花夕拾》时目前的“离奇”与心里的“芜杂”。

---

① 鲁迅:《朝花夕拾·无常》,《鲁迅全集》第2卷,人民文学出版社2005年版,第279页。
② 钱理群:《文本阅读:从〈朝花夕拾〉到〈野草〉》,《江苏社会科学》2003年第4期。
③ 鲁迅:《华盖集·题记》,《鲁迅全集》第3卷,人民文学出版社2005年版,第4—5页。
④ 鲁迅:《华盖集续编·小引》,《鲁迅全集》第3卷,人民文学出版社2005年版,第195页。

钱理群认为"1924、1925 年到 1926、1927 年这一段时间,鲁迅的作品主要有杂文集《华盖集》、《华盖集续编》,散文集《朝花夕拾》,散文诗集《野草》,此外还有短篇小说集《彷徨》的后期作品。这四个部分其实是个有机的整体",我们今天"应该把这四部著作统一起来看,把它看成一个有机的整体,或者可能比孤立的研究看出更多的一些东西"。① 这样一种互文性视角无疑是全面准确地解读鲁迅这一时期的思想与文学乃至某一具体作品的行之有效的方法。其实并不仅仅局限于以上作品,在这一时期写作的部分"故事新编"也应该纳入这一整体中。鲁迅在《故事新编·序言》中追述写作过程时说:"直到一九二六年的秋天,一个人住在厦门的石屋里,对着大海,翻着古书,四近无生人气,心里空空洞洞。而北京的未名社,却不绝的来信,催促杂志的文章。这时我不愿意想到目前;于是回忆在心里出土了,写了十篇《朝华夕拾》;并且仍旧拾取古代的传说之类,预备足成八则《故事新编》。但刚写了《奔月》和《铸剑》——发表的那时题为《眉间尺》,——我便奔向广州,这事就又完全搁起了。"②所以《奔月》和《铸剑》应该是与《朝花夕拾》同一时期的作品。特别是《铸剑》在取材上也返回了他的故乡越地,表现了与《朝花夕拾》相同的精神指向。黄子平认为遵从鲁迅的文章题目喜作"对子"的习惯,"倘把《朝花夕拾》和《故事新编》相参互校地读,或许是个'有生产效益'的阅读策略","神话、传说和史实,何尝不是一民族魂系故乡的'蛊惑',时时激活'寻根'或'刨坟'的热忱"。③

在对五四时期的鲁迅的研究中,更细致地区分鲁迅在五四新文化运动高潮中的"呐喊"与五四落潮时期的"彷徨",已成为目前的一种趋势。上述钱理群将鲁迅 1924—1927 年的文学创作作为一个有机整体来研究,而 1924 年刚好是鲁迅的《彷徨》和《野草》开始写作的时间。张业松认为,"区别于《呐喊》,是《彷徨》和《野草》,或者说以《彷徨》和《野草》为代表的 1923 ~ 1926 年间的作品,表达了文学家鲁迅最独特的东西。他能想象出来的最特别的文学意象,他所遭遇到的最复杂的人生情境,他能驾驭或不能驾驭的最深的思想上的困惑,都在这批作品中得以体现,从而也体现了文学家鲁迅最不可替代的成就"④。只是张业松的起始时间有误,1923 年鲁迅除翻译了几篇爱罗先珂的童话和日本作家的小说外,几乎没有什么创作。不

---

① 钱理群:《文本阅读:从〈朝花夕拾〉到〈野草〉》,《江苏社会科学》2003 年第 4 期。

② 鲁迅:《故事新编·序言》,《鲁迅全集》第 2 卷,人民文学出版社 2005 年版,第 354 页。

③ 黄子平:《"灰阑"中的叙述》,上海文艺出版社 2001 年版,第 108 页、第 111—112 页。

④ 张业松:《暗夜的苦痛与想象——鲁迅文学的一个侧面》,《社会科学论坛》2008 年第 1 期。

过这1923年,即“鲁迅两个创作高峰间沉默的一年”,汪卫东认为具有特别的意义,特别是联系“在1923年的‘前夜’——1922年12月3日夜,鲁迅编定自己前期最重要的成果——小说集《呐喊》,并作了著名的《〈呐喊〉自序》;走出1923年的1924年2月7日,鲁迅开始了《彷徨》的第一篇小说《祝福》的创作,并一发而不可收。年前的总结与年终的发言,正好衬托出这一年中黑洞般的沉默”。[①] 这一年不仅发生了对于鲁迅人生具有决定性影响的事件——“兄弟失和”,并导致了鲁迅一个多月的大病,而且随着《新青年》的解体,新文化运动的落潮,鲁迅陷入了又一次的绝望之中,而且是“一次不可救药的绝望”。[②] 不过这一方面是一种精神危机,另一方面也使鲁迅“获得了一个充分自由的心态,可以不受约束地从事文学创作”。“《彷徨》尤其是《野草》的自我拷问自我挣扎,则使鲁迅通过对旧的自我的总结与清算,终于走出了第二次绝望,迎来了真正的新生。”因而1923年构成了鲁迅人生的一个转折点,经过一次惊心动魄的自我挣扎和自我转换之后,“鲁迅终于确证了‘反抗绝望’的人生哲学”。“真正的鲁迅,不是在第一次绝望之后,而是在第二次绝望之后,才得以诞生。”[③]虽然“真正的鲁迅”的概念还可以讨论,但是说鲁迅的《彷徨》写作是对于第二次绝望的一种反抗与超越,确是一种洞见。只是汪卫东只着眼于《彷徨》和《野草》的写作,忽略了同样具有精神抚慰性与抵抗性的《朝花夕拾》和《铸剑》等“故事新编”的写作。钱理群认为,“从自我生命的底蕴里,寻找光明的力量,以抵御由外到内的漫漫黑暗”是鲁迅写作《朝花夕拾》的基本动因,因此他又称《朝花夕拾》为鲁迅的“安魂曲”。[④] 实际上在对故乡的时时返顾中,鲁迅并不仅仅是寻获了一种精神性的抚慰与安宁,更重要的是从这一精神家园中寻求到抵抗黑暗的精神资源与力量,从而支撑他走出绝望,迎来新生。

钱理群在《心灵的探寻》中说:“鲁迅一生中对于故乡、童年及爱我者的

---

① 汪卫东:《鲁迅前期文本中的“个人”观念》,人民文学出版社2006年版,第251—252页。

② 同上书,第256页。鲁迅在《自选集·自序》中说:“后来《新青年》的团体散掉了,有的高升,有的退隐,有的前进,我又经验了一回同一战阵中的伙伴还是会这么变化,并且落得一个‘作家’的头衔,依然在沙漠中走来走去,不过已经逃不出在散漫的刊物上做文字,叫作随便谈谈。有了小感触,就写些短文,夸大点说,就是散文诗,以后印成一本,谓之《野草》。得到较整齐的材料,则还是做短篇小说,只因为成了游勇,布不成阵了,所以技术虽然比先前好一些,思路也似乎较无拘束,而战斗的意气却冷得不少。新的战友在那里呢?我想,这是很不好的。于是集印了这时期的十一篇作品,谓之《彷徨》,愿以后不再这模样。”见《鲁迅全集》第4卷,人民文学出版社2005年版,第469页。

③ 汪卫东:《鲁迅前期文本中的“个人”观念》,人民文学出版社2006年版,第263、266页。

④ 钱理群:《文本阅读:从〈朝花夕拾〉到〈野草〉》,《江苏社会科学》2003年第4期。

'返顾',主要有两次,即写作《朝花夕拾》的一九二六年间,以及着手于《夜记》写作计划的一九三六年。"他认为,"两个时期的具体情况不一,但存在着类似的心理与情绪需求,即'在纷扰中寻出一点闲静来'","在生养自己的'母亲'(这是一个宽泛的概念,包括大自然、慈母、亲人与人民)怀里,用'母爱'(同样是宽泛的大自然之爱、慈母亲人之爱及人民之爱)来医治心灵的创伤,平息内心的痛苦"。① 陈方竟则在《鲁迅与浙东文化》中进一步认为,鲁迅"'返顾'于曾经慈母般哺育了他的思想性格的故乡与故乡民间文化,在实质上又具有精神'寻根'的意义"②。在为陈方竞《鲁迅与浙东文化》作的"序"中钱理群进一步补充说:"在鲁迅一生中有过两个创作的高峰期,即是写作《彷徨》中的部分作品、《野草》、《朝花夕拾》的1926年前后,以及创作《故事新编》、散文集《夜记》(未完成)、'且介亭'杂文的1936年逝世之前。这两个时期,鲁迅都直接面对着'死亡'(外在年轻生命被杀戮,自己身患重症),由此而引发出深广的历史与现实的忧患,以及对生命本体的超越性追索。正是在这两个时期,如作者所说,集中表现了鲁迅对浙东文化的复活,认同,辨异与深化,这大概不是偶然的。而尤其引人注目的,是他对幼年时代就渗入自己灵魂的民间记忆的重现,那重彩涂抹的无常鬼、女吊的形象,长妈妈的形象……都给读者留下了永不磨灭的印象。面对曾赐予无私的爱的'我的保姆',鲁迅那一声发自内心的祈祷与祝福:'仁厚黑暗的地母呵,愿在你怀里永安她的魂灵',是真正震撼人心的。在鲁迅,这确实是对民族的'固有血脉'的追寻,对人的'固有血脉'的追寻,更是对自我生命的'固有血脉'的追寻。浙东民间文化对于鲁迅的这种精神之'根源'的意义,恐怕人们至今仍是认识不足的。"③

二、作为"安魂曲"的故乡与童年记忆

虽然当年鲁迅是怀着"S城人的脸早经看熟,如此而已,连心肝也似乎有些了然。总得寻别一类人们去,去寻为S城人所诟病的人们,无论其为畜生或魔鬼"④的愤激心情离开故乡绍兴的,但是故乡与童年温馨的记忆却从

---

① 钱理群:《心灵的探寻》,上海三联书店1988年版,第141页。

② 陈方竞:《鲁迅与浙东文化》,吉林大学出版社1999年版,第152页。

③ 钱理群:《鲁迅与浙东文化·序》,陈方竞:《鲁迅与浙东文化》,吉林大学出版社1999年版,第5页。

④ 鲁迅:《朝花夕拾·琐记》,《鲁迅全集》第2卷,人民文学出版社2005年版,第303页。

未离开过他的心怀。在1921年写作的小说《故乡》中,他便借一个离别故乡二十余年的游子“我”抒发了对故乡魂牵梦绕的怀念。在“我”渐进故乡时,由两岸萧索荒凉的景象引起“我”“阿! 这不是我二十年来时时记得的故乡?”的感叹中包含了多么深厚的期待与渴望啊。而这一故乡正是与“我”儿时梦幻般的生活联系在一起的:海边那五颜六色的贝壳,西瓜地里刺猹,潮汛来时青蛙似的两个脚只是跳的“跳跳鱼”等“无穷无尽的希奇的事”。虽然在现实世界中这一故乡的身影已经幻化为一种美丽幻影,但是作为“故乡”象征的少年闰土刺猹的画面却始终萦绕在“我”的心间,并鼓舞着“我”去开拓新生的“路”。

1925年在抵抗内心的“黑暗与虚无”的《野草》系列中,他又连续推出了《雪》、《风筝》、《好的故事》等有关故乡风物的作品。《雪》是在“暖国的雨”、“江南的雪”与“朔方的雪”的对比中展开的。虽然相对于朔方那“永远如粉,如沙”,“决不粘连”,“在晴天之下,旋风忽来,便蓬勃地奋飞,在日光中灿灿地生光,如包藏火焰的大雾,旋转而且升腾,弥漫太空,使太空旋转而且升腾地闪烁”,“在无边的旷野上,在凛冽的天宇下,闪闪地旋转升腾着”的雪,故乡“江南的雪”难免显得软弱、柔和与易逝,但是相对于“向来没有变过冰冷的坚硬的灿烂的雪花”的“暖国的雨”,它毕竟也是一种“雪”,“是极壮健的处子的皮肤”,“滋润美艳之至”,不仅仅有各色的冬花盛开在雪野里,蜜蜂们“嗡嗡地闹着”,而且孩子们还在父母的帮助下塑起了一个“目光灼灼地嘴唇通红地坐在雪地里”的“大阿罗汉”——这样一种自由天真的创造力,无疑是“隐约着的青春的消息”,使“我”难以忘怀。

因而在“昏沉的夜”,“我总记得见过这一篇好的故事”,“许多美的人和美的事,错综起来象一天云锦,而且万颗奔星似的飞动着,同时又展开去,以至于无穷”,它叠印着“我”过去“坐小船经过山阴道”的景致——“河边枯柳树下的几株瘦削的一丈红,该是村女种的罢。大红花和斑红花,都在水里面浮动,忽而碎散,拉长了,缕缕的胭脂水,然而没有晕。茅屋,狗,塔,村女,云……也都浮动着。大红花一朵朵全被拉长了,这时是泼剌奔迸的红锦带。带织入狗中,狗织入白云中,白云织入村女中……在一瞬间,他们又退缩了。但斑红花影也已碎散,伸长,就要织进塔、村女、狗、茅屋、云里去了”。“美丽,幽雅,有趣,而且分明”,虽然“我正要凝视他们时”,只“剩着几点虹霓色的碎影”,甚至“——何尝有一丝碎影”,“但我总记得见过这一篇好的故事,在昏沉的夜……”因为面对都市这“昏沉的夜”,故乡儿时那质朴的乡村生活毕竟提供了一种“美丽,幽雅,有趣”,即使它是虚幻的,而且已经消逝,毕竟可以给我们提供一种精神的抚慰,因而“我总记得见过这一篇好的故事,在昏沉的夜……”(《好的故事》)。

如果说在《野草》中,故乡与儿时的记忆还只是“几点虹霓色的碎影”,支撑着鲁迅人生的绝望抗争的话,那么在《朝花夕拾》中,鲁迅则通过对自己生活道路比较系统的回顾谱写了一曲人生的“安魂曲”,即“从自我生命的底蕴里,寻找光明的力量,以抵御由外到内的漫漫黑暗”①。从童年“躺在一株大桂树下的小板桌上乘凉,祖母摇着芭蕉扇坐在桌旁”,让他猜谜,给他讲故事,到他再次离开故乡,获悉好友范爱农之死,历时二十多年,其中主要记叙的是他儿时的故乡生活。这里有在“几百年的老屋中的豆油灯的微光下”,“飘忽地走着,吱吱地叫着,那态度往往比‘名人名教授’还轩昂”的老鼠;有“自新郎、新妇以至傧相、宾客、执事,没有一个不是尖腮细腿,像煞读书人的,但穿的都是红衫绿裤”的“老鼠成亲”的花纸;有“给放在饭桌上,便检吃些菜渣,舔舔碗沿;放在我的书桌上,则从容地游行,看见砚台便舔吃了研着的墨汁”的可爱的小隐鼠②;有有着“碧绿的菜畦,光滑的石井栏,高大的皂荚树,紫红的桑椹”,“鸣蝉在树叶里长吟,肥胖的黄蜂伏在菜花上,轻捷的叫天子(云雀)忽然从草间直窜向云霄里去了”,油蛉在低唱,蟋蟀们在弹琴,以及充满无限趣味的蜈蚣、斑蝥、何首乌、木莲、覆盆子和传说中的赤练蛇的“我的乐园”——“百草园”③;有《山海经》那“人面的兽;九头的蛇;一脚的牛;袋子似的帝江;没有头而‘以乳为目,以脐为口’,还要‘执干戚而舞’的刑天”所展开的神奇的想象④;当然还有虽然“常喜欢切切察察”,懂得许多我所不耐烦的规矩与道理,并且晚上睡觉,“在床中间摆成一个‘大’字,挤得我没有余地翻身,久睡在一角的席子上”,却给我买来了日夜渴望的《山海经》,“别人不肯做,或不能做的事,她却能够做成功”的保姆长妈妈⑤;也有教我在冬天的雪地里捕雀的“闰土的父亲”和严正博学的老先生⑥;又有“迎神赛会”和“目连戏”中“打一百零八个嚏,同时也放一百零八个屁……”,“鸭子浮水似的跳舞起来”的活无常⑦(《无常》)……虽然也

① 钱理群:《文本阅读:从〈朝花夕拾〉到〈野草〉》,《江苏社会科学》2003年第4期。

② 鲁迅:《朝花夕拾·狗·猫·鼠》,《鲁迅全集》第2卷,人民文学出版社2005年版,第244页。

③ 鲁迅:《朝花夕拾·从百草园到三味书屋》,《鲁迅全集》第2卷,人民文学出版社2005年版,第287—288页。

④ 鲁迅:《朝花夕拾·阿长与〈山海经〉》,《鲁迅全集》第2卷,人民文学出版社2005年版,第255页。

⑤ 鲁迅:《朝花夕拾·阿长与〈山海经〉》,《鲁迅全集》第2卷,人民文学出版社2005年版,第254—255页。

⑥ 参见鲁迅:《朝花夕拾·从百草园到三味书屋》。

⑦ 鲁迅:《朝花夕拾·无常》,《鲁迅全集》第2卷,人民文学出版社2005年版,第280页。

难免有《二十四孝图》“以不情为伦纪”的恐怖,但是这种自然的民间的底层的生活总体上还是质朴而生动、快乐而温馨的,构成“我”童年精神的故土与乐园。难怪当家里的人要将我送进书塾,不能再常到百草园时,“我”由衷的发出了“Ade,我的蟋蟀们! Ade,我的覆盆子们和木莲们!”①的感叹;而对于已逝的长妈妈则发出了“仁厚黑暗的地母呵,愿在你怀里永安她的魂灵!”②的深沉祝愿。“在某种程度上,这正是鲁迅心灵深处的呼唤,是他在受到外部的种种伤害以后所发出的生命的呼唤:他要回到这个‘仁厚黑暗的地母’的怀里,永安他的灵魂。在这个意义上,我们可以说,《朝花夕拾》是鲁迅的‘安魂曲’。”③

三、走向底层民众“鬼的世界”

不过鲁迅要返归的这个“仁厚黑暗的地母”并不是笼统的故乡,而是以底层民众的质朴信仰为依托的阴间的“鬼”的世界。同样在这一故乡,也有外善心冷,当面一套背后一套,教唆别人做坏事,又到处传播流言,致使小鲁迅感到“如掉在冷水里”的悲哀与恐惧,以致几十年后还没有抚平心灵的创伤的族叔祖母“衍太太”之类的人物,促使鲁迅发出了“S 城人的脸早经看熟,如此而已,连心肝也似乎有些了然。总得寻别一类人们去,去寻为 S 城人所诟病的人们,无论其为畜生或魔鬼”④的愤激感叹。实际上鲁迅真正回归与认同并产生心灵感应的,除了纯真美好而难再的童真感受外,更主要的是以民间艺术的形式呈现出来的底层民众的质朴信仰。因而这里的故乡并不仅仅是一个地理的概念,更是这样一个与地理概念相联系,却有着更丰富内涵的心理概念,它负载的往往是游子的某种精神追求与心灵憧憬。因而它滤去了混浊的生活气氛,保留下透明清亮的特质。所以“所谓童年期回忆并不真是记忆的痕迹,却是后来润饰过了的产品,这种润饰承受着多种日后发展的心智的力量”⑤。

在与“正人君子”之流的鏖战中,真正给予鲁迅精神支援与抚慰的是

---

① 鲁迅:《朝花夕拾·从百草园到三味书屋》,《鲁迅全集》第 2 卷,人民文学出版社 2005 年版,第 289 页。

② 鲁迅:《朝花夕拾·阿长与〈山海经〉》,《鲁迅全集》第 2 卷,人民文学出版社 2005 年版,第 255 页。

③ 钱理群:《文本阅读:从〈朝花夕拾〉到〈野草〉》,《江苏社会科学》2003 年第 4 期。

④ 鲁迅:《朝花夕拾·琐记》,《鲁迅全集》第 2 卷,人民文学出版社 2005 年版,第 303 页。

⑤ 〔奥〕弗洛依德著,林克明译:《日常生活的心理奥秘》,甘肃人民出版社 1980 年版,第 44 页。

“下等人”、“愚民”信仰的“鬼的世界”。“他们——敝同乡‘下等人’——的许多,活着,苦着,被流言,被反噬,因了积久的经验,知道阳间维持‘公理’的只有一个会,而且这会的本身就是‘遥遥茫茫’,于是乎势不得不发生对于阴间的神往。人是大抵自以为衔些冤抑的;活的‘正人君子’们只能骗鸟,若问愚民,他就可以不假思索地回答你:公正的裁判是在阴间!想到生的乐趣,生固然可以留恋;但想到生的苦趣,无常也不一定是恶客。无论贵贱,无论贫富,其时都是‘一双空手见阎王’,有冤的得伸,有罪的就得罚”。① 这里“下等人”、“愚民”与“正人君子”,“阴间”与“阳间”无疑正构成了两个相互对峙的世界。虽然由于封建礼教对民间信仰渗透与改造的“幽明一体”,阴间的阎王、牛头马面组成的阴司所奉行的仍然是阳间统治阶级的意愿,但是“阴间”毕竟给底层民众展示了一个混沌模糊又黑暗温馨、死亡与再生的世界,特别是由他们自己创造的无常正体现了一种公正裁判的精神,寄托着他们的情感与意愿。在小说《祝福》中,遭受了种种肉体与精神的磨难与打击的祥林嫂在濒临死亡之际把她最后的希望寄托于灵魂与阴间,虽然她也恐惧阎王爷会把她锯成两半分给两个死鬼丈夫的酷刑,但是对于与自己亲生骨肉阿毛的团聚还是冲淡了这种恐惧而使她充满了期盼与希冀,因而她才那么神秘而慎重地关切着地狱的有无。正是在对这“暧昧不清的灵魂与地狱的问题”的质疑中“多少恢复了祥林嫂作为人的尊严”②。同样在鲁迅遭受种种精神创伤之际,这一公正裁判的以无常为代表的“阴间”(鬼的世界)也成为了他心灵的栖息之地。所以他温暖地回忆道,在迎神赛会各色鬼神熙熙攘攘的游行队伍中,“我们——我相信:我和许多人——所最愿意看的,却在活无常”,“人民之于鬼物,惟独与他最为稔熟,也最为亲密”。③ 不过从宗教渊源来看,作为“勾摄生魂的使者的这无常先生,却似乎于古无征,耳所习闻的只有什么‘人生无常’之类的话。大概这意思传到中国之后,人们便将他具体化了。这实在是我们中国人的创作”④。也正因为他是“中国人的创作”,所以才比较集中鲜明地体现了作

① 鲁迅:《朝花夕拾·无常》,《鲁迅全集》第2卷,人民文学出版社2005年版,第279页。

② 张宁:《卑微者的不朽方式》,《无数人们与无穷远方:鲁迅与左翼》,复旦大学出版社2006年版,第199页。徐麟说:“在《祝福》中,祥林嫂对于现存秩序及其给定的生存方式,从顺从开始,却以怀疑告终。她的生命过程就是一个巨大的问号,从现实生活直逼地狱的大门,追问着东方式的‘终极价值’的可能性及其合理性。”(见《鲁迅:在言说与存在的边缘》,山东文艺出版社1997年版,第141页)

③ 鲁迅:《朝花夕拾·无常》,《鲁迅全集》第2卷,人民文学出版社2005年版,第276—277页。

④ 同上书,第278页。

为中国民众主体的底层民众的意志。因而二十多年后,鲁迅还确凿地记得,“在故乡时候,和‘下等人’一同,常常这样高兴地正视过这鬼而人,理而情,可怖而可爱的无常;而且欣赏他脸上的哭或笑,口头的硬语与谐谈……”,“因为他爽直,爱发议论,有人情”。① 一方面他是真正关怀民众生存与需求的鬼,因而与人民“最为稔熟,也最为亲密”;另一方面,在他诙谐的言谈与外表中又隐含着刚强的意志与“公正的裁判”——“无论贵贱,无论贫富,其时都是‘一双空手见阎王’,有冤的得伸,有罪的就得罚”,“难是弗放者个!/那怕你,铜墙铁壁!/那怕你,皇亲国戚!/…………”②实际上这一形象可以说正是鲁迅早年呼唤的“朴素之民”的“纯白”之心的艺术构型与创造,是“气秉未失之农人”内在“性灵”的艺术表现,他沟通了我们民族源远流长的刚健质朴的民族血性精神,潜在地抒发了被奴役被压迫的底层民众对于权势者奴役与压迫的一种反抗。因而鲁迅在晚年再一次引用了无常的唱词后又赞叹道:“何等有人情,又何等知过,何等守法,又何等果决,我们的文学家做得出来么?这是真的农民和手业工人的作品,由他们闲中扮演。”③

同样作为底层民众之创造的目连戏、迎神赛会、社戏,也就时有对于礼教的颠覆,颇有“狂欢化”的色彩。例如绍兴东关的梅姑庙神座上塑着一对少年男女,眉开眼笑,“殊与‘礼教’有妨”。而且,这梅姑生前是礼教社会所赞许的“守节室女”,反而是在死后成了专门“篡取别人丈夫的神”,礼教的势力终于没有能够延伸到死后的世界,压抑的人性在这里得以复苏。另一座五猖庙里的五通神(五个男人)后面列坐着五位太太,却并不“分坐”,也“殊与‘礼教’有妨”。④ 目连戏中的“张蛮打爹”是对“孝道”的戏谑;“小尼姑下山”则潜在地表现了民众冲破封建陈规陋习的束缚,对于人间幸福美满生活的追求与向往。所以它们往往构成了与正统的、专制的礼教文化相对立的另一精神空间。正人君子的“公理”的世界正是在这一精神视野中显现出苍白、虚弱与渺小。“现实世界在‘鬼’的视野中失去了它的稳定性、合理性,失去了它的自律性、它的道德基础。……‘鬼’世界的激进性表现为它所固有的民间性、非正统性、非官方性:生活、思想和世界观里的一切成规定论、一切庄严与永恒、一切被规划了的秩序都与之格格不入。鲁迅和他

① 鲁迅:《朝花夕拾·无常》,《鲁迅全集》第2卷,人民文学出版社2005年版,第281、282页。
② 同上书,第281页。
③ 鲁迅:《门外文谈》,《鲁迅全集》第6卷,人民文学出版社2005年版,第102页。
④ 鲁迅:《朝花夕拾·五猖会》,《鲁迅全集》第2卷,人民文学出版社2005年版,第271页。

的论敌的关系,不过就是他所创造的那个‘鬼’世界与现实世界的关系,这种关系是整体性的,而决不具有私人性质。”①反过来,这一精神空间也就成为了鲁迅精神世界的“仁厚黑暗的地母”,时时刻刻都给予他精神的抚慰与力量。而他们之间的亲和关系正来源于鲁迅从小与农民为主体的底层民众的深厚友谊与血脉贯通。如同瞿秋白所说,他“在儿童时代就混进了野孩子的群里,呼吸着小百姓的空气。这使他真象吃了狼的奶汁似的,得到了那种‘野兽性’”②,从而奠定了他走向左翼的精神原点③。实际上,在这一时期鲁迅义无返顾地站在女师大事件中被压迫的学生一边,与维护体制与压迫的“正人君子”们顽强斗争,正是站在“下者、弱者、幼者的本位”,对现实的压迫与奴役的关系与秩序的勇猛反抗,对青春朝气与个性自由的大胆呼唤。也正是与这些文人学士“正人君子”的分歧与斗争促进了鲁迅思想的发展。“上等人”与“下等人”、“聪明人”与“傻子”、“教授”“学者”与“愚人”、“阔人”与“穷人”、“治者”与“被治者”、“官魂”与“匪魂”和“民魂”,不断以鲜明对照的方式出现在他笔下(《春末闲谈》、《写在〈坟〉后面》等)。“古人说,不读书便成愚人,那自然也不错的。然而世界却正由愚人造成,聪明人决不能支持世界,尤其是中国的聪明人。”④按照伊藤虎丸的解释,这样一种对立也完全可以纳入鲁迅早年展开的“迷信”与“伪士”的对立之中。在鲁迅的视野中,“鬼”的视野不仅是对阿Q背负的“国民性”的批判,而且是对于那些高高在上的“现代人”、“革命派”、“知识分子”——即“伪士”——的反讽。这样一种位置的转换,使鲁迅在“论争之时,他的批判无比犀利,不放论敌的些微虚伪,就是因为他的立足点是在同样的最低处(‘鬼’、‘迷信’)”⑤。汪晖进一步认为:“在这个意义上,‘鬼’就具有了一种从‘最低处’展开的超越性视角,一种与鲁迅的‘生命主义’密切相关的‘终末论’的表现。”⑥

---

① 汪晖:《死火重温》,人民文学出版社2000年版,第420页。

② 瞿秋白:《鲁迅杂感选集·序言》,《瞿秋白选集》,人民出版社1985年版,第528页。

③ 到晚年,鲁迅回忆年青时候读过的伟大的文学作品,仍明确表达了但丁《神曲》的《炼狱》中“有我所爱的异端在”,因而坚守在这一“鬼魂”的世界里,而“没有能走到天国去”(见《陀思妥夫斯基的事》,《鲁迅全集》第6卷,第425页)。

④ 鲁迅:《写在〈坟〉后面》,《鲁迅全集》第1卷,人民文学出版社2005年版,第302页。

⑤ 〔日〕伊藤虎丸:《鲁迅的“生命”与“鬼”——鲁迅之生命论与终末论》,《文学评论》2000年第1期。

⑥ 汪晖:《鲁迅与向下超越——〈反抗绝望〉跋》,《中国文化研究》2008年第1期。

四、抵抗黑暗的“复仇”

“故乡”不仅为鲁迅抗争心灵的黑暗与虚无提供了一种价值的视野与资源,而且提供了动力与方法。越文化的精神原型之一越王勾践便是以复仇中抗争著称的。所谓“卧薪尝胆”,苦心焦思,所谓“十年生聚,十年教训”,都表现出这种坚韧顽强、报仇雪耻的抗争精神,留下了越王陵、越王峥、越王台、浣纱溪、投醪河等等记录着英雄事迹的名胜古迹,激励与鼓舞着一代代越人志士——嵇康、陆游、沈炼、王思任、朱舜水、刘宗周、祁彪佳、徐锡麟、秋瑾、马寅初等辉耀千古的“硬气”之士。自小就濡染在这一环境中的鲁迅深受这种文化精神的熏陶。早在儿时,便特别神往《山海经》中“没有头而‘以乳为目,以脐为口’,还要‘执干戚而舞’的刑天”。在《〈越铎〉出世辞》中更是不无自豪地赞扬了越地“海岳精液,善生俊异”,“其民复存大禹卓苦勤劳之风,同勾践坚确慷慨之志”的先民精神。对于鲜明体现了这一精神的明代王思任“夫越乃报仇雪耻之国,非藏垢纳污之地”的名言更是多次引用,早在1912年的《尔越人毋忘先民之训》中,把就“会稽乃报仇雪耻之乡,非藏垢纳污之地”誉为闪射出“越之光”的越“先民之训”,期望越地的子民能够继承与发扬。鲁迅不仅是这一精神的热烈倡导者,而且首先是这一精神身体力行的践履者。少年时代,在惩罚“矮癞胡”和贺秀才的斗争中便表现出一种豪侠勇武的精神,并且以“戛剑生”、“戎马书生”自号。在日本弘文学院读书期间,同学对他发出了“斯诚越人也,有卧薪尝胆之遗风”的赞叹①。在《杂忆》中鲁迅更是直陈:“不知道我的性质特别坏,还是脱不出往昔的环境的影响之故,我总觉得复仇是不足为奇的,虽然也并不想诬无抵抗主义者为无人格。但有时也想:报复,谁来裁判,怎能公平呢?便又立刻自答:自己裁判,自己执行;既没有上帝来主持,人便不妨以目偿头,也不妨以头偿目。有时也觉得宽恕是美德,但立刻也疑心这话是怯汉所发明,因为他没有报复的勇气;或者倒是卑怯的坏人所创造,因为他贻害于人而怕人来报复,便骗以宽恕的美名。”②这里“复仇”是与“宽恕”相对的。但这不是一般意义上的“复仇”与“宽恕”,而是特指被压迫被侮辱被奴役人们

---

① 沈瓞民:《回忆鲁迅早年在弘文学院的片断》,《鲁迅回忆录》散篇上册,北京出版社1999年版,第42页。

② 鲁迅:《杂忆》,《鲁迅全集》第1卷,人民文学出版社2005年版,第236页。

的“复仇”与“宽恕”。因为在这样一个有着几千年封建宗法专制秩序历史的国度,由于圣人和圣人之徒的道理、文字(文言)的艰涩和千年的“古训”,最底层的广大民众(“百姓”)只能“沉默”,“像压在大石底下的草一样”,“默默地生长、萎黄、枯死了”①,他们“活着,苦着,被流言,被反噬,因了积久的经验,知道阳间维持‘公理’的只有一个会,而且这会的本身就是‘遥遥茫茫’,于是乎势不得不发生对于阴间的神往”②。因而这种“复仇”是他们伸张公平正义平等解放的有效手段,也是维护自身有限生存的一种生存方式,是“强者掌握霸权而冒称公理的伪文明世界里弱者反抗强者的原理”③。然而反动统治者及其帮凶帮闲文人为了维护他们的万世太平,却极力诋毁这一方式,像细腰蜂一样给民众注入毒针,用各种圣贤与“特殊知识阶级”的道理来麻醉他们,使之不死不活的,成为奴隶。不过如果底层民众始终坚守这种复仇意志,那么,即使把他们的头割了,他们也能“刑天舞干戚,猛志固常在”,“阔人的天下一时总怕难得太平的了”。④ 否则在一个专制体制的极权社会里,单纯地去讲“费厄泼赖”,“历史指示过我们,遭殃的不是什么敌手而是自己的同胞和子孙”。⑤“即使真心人所大叫的公理,在现今的中国,也还不能救助好人,甚至于反而保护坏人。因为当坏人得志,虐待好人的时候,即使有人大叫公理,他决不听从,叫喊仅止于叫喊,好人仍然受苦。然而偶有一时,好人或稍稍蹶起,则坏人本该落水了,可是,真心的公理论者又‘勿报复’呀,‘仁恕’呀,‘勿以恶抗恶’呀……的大嚷起来。这一次却发生实效,并非空嚷了:好人正以为然,而坏人于是得救。但他得救之后,无非以为占了便宜,何尝改悔;并且因为是早已营就三窟,又善于钻谋的,所以不多时,也就依然声势赫奕,作恶又如先前一样。这时候,公理论者自然又要大叫,但这回他却不听你了。”⑥所以讲“费厄泼赖”,必须看清对手。虽然有不少的人因此而攻击鲁迅偏激,鲁迅却十分郑重地指出,“这虽然不是我的血所写,却是见了我的同辈和比我年幼的青年们的血而写的”⑦。

---

① 鲁迅:《俄文译本〈阿Q正传〉序及著者自叙传略》,《鲁迅全集》第7卷,人民文学出版社2005年版,第83—84页。

② 鲁迅:《朝花夕拾·无常》,《鲁迅全集》第2卷,人民文学出版社2005年版,第278—279页。

③ 〔日〕木山英雄著,赵京华编译:《关于周氏兄弟》,《文学复古与文学革命》,北京大学出版社2004年版,第248页。

④ 鲁迅:《春末闲谈》,《鲁迅全集》第1卷,人民文学出版社2005年版,第218页。

⑤ 鲁迅:《杂忆》,《鲁迅全集》第1卷,人民文学出版社2005年版,第239页。

⑥ 鲁迅:《论“费厄泼赖”应该缓行》,《鲁迅全集》第1卷,人民文学出版社2005年版,第291—292页。

⑦ 鲁迅:《写在〈坟〉后面》,《鲁迅全集》第1卷,人民文学出版社2005年版,第299页。

“即如我的戒酒,吃鱼肝油,以望延长我的生命,倒不尽是为了我的爱人,大大半乃是为了我的敌人,——给他们说得体面一点,就是敌人罢——要在他的好世界上多留一些缺陷”①,“偏要使所谓正人君子也者之流多不舒服几天”②——这正是鲁迅坚守这种“复仇”精神,为以底层民众为主体的中华民族的新生与解放而顽强斗争的写照。

同样,对于自身心灵中的精神黑暗与虚无,鲁迅也始终坚持着这种在“复仇”中抗争的精神。在《杂忆》中,鲁迅在祈祷“仰慕往古的,回往古去罢!想出世的,快出世罢!想上天的,快上天罢!灵魂要离开肉体的,赶快离开罢!”之后,明确地宣告:“现在的地上,应该是执着现在,执着地上的人们居住的”,“只有纠缠如毒蛇,执着如怨鬼,二六时中,没有已时者有望”。③ 之所以呼唤“仰慕往古”、“想出世的”、“想上天的”、“灵魂要离开肉体的”都“赶快离开”,是因为在作者看来这一切脱离大地与现实的想法都是虚无缥缈、不切实际的。因而他的这一思想又明显地贯通了由越文化中另一原型大禹所象征的在求实中探索的文化精神。在自己的精神困境与危机中,鲁迅也正如“毒蛇”、“怨鬼”一般与心灵深处的黑暗与虚无搏斗。因而透过《野草》那繁复迷离、幽森诡异,充满多重矛盾与悖论,带有浓厚的黑暗与虚无色彩的意象,感受到的是对黑暗与虚无顽强的抗争,并且随着各篇章的演进,这抗争的旋律越来越明朗高昂。正是这种情感指向构成了《野草》意象与精神发展的基本动力和原型。“它既包含着鲁迅对近代中国社会和人生的深刻体验和洞察,又贯注着他对民族解放事业义无返顾的奋斗和献身;既含有‘孤独的精神的战士,虽然为民众战斗,却往往反为这“所为”而灭亡’的悲哀,又始终保持着即使如此,仍一如既往地为民众战斗的忠诚。”④而且这一搏斗是面对绝望的抗战,不过也正因此“比因希望而战斗者更勇猛,更悲壮”⑤。

正是这种执著于现在的斗争赋予了“我”抗争黑暗与虚无的力量(同时又融合了越文化中由大禹这一原型所象征的求实中探索的文化精神)。在冷峻而阴森的秋夜里,枣树虽然也知道小粉红花的梦,秋后要有春;知道落叶的梦,春后又是秋;但仍然以一无所有的枝子,默默地铁似地直刺天空

① 鲁迅:《〈坟〉题记》,《鲁迅全集》第1卷,人民文学出版社2005年版,第4页。

② 鲁迅:《写在〈坟〉后面》,《鲁迅全集》第1卷,人民文学出版社2005年版,第300页。

③ 鲁迅:《杂感》,《鲁迅全集》第3卷,人民文学出版社2005年版,第52页。

④ 王晓初:《论〈野草〉的原型与意象》,《四川大学学报》1992年第1期。

⑤ 鲁迅:《书信·250411·致赵其文》,《鲁迅全集》第11卷,人民文学出版社2005年版,第477—478页。

(《秋夜》)。虽然“我”将得不到布施,得不到布施心,但“我”也绝不装腔作势,仍然只“用无所为和沉默求乞”(《求乞者》)。虽然过客并不知道前途之所在,虽然他已走破了脚,走乏了力,但他仍然谢绝了老翁的劝诫和小女孩的布施,听从那召唤的声音,坚持不懈地往前走(《过客》)。虽然那举起投枪的战士,面对的是有着各种好名称好花样的“无物之阵”,虽然他每每刺中的都不过是一件外套,虽然他就在这“无物之阵”中衰老、寿终,但他仍然举起他的投枪(《这样的战士》)。即使“我”死后,也为绝不给敌人一点“惠而不费的欢欣”而快意(《死后》)。因而当“我”用希望之盾,去“抗拒那空虚中暗夜的袭来”的时候,“我”不过耗尽了青春,心却分外的寂寞和平安,没有爱憎,没有哀乐,没有颜色;而且青年也很平安:“没有星和月光,没有僵坠的蝴蝶以至笑的渺茫,爱的翔舞”。而当“我”放下希望之盾,去肉薄这虚空中的暗夜时,“我的面前又竟至于并且没有真的暗夜”(《希望》)。正是执着于现在的绝望的抗争,证实了“绝望之为虚妄,正与希望相同”。因地正是在这种“复仇”的持续抗争中,“我”走出了黑暗与虚无的困境,获得了一个新的思想的起点。“叛逆的猛士出于人间;他屹立着,洞见一切已改和现有的废墟和荒坟,记得一切深广和久远的苦痛,正视一切重叠淤积的凝血,深知一切已死,方生,将生和未生。他看透了造化的把戏;他将要起来使人类苏生,或者使人类灭尽,这些造物主的良民们。”(《淡淡的血痕中》)青年也已经粗暴了,或者将要粗暴了(《一觉》)。

在这一时期写作的“故事新编”之一《铸剑》中更集中更鲜明地表现了这一复仇精神。《铸剑》是对眉间尺复仇传说的改写(因而原题名《眉间尺》),其文献主要源于相传为魏曹丕所著《列异传》、东晋干宝的《搜神记·三王墓》等,主要表现一个人死后有灵的神异迷离的幻想。但作家却汲取了由《吴越春秋》、《越绝书》所记载的一直流衍在越地民间的复仇文化精神①,赋予了这一传说以新的内涵。虽然眉间尺已届成人,却仍然优柔寡断。但是一旦他明白了他人生的使命是要向暴君复仇,就义无返顾地踏上了不归路。虽然由于他的年轻、单纯和幼稚,没有能够独立完成自己的使命,但是当他知悉了黑色人复仇的精神与意志后,立刻毫不犹豫地献出了自己的头和剑,并且用仅剩的头配合黑色人演出了一幕美妙绝伦的复仇壮剧。

---

①　鲁迅在致增田涉的信中说:“《故事新编》中的《铸剑》,确是写得较为认真。但是出处忘记了,因为是取材于幼时读过的书,我想也许是在《吴越春秋》或《越绝书》里面。日本的《中国童话集》之类也有,记得是看见过的。”见《书信·360328·致增田涉》,《鲁迅全集》第14卷,人民文学出版社2005年版,第386页。

黑色人则是一个复仇的精灵。他黑瘦利落,目光似两点磷火,胸腔里燃烧着几千年的死火。他并不是单纯地为某个人复仇,也不是为了那些所谓“仗义”、“同情”等“放鬼债的资本”复仇,而是因为“你的就是我的;他也就是我。我的魂灵上是有这么多的,人我所加的伤,我已经憎恶了我自己!”所以他的复仇实际上是对人类所遭受到的一切创伤和迫害的复仇,包括对人自身的邪恶与堕落的复仇。因而他的复仇提升了眉间尺复仇的境界。并且这种复仇是在一种异端的方式中实现的,这就是抛弃自己的血肉之躯,仅仅用头去完成复仇。这固然显示出其复仇意志的坚韧与顽强,也隐喻着只有克服了自身(血肉之躯)的种种弱点,才能真正实现这种复仇。① 所以当他们的头在鼎中沸水里又歌又舞,并与王的头演绎出一场神采飞扬、摄人心魄的三头大战时,实际上正是人类自身精神与意志的凝聚与升华——“血一头颅兮爱乎呜呼。我用一头颅兮而无万夫!”正是这种精神与意志使他们填平了王与平民、暴虐与优柔、善良与邪恶、爱与仇的鸿沟,而走向难辨彼此、难别差异的共同体坟墓(涅槃)。“合葬于一处的国王、眉间尺和黑色的人,他们之间的所有区别都消失了,他们在一个坟墓里,亦即不在人间而在黄泉里,形成了一个永远的‘大同世界’。藉此,复仇成为末日、特别是作为完成大同世界的末日的起点。”②

学界有一种观点认为“复仇者与暴君的头骨混在一起,同被展览,复仇的神圣也被消解为无”③。笔者以为作品中国王的出殡,很难说是一种展览,而是一种供奉与祭奠,虽然也穿插了百姓观看王后和许多王妃的情节。但是当三头的金棺出现时,“百姓都跪下去,祭桌便一列一列地在人丛中出现”。而且“几个义民很忠愤,咽着泪,怕那两个大逆不道的逆贼的魂灵,此时也和王一同享受祭礼,然而也无法可施”。因而即使从义民和百姓的角

---

① 谭桂林认为:“鲁迅欣赏佛学的死亡观,将死亡看作生命的极致与飞扬,并非为了在实践行为上证得涅槃,而是因为他深深地感觉到,惟有死才是对人生苦痛的最快意的复仇方式。生命的过程即是与苦痛搏斗的过程,苦痛无往而不在,生命也无往而不紧张。当你在刹那间结束了生命,苦痛势力便失去了他肆虐的对象,为苦痛所折磨而又无法可想的生命便以最极端也最简捷的方式复了仇。生命本身的意义也就达到飞扬与极致,于是有大欢喜。”(见《鲁迅与佛学问题之我见》,《鲁迅研究月刊》1992 年第 10 期)作家残雪则说:“去掉了躯体只剩下头颅的眉间尺果然发生了转变,障碍消失了,轻灵的头颅变得敢爱敢恨,既不冷酷,也不感伤。因为在最高审判台前,人人都是平等的、同一的,咬啮同时也是交合,人体验到刻骨的痛,晕眩的快感,却不再有作恶前的畏惧与作恶后的难过,世俗的仇与爱就这样以这种极端的形式得到了转化。”(见《解读博尔赫斯》,人民文学出版社 2000 年版,第 325 页)

② 〔日〕代田智明:《基于鲁迅思考之上的“复仇”与“末日”》,《鲁迅研究月刊》2007 年第 1 期。

③ 钱理群等:《中国现代文学三十年》,北京大学出版社 1998 年版,第 300 页。

度来看,眉间尺与黑色人的复仇精神也走向了"神圣"。在某种意义上,这篇小说正是越地剑文化的颂歌。"吴越之君皆好勇,故其民至今好用剑,轻死易发。"①的确,"剑"是与古越先民的生活方式与文化精神紧密联系在一起的。《越绝书》记载:"赤堇之山,破而出锡,若耶之溪,涸而出铜。雨师扫洒,雷公击橐,蛟龙捧炉,天帝装炭,太一下观,天精下之"②,赢得后人"越民铸宝剑,出匣吐寒芒"的赞叹。当这种原始"剑"崇拜观念与勾践励精图治、报仇雪耻的复仇壮举结合后,便成为了越人"复仇雪耻、绝处逢生的生命力量的象征"③。杨义因此把这种"蕴涵着复仇、尚武、砺志自强的精神素质"的文化称为"剑文化"。④ 鲁迅之所以把《眉间尺》更名为《铸剑》,固然有调整《故事新编》的标题使之整齐有序的考虑,但语意重点由"眉间尺"向"铸剑"的转移,也表明作品主题实质上是表达了铸造"剑"的传奇⑤。当然作品结尾这样一种分不清彼此的混沌与模糊,也构成对这种复仇精神的自我消解与微妙讽刺。在这样一个等级森严的专制极权社会里,深明封建礼义的义民和平和忍顺的愚民是难以被这个别的牺牲所惊醒的。从而在悲壮中也渗入了滑稽,启迪着人们对于"复仇"作出新的更深沉的思考。

---

① 班固:《汉书·地理志》,中华书局1959年版,第1667页。

② 《越绝书》,上海出版社1985年版,第79—80页。

③ 杨义:《古越精神与现代理性的审美错综——鲁迅〈铸剑〉新解》,《绍兴师专学报》1991年第3期。

④ 同上。

⑤ 钱理群认为"小说原题《眉间尺》,收入《故事新编》时改题为《铸剑》,是为了突出小说的中心意象:'剑'。这把无情的复仇之剑,既是小说主人公'黑的人'宴之敖者的精神象征,又是鲁迅思想、人格、情感的化身"(见《心灵的探寻》,上海文艺出版社1988年版,第279页)。

第七章 《故事新编》与《女吊》等

一、"中国的脊梁":大禹、墨子等人物谱系

《故事新编》是鲁迅1936年编辑出版的一部"神话,传说及史实的演义"①。它虽然只有八篇小说,却经历了从1922年到1935年"足足有十三年"的漫长岁月。"第一篇《补天》——原先题作《不周山》——还是一九二二年的冬天写成的。那时的意见,是想从古代和现代都采取题材,来做短篇小说,《不周山》便是取了'女娲炼石补天'的神话,动手试作的第一篇。""直到一九二六年的秋天,一个人住在厦门的石屋里,对着大海,翻着古书,四近无生人气,心里空空洞洞。而北京的未名社,却不绝的来信,催促杂志的文章。这时我不愿意想到目前;于是回忆在心里出土了,写了十篇《朝花夕拾》;并且仍旧拾取古代的传说之类,预备足成八则《故事新编》。但刚写了《奔月》和《铸剑》——发表的那时题为《眉间尺》,——我便奔向广州,这事就又完全搁起了。后来虽然偶尔得到一点题材,作一段速写,却一向不加整理。"②而最后五篇《非攻》、《理水》、《采薇》、《出关》、《起死》则写作于1934—1935年间。特别是后三篇集中写作于1935年12月。当时,一方面因华北事变,日寇侵略中国的危机日益加深;另一方面在错综复杂的国际国内矛盾情势中,鲁迅面临来自国民党法西斯专制政权及其帮凶、帮闲文人日益严酷的"文化围剿"与武力镇压,同时也受到来自同一营垒的"明枪暗箭"的攻击,特别是极"左"路线的新的专制压迫与奴役,乃至形形色色思潮、文人的嘲弄与污蔑,因而也是鲁迅身心交瘁、内外交困、面临死亡威胁的时期,所以留下了特有的沉重与幽默,展示了鲁迅的生命情怀与精神空间。如前

---

① 鲁迅:《〈自选集〉自序》,《鲁迅全集》第4卷,人民文学出版社2005年版,第469页。

② 鲁迅:《故事新编·序言》,《鲁迅全集》第2卷,人民文学出版社2005年版,第353—354页。

所述，每当鲁迅面临精神困境与危机的时候，他总是返回他的精神故乡去寻觅抵抗黑暗的资源与力量。这次他也同样如此。如果说在1920年代的“华盖”时期，他主要挖掘了越文化中由勾践原型所象征的在复仇中抗争的精神的话，那么面对日益深重的民族危机和错综复杂的国际国内形势，他更着重发掘的是由大禹原型所象征的在求实中探索的另一文化精神。

如前所述，越地曾遭受过三千多年的海侵，因而“大禹治水”的神话深入人心，大禹构成了越先民最初的“集体无意识”与“原型”。大禹陵至今是越地的历史文化圣地。鲁迅在《〈越铎〉出世辞》中不无自豪地赞扬了越地“其民复存大禹卓苦勤劳之风，同勾践坚确慷慨之志”。的确，面对越族（也可以说中华民族）远古洪水滔天的灾难，大禹是拯救民众于水火的英雄，也是民族兴旺发达的先祖。《理水》根据历史文献再现了这一历史传说。但是在“汤汤洪水方割，浩浩怀山襄陵”的水患中，作品并没有正面展开大禹治水的煌煌功绩，而是将大禹被身边的小人包围、纠缠这一困境最大程度地“前置化”①。作品一开篇便以“光怪陆离”的色调展示了一个由考察大员、官场学者和小民奴才所组成的荒诞世界。面对浩浩洪水，躲在文化山上，吃着飞车从奇肱国运来的面包的学者们空疏而迂执的高谈阔论竟压倒了周围的涛声，他们甚至干脆就不承认有大禹。坐着独木大舟、前呼后拥下来考察的大员，不过是借机出来游玩享乐一番。而“下民的代表”则只知道顺承上面的意旨，奉上“体面”的民情。不过就在他们谣言风起揣测不安的同时，大禹们却“三过家门而不入”地展开了切切实实的工作。当考察大员回到京城，在水利局酒酣耳热、故作风雅的时候，突然闯进来的大禹和他的同事——一群“面目黧黑，衣服奇旧”、“乞丐似的大汉”，经过考察坚定地确立了治水的新方略：“导”。虽然遭到了“这是蚩尤的法子”、“三年无改于父之道”、“‘湮’是世界上已有定评的好法子”等陈词滥调的阻挠，大禹仍然坚定地说：“我查了山泽的情形，征了百姓的意见，已经看透实情，打定主意，无论如何，非‘导’不可！这些同事，也都和我同意的。他举手向两旁一指。白须发的，花须发的，小白脸的，胖而流着油汗的，胖而不流油汗的官员们，跟着他的指头看过去，只见一排黑瘦的乞丐似的东西，不动，不言，不笑，像

① 有学者据此而认为“在大禹出场之前，文本就已经弥漫着一种浓郁的讽刺、嘲弄的意味，这对于我们解读大禹这一形象内涵，不可能不会留下敏感的暗示”（见郑家建：《被照亮的世界——〈故事新编〉诗学研究》，福建教育出版社2001年版，第54页）。其实文化山的学者和考察的大员恰恰是与大禹对立的另一种思想路线与作风的代表，对他们的荒谬与虚浮的嘲讽恰恰烘托出大禹们的朴实与创新。也就是说作品的独特之处恰恰在于采用了明暗对比、烘托映衬的手法来歌颂大禹的治水。

铁铸的一样。"这里很鲜明地呈现出虚浮、保守、僵化和求实、创新、改革两种思想路线与作风，同时也呈现出质朴的底层民间与腐败的官方上层的对立。而且这种求实的创新精神是以"埋头苦干"、"拼命硬干"的实践精神为依托的，也就是大禹所说的"每天孳孳"："我走旱路坐车，走水路坐船，走泥路坐橇，走山路坐轿。到一座山，砍一通树，和益俩给大家有饭吃，有肉吃。放田水入川，放川水入海，和稷俩给大家有难得的东西吃。东西不够，就调有余，补不足。搬家。"因而它又是以造福于广大人民群众的根本利益为基本指向的。正是这种为民请命的在求实中创新的创造与实践精神使大禹带领那群"黑瘦的乞丐似"、"像铁铸的一样"的同事历尽艰苦，终于治愈了水患，迎来了"连百兽都会跳舞"的繁盛局面。而这种精神与作风正是越族也即中华民族几千年来能够永葆青春活力，历尽劫难却又长盛不衰的奥秘所在。[①] 因而大禹们无愧为我们民族的脊梁。

《非攻》里的素材——墨子与公输盘斗智勇的传说，据今人袁珂研究，本是"神话了的历史"，相关文章收在袁著《中国神话传说》一书中。不过在鲁迅的笔下，墨子也是一个"中国脊梁"式的人物。同禹一样，他的外表也形同乞丐，具有劳形苦心、扶危济急的精神。据古书记载，禹与墨子之间也的确存在着某种深刻的师承关系。《庄子杂篇·天下》云："禹大圣也，而形劳天下如此，使后世之墨子，多以裘葛为衣，以跂跻为服，日昼不休，以自苦为极。曰，不能如此，非禹之道也，不足为墨。"[②]实际上这样一种生活习俗与方式一直影响着绍兴等越地人民的生活。周作人在《苋菜梗》中说："读外乡人游越的文章，大抵众口一词地讥笑土人之臭食，其实这是不足怪的，绍兴中等以下的人家大都能安贫贱，敝衣恶食，终岁勤劳，其所食者除米而外唯菜与盐，盖亦自然之势耳。干腌者有干菜，温腌者以腌菜及苋菜梗为大宗，一年间的'下饭'差不多都在这里……《邵氏闻见录》云，汪信民常言，人常咬得菜根则百事可做……咬了菜根是否百事可做，我不能确说，但是我觉得这是颇有意义的，第一可以食贫，第二可以习苦，而实在却也有清淡的滋味……"[③]可以说这种"食贫"、"习苦"的生活习惯和生活方式正是自古以来"以自苦为极""而形劳天下"[④]的禹墨精神陶冶出的平民文化性格的体

① 鲁迅在与友人的通信中比较中日的国民性说："日本国民性，的确很好，但最大的天惠，是未受蒙古之侵入；我们生于大陆，早营农业，遂历受游牧民族之害，历史上满是血痕，却竟支撑以至今日，其实是伟大的。"（《鲁迅全集》第14卷，人民文学出版社2005年版，第410页）

② 庄子著，张耿光译注：《庄子全译》，贵州人民出版社1991年版，第603页。

③ 周作人：《苋菜梗》，《周作人自编文集·看云集》，河北教育出版社2002年版，第31—32页。

④ 庄周著，张耿光译注：《庄子全译》，贵州人民出版社1991年版，第603页。

现。鲁迅也谈到:"浙东多山,民性有山岳气,与湖南山岳地带之民气相同。"①而他生活的"寒伧"俭朴,极似现代的"墨子"。② 可以说正是这样一种平民本位的文化立场与思想使墨子在弱肉强食、战火纷飞的春秋战国时代,一直致力于倡导"兼爱"、"非攻",为了"利天下"不惜"摩顶放踵"③、"赴汤蹈火"。当他得知强大的楚王准备凭借公输盘所造的先进云梯去攻打贫弱的宋国时,立即一面风尘仆仆、长途跋涉穿过宋国到楚国,希望凭自己的口舌——"义的拘拒",去说服善弄奇技淫巧的乡人公输盘和贪得无厌的楚王,以解除宋国的危险。宋国的贫弱荒凉与楚国的繁荣富强构成鲜明的对比,正说明了战争的不义性质。而这种以"有利于人"作为义的标准正代表了底层贱民的价值取向,与《理水》中大禹的精神取向是一脉相承的。另一面墨子又深知他们"听不听我,还是料不定的",嘱咐学生禽滑厘"你们仍然准备着,不要只望着口舌的成功",安排禽滑厘、管黔敖运用自己的防御器械与防御方式在宋国备战。正是这一实实在在的战备解除了公输般劝说楚王杀掉墨子的危机,赢得了真正的和平。与墨子构成对比的是他的另一个学生曹公子鼓吹"我们都去死!"的"民气论"。但是这种空喊口号的"死"并无益于民族的救亡,诚如墨子告诫他说:"要弄玄虚;死并不坏,也很难,但要死得于民有利!"这正体现了鲁迅一贯强调的忌惮空谈的"言",注重实践的"行"的思想作风。早在1925年的《青年必读书》中他就提出了"现在青年最要紧的是'行'而不是'言'"④,显示出他始终坚守着由大禹原型所象征的在求实中探索的越文化精神。

就在《非攻》写作一个月后,鲁迅发表了著名的《中国人失掉自信力了吗》的杂文:"我们从古以来,就有埋头苦干的人,有拼命硬干的人,有为民请命的人,有舍身求法的人……虽是等于为帝王将相作家谱的所谓'正史',也往往掩不住他们的光耀,这就是中国的脊梁。这一类的人们,就是现在也何尝少呢?他们有确信,不自欺;他们在前仆后继的战斗,不过一面总在被摧残,被抹杀,消灭于黑暗中,不能为大家所知道罢了。说中国人失掉了自信力,用以指一部分人则可,倘若加于全体,那简直是诬蔑。要论中国人,必须不被搽在表面的自欺欺人的脂粉所诓骗,却看看他的筋骨和脊

① 徐梵澄:《星花旧影——对鲁迅先生的一些回忆》,《鲁迅回忆录》散篇下册,北京出版社1999年版,第1317页。

② 参见许广平:《欣慰的纪念·鲁迅先生的日常生活》:"沉迷于自己理想生活的人们,对于物质的注意是很相反的。"《鲁迅回忆录》专著上册,北京出版社1999年版,第379页。

③ 孟子:《孟子·尽心上》,《四书全译》,贵州人民出版社1988年版,第617页。

④ 鲁迅:《青年必读书》,《鲁迅全集》第3卷,人民文学出版社2005年版,第12页。

梁。自信力的有无,状元宰相的文章是不足为据的,要自己去看地底下。"①文章是在新的民族危机日益深重的语境中提出这一见解的。面对日本侵略者日益猖狂的侵略野心,鲁迅认为无论是自夸,还是寄望国联,乃至求神拜佛,故弄玄虚,都是一种"自欺"的表现。但是透过这虚枉的地面,在"地底下"(即民间),却始终涌动着一个"中国脊梁"的人物谱系,正是这些人物构成中国人自信力之所在,也是中华民族繁衍四千多年至今生生不息的奥秘之所在。这一人物谱系,我们可以看到正是鲁迅早年提出的"内之仍弗失固有之血脉"命题的深化。在这一"中国脊梁"的人物谱系中,既体现了"朴素之民"的"纯白"之心,也融入了民族优秀儿女"埋头苦干"、"拼命硬干"、"为民请命"、"舍身求法"的精神,首先是越地民族精英的精神投影。② 在《故事新编》的人物谱系中,向前可以追溯到创造并且拯救了人类(炼石补天)的始祖女娲,象征着人类蓬勃旺盛的原初生命活力(《补天》)。还有射落九个太阳、拯民于水火的英雄——后羿,虽然由于环境的变迁,"无物之阵"的悲哀、外在世界的中伤与敌意、弟子的背叛和亲人的离弃,都加速了后羿自身精神的荒漠化与平庸化,使他深深地陷入孤寂、困顿的境地,但是射日的雄风依然(《奔月》)。向后则可以延伸到《铸剑》中的黑色人。鲁迅说:"孔子之徒为儒,墨子之徒为侠。'儒者,柔也',当然不会危险的。惟侠老实,所以墨者的末流,至于以'死'为终极的目的。"③先秦之侠墨学色彩浓厚,而汉以后儒家取得独尊地位,墨家思想无容身之所,只能以某种变化了的形式潜隐在民间,转换为民间性的侠义之道。绍兴(越地)正是夏禹遗泽之地,一直流传与延续着禹墨的风习。特别是贯注了勾践原型所象征的卧薪尝胆、报仇雪耻的复仇精神,使越地成为"(夫越乃)报仇雪耻之乡,非藏垢纳污之地"④,并且以这种文化精神而著称。在某种意义上,可以说黑色人就是由"墨"转换成的"侠"。黑色人那玄妙的"你的就是我的,他也就是我",其实就是"墨家思想'兼'的形象化表达"。"黑色人助人复仇,既非为'义'名,也非由于'同情',也不是因为'情谊',而只是为了'兼爱'——'你的就是我的,他也就是我'的爱。虽然这种'爱'受尼采式愤世情绪的扭曲是以反论的结构表达的。"因而"鲁迅在融会古今中外价值的基础上,综合尼采、摩罗诗人拜伦和墨家的思想气质,创造了自己的'复仇之神'"。

---

① 鲁迅:《中国人失掉自信力了吗》,《鲁迅全集》第6卷,人民文学出版社2005年版,第122页。

② 许寿裳说:"鲁迅在描写大禹,墨子伟大的精神的时候,不知不觉地有他自己的面影和性格反映于其中。"(见《我所认识的鲁迅》,《鲁迅回忆录》专著上册,北京出版社1999年版,第500页)

③ 鲁迅:《流氓的变迁》,《鲁迅全集》第4卷,人民文学出版社2005年版,第159页。

④ 明末山阴(今绍兴)义士王思任在回复奸臣马士英的信中最早提出,后来鲁迅曾多次引用。

“其复仇行为所包含的‘殉道与牺牲’的主题”,也可以“从墨者为了实现理想而‘赴火蹈刃’‘死不还踵’的殉道伦理方面去考察”。[①] 这样一种归复民族原初生命力的努力,正表现出作家力图从民族自身的历史文化传统中发掘重构出某种现代性精神主体的探索。[②] 而这样一种探索是以鲁迅从小就受到熏陶的故乡越文化为中介的。

不过另一方面,鲁迅又尊重历史的本原与真实,写出了这些“中国的脊梁”“总在被摧残,被抹杀,消灭于黑暗中”中的一面。《非攻》中墨子一生行义,只求有利于人民。他的只身使楚,并非为了某个人的利益,也不是接受哪一位王者的派遣,而是出于“兼爱”——内心的使命。正是这种“有利于人的”“爱”使他说服同乡公输般舍弃了云梯和木鹊,最终使宋国免除了战争的灾难。但是他在回来的路上,“一进宋国界,就被搜检了两回;走近都城,又遇到募捐救国队,募去了破包袱;到得南关外,又遭着大雨,到城门下想避避雨,被两个执戈的巡兵赶开了,淋得一身湿,从此鼻子塞了十多天”。同样,在《理水》中,当“太平到连百兽都会跳舞,凤凰也飞来凑热闹了”的时候,治理了洪水的大禹们在世俗的包围中也不能不发生了某种微妙的变化。“吃喝不考究,但做起祭祀和法事来,是阔绰的;衣服很随便,但上朝和拜客时候的穿著,是要漂亮的。”这就揭示了我们民族的“脊梁”往往被成功和世俗所包围与同化的潜在危机——展示了历史的另一种可能性。

二、魂归故土:“复仇之神”《女吊》等

1930年代鲁迅加入中国左翼作家联盟,并成为其“盟主”,但却始终受到“左联”内部的一些“前进作家”或明或暗的攻击。因而鲁迅在承受国民党法西斯专制政权及其帮凶、帮闲文人的文化围剿,复古、隐逸等形形色色的思潮的排挤,各种无聊小报的流言蜚语的同时,更要承受来自同一营垒的“明枪暗箭”和革命工头的压迫。因而他在给朋友的信中倾诉道:“叭儿之类,是不足惧的,最可怕的确是口是心非的所谓‘战友’,因为防不胜防。……为了防后方,我就得横站,不能正对敌人,而且瞻前顾后,格外费力。”[③]“敌人是不

① 高远东:《论鲁迅与墨子的思想联系》,《中国现代文学研究丛刊》1999年第2期。

② 或许正是在这一意义上,郑家建认为“《故事新编》的创作是鲁迅对传统文化的一次再阅读、再创作、再想象的过程,也是鲁迅试图在传统文化中寻找价值资源的一次努力”(见《中国文学现代性的起源语境》,上海三联书店2002年版,第236页)。

③ 鲁迅:《书信·341218·致杨霁云》,《鲁迅全集》第13卷,人民文学出版社2005年版,第301页。

足惧的，最可怕的是自己营垒里的蛀虫，许多事都败在他们手里。因此，就有时会使我感到寂寞。"①他称周扬一伙为"英雄"、"工头"、"奴隶总管"、"元帅"，而自称"苦工"和"奴隶"："以我自己而论，总觉得缚了一条铁索，有一个工头在背后用鞭子打我，无论我怎样起劲的做，也是打，而我回头去问自己的错处时，他却拱手客气的说，我做的好极了，他和我感情好极了，今天天气哈哈哈……真常常令我手足无措，我不敢对别人说关于我们的话，对于外国人，我们避而不谈，不得已时，就撒谎。你看这是怎样的苦境。"②"有些手执皮鞭，乱打苦工的脊背，自以为在革命的大人物，我深恶之，他其（实）是取了工头的立场而已。"③不断重复着"寂寞"、"悲愤"、"痛苦"等语词，并不断出现"鞭子"的意象。实际上这种"奴隶"感觉正源于极"左"路线在革命的旗号下所推行的封建专制主义对人们独立个性和主体自由的任意剥夺。而这正是中国真正走向现代的一个核心障碍。正如深知鲁迅的日本学人增田涉所说，鲁迅"对自己和自己民族的奴隶地位的自觉，就是跟他的'人'的自觉相联结的"④。所以鲁迅针对这种倾向进行了不懈的斗争，实际上是对"革命"旗号之下的新形式专制主义的斗争。

如果说在1936年以前，鲁迅为了共同的革命目标，还把这种痛苦压抑在内心的话，那么当1936年，周扬一伙解散"左联"，又不发表一个公开的申明，同时另外重组"文艺家协会"，提倡"国防文学"，并"骂上门来"⑤，诬蔑鲁迅"破坏统一战线"的时候，重病中的鲁迅终于拍案而起，愤怒地揭露了他们一伙"左得可怕"的本来面目。他在《答徐懋庸并关于抗日统一战线问题》中一方面鲜明地表明"中国目前的革命的政党向全国人民所提出的抗日统一战线的政策，我是看见的，我是拥护的，我无条件地加入这战线，那理由就因为我不但是一个作家，而且是一个中国人，所以这政策在我是认为非常正确的，我加入这统一战线"⑥，另一方面则揭露这些"自称'指导家'"，"表面上扮着'革命'的面孔，而轻易诬陷别人为'内奸'，为'反革

---

① 鲁迅：《书信·341206·致萧军萧红》，《鲁迅全集》第13卷，人民文学出版社2005年版，第278页。

② 鲁迅：《书信·350912·致胡风》，《鲁迅全集》第13卷，人民文学出版社2005年版，第543页。

③ 鲁迅：《书信·360515·致曹靖华》，《鲁迅全集》第13卷，人民文学出版社2005年版，第99页。

④ 增田涉：《鲁迅印象》，《鲁迅回忆录》专著下册，北京出版社1999年版，第1382页。

⑤ 鲁迅：《书信·360825·致欧阳山》，《鲁迅全集》第13卷，人民文学出版社2005年版，第133页。

⑥ 鲁迅：《答徐懋庸并关于抗日统一战线问题》，《鲁迅全集》第6卷，人民文学出版社2005年版，第549页。

命’,为‘托派’,以至为‘汉奸’者”,不过“只借革命以营私”[①],“抓到一面旗帜,就自以为出人头地,摆出奴隶总管的架子,以鸣鞭为唯一的业绩”[②],“在左联结成的前后,有些所谓革命作家,其实是破落户的漂零子弟。他也有不平,有反抗,有战斗,而往往不过是将败落家族的妇姑勃谿,叔嫂斗法的手段,移到文坛上。嘁嘁嚓嚓,招是生非,搬弄口舌,决不在大处着眼。这衣钵流传不绝。……这其实正是恶劣的倾向,用谣言来分散文艺界的力量,近于‘内奸’的行为的。然而也正是破落文学家最末的道路”[③],不但一针见血地揭穿了这些所谓“前进作家”不过是打着“革命”的旗号来谋取私利的人物,实际上不过是在一种新的现代形式中制造着新的奴役与压迫,维护着权势者的利益,做“文坛皇帝”,而且从历史的角度梳理了这种极“左”痼疾的思想渊源及其严重危害。

在这样一种身心交瘁的危机中,如同1920年代“华盖”时期的《朝花夕拾》一样,鲁迅受到“思乡的蛊惑”,再一次返回到故乡的生活与童年的记忆中去汲取抵抗黑暗的精神资源与力量。晚年和鲁迅交往密切的冯雪峰回忆说:“他(鲁迅)谈到绍兴,每次都使我发生一个相同的感觉,就是他的故乡绍兴,似乎常常在引起他的一种很可回味的回忆。而这种回忆似乎不是由于别的,就只由于在那里有过他的童年的生活,有过他和农民以及下层社会的人民的接近,他于是有着一种深刻的留恋和爱。”“正是这种回忆带给他一种力量,带给他文章上一种生气和风格上的美,因为这种回忆大都是关于他以前所接触的农村与下层社会的人民的印象的。”[④]在这一时期,鲁迅连续写下了《我的第一个师父》、《女吊》等一系列回忆童年生活的文章。这是“和他以前的《朝花夕拾》相类近的作品”,计划“写它十来篇,成一本小书”。[⑤] 在《我的第一个师父》中,鲁迅不但刻画了一个鲜活的风流潇洒、自由任性的独特和尚龙师父的形象,更主要的是汲取了他追求自由、热爱生活的天性,如他所说:“我所熟识的,都是有女人,或声明想女人,吃荤,或声明想吃荤的和尚。”而对那些“确在修行,没有女人,也不吃荤的和尚”,如他的大师兄,则感到“孤僻,冷酷”,“不敢亲近”。如果说《我的第一个师父》主要表现了鲁迅对于故乡自由与叛逆精神的认同的话,那么《女吊》则表现了

① 鲁迅:《答徐懋庸并关于抗日统一战线问题》,《鲁迅全集》第6卷,人民文学出版社2005年版,第549—550页。
② 同上书,第558页。
③ 同上书,第557—558页。
④ 冯雪峰:《回忆鲁迅》,《鲁迅回忆录》专著中册,北京出版社1999年版,第610、678页。
⑤ 同上书,第678页。

他对于故乡复仇精神的捍卫。在某种意义上,《女吊》可以看做是《朝花夕拾》中《无常》的续篇。如同作家所说,这是绍兴的"两种特色的鬼","一种是表现对于死的无可奈何,而且随随便便的'无常'"①;实际上这种"随随便便"正表现了底层民众对于阴间"鬼的世界"的亲近与神往,因为"他们确信自己并未造出该入畜生道的罪孽,他们从来没有能堕畜生道的地位,权势和金钱"②。另一种则是"带复仇性的,比别的一切鬼魂更美,更强的鬼魂。这就是'女吊'"。"女吊"又叫做"吊神",也就是"女性的吊死鬼"。鲁迅说:"横死的鬼魂而得到'神'的尊号的,我还没有发见过第二位,则其受民众之爱戴也可想。"③鲁迅再次返身到他童年时代赏心悦目的"并非普通的社戏"——"大戏"和"目连"戏中,由开场的"起殇",即召唤横死者的鬼魂——"《九歌》中的《国殇》云:'身既死兮神以灵,魂魄毅兮为鬼雄',当然连战死者在内。明社垂绝,越人起义而死者不少,至清被称为叛贼,我们就这样的一同招待他们的英灵"④,渲染出一派刚健英武的气势与氛围,并不无自豪地回忆起自己充当这样的义勇鬼的经历。"跳吊"则将全文推向了高潮。开始是男吊,"一登台,径奔悬布,像蜘蛛的死守着蛛丝,也如结网,在这上面钻,挂。他用布吊着各处:腰,胁,胯下,肘弯,腿弯,后项窝……一共七七四十九处。最后才是脖子,但是并不真套进去的,两手扳着布,将颈子一伸,就跳下,走掉了"。然后是真正的主角——"女吊"出场了:"自然先有悲凉的喇叭;少顷,门幕一掀,她出场了。大红衫子,黑色长背心,长发蓬松,颈挂两条纸锭,垂头,垂手,弯弯曲曲的走一个全台",然后将披着的头发向后一抖,这才现出了脸孔——"石灰一样白的圆脸,漆黑的浓眉,乌黑的眼眶,猩红的嘴唇","她两肩微耸,四顾,倾听,似惊,似喜,似怒,终于发出悲哀的声音,慢慢地唱道:'奴奴本身杨家女,呵呀,苦呀,天哪!……'"⑤这一声"苦呀,天哪!""实在够惊心动魄","在这一声里差不多把千百年来妇人女子所受的怨苦都迸叫了出来"。⑥

《女吊》始终是在与"'前进'的文学家和'战斗'的勇士们"对峙的张力中展开女吊这一形象的。在与这些"呆鸟"们的对峙中,一方面,通过女吊那凄美哀艳而又"惊心动魄"的复仇形象与复仇精神的张扬与渲染,发掘出

---

① 鲁迅:《女吊》,《鲁迅全集》第6卷,人民文学出版社2005年版,第637页。

② 鲁迅:《死》,《鲁迅全集》第6卷,人民文学出版社2005年版,第632页。

③ 鲁迅:《女吊》,《鲁迅全集》第6卷,人民文学出版社2005年版,第637页。

④ 同上书,第638—639页。

⑤ 鲁迅:《女吊》,《鲁迅全集》第6卷,人民文学出版社2005年版,第639—641页。

⑥ 周作人:《关于鲁迅》,新疆人民出版社1997年版,第620、622页。

被压抑在民众潜意识深处的本真的生命意志和生活的真理。“被压迫者即使没有报复的毒心,也决无被报复的恐惧,只有明明暗暗,吸血吃肉的凶手或其帮闲们,这才赠人以‘犯而勿校’或‘勿念旧恶’的格言。”①另一方面,透过女吊这一复仇之神的光辉形象,也寄托了鲁迅自我生命与精神的归宿。如他在几乎等同于自己的临终遗言的《死》中写道:“曾想到欧洲人临死时,往往有一种仪式,是请别人宽恕,自己也宽恕了别人。我的怨敌可谓多矣,倘有新式的人问起我来,怎么回答呢?我想了一想,决定的是:让他们怨恨去,我也一个都不宽恕。”值得注意的是,如鲁迅自己所说,他的骂人看似私怨,“实为公仇”②。他的“怨敌”实际上都是“用了公理正义的美名,正人君子的徽号,温良敦厚的假脸,流言公论的武器,吞吐曲折的文字,行私利己,使无刀无笔的弱者不得喘息”③的权势者以及为虎作伥的“正人君子”们。当然这些“正人君子”的“美名”、“徽号”等是可以不断变换的,可以是“公理正义”、“温良敦厚”,也可以是“前进”、“战斗”乃至“革命”。而这些“明明暗暗,吸血吃肉的凶手或其帮闲们”,却“憎恶报复”④,因为报复是会扰乱乃至危害他们用各种各样的好花招和好外套包裹着的权势、地位、金钱的既存秩序的。所以他们“这才赠人以‘犯而勿校’或‘勿念旧恶’的格言”⑤。所以这里的“一个都不宽恕”,是指不宽恕那些“损着别人的牙眼,却反对报复,主张宽容的人”⑥,也就是以“革命”等时髦的旗帜来谋私、压迫人的人,表达了鲁迅对这些形形色色的专制与压迫,特别是极“左”痼疾的永远的愤怒。而这种报仇雪耻的复仇精神正是越地由勾践原型所象征的源远流长的在复仇中抗争精神的现代传承与张扬,正如鲁迅在开篇即引用的王思任的名言“会稽乃报仇雪耻之乡,非藏垢纳污之地!”——鲁迅正是在故乡的越文化中找到了他精神的家园与归宿。早在 1925 年,鲁迅的同乡陶元庆绘成《大红袍》彩绘,展示一个蓝衫、红袍、高底靴,倒悬着握剑的突兀的女性形象,画家说:“那半仰着脸的姿态,当初得自绍兴戏的《女吊》,那本是个‘恐怖美’的表现,基本上保持原有的神情:悲苦、愤怒、坚强。”鲁迅极其欣赏这幅

---

① 鲁迅:《女吊》,《鲁迅全集》第 6 卷,人民文学出版社 2005 年版,第 642 页。
② 鲁迅:《书信 · 340522 · 致杨霁云》,《鲁迅全集》第 13 卷,人民文学出版社 2005 年版,第 113 页。
③ 鲁迅:《我还不能“带住”》,《鲁迅全集》第 3 卷,人民文学出版社 2005 年版,第 260 页。
④ 鲁迅:《女吊》,《鲁迅全集》第 6 卷,人民文学出版社 2005 年版,第 637 页。
⑤ 同上书,第 642 页。
⑥ 鲁迅:《死》,《鲁迅全集》第 6 卷,人民文学出版社 2005 年版,第 635 页。

画，说它“有力量，对照强烈，仍然调和，鲜明。握剑的姿势很醒目！”①而“鲁迅临死前二日一二十月十七日下午在日本作家鹿地亘的寓所，也谈到‘女吊’，这可称鲁迅的最后谈话”②。“在这死亡的边缘，鲁迅借女吊来抒情，来为他的人生作一定格，对于世间，这既是道别，更是永存，因为，他终于化身女吊，问候每一个人，不管你愿意不愿意。”③舒芜说，《女吊》“不仅是一阕反中庸主义的绝唱，而且是留给中国知识分子的语重心长的遗嘱”④。夏济安则指出，这些鬼魂还“表现了更深一层的含意：死的美和恐怖，透过浓厚的白粉和胭脂的假面，窥探着生命的奥秘”⑤。

① 许钦文：《〈鲁迅日记〉中的我》，《鲁迅回忆录》专著下册，北京出版社1999年版，第1292—1293页。

② 许寿裳：《我所认识的鲁迅》，《鲁迅回忆录》专著上册，北京出版社1999年版，第454页。

③ 王风：《鬼和与鬼有关的——鲁迅〈女吊〉讲稿》，《鲁迅研究月刊》2005年第1期。

④ 舒芜：《周作人概观》，湖南人民出版社1986年版，第105页。在他看来，“中庸主义”是“中国文化传统中的消极核心”，也是造成周作人一类知识分子最终沦落的精神根源。

⑤ 〔美〕夏济安：《鲁迅作品的黑暗面》，《国外鲁迅研究论集》，北京大学出版社1981年版，第378页。

中编二

鲁迅文学艺术中的越文化底蕴

第八章　鲁镇、未庄与S城:鲁迅小说建构的文学世界

一、背景:以绍兴为原型的越地水乡村镇——“鲁镇”、“未庄”、“S城”

在鲁迅的《呐喊》刚刚出版不久,玉狼(胡梦华)便发表《鲁迅的〈呐喊〉》,指出鲁迅《呐喊》的一个“特异的地方”就是鲜明的“地方色彩”。① 随后张定璜进一步说,(鲁迅)“他的作品满熏着中国的土气,他可以说是眼前我们唯一的乡土艺术家”②。不过对于张定璜来说,所谓的“土气”还是在与外国风格相对的“中国”这一概念中来确定的,也就是强调鲁迅作品所表现的中华民族的生活与民族的精神。1930年代苏雪林接过这一话题,开始了比较细致的探讨:“我们应当知道鲁迅是中国最早的乡土艺术家。而且是最成功的乡土艺术家。他的弟弟周作人一生以提倡乡土文艺为职志,随笔中屡有发挥。鲁迅的《呐喊》和《彷徨》十分之六七为他本乡绍兴的故事。其地则无非鲁镇未庄,咸亨酒店,茂源酒店;其人物则无非红鼻子老拱,蓝皮阿五,单四嫂子,王九妈,七斤,七斤嫂,八一嫂,闰土,豆腐西施,阿Q,赵太爷,祥林嫂;其事则无非单四嫂子死了儿子而悲伤,华老栓买人血馒头替儿子治痨病,孔乙己偷书而被打断腿,七斤家族闻宣统复辟而躲起的一场辫子风波,闰土以生活压迫而变成麻木呆钝,豆腐西施趁火打劫……而已。他使这些头脑简单的乡下人或世故深沉的土劣,象活动影片似的在我们面前行

① 玉狼(胡梦华):《鲁迅的〈呐喊〉》,1924年10月8日《时事新报》副刊《学灯》。收入《鲁迅研究学术论著资料汇编》第1册,中国文联出版公司1985年版,第72页。

② 张定璜:《鲁迅先生》(下),《鲁迅研究学术论著资料汇编》第1册,中国文联出版公司1985年版,第87页。

动着;他把他们的喜怒哀乐;他们愚蠢或奸诈的谈吐;可恨或可笑的举动,惟妙惟肖地刻画着。其技巧之超卓,真可谓'传神阿堵','神妙欲到秋毫颠'了。自从他创造了这一派文学以后,表现'地方土彩'变成新文学界的口头禅,乡土文学家也彬彬辈出,至今尚成为文坛一派势力。"①

的确,《呐喊》《彷徨》的题材大多来源于鲁迅的故乡绍兴,经过他的艺术提炼和创造,以简洁而富有韵味的笔致建构起一个充满浓郁浙东水乡色彩,以鲁镇、未庄与S城为中心的艺术世界。正如夏志清在讨论鲁迅的小说时所说,"他(按,指鲁迅)的故乡显然是他灵感的主要源泉"②。鲁迅在《答〈戏〉周刊编者信》中也指出,关于阿Q形象,"只要在头上戴上一顶瓜皮小帽,就失去了阿Q,我记得我给他戴的是毡帽。这是一种黑色的,半圆形的东西,将那帽边翻起一寸多,戴在头上的"。这(乌)毡帽正是绍兴标志性的一种民俗服饰。虽然"上海的乡下,恐怕也还有人戴"③,但是它首先是作为绍兴水乡乡民的一种服饰而流传开来的。因而阿Q的原型深深植根于绍兴的地域文化中。或许正是在这一意义上,周作人的《鲁迅的故家》和《鲁迅小说里的人物》细致地描绘与探讨了鲁迅小说的某些人物在故乡生活中的现实踪迹与身影,他们是与鲁迅故乡的越文化血脉相通、紧密联系的。当然"经过虚构以后的鲁迅故乡,已经不再是绍兴或鲁镇这个具体地方,而是中国农村社会的一个缩影了。在这里行动的,是一系列生动难忘的人物形象,既有个性,又有代表性"④。鲁迅谈《阿Q正传》改编为戏剧时也说道:"我的一切小说中,指明着某处的却少得很。""我的方法是在使读者摸不着在写自己以外的谁,一下子就推诿掉,变成旁观者,而疑心到像是写自己,又像是写一切人,由此开出反省的道路。"⑤

可以说,"鲁镇"、"未庄"、"S城"正是以鲁迅的故乡绍兴为原型建构起来的江南水乡城镇。而鲁迅的小说正是以这些城镇为中心建构起一个独特

---

① 苏雪林:《〈阿Q正传〉及鲁迅创作的艺术》,《鲁迅研究学术论著资料汇编》第1册,中国文联出版公司1985年版,第1043—1044页。

② 〔美〕夏志清著,刘绍铭等译:《中国现代小说史》,香港中文大学出版社2001年版,第29页。实际上不仅仅是小说,鲁迅散文诗《野草》中的《好的故事》、《雪》、《风筝》,回忆性散文《朝花夕拾》与同这种回忆性散文非常近似但收入杂文中的《女吊》、《我的第一个师傅》、《我的种痘》等都展现出一种独特的越地故乡民间的风情、风俗、风景与风物,弥散出一种温馨、亲切的氛围与情调。

③ 鲁迅:《寄〈戏〉周刊编者信》,《鲁迅全集》第6卷,人民文学出版社2005年版,第154页。

④ 〔美〕李欧梵著,尹慧珉译:《铁屋中的呐喊》,河北教育出版社2000年版,第55页。

⑤ 鲁迅:《答〈戏〉周刊编者信》,《鲁迅全集》第6卷,人民文学出版社2005年版,第149、150页。

的文学世界[①]。"今天晚上,很好的月光。我不见他,已是三十多年;今天见了,精神分外爽快。才知道以前的三十多年,全是发昏;然而须十分小心。不然,那赵家的狗,何以看我两眼呢?"[②]——如果说《狂人日记》中狂人欲言又止的话语与那惨白阴森的氛围已经渲染出某种越地文化的韵味的话,那么"去年城里杀了犯人,还有一个生痨病的人,用馒头蘸血舐"的一段叙述就互文性地提示了《药》中夏瑜的悲剧故事是与狂人的故事同时发生的。众所周知,夏瑜是以与鲁迅同乡的革命党人秋瑾女士为原型塑造的,夏瑜被屠杀的刑场丁字街"古轩亭口"至今还在绍兴市解放路与府横街的交叉口上。因而那"城"很明显地指喻绍兴城。而狂人大约也就生活于绍兴附近的乡镇。华老栓起早到刑场去买"药"所看见的沿街景象——"只见许多古怪的人,三三两两,鬼似的在那里徘徊;定睛再看,却也看不出什么别的奇怪"[③]——与《狂人日记》的话语节奏相呼应,同样渲染出越地黑暗、阴森、恐怖、荒谬的社会文化氛围。而《孔乙己》开篇对于鲁镇酒店格局的介绍:"鲁镇的酒店的格局,是和别处不同的:都是当街一个曲尺形的大柜台,柜里面预备着热水,可以随时温酒。做工的人,傍午傍晚散了工,每每花四文铜钱,买一碗酒,——这是二十多年前的事,现在每碗要涨到十文,——靠柜外站着,热热的喝了休息;倘肯多花一文,便可以买一碟盐煮笋,或者茴香豆,做下酒物了,如果出到十几文,那就能买一样荤菜,但这些顾客,多是短衣帮,大抵没有这样阔绰。只有穿长衫的,才踱进店面隔壁的房子里,要酒要菜,慢慢地坐喝。"[④]不仅呈现出黄酒之乡绍兴浓郁的饮酒习俗及其城镇的格局,而且凸显了"咸亨酒店"、"茴香豆"在鲁镇的标志性地位[⑤]。众所周知,咸亨酒店正是以鲁迅故乡的同名酒店为原型的。正是在这一"温馨"而又凉薄的酒店氛围中定格了越地潦倒沦落的读书人孔乙己穿着长衫却站着喝酒,到最后坐着蒲包用两手撑着前来喝酒的两幅永远的身影,折射出越地知识分子落拓寂寞却又永不折服的精神特征。而在咸亨酒店的间壁则演绎着寡妇单四嫂子不幸丧子而丧失"明天"的悲哀凄凉的故事(《明天》)。

---

① 鲁迅在《答〈戏〉周刊编者信》就针对《戏》周刊上刊载的《阿Q》剧本说:"将《呐喊》中另外的人物也插进去,以显示未庄或鲁镇的全貌的方法,是很好的。"见《鲁迅全集》第6卷,人民文学出版社2005年版,第148页。

② 鲁迅:《狂人日记》,《鲁迅全集》第1卷,人民文学出版社2005年版,第444页。

③ 鲁迅:《药》,《鲁迅全集》第1卷,人民文学出版社2005年版,第464页。

④ 鲁迅:《孔乙己》,《鲁迅全集》第1卷,人民文学出版社2005年版,第457页。

⑤ 李欧梵说:"鲁迅小说舞台的所在地当然是故乡绍兴,著名的咸亨酒店则是许多'幕'的中心。"(见《铁屋中的呐喊》,河北教育出版社2000年版,第59页)

如果说,"古轩亭口"的街口与咸亨酒店呈现了城里和鲁镇的城镇景观,那么《风波》的开篇——"临河的土场上,太阳渐渐的收了他通黄的光线了。场边靠河的乌桕树叶,干巴巴的才喘过气来,几个花脚蚊子在下面哼着飞舞。面河的农家的烟突里,逐渐减少了炊烟,女人孩子们都在自己门口的土场上泼些水,放下小桌子和矮凳;人知道,这已经是晚饭的时候了。老人男人坐在矮凳上,摇着大芭蕉扇闲谈,孩子飞也似的跑,或者蹲在乌桕树下赌玩石子。女人端出乌黑的蒸干菜和松花黄的米饭,热蓬蓬冒烟"①——则显现出浙东水乡亮丽的"田园风景"。而处于这幅风景中心的正是往来于鲁镇与城里之间的撑航船的七斤。正因为他往来于鲁镇与城里之间,"很知道些时事",特别是咸亨酒店的消息,因而在村子里"早有些飞黄腾达的意思"了。当然这个村子在许多方面仍然固守着古老的习俗。比如女人生下孩子,多喜欢用秤称了轻重,便用斤数当做小名,因而有了"七斤"、"六斤"、"九斤老太"等称谓。不过也正是这"航船"的交通带来了七斤无辫的"风波"。与这个小村相邻的未庄则上演了阿 Q 的悲喜剧。当革命的消息传到未庄后,虽然官员几乎还是原来的那些人,但是有一班革命党却"动手剪辫子,听说那邻村的航船七斤便着了道儿,弄得不像人样子了"②。因而原来想进城去寻老朋友的阿 Q 也打消了进城的想法。

实际上(乌篷)"船"正构成了鲁迅小说世界的主要交通工具。革命党要进城的消息正是由一只大乌篷船来到未庄赵府上的河埠头传播开的。《故乡》中"我"回到"别了二十余年的故乡"、然后再次离别"我"的故乡都是乘船来实现的。"时候既然是深冬;渐近故乡时,天气又阴晦了,冷风吹进船舱中,呜呜的响,从蓬隙向外一望,苍黄的天底下,远近横着几个萧索的荒村,没有一些活气。我的心禁不住悲凉起来了。阿!这不是我二十年来时时记得的故乡?""我躺着,听船底潺潺的水声,知道我在走我的路。"③由船的航行而带来的两岸的风景以及引发的思绪,构成了"我"江南之行永远难以忘怀的人生印象。而《社戏》中"平桥村"则是一个离海边不远、极偏僻的、临河的小村庄,是作为鲁镇之子的"我"的乐土,是"我"的外祖母家。"我"和几个小伙伴驾着航船去赵庄看社戏的情景——"两岸的豆麦和河底的水草所发散出来的清香,夹杂在水气中扑面的吹来;月色便朦胧在这水气里。淡黑的起伏的连山,仿佛是踊跃的铁的兽脊似的,都远远的向船尾跑去

① 鲁迅:《风波》,《鲁迅全集》第1卷,人民文学出版社 2005 年版,第 491 页。
② 鲁迅:《阿 Q 正传》,《鲁迅全集》第1卷,人民文学出版社 2005 年版,第 542 页。
③ 鲁迅:《故乡》,《鲁迅全集》第1卷,人民文学出版社 2005 年版,第 501、510 页。

了，但我却还以为船慢。他们换了四回手，渐望见依稀的赵庄，而且似乎听到歌吹了，还有几点火，料想便是戏台，但或者也许是渔火。那声音大概是横笛，宛转，悠扬，使我的心也沉静，然而又自失起来，觉得要和他弥散在含着豆麦蕴藻之香的夜气里。……最惹眼的是屹立在庄外临河的空地上的一座戏台，模胡在远处的月夜中，和空间几乎分不出界限，我疑心画上见过的仙境，就在这里出现了。这时船走得更快，不多时，在台上显出人物来，红红绿绿的动，近台的河里一望乌黑的是看戏的人家的船篷”①——不仅仅给“我”留下了永难磨灭的记忆，而且“社戏”也因此成为“我”羁旅天涯抵抗都市文化侵扰的精神形式。同样，在《离婚》中，沿海村庄的爱姑与父亲庄木三去庞庄慰老爷家处理“离婚”的有关事务也是乘船去的，看来离平桥村也不会太远。《长明灯》虽然没有直接描写河道与航船，但是在孩子们的儿歌中也传唱着“船”——“白篷船，红划楫，摇到对岸歇一歇，点心吃一些，戏文唱一出”。其实这个“鹁”谜正是“道地的绍兴儿歌”②。《越绝书》记载孔子往见越王勾践，曰：“丘能述五帝三王之道，故奉雅琴至大王所。”勾践答曰：“夫越性脆而愚，水行而山处，以船为车，以楫为马，往若飘风，去则难从，锐兵任死，越之常性也。”③这样一种“以船为车，以楫为马，往若飘风，去则难从”的习俗正是越地自古以来形成的浙东水乡地域与交通的鲜明特征，并且孕育了越人独特的文化个性。

“S 城”构成了鲁迅小说另一个重要的地域背景。在回忆性散文集《朝花夕拾》中，鲁迅叙述了他在家庭变故后所遭遇的世态炎凉之后，不无愤激地发出了这样的反叛誓言：“S 城人的脸早经看熟，如此而已，连心肝也似乎有些了然。总得寻别一类人们去，去寻为 S 城人所诟病的人们，无论其为畜生或魔鬼。”④在《在酒楼上》中，叙述人“我从北地向东南旅行，绕道访了我的家乡，就到 S 城。这城离我的故乡不过三十里，坐了小船，小半天可到，我曾在这里的学校里当过一年的教员”。连接“我”的家乡与 S 城的仍然是不过三十里水路，由小船可达。在某种意义上，S 城正是前面《药》等小说描写到的(县)城，也是小说主人公吕纬甫的故乡。“我”在一石居酒楼上看到的废园里冬天的雪景——“几株老梅竟斗雪开着满树的繁花，仿佛毫不以深冬为意；倒塌的亭子边还有一株山茶树，从晴绿的密叶里显出十几朵红花

① 鲁迅：《社戏》，《鲁迅全集》第 1 卷，人民文学出版社 2005 年版，第 592—593 页。

② 周作人：《鲁迅小说里的人物》，《关于鲁迅》，新疆人民出版社 1997 年版，第 300 页。

③ 《越绝书·记地传》卷八，见《二十五别史》第 6 集，齐鲁书社 2000 年版，第 47 页。

④ 鲁迅：《朝花夕拾·琐记》，《鲁迅全集》第 2 卷，人民文学出版社 2005 年版，第 303 页。

来,赫赫的在雪中明得如火,愤怒而且傲慢,如蔑视游人的甘心于远行。我这时又忽地想到这里积雪的滋润,著物不去,晶莹有光,不比朔雪的粉一般干,大风一吹,便飞得满空如烟雾……"①——正可以与作家描写故乡的雪的散文诗《雪》相呼应:"江南的雪,可是滋润美艳之至了;那是还在隐约着的青春的消息,是极壮健的处子的皮肤。雪野中有血红的宝珠山茶,白中隐青的单瓣梅花,深黄的磬口的蜡梅花;雪下面还有冷绿的杂草。蝴蝶确乎没有;蜜蜂是否来采山茶花和梅花的蜜,我可记不真切了。但我的眼前仿佛看见冬花开在雪野中,有许多蜜蜂们忙碌地飞着,也听得他们嗡嗡地闹着。"②虽然这片明丽的雪景并没有抚平吕纬甫心灵的创伤,但是那挣脱积雪的压迫,伸直枝干,"更显出乌油油的肥叶和血红的花来"的山茶树,却无疑给了"我"某种精神的感染与启迪。因而当"我"告别吕纬甫,独自向着自己的旅馆走时,"寒风和雪片扑在脸上,倒觉得很爽快"③。这些冬天的景物都是以越地为中心的江南所特有的。

《孤独者》中的孤独者魏连殳虽然是距离S城近百里的寒石山村人,却主要生活在S城中。叙述人"我"(申飞)说:"那时我在S城,就时时听到人们提起他的名字,都说他很有些古怪:所学的是动物学,却到中学堂去做历史教员;对人总是爱理不理的,却常喜欢管别人的闲事;常说家庭应该破坏,一领薪水却一定立即寄给他的祖母,一日也不拖延。此外还有许多零碎的话柄;总之,在S城里也算是一个给人当作谈助的人。"④正是在S城这样势利、庸俗而恶劣的环境中,造成了魏连殳的悲喜剧。魏连殳的房东老太太、大良的祖母对于魏连殳先前的"迂"、"交运之后"之后的"有趣"的议论是真能使人透骨冰凉的。而那些随着权势与金钱而消散聚合的宾客、青年、孩子,作为一种背景正烘托与支持着这种普遍的势利、荒谬与愚昧的风习。在《故乡》中,使回乡的"我""惊吓"而"愕然"的尖酸刻薄、尖嘴利舌、庸俗世故的"圆规"杨二嫂正是这一文化性格的典型形象,代表着质朴的越地文化在中原官僚文化与近代商业文化双重夹击下的沦落。从这样一种背景中,我们也更深刻地理解了在这座城的一个角落里默默发生的曾是"我""梦中的女孩"⑤的纯朴姑娘顺姑郁郁而逝的悲剧:如果嫁一个比偷鸡贼都还不如

① 鲁迅:《在酒楼上》,《鲁迅全集》第2卷,人民文学出版社2005年版,第25页。
② 鲁迅:《雪》,《鲁迅全集》第2卷,人民文学出版社2005年版,第185页。
③ 鲁迅:《在酒楼上》,《鲁迅全集》第2卷,人民文学出版社2005年版,第31、34页。
④ 鲁迅:《孤独者》,《鲁迅全集》第2卷,人民文学出版社2005年版,第88页。
⑤ 参见张直心:《"梦中的女孩"——鲁迅〈在酒楼上〉细读》,《中国现代文学研究丛刊》2005年第4期。

的丈夫不是活活葬送了自己的一生吗？但不嫁又有自己的出路吗？（《在酒楼上》）

当然在鲁镇、S城和未庄也不乏温馨的气氛与快乐的喜剧。“旧历的年底毕竟最像年底，村镇上不必说，就在天空中也显出将到新年的气象来。灰白色的沉重的晚云中间时时发出闪光，接着一声钝响，是送灶的爆竹；近处燃放的可就更强烈了，震耳的大音还没有息，空气里已经散满了幽微的火药香。……这是鲁镇年终的大典，致敬尽礼，迎接福神，拜求来年一年中的好运气的。杀鸡，宰鹅，买猪肉，用心细细的洗，女人的臂膊都在水里浸得通红，有的还带着绞丝银镯子。煮熟之后，横七竖八的插些筷子在这类东西上，可就称为‘福礼’了，五更天陈列起来，并且点上香烛，恭请福神们来享用，拜的却只限于男人，拜完自然仍然是放爆竹。年年如此，家家如此，——只要买得起福礼和爆竹之类的——今年自然也如此。”[①]这样一种以燃放爆竹和祭祀祖先为特征的“祝福”仪式正是越地民俗的典型写照。周作人说：“‘祝福’二字乃是方言，与普通国语里所用的意思迥不相同，这可能在隔省的江苏就不通用的。范寅《越谚》卷中‘风俗’门下云：‘祝福，岁暮谢年，谢神祖，名此，开春致祭曰“作春福”’。在乡下口语里这的确读如‘作福’，音如桌子之‘桌’，文人或写作‘祝福’，虽然比较文从字顺，但‘祝’读如‘竹’，读音上实在不很一致。”[②]越地是一个具有浓厚的鬼神信仰的地区。《史记·孝武本记》载“越人俗信鬼，而其祠皆见鬼”。春秋以来，“周礼既废，巫风大兴，楚越之间，其风尤甚”[③]。越人常把人生祸福寄托于神灵，所以祭祀迎赛自古称盛。这样一种“谢神祖”的“祝福”仪式或许正是这种古老的民间风俗的遗存。然而就在这人们欢天喜地向祖宗祈祷来年的好运和幸福的喜庆日子里，一个孤苦伶仃的劳动妇女祥林嫂却在人们的欢笑和爆竹声中寂寞地死去。而且，她半生坚韧而执著的挣扎与始终摆脱不开的厄运的碰撞终于激发出的对于“灵魂有无”的叩问正尖锐地质疑着这所谓的“祝福”的幸福——“这百无聊赖的祥林嫂，被人们弃在尘芥堆中的，看得厌倦了的陈旧的玩物，先前还将形骸露在尘芥里，从活得有趣的人们看来，恐怕要怪讶她何以还要存在，现在总算被无常打扫得干干净净了”[④]——面对鲁镇人的冷酷与冷漠，“死”何尝不是对于祥林嫂而言的一种真正的解脱。

---

① 鲁迅：《祝福》，《鲁迅全集》第2卷，人民文学出版社2005年版，第5页。

② 周作人：《鲁迅小说里的人物》，《关于鲁迅》，新疆人民出版社1997年版，第283页。

③ 王国维：《王国维戏曲论文集》，中国戏剧出版社1984年版，第4页。

④ 鲁迅：《祝福》，《鲁迅全集》第2卷，人民文学出版社2005年版，第5页。

二、闰土、阿Q、祥林嫂等:越地底层农民形象系列

正是在以上厚重的历史与文化背景中,鲁迅探索了中国(越地)底层农民的命运。如前所述,中国封建社会是一种大一统的专制社会,由封建王朝所倡导与推行的正统文化也是一种大一统的专制文化。随着封建王权的扩张,文化专制主义的正统文化也日益渗透、扩展到各边缘地区与文化,改造着这些地区的原有文化。特别是自宋室南迁以来,封建礼教日益强化,即使越文化的发源地浙东也深受儒家礼教,特别是宋明理学思想的侵染。正是这样一种"吃人"的礼教文化造成了许多底层民众被异化成"非人"的悲剧。《明天》中勤劳、本分的寡妇单四嫂子"遇到了平生没有遇到过的事,不像会有的事,然而的确出现了"——她视为命根的唯一的儿子"宝儿"病故了,使她感到人生的价值与生命的意义("明天")完全失落,因而突然感到过去熟悉的"屋子不但太静,而且也太大了,东西也太空了。太大的屋子四面包围着他,太空的东西四面压着他,叫他喘气不得",从而以一个丧失了"明天"的妇女的"粗笨"揭示了中国(劳动)妇女几千年来把自己的人生意义依附于丈夫与儿子①身上的虚妄。《祝福》中的祥林嫂是一个更不幸的中国劳动妇女,她先是死了第一个丈夫,后又被迫嫁给了第二个男人。当她生了儿子,生活安定一点时,第二个丈夫也去世了。更不幸的是她儿子也被狼吃了,她被大伯赶出了家门,如一个游魂飘回曾经栖身的鲁镇。但鲁镇也没有真正接纳她,反而更加残酷地奚落与嘲笑她。即使当她含辛茹苦终于挣扎着为自己赎再嫁的"罪行"而捐了门槛之后,人们对她的歧视也并没有丝毫改变。她终于只能怀着对"不洁"恶果的恐惧和对亲子的期待的双重精神矛盾与痛苦,像尘芥一样,被"无常打扫得干干净净了"。祥林嫂的悲剧揭示了中国(劳动)妇女即使坚韧地恪守封建传统伦理道德也不会有好命运的人生启示。不过更令人惊心动魄的地方还在于:她从夫家逃出来,以至誓死不再嫁,再到历经艰辛而捐门槛,都不过是要遵从"从一而终"的传统妇道以及赎清违背了这一道德的罪孽而已。因而祥林嫂的悲剧并不不仅仅在于鲁镇社会对她的压迫、冷漠、歧视与残酷,而且在于她自身的精神愚昧——"傻":她挣扎的全部目的不外乎就是归依到这一奴隶社会中,求得

---

① 即中国传统妇女的"三从四德":"未嫁从父,既嫁从夫,夫死从子。"(见《仪礼·丧服·子夏传》)造成了对于妇女独立人格的严重压抑与束缚。

一个“做稳了的奴隶”的地位。

正是这样一种深入骨髓的奴性造成了(越地)质朴清新、刚健活泼的民性的沦落。《故乡》中闰土之所以从一个鲜活英雄的少年变成一尊木偶人,固然是“多子,饥荒,苛税,兵,匪,官,绅”等等诸多严酷的压迫,但是另一个重要原因却不能不是他对于封建专制等级秩序及其礼教文化的自觉驯服与归顺。当“我”见到久久思念的闰土,兴奋地招呼他“阿!闰土哥,——你来了?……”后,他虽然“脸上现出欢喜和凄凉的神情;动着嘴唇,却没有作声。他的态度终于恭敬起来了,分明的叫道:‘老爷!……’”,使“我”似乎打了一个寒噤。而当“我”母亲提示他还是照过去的“迅哥儿”称呼时,他却说“阿呀,老太太真是……这成什么规矩。那时是孩子,不懂事……”——随着“懂事”,也就是被“规矩”规训之后,他终于压抑下儿时两小无猜建立起来的纯真的感情,自觉接受社会“规矩”派定给他的奴隶角色与身份。所以“只是觉得苦,却又形容不出”,“像压在大石底下的草一样”,默默地生长、萎黄、枯死了。①

即使还葆有某种生命的活力与反抗精神的人们也被这种礼教秩序与文化扭曲得面目全非而令人触目惊心。《阿Q正传》中的阿Q不同于被紧紧地束缚于土地上的闰土的地方就在于,他是一个流浪的雇农,一个咸亨酒店的“短衣帮”,因而“很沾了些游手之徒的狡猾”。② 一方面,他对于既有钱又作为文童的爹爹而大受(未庄)居民尊敬的赵太爷钱太爷“在精神上独不表格外的崇奉”。另一方面,当赵太爷不准他姓赵,并“给了他一个嘴巴”后,他“并没有抗辩他确凿姓赵,只用手摸着左颊”退了出去;甚至因此而出了名后,“他又觉得赵太爷高人一等了”。因而虽然他始终都在为维护自我的尊严而抗争,但是这种“自我尊严”不外乎是他头上那一块自己都忌讳的癞疮疤而已。而他抗争的方式更是极其荒诞不经的盲目自尊、麻木健忘、转嫁屈辱、自轻自贱乃至自欺欺人、自我摧残的“精神胜利法”。实际上阿Q的自我不过是封建宗法等级秩序及其礼教文化所塑造的奴性人格的另一种病态投影而已——自己被人“吃”,但也可以“吃”别人,在他的意识中是没有真正的人的概念的。因而对于到过外国、尤其又没有了辫子的钱秀才,他不但“偏称他‘假洋鬼子’”,而且还在气头上骂出声来:“秃儿。驴……”但当这秃儿举起那“哭丧棒”(文明棍)时,他还是“赶紧抽紧筋骨,耸了肩膀候

---

① 鲁迅:《俄文译本〈阿Q正传〉序及著者自叙传略》,《鲁迅全集》第7卷,人民文学出版社2005年版,第83—84页。

② 鲁迅:《寄〈戏〉周刊编者信》,《鲁迅全集》第6卷,人民文学出版社2005年版,第154页。

着……"对于别人(闲人们)的耻笑与侮辱,他虽然用了种种可笑的精神胜利法来维护可怜的自尊,但是对于"从没有奚落他,更不必说动手"打过他的王胡却主动挑衅、漫骂乃至殴打;对于比他更弱更卑的"小尼姑"之流,他更是不但看见"一定要骂",而且动手摩她的头皮,还为了满足那些赏鉴家(看客)而极尽欺负之能事。

这样一种深入骨髓的主奴根性即使在辛亥革命的风暴中也难以根治。虽然深重的贫穷与苦难决定了在革命风暴袭来时,阿Q必然投奔革命,但是阿Q在革命风暴中所展开的革命畅想曲又是那么的荒唐、可笑与悲哀:杀人比现在的统治者更残酷,"留几条(按,指生命)么?"——还打上了问号;而选择女人的标准,除美丑外,仍是清王朝视为"宝贝"的小脚与辫子;"叫小D来搬(按,指东西),要搬得快,搬得不快打嘴巴。……"实际上这种"革命"正是阿Q"我要什么就是什么,我欢喜谁就是谁"的自我意识在革命梦幻下的极度膨胀,"奴才做了主人,是决不肯废去'老爷'的称呼的,他的摆架子,恐怕比他的主人还十足,还可笑"①。实际上,阿Q只是整个"未庄人"的一个杰出代表,两者是互为因果的。② 例如赵太爷虽然在未庄如太上皇,不准阿Q姓赵阿Q就不敢姓赵,但是一旦他意识到失去了权势,马上就变成了奴才,因而才会迎着率先喊出"造反了! 造反了!"的阿Q,怯怯地低声地叫:"老Q"——这时的赵太爷已经在心理上蜕变成了"阿Q",而把现实的阿Q当成了新的"太爷"。③

---

① 鲁迅:《上海文艺之一瞥》,《鲁迅全集》第4卷,人民文学出版社2005年版,第309页。这根源于严酷的封建专制等级制的压迫与规训。所以鲁迅又说:"暴君治下的臣民,大抵比暴君更暴;暴君的暴政,时常还不能餍足暴君治下的臣民的欲望。"(见《鲁迅全集》第1卷,人民文学出版社2005年版,第384页)

② 张旭东为了强调"阿Q就是中国"的寓言性,说:"阿Q就是鲁迅在业已崩溃的中国文化价值系统里面发现的一个怪胎,一个游魂,一个剩余物,一个鬼影。但正是这种剩余物最淋漓尽致地把它所赖以存在的系统的弊病揭示了出来。"但是他却把阿Q与他所生存的环境(系统)的有机联系分割开来,说"阿Q是这个结构的剩余物,它由这个系统生产出来,但这个系统又无法安置它",因而"阿Q没有'在地性',因为他其实也不属于'未庄'——寄居在土谷祠,出没在未庄这个'共同体'的边缘,游走在'城'与'乡'、'人'与'鬼'、'安分'和'造反'之间"(《中国现代主义起源的"名""言"之辩:重读〈阿Q〉正传》,《鲁迅研究月刊》2009年第1期)。实际上"未庄社会"就是这一文化系统(结构)的寓言式象征,阿Q与未庄社会是在互为因果的相互作用中生成的。脱离与割裂"未庄社会",仅仅把阿Q作为一个自足的"符号"或"能指"而视为中国的寓言是不准确的。

③ 正如鲁迅后来指出:"专制者的反面就是奴才,有权时无所不为,失势时即奴性十足。孙皓是特等的暴君,但降晋之后,简直像一个帮闲;宋徽宗在位时,不可一世,而被掳后偏会含垢忍辱。做主子时以一切别人为奴才,则有了主子,一定以奴才自命:这是天经地义,无可动摇的。"(见《鲁迅全集》第4卷,人民文学出版社2005年版,第557页)

同样无畏的爱姑，虽然为了捍卫作为妻子与媳妇的权利而开始勇敢地与丈夫和公爹斗争，并且依靠“沿海的居民对他都有几分惧怕”的父亲和兄弟的帮助拆了夫家的灶，也不把庞庄的土豪绅慰老爷放在眼里，但是当从城里来的七大人突然“横梗”在面前时，她便开始惶惑了。这样一种惶惑不仅仅源于对于七大人“和知县大老爷换帖”这样的权势地位的恐惧，也不仅仅源于对于知书识理的人主持公道的期待，同时也源于众人对于这种权威的慑服，更源于爱姑所依据的公理的荒谬——“我是三茶六礼定来的，花轿抬来的呵！”而且“自从我嫁过去，真是低头进，低头出，一礼不缺”。所以七大人一声“来……兮！”的喷嚏便轻而易举地击败了她，决定了她的婚姻。因为依据这种道理，“公婆说‘走！’就得走”。虽然这种道理不过就是“古人大殓的时候塞在屁股眼里的”屁塞而已，但是却左右着民国之后的“离婚”。

不过另一方面，即使面对封建专制的残酷压迫，在越地“气秉未失之农人”中那种从远古传承下来的“白心”、“素心”也仍然在默默地传递。① “只要心思纯白，未曾经过‘圣人之徒’作践的人，也都自然而然的能发现这一种天性。”②鲁迅在《故乡》中不断回忆到的“我二十年来时时记得的故乡”——“深蓝的天空中挂着一轮金黄的圆月，下面是海边的沙地，都种着一望无际的碧绿的西瓜，其间有一个十一二岁的少年，项带银圈，手捏一柄钢叉，向一匹猹尽力的刺去，那猹却将身一扭，反从他的胯下逃走了”——或许正是这一“白心”、“素心”的艺术象征。与此同时，鲁迅也努力地去发掘出以农民为主体的底层民众面对封建专制等级秩序及其伦理道德的严酷压迫，仍然在不屈服地寻求解放的意志与抗争的精神。虽然闰土“大约只是觉得苦，却又形容不出”，但是既然觉得了苦，就蕴含了从苦难中觉醒、抗争与走向解放的可能。阿Q虽然以一种荒诞不经的方式维持着病态的自我的尊严，但是在这种“荒诞不经”与“病态”中也包含着对于压迫与侮辱的反抗。同时当他真正明白了自己的“荒诞不经”之后，也完全可能走向真正的人的觉醒。③ 当他被绑缚刑场即将被杀头的路上，虽然遵循他荒诞不经的精神胜利法的逻辑，不由自主地喊出了“过了二十年又是一个……”的口

---

① 参见鲁迅：《破恶声论》，《鲁迅全集》第8卷，人民文学出版社2005年版，第30页。

② 鲁迅：《我们现在怎样做父亲》，《鲁迅全集》第1卷，人民文学出版社2005年版，第138页。

③ 鲁迅在1934年给木刻家刘岘的信中说：“阿Q的像，在我的心目中流氓气还要少一点，在我们那里有这么凶相的人物，就可以吃闲饭，不必给人家做工了，赵太爷可如此。”（《鲁迅全集》第14卷，人民文学出版社2005年版，第406页）可见阿Q作为底层民众的一个代表，虽然受封建专制秩序及其伦理道德的扭曲，“很沾了些游手之徒的狡猾”，但在本质上仍然是纯朴的。

号,却发现他钟情的吴妈"一向并没有见他,却只是出神的看着兵们背上的洋炮"——"还有什么能比拼死做最后演出而被漠然视之,不予观赏更可悲哀的呢?就是在那一刻,阿Q脑中才突然出现了四年前跟定他的那只饿狼,那双'似乎远远的来穿透他的皮肉'的眼睛","阿Q终于看清了自己的命运,那'跟定他'的并非某一可以加阻挡的有限物,而是一种可以穿透人的皮肉、并'咀嚼他皮肉以外的东西'的粉碎性力量。正是在这种力量面前,阿Q所有有过的认同、粘附、融入、上演,所有出类拔萃感和对光荣的渴望,统统化为乌有,有的只是'全身仿佛微尘似的迸散了'。这正是生命面对那种'死'时的窒息"。① 正是这种"死"的窒息促使了阿Q的真正觉醒(呼唤"救命")②,虽然为时已晚③。同样遭受了种种肉体与精神的磨难与打击的祥林嫂在濒临死亡之际把最后的希望寄托于灵魂与阴间④,虽然她也恐惧于阎王爷会把她锯成两半分给两个死鬼丈夫的酷刑,但是对于与亲生骨肉阿毛团聚的向往还是冲淡了这种恐惧而让她充满了期盼与希冀。因而她才那么神秘而慎重地关切着地狱的有无。而正是在对这"暧昧不清的

① 张宁:《卑微者的不朽方式》,《无数的人们与无穷的远方:鲁迅与左翼》,复旦大学出版社2006年版,第190页。

② 汪晖说,当阿Q"把'喝采的人们'同四年之前要吃他的肉的饿狼的眼睛联结起来时,阿Q第一次体会到了'人'的恐怖,喊出'救命',从而打破了'精神胜利法'的精神之圈"(见《历史的"中间物"与鲁迅小说的精神特征》,《文学评论》1986年第5期)。

③ 张旭东如此解读阿Q呼喊"'救命,……',然而阿Q没有说":"阿Q的'救命'同狂人的'救救孩子'一样,都标志着一个形而上的文化断裂和历史起点。阿Q最终'没有说',是因为阿Q并不代表一种新的主体的到来;他并不属于任何新的'人'的概念,但寓言家的文字却把一个未及发出的'心声'记录在案,它是来自'黑暗的闸门'另一端的寂静,在'现代中国'所有的话语喧嚣下面发出更为低沉的咆哮。"(《中国现代主义起源的"名""言"之辩:重读〈阿Q〉正传》,《鲁迅研究月刊》2009年第1期)实际上这种咆哮正根源于阿Q作为一个真实的生命求生存求发展的本能要求的自然延伸,这也是他求爱、谋生计(进城)、革命乃至变态地反抗压迫("精神胜利法")的内在根源,并且正是这种内在要求构成了现代中国新生主体的民族基础。正如伊藤虎丸所说,在鲁迅看来,"在'国粹'荡然的中国,只有农民的'迷信',才是接受作为'启示'的欧洲近代的'主体',才是通过接受启示而应当'觉醒'的'主体'"(《鲁迅与日本人》,河北教育出版社2000年版,第8页)。虽然张旭东也看到阿Q"又代表一种纯粹的'自然状态'",却忽视了他自身的生命,而完全把他看成一种中国文化的"名",因而得出了"阿Q在整部小说里所做的事都不是为自己,而是为了自己的'名分'"这样明显忽视了阿Q生命个性的结论。

④ 与冷酷的阳间相对,混沌模糊而又黑暗温馨、交融着死亡与再生,并通过民众自己创造的无常体现了某种原始的公正的阴间世界,在某种意义上正寄托着底层民众的情感与愿望,成为他们向往的一个世界。

灵魂与地狱的问题”的质疑中“多少恢复了祥林嫂作为人的尊严”①。实际上这一痛苦、恐怖、质疑的精神正是维系与推动底层民众艰难生存的精神血脉，是我们民族历经浩劫却始终长盛不衰的一个很重要的根源②。当然它同时也开启了我们民族走向解放与新生的可能。而鲁迅小说的意义就在于发掘出这种可能并把它转化成现实。

三、狂人形象谱系：越地异端知识分子谱系的镜像

如果说闰土、阿Q、祥林嫂们呈现了越地以农民为主体的底层民众的精神面影的话，那么《呐喊》《彷徨》中的（启蒙/改革）知识分子形象系列——“狂人”形象谱系③则凸显了越地异端知识分子谱系的镜像。这不仅仅在于《药》中夏瑜的原型就是号称“鉴湖女侠”的秋瑾，而且在于狂人，《故乡》、《社戏》与《祝福》中的“我”，N先生（《头发的故事》），疯子（《长明灯》），吕纬甫（《在酒楼上》），魏连殳（《孤独者》），子君与涓生（《伤逝》）等形象直接体现了越地自大禹、勾践，到王充、嵇康，到王阳明、徐渭、黄宗羲，再到章学诚、龚自珍、章太炎等人构成的精神谱系的精神特征与文化血脉。当然，

---

① 张宁：《卑微者的不朽方式》，《无数人们与无穷远方：鲁迅与左翼》，复旦大学出版社2006年版，第199页。彭定安说，祥林嫂的疑问“虽然仍旧是半信半疑，但是，终究已经不是毫无怀疑地相信了，怀疑已经产生了，信仰已经动摇了。对于天上地下的存在的怀疑，便是对于地上现实的怀疑。祥林嫂的疑问，是上问青天、下问地狱，核心是问人间世，这表现了她对天上和地上的现存的、旧有的秩序和理论的动摇。而且朦胧中显示了她对另一个世界、另一种秩序的向往。”（见《论鲁迅小说中的“狂人”家族》，《中国现代文学研究丛刊》1984年第4期）袁盛勇则认为：“祥林嫂对于彼岸世界恶困惑性感受，正在一定程度上显现了些许自我意识的灵光。”（见《鲁迅：从复古走向启蒙》，上海三联书店2006年版，第115页）徐麟说：“在《祝福》中，祥林嫂对于现存秩序及其给定的生存方式，从顺从开始，却以怀疑告终。她的生命过程就是一个巨大的问号，从现实生活直逼地狱的大门，追问着东方式的‘终极价值’的可能性及其合理性。”（见《鲁迅：在言说与存在的边缘》，山东文艺出版社1997年版，第141页）

② 所以后来鲁迅在给朋友的信中说：“我们生于大陆，早营农业，遂历受游牧民族之害。历史上满是血痕，却竟支撑以至今日，其实是伟大的。”（见《鲁迅全集》第14卷，人民文学出版社2005年版，第410页）

③ 肖同庆在《狂人谱系：在疯狂与理性的边缘》（《鲁迅研究月刊》1995年第8期）中把这些形象称为“狂人谱系”，并扩展到《铸剑》中的宴之敖、《过客》中的过客等形象，认为这种处于疯狂与理性之间的边缘思想类型的狂人“实际叠现了中国两千多年以来无数士人悲壮抗争的身影”，“不仅积淀着漫长而深厚的中国知识分子的精神历史，而且表明在中国现代化的历史进程中启蒙者的历史角色和精神状态的演变”。

在某种意义上,也折射着作家自我的历史身影①。鲁迅正是这一精神谱系最伟大的现代传人。这些人物的一个鲜明特征就是他们始终都在争取个性自由与解放,因而与正统思想与主流社会处于一种尖锐的对立中,被整个社会视为“狂人”、“疯子”、“新党”或“异类”。《狂人日记》中狂人的“日记”一开篇——“今天晚上,很好的月光。我不见他,已是三十多年;今天见了,精神分外爽快。才知道以前的三十多年,全是发昏”②——便表达了对于整个社会与过去历史的否定与反叛,因而他也就被整个社会所放逐与敌视,被视为“疯子”,到处遭遇围观、议论与攻击。《长明灯》中的“疯子”用尽一切努力要熄灭那“绿莹莹的”照耀着吉光屯的长明灯,而在吉光屯的人看来,这“长明灯”恰恰是吉光屯神圣的象征,熄灭了它,吉光屯就会变成海,吉光屯的人就会变成泥鳅,因而“疯子”自然也就被吉光屯的人们视为“疯”了。《孤独者》中的魏连殳“所学的是动物学,却到中学堂去做历史教员;对人总是爱理不理的,却常喜欢管别人的闲事;常说家庭应该破坏,一领薪水却一定立即寄给他的祖母,一日也不拖延”③,再加上他出外游学的背景和爱“发些没有顾忌的议论”,自然就被寒石村与 S 城人视为“异类”,而他对于房东老太太出离凡俗的尊敬与对她的孙子们的慈爱也被认为是“迂”。同样地,《祝福》中“我”回到故乡鲁镇,寄寓在鲁四老爷家里,虽然是本家四叔,但是鲁四老爷那浓厚的道学气息与保守思想,还有鬼神禁忌,特别是对于祥林嫂的厌恶、冷漠与冷酷等,却使我难以亲近,始终感到自己是一个“异类”与“谬种”。其实鲁四老爷代表了整个鲁镇的舆论,祥林嫂正是在这样一种冷漠与冷酷的环境中被吞噬的。因而“我”才发出了“魂灵的有无,我不知道;然而在现世,则无聊生者不生,即使厌见者不见,为人为己,也还都不错”④的愤懑感叹并逃离了鲁镇。在这样一种“另类”的生存中我们不难看到嵇康、徐渭、章太炎等越地异端知识分子的身影。

然而另一方面,如同越地异端思想家的精神谱系引领了中国历史发展

---

① 王瑶曾说,在鲁迅小说中那些“带有自叙性质的以第一人称”形式出现的知识分子形象,也包括《孤独者》中的魏连殳和《在酒楼上》中的吕纬甫等,“可以在某种程度上理解为鲁迅自己的经历”。见《论鲁迅作品与中国古典文学的历史联系》,《鲁迅作品论集》,人民文学出版社 1984 年版,第 21 页。

② 鲁迅:《狂人日记》《鲁迅全集》第 1 卷,人民文学出版社 2005 年版,第 444 页。

③ 鲁迅:《孤独者》,《鲁迅全集》第 2 卷,人民文学出版社 2005 年版,第 88 页。

④ 鲁迅:《祝福》,《鲁迅全集》第 2 卷,人民文学出版社 2005 年版,第 10 页。

的趋势一样,恰恰是这些人物的“疯狂”才真正地揭示了历史的真相与真理①。“凡事总须研究,才会明白。古来时常吃人,我也还记得,可是不甚清楚。我翻开历史一查,这历史没有年代,歪歪斜斜的每叶上都写着‘仁义道德’几个字。我横竖睡不着,仔细看了半夜,才从字缝里看出字来,满本都写着两个字是‘吃人’!”②——正是在狂人“疯狂”思维的穿透下,封建礼教温情脉脉的面纱笼罩下的社会、家族等都现出了“吃人”的原形,从易牙蒸子的远古到杀了徐锡林的近代的历代统治者,冠冕堂皇的“仁义”、“道德”说教,“不要乱想”之类对弱者的抚慰,“割股疗亲”式以幼者为牺牲的道德,赵贵翁和他的“狗”,等等,其实都是“青面獠牙”的一伙。虽然他们“笑吟吟”地睁着“怪眼睛”,但是“话中全是毒,笑中全是刀”。因为他们“自己想吃人,又怕被别人吃了,都用着疑心极深的眼光,面面相觑……”因而“父子兄弟夫妇朋友师生仇敌和各不相识的人,都结成一伙,互相劝勉,互相牵掣,死也不肯跨过这一步”。③ 所以相对于(世界)“真的人”来说,中国人还是“吃人的人”(非人),中国历史还停滞于“非人”——“吃人的人”的时代。这无疑是一种石破天惊的发现④,它以一种癫狂的语言形式揭穿了几千年的封建专制秩序及其伦理道德的“吃人”本质。在某种意义上,也可以说是中国历史上(特别是越地)争取人的解放,反抗专制与精神奴役的异端思想潮流的一次历史的汇聚与喷发。其中不乏“为天下之大害者,君而已矣”⑤,“其所谓理者,同于酷吏之所谓法。酷吏以法杀人,后儒以理杀人,浸浸乎舍法而论理,死矣,更无可救矣!”⑥等先辈的心声。事实上,正是这样一种发现,使“我”震惊与悲哀于儿时的伙伴闰土与我的精神隔膜(《故乡》),愤

---

① 章太炎就以“疯子”著称,并明确说:“大凡非常可怪的议论,不是神经病人,断不能想,就能想也不敢说。说了以后,遇着艰难困苦的时候,不是神经病人,断不能百折不回,孤行己意。所以古来有大学问成大事业的,必得有神经病才能做得到。”(见《东京留学生欢迎会演说辞》,《章太炎政论选集》上册,中华书局1977年版,第270页)首先评论鲁迅《狂人日记》的傅斯年也说:“文化的进步,都由于有若干狂人,不问能不能,不管大家愿不愿,一个人去辟不经人迹的路。最初大家笑他,厌他,恨他,一会儿便要惊怪他,佩服他,终结还要爱他,像神明一般的待他。所以我决然断定,疯子是乌托邦的发明家,未来社会的制造者。至于他的运命,又是受嘲于当年,受敬于死后。”(见孟真:《一段疯话》,《新潮》第1卷第4号)

② 鲁迅:《狂人日记》《鲁迅全集》第1卷,人民文学出版社2005年版,第447页。

③ 同上书,第451页。

④ 鲁迅在与友人的通信中谈到《狂人日记》:“偶阅《通鉴》,乃悟中国人尚是食人民族,因此成篇。此种发现,关系亦甚大,而知者甚寥寥也。”见《书信·180820·致许寿裳》,《鲁迅全集》第11卷,人民文学出版社2005年版,第365页。

⑤ 黄宗羲:《明夷待访录·原君》,《黄宗羲全集》第一册,浙江古籍出版社2005年版,第2—3页。

⑥ 戴震:《孟子字义疏证》(卷上),中华书局1982年版,第174页。

懑于祥林嫂命运的无辜、愚昧与苍凉(《祝福》),发出了"你们可以改了,从真心改起！要晓得将来容不得吃人的人,活在世上"[1]的诅咒与呐喊(《狂人日记》),也才勇猛无畏地要去熄灭乃至烧毁那"绿莹莹的"照耀着吉光屯的长明灯,因为正是这"长明灯",给人间带来了"蝗虫"和"猪嘴瘟"(《长明灯》)。

值得注意的是,狂人形象谱系的精神一方面与时代的新潮相联系,因而他们往往被称(斥)为"新党",另一方面如同他们的精神先驱一样[2],他们又贯通了底层民众的精神血脉,并且这种精神血脉构成了他们最深厚的精神底蕴。《社戏》中,与在北京两次看中国戏感受的嘈杂和拥挤,仅留下"冬冬喤喤的响"不同,"我"儿时在外婆家所在的平桥村与小朋友月夜里一起去赵庄看"社戏"与吃罗汉豆的经历却给我留下了永难磨灭的美好记忆。而那"社戏"正是越地底层民众所喜爱并且作为他们自己人生反映与寄托的一种民俗艺术形式。特别是像赵庄这样的"河台戏",更是将自然山水与人文风情融为一体,真实地再现了底层民众的生活、愿望与感情,给人生以诸多启示。《长明灯》中的"疯子"再次去吹熄"长明灯"的行动正是在"看了赛会之后不多几天"开始的,"疯子"的"疯"正与这样一种民间文化形式构成了一种深刻的精神关联。所以这样一种记忆正构成了"我"在漫漫人生征途中的心理支持与精神慰藉。对于"我"来说,"真的,一直到现在,我实在再没有吃到那夜似的好豆,——也不再看到那夜似的好戏了"[3]。同样地,对于《故乡》中的"我"来说,这一记忆幻化成了一幅神异的图画——"深蓝的天空中挂着一轮金黄的圆月,下面是海边的沙地,都种着一望无际的碧绿的西瓜,其间有一个十一二岁的少年,项带银圈,手捏一柄钢叉,向一匹猹尽力的刺去,那猹却将身一扭,反从他的胯下逃走了",成为"我二十年来时时记得的故乡"[4]。虽然这一影像在"我"回到故乡,见到历经风霜,已经变得木讷的闰土后模糊幻灭了,但是当"我"面对精神困境而去探索新的出路的时候,在朦胧中,"我"眼前又展开了"一片海边碧绿的沙地来,上面深蓝的天空中挂着一轮金黄的圆月"。这一文化记忆已经构成了"我"永远的精神家园。

---

① 鲁迅:《狂人日记》,《鲁迅全集》第1卷,人民文学出版社2005年版,第451页。

② 例如章太炎就提出"学在民间"的观点,并且始终坚持民间的视野与立场。在某种意义上,可以说,这样一种民间的边缘知识分子所传承的思想谱系正维系与支撑了中国文化根本的精神血脉。

③ 鲁迅:《社戏》,《鲁迅全集》第1卷,人民文学出版社2005年版,第597页。

④ 同上书,第502页。

当然，"狂人"形象谱系不像历史上那些精神先驱，如嵇康等仅仅局限于个人的自由与解放，而是致力于整个民族的觉醒与解放。《狂人日记》中狂人并不满足于自己的觉醒，而是声嘶力竭地去劝人们去掉"吃人的心思"，成为"真的人"。同样，《长明灯》中的"疯子"也不安于自己的士绅生活，而是献身于整个吉光屯的平安与幸福；《孤独者》中的魏连殳也不恪守自己的"孤独"，而是对社会常发一些"没有顾忌的议论"；也因此《故乡》和《祝福》中的"我"才为闰土与祥林嫂们的麻木和愚昧而陷入深深的悲痛之中。但是由于中国的历史并没有提供这一普遍觉醒的历史条件，中国封建宗法专制秩序及其伦理文化根深蒂固——"有了四千年吃人履历的我，当初虽然不知道，现在明白，难见真的人"①，成为消解以个性解放和主体自由为核心的启蒙思想的天然罗网，阻碍着民众的觉醒与中国社会的现代化过程。"历史的必然要求和这个要求的实际上不可能实现"②构成了巨大的悲剧性冲突，"狂人"们必然陷入被误解、被攻击、被迫害的悲剧处境之中。因而这些（启蒙/改革）知识分子形象更多面临的是自身的精神困境与人生的失落、困惑、孤独、潦倒、悲哀、彷徨。但是如同他们（越地）的精神先驱始终坚守着自我独立的精神人格与复仇抗争的斗争精神一样，他们也始终面对自身的精神困境与绝望而执著于探索新路的抗战。因而在《在酒楼上》中，一方面，吕纬甫虽然感伤于当初改革预想的失落与乖讹，只能像一个蝇子飞了一个小圈子又飞回原地，因而话语间流衍不断的是"无聊"、"敷敷衍衍，模模糊糊"、"随随便便"的言词，加上那"微红"的眼圈、不停喝酒的行为，都显示着他内心难言的痛苦。但是另一方面，他之所以挥之不去地咀嚼着这痛苦，感伤于这痛苦，也说明他并不甘于这种"敷敷衍衍，模模糊糊"，而是力求寻觅新的出路。"我"更是同样经历了世事的错讹与乖戾，但是当"我"和吕纬甫在酒店门口分手各向相反方向走去时，"寒风和雪片扑在脸上，倒觉得很爽快"。"寒风"和"雪片"正是"我"来S城访友不遇的自然象征，它表明"我"面对愿望（理想）与现实的乖讹，仍然勇敢地接受挑战的勇气和信心。《孤独者》中的魏连殳更是一个精神的"孤独者"。面对世俗的非议与流言的中伤，他始终坚守着精神的抗战，虽然最后随着"孩子"信念的崩溃而躬行他"先前所憎恶，所反对的一切"，拒斥他"先前所崇仰，所主张的一切了"，但是这样一种以恶抗恶的方式并没有真正使他深爱着的同胞觉醒。因而他又说："我已经真的失败，——然而我胜利了。"前者是就他自己的理

---

① 鲁迅：《狂人日记》，《鲁迅全集》第1卷，人民文学出版社2005年版，第454页。

② 〔德〕恩格斯：《致斐·拉萨尔》，《马克思恩格斯选集》第4卷，人民出版社1995年版，第346页。

想而言,后者则是出于世俗眼光的一种观察。当“我”(申飞)去为魏连殳送殓时,也感到死去的魏连殳“口角间仿佛含着冰冷的微笑,冷笑着这可笑的死尸”,并且隐约地挣扎出了一声魏连殳当年的“长嚎,像一匹受伤的狼,当深夜在旷野中嗥叫,惨伤里夹着愤怒和悲哀”;在理解了魏连殳的“长嚎”(孤独)后,又告别了魏连殳的“长嚎”(孤独),“坦然地在潮湿的石路上走”——去寻觅新的道路。

第九章 《故事新编》的“油滑”

一、“油滑”:《故事新编》的艺术方式

《故事新编》无论在鲁迅的小说中,还是在中国文学史上,都是一部风格独特的小说集。鲁迅在“序言”中说:“这一本很小的集子,从开手写起到编成,经过的日子却可以算得很长久了:足足有十三年。第一篇《补天》——原先题作《不周山》——还是一九二二年的冬天写成的。那时的意见,是想从古代和现代都采取题材,来做短篇小说,《不周山》便是取了‘女娲炼石补天’的神话,动手试作的第一篇。首先,是很认真的,虽然也不过取了弗罗特说来解释创造——人和文学的——的缘起。不记得怎么一来,中途停了笔,去看日报了,不幸正看见了谁——现在忘记了名字——的对于汪静之君的《蕙的风》的批评,他说要含泪哀求,请青年不要再写这样的文字。这可怜的阴险使我感到滑稽,当再写小说时,就无论如何,止不住有一个古衣冠的小丈夫,在女娲的两腿之间出现了。这就是从认真陷入了油滑的开端。油滑是创作的大敌,我对于自己很不满。我决计不再写这样的小说,当编印《呐喊》时,便将它附在卷末,算是一个开始,也就是一个收场。……直到一九二六年的秋天,一个人住在厦门的石屋里,对着大海,翻着古书,四近无生人气,心里空空洞洞。而北京的未名社,却不绝的来信,催促杂志的文章。这时我不愿意想到目前;于是回忆在心里出土了,写了十篇《朝花夕拾》;并且仍旧拾取古代的传说之类,预备足成八则《故事新编》。但刚写了《奔月》和《铸剑》——发表的那时题为《眉间尺》,——我便奔向广州,这事就又完全搁起了。后来虽然偶尔得到一点题材,作一段速写,却一向不加整理。现在才总算编成了一本书。其中也还是速写居多,不足称为‘文学概论’之所谓小说。叙事有时也有一点旧书上的根据,有时却不过信口开河。而且因为自己的对于古人,不及对于今人的诚敬,所以仍不免时有油滑之处。过了十

三年,依然并无长进,看起来真也是'无非《不周山》之流';不过并没有将古人写得更死,却也许暂时还有存在的余地的罢。"①《故事新编》不同于《呐喊》、《彷徨》的地方首先就在于它是从古代取材,也就是说是以神话、传说和历史(故事)为题材的历史小说,是"神话、传说与史实的演义"②。《故事新编》的日译者木山英雄注意到,在编辑体例上,"集内的各篇不以执笔的先后为序而以题材的时代为序",这在鲁迅的作品集中是一大"破例"。③伊藤虎丸在比较了《故事新编》与鲁迅其他创作集子的编辑体例后说:"鲁迅别的创作集、杂文集,均按作者执笔的年月日排列,而该集子则是按作品题材(或者说主人公)的历史年序排列的",其意图正在于"由此对承担四千年之重负的中国传统文明整体,作了一番回顾"。④ 黄子平则认为"在编序上不依个人的写作日期排列,却向着作品题材的时序方面倾斜,似乎表明需要这种'最自然最随便'的编年史式外观,为作品的历史可信性提供保证"⑤。

不过黄子平接着又论述道:"但外观也只不过是外观而已。作者顽强地视作品为一己生命的消逝与纪念的想法,并未因此而甘心隐退于目录之后。鲁迅不仅在序言中详述了前几篇的写作始末和全书创作的时间跨度,而且在各篇篇末都仍附有执笔日期(其中《铸剑》一篇发表于《莽原》时未署日期,编入集子时就可能是凭借记忆补记了一个,却与《鲁迅日记》中所记不符)。总之,细心的读者,比如木山先生,就能依据这些日期,编排出了以写作时间为序的,与原目录不同的另一个目录。"从而"作者在历史可信性的外观掩护下突袭了历史","《故事新编》正如《朝花夕拾》,既是作者反抗死亡、战取时间的话语实践的记录,又是他作为写作主体询唤历史、与之对话的一种努力"。⑥ 这种"突袭了历史",进而与之对话的努力并不仅仅体现在各篇篇末附有的执笔日期,更重要的还在于在文本建构中作家使用了一种独特的方法——"油滑"。如鲁迅自述,他在创作首篇《补天》时,不知怎么中途停了笔,由于受到现实的刺激(由某君对于汪静之《蕙的风》的批评而感到一种"可怜的阴险"的"滑稽"),便"止不住有一个古衣冠的小丈

---

① 鲁迅:《故事新编·序言》,《鲁迅全集》第2卷,人民文学出版社2005年版,第353—354页。

② 鲁迅:《〈自选集〉自序》,《鲁迅全集》第2卷,人民文学出版社2005年版,第465页。

③ 〔日〕木山英雄著,刘金才、刘生社译:《〈故事新编〉译后解说》,《鲁迅研究动态》1988年第11期。

④ 〔日〕伊藤虎丸著,庄玮译:《〈故事新编〉之哲学·序》,《鲁迅研究月刊》1993年第5期。

⑤ 黄子平:《"灰阑"中的叙述》,上海文艺出版社2001年版,第115页。

⑥ 同上书,第115—116页

夫,在女娲的两腿之间出现了。这就是从认真陷入了油滑的开端”。无疑这样一种古今杂糅的方式对于历史小说来说是有可能破坏历史的庄重与严肃的。因而鲁迅说:“油滑是创作的大敌,我对于自己很不满。”但是与此同时鲁迅又说历史小说有多种方式,“对于历史小说,则以为博考文献,言必有据者,纵使有人讥为‘教授小说’,其实是很难组织之作,至于只取一点因由,随意点染,铺成一篇,倒无需怎样的手腕”。① 其实《故事新编》固然有超越历史文献的地方,但也正是这些“随意点染”“铺成”的地方更强化了作品的历史洞察力与现实批判性,“借古事的躯壳来激发现代人之所应憎与应爱”②,在古今杂糅之中“并没有将古人写得更死”。因此鲁迅说“过了十三年,依然并无长进”,“仍不免时有油滑之处”。③ 并且鲁迅还明确说虽然《故事新编》“都不免油滑,然而有些文人学士,却又不免头痛,此真所谓‘有一利必有一弊’,而又‘有一弊必有一利’也”④,因而“此后也想保持此种油腔滑调”⑤。实际上“《故事新编》中的‘油滑’,不仅是一种创作手法,而且是一种具有文体意义的完整风格;一种贯穿全部文本始终,体现在构思、语言、表达各方面的稳定特色。从取材、结构、意义等方面看,《故事新编》有历史小说的特征;而从融于其中的‘油滑’对本文内形式(题材、意识、态度)和外形式(结构、风格、表达)的变异来看,很难完全适合‘历史小说’的规约(人们争论它是否历史小说就很自然了),很明显,它是一种对文类规约有突破的文本,是一种荒诞化的历史小说”⑥。

王瑶说:“所谓‘油滑’,即指它具有类似戏剧中丑角那样的插科打诨的性质,也即具有喜剧性。”⑦这里的“喜剧性”说明了它独特的艺术效果,即具有讽刺批判性的审美力量。具体说来,在《故事新编》中,这样一种讽刺

---

① 鲁迅:《故事新编·序言》,《鲁迅全集》第2卷,人民文学出版社2005年版,第353—354页。

② 茅盾:《〈玄武门之变〉序》,《鲁迅研究学术资料论著汇编》第2辑,中国文联出版公司1985年版,第760页。

③ 鲁迅:《故事新编·序言》,《鲁迅全集》第2卷,人民文学出版社2005年版,第354页。

④ 鲁迅:《致黎烈文》,《鲁迅全集》第14卷,人民文学出版社2005年版,第17页。

⑤ 鲁迅:《致黎烈文》,《鲁迅全集》第12卷,人民文学出版社2005年版,第402页。木山英雄说:“作者在序中几度流露出对‘油滑’表示反省的话。然而实际上这种手法贯穿着《故事新编》的全部作品。关于此书,作者在书信中除说‘油滑’之外,还多次自我评说是‘玩笑’‘稍许游戏’‘游戏之作’等等。令人感到,这与其说是作者表示谦虚,毋庸说是在提醒人们对这一点引起注意。其中也许还包含着鲁迅在创作方法上的自负……”(见《〈故事新编〉译后解说》,《鲁迅研究动态》1988年第11期)

⑥ 皇甫积庆:《结构 解构 建构——论鲁迅文体思想及文体/文类构架》,《鲁迅研究月刊》1997年第4期。

⑦ 王瑶:《〈故事新编〉散论》,《鲁迅作品论集》,人民文学出版社1984年版,第184页。

批判是通过在古代神话、传说与史实的演义中穿插与交织进一些富有喜剧性的现代人物、情节、细节与语言等手段来实现的。比如在《补天》中,鲁迅采用"女娲炼石补天"的神话本意是取"弗罗特说来解释创造——人和文学的——的缘起",因而呈现出一种瑰伟壮丽明亮的宏大色彩。但是中途停了笔,去看日报,看到胡梦华因为汪静之的诗集《蕙的风》里有"娇艳的春色,/映进灵隐寺,/和尚们压死了的爱情,/于今压不住而沸腾着了,/悔煞不该出家啊!"和"一步一回头地瞟我意中人"等诗句,便痛责诗人在诲淫,惊呼"应当为诗国痛哭",鲁迅十分反感,以为"中国之所谓道德家的神经,自古以来,未免过敏而又过敏了,看了一句'意中人',便即想到《金瓶梅》,看见一个'瞟'字,便即穿凿到别的事情上去"①,进而便在小说中虚构了一个"古衣冠的小丈夫",一方面在补天的女娲"两腿之间向上看",一方面又装模作样地发出"裸裎淫佚,失德蔑礼败度,禽兽行。国有常刑,惟禁!"的言辞,甚至还假惺惺地挤出了"两粒比芥子还小的眼泪"。虽然"将结构的宏大毁坏了"②,却"将古代和现代错综交融,成为一而二、二而一"③,造成了历史与现实杂陈、怪诞与幽默交映的艺术品格与效果,伸展出富有内在张力与悖论的多重意蕴与多种情感向度,成为一种具有丰富意味的艺术形式。"如果读者在最瑰丽奇幻的神话传说中都读到个人恩怨的唐突穿插,作者抒情性主观性的个体时间不仅从历史时间中奔涌而出,而且与后者在'新编'中等值化了。"④从创作的发生来看,"油滑"在《补天》中的出现,带有某种偶然性。"但是,从创作心理学角度,根据鲁迅一贯的创作心态,这里的偶然有必然的一面;干预现实的强烈的欲求及对艺术形式的开放性态度(反对种种艺术之宫的禁令),使他决不会违背内心要求去遵从某种陈规。这里的'油滑'其实正是鲁迅惯有戏谑灵感和创作心理定势在历史小说中的延伸。不仅仅历史小说,在其它各类文字中,'戏谑'是鲁迅创作心理的常态,只要触动'有感',一定'即发',小说、诗歌、短评、序跋乃至与人的书信,什么样式、体裁、题材之类的要求,都不可能规范他。"⑤因而在某种意义上,可以说"油滑"正构成了鲁迅文学的一种独特的艺术标志

---

① 鲁迅:《反对含泪的批评家》,《鲁迅全集》第1卷,人民文学出版社2005年版,第425页。

② 鲁迅:《我怎么做起小说来》,《鲁迅全集》第4卷,人民文学出版社2005年版,第527页。

③ 茅盾:《〈玄武门之变〉序》,《鲁迅研究学术资料论著汇编》第2辑,中国文联出版公司1985年版,第760页。

④ 黄子平:《"灰阑"中的叙述》,上海文艺出版社2001年版,第116页。

⑤ 皇甫积庆:《历时创作中的变异与持恒——〈故事新编〉创作心理解读》,《鲁迅研究月刊》1995年第2期。

与方式。而这种方式的形成首先就来源于鲁迅从小耳濡目染的故乡越文化艺术的熏陶。

二、"油滑"与越地(民间)艺术和智慧

钱碧湘最早注意到《故事新编》的"油滑"与旧剧的联系,说:"'油滑'的艺术效果,使我联想起中国旧剧中的有些插科打诨","旧剧里的插科打诨……演员突然离开剧情,说一些与眼前人事相关的话,目的在于讨好和取媚于台下的权贵。鲁迅的'油滑'则反其意而用之,他突然牵入当前的人事,是要嘲弄和取笑被提到的对象,用意和那些旧剧演员相反,但在手法上却有相似之处"。① 王瑶则由鲁迅的《二丑艺术》梳理了传统戏剧中丑角插科打诨的"油滑"传统和鲁迅从小便耳濡目染的浙东戏曲(绍剧和目连戏等)的启示,说:"《故事新编》中关于穿插性的喜剧人物的写法,就是鲁迅吸取了戏曲的历史经验而作出的一种新的尝试和创造。"②如果进一步探讨的话,可以说,这种丑角的"插科打诨"实际上包含着把一些貌似不相关联与融合的事物和现象穿插、拼贴、交织到一起,并由这种矛盾、错讹、乖戾而产生出滑稽、幽默的喜剧效果这样两个相互联系的方面,即《故事新编》的"古今杂糅"与讽刺幽默两个方面。而这两个方面都深深地植根于越文化与艺术的深厚土壤中。

罗萍根据洛地先生的戏剧理论,认为"我国传统戏剧,按其'扮'与'演'可分为三种类别,即'戏弄'、'戏曲'、'戏文'"。"'戏弄'可说是我国传统戏剧最古老的'扮演艺术'":"一般为二、三个最多大约不过五个演员,妆扮成下层社会诸色人等的身份,表现一个社会生活片断,一个细节或顶多一个情节,以滑稽、逗乐、嬉谑、嘲弄为其特色。""'戏曲'指以'曲(文曲辞)'的体例为'戏'的结构的扮演艺术,具体所指为'元曲杂剧'。""'戏文'者,是综合我国文艺的各个门类的成熟的'真戏剧',是以众多演员各按其脚色当行扮演各个剧中的人物,表现一个有头有尾、有矛盾、有冲突的完整的故事。"③鲁迅从小便迷恋的目连戏是一种十分独特的民间戏剧,所搬演的《目

---

① 钱碧湘:《古今·取舍·得失——读鲁迅的〈故事新编〉杂记》,《安徽师范大学学报》1980年第3期。

② 王瑶:《〈故事新编〉散论》,《鲁迅作品论集》,人民文学出版社1984年版,第201页。

③ 罗萍:《绍兴戏曲史》,中华书局2004年版,第1—3页。

连救母戏文》"本事只是由头,而穿插着大量的'戏弄'段子成为这种戏的精髓","场与场之间,人不必相继,事不必相续,大率一人一事为之一场,可多可少,多之不为赘,少之不为缺,各场具有相对的完整与独立,每场均为一'戏弄'段子",同时"除插入各种'戏弄'段子外,又可以插入种种杂耍技艺"。① 王瑶也指出,(目连戏)"就故事主线来说,它是敬神的宣传因果报应的很正经的戏,但穿插的小故事却都是一些具有相对独立性的诙谐油滑的应归丑角表演的节目。后来在舞台上独立演出的剧目《定计化缘》、《瞎子观灯》、《王婆骂鸡》、《哑子背疯》以及由《和尚下山》、《尼姑思凡》合成的《僧尼会》,原来都是《目连救母记》中的穿插性节目"②。这样一种"戏弄"(节目)的自由穿插、拼贴与组接正构成了"油滑"的结构艺术的基础,即"打破时空限制地串入一个个互不相关的讽刺故事的表现方法"③,从而"借目连的巡行来贯串许多故事"④。徐斯年在对绍兴的目连戏与明代通行的郑之珍《目连救母戏文》进行了细致的比较后指出:"绍兴本比郑本枝蔓更多,总体结构上有'原始性'的痕迹","有的是因吸收戏剧性强、为观众喜闻乐见的民间小戏而不顾'整体结构'造成的(如《瞟院》与上、下关目几无内在联系);有的可能是对所吸收的《西游记》故事的'切割'和敷衍(如《乌龙精》《曲蟮精》《蛇精》《沙和尚》);有的则是为了表演更'红火'而增添的热闹穿插(如《白神》《邋遢》《逃台》等)"。⑤ 这样一种自由灵活的创造精神在绍兴目连戏的戏剧结构中表现得更加鲜明与充分,"甚至排斥郑本总体结构比较严谨的长处,而保留了粗糙、松散的结构"⑥,并且表演形式灵活,既有人鬼同台,还有台上台下的串演。在《女吊》中鲁迅便记叙了他上台充当"义勇鬼"的亲身经历与激情体验。同时这种戏剧结构也渗透到绍剧(乱弹)中。它演出一种叫做"平安大戏"的戏,"所谓'平安大戏'是一些绍兴乱弹通常演出的剧作,略微变动剧中情节,以插入几个目连戏中极为观众熟知的、出现鬼魂的折子及某些宗教'仪式',如《男吊》、《女吊》、《跳无常》,

---

① 罗萍:《绍兴戏曲史》,中华书局 2004 年版,第 4、53—54 页。

② 王瑶:《〈故事新编〉散论》,《鲁迅作品论集》,人民文学出版社 1984 年版,第 196—197 页。

③ 陈方竞:《鲁迅与浙东文化》,吉林大学出版社 1999 年版,第 157 页。

④ 鲁迅:《门外文谈》,《鲁迅全集》第 6 卷,人民文学出版社 2005 年版,第 102—103 页。

⑤ 徐斯年:《漫谈绍兴目连戏》,寿永明主编:《鲁迅与社戏》,江西人民出版社 2005 年版,第 150 页。鲁迅也说,他家乡的目连戏是"借目连的巡行来贯串许多故事,除《小尼姑下山》外,和刻本的《目连救母记》是完全不同的"(见《门外文谈》,《鲁迅全集》第 6 卷,人民文学出版社 2005 年版,第 102—103 页)。

⑥ 徐斯年:《漫谈绍兴目连戏》,寿永明主编:《鲁迅与社戏》,江西人民出版社 2005 年版,第 159 页。

及‘起殇’、‘施食’、‘烧大牌’等”①。

以目连戏、大戏(绍剧)和社戏为代表的绍兴戏曲是深深地植根于民众生活与文化的土壤之中的。鲁迅说,他家乡的目连戏“是用目连巡行为线索,来描写人情世故”②。周作人说,(目连戏)“演戏的人皆非职业的优伶,大抵系水村的农夫,也有木工瓦匠舟子轿夫之流混杂其中,临时组织成班,到了秋风起时,便即解散,各做自己的事去了”③。因此“这是真的农民和手业工人的作品”④。这些“人情世故”实际上正折射与投映出这些农民、舟子和手工业工人等普通民众自己的生活与愿望。“那虽然是鬼戏,地狱里的大小鬼物,几乎要全体登台,而全剧所写,却都是里巷间的琐事。所有人物,除了傅员外一家,也无非贩夫走卒、引车卖浆者流,跟站在台下的正是一伙。王婆骂鸡,张蛮打爹,哑子背疯婆,大家早就在生活里熟悉的了。即使是鬼物吧,它们嬉笑怒骂,也往往比世间有些俨乎其然的角色更多生人气,连那阴司的使者无常,也会插科打诨,使观众觉得可亲,跟站在城隍庙里板着面孔的家伙大不相同。”⑤绍剧(绍兴“大戏”/乱弹)虽然有“专门的戏子”,却主要是处于社会最底层的“堕民”。“堕民”俗称“大贫”,是处于社会最底层的“贱民”,“例不得与平民相为婚姻,见人不拱手、不同坐;其所居之业,民无有矚之者,男之业捕蛙、卖饧、学鼓吹歌唱,女之业拗狄鬏髻、梳发为髢,民间花烛,丐妇扶拜,群走市巷,贸易说媒”⑥等。鲁迅曾针对“堕民”是“宋将焦光瓒的部属,因为降金,为时人所不齿,至明太祖,乃榜其门曰‘丐户’”的说法,说“明太祖对于元朝,尚且不肯放肆,他是决不会来管隔一朝代的降金的宋将的;况且看他们的职业,分明还有‘教坊’或‘乐户’的余痕,所以他们的祖先,倒是明初的反抗洪武和永乐皇帝的忠臣义士也说不定”⑦。或许正是绍剧演员这样一种特殊的出身与经历,形成了绍剧刚健激

---

① 罗萍:《绍剧发展史》,中国戏剧出版社 1996 年版,第 120 页。胡辉杰说:“目连戏中许多穿插的小故事,因后来演变成具有相对独立性的诙谐节目,而被绍兴‘大戏’所采纳,如《瞎子观灯》、《王婆骂鸡》、《哑子背疯》、《僧尼会》(由《和尚下山》、《尼姑思凡》合成)等原来都是《目连救母记》中的穿插性节目。”(见《从目连戏看鲁迅和他的文本世界》,《鲁迅研究月刊》1999 年第 7 期)

② 鲁迅:《书信 · 351204 · 致徐訏》,《鲁迅全集》第 13 卷,人民文学出版社 2005 年版,第 599 页。

③ 周作人:《谈目连戏》,寿永明主编:《鲁迅与社戏》,江西人民出版社 2005 年版,第 179 页。

④ 鲁迅:《门外文谈》,《鲁迅全集》第 6 卷,人民文学出版社 2005 年版,第 102 页。

⑤ 柯灵:《从〈目莲记〉说起》,《柯灵杂文集》,三联书店 1984 年版,第 351 页。

⑥ 《万历会稽县志》,转引自罗萍:《绍剧发展史》,中国戏剧出版社 1996 年版,第 101 页。

⑦ 鲁迅:《我谈“堕民”》,《鲁迅全集》第 5 卷,人民文学出版社 2005 年版,第 227 页。

越、粗犷豪迈的艺术风格。

罗萍说:“绍兴乱弹的演出内容大都为忠奸斗争、征战杀伐之剧,即《越谚》所说的‘武演战斗’。其表演粗犷豪放,演唱高亢激昂,或者说,绍兴乱弹的唱、做,粗犷有余,细腻含蓄不足;之所以形成这样的艺术特点,这一方面与绍兴乱弹演出时所面对的观众和所处的环境(在农村的广场、庙台为千千万万农民搬演)有关,另一方面又与身为‘卑污’的‘堕民’所郁积的‘不平之气’有关。这种‘不平之气’,不仅可‘厚遇之’而‘得其死力’,为平海(倭)寇而立下战功;所谓‘不平则鸣’,绍兴乱弹的这种粗豪激越的特点,或许正是他们的‘不平之气’在戏曲艺术上的反映。‘吾越乃报仇雪耻之国,非藏垢纳污之区’(《王思任上士英书》)。激昂、慷慨、奔放,是绍兴人和绍兴文化的特色(之一),绍兴乱弹的这种艺术特点,既是绍兴民气的反映,当然也很受绍兴民众的欢迎。”①鲁迅在《女吊》中记叙绍兴“大戏”和“目连”都有的“起殇”说:“‘起殇’者,绍兴人现已大抵误解为‘起丧’,以为就是召鬼,其实是专限于横死者的。《九歌》中的《国殇》云:‘身既死兮神以灵,魂魄毅兮为鬼雄’,当然连战死者在内。明社垂绝,越人起义而死者不少,至清被称为叛贼,我们就这样的一同招待他们的英灵。”②而那个穿着“大红衫子,黑色长背心,长发蓬松,颈挂两条纸锭,垂头,垂手,弯弯曲曲的走一个全台”,然后将披着的头发向后一抖,这才现出了脸孔——“石灰一样白的圆脸,漆黑的浓眉,乌黑的眼眶,猩红的嘴唇”,“她两肩微耸,四顾,倾听,似惊,似喜,似怒,终于发出悲哀的声音,慢慢地唱道:‘奴奴本身杨家女,呵呀,苦呀,天哪!……’”③的红色女吊形象,正是越地人民所创造的“一个带复仇性的,比别的一切鬼魂更美,更强的鬼魂”形象。《阿Q正传》中的阿Q在生计危机中,面对仇人小D所唱的“我手执钢鞭将你打!……”就是绍剧《龙虎斗》中呼延赞为父雪恨的唱词。“这出戏反映了人民要求为国除奸、报仇雪恨的强烈愿望,以及深明先国家之急后个人私仇的大义”,“一直深受群众欢迎,久演不衰,在绍兴,可说是家喻户晓,妇孺皆知,难怪象阿Q那样的人也能信口哼上几句”。当然与此同时也“正好表现了阿Q的原始反抗性格”。④

作为底层民众心声的艺术投影的民间艺术——绍兴目连戏和“大戏”

---

① 罗萍:《绍剧发展史》,中国戏剧出版社1996年版,第104—105页。

② 鲁迅:《女吊》,《鲁迅全集》第6卷,人民文学出版社2005年版,第638—639页。

③ 同上书,第640—641页。

④ 裘士雄等:《鲁迅笔下的绍兴风情》,浙江教育出版社1985年版,第63页。

等除了直接表现出这种刚健激越、粗犷豪迈的艺术风格外,另一个鲜明的艺术特色就是作为这种心声曲折表达的“插科打诨”、嬉笑怒骂所折射出来的讽刺幽默。首先这种穿插(杂糅)本身就独具匠心而颇具幽默味。“那些穿插戏多是一些讽喻性的小故事,讽刺了社会的丑恶现象。这本与目连戏本事毫无干系,但编者借着一点缘由,使之与本事挂上钩。如《泥水匠打墙》,因刘氏开晕作恶,毁桥拆庙,就可让泥水匠出场。傅罗卜外出营生,途中碰上张蛮打爹,劝其孝顺父母,使《张蛮打爹》与本事挂上了钩。”①据郁达夫回忆,鲁迅对目连戏有“特别的嗜好”,曾对他说过:“这戏里的穿插,实在有许许多多的幽默味。”并给郁达夫等许多人讲过“一个借了鞋袜靴子去赴宴会的人”的故事。② 这故事就是《王阿仙嫖院》(简称《嫖院》)。王阿仙一上场是一大段自述拜师学艺经历的独白,先讲因将“雕花贴金铜镗马桶”锯开零卖而被箍桶师傅辞退;次述向大姑娘抛媚眼而凿掉瓦将军的鼻子,被石匠师傅辞退;又说因为把顾客头皮当练刀的冬瓜,被剃头师傅辞退;再讲给人挑水,误将“十六文一担”说成“一文十六担”而白费了许多气力。然后是他向别人借了帽子、袍子和靴子去嫖妓院。到妓院不久,就被帽主叫出去还了帽子。妓女问他:“你的帽子呢?”他说:“我们村在一千五百年前成立了一个会,现在我是会头,今天做会办酒席,他们一定要请我到场才能开宴。我说,那么把我的帽子拿去,在上桌的上横头一放,就算我到场了。”接着又被叫出去还了靴子,回到妓院,人蹲下一截,用长袍遮住赤着的脚,捂着肚子大叫:“肚皮痛煞哉”。可一坐下,搁起二郎腿,就露出了两只光脚。妓女问:“你的靴呢?”他故作正经地说:“我不输(意即赌博不输,绍兴人‘靴’与‘输’同音),我赢的。”妓女又问:“你脚里的靴呢?”他佯装大笑:“我脚里是输,头里赢的。”结果被赶出了妓院。“‘王阿仙’至今还是绍兴人民口语中形容‘百事无成者’的代名词,而他自作聪明的性格,好玩弄小机灵却往往吃亏的遭遇,又不无可爱可怜之处。”③在鲁迅看来,这些穿插戏,“比起希腊的伊索,俄国的梭罗古勃的寓言来,这是毫无逊色的”④。周作人也说,绍兴目连戏“除首尾以外,其中十分七八,却是演一场场的滑稽事情,算是目连一路的所见,看众所最感兴味者恐怕也是这一部分。乡间的人常喜讲‘舛

① 裘士雄等:《鲁迅笔下的绍兴风情》,浙江教育出版社1985年版,第42页。

② 郁达夫:《回忆鲁迅》,《鲁迅回忆录》散篇上册,北京出版社1999年版,第746页。

③ 徐斯年:《漫谈绍兴目连戏》,寿永明主编:《鲁迅与社戏》,江西人民出版社2005年版,第152页。

④ 鲁迅:《门外文谈》,《鲁迅全集》第6卷,人民文学出版社2005年版,第103页。

辞'(俗云 Eengwc)及'冷语'(Sccngwc),可以说是'目连趣味'的余流"[①]。那个一出台就"打一百零八个嚏,同时也放一百零八个屁","蹙紧双眉,捏定破芭蕉扇,脸向着地,鸭子浮水似的跳舞起来"[②]的白色无常形象正是越地这种民间冤苦与笑谑精神的象征[③]。"滑稽、笑谑的无常形象,在透露出中国人直面虚无的思想软弱的同时,也体现出下层民间对自己无所失去的卑微生存的意识,以及准备断绝卑微的生存留恋来换取公正的刻毒'恶意'——'无论贵贱,无论贫富,其时都是"一双空手见阎王"'。"因而无常一出台就"打一百零八个嚏,同时也放一百零八个屁"的滑稽行为,其意义就"在着意消除死之可怕的心理预演中,也包含了对一种超越善恶的公正降临人世的欢庆——公正,是在消除了对死亡——恶的恐惧后,或者说对死亡和恶作出了另一种理解后才显现的"。因为"对于超思辨的民间智慧来说,情理不可兼得、善恶可能相悖的观念并不是分析性的,它只是以游艺形式为我们形象展示了超越传统的善恶界设以及'恶意'的自我反省的潜在可能"。[④]

或许正是这样一种民间的智慧,使绍兴目连戏和"大戏"等民间戏剧充满了喜剧的精神与色彩。"占据目连戏全剧十分之九地位的插曲,差不多都是一个个剧化的笑话,社会家庭的讽刺画"[⑤],"所用言语系道地土话,所着服装皆极简陋陈旧,故俗称衣冠不整为'目连行头'"[⑥]。这种"道地土话"就是绍兴方言。"绍兴农民,具有中国农民刚直、淳朴的一般性格,而比起憨厚的北方农民来,或许又更多一点幽默感。这特别表现在绍兴的方言土语中。"绍兴方言中的近义词特别多,这些近义词在表情达意上的细微差别几乎达到只可意会不可言传的微妙程度;同时还一词多义,灵活生动。这些"方言土语一搬上舞台,更是出口成趣"[⑦]。鲁迅也说,在绍兴戏剧中,

---

① 周作人:《谈目连戏》,寿永明主编:《鲁迅与社戏》,江西人民出版社 2005 年版,第 179 页。

② 鲁迅:《朝花夕拾·无常》,《鲁迅全集》第 2 册,人民文学出版社 2005 年版,第 281—280 页。

③ 陈逸说:"'无常',半在阳间,半在阴间,飘忽无定而又时时监察着人间善恶的精灵……他的'两重性',反衬了人生的矛盾;他的'无常',正是正常的变形。你听他对'官、财、文、色'嬉笑怒骂的'四叹'唱词,又是何等地痛快淋漓,何等的堂堂正气!'无常',相对于人世间非正常的'正常',才是真理和正义。"(见《漫话"社戏"》,寿永明主编:《鲁迅与社戏》,江西人民出版社 2005 年版,第 131 页)

④ 陈浩:《思想对话的形象——从绍兴民间文化解读鲁迅的思想风格》,《鲁迅研究月刊》2004 年第 10 期。

⑤ 周作人:《关于目连戏》,寿永明主编:《鲁迅与社戏》,江西人民出版社 2005 年版,第 186 页。

⑥ 周作人:《谈目连戏》,寿永明主编:《鲁迅与社戏》,江西人民出版社 2005 年版,第 179 页。

⑦ 裘士雄等:《鲁迅笔下的绍兴风情》,浙江教育出版社 1985 年版,第 63 页、第 13 页。

“警句或炼话，讥刺和滑稽，十之九是出于下等人之口的”[①]，目连戏“用语极奇警，翻成普通话，就减色”[②]。绍剧还特别创造了一种“二丑戏”（又称“滑白戏”/“活白戏”[③]），“饰演的均是一些酒鬼、赌徒、江湖流浪汉、相府教习、破脚骨之类的角色”，“全以绍兴方言为道白，在吸收了行贩语言、茶馆语言等多种跑那个行业语言的基础上，通过演员在语气、语音、语调的变化，使之成为舞台语言，戏剧语言说白富于生活化，非常口语化，具有浓郁的地方气息，酣畅流利，幽默风趣，朗朗上口，听者捧腹”。[④] 这些“二丑”的特点就“在于夸张扭曲，古今客串。不论是时空差异，还是贵贱有别，对于‘二丑’来说，都不是阻隔，都可以随心所欲信口开河，而百无禁忌”[⑤]。因而在鲁迅看来，“这二花脸，乃是小百姓看透了这一种人，提出精华来，制定了的脚色”[⑥]。王瑶解释说：“这就是说丑角的一些特点，包括说接近口语的‘警句或炼话’，象二丑那样脱离规定的古代环境的‘讥刺和滑稽’，都是长期以来为人民所创造和批准的。”[⑦]这或许也是浙东戏曲丑角特别丰富的一个原因[⑧]。

实际上，浙东戏曲丑角的这种“插科打诨”不仅仅是一种喜剧艺术手段，更是一种来自底层民间的深刻的生存智慧与思维方式。它以一种世俗的愚昧无知和滑稽可笑解构与颠覆了冠冕堂皇、装腔作势的正统经典与文化，以一种独特的人生方式与思想视界捍卫了自己卑微而正当的生存。“达到两极统一需要有一种相对主义的思想能力。在缺少神性观念和终极信仰的中国，相对主义在民间却不乏其滋生的土壤。就相对主义的积极意义来说，它可以消解神圣、崇高、庄严的确定性，并在另一种思想视野中把它们倒转为反面，从崇敬、敬畏、恐惧的高度下降为滑稽观赏和笑谑打趣的对象……这种笑谑性的智慧隐含着对一切既有事物——包括阴森的死亡都有

---

① 鲁迅：《答〈戏〉周刊编者信》，《鲁迅全集》第6卷，人民文学出版社2005年版，第150页。

② 鲁迅：《书信·351204·致徐訏》，《鲁迅全集》第13卷，人民文学出版社2005年版，第599页。

③ “指其戏剧道白‘滑’稽风趣或‘活’泼生动。”罗萍：《绍剧发展史》，中国戏剧出版社1996年版，第201页。

④ 严新民：《鲁迅〈二丑艺术〉与绍剧的“泛白戏”》，寿永明主编：《鲁迅与社戏》，江西人民出版社2005年版，第135—137页。

⑤ 左尚鸿：《鲁迅小说的“油滑”手段与浙东戏曲的“二丑艺术”》，《华中师范大学研究生学报》2006年第4期。

⑥ 鲁迅：《二丑艺术》，《鲁迅全集》第5卷，人民文学出版社2005年版，第208页。

⑦ 王瑶：《〈故事新编〉散论》，《鲁迅作品论集》，人民文学出版社1984年版，第191页。

⑧ 徐淦在《鲁迅先生和绍兴戏》中说，绍兴“乱弹班”（绍剧）“除了大花脸（净），小花脸（小丑）之外，还有二花脸，三花脸，四花脸之分，而二花脸——二丑尤为重要”（见1956年9月5日《人民日报》）。

可以采取一种'随便'的、作滑稽对象观赏的态度。当死亡或死神也成为一种滑稽的观赏对象时,那么这种笑谑文化中显然包含着生成新的思想反应的能力,从而有可能颠覆中国最高道德范畴的'天'以及来世报应的信念和现世的善恶界设等等。"①这种笑谑性智慧也可以说是一种来自底层民间的乡愚的眼光与思维,"乡愚从自己的乡间生活经验出发去理解眼前陌生的一切,从某种意义上说,他们对眼前一切的理解是不正确的,是讹误,尤其在所谓博闻广识、娴于庙堂礼法的都市/官方/儒家知识精英看来,这种乡愚的目光是少见多怪,是滑稽的,但是另一方面,这种眼光却又真实得可怕,具有所向无敌的洞穿虚伪的力量"。"这种错讹的基础是乡愚对于世界的知识经验与理解力,是乡村生活经验以及以此为基础的一种想象力。这种错讹体现的是一种世界观,一种乡愚式的看世界的眼光。"②正是在这一意义上,鲁迅在《故事新编·序言》中坦然承认:"我是不薄'庸俗',也自甘'庸俗'的。"③不过恰恰是这种"自甘'庸俗'"使鲁迅的《故事新编》的"油滑"获得了"一种观察人生世相的特殊眼光","一种对社会、历史、文化独特的认识方式"。④

郑家建解释这种眼光与方式的具体内涵是:"一、在思维上它体现出'逆向''反向'的逻辑方式。二、它是同一切道貌岸然的东西相敌对的;同一切自居为正统性,真理性的东西相敌对的;它充满讽刺和批判的热情;它充满了一种对占统治地位的真理和权力的解构意识。三、在艺术创造中,'油滑'有助于充分发挥虚构的自由,为作家艺术想象力的腾飞制造条件,帮助摆脱各种狭隘正统的审美观点的束缚,为作家用新的审美眼光观察世界,体会一切现存事物的相对性,并用独特的艺术形象和审美形式表现出来创造条件。四、值得注意的是,'油滑'并非单纯否定的,单义性的,必须看到,'油滑'这种特殊的观察、认识方式所具有的整体性,辩证性的特征,即它保持肯定的东西于否定东西中,保持前提的内容于结果中。"⑤对他的解释还可以作进一步的补充与提炼。第一点与第四点可以合并,都是讲的思维方式的问题。"'逆向''反向'的逻辑方式"是与"顺向""正向"的思维取向并行不悖的,脱离了"顺向""正向"的取向,"逆向""反向"也就是失去了

---

① 陈浩:《思想对话的形象——从绍兴民间文化解读鲁迅的思想风格》,《鲁迅研究月刊》2004年第10期。

② 黄键:《鲁迅与中国诙谐文化中的乡愚主题》,《广东社会科学》2003年第6期。

③ 鲁迅:《故事新编·序言》,《鲁迅全集》第2卷,人民文学出版社2005年版,第354页。

④ 郑家建:《"油滑"新解——〈故事新编〉新论(之一)》,《鲁迅研究月刊》1997年第1期。

⑤ 同上。

意义。因而准确地说应该是思维取向上的双向并置与交错。这与第四点谈到的思维的整体性、辩证性相统一,其实都是指思维方式上"正"/"反"、"善"/"恶"、"肯定"/"否定"、"前提"/"结果"等对立因素并置、包容、交替、更新与辩证的两面性和两重性。这正根源于一种古老而深刻的民间智慧。对于中世纪和文艺复兴时期的欧洲民间文化进行了卓越研究的巴赫金指出,这种以狂欢节为代表的民间文化的核心是一种狂欢式的世界感受与思维:"狂欢节上的主要仪式,是笑谑地给狂欢国王加冕和随后脱冕。……国王加冕和脱冕仪式的基础,是狂欢式感受的核心所在,这个核心便是交替与变更的精神,死亡与新生的精神。狂欢节是毁坏一切和更新一切时代才有的节日。""加冕和脱冕,是合二而一的双重仪式,表现出更新交替的不可避免,同时也表现出新旧交替的创造意义;它还说明任何制度和秩序,任何权势和地位(指等级地位),都具有令人发笑的相对性。""加冕之中,从一开始就透着脱冕的意味。狂欢式里所有的象征物无不如此,它们总是在自身中包孕着否定的(死亡的)前景,或者相反。诞生孕育着死亡,死亡中孕育着新的诞生。"①"狂欢式所有的形象都是合二而一的,它们身上结合了嬗变和危机两个极端:诞生与死亡(妊娠死亡的形象),祝福与诅咒(狂欢节上祝福性的诅咒语,其中同时含有对死亡和新生的祝愿),夸奖与责骂,青年与老年,上与下,当面与背后,愚蠢与聪明。对于狂欢式的思维来说,非常典型的是成对的形象,或是相互对立(高与低、粗与细等等),或是相近相似(同貌与孪生)。同样典型的物品反用,如反穿衣服(里朝外),裤子套到头上,器具当头饰,家庭炊具当做武器,如此等等。这是狂欢式反常规反通例的插科打诨范畴一种特殊的表现形式,是脱离了自己常轨的生活。"②因而"独特的'逆向'、'相反'、'颠倒'的逻辑,上下不断易位(如'车轮')、面部和臀部不断易位的逻辑,各种形式的戏仿和滑稽改编、降格、亵渎、打诨式的加冕和脱冕,对狂欢节语言说来,是很有代表性的"③。可以说这样一种感受与思维同样构成了鲁迅受到浙东(越地)民间文化熏陶的"油

---

① 〔俄〕巴赫金著,白春仁、顾亚玲译:《陀斯妥耶夫诗学问题》,《巴赫金全集》第5卷,河北教育出版社1998年版,第163、164页。

② 同上书,第165—166页。

③ 〔俄〕巴赫金著,李兆林、夏忠宪等译:《弗朗索瓦·拉伯雷的创作与中世纪和文艺复兴时期的民间文化》,《巴赫金全集》第6卷,河北教育出版社1998年版,第13页。

滑”的核心①。

郑家建解释的第二点可以概括为民间文化相对于官方和正统文化的边缘性、解构性和叛逆性。在巴赫金看来,这根源于一种自由解放与创造更新的精神。“狂欢式的生活是脱离了常轨的生活,在某种程度上是‘翻了个的生活’,是‘反面的生活’。”②“与官方节日相对立,狂欢节仿佛是庆贺暂时摆脱占统治地位的真理和现有的制度,庆贺暂时取消一切等级关系、特权、规范和禁令。这是真正的时间节日,不断生成、交替和更新的节日。它与一切永存、完成和终结相敌对。它面向未完成的将来。”③“它们显示的完全是另一种,强调非官方、非教会、非国家的看待世界、人与人的关系的观点;它们似乎在整个官方世界的彼岸建立了第二个世界和第二种生活,这是所有中世纪的人都在或大或小的程度上参与,都在一定的时间内生活过的世界和生活。”④尽管巴赫金不乏将民间文化乌托邦化的理想色彩,但是他强调民间文化以一种独特的形式表达了底层民众被压抑的潜在心声,因而具有相对于官方和正统文化的边缘性、解构性和叛逆性却是不容置疑的。“狂欢式——这是几千年来全体民众的一种伟大的世界感受。这种世界感知使人解除了恐惧、使世界接近了人,也使人接近了人(一切全卷入了自由而亲昵的交往);它为更替演变而欢呼,为一切变得相对而愉快,并以此反对那种片面的严厉的循规蹈矩的官腔……狂欢式世界感受正是从这种郑重其事的官腔中把人们解放出来。”⑤不过值得注意的是,与狂欢式思维相联系,这

---

① 董小英从英国人类学家弗雷泽的《金枝》对狂欢节的研究中发现“狂欢节起源于巫术仪式,巫术仪式来源于图腾崇拜,这就是说,人类文化,包括复调小说,包括笑文化,包括戏剧、神话、舞蹈、音乐、绘画等等的起源更早,起源于使狂欢精神得以发生的真正源头——图腾以及以图腾的供坛下所飘逸的巫术精神”(见《再登巴比伦塔——巴赫金与对话理论》,三联书店 1994 年版,第 240—241 页)。王建刚则认为“总体上看,狂欢自身也经历了一个由显到隐,有无意识到有意识到再被逐出意识的过程,经历了一个由本然的生活整合为节日仪式的过程。这一过程实际上是理性与非理性力量消长的过程……在理性日益发达、科学日益精微的今天,曾经是如火如荼、如痴如狂,虔敬而野蛮的狂欢生活已成了一个陌生的话题,难以进入与官方文化、精英文化甚至时尚文化平等对话的语境”(见《狂欢诗学——巴赫金文学思想研究》,学林出版社 2001 年版,第 6 页)。这些都说明了狂欢文化与民间文化的血脉渊源,在今天处于边缘与底层的民间文化实际上是孕育了人类文化原型的精神母体。

② 〔俄〕巴赫金著,白春仁、顾亚玲译:《陀斯妥耶夫诗学问题》,《巴赫金全集》第 5 卷,河北教育出版社 1998 年版,第 161 页。

③ 〔俄〕巴赫金著,李兆林、夏忠宪等译:《弗朗索瓦·拉伯雷的创作与中世纪和文艺复兴时期的民间文化》,《巴赫金全集》第 6 卷,河北教育出版社 1998 年版,第 12—13 页。

④ 同上书,第 6 页。

⑤ 〔俄〕巴赫金著,白春仁、顾亚玲译:《陀斯妥耶夫诗学问题》,《巴赫金全集》第 5 卷,河北教育出版社 1998 年版,第 212 页。

种感受并不是单一与单向的，“它是包罗万象的，它针对一切事物和人（包括狂欢节的参加者），整个世界看起来都是可笑的，都可以从笑的角度，从它可笑的相对性来感受和理解”；同时“这种笑是双重性的；它既是欢乐的、兴奋的，同时也是讥笑的、冷嘲热讽的，它既否定又肯定，既埋葬又再生”；特别是“这种诙谐也针对取笑者本身。人民并不把自己排除在不断生成的世界整体之外。他们也是未完成的，也是生生死死，不断更新的”。① 如前所述，以女吊和无常为代表的浙东（越地）民间文化同样孕育了这种边缘性、解构性和叛逆性。一方面，“如果说作为‘鬼’的女吊更多凝聚、象征着历史底层的无数怨念、孤凄和苦难，那么红色女吊则充满了中国式抗争的魔性，把人间的悲怨、忍从化成阴间的呐喊，以此将生命的冤屈和呐喊永久地刻写进历史，使其再也无法抹煞”。另一方面，“无常的冤屈中同时包含了善与恶并存的悖论以及向对立面转化的可能。在无常放弃了同情——即转化为恶的时刻，他却获得了正义的善：‘那怕你，铜墙铁壁！那怕你，皇亲国戚！’”“对鲁迅而言，白色‘活无常’的深刻启发就是在滑稽、笑谑的表现中达到了悲与喜、恶与善的两极统一：‘鬼而人，理而情，可怖而可爱’，‘脸上的哭或笑，口头的硬语与谐谈’。”②“‘无常’，半在阳间，半在阴间，飘忽无定而又时时监察着人间善恶的精灵……他的‘两重性’，反衬了人生的矛盾；他的‘无常’，正是正常的变形。你听他对‘官、财、文、色’嬉笑怒骂的‘四叹’唱词，又是何等地痛快淋漓，何等的堂堂正气！‘无常’，相对于人世间非正常的‘正常’，才是真理和正义。”③因而在木山英雄看来，在鲁迅的精神中，“存在着一种这样的固有原理，即悲剧性的东西必然会同时或多或少体现着喜剧性的东西”④。

三、文本：“故”事“新”编与杂语喧哗

进一步看，鲁迅的这种“油滑”的眼光与方式还与他渊源于浙东史学传

① 〔俄〕巴赫金著，李兆林、夏忠宪等译：《弗朗索瓦·拉伯雷的创作与中世纪和文艺复兴时期的民间文化》，《巴赫金全集》第6卷，河北教育出版社1998年版，第14页。

② 陈浩：《思想对话的形象——从绍兴民间文化解读鲁迅的思想风格》，《鲁迅研究月刊》2004年第10期。

③ 陈逸：《漫话“社戏”》，寿永明主编：《鲁迅与社戏》，江西人民出版社2005年版，第131页。

④ 〔日〕木山英雄著，刘金才、刘生社译：《〈故事新编〉译后解说》，《鲁迅研究动态》1988年第11期。

统的"野史思维"①相联系。"无论时间与空间如何重叠、渗透、交融与转化,对问题的判断总是与对历史和过去的经验的追忆相交织"②正构成了鲁迅思维方式的一个显著特点。因此在他看来,"历史上都写着中国的灵魂,指示着将来的命运"③,而"一治史学,就可以知道许多'古已有之'的事"④。远在南宋,越地便开始形成一种"通古今事势之变以达于当前之治体"⑤的浙东学术(浙东史学),正如章学诚所说,"言性命者必究于史","史学所以经世,固非空言著述也","正以切合当时人事耳"⑥。因而这样"一种研史以透视社会人生的史学思想"正是浙东史学的一种贯通。而鲁迅也正是在这样一种悠久而厚重的史学传统中形成了他的史学思想。"注重明古鉴今以知其所以然的'史法'与'史识',作为浙东史学的重要传统,是与鲁迅的思维特征内在的相通的。"⑦不过,在对历史的关注中,鲁迅又特别注重野史,因为野史比正史更真实。正史有掩饰,"'官修'而加以'钦定'的正史也一样,不但本纪咧,列传咧,要摆'史架子';里面也不敢说什么"⑧,因而读正史必须"不被搽在表面的自欺欺人的脂粉所诓骗"⑨。"野史和杂说自然也免不了有讹传,挟恩怨,但看往事却可以较分明,因为它究竟不像正史那样地装腔作势"⑩,从而以一种边缘性的另类的异质性思维构成对官方正史思维的疏离乃至挑战与解构。正是这样一种边缘性异质性的野史思维与眼光,一方面使鲁迅洞悉现实生活中历史的幽灵与鬼魅,"中国社会上的状态,简直是将几十世纪缩在一时:自油松片以至电灯,自独轮车以至飞机,自镖枪以至机关炮,自不许'妄谈法理'以至护法,自'食肉寝皮'的吃人思想以至人道主义,自迎尸拜蛇以至美育代宗教,都摩肩挨背的存在。这许多事物挤在一处,正如我辈约遂人氏以前的古人,拼开饭店一般,即使竭力调合,也只能煮个半熟……"⑪,以至感到"仿佛时间的流驶,独与我们中国无关","试将记五代,南宋,明末的事情的,和现今的状况一比较,就当惊心动

① 参见赵宪涛:《鲁迅与"野史思维"》,《石家庄学院学报》2007 年第 5 期。
② 汪晖:《进化的理念与"轮回"的经验》,《广东社会科学》1989 年第 4 期。
③ 鲁迅:《忽然想到·四》,《鲁迅全集》第 3 卷,人民文学出版社 2005 年版,第 17 页。
④ 鲁迅:《又是"古已有之"》,《鲁迅全集》第 7 卷,人民文学出版社 2005 年版,第 239 页。
⑤ 董平:《浙江思想学术史》,中国社会科学出版社 2005 年版,第 172 页。
⑥ 章学诚:《文史通义·浙东学术》,《章学诚遗书》,文物出版社 1985 年版,第 15 页。
⑦ 陈方竞:《鲁迅与浙东经史文化》,《中国现代文学研究丛刊》1993 年第 2 期。
⑧ 鲁迅《这个与那个》,《鲁迅全集》第 3 卷,人民文学出版社 2005 年版,第 148 页。
⑨ 鲁迅:《中国人失掉自信力了吗》,《鲁迅全集》第 6 卷,人民文学出版社 2005 年版,第 122 页。
⑩ 鲁迅:《这个与那个》,《鲁迅全集》第 3 卷,人民文学出版社 2005 年版,第 148 页。
⑪ 鲁迅:《随感录·五十四》,《鲁迅全集》第 1 卷,人民文学出版社 2005 年版,第 360 页。

魄于何其相似之甚”，“现在的中华民国也还是五代，是宋末，是明季”①，从而在古今的比照与映衬中透视中国社会与历史“停滞”、“循环”的秘密。因而《故事新编》中古代与现代交错、历史与现实并置的“古今杂糅”、富有张力的时间形式正根源于作家这种“对现代与历史的共时性的洞察方式。鲁迅是自觉把过去、现在、将来放在一个共同的叙述框架内来加以理解和表现。并且这种理解和表现的关注点是寻找其中内在的历史连续性、意向的对话性”②。比如《补天》中禁军在女娲的肚皮上安营扎寨，《奔月》中羿被侍女称为“战士”与“艺术家”，《理水》中与大禹同时代的人却用“古貌林(good morning)”、“ok”之类现代西洋话来打招呼，《非攻》中墨子碰到了募捐救国队，《起死》中庄子与警察局巡警匪夷所思地生活在同一个世界里。还有《采薇》中周武王讨伐商纣王的告示：“照得今殷王纣，乃用猝妇人之言，自绝于天，毁坏其三正，离遏其王父母弟。乃断弃其先祖之乐；乃为淫声，用变乱正声，怡说妇人。故今予发，维共行天罚。勉哉夫子，不可再，不可三！此示。”其中“照得”、“此示”都是1920—1930年代国民党政府和地方军阀所发布的讨伐令和公文经常使用的词汇，巧妙地揭示出古与今、历史与现实令人惊异的相似性与同一性。可以说，“在这种对超时代事物执着追求和热情关心之前，过去与现在总是难解难分地相互交织在一起，因而处于一种历史不断苏生于现实，现实随时被历史化的关系”③。

另一方面，这样一种思维与眼光又使鲁迅发现与洞穿了光滑、庄严的历史表面下的缝隙与裂痕，并进而嘲弄、调侃与解构甚至颠覆了传统史学的整个等级体制与秩序。三皇五帝的时代是中国政治制度“完美”的时代，是一个长期为正统历史所美化和称颂的礼贤谦让、温情脉脉的“黄金时代”，可是在鲁迅的笔下(《理水》)，一方面是广大人民生活在滔滔洪水中，只能在树顶和木排上靠着树叶树皮和水苔艰难生息；另一方面则是文化山上的许多学者吃着从奇肱国用飞车运来的面包，讲着“古貌林!”“古鲁几哩……”“O. K!”的洋话，悬空地争论着治水英雄“禹”的有无；一方面是乘着旌旗飘扬的大船下来的大员装模作样地来考察灾情，实际上却主要是去观赏风景与游戏玩乐，筵宴上大员们酒气熏天地高谈阔论什么“国泰民安”，狗屁不

① 鲁迅：《忽然想到·四》，《鲁迅全集》第3卷，人民文学出版社2005年版，第17页。

② 郑家建：《被照亮的世界——〈故事新编〉诗学研究》，福建教育出版社2001年版，第66页。

③ 〔日〕木山英雄著，刘金才、刘生社译：《〈故事新编〉译后解说》，《鲁迅研究动态》1988年第11期。

通地附庸风雅,迂腐保守,甚至置民众生命于不顾;另一方面却是查看了山泽的情形,征求了百姓的意见,看透实情而坚定地改“湮”为“导”,并且“三过家门而不入”、“每天孳孳”的实干的大禹和他的随员们。虽然在残酷的专制统治与愚民政策下,下民也大多混混沌沌,以趋炎附势为时尚,但是真正有骨气的“乡下人”却以身边的世俗生活常识质疑与颠覆了文化山学者对于禹的怀疑,并对他们所依赖的官方法律加以嘲讽与消解,支持了大禹的革新事业。正如海德格尔所说:“历史意味着一种贯穿‘过去’、‘现在’与‘将来’的事件联系和‘作用联系’。”①这样一种对比其实也正是1930年代中国现实——“一方面是庄严的工作,另一方面却是荒淫与无耻”②的历史投影与写照。在《起死》中,那个到处宣扬“彼亦一是非,此亦一是非”的庄子使骷髅复活而成精赤条条的乡下汉子,却最终在他只是要衣服的纠缠中露出了马脚,不但不能脱下自己的衣服给他,而且还叫来了巡警,深刻地揭示了其“混淆黑白”的相对主义哲学自私与虚妄的实质,从而挖了1930年代流行一时的“庄子热”那些“坏种的祖坟”③。同样,在《出关》中,徒作大言的空谈家老子虽然倡言“无为而无不为”,却一事不做,面对孔子的威胁只好逃亡出走。然而逃亡就是老子的出路吗?当他来到函谷关,却并没有那么顺利地出关,被关尹喜强留做了一番讲义(五千言的《道德经》);后来他出了关又怎样呢,真能走到流沙吗?诚如关尹喜所说:“看他走得到。外面不但没有盐,面,连水也难得。肚子饿起来,我看是后来还要回到我们这里来的。”而他呕心沥血的《道德经》(“两串木札”)也被关尹喜从灰尘中提起“放在堆着充公的盐,胡麻,布,大豆,饽饽等类的架子上”,成为可以随意拿到市上卖钱的货物。从而从根本上颠覆了品行高洁的世外高人老子的传统形象,戳穿了当时文化界那些“坏种”仍在欺瞒的真相。

值得注意的是,这种“乡下人”视野几乎是贯穿整部《故事新编》的。其叙述时间的历史刻度就常常依托于“乡下人”的日常生活常识展开。如《采薇》中“约有烙三百五十二张大饼的工夫,这才见别有许多兵丁……”,“大约过了烙好一百零三四张大饼的工夫,现状并无变化,看客也渐渐的走散……”;《铸剑》中“换了六回松明之后,那老鼠已经不能动弹,不过沉浮在水中间……”,“这样地经过了煮熟一锅小米的时光,眉间尺早已焦躁得浑

① 〔德〕海德格尔著,陈嘉映、王庆节合译:《存在与时间》,三联书店1987年版,第445页。

② 鲁迅所引爱伦堡的名言。见《鲁迅全集》第6卷,人民文学出版社2005年版,第295页。

③ 鲁迅在1935年1月4日致萧军萧红的信中说:“近几时我想看看古书,再来做点什么书,把那些坏种的祖坟刨一下。”(见《鲁迅全集》第13卷,人民文学出版社2005年版,第330页)

身发火……”，“约略费去了煮熟三锅小米的工夫，总算得到一种结果……”；《理水》中描写大员到下面来考察也是透过乡下人的具体感受来展开的：“十多天之后，几乎谁都说大臣的确要到了，因为有人出去捞浮草，亲眼看见过官船；他还指着头上一块乌青的疙瘩，说是为了回避得太慢一点了，吃了一下官兵的飞石：这就是大臣确已到来的证据。……一大阵独木大舟的到来，是在头上打出疙瘩的大约二十多天之后。”“这是一种乡愚式的时间感，是一种与官方正统的历史观完全不同的历史观，后者反映的是以当权者的政治行为为中心与尺度建立起来的历史叙述规则，而前者则是以乡间愚民近身的日常、俗世的生活为中心与尺度，对之的取用是对于官方历史叙述规则的调侃与消解。”①不过如前所述，这种狂欢式的笑“是包罗万象的，它针对一切事物和人（包括狂欢节的参加者），整个世界看起来都是可笑的，都可以从笑的角度，从它可笑的相对性来感受和理解”；“这种诙谐也针对取笑者本身。人民并不把自己排除在不断生成的世界整体之外。他们也是未完成的，也是生生死死，不断更新的”。② 如《铸剑》中国王“大出丧”时，那几个“咽着泪，怕那两个大逆不道的逆贼的魂灵，此时也和王一同享受祭礼”的义民，《理水》中那个把“水苔”说成“滑溜翡翠汤”，把榆叶当做“一品当朝羹”的“百姓的代表”，以及为了进献皇上而全体出动“洗叶子，切树皮，捞青苔，乱作一团”的居民，《采薇》中那跟着小丙君鹦鹉学舌的阿金姐等，都同样显示出自身的浅薄、浮泛、势利与愚昧。当然这种势利与愚昧又是与官方的专制统治和学者们的诱导分不开的。因而通过对他们的调侃与嘲笑，也间接地嘲讽了封建专制统治及其意识形态。而那些“糊涂透顶的笨牛”式的知识分子，在鲁迅的笔下，也显出他们天真可爱迂腐的一面。《采薇》中那不食周粟饿死于首阳山的伯夷和叔齐通体都是矛盾：一方面恪守先王之道，另一方面却置自己的祖业而不顾；一方面坚守“士可杀不可辱”、“杀身以成仁”的古训，另一方面面对华山大王小穷奇的凌辱却又只有唯唯诺诺，低声下气。不过在周武王、小穷奇、小丙君们的虚伪、无耻、残暴与凶狠的比照下，他们甚至还因此而“不肯超然”，不但“有议论”，而且“还要做诗”，则又显示出他们的真诚与正直。当然这样一种真诚与正直在虚伪、无耻、残暴与凶狠的历史语境中最终只能是一种迂腐。在一个专制王权的国家，要真心实意坚守“先王之道”（实际上我们可以剥去它的具体内涵，

① 黄键：《鲁迅与中国诙谐文化中的乡愚主题》，《广东社会科学》2003年第6期。

② 〔俄〕巴赫金著，李兆林、夏忠宪等译：《弗朗索瓦·拉伯雷的创作与中世纪和文艺复兴时期的民间文化》，《巴赫金全集》第6卷，河北教育出版社1998年版，第14页。

而把它抽象为一种人类的精神信仰),几乎是不可能的。所以“这种笑是双重性的;它既是欢乐的、兴奋的,同时也是讥笑的、冷嘲热讽的,它既否定又肯定,既埋葬又再生”①。

正是这种立足底层民间与异端文化的“油滑”使《故事新编》的语言呈现出一种充满内在摩擦、交锋、冲突与对话的众声喧哗的“杂语”(巴赫金语)色调。这里有人类始祖与其后裔(“小东西”)的深刻隔膜:在《补天》中,当共工与颛顼争帝而导致天崩地裂的灾难后,女娲问小东西:“那是怎么一回事呢?”小东西们却要么是“颛顼不道,抗我后,我后躬行天讨,战于郊,天不祐德,我师反走……”,要么是“人心不古,康回实有豕心,觑天位,我后躬行天讨,战于郊,天实祐德,我师攻战无敌,殛康回于不周之山”,一派云天雾地、不知所云的话,这种“说不通”使女娲只好放弃了与这类“小东西”的“板谈”。而当她奋力补天时,更遭到古衣冠的小丈夫一方面偏站在她的两腿之间向上看,一方面又谴责“裸裎淫佚,失德蔑礼败度,禽兽行。国有常刑,惟禁”。这里也有以最漂亮最时髦的名义公开进行抢劫和掠夺的赤裸裸的流氓行径与嘴脸:《采薇》中华山大王“小穷奇”一伙强盗打劫伯夷、叔齐时,居然也用“先王遗教”来遮掩,说:“小人们也遵先王遗教,非常敬老,所以要请您老留下一点纪念品……(否则)那可小人们只好恭行天搜,瞻仰一下您老的贵体了!”卑鄙、无耻与崇高、庄严就这么奇妙地结合为一体。这里更有各种不同历史时代、不同社会阶层、不同语言文体、不同思想立场的交锋、碰撞与融合。《理水》中“一个身穿深蓝土布袍子,手抱孩子的妇女”在戒备森严的京都水利局门前破口大骂:“这杀千刀的!奔什么丧!走过自家的门口,看也不进来看一下,就奔你的丧!做官做官,做官有什么好处,仔细像你的老子,做到充军,还掉在池子里变大忘八!这没良心的杀千刀!……”一方面以底层民间的视野质疑了大员们高谈阔论的官方立场,另一方面又张扬了大禹一心救民众于水火的英雄业绩和大公无私的崇高品格。《铸剑》中眉间尺的头在滚沸的鼎中所唱的歌“堂哉皇哉兮嗳嗳唷”,在伟丽雄壮中掺入了民间“猥亵小调的声音”②,给严肃紧张的复仇增添了几分轻松滑稽的气氛,同时也强化了多重思想立场。而《采薇》中伯夷、叔齐在首阳山上的对话:“‘三弟,有什么捞儿没有?我是肚子饿的咕噜咕噜响了好半天了。’伯夷一望见他,就问。‘大哥,什么也没有。试试这玩

---

① 〔俄〕巴赫金著,李兆林、夏忠宪等译:《弗朗索瓦·拉伯雷的创作与中世纪和文艺复兴时期的民间文化》,《巴赫金全集》第6卷,河北教育出版社1998年版,第14页。

② 鲁迅:《致增田涉》,《鲁迅全集》第14卷,人民文学出版社2005年版,第386页。

意儿罢。’”则又用来自平民阶层的日常话语消解了“孤竹君之二子”的神圣性，还原了他们生命本真的原生态。至于《理水》中文化山上的学者与奇肱国的飞车以“古貌林！”、“古鲁几哩……”、“O. K！”的洋话对话，学者和大员们高谈阔论“遗传”、“面包”、“维他命W”、“饮料”、“时装表演”、“莎士比亚”等现代语汇，《出关》中账房和书记“来笃话啥西，俺实直头听弗懂！”、“还是耐自家写子出来末哉。写子出来末，总算弗白嚼蛆一场哉啘。阿是？”的方言等各种社会杂语更是显示出不同时代、不同地域、不同阶层思想立场的声音在同一场域的多音共鸣、众声喧哗。鲁迅甚至还把自己所经历和体验的一些话语直接融入到历史文本中，如《奔月》中“若以老人自居，是思想的堕落”，“有人说老爷还是一个战士”，《出关》中“他以后就不再来，也再不叫我先生，只叫我老头子，背地里还要玩花样了呀”，“那可不见得行。要发牢骚，闹脾气的”，等等，都直接牵连与纠缠着一段刻骨铭心的现实记忆，融入了作家酸甜苦辣的人生体验。早在1930年代就有论者敏锐地指出了《故事新编》这种独特的创造：“鲁迅的作品创造了这样的文体：它不企图以单一的主题说明，凡有说明，往往是在每一字，每一句，——更长些是在每一段落中，这文体，从他的《故事新编》中可以取得最高的典型。他利用着复杂的故事，构成峻峋交错的诸种形象，在这些形象的每一面，每一边缘，每一角，每一端末处给以一切的反应。从这反应，可以窥见出鲁迅泼辣而勇敢的生命！”①

四、文体：“历史的小说”与“故事新编”体

或许正是这种凝聚与折射出多重意蕴与多种向度的艺术形式与艺术风格导致了人们解读《故事新编》的困惑与失语。王瑶说：“在鲁迅的作品中，《故事新编》是唯一的一部存在它是属于什么性质作品的争论的集子。”②的确，从它诞生以来，学术界就始终存在着它究竟是历史小说还是杂文化的

① 东平：《〈故事新编〉读后记》，1936年《小说家》第1卷第2期。收入《鲁迅研究学术论著资料汇编》第2卷，中国文联出版公司1985年版，第586—587页。

② 王瑶：《〈故事新编〉散论》，《鲁迅作品论集》，人民文学出版社1984年版，第177页。

讽刺小说、寓言式小说的争论①,构成一个至今仍聚讼纷纭的学术事件。夏志清在论述《故事新编》时说:"由于鲁迅怕探索自己的心灵,怕流露出自己对中国的悲观和阴沉的看法,同他公开表明的共产信仰是相左的,他只能压制自己深藏的感情,来做政治讽刺的工作。《故事新编》的浅薄与零乱,显示出一个杰出的(虽然路子狭小的)小说家可悲的没落。"②竹内好也表现出少见的游移不定与模棱两可,一方面说他关于鲁迅的解释,《故事新编》已经包含在其中了,另一方面又说"《故事新编》不仅没有包括进去,反倒像跟全体对立一样展示着一个新的世界",但这究竟是怎样的一个"新的世界",却又难以说清楚,只能归结为"老实说,《故事新编》,我是看不懂的"。③ "竹内好很少有这么徘徊不前的时候,不过也倒正好说明了《故事新编》的不好理解。总之,《故事新编》各篇作品所蕴涵的内容,不是容易解释的。"④其实不仅仅其内容不容易解释,首先其形式就是全新的,这也是这部小说集的体裁性质长期存在争论的一个根本原因。实际上作家当初写作的时候就已经意识到他的《故事新编》是不符合既有的文学理论规范的——"不足称为'文学概论'之所谓小说"⑤。因而当我们用既定的文学理论规范去界定《故事新编》的特性时,是注定要吃力不讨好的。

无论是"历史小说论"还是"讽刺小说论",都只是包含了部分的真理,而没有充分(完全)说明《故事新编》的体裁性质。即使是越来越受到学界重视的"寓言小说论",虽然1990年以来超越了古代的寓言论而运用现代寓言理论来透视《故事新编》⑥,深刻地把握了它文体的解构性、多义性、衍生性、寓言性与复调(包容)性——"寓言精神具有极度的断续性,充满了分裂和异质,带有与梦幻一样的多种解释,而不是对符号的单一的表述。它的

① 参见张梦阳:《中国鲁迅学通史》下卷,广东教育出版社2002年版,第333—406页。"历史小说论"可以茅盾《〈玄武门之变〉序》(1937)、雪苇《关于〈故事新编〉·鲁迅散论》(1952)、吴颖《如何理解〈故事新编〉的思想意义》(1956)为代表,"讽刺小说论"可以岑伯《〈故事新编〉读后感》(1936)、伊凡《鲁迅先生的〈故事新编〉——评雪苇的〈关于《故事新编》〉》(1953)、李桑牧《卓越的讽刺文学——〈故事新编〉》(1954)为代表,"寓言小说论"可以冯雪峰《中国文学从古典现实主义到无产阶级现实主义的发展的一个轮廓(下)》(1952)、薛毅《论〈故事新编〉的寓言性》(1993)为代表。

② 〔美〕夏志清著,刘绍铭等译:《中国现代小说史》,香港中文大学出版社2001年版,第40页。

③ 〔日〕竹内好著,李冬木、赵京华、孙歌译:《近代的超克》,三联书店2005年版,第101—105页。

④ 〔日〕片山智行著,李冬木译:《〈故事新编〉论》,《鲁迅研究月刊》2000年第8期。

⑤ 鲁迅:《故事新编·序言》,《鲁迅全集》第2卷,人民文学出版社2005年版,第354页。

⑥ 薛毅在《论〈故事新编〉的寓言性》中明确说,虽然冯雪峰首次称《故事新编》是"寓言式的短篇小说"在形式上把握住了它的"假定性和和讽喻性","但冯雪峰并没有发现《故事新编》超越于古老寓言之处,因而无法估计其创造性价值"(见《鲁迅研究月刊》1993年第12期)。

形式超过了老牌现代主义的象征主义，甚至超过了现代主义本身。我们对寓言的传统概念认为寓言铺张渲染人物和人格化，拿一对一的相应物作比较，但是这种相应物本身就处于文本的每一个永恒的存在中而不停地演变和蜕变，使得那种对能指过程的一维看法变得复杂起来”，“它能引起一连串的性质截然不同的意义和信息”①，因而“《故事新编》不仅仅完成了对古文本的解构和颠覆，也解构和颠覆了自身，它解除了符号、事物和意义的原初的固定、对应关系，但并没有重建新的统一体，而强化了它们之间的滑动、分裂和互相否定。这种解构与自我解构、颠覆与自我颠覆，与小说所体现出的高度的假定性、人为的拼凑性，以及反规则、扭曲模仿、滑稽模仿等等诸种特点构成了现代寓言小说类型”②——但是他们在强调《故事新编》文体的解构性与多义性时却压抑与遮蔽了它意向的指向性而使之衍化为一团不知所云的浆糊。其实《故事新编》“想从古代和现代都采取题材，来做短篇小说”③，发掘“中国的脊梁”（虽然这些民族的脊梁和先驱者每每免不了“总在被摧残，被抹杀，消灭于黑暗中”④，却使我们民族虽然“历史上满是血痕，却竟支撑以至今日”⑤，因而正是我们民族自信力之所在），刨“那些坏种的祖坟”⑥的意向是十分明确的。薛毅也分明感受到了这些指向，却轻易地用“鲁迅作为传统文明末日的目击者和思想者，既不可能将起源精神全部作为‘坏种的祖坟’刨掉，也不可能陶醉在起源精神的非凡能力的想象之中”而将之否定掉。对主张多元差异的薛毅而言，这种“既不……也不……”不正陷入了他极力反对的非此即彼的对立模式之中了吗？其实从多义性与衍生性的角度，这种“既不……也不……”不是完全可以改写成“既……又……”吗？“寓言小说”论者这种尴尬根源于他们简单地套用了西方现代寓言理论。“正是由于自然与历史奇怪的结合，寓言的表达方式才得以诞生。”⑦“本雅明从自然与历史的关系来看待寓言与象征。他认为，自然带有历史的印记，而历史则包含在自然中。从自然的颓败可以看到历史的沧桑。巴罗克艺术力图表现的不是世俗的生活，而是自认与历史奇妙的结合中隐藏的神秘含义。从象形文字到寓意画再到寓言的种种讽喻形式可以最恰当

① 〔美〕詹明信著，陈清桥等译：《晚期资本主义的文化逻辑》，三联书店 1997 年版，第 528、529 页。
② 薛毅：《论〈故事新编〉的寓言性》，《鲁迅研究月刊》1993 年第 12 期。
③ 鲁迅：《故事新编·序言》，《鲁迅全集》第 2 卷，人民文学出版社 2005 年版，第 353 页。
④ 鲁迅：《中国人失掉自信力了吗》，《鲁迅全集》第 6 卷，人民文学出版社 2005 年版，第 122 页。
⑤ 鲁迅：《致尤炳圻》，《鲁迅全集》第 14 卷，人民文学出版社 2005 年版，第 410 页。
⑥ 鲁迅：《致萧军萧红》，《鲁迅全集》第 13 卷，人民文学出版社 2005 年版，第 330 页。
⑦ 〔德〕本雅明著，陈永国译：《德国悲剧的起源》，文化艺术出版社 2001 年版，第 137 页。

的表现自然的黑暗与历史的失败。象征表现的黑暗与死亡往往被理想化，自然消殒的形象在神秘的瞬间被救赎之光照亮；而寓言，正像丢勒的著名版画《忧郁》所展示的那样，阴郁地表现了世界的黑暗、自然的颓败与人性的堕落。"[①]正是根据本雅明的理论，薛毅在《故事新编》中寻找出一种"自反力量，它反对、怀疑、否定原来被证实、肯定的思想，促使其陷入困境和解体"，"没有任何欺骗性地揭示文明末日的破碎、断裂和多重关系，并且重新审视文明源头，将它作为'必然衰败的事件'来体验，打开被历史所禁锢的幽闭之门，熄灭其被历史所赋予的幻想之光。"而最后的结果也只能是"一个贬值的世界的劫数难逃，无以复生"。[②] 按照这样一种"自反力量"不断否定的运行逻辑，在它的否定之否定中不是又可能螺旋式回到原有的起点吗？有什么理由一定说它会走向颓败、溃灭呢？《故事新编》中与老子、庄子同处于"末世"的墨子不是成功地阻楚攻宋，并且在公输盘和楚王面前宣传了"义的拘拒"——只求有利于人民的"兼爱"、"非攻"思想吗？（《非攻》）在鲁迅看来，这些先驱者和民族的"脊梁"们虽然"总在被摧残，被抹杀，消灭于黑暗中"，被埋没在"地底下"，但是他们同时也"有确信，不自欺"，"在前仆后继的战斗"，"这一类的人们，就是现在也何尝少呢？"[③]在鲁迅的笔下，历史并不是一本不断颓败的糊涂账，鲁迅也不是一个虚无主义者，而之所以造成这样一种误识，正是机械地把西方巴罗克时代的艺术套用到鲁迅的《故事新编》结出的苦果。

实际上，《故事新编》的根本性质在于它是鲁迅一种独特的全新的创造，套用任何现成的文学概论的理论规范来说明，都难免出现削足适履、捉襟见肘的尴尬与困惑。1960 年，唐弢就指出："《故事新编》是一部取材于古代神话、传说和个别史实的小说。用历史小说这个概念的传统名义来解释它，恰如用五言的形式去衡量曹操的某些五言诗，用律诗的格律去衡量李白的某些律诗一样，人们会发现有许多想象不到的困难。""正如书名本身所标明的，这是故事新编，它描述的基本上都是古人的事情，古代的生活；这也是新编的故事，任何属于传统形式的凝固概念，都不可能约束它，绊住它。因为它代表着一个新的创造。"[④]普实克也认为："鲁迅的作品是一种极为杰

① 王逢振：《前言：本雅明学术思想述略》，《本雅明文选》，中国社会科学出版社 1999 年版，第 26 页。

② 薛毅：《论〈故事新编〉的寓言性》，《鲁迅研究月刊》1993 年第 12 期。

③ 鲁迅：《中国人失掉了自信力了吗》，《鲁迅全集》第 6 卷，人民文学出版社 2005 年版，第 122 页。

④ 唐弢：《鲁迅和他的〈故事新编〉》，《新港》1960 年 10 月号。后收入《燕雏集》时更名为《故事的新编新编的故事》，作家出版社 1962 年版。

出的典范，说明现代美学准则如何丰富了本国文学的传统原则，并产生了一种新的独特的结合体。这种手法在鲁迅以其新的、现代手法处理历史题材的《故事新编》中反映出来。他以冷嘲热讽的幽默笔调剥去了历史人物的传统荣誉，扯掉了浪漫主义历史观加在他们头上的光圈，使他们脚踏实地地回到今天的世界上来。他把事实放在与之不相称的时代背景中去，使之脱离原来的历史环境，以便从新的角度来观察他们。以这种手法写成的历史小说，使鲁迅成为现代世界文学上这一新流派的一位大师。”①的确，鲁迅的《故事新编》受到过某种外来现代文学与文化的影响与启迪。比如他在写作《不周山》(《补天》)之前翻译了日本“新思潮”派作家芥川龙之介的小说《罗生门》，在《〈罗生门〉译者附记》中说：“这一篇历史的小说(并不是历史小说)，也算他的佳作，取古代的事实，注进新的生命去，便与现代人生出干系来。”②1923年为其翻译的《现代日本小说集》撰写的“关于作者的说明”中又进一步说，芥川龙之介虽然“多用旧材料，有时近于故事的翻译。但他的复述古事并不专是好奇，还有他的更深的根据：他想从含在这些材料里的古人的生活当中，寻出与自己的心情能够贴切的触著的或物，因此那些古代的故事经他改作之后，都注进新的生命去，便与现代人生出干系来了”③。鲁迅在这里明确区分了“历史的小说”和“历史小说”两个概念，“历史小说”无疑是以传统的文学概论的理论作为规范的，是以复原历史本身作为指向的；而“历史的小说”则强调了“古代”与“现代”的“干系”，这种“干系”的实质在于作家从“古人的生活当中，寻出与自己的心情能够贴切的触著的或物”，进而“注进新的生命去”。

可以说，《故事新编》就是这样的一部“历史的小说”，而不是传统意义上的“历史小说”。不过“注进新的生命”的方式却是与鲁迅在越文化的熏陶中形成的独特的审美方式与艺术个性紧密联系的，即“只取一点因由，随意点染”，甚至“信口开河”的“油滑”④，在古今杂糅的时空交错和人鬼同台的滑稽怪诞之中曲折地表达了作家对于中国社会历史与现实的尖锐而深刻的思考。正是在这一意义上，有论者指出《故事新编》的创作方法是表现主义的——“以主观表现为中心的美学原则，陌生化的艺术思维，寓言式的象

---

① 〔捷〕普实克：《鲁迅》，《鲁迅研究年刊》1979年。

② 鲁迅：《〈罗生门〉译者附记》，1921年6月14日《晨报》。收入《鲁迅全集》第10卷，人民文学出版社2005年版，第252页。

③ 鲁迅：《〈现代日本小说集〉关于作者的说明》，《鲁迅全集》第10卷，人民文学出版社2005年版，第243页。

④ 鲁迅：《故事新编·序言》，《鲁迅全集》第2卷，人民文学出版社2005年版，第354页。

征主题，怪诞、变形的情节和人物，以及抽象化、寓言化的叙事风格”①。但是这样一种表现主义的形式与风格绝不是仅仅受到西方表现主义的艺术影响而生成的，而是首先植根于鲁迅在童年时期便受到越地文学艺术的熏陶而积累起来的审美兴趣、习惯与个性，或者说是在这样一种审美兴趣、习惯与个性主导下中西文学艺术融合的结果。除了前面论述到的使鲁迅如醉如痴，“隐藏着一种秘密的爱恋”②的以目连戏为代表的越地民俗艺术外，“对历代志人志怪的笔记小说、讽刺小说和野史札记的特殊关注”，“对传统的书画艺术尤其是木刻插图、金石碑铭和石刻画像的浓郁兴趣”都使鲁迅形成了独特的艺术情致——“不论是小说、戏曲或书画，它们大都内容光怪陆离，形象夸张变形，结构线条简洁洗练，形式或滑稽怪诞，或抽象陌生，且往往寄寓着情感表现或生活哲理”③，具有明显的表现主义因素。而这样一种精神取向又是与浙东文化注重异端、边缘的文化立场相一致的。“正是这种对处在中国文化边缘的所谓‘小传统’的情有独钟的酷爱，塑造了鲁迅与众不同的审美意向和艺术情怀。”④并且“‘奠定’了他半生学问事业的倾向，在趣味上直到晚年也还留下了好些明了的痕迹”⑤。正是这样一种突破艺术常规，以变形的、夸诞的形式来自由地表现自我的思想与情感的方式构成了鲁迅独特的艺术个性与方式。“只取一点因由，随意点染”⑥的《故事新编》是这一方式的具体显现，同样在《呐喊》、《彷徨》中，“所写的事迹，大抵有一点见过或听到过的缘由，但决不全用这事实，只是采取一端，加以改造，或生发开去，到足以几乎完全发表我的意思为止”⑦的方法也是这一方

---

① 徐行言：《论〈故事新编〉的表现主义风格》，《鲁迅研究月刊》1995 年第 11 期。严家炎于 1993 年在韩国汉城举行的“鲁迅的文学与思想国际学术讨论会”上提交的学术报告《〈故事新编〉和鲁迅创作思想的演变》（后扩充修改为论文《鲁迅与表现主义——兼论〈故事新编〉的艺术特征》，发表于《中国社会科学》1995 年第 2 期）中率先指出“《故事新编》并非现实主义，而主要是现代主义——确切一点说是表现主义的产物”的观点，并且从“以古和今的强烈反差造成滑稽和‘间离’的效果”，“部分作品所显示的情节内容的荒诞性”，“借古代的故事将作者特定的情感、心境、意趣加以外化和折射”等方面加以论证。

② 〔美〕夏济安：《鲁迅作品的黑暗面》，乐黛云编：《国外鲁迅研究论集》，北京大学出版社 1981 年版，第 375 页。

③ 徐行言：《论鲁迅艺术趣味与文艺思想的多元性——在表现主义与写实主义的二难抉择中》，《文艺理论研究》1997 年第 6 期。

④ 同上。

⑤ 周作人：《关于鲁迅》，新疆人民出版社 1997 年版，第 514 页。

⑥ 鲁迅：《故事新编 · 序言》，《鲁迅全集》第 2 卷，人民文学出版社 2005 年版，第 354 页。

⑦ 鲁迅：《我怎么做起小说来》，《鲁迅全集》第 4 卷，人民文学出版社 2005 年版，第 527 页。

式的艺术体现。还有“措辞”“很含糊”的“随时的小感想”[①]的散文诗《野草》,“论时事不留面子,砭锢弊常取类型”[②]的杂文笔法与精神更是这一方法的直接呈现。其核心都在于自由创造与抗争世俗的精神,而这恰恰是与越文化的两大基本原型——在求实中探索的大禹原型和在复仇中抗争的勾践原型[③]——相联系的,或者说是越地这种古老的文化精神原型在鲁迅艺术中的复活与显现。

正因为这种带有表现主义色彩的艺术个性与精神广泛地呈现在鲁迅的各种小说、散文诗和杂文之中,因而简单地冠之以“表现主义艺术”并不能揭示《故事新编》的文类特征。对于这一“历史的小说”可能还是回到唐弢所借用的鲁迅自己的书名——“故事新编”来概括比较恰当[④]。“故事”即强调了其区别于《呐喊》、《彷徨》等现实题材小说的是取材于古代的“神话、传说与史实的演义”[⑤]。这也是“历史小说”与“历史的小说”都共有的“历史”的维度。“新编”则强调了作家主体对于这一“历史”(作为“故事”的前文本)的重构,特别是从现实(今天)的角度对于历史的发现、勘探与理解,从而表达了作家对于历史与现实的思考。虽然“所谓重写(rewriting)并不是什么新时尚。它与一种技巧有关,这就是复述与变更。它复述早期的某个传统典型或者主题(或故事),那都是以前的作家们处理过的题材,只不过其中也暗含着某些变化的因素——比如删削,添加,变更——这是使得新文本之为独立的创作,并区别于‘前文本’(pretext)或潜文本(hypotext)的保证。重写一般比潜文体的复制要复杂一点,任何重写都必须在主题上具有创造性”[⑥],但是鲁迅对于古代的“神话、传说与史实”的“重写”却通过主体的介入突袭了历史与现实——“在《故事新编》中,小说家‘玩弄时间’的精彩表演开解了更多的可能性:古今杂陈,混淆历史与小说与杂文的分界,将滑稽与深刻无与伦比的结合起来,用对古人‘不诚敬’的方式使之活泼,以及将一切都打上引号加以推敲和嘲讽的策略”[⑦],这正是鲁迅《故事新编》独特的文体创造。

---

① 鲁迅:《〈野草〉英文译本序》,《鲁迅全集》第4卷,人民文学出版社2005年版,第365页。

② 鲁迅:《伪自由书·前记》,《鲁迅全集》第5卷,人民文学出版社2005年版,第4页。

③ 参见本书引论。

④ 日本学者片山智行在《〈故事新编〉论》中指出:“《故事新编》中的作品虽被称为历史小说,不过从严格的意义上讲,如标题所示,是‘故’事‘新’编,非‘历史小说’一语所能道尽。”(见《鲁迅研究月刊》2000年第8期)但未能就这一问题做深入的探讨。

⑤ 鲁迅:《〈自选集〉自序》,《鲁迅全集》第2卷,人民文学出版社2005年版,第465页。

⑥ 〔荷兰〕佛克马著,范智红译:《中国与欧洲传统中的重写方式》,《文学评论》1999年第6期。

⑦ 黄子平:《“灰阑”中的叙述》,上海文艺出版社2001年版,第136—137页。

第十章　杂文与"杂文笔法"

一、"为现在抗争"的杂文

杂文也同样根源于鲁迅的独特创造。早在1920年代就有人规劝鲁迅不要再写杂文以免影响他的小说创作,鲁迅回答说:"有人劝我不要做这样的短评。那好意,我是很感激的,而且也并非不知道创作之可贵。然而要做这样的东西的时候,恐怕也还要做这样的东西,我以为如果艺术之宫里有这么麻烦的禁令,倒不如不进去。"①因而鲁迅写杂文并不遵循什么"艺术之宫"的"禁令",而是着眼于"要做这样的东西的时候"就做。时代成为他写作杂文的一个重要的因素。在鲁迅看来,一方面"暴君的专制使人们变成冷嘲,愚民的专制使人们变成死相。大家渐渐死下去,而自己反以为卫道有效,这才渐近于正经的活人"——这是一个"危机"的时代,"但我所谓危机,也如医学上的所谓"极期"(Krisis)一般,是生死的分歧,能一直得到死亡,也能由此至于恢复"②,因而"世上如果还有真要活下去的人们,就先该敢说,敢笑,敢哭,敢怒,敢骂,敢打,在这可诅咒的地方击退了可诅咒的时代!"③正是为了"击退"这"可诅咒的时代",鲁迅义无返顾地走向了杂文写作。另一方面,相对于"五四"高潮期来说,从"五四"落潮后遭遇"华盖"开始,鲁迅便进入了一个到处是"鬼打墙"的鬼影幢幢的时期——"中国各处是壁,然而无形,像'鬼打墙'一般,使你随时能'碰'"④。这种"六面碰壁"的感觉首先来源于转型期的中国古今交织、新旧杂陈、中西碰撞而又混沌莫

---

① 鲁迅:《〈华盖集〉题记》,《鲁迅全集》第3卷,人民文学出版社2005年版,第4页。

② 鲁迅:《小品文的危机》,《鲁迅全集》第4卷,人民文学出版社2005年版,第592页。

③ 鲁迅:《忽然想到·五》,《鲁迅全集》第3卷,人民文学出版社2005年版,第45页。

④ 鲁迅:《"碰壁"之后》,《鲁迅全集》第3卷,人民文学出版社2005年版,第76页。

辨、荆棘丛生的生存感受，来源于他“命交华盖欲何求，未敢翻身已碰头”①的那样一种被污蔑被中伤的压迫感，同时也来源于他置身于“无物之阵”进行战斗，却未能刺中敌人，而自己却渐渐“老衰，寿终”的寂寞、孤独与悲凉(《这样的战士》)。同时，正如茅盾所指出的，“每一时代产生了它的特性的文学”，“杂文和速写都是变动得很快的社会中文化斗争的利器。刻刻在变化的现实要求着斗争意识强烈的作家们采取最快的手法和最直接的方式来加以反映和批判”。② 在某种意义上，杂文是适应现代传播媒体而产生的一种文学样式，“杂文是富于现代性的文体；或者说是现代作家(知识分子)通过现代传播媒介与他所处的时代、中国(以及世界)的社会、思想、文化现实发生有机联系的一个重要、有效的方式”③。因而面对“风沙扑面，狼虎成群”④的时代，鲁迅自觉选择了这样一种既具有现代性，又拳打脚踢，能够开出一条生存血路的徒手肉搏式的杂文——“作者的任务，是在对于有害的事物，立刻给以反响或抗争，是感应的神经，是攻守的手足”，“为现在抗争”。⑤ 这样一种“政治的逻辑”或许正说明了杂文作为一种时代文体的特征。

不过另一方面，鲁迅对于杂文的选择又是与他的艺术个性和气质相联系的——“杂文的文体特性与他个人性情的深度契合”⑥。在编完了《华盖集》之后，鲁迅写道：“现在是一年的尽头的深夜，深得这夜将尽了，我的生命，至少是一部分的生命，已经耗费在写这些无聊的东西中，而我所获得的，

---

① 鲁迅：《自嘲》，《鲁迅全集》第7卷，人民文学出版社2005年版，第151页。

② 茅盾：《关于“报告文学”》，《茅盾文艺杂论集》上集，上海文艺出版社1981年版，第641、639页。

③ 钱理群等：《中国现代文学三十年》，北京大学出版社1998年版，第289页。钱理群还进而认为：“他(指鲁迅——引者注)正是通过报刊与他所生活的时代，中国(以及世界)的社会、思想、文化现实发生有机联系：他通过报刊最迅速地接纳瞬息万变的时代信息，并迅速地做出政治的、社会历史的、伦理道德的、审美的评价与判断；用杂文的形式作出自己的反应，借助于传媒的影响而伸入现代生活的各个领域；并最及时地得到生活的回响和社会的反馈。报刊写作，不仅使鲁迅最终找到了最适合于他自己的写作方式，创造了属于他的文体——杂文(鲁迅的杂文正是在这最后十年成熟的)，而且，在一定意义上，甚至成为他生命存在的方式。”(见《鲁迅作品十五讲》，北京大学出版社2003年版，第233页)

④ 鲁迅：《小品文的危机》，《鲁迅全集》第4卷，人民文学出版社2005年版，第591页。

⑤ 鲁迅：《〈且介亭杂文〉序言》，《鲁迅全集》第6卷，人民文学出版社2005年版，第3页。在韩国学者洪焌荧看来，鲁迅对于这样一种文明批评与社会批评的“随感”的选择与鲁迅所翻译的厨川白村《出了象牙之塔》不无关联。厨川所倡导的实际上是“一种超越‘纯艺术’的所谓‘生存的文学’”，“尽管‘不完全’但富有‘生命力’的‘缺陷之美’”。“厨川白村的这种文艺思想与审美态度引起了鲁迅的强烈共鸣，并且使他发现‘随感’这种边缘的报刊文体所具有的‘权力解构’和‘批评’的力量。”(见《文学想象与现代散文话语的建立，1925—1935[下]》，《中国现代文学研究丛刊》2004年第2期)

⑥ 徐麟：《无治主义·油滑·杂文》，《中国现代文学研究丛刊》1997年第4期。

乃是我自己的灵魂的荒凉和粗糙。但是我并不惧惮这些,也不想遮盖这些,而且实在有些爱他们了,因为这是我转辗而生活于风沙中的瘢痕,凡有自己也觉得在风沙中转辗而生活着的,会知道这意思。"①而他之所以"爱他们(杂文)",就在于这样一种文体可以"乐则大笑,悲则大叫,愤则大骂",因而"即使被沙砾打得遍身粗糙,头破血流,而时时抚摩自己的凝血,觉得若有花纹,也未必不及跟着中国的文士们去陪莎士比亚吃黄油面包之有趣"②,可以将他"所遇到的,所想到的,所要说的,一任它怎样浅薄,怎样偏激,有时便都用笔写了下来","如悲喜时节的歌哭一般","借此来释愤抒情"③。可以说,杂文这样一种突破"艺术之宫"的"禁令"而任意书写的特点恰好适应了鲁迅自由舒展的气质与个性。对这种文体,或许用鲁迅自己的称呼——"杂感"更能说明它的特征。"杂感当然是有感而发;'感'把人的意识从内部带向外部,而'杂'却暗示这种外部并不听'内部'秩序的调遣,而是突如其来,常常令人措手不及,疲于应付。鲁迅杂文的自觉来自对这种随时陷入重围,'六面碰壁'状态的自觉;来自对自己的生命在这些无谓的搏斗中消耗、消逝的自觉;来自对外界无情的压力和自己对这种压力的抵抗的自觉。""杂文的自觉是对这种宿命的自觉。而杂文的成熟,可以说就是把那种令人震惊、痛苦的创伤性的外界的'杂'逐渐安排在一种意识结构和文字风格之中的过程;这个过程不是要简单地'克服'外界的杂,比如说把它'升华'为'美'或'不朽'或种种玲珑可鉴的'小玩意儿',而恰恰是把外界粗暴丑恶的直接的'杂'转化为意识结构里的有条理、有意味的杂,即一种批判的认识能力和穿透力;同时也转化为文字世界内部的'杂',即杂文。鲁迅杂文最终的文学性,就来自这种以写作形式承受、承当、抵抗和转化时代因素和历史因素的巨大的能力和韧性,而在此诗学意义和道德意义密不可分,是同一种存在状态和意识状态的两面。"④在某种意义上,杂文正是鲁

---

① 鲁迅:《〈华盖集〉题记》,《鲁迅全集》第 3 卷,人民文学出版社 2005 年版,第 4—5 页。因长期专执于这一文体的写作,鲁迅甚至被赐予"杂感家"的恶谥——"有些人们,每当意在奚落我的时候,就往往称我为'杂感家',以显出在高等文人的眼中的鄙视"。但鲁迅非但不惧惮这一谥号,而简直有些爱"它"了,他一再坦然地说:"'杂感'之于我,有些人固然看作'死症',我自己确也因此很吃过一点苦,但编集是还想编集的。"(见鲁迅《三闲集·序言》,《鲁迅全集》第 4 卷,人民文学出版社 2005 年版,第 3 页)

② 鲁迅:《〈华盖集〉题记》,《鲁迅全集》第 3 卷,人民文学出版社 2005 年版,第 5 页。

③ 鲁迅:《〈华盖集续编〉小引》,《鲁迅全集》第 3 卷,人民文学出版社 2005 年版,第 195 页。

④ 张旭东:《杂文的"自觉"——鲁迅"过渡期"写作的现代性与语言政治(上)》,《文艺理论与批评》2009 年第 1 期。

迅的生命个体和精神与时代和历史对抗、冲突、融合的文学结晶①,无论是写作的强度,还是存在的强度,都达到了一种极端化的状态。对鲁迅来说,“杂文的自觉过程,就是把这种对迎面而来的世事的恐惧以及对它的克服一同敞开在语言世界里的过程”。鲁迅所收获的那种“灵魂的荒凉和粗糙”“所代表的那种‘崇高’(在这里取 sublime 的原意,即‘令人畏惧的美’)要比一切优美、高雅、光滑的制作更接近生存的真实状态和生命的价值指向,而杂文正是这种‘崇高’的得天独厚的形式,它的短小、破碎、灵活、粗糙、直接、激烈和狠毒无不内在于时代的现实以及与之相对抗的意识,或不如说正是这种现实和意识本身的语言的外化”②。因而杂文文体烙印上了鲁迅鲜明的生命密码与精神血痕。而这种生命密码与精神血痕的基因同样孕育于鲁迅从小就耳濡目染的越文化与艺术的熏陶之中。

二、杂文文体特征与越文化艺术

首先,杂文尖锐的社会批判性与攻击性根源于越文化由勾践原型所代表的在复仇中抗争的文化精神。这种精神既涌流在从王充、嵇康到徐渭、章太炎等的个性起求与精神探索之中,也弥漫在民间,生成了“锐兵任死”、“逆于时趋”的民性,乃至孕育了“深约”一派的文字,所谓绍兴师务刀笔的犀利、尖刻正是这一文化精神的文字呈现。在鲁迅看来,杂文的首要任务就“在对于有害的事物,立刻给以反响或抗争,是感应的神经,是攻守的手足”,“为现在抗争”。③ 他也不讳言他的杂文的尖刻:“我自己也知道,在中国,我的笔要算较为尖刻的,说话有时也不留情面。……尤其是用于使麒麟皮下露出马脚”④;以及这种“尖刻”与他所传承的越文化根性(“浙东性”)

---

① 田仲济在 1941 年便敏锐地指出:“杂文最凸显的一个特质,不是冷嘲,不是热讽,而是正面短兵相接的战斗性。……是关于自己生命的肉搏战。”(见《杂文的艺术与修养》,《鲁迅研究学术论著资料汇编》第 3 卷,中国文联出版公司 1985 年版,第 1313 页)

② 张旭东:《杂文的“自觉”——鲁迅“过渡期”写作的现代性与语言政治(上)》,《文艺理论与批评》2009 年第 1 期。吴康则解释说:“‘杂’者,多样,全面,复杂而曲折也,乃是朝向此在生存世界之‘杂’;‘感者’,深置于此在自身喜怒哀乐生存情态之感也。在这里,鲁迅将自身的生存与其书写方式交融为一,也即是说,唯有如此的‘杂感’才能书写如此的生存”,因而“‘杂感’成了他独特的生存言说方式,成了他生命的不可或缺的部分”(见《鲁迅杂文的生存论意义》,《长江学术》2009 年第 2 期)。

③ 鲁迅:《〈且介亭杂文〉序言》,《鲁迅全集》第 6 卷,人民文学出版社 2005 年版,第 3 页。

④ 鲁迅:《我还不能“带住”》,《鲁迅全集》第 3 卷,人民文学出版社 2005 年版,第 260 页。

的联系:“我的杂感常不免于骂”,“但‘江山好改,本性难移’,也许后来还要开开口”①。实际上他的“尖刻”或“不留情面”,正是为了专门揭破那种“表面‘公正性’与‘客观性’背后的‘权力性’而有意所做的修辞手段”②。反过来也可以说,正是着眼于“为现在抗争”的社会批评与文明批评,鲁迅才根据自己独有的文化个性与艺术气质而开创了这种“任意而谈,无所顾忌,要催促新的产生,对于有害于新的旧物,则竭力加以排击”③的杂文(“语丝文体”)。因而在某种意义上可以说,杂文这一文体正是越文化坚韧顽强、报仇雪耻的抗争精神在现代激荡时代中的艺术升华与结晶。

或许正是从这一抗争精神出发,鲁迅强调杂文作为“匕首”与“投枪”的尖锐性、深刻性与犀利性:“生存的小品文,必须是匕首,是投枪,能和读者一同杀出一条生存的血路的东西”,“何况在风沙扑面,狼虎成群的时候,谁还有这许多闲工夫,来赏玩琥珀扇坠,翡翠戒指呢。他们即使要悦目,所要的也是耸立于风沙中的大建筑,要坚固而伟大,不必怎样精;即使要满意,所要的也是匕首和投枪,要锋利而切实,用不着什么雅”。④ 这种“匕首和投枪”的“锋利而切实”正是鲁迅杂文艺术追求的一个鲜明特征。鲁迅在与许广平谈论“男性”与“女性”文体风格的差异时指出:“我所谓的‘女性’的文章,倒不专在‘唉,呀,哟……’之多,就是在抒情文,则多用好看字样,多讲风景,多怀家庭,见秋花而心伤,对明月而泪下之类。一到辩论之文,尤易看出特别。即历举对手之语,从头至尾,逐一驳去,虽然犀利,而不沉重,且罕有正对‘论敌’之要害,仅以一击给与致命的重伤者。总之是只有小毒而无剧毒,好作长文而不善于短文。”⑤又说:“我因为自己好作短文,好用反语,每遇辩论,辄不管三七二十一,就迎头一击。”⑥还说:“殊不知我这些文章虽然短,是绞了许多脑汁,把它锻炼成极精锐的一击,又看过了许多书,这些购

① 鲁迅:《“意表之外”》,《鲁迅全集》第3卷,人民文学出版社2005年版,第518页。鲁迅还说:“我有时泛论一般现状,而无意中触着了别人的伤疤,实在是非常抱歉的事。但这也是没法补救,除非我真去读书养气,一共廿年,被人们骗得老死牖下;或者自己甘心倒掉;或者遭了阴谋。”(《不是信》)“我之所以投稿,一是为了朋友的交情,一则在给寂寞者以呐喊,也还是由于自己的老脾气。”(《〈伪自由书〉前记》)其中“泛论”、“触着了别人的伤疤”、“呐喊”等杂文的方式都是与他全无“读书养气”温雅习气的“老脾气”相关联的,或者说是由后者决定的。

② 〔韩〕洪焌荧:《文学想象与现代散文话语的建立(1925—1935)(下)》,《中国现代文学研究丛刊》2004年第2期。

③ 鲁迅:《我和〈语丝〉的始终》,《鲁迅全集》第4卷,人民文学出版社2005年版,第171页。

④ 鲁迅:《小品文的危机》,《鲁迅全集》第4卷,人民文学出版社2005年版,第592—593,591页。

⑤ 鲁迅:《两地书·十》,《鲁迅全集》第11卷,人民文学出版社2005年版,第41页。

⑥ 鲁迅:《两地书·十二》,《鲁迅全集》第11卷,人民文学出版社2005年版,第47页。

买参考书的物力，和自己的精力加起来，是并不随便的。”①这样一种简短、精炼，而又尖锐、深刻、犀利，体现出“男性的严峻”（恩格斯语）的风格正典型地代表了杂文，尤其是鲁迅杂文的艺术风格②。这样一种风格从根本上来说正是通过作家的主体精神与时代和现实搏斗而生成的。鲁迅曾谈到他的文章是被“挤”出来的③。“‘挤’这个动词的确非常生动直观地表明了鲁迅杂文写作的外部压力、在这种压力下形成的杂文的内部构造和质地，以及这‘内’与‘外’的特殊的、严丝合缝的对应关系。”“‘挤’的第一层含义是外界和他人挤过来，自己是被挤的一方，无处可躲，也无处可退；如果有‘抵抗’，那是作用力反作用力的关系，因为这抵抗的环境是被‘挤’的力量所限制和塑造的。反之，没有这种外界的挤压，也就没有创作；没有现实世界的‘挤’的压力，也就没有语言世界里的变形、紧张、严峻、坚硬。”杂文通过“挤”而找到了自己的独特形式。同时这一“挤”又揭示出主体（内心世界）应对外部压力的挣扎、搏斗与抗争。“这种对抗、压力、紧张、厌恶和愤怒不但对语言表达有内在的赋形作用，也预先决定了作品的接受。正是由于杂文是‘挤’出来的，所以鲁迅可以对围绕杂文写作的种种闲话不屑一顾。‘挤’使得杂文写作远离了绅士风度、费厄泼赖、‘为艺术而艺术’、‘公理’、‘正人君子’等等造作空洞、自命超脱的派头和姿态，从而保证了杂文文体同时代的身体接触和战斗所需的认真和专注。那种‘彼此迎面而来’，以摩擦、碰撞、推搡和搏斗为家常便饭乃至写作唯一理由的体验，使得杂文这种看似最随意、最个人化的写作样式远离了一切仅仅是个人的因素和随意性；远离了一切传统格式的游戏性；远离了一切轻浮、懦弱、无聊、自鸣得意、人云亦云和哗众取宠，从而在基本的写作伦理上摆脱了‘旧文学’和‘旧文人’的生活世界和文学生态，获得了一种作为‘新文学’政治本体论基点的严肃

---

① 许广平：《鲁迅先生的写作生活》，《鲁迅回忆录》专著上册，北京出版社 1999 年版，第 376 页。

② 或许正是在这一意义上，郁达夫概括鲁迅散文的文体特色说：“简练得像一把匕首，能以寸铁杀人，一刀见血。”（《〈中国新文学大系·散文二集〉导言》，《郁达夫文集》第 6 集，花城出版社 1983 年版，第 272 页）

③ 鲁迅说：“我何尝有什么白刃在前，烈火在后，还是钉住书桌，非写不可的‘创作冲动’；虽然明知道这种冲动是纯洁，高尚，可贵的，然而其如没有何。前几天早晨，被一个朋友怒视了两眼，倒觉得脸有点热，心有点酸，颇近乎有什么冲动了，但后来被深秋的寒风一吹拂，脸上的温度便复原，——没有创作。至于已经印过的那些，那是被挤出来的。这‘挤’字是挤牛乳之‘挤’；这‘挤牛乳’是专来说明‘挤’字的，并非故意将我的作品比作牛乳，希冀装在玻璃瓶里，送进什么‘艺术之宫’。”（《并非闲话［三］》，《鲁迅全集》第 3 卷，人民文学出版社 2005 年版，第 158 页）

性、实用性和现代性。"[1]可以说,这一"挤"正是古越先民血性抗争精神的现代呈现。透过鲁迅的"挤",我们仿佛可以听见古越先民"轻死易发"[2]的生命呐喊,看到古越先民"锐兵任死"[3]的寒光利刃。[4]

郁达夫说:"如问中国自新文学运动以来,谁最伟大?谁最能代表这个时代?我将毫不踌躇地回答:是鲁迅。鲁迅的小说,比之中国几千年来所有这方面的杰作,更高一步。至于他的随笔杂感,更提供了前不见古人,而后人又绝不能追随的风格,首先其特色为观察之深刻,谈锋之犀利,文笔之简洁,比喻之巧妙,又因其飘逸几分幽默的气氛,就难怪读者会感到一种即便喝毒酒也不怕死似的凄厉的风味。当我们见到局部时,他见到的却是全面。当我们热衷去掌握现实时,他已把握了古今与未来。"[5]鲁迅杂感随笔的"深刻"、"犀利"、"简洁"、"巧妙"、"飘逸几分幽默的气氛"的"凄厉"又是与鲁迅独有的思维方式——"当我们见到局部时,他见到的却是全面。当我们热衷去掌握现实时,他已把握了古今与未来"——紧密联系的。这样一种思维方式也同样生成于越文化的深厚土壤之中。如前所述,无论是王充的"疾虚妄"、嵇康的"越名教而任自然"、"非汤、武而薄周、孔",还是徐渭的"疏纵不为儒缚"、章太炎的"特立独行"都贯穿着一条挑战典谟、求实创新的精神血脉,这一血脉的精神源头可以追溯到远古大禹不循陈规、勇于创新,改"堙"为"导"治理洪水所象征的越人在求实奋斗中勇于探索创新的精神原型。正是这一精神原型孕育了不同于正统的中原宗法文化的异端与另类的越文化精神传统。这一传统植根于东南沿海地区,虽然早年因为它的

---

① 张旭东:《杂文的"自觉"——鲁迅"过渡期"写作的现代性与语言政治(下)》,《文艺理论与批评》2009年第2期。

② 《汉书·地理志第八下》卷二十八下,中华书局1962年版,第1667页。

③ 《越绝书·记地传》卷八,《二十五别史》第6集,齐鲁书社2000年版,第47页。

④ 木山英雄在比较了鲁迅《华盖集》和《热风》的风格后说:"《华盖集》中与现代评论派论战的文章等,不拘艺术结构几近谩骂的攻击,反倒比颇讲究技巧的《随感录》更具有强烈的表现力量","是由于精神搏斗本身直接化为文章之故。"并且"这种自由得以恢复之后,鲁迅下笔著文,不论写什么也不论标示什么题目,均为自成一体的鲁迅式文章"(见《〈野草〉的诗与"哲学"》,《鲁迅研究月刊》1999年第9期)。

⑤ 郁达夫:《鲁迅的伟大》,《鲁迅研究学术论著资料汇编》第2卷,中国文联出版公司1985年版,第700页。

自由浪漫、朴野任性而被称为“蛮夷”①，但是随着中国历史文化从农耕文明的古代向工商文明的现代转型，这一精神传统逐渐凸显并发展为引领中国近代化发展的启蒙思想的主线。作为这一思想主线的一个重要形式的浙东学术（浙东史学）便具有一种“言性命者必究于史”，“史学所以经世，固非空言著述也”，“正以切合当时人事耳”②的学术取向。而这一取向必然强调历史对于现实的参照借鉴作用，同时又强调广泛地博览与吸收各种能够切合与增进人生实用的知识（闲书、杂览等“杂学”），因而形成了一种广博的视野和变通的思维，“通古今事势之变以达于当前之治体”③。鲁迅自幼浸透在浙东学术的氛围中所形成的“野史思维”④无疑与这一思维方式具有极大的贯通性：“无论时间与空间如何重叠、渗透、交融与转化，对问题的判断总是与对历史和过去的经验的追忆相交织”⑤，“以过去和现在的铁铸一般的事实来测将来，洞若观火”⑥，而且读正史必须“不被搽在表面的自欺欺人的脂粉所诓骗”⑦。“野史和杂说自然也免不了有讹传，挟恩怨，但看往事却可以较分明，因为它究竟不像正史那样地装腔作势。”⑧从而“思想锐利到穿透了现实的表层。他看生活，看到的是日常细节下的本质”⑨，“每不肯相信

---

① 比如“剪发文身”作为越地落后习俗的标志，一直延续到汉代，淮南王刘安上书武帝曰：“越，方外之地，剪发文身之民也。”（班固：《汉书·严助传》卷六十四上，中华书局 1962 年版，第 2777 页）不过另一方面，越人却并不以他们的文化为耻，而是坚持他们的文化个性。《越绝书》记载越王勾践战胜吴国迁都琅琊后，孔子前来拜见越王，曰：“丘能述五帝三王之道，故奉雅琴至大王所。”勾践慨叹说：“夫越性脆而愚，水行而山处，以船为车，以楫为马，往若飘风，去则难从，锐兵任死，越之常性也。夫子异则不可。”（见《越绝书·越绝外传记地传》，《二十五别史》第 6 集，齐鲁书社 2000 年版，第 43 页）毅然辞谢了孔子，始终保持和坚守自己的文化个性。这样一种文化个性，在笔者看来，其核心就是从海洋文化派生出来的不同于中原宗法礼乐文化的一种自由而浪漫的个体文化精神。

② 章学诚：《文史通义·浙东学术》，《章学诚遗书》，文物出版社 1985 年版，第 15 页。

③ 董平：《浙江思想学术史》，中国社会科学出版社 2005 年版，第 172 页。

④ 参见赵宪涛：《鲁迅与“野史思维”》，《石家庄学院学报》2007 年第 5 期。

⑤ 汪晖：《进化的理念与“轮回”的经验》，《广东社会科学》1989 年第 4 期。鲁迅说：“历史上都写着中国的灵魂，指示着将来的命运。”（《忽然想到·四》）“读史，就愈可以觉悟中国改革之不可缓。”（《读经与读史》）因而积极倡导读史。在陈方竞看来，这样“一种研史以透视社会人生的史学思想”正是浙东史学的一种贯通。“注重明古鉴今以知其所以然的‘史法’与‘史识’，作为浙东史学的重要传统，是与鲁迅的思维特征内在的相通的。”（见《鲁迅与浙东经史文化》，《中国现代文学研究丛刊》1993 年第 2 期）

⑥ 鲁迅：《〈守常全集〉题记》，《鲁迅全集》第 4 卷，人民文学出版社 2005 年版，第 540 页。

⑦ 鲁迅：《中国人失掉自信力了吗》，《鲁迅全集》第 6 卷，人民文学出版社 2005 年版，第 122 页。

⑧ 鲁迅：《这个与那个》，《鲁迅全集》第 3 卷，人民文学出版社 2005 年版，第 148 页。

⑨ 王安忆：《类型的美》，《21 世纪：鲁迅和我们》，人民文学出版社 2001 年版。

表面上的事情”①,“不仅注意对象的正面,而且注意其反面;不仅注意对象的一个侧面,而且注意其前后左右,东西南北各个侧面,并且从这些不同方位的观察的综合中,得到对对象的全面认识”②。“当我们见到局部时,他见到的却是全面。当我们热衷去掌握现实时,他已把握了古今与未来”③,形成了鲁迅思维以及杂文深刻、犀利乃至“刻毒”的特色④。

同时,鲁迅这种源于浙东史学传统的“野史思维”又始终是与越地底层民众世界的“鬼”的视野与“狂欢式”(“油滑”)的民间智慧(思维)相融合的。如果说王充、嵇康、徐渭、章太炎等代表着越地精英文化异端和另类的思想传统与精神谱系的话,那么以迎神赛会、目连戏、社戏等为代表的越地民间艺术与习俗则以另一种形式传承着越地底层民众的“白心”与“神思”(鲁迅语)的“固有之血脉”⑤。这种以“鬼”为主角与核心的民间戏曲与习俗也建构了一个如同巴赫金描绘的欧洲中世纪狂欢节所展示出来的狂欢化世界,一种狂欢式的笑,它的“特性在于‘与自由不可分离的和本质的联系’,它显示了人们从道德律令和本能欲望的紧张对峙中所获得的自由”⑥,其“核心便是交替与变更的精神,死亡与新生的精神”,“狂欢式里所有的象征物无不如此,它们总是在自身中包孕着否定的(死亡的)前景,或者相反。诞生孕育着死亡,死亡中孕育着新的诞生”。⑦ 因而“独特的‘逆向’、‘相

① 鲁迅《两地书·十》,《鲁迅全集》第11卷,人民文学出版社2005年版,第40页。

② 钱理群:《心灵的探寻》,上海文艺出版社1988年版,第74页。

③ 郁达夫:《鲁迅的伟大》,《鲁迅研究学术论著资料汇编》第2卷,中国文联出版公司1985年版,第700页。所以鲁迅也常常悲哀他对于中国现实的“不幸而言中”造成了大家的“不幸”:“我的言论有时是枭鸣,报告着大不吉利事,我的言中,是大家会有不幸的。”(见《且介亭杂文二集·序言》,《鲁迅全集》第6卷,人民文学出版社2005年版,第225页)但他的杂文又恰恰“还好像说着现在或甚而至于明年”(见《准风月谈·后记》,《鲁迅全集》第6卷,人民文学出版社2005年版,第402页);“去年说的,今年还适用,恐怕明年也还适用”(见《“公理”之所在》,《鲁迅全集》第4卷,人民文学出版社2005年版,第514页)。

④ 在某种意义上,鲁迅的这种“刻毒”又是为中国社会历史与现实的复杂、诡谲与阴险所决定的。鲁迅常常感叹:“我向来是不惮以最坏的恶意,来推测中国人的,然而我还不料,也不信竟会下劣凶残到这地步。”“那么风云变幻的事,恐怕世界上是不多有的,我没有料到,未曾描写,可见我还不很有‘毒笔’。……我还欠刻毒。”“我先前读但丁的《神曲》,到《地狱》篇,就惊异于这作者设想的残酷,但到现在,阅历加多,才知道他还是仁厚的了:他还没有想出一个现在已极平常的惨苦到谁也看不见的地狱来”(见《鲁迅全集》第3卷,第291页;第4卷,第98—99页;第6卷,第520—521页)

⑤ 鲁迅:《文化偏至论》,《鲁迅全集》第1卷,人民文学出版社2005年版,第57页。

⑥ 夏忠宪:《题注》,《巴赫金全集》第6卷,河北教育出版社1998年版,第611页。

⑦ 〔俄〕巴赫金著,白春仁、顾亚玲译:《陀斯妥耶夫诗学问题》,《巴赫金全集》第5卷,河北教育出版社1998年版,第163、164页。

反’、‘颠倒’的逻辑，上下不断易位（如‘车轮’）、面部和臀部不断易位的逻辑，各种形式的戏仿和滑稽改编、降格、亵渎、打诨式的加冕和脱冕，对狂欢节语言说来，是很有代表性的。”①不过值得注意的是，与狂欢式思维相联系，这种感受并不是单一与单向的，“它是包罗万象的，它针对一切事物和人（包括狂欢节的参加者），整个世界看起来都是可笑的，都可以从笑的角度，从它可笑的相对性来感受和理解”，同时“这种笑是双重性的；它既是欢乐的、兴奋地，同时也是讥笑的、冷嘲热讽的，它既否定又肯定，既埋葬又再生”，特别是“这种诙谐也针对取笑者本身。人民并不把自己排除在不断生成的世界整体之外。他们也是未完成的，也是生生死死，不断更新的”②——“无常”一出台就“打一百零八个嚏，同时也放一百零八个屁”的滑稽行为，其意义就“在着意消除死之可怕的心理预演中，也包含了对一种超越善恶的公正降临人世的欢庆——公正，是在消除了对死亡——恶的恐惧后，或者说对死亡和恶作出了另一种理解后才显现的”，因为“对于超思辨的民间智慧来说，情理不可兼得、善恶可能相悖的观念并不是分析性的，它只是以游艺形式为我们形象展示了超越传统的善恶界设以及‘恶意’的自我反省的潜在可能”。③ 因而其“插科打诨”的“油滑”不仅仅是一种喜剧艺术手段，更是一种来自底层民间的深刻的生存智慧与思维方式。它以一种世俗的愚昧无知和滑稽可笑解构与颠覆了冠冕堂皇、装腔作势的正统经典与文化，以一种独特的人生方式与思想视界捍卫了自己卑微而正当的生存。正如鲁迅自己所说，他是“不薄‘庸俗’，也自甘‘庸俗’的”④，我们可以看到，在鲁迅具有颠覆性与解构性的另类思维中，正承传与融合了越地底层民间的生存智慧与思维方式⑤。

虽然这样一种文化精神最鲜明地体现在超越了现实生活陈规的以目连

---

① 〔俄〕巴赫金著，李兆林、夏忠宪等译：《弗朗索瓦·拉伯雷的创作与中世纪和文艺复兴时期的民间文化》，《巴赫金全集》第6卷，河北教育出版社1998年版，第13页。

② 同上书，第14页。

③ 陈浩：《思想对话的形象——从绍兴民间文化解读鲁迅的思想风格》，《鲁迅研究月刊》2004年第10期。

④ 鲁迅：《故事新编·序言》，《鲁迅全集》第2卷，人民文学出版社2005年版，第354页。

⑤ 这种融合与传承，在鲁迅之前的越地文人中即有所体现。比如“好以诙谐为文”、自号为“谑庵”的王思任的诙谐便借鉴了底层民众的生存智慧与表达方式：“海上憨先生者老矣，历尽寒暑，勘破玄黄，举人间世一切虾蟆傀儡，马牛魑魅抢攘忙迫之态，用醉眼一缝，进行囊括，日居月诸，堆堆积积，不觉得胸中五岳坟起，欲叹则气短，欲骂则恶声有限，欲哭则为其近于妇人，于是破涕为笑”，“以之囊天下之苦事”（王思任：《屠田叔笑词序》，《王季重小品》，文化艺术出版社1996年版，第156页）。或许可以说这是越地文学的一种传统。

戏为代表的狂欢化的民间戏曲艺术与仪式中,但是作为一种生存智慧与思维方式也辐射与弥漫到越地底层民众的生活方式与日常语言中。① 不仅目连戏"用语极奇警,翻成普通话,就减色"②,童年鲁迅和故乡的"下等人"一起,"常常这样高兴地正视过这鬼而人,理而情,可怖而可爱的无常,而且欣赏他脸上的哭或笑,口头的硬语与谐谈……"③绍剧还特别创造了一种"二丑戏"(又称"滑白戏"/"活白戏"④),"饰演的均是一些酒鬼、赌徒、江湖流浪汉、相府教习、破脚骨之类的角色","全以绍兴方言为道白,在吸收了行贩语言、茶馆语言等多种跑那个行业语言的基础上,通过演员在语气、语音、语调的变化,使之成为舞台语言,戏剧语言说白富于生活化,非常口语化,具有浓郁的地方气息,酣畅流利,幽默风趣,朗朗上口,听者捧腹"。⑤ 这些"二丑"的特点就"在于夸张扭曲,古今客串。不论是时空差异,还是贵贱有别,对于'二丑'来说,都不是阻隔,都可以随心所欲信口开河,而百无禁忌"⑥。在鲁迅看来,"这二花脸,乃是小百姓看透了这一种人,提出精华来,制定了的脚色"⑦。周作人进而认为,"乡间的人常喜讲'舛辞'(俗云 Eengwc)及'冷语'(Sccngwc),可以说是'目连趣味'的余流"。⑧ 所谓"硬语"、"舛辞"与"谐谈"、"冷语",都是对绍兴方言特色的一种概括。"所谓'硬语'、'舛辞'是指绍兴话入声多,有一股'硬'气"⑨;"但绍兴话并非全都是硬音,也

① 鲁迅说:"绍兴戏文中,一向是官员秀才用官话,堂倌狱卒用土话的,也就是生,旦,净大抵用官话,丑用土话。我想,这也并非全为了用这来区别人的上下,雅俗,好坏,还有一个大原因,是警句或炼话,讥刺和滑稽,十之九是出于下等人之口的。"(《答〈戏〉周刊编者信》)绍兴戏文中"警句或炼话,讥刺和滑稽"本身即是越地底层民众语言的提炼与创造。

② 鲁迅:《书信·351204·致徐訏》,《鲁迅全集》第13卷,人民文学出版社2005年版,第599页。

③ 鲁迅:《朝花夕拾·无常》,《鲁迅全集》第2册,人民文学出版社2005年版,第281页。比如无常的"四叹""极尽了嘲弄讥讽之能事,却又蕴蓄着肝胆相照的规劝","最使台下观众尴尬的是听活无常《骂狗》,活无常的扮演者,能以台下人的外形特征,依着风度,以人喻狗,将炎凉世态淋漓尽致的痛骂一顿,让你自己一一地去对照,从而得到教育"(徐冰若、阮庆祥、杨乃浚:《绍兴民俗文化》,中华书局2004年版,第158页)。

④ "指其戏剧道白'滑'稽风趣或'活'泼生动。"(见罗萍:《绍剧发展史》,中国戏剧出版社1996年版,第201页)

⑤ 严新民:《鲁迅〈二丑艺术〉与绍剧的"泛白戏"》,寿永明主编:《鲁迅与社戏》,江西人民出版社2005年版,第135—137页。

⑥ 左尚鸿:《鲁迅小说的"油滑"手段与浙东戏曲的"二丑艺术"》,《华中师范大学研究生学报》2006年第4期。

⑦ 鲁迅:《二丑艺术》,《鲁迅全集》第5卷,人民文学出版社2005年版,第208页。

⑧ 周作人:《谈目连戏》,寿永明主编:《鲁迅与社戏》,江西人民出版社2005年版,第179页。

⑨ 钱理群:《周作人评传》,北京十月文艺出版社1990年版,第29页。

有软的。绍兴话可谓‘软硬兼施’、‘快慢相间’,形成一种特别的腔调”①,并且常常从这些方言土语中提炼出“炼话”。鲁迅说:“方言土语里,很有些意味深长的话,我们那里叫‘炼话’,用起来是很有意思的,恰如文言的用古典,听者也觉得趣味津津。”“炼话”,顾名思义就是“经过劳动人民的提炼,语言简炼,以很少几个词语来表达丰富的内容”,同时又形象可感,“常以具体事物引起人们的想象”②,并且幽默风趣,耐人寻味。这些“炼话”就包括谚语、俚语、俗语、歇后语等各种俗语,多用比喻,意在言外,富有哲理,并包含讽刺,十分生动地表现了越地底层民众的人生智慧、性格与风趣。正是这样一种由“硬语”、“舛辞”、“谐谈”、“冷语”等构成的“炼话”建构了越地底层民众“油滑”(狂欢化)思维特殊的语言形式,也形成了鲁迅文学(首先就是杂文)语言的基本底色。

鲁迅在编辑了《华盖集》之后在《题记》中写道:“在一年的尽头的深夜中,整理了这一年所写的杂感,竟比收在《热风》里的整四年中所写的还要多。意见大部分还是那样,而态度却没有那么质直了,措辞也时常弯弯曲曲,议论又往往执滞在几件小事情上……然而那又有什么法子呢。我今年偏遇到这些小事情,而偏有执滞于小事情的脾气。”③作为逐渐呈现了鲁迅杂文“特殊质地”④的《华盖集》,不同于《热风》中早期杂文的一个突出特征就在于“措辞也时常弯弯曲曲”。鲁迅这样一种杂文的自觉“来自对这种随时陷入重围,‘六面碰壁’状态的自觉;来自对自己的生命在这些无谓的搏斗中消耗、消逝的自觉;来自对外界无情的压力和自己对这种压力的抵抗的自觉”。“杂文的自觉是对这种宿命的自觉。而杂文的成熟,可以说就是把那种令人震惊、痛苦的创伤性的外界的‘杂’逐渐安排在一种意识结构和文字风格之中的过程;这个过程不是要简单地‘克服’外界的杂,比如说把它‘升华’为‘美’或‘不朽’或种种玲珑可鉴的‘小玩意儿’,而恰恰是把外界粗暴丑恶的直接的‘杂’转化为意识结构里的有条理、有意味的杂,即一种

---

① 裘士雄等:《鲁迅笔下的绍兴风情》,浙江教育出版社 1985 年版,第 19 页。

② 陈祖楠:《鲁迅小说的方言运用》,《绍兴师专学报》1986 年第 3 期。

③ 鲁迅:《〈华盖集〉题记》,《鲁迅全集》第 3 卷,人民文学出版社 2005 年版,第 3 页。

④ 张旭东:《杂文的“自觉”——鲁迅“过渡期”写作的现代性与语言政治(上)》,《文艺理论与批评》2009 年第 1 期。张旭东还说:“鲁迅形象的基本轮廓最后可以说是通过他的杂文写作确定下来的”,“1925 年至 1927 年间,是鲁迅的杂文写作走向‘自觉’的过渡时期,也是鲁迅杂文的特殊质地逐渐定型的时期”。“从《华盖集》开始,出现了一种独特的、难以规范的写作样式,我们只能在‘杂文’的框架下来考察,而它也反过来构成了鲁迅杂文写作的一个坚硬的内核。”

批判的认识能力和穿透力;同时也转化为文字世界内部的‘杂’,即杂文。”①值得注意的是,鲁迅杂文语言风格的这一转变,既是在他疏远种种冠冕堂皇的“历史”、“文化”、“道德”、“不朽”等等宏大的“大事情”而执著于“当下”与“此刻”的“小事情”的过程中②,同时也是在他与上流社会高贵的“正人君子”之流(其实不过是权势的帮闲)决裂而走向(故乡)底层民间“鬼”的世界的过程中实现的。在汲取底层民众的精神资源的同时,也自觉地学习他们“油滑”的思维与智慧、“口头的硬语与谐谈”③,从而形成了鲁迅杂文“弯弯曲曲”的语言风格。因而这样一种“弯曲”与“晦涩”④,固然是对作家创作自由的限制与思想情感的压抑,但与此同时,又恰恰是鲁迅汲取(越地)底层民间的狂欢化思维与智慧,冲破“艺术之宫”的“麻烦的禁令”

---

① 张旭东:《杂文的“自觉”——鲁迅“过渡期”写作的现代性与语言政治(上)》,《文艺理论与批评》2009 年第 1 期。

② 在鲁迅看来,他“执滞”的“小事情”恰恰是他切身感受的中国的社会现实,与他及每个人的生存息息相关。因而他在《怎么写》中说:“倘非写不可,我想,也只能写一些这类小事情。”(见《全集》第 4 卷,第 19 页)在中国的历史与现实中,“我们常将眼光收得极近,只在自身,或者放得极远,到北极,或到天外,而这两者之间的一圈可是绝不注意的,譬如食物吧,近来馆子里是比较干净了,这是受了外国影响之故,以前不是这样。例如某家烧卖好,包子好,好的确是好,非常好吃,但盘子是极污秽的,去吃的人看不得盘子,只要专注在吃的包子烧卖就是,倘使你要注意到食物之外的一圈,那就非常为难了。在中国做人,真非这样不成,不然就活不下去。例如倘使你讲个人主义,或者远而至于宇宙哲学,灵魂灭否,那是不要紧的。但一讲社会问题,可就要出毛病了。……在文学上也是如此。倘写所谓身边小说,说苦痛呵,穷呵,我爱女人而女人不爱我呵,那是很妥当的,不会出什么乱子。如要一谈及中国社会,谈及压迫与被压迫,那就不成。不过你如果再远一点,说什么巴黎伦敦,再远些,月界,天边,可又没有危险了”(见《今春的两种感想》,《鲁迅全集》第 7 卷,第 409 页)。可以说,鲁迅所谓“小事情”正是“个人性”与“人类性”“两者之间的一圈”的社会历史性的事情,即鲁迅与时代、社会、历史的关系。“在鲁迅那里,并没有一个先验的‘个人性’的存在,也没有超越时代与社会的形而上的追求。相反,这正是鲁迅所反抗的思维方式与人文类型。去除了在个人与形而上之间、个人与人类之间的社会——这一中间层面,去获得永恒的文学艺术与哲学上的价值,并不是鲁迅所愿意的。鲁迅的个人性及其形而上的人生体验都与‘外面的世界’息息相关,都是在具体的历史场景中得以生成的。”(见薛毅《反抗者的文学——论鲁迅的杂文写作》,http://www. chinese - thought. org/whyj/005685_3. htm)

③ 鲁迅:《朝花夕拾·无常》,《鲁迅全集》第 2 卷,人民文学出版社 2005 年版,第 281 页。

④ 鲁迅谈到自己的文章时说:“自己呢,又做惯了晦涩的文章,一时改不过来,下笔时立志要显豁,而后来往往仍以晦涩结尾。”(见《两地书》《鲁迅全集》第 11 卷,人民文学出版社 2005 年版,第 81 页)“这些短评,有的由于个人的感触,有的则出于时事的刺戟,但意思都极平常,说话也往往很晦涩。”(见《伪自由书·前记》《鲁迅全集》第 5 卷,人民文学出版社 2005 年版,第 4 页)“凡是发表的,自然是含胡的居多。这是带着枷锁的跳舞,当然只足发笑的。”(见《且介亭杂文二集·后记》,《鲁迅全集》第 6 卷,人民文学出版社 2005 年版,第 479 页)“现在只有我的‘装腔作势,吞吞吐吐’的文章,倒正是这社会的产物。”(见《不通两种》附录,《鲁迅全集》第 5 卷,人民文学出版社 2005 年版,第 26 页)

而自由自在地书写，形成一种更富于艺术张力与艺术情趣(性)的方式①：“站在沙漠上，看看飞沙走石，乐则大笑，悲则大叫，愤则大骂，即使被沙砾打得遍身粗糙，头破血流，而时时抚摩自己的凝血，觉得若有花纹，也未必不及跟着中国的文士们去陪莎士比亚吃黄油面包之有趣。”②“嬉笑怒骂，皆成文章”，既可以随心所欲地自由表现自己的个性与心声③，同时又通过一种独特的“隐喻方式”，“一种通过可以加强文章内容寓意广度的形象和警句来表达的非系统思想的方式”④表现出来，从而形成一种谐与庄、笑与泪、风趣与沉郁、恣肆与深邃交相辉映的美学特色⑤。

鲁迅说：“我的坏处，是在论时事不留面子，砭锢弊常取类型，而后者尤与时宜不合。”⑥这种取类(型)譬喻的方法同样渊源于越地底层民众的艺术创造。鲁迅记叙浙东(越地)戏班的“二花脸”(二丑)形象说：“他有点上等人模样，也懂些琴棋书画，也来得行令猜谜，但倚靠的是权门，凌蔑的是百姓，有谁被压迫了，他就来冷笑几声，畅快一下，有谁被陷害了，他又去吓唬一下，吆喝几声。不过他的态度又并不常常如此的，大抵一面又回过脸来，向台下的看客指出他公子的缺点，摇着头装起鬼脸道：你看这家伙，这回可要倒楣哩！”“这二花脸，乃是小百姓看透了这一种人，提出精华来，制定了

---

① 鲁迅就主张“感情正烈的时候，不宜做诗，否则锋铓太露，能将‘诗美’杀掉”，“只宜用散文，如‘杂感’之类，而造语还须曲折”(《两地书　三二》，《鲁迅全集》第11卷，人民文学出版社2005年版，第99页)。

② 鲁迅：《〈华盖集〉题记》，《鲁迅全集》第3卷，人民文学出版社2005年版，第4页。

③ 鲁迅谈到自己的杂文时明确说：“将我所遇到的，所想到的，所要说的，一任它怎样浅薄，怎样偏激，有时便都用笔写了下来。说得自夸一点，就如悲喜时节的歌哭一般，那时无非借此来释愤抒情。”(见《〈华盖集续编〉小引》，《鲁迅全集》第3卷，人民文学出版社2005年版，第195页)徐麟说：“油滑之于鲁迅，是一种集幽默、调侃与讽刺于一身的混合物，彼此间并无可分的界限，它的格调完全取决于杂文语境。由于对于讽刺，鲁迅的原则是真实，这就保证了油滑作为杂文手段及其讽刺效果的正面价值。”(见《无治主义·油滑·杂文——鲁迅研究札记》，《中国现代文学研究丛刊》1997年第4期)

④ 〔美〕李欧梵著，尹慧珉译：《铁屋中的呐喊》，河北教育出版社2000年版，第108页。

⑤ 或许正是在这个意义上，同样作为现代语言大师的老舍对于鲁迅杂文的语言赞不绝口：“他会把最简单的言语(中国话)调动得(极难调动)迭宕多姿，永远新鲜，永远清新，永远软中透硬，永远厉害而不粗鄙。他以最大的力量，把感情、思想、文字，容纳在一两千字里，象块玲珑的瘦石，而有手榴弹的作用。”(见《鲁迅先生逝世二周年纪念》，《鲁迅研究学术论著资料汇编》第2卷，中国文联出版公司1985年版，第1002页)孙郁进而认为“老舍发现了鲁迅文本的非文学性中的文学性，五四后只有鲁迅在非史非诗里接近了史与诗。一种颠覆旧的书写模式的自由的喷涂，则在审美与哲学的层面呈现出全新的意味”(见《老舍的鲁迅观》《兰州大学学报》2009年第2期)。

⑥ 鲁迅：《伪自由书·前记》，《鲁迅全集》第5卷，人民文学出版社2005年版，第4页。

的脚色。"①浙东(越地)还有一种十分独特的"哑鬼(目连)戏"②,其独有的"二百头"、"大少爷"等角色都源于越地民众的创造:"'二百头'是头戴红缨帽,身穿绣花马甲,俨然一位清朝的王爷。在'阎王发五鬼'这场戏中,'二百头'是坐在阎王殿门口的,当无常和夜牌头捉拿刘氏未成,前来禀告阎王时,一到阎王殿的门口,'二百头'便伸手索贿,不管来者是谁,需交上'二百头'(不知是铜钱还是银两),才能进门面见阎王。所以此人称之为'二百头'。这里表现的是农民们对清廷的一种认识。'大少爷'的打扮如前所述,礼帽、纺绸长衫、皮鞋、手杖,是一位新潮人物。在刘氏出殡的队伍中,他却对于孝妇眉目传情,放肆调戏,与出殡的气氛极不协调。这大概是小老百姓眼中那些'假洋鬼子'们的作为。"影响所及,"夜牌头"、"二百头"、"大少爷"等等成为了"绍兴人口中揶揄人的口语","不乏绍兴农民们特有的幽默"。③ 正是这种取类(型)譬喻的方法使鲁迅的杂文创造了大量具有标志性意义的社会世相性形象类型,如"叭儿狗"、"媚态的猫"、"革命小贩"、"洋场恶少"、"商定文豪"、"奴隶总管"、"西崽"等。鲁迅说:"批评一个人,得到结论,加以简括的名称,虽只寥寥数字,却很要明确的判断力和表现的才能的。必须切帖,这才和被批判者不相离,这才会跟了他跑到天涯海角";"这正如传神的写意画,并不细画须眉,并不写上名字,不过寥寥几笔,而神情毕肖,只要见过被画者的人,一看就知道这是谁;夸张了这人的特长——不论优点或弱点,却更知道这是谁。"④这种"简括"("给人起一个称号或诨名")虽然自汉末到六朝之所谓"品题"就已经起源,后来又经过讼师的袭用,到"五四"时期钱玄同提出"桐城谬种"与"选学妖孽"使之产生了现代效应,但是继续这一传统并把它运用自如,达到炉火纯青的境界的,正是鲁迅的杂文。虽然他常常只是提到某一个人物,或只呈现了形象某一方面的特征,但是正是这个人物代表了某一类社会典型,这种特征才深刻地揭示出某一社会现象的本质。"盖写类型者,于坏处,恰如病理学上的图,假如是疮疽,则这图便是一切某疮某疽的标本。"⑤因而"不但'陈西滢',就是'章士钊(孤桐)'等类的姓名,在鲁迅的杂感里,简直可以当作普通名词读,

① 鲁迅:《二丑艺术》,《鲁迅全集》第5卷,人民文学出版社2005年版,第207—208页。

② 据罗萍考证:"'哑鬼戏'整台以哑剧的形式演出,这在我国戏剧中是非常独特的,直至目前,似乎还没有发现他处有这种演剧形式。"(见《绍兴戏剧史》,中华书局2004年版,第58页)

③ 罗萍:《绍兴戏剧史》,中华书局2004年版,第59页。

④ 鲁迅:《五论"文人相轻"——明术》,《鲁迅全集》第6卷,人民文学出版社2005年版,第395、394页。

⑤ 鲁迅:《伪自由书·前记》,《鲁迅全集》第5卷,人民文学出版社2005年版,第4页。

就是认作社会上的某种典型”①。

而鲁迅杂文之所以达到这种力透纸背的尖锐、犀利与深刻,正是与他所承继的源远流长的越文化中异端思潮的另类思维与底层民众的“鬼”的视野和生存智慧密不可分的。虽然“鲁迅的思维是从具体的人和事(‘这一个’)出发的,但他的思考绝不停留于‘这一个’,而是将其放在广阔的时代、社会、历史背景下进行剖析,竭力排除其个别性、具体性、特殊性,快刀斩乱麻地迅速切入本质,使其成为具有历史概括性、普遍性的‘这一类’的‘标本’。”由于他敏锐地捕捉到事物间内在的“神似”,因而常常“能够把在外观形式上离异最远,似乎不可能有任何联系的人与事联结在一起”,“‘形’的离心力与‘神’的向心力,形成具有强烈反差的张力场”②,一下“抓到事件的核心,仿佛把指甲狠狠的掐进肉里去”③。因而鲁迅说:“漫画的第一件紧要事是诚实,要确切的显示了事件或人物的姿态,也就是精神。”“因为真实,所以也有力。”④洞穿事物隐秘幽微的本质,这正是鲁迅杂文的锋锐之所在。在鲁迅看来,讽刺的生命也是建立在真实的基础上的。“它所写的事情是公然的,也是常见的,平时是谁都不以为奇的,而且自然是谁都毫不注意的。不过这事情在那时却已经是不合理,可笑,可鄙,甚而至于可恶。但这么行下来了,习惯了,虽在大庭广众之间,谁也不觉得奇怪;现在给它特别一提,就动人。……有意的偏要提出这等事,而且加以精炼,甚至于夸张,却确是‘讽刺’的本领。”⑤讽刺首先就在于对生活真实——“不合理,可笑,可鄙,甚而至于可恶”——的发现与洞察,进而是“有意的偏要提出这等事,而且加以精炼,甚至于夸张”,即通过一种艺术的方法(“精炼”、“夸张”)把这种发现表现出来,从而达到对生活本质真实的深刻揭示。因而鲁迅的杂文虽然“所写的常是一鼻,一嘴,一毛,但合起来,已几乎是或一形象的全体”⑥;虽

---

① 瞿秋白:《〈鲁迅杂感集〉序言》,《瞿秋白选集》,人民出版社 1985 年版,第 537 页。李欧梵则概括为:“鲁迅文化批评的技巧也是他的隐喻性论述的另一种运用,他最喜爱的方法是用某种细小具体的事物隐喻中国文化较为广阔的方面。结果是使日常生活中某些常见的事物在某种意义上变成了文化的代号,给读者以特定的线索,使他们看到中国国民性所起的作用。……这些隐喻都意味着鲁迅眼中所见到的中国思想行为的特殊方式,并成为他温和的或严酷的批评的对象。”(见《铁屋中的呐喊》,河北教育出版社 2000 年版,第 112 页)

② 钱理群:《心灵的探寻》,上海文艺出版社 1988 年版,第 82、89 页。

③ 周作人:《知堂回想录》第 4 卷,群众出版社 1999 年版,第 580 页。

④ 鲁迅:《漫谈“漫画”》,《鲁迅全集》第 6 卷,人民文学出版社 2005 年版,第 241、242 页。

⑤ 鲁迅:《什么是“讽刺”》,《鲁迅全集》第 6 卷,人民文学出版社 2005 年版,第 340 页。

⑥ 鲁迅:《准风月谈·后记》,《鲁迅全集》第 5 卷,人民文学出版社 2005 年版,第 402 页。

然“无非几个小钉,几个瓦碟”,却也“有着时代的眉目”①;虽然呈现出来的往往只是“嬉笑怒骂”,但是却反映着“中国的大众的灵魂”②。“在一定意义上,可以说鲁迅的杂文不仅是现代中国社会、政治、历史、法律、宗教、哲学、道德、文学、艺术,乃至经济、军事……的‘百科全书’,而且以其对中国现代国民的文化心理、行为准则、价值取向,以及民性、民情、民俗、民魂的真实、生动而深刻的描绘,成为一部活的现代中国人的‘人史’。”③

而鲁迅的杂文之所以能够随心所欲地“论时事不留面子,砭锢弊常取类型”④,如同《故事新编》的“只取一点因由,随意点染”⑤的艺术方法一样,是与他从小就受到熏陶与感悟的目连戏那种穿插与连接的结构艺术分不开的。“鲁迅的杂文是以丰富的人生经验为基础,通过极其广阔、深远的联想,创造出的一个覆盖古今中外的艺术世界。他的每一篇杂文,都是有的之矢,所针对的是某一‘人’与‘事’,但又不囿于这‘人’与‘事’的限制,把那些与之在外观形式上离异甚远似乎不可能有任何联系的人与事‘穿插’进来,使他(它)们之间内在的‘神似’颖然而现,起到‘特别一提’、令人猛醒的作用。这似乎已成为鲁迅杂文创作的‘思维定势’。”⑥如鲁迅所说:“……动起笔来,总是离题有千里之远。即如现在,何尝不想写得切题一些呢,然而还是胡思乱想,像样点的好意思总像断线风筝似的收不回来。忽然想到昨天……忽而想到十六年前……忽而又想到香港《循环日报》……”⑦“……我一面剪,一面却忽而记起长安,记起我的青年时代,发出连绵不断的感慨来……”⑧“这种拉扯牵连,若即若离的思想,自己也觉得近乎刻薄……”⑨

---

① 鲁迅:《且介亭杂文·序言》,《鲁迅全集》第6卷,人民文学出版社2005年版,第4页。瞿秋白则说鲁迅的杂感“反映着‘五四’以来中国的思想斗争的历史”(见《〈鲁迅杂感集〉序言》,《瞿秋白选集》,人民出版社1985年版,第525页)。

② 鲁迅在引述了他的杂文如何遭人讨厌之后说:“这的确令人讨厌的,但因此也更见其要紧,因为‘中国的大众的灵魂’,现在是反映在我的杂文里了。”(见《准风月谈·后记》,《鲁迅全集》第5卷,人民文学出版社2005年版,第423页)

③ 钱理群等:《中国现代文学三十年》,北京大学出版社1998年版,第290页。或许也正因此,李泽厚认为鲁迅杂文是“当之无愧的中国近代社会的百科全书”,“只有两部散文文学堪称百看不厌,这就是《红楼梦》和鲁迅文集”(见《略论鲁迅思想的发展》,《中国近代思想史论》,人民出版社1979年版,第439页)。

④ 鲁迅:《伪自由书·前记》,《鲁迅全集》第5卷,人民文学出版社2005年版,第4页。

⑤ 鲁迅:《故事新编·序言》,《鲁迅全集》第2卷,人民文学出版社2005年版,第354页。

⑥ 陈方竞:《为有源头活水来——鲁迅对浙东民间文化的感性体悟》,《鲁迅研究月刊》1991年第9期。

⑦ 鲁迅:《庆祝沪宁克复的那一边》,《鲁迅全集》第8卷,人民文学出版社2005年版,第196页。

⑧ 鲁迅:《说胡须》,《鲁迅全集》第1卷,人民文学出版社2005年版,第183页。

⑨ 鲁迅:《匪笔三篇》,《鲁迅全集》第4卷,人民文学出版社2005年版,第43页。

其实“几乎鲁迅的每一篇著作都是融古今中外于一炉，表现时间与空间的重叠，渗透于交融，是在无限广阔的全新的时空坐标上展示人与人间的种种：时间——从古代直到未来；空间——从所在的生存空间伸向世界任何角落，以致宇宙，与幻想的非现实的‘空间’”①。这种海阔天空自由穿梭、古今中外融为一体的艺术境界正是越地源远流长的无拘无束自由自在表达自我思想与感情的艺术创造精神的艺术体现。

三、作为“一个时代的文学”的杂文

鲁迅的杂文从诞生之初就一直遭受到各种流言蜚语的压制与攻击。在那些“高等文人”的眼中，杂文作为“一种散文非散文，小品非小品的随感式的短文，形式既绝对无定型，不受任何文学制作之体裁的束缚，内容则无所不谈，范围更少有限制”②，无疑扰乱了他们庄严肃穆的文学规范与文坛，因而他们要“削”杂文，甚至说“中国的没有大著作产生，是因为最近——虽然‘早便生存着的’——流行着一种‘容易下笔’，容易成名的‘杂文’，所以倘不是‘作家之甘自菲薄而放弃其任务，即便是作家毁掉了自己以投机取巧的手腕来替代一个文艺作者的严肃的工作’了”③。鲁迅说：“有些人们，每当意在奚落我的时候，就往往称我为‘杂感家’，以显出在高等文人的眼中的鄙视。”④的确，“我们试去查一通美国的‘文学概论’或中国什么大学的讲义，的确，总不能发见一种叫作 Tsa-wen 的东西。这真要使有志于成为伟大的文学家的青年，见杂文而心灰意懒：原来这并不是爬进高尚的文学楼台去的梯子”⑤。但是这些高等华人所谓的“严肃的工作”是什么呢？“形式要有‘定型’，要受‘文学制作之体裁的束缚’；内容要有所不谈；范围要有限制。这‘严肃的工作’是什么呢？就是‘制艺’，普通叫‘八股’。”⑥从表面上（纯文学）看来，这些“定型”、“束缚”、“限制”是产生“伟大的文学”的必要条件，但是从立足现实抗争的艺术生产的角度看，这又无异于是对作家创作个性与艺术才能的压抑与禁锢。作为“为现在抗争”的文学（杂文）当然要

① 钱理群：《心灵的探寻》，上海文艺出版社 1988 年版，第 86 页。

② 林希隽：《杂文和杂文家》，原载《现代》第 5 卷第 5 期，1934 年 9 月。

③ 鲁迅：《做“杂文”也不易》，《鲁迅全集》第 8 卷，人民文学出版社 2005 年版，第 417 页。

④ 鲁迅：《三闲集·序言》，《鲁迅全集》第 4 卷，人民文学出版社 2005 年版，第 3 页。

⑤ 鲁迅：《徐懋庸作〈打杂集〉序》，《鲁迅全集》第 6 卷，人民文学出版社 2005 年版，第 300 页。

⑥ 鲁迅：《做“杂文”也不易》，《鲁迅全集》第 8 卷，人民文学出版社 2005 年版，第 418 页。

冲破这一“高雅”与“纯粹”的枷锁,去寻求一种自由自在的艺术表现。① 所以“中国的这几年的杂文作者,他的作文,却没有一个想到‘文学概论’的规定,或者希图文学史上的位置的,他以为非这样写不可,他就这样写,因为他只知道这样的写起来,于大家有益。农夫耕田,泥匠打墙,他只为了米麦可吃,房屋可住,自己也因此有益之事,得一点不亏心的糊口之资,历史上有没有‘乡下人列传’或‘泥水匠列传’,他向来就并没有想到。”②一方面,“他以为非这样写不可,他就这样写”,说明这种写作是一种充分尊重作家艺术个性的自由书写。另一方面,如农夫耕田、泥匠打墙,“于大家有益”构成了杂文写作的先在前提:“况且现在是多么切迫的时候,作者的任务,是在对于有害的事物,立刻给以反响或抗争,是感应的神经,是攻守的手足。潜心于他的鸿篇巨制,为未来的文化设想,固然是很好的,但为现在抗争,却也正是为现在和未来的战斗的作者,因为失掉了现在,也就没有了未来。”③因而如何把自由的艺术个性与“为现在抗争”有机结合起来,主导了杂文的写作逻辑。

鲁迅所喜爱并翻译的厨川白村《出了象牙之塔》中说:“为什么不能再随便些,没有做作地说话的呢,即是并不俨乎其然地摆架子,并不玩逻辑的花把戏,并不抢着那并没有这么一回事的学问来显聪明,而再淳朴些,再天真些,率直些,而且就照本来面目地说了话,也未必便迭了价把。”“完成了的艺术,没有瑕疵,但也没有生命,只有死而已。因为已经嵌在定规里,一动也不能动的缘故。”④厨川这种反“权力化”、反“制度化”(“摆架子”、“玩逻辑”、“花把戏”、“定规”)的个人化(“没有做作地说话”、“生命”)生存的写作观无疑给鲁迅极大的启迪。鲁迅自1925年底将《新青年》时期写作的“对于时弊的攻击”的文字编为《热风》以后,基本上每年写作的杂文都在第二年编辑出版⑤,即把杂文作为一种独立的文体来经营。因而自觉地站在一种“反权力性(包括所谓的‘纯艺术’和由西方‘文学概论’规范的‘制度

---

① 郜元宝说,杂文的优长就“在于冲破旧的文章格式与新的文体律令,彻底解放语言,既呈现出中西合璧古今杂陈的丰富的差异面,又聚集其不可替代的文体个性。杂文正是语言这种既不断差异化(Differentiation)又不断聚集和统整(Integration)的自由的语言,是语言向着生存世界极度的逼近。在杂文里,语言和存在之间一切人为的扭曲和屏障都尽量拆去了,语言不是别的什么,而是真正意义上的‘存在的语言’”(见《“胡适之体”和“鲁迅风”》,《文学评论》1998年第1期)。

② 鲁迅:《徐懋庸作〈打杂集〉序》,《鲁迅全集》第6卷,人民文学出版社2005年版,第300页。

③ 鲁迅:《且介亭杂文·序言》,《鲁迅全集》第6卷,人民文学出版社2005年版,第3页。

④ 〔日〕厨川白村:《出了象牙之塔》,《鲁迅译文全集》第2卷,福建教育出版社2008年版,第303、313页。

⑤ 这种情况,基本延续到1928年出版《而已集》,而在1928年以后写的杂感,分别到1932、1934年才得以成书出版。1932年以后,基本上恢复了原来的出版模式。

化的文学’)”的立场上写作构成了鲁迅杂文的一个基本特征。鲁迅说:“我以为如果艺术之宫里有这么麻烦的禁令,倒不如不进去;还是站在沙漠上,看看飞沙走石,乐则大笑,悲则大叫,愤则大骂,即使被沙砾打得遍身粗糙,头破血流,而时时抚摩自己的凝血,觉得若有花纹,也未必不及跟着中国的文士们去陪莎士比亚吃黄油面包之有趣。”①“将我所遇到的,所想到的,所要说的,一任它怎样浅薄,怎样偏激,有时便都用笔写了下来。说得自夸一点,就如悲喜时节的歌哭一般,那时无非借此来释愤抒情,现在更不想和谁去抢夺所谓公理或正义。你要那样,我偏要这样是有的;偏不遵命,偏不磕头是有的;偏要在庄严高尚的假面上拨它一拨也是有的,此外却毫无什么大举。名副其实,‘杂感’而已。”②“现在是一年的尽头的深夜,深得这夜将尽了,我的生命,至少是一部分的生命,已经耗费在写这些无聊的东西中,而我所获得的,乃是我自己的灵魂的荒凉和粗糙。但是我并不惧惮这些,也不想遮盖这些,而且实在有些爱他们了,因为这是我转辗而生活于风沙中的瘢痕。凡有自己也觉得在风沙中转辗而生活着的,会知道这意思。”③但或许正是这种凝结着生命的“凝血”和“花纹”的“荒凉和粗糙”,使中国现代文坛“热闹,活泼”,“使不是东西之流缩头”,“使所谓‘为艺术而艺术’的作品,在相形之下,立刻显出不死不活相”。④ 同时,杂文还具有知识社会学的意义,是“鲁迅在最广阔的历史语境里,把官方加以严密限制的信息,事件和思想,通过知识的相关性,使之神兵一般地在最需要的时刻出现。杂文是由专制主义所造就的一种反专制文体,是文体学上的‘壕堑战’和‘散兵战’”⑤。因而在鲁迅看来,虽然他的杂文只是一些“不入调,不入流”的“南腔北调”⑥,“无非几个小钉,几个瓦碟”⑦,但是“‘拾荒’的人们,也还能从中检出东西来”⑧,并且“杂文这东西,我却恐怕要侵入高尚的文学楼台去的”⑨。鲁迅也正由此而创造了中国现代文学史上最具时代特征与意义的文体——杂文。借用鲁迅评论木刻的话,也可以说,杂文“实在是正合于现

---

① 鲁迅:《华盖集·题记》,《鲁迅全集》第3卷,人民文学出版社2005年版,第4页。
② 鲁迅:《华盖集续编·小引》,《鲁迅全集》第3卷,人民文学出版社2005年版,第195页。
③ 鲁迅:《华盖集·题记》,《鲁迅全集》第3卷,人民文学出版社2005年版,第4—5页。
④ 鲁迅:《徐懋庸作〈打杂集〉序》,《鲁迅全集》第6卷,人民文学出版社2005年版,第302
⑤ 林贤治:《鲁迅的最后十年》,《黄河》2002年第1期。
⑥ 鲁迅:《南腔北调集·题记》,《鲁迅全集》第4卷,人民文学出版社2005年版,第427页。
⑦ 鲁迅:《且介亭杂文·序言》,《鲁迅全集》第6卷,人民文学出版社2005年版,第4页。
⑧ 鲁迅:《准风月谈·前记》,《鲁迅全集》第5卷,人民文学出版社2005年版,第4页。
⑨ 鲁迅:《徐懋庸作〈打杂集〉序》,《鲁迅全集》第6卷,人民文学出版社2005年版,第302、300—301页。

代中国的一种艺术”①。

鲁迅说:“篇幅短并不是小品文的特征。……讲小道理,或没道理,而又不是长篇的,才可谓之小品。至于有骨力的文章,恐不如谓之‘短文’,短当然不及长,寥寥几句,也说不尽森罗万象,然而它并不‘小’。”②在某种意义上,“有骨力”构成了(鲁迅)杂文最基本的精神与艺术特征。前面所分析的(鲁迅)杂文的社会批判性与攻击性,尖锐性、深刻性与犀利性,草野性与异端性,乃至艺术表现上的晦涩(曲笔)与嬉笑怒骂等等,都凝聚、升华在“骨力”之中。徐麟说:“在中国的文坛上,与载道文章相对立和补充的,是一个不断趋于边缘化而又到处丛生的杂文小品的王国。在这里,一个文体学上的命题,也就是一个文化命题。杂文小品作为中国文坛园艺的产物,已成了在儒家道统压迫下,中国文人人格扭曲、变态、逃避以及趣味转移和情感宣泄的文字场所。在这个‘非道之文’的‘奇迹王朝’里,经国大业早已丧失了它的神圣地位,而被代之以文人的嘻笑怒骂。这是一种被扭曲的解放,所以它既充满了文人的机智、奇巧和活泼放肆的语言创造,也常常弥散着愤世嫉俗或颓废没落的灰暗情绪。”③在鲁迅看来,“而小品文的生存,也只仗着挣扎和战斗的。晋朝的清言,早和它的朝代一同消歇了。唐末诗风衰落,而小品放了光辉。但罗隐的《谗书》,几乎全部是抗争和愤激之谈;皮日休和陆龟蒙自以为隐士,别人也称之为隐士,而看他们在《皮子文薮》和《笠泽丛书》中的小品文,并没有忘记天下,正是一榻胡涂的泥塘里的光彩和锋鋩。明末的小品虽然比较的颓放,却并非全是吟风弄月,其中有不平,有讽刺,有攻击,有破坏。这种作风,也触着了满洲君臣的心病,费去许多助虐的武将的刀锋,帮闲的文臣的笔锋,直到乾隆年间,这才压制下去了”④。这样一种“挣扎和战斗”、“被扭曲的解放”正是“骨力”的一种表现。实际上越地王充问孔、刺孟、劈韩的“论衡”,嵇康“非汤、武而薄周、孔”⑤的风骨,徐渭“疏纵不为儒缚”⑥的思想作风,王思任适情任性的玩世不恭,章太炎“所向披靡,令人神旺”⑦的檄文等,都是这一“骨力”的鲜明凸显,并且以章太

① 鲁迅:《〈木刻创作法〉序》,《鲁迅全集》第4卷,人民文学出版社2005年版,第626页。

② 鲁迅:《杂谈“小品文”》,《鲁迅全集》第6卷,人民文学出版社2005年版,第431页。

③ 徐麟:《鲁迅:在言说与生存的边缘》,山东文艺出版社1997年版,第183页。

④ 鲁迅:《小品文的危机》,《鲁迅全集》第4卷,人民文学出版社2005年版,第591—592页。

⑤ 嵇康:《与山巨源绝交书》,《鲁迅辑录古籍丛编》(第四卷),人民文学出版社1999年版,第39页。

⑥ 徐渭:《自为墓志铭》,《徐渭集》,中华书局1983年版,第639页。

⑦ 鲁迅:《关于太炎先生二三事》,《鲁迅全集》第6卷,人民文学出版社2005年版,第566页。

炎为代表，“开创了一种思想方式，与那种系统的和谐几乎正好相反”[①]，由此构成了鲁迅杂文生成的文化（文学）背景[②]。值得注意的是，这种异端的思想与文风又往往是和越地民间的诙谐与机智（包括“师爷文笔”）相互影响、相互融合的。例如孔稚珪的《北山移文》、王思任的戏谑与怒骂都汲取了越地民间艺术的方法与智慧。可以说，“杂”所意味的另类、边缘、异端、粗陋、朴野与本真正代表了它们基本的立场与特征。在周作人看来，这种“较少因袭的束缚，便能多少保全他的个性”的作风正使越地作家“自有一种特性”[③]。而鲁迅的杂文正是这一文化（文学）源流的艺术结晶。所以早在 1931 年，张若谷就敏锐地指出：“鲁迅先生的作风，可以用‘嬉笑怒骂’四个字来包括一切。他无论是在笑，或是在骂，总是含着冷嘲与幽默的意味。措辞也时常弯弯曲曲，议论又往往执滞在几件小事情上，这是可以十足代表着中国浙江的一种习气，尤其是代表绍兴师爷派的一种特殊性格。”[④]

当然杂文并不是这些“挣扎和战斗”的小品在现代的自然生成，而是贯注和融合了鲁迅生命与心血的艺术创造。所有生成杂文的因素都进入了鲁迅的生命，同时又融合了鲁迅的气质、个性、才情、修养等综合素质[⑤]。“战士的气质、思想家的品格、讽刺大师的智慧、小说家的匠心、诗人的激情、学问家的功底、语言大师的才华，形成了一种合力，共同将杂文作为一种独立

---

① 〔美〕李欧梵著，尹慧珉译：《铁屋中的呐喊》，河北教育出版社 2000 年版，第 107 页。

② 李林荣认为：“‘杂文’一名在古典文学史范畴的产生和启用，原本就是用来指称和涵括旁出于载道、明道之诗文正统以外的一路带有叛逆倾向的写作风习。从这个意义上，杂文确实可谓天生‘反骨’。不过，作为一种写作体裁，杂文的‘反骨’首先集中体现在它相对于主流写作体裁的疏离和悖反。这种疏离和悖反，通常也就意味着舍弃或拒斥主流写作体裁所享有的各类很容易为时风世情所推重的功利价值。杂文的这种内在品质形之于外，就是它必定是与所谓的文章正统或主流文体相生而相克，无论任何时代，只要能够催生出并存在着某些众所推重的正统文体，同时也就一定有杂文生长的契机，而杂文一经产生，无论它承载的内容如何，其内在的社会心理生成机制就决定了它势必带有与时尚和众意相抗逆的特质。”（见《被遮蔽和改写的传统——重审作为中国当代文学话语的“鲁迅笔法”与“杂文时代”》，《海南师范学院学报》2005 年第 6 期）

③ 周作人：《地方与文艺》，《谈龙集》，河北教育出版社 2002 年版，第 11 页。

④ 张若谷：《鲁迅的〈华盖集〉》，《鲁迅研究学术论著资料汇编》第 1 卷，中国文联出版公司 1985 年版，第 640 页。

⑤ 这一观点亦得到了鲁迅的认同。据冯雪峰记载：“将先生的杂感散文，看成为先生的独创，即在西欧文学史上亦少见，并且它和中国的散文有着很深刻的渊源，先生亦认为是对的。”（见《关于鲁迅在文学上的地位——给捷克译者写的几句话》，1937 年 3 月 25 日上海《工作与学习丛刊》之二《原野》）鲁迅又曾对许广平说：“殊不知我这些文章虽然短，是绞了许多脑汁，把它锻炼成极精锐的一击，又看过了许多书，这些购买参考书的物力，和自己的精力加起来，是并不随便的。”（见许广平：《鲁迅先生的写作生活》，《鲁迅回忆录》专著上册，北京出版社 1999 年版，第 376 页）

的现代文体推上了‘高尚的文学楼台’。”①“鲁迅‘杂感文体’与鲁迅的生命相连,是他长期文学生活中情感、感觉、意志乃至潜意识的书写的综合表达,是他生命的存在状态的文本形式。”②“他以为非这样写不可,他就这样写”③,“你要那样,我偏要这样是有的;偏不遵命,偏不磕头是有的;偏要在庄严高尚的假面上拨它一拨也是有的,此外却毫无什么大举。名副其实,‘杂感’而已”④。因而鲁迅杂文虽然和以上诸多因素有种种关联,但却是完全不同于以上因素的全新创造:“它熔文艺、政论、学术、思想于一炉,把这诸种性质不同的因素巧妙地糅合在一起,成为中外文学史上一种全新的文体。”⑤当然与此同时鲁迅也在杂文写作中“找到了最合于他个性的文体和语体”,在杂文式的话语方式中“获得了生存的意义与自由”,这“是他在其他文体和语体中所无法或难以获取的”。⑥ 虽然从西方(包括日本)的文学规范来看,杂文是不能入艺术之林的,但是它却是最适应中国现代社会生存、融合着中国独特的艺术与文化基因的一种艺术形式⑦。“鲁迅通过他的杂文创造了一种美学,这种美学的核心是打破一切现实的和精神的束缚,冲决一切阻碍人的解放的压抑的力量。”⑧“作为一种气魄雄伟、风格独具的文

---

① 靳新来:《杂文:鲁迅综合素质全息图》,《江淮论坛》2003 年第 1 期。

② 皇甫积庆:《鲁迅“杂感”文体论》,《鲁迅研究月刊》2006 年第 9 期。

③ 鲁迅:《徐懋庸作〈打杂集〉序》,《鲁迅全集》第 6 卷,人民文学出版社 2005 年版,第 300 页。

④ 鲁迅:《华盖集续编·小引》,《鲁迅全集》第 3 卷,人民文学出版社 2005 年版,第 195 页。

⑤ 吴林兵、胡子明:《鲁迅杂文——从绝唱到绝响》,《学术研究》2000 年第 12 期。

⑥ 徐麟:《鲁迅:在言说与生存的边缘》,山东文艺出版社 1997 年版,第 190、192 页。

⑦ 除了前面追溯的以越文化为代表的异端与民间文化(文学)的渊源外,杂感还一般地体现了中国民族思维与艺术的特征。比如 1940 年巴人(王任叔)就在《论鲁迅的杂文》中指出:鲁迅的杂文“综合了中国传统文学最优美的形式,予以熔铸,表现”。具体说来,有“(一)肆应外物的感悟的片断思想的纪述形式。(二)思想不离现实批评的纪述形式。(三)思想之形象性的纪述形式”。而这又根源于中国文学的内在精神:“一、抽象思维的学术文字极小。思想大都为肆应外物而发。二、偶有若干抽象的思维,但是片断的另碎的,不能融会贯通,自制一哲学体系。三、思想之表现形式,大多为偶感性质的记述;因之,又极重于文辞藻饰。”(见《鲁迅研究学术论著资料汇编》第 3 卷,中国文联出版公司 1985 年版,第 278、279 页)而朱光潜则指出:“由于中国人的思想长于综合而短于分析,长于直悟而短于推证,中国许多散文作品就体裁说,大半属于随感录。”(《随感录[上]——小品文略谈之二》,《朱光潜全集》第 9 卷,安徽教育出版社 1993 年版,第 396—397 页)或许正是由于这样一种深厚的民族文化(文学)的素养,“五四”开始的中国新文学中,“散文小品的成功,几乎在小说戏曲和诗歌之上”(鲁迅:《小品文的危机》,《鲁迅全集》第 4 卷,人民文学出版社 2005 年版,第 592 页)。因而李欧梵认为:“如果我们想以中国的文学传统为背景来衡量鲁迅作为现代作家独创性的程度,杂文恰恰应是非常重要的一个方面。不说别的,只就整个中国传统文学中所占的地位而言(它比诗和小说都更为重要),鲁迅在这方面的继承和创新都更直接、更重要。”(见《铁屋中的呐喊》,河北教育出版社 2000 年版,第 105 页)

⑧ 郝庆军:《诗学与政治:鲁迅晚期杂文研究 1933—1936》,文化艺术出版社 2007 年版,第 284 页。

体，鲁迅杂文是诗与政论的结晶，是逻辑思维与形象思维的结晶，是具有深刻思想性、尖锐政论性和丰富而独特艺术魅力的文艺形式和特殊形式的诗。”“鲁迅杂文既是把中国社会历史、中国社会心理和其他各种知识汇流而成的百科全书式的精神实体，又是天才的艺术创造，是最深刻地反映中华民族的社会历程、心理历程和战斗历程的伟大史诗”①。鲁迅杂文“提供了前不见古人，而后人又绝不能追随的风格”②。因而它不仅侵入了“高尚的文学楼台”③，而且有论者认为：“能拿出来作为20世纪中国文学的代表，并以其成就和影响而能与历史上的诗经、楚辞、汉赋、唐诗、宋词、元曲、明清小说并列的，唯鲁迅（当然也包括其他确有成就的杂文作家）所独创的杂文而已矣。”④

---

① 吴林兵、胡子明：《鲁迅杂文——从绝唱到绝响》，《学术研究》2000 年第 12 期。

② 郁达夫：《鲁迅的伟大》，《鲁迅研究学术论著资料汇编》第 2 卷，中国文联出版公司 1985 年版，第 700 页。

③ 参见鲁迅：《徐懋庸作〈打杂集〉序》。在刚刚着手杂文写作的时候，鲁迅也是遵从流行的文学规范，把杂感（短评）作为（文学）创作以外的另一种形式来写作的。比如在《〈华盖集〉题记》中说：“也有人劝我不要做这样的短评。那好意，我是很感激的，而且也并非不知道创作之可贵。”这里的“短评”（杂感、杂文）就是与“（文学）创作”相对应的另外一种写作。而“创作”则是由日本传入中国的一个文学概念，有着特定的内涵，特指小说、诗歌、戏剧三类“纯文学”的写作，不包括散文，更不包括“杂文”（参见王向远：《鲁迅杂文观念的形成演进与日本文学》，《鲁迅研究月刊》1996 年第 2 期）。到 1930 年代，林希隽、瞿秋白等都仍然坚持这一概念。不过随着鲁迅杂文的巨大的社会效应与艺术效应（特别是反动势力对于杂文的害怕、贬斥与围剿），鲁迅意识到杂文独特的艺术功能与作用。因而他在 1935 年写作的《徐懋庸作〈打杂集〉序》中，在与古诗的比较中，满腔热情地讴歌了杂文的艺术特色：“和现在切贴，而且生动，泼剌，有益，而且也能移人情”，因而已经“侵入高尚的文学楼台”，成为（文学）“创作”的一种了。皇甫积庆说：“在长达 20 年的创作中，鲁迅对‘杂感’文体意识经历了‘随感录’——‘短评’——‘杂感’——‘杂文’这样一个逐渐明确的过程，在这个过程中，他始终遵循着这种文体的主要特征，排除各种干扰，坚持创作，并且按年编辑成一个文本系列（文集），最后 14 个文本系列构成一个数量巨大，风格、体式统一的文本世界，勿庸置疑地宣告一种文体、文类的建立。”（见《结构 解构 建构——论鲁迅文体思想及文体/文类构架》，《鲁迅研究月刊》1997 年第 4 期）

④ 吴林兵、胡子明：《鲁迅杂文——从绝唱到绝响》，《学术研究》2000 年第 12 期。当然也有不少学者和作家仍然囿于西方的文学标准否认杂文属于文学，如海外的夏志清、司马长风等。司马长风说：“‘杂文’那些东西在政治史上，或文学与政治的研究上，有其独特的重要性，但与文学便不大相干了。”（《中国新文学史》中卷，昭明出版社 1978 年版，第 148 页）王朔认为“鲁迅光靠一堆杂文几个短篇是立不住的，没听说有世界文豪只写过这点东西的”（《我看鲁迅》，《收获》2000 年第 2 期），也不过重复这些陈词滥调。这些论调的一个基本特征就是简单地套用西方的文学话语来剪裁中国的现代文学，以一元文化的霸权主义压抑了多元的现代文化（文学）的差异性，忽视了中国文化（文学）的民族个性与特色。

四、"杂文笔法"与文体越界

早在1931年，张若谷就提出了一个怪论："与其当鲁迅先生是小说作家，毋宁说他是随笔作家更来得恰当。"①后来李广田也说："有人以为鲁迅不写小说，而只写杂文是一件很可惜的事。其实这却不见得。因为鲁迅的杂文是应了那时社会的需要而产生的，他的杂文，在时代的意义上说，实在比小说更重要。假设鲁迅没有他的杂文，鲁迅也就不成其鲁迅，就只'鲁迅'这两个字，今日之所以启示了那么多的意义，主要的还是由于他的杂文。"②虽然有关鲁迅小说的评价还可以商榷，但是对于杂文鲜明地体现了鲁迅的艺术个性与文学价值的看法却是不易之论。的确，杂文作为鲁迅生命的文学表达与形式，必然突破所有固有的文学规范，"他要在所有的文体形式中表达生命，完成生命，实现生命与灵魂的火花——这就是杂感话语形式的闪现"③。据皇甫积庆分析，小说集《呐喊》中14篇小说，"只有5篇完全符合小说文体要求"，"另外的9篇作品则在某些方面打破了小说的文类规约，消解人们对小说完整的象征时空的阅读期待。或在体式上，或在语言上，或在叙事上，或在人物塑造上，都有溢出小说规约的'异端'出现。而这些'异端'表达综合起来看，主要就是鲁迅生命徽记的'杂感'笔调，时时不经意地出现在文本中"；《彷徨》中《孤独者》的主人公魏连殳的长信"'……我自己也觉得不配活下去，别人呢？也不配的。同时，我自己又觉得偏要为不愿意我活下去的人们而活下去……'等句子在《两地书·二四》、《过客》、《写在〈坟〉后面》等文中都可以看到类似的意思，其互文性十分明显"。④袁国兴认为："让小说与现实发生直接关系，是鲁迅的基本文学观念；而在小说中插入一段清晰、确凿的现实人生更是鲁迅的一种偏好。《鸭的喜剧》对'爱罗先珂君'和'仲密'及'仲密夫人'的种种述说，几乎与真情实景毫无二致，就这一意义而言，《鸭的喜剧》更接近于'散文'，而疏远于小说。如果说《鸭的喜剧》题材倾向决定了它的写作特点，那么，当说魏连殳的访客

---

① 张若谷：《鲁迅的〈华盖集〉》，《鲁迅研究学术论著资料汇编》第1卷，中国文联出版公司1985年版，第640页。

② 李广田：《鲁迅的杂文》，《鲁迅研究学术论著资料汇编》第4卷，中国文联出版公司1985年版，第292页。

③ 皇甫积庆：《鲁迅"杂感"文体论》，《鲁迅研究月刊》2006年第9期。

④ 同上。

中有一些人'大抵是读过《沉沦》的……时常自命为"不幸的青年"或是"零余者",螃蟹一般懒散而骄傲地堆在大椅子上';说方玄绰百无聊赖中'从桌上抓起一本《尝试集》来,躺在床上就要看。'这些笔墨不一定是'流行'小说写作时的'势所必然',而是作者的一时兴起,顺笔带过,旁敲侧击而已。这是什么笔法?'杂感'是也。"①

关于《故事新编》,早就有学者认为,可以"看作是鲁迅先生以'故事'形式写出来的杂文"②。这一杂文特色的鲜明体现就是贯穿《故事新编》始终的"油滑"。如前所述,如果说,在《补天》中鲁迅虚构一个"古衣冠的小丈夫""在女娲的两腿之间出现"③是偶一为之的"油滑"的话,那么,迅速地向周围的黑暗现实与人生作出抗争构成的鲁迅文学的根本指向则使这一"油滑"成为《故事新编》的一个基本特征④。"与常规历史小说相比,不严谨、不规范,故称之'油滑'。但是,从创作心理学角度,根据鲁迅一贯的创作心态,这里的偶然有必然的一面;干预现实的强烈的欲求及对艺术形式的开放性态度(反对种种艺术之宫的禁令),使他决不会违背内心要求去遵从某种陈规。……'油滑'的写法对于鲁迅有着文艺思想和创作心理的双重根据,因此,一旦开始,鲁迅实际上找到属于他自己的表达方式与符号,就很自然地沿用下去,始终坚持,反倒成为一种鲁迅独有,别人无法摹仿,极具现代意义的创作特色。"⑤或许正是在这样的意义上,鲁迅多次说,自己只是"做一点小说模样的东西塞责"⑥,"每写些小说模样的文章,以敷衍朋友们的嘱托"⑦。所谓"小说模样"就是不符合通常的流行观念的小说。其实这也正

---

① 袁国兴:《鲁迅小说和"杂感"类"文章"的文类体式互侵》,《鲁迅研究月刊》2010年第4期。

② 伊凡:《鲁迅先生的〈故事新编〉》,《文艺报》1953年第14期。

③ 鲁迅:《故事新编·序言》,《鲁迅全集》第2卷,人民文学出版社2005年版,第353—354页。

④ 鲁迅在谈到他"为什么做起小说来"时明确说:"我仍抱着十多年前的'启蒙主义',以为必须是'为人生',而且要改良这人生。"(见《鲁迅全集》第4卷,人民文学出版社2005年版,第526页)这构成了鲁迅文学的基本指向。徐麟说,据鲁迅自述,他的油滑是起于首篇《不周山》的写作途中,"但其实,早在《阿Q正传》中,油滑即已萌芽,只是不太显眼而已。油滑的调侃,能使任何严肃神圣变为滑稽,并至于在可笑中倒塌,这正是鲁迅惯用的杂文手段,即'在庄严高尚的假面上拨它一拨'。有时,我们甚至可以想象出鲁迅在油滑中不无恶意的破坏欲及其宣泄的快感。只是在《阿Q正传》中,他还不能破坏故事的叙述,但到了《故事新编》中,他就不必顾忌对于故事和人物的损坏了,于是,油滑也就油然而生。"(见《无治主义·油滑·杂文——鲁迅研究札记》,《中国现代文学研究丛刊》1997年第4期)

⑤ 皇甫积庆:《历时创作中的变异与持恒——〈故事新编〉创作心理解读》,《鲁迅研究月刊》1995年第2期。

⑥ 鲁迅:《我怎么做起小说来》,《鲁迅全集》第4卷,人民文学出版社2005年版,第526页。

⑦ 鲁迅:《〈呐喊〉自序》,《鲁迅全集》第1卷,人民文学出版社2005年版,第441页。

说明了鲁迅小说的创新性,是在一般小说的基础上加以鲁迅式的创造,这种创造的一个重要环节就是融入了杂感的素质,或者说融入了作为鲁迅生命本体的杂感家的气质与方式①。因而朱晓进认为"鲁迅小说有一种突出的杂感化倾向"②。或许这正体现出鲁迅小说独有的艺术个性。

在皇甫积庆看来,虽然《野草》作为鲁迅心灵沉思的哲学,自有其独特的文体特性,但是其中一部分篇章,"如《我的失恋》、《立论》、《聪明人和傻子和奴才》、《狗的驳诘》等,其立意相对显豁,与其他篇目很难构成一种'心灵'的话语系统;其指向就是对各种丑恶现象的'社会批评'和'文明批评'";同时"即使在指向内心世界篇目中也有遏制不住的'杂感'话语","如《过客》中,'回到那里去,就没一处没有名目,没一处没有地主,没一处没有驱逐和牢笼,没一处没有皮面的笑容,没一处没有眶外的眼泪。'不论是文化指向,语势、语调、语意,都是较典型的'杂感'话语"。《朝花夕拾》作为一本回忆与个人记事的散文集,虽然与杂感的风格不同,但是其中《狗·猫·鼠》和《廿四孝图》同样呈现出一种"'杂感'式写法"。因而"'杂感'笔调、话语、意识,在鲁迅那里是禁遏不住的,不论什么文体,不论什么时候,只要需要,灵感随时爆发,文体的规约随时有可能打破,'杂感'意识与笔调,'杂感'特有的话语成为超越又随时渗透在一切文类的鲁迅独有的'文体'"。③ 其实就是比较典型的叙事性回忆散文也不乏杂感的闪现,如《藤野先生》中"上野的樱花烂熳的时节,望去确也象绯红的轻云,但花下也缺不了成群结队的'清国留学生'的速成班,头顶上盘着大辫子,顶得学生制帽的顶上高高耸起,形成一座富士山。也有解散辫子,盘得平的,除下帽来,油光可鉴,宛如小姑娘的发髻一般,还要将脖子扭几扭。实在标致极了"④——顺手一击,对于那些速成的"清国留学生"的扭捏作态给予了辛辣的嘲讽。李长之则更明确地宣称:"我不承认《野草》是散文诗集,自然,散文是没有问题的,但乃是散文的杂感,不是诗。因为诗的性质是重在主观的,情绪的,从自我出发的,纯粹的审美的,但是《野草》却并不如此,它还重在攻击愚妄者,重在礼赞战斗,讽刺的气息胜于抒情的气息,理智的色彩几

---

① 孙绍振进而认为:"在鲁迅的心灵深处,有两种才华,都是非常强大的。一个是小说家的才华,他独特的感知错位的特点;一个是杂文家的才华,以深刻和犀利的观念为特点。两者有统一的一面,水乳交融;也有矛盾的一面,互相干扰。"(见《杂文家鲁迅与小说家鲁迅的矛盾[二]》,《名作欣赏》2009 年第 5 期)

② 朱晓进:《鲁迅小说的杂感化倾向》,《鲁迅研究月刊》1993 年第 10 期。

③ 皇甫积庆:《鲁迅"杂感"文体论》,《鲁迅研究月刊》2006 年第 9 期。

④ 鲁迅:《藤野先生》,《鲁迅全集》第 2 卷,人民文学出版社 2005 年版,第 313 页。

等于情绪的色彩。”①虽然《野草》作为散文诗的文体性质还可以讨论，但是他强调的《野草》仍然带有明显的杂文笔调和色彩却无疑是卓有见识的。其实鲁迅曾说《野草》不过是些“小感触”②和“随时的小感想”，虽然“因为那时难于直说，所以有时措辞就很含糊了”③，同时作为他心灵的哲学，这些“感触”又具有幽深的内视性特征④，但是有感而发、直击现实、尖锐犀利的特征却是贯穿他的散文诗与杂文的。可以说，“在鲁迅的文体越界的地方，都有着‘杂感’的出没，杂文笔法是造成鲁迅文学世界中出现文体越界现象的重要原因。而最具鲁迅标示性意义的文体也正是他的‘杂感’”⑤。在笔者看来，杂文笔法或者说杂文笔调正是构成了鲁迅生命徽记的文学特征，这种有感而发、尖锐犀利直击现实的特征正融合了鲁迅所有的生命密码，首先是他长期耳濡目染、潜移默化的越文化中异端文化思潮和底层民众抗争精神及其文学方式（即所谓的“杂”和“野”）的艺术显现，因而往往又成为了鲁迅文学的标志与代称。它对其他文体的突破与越界恰恰是鲁迅独特的艺术个性的自然表现。

---

① 李长之：《鲁迅批判》，北京出版社 2003 年版，第 111—112 页。

② 鲁迅：《〈自选集〉自序》，《鲁迅全集》第 4 卷，人民文学出版社 2005 年版，第 469 页。

③ 鲁迅：《〈野草〉英文译本序》，《鲁迅全集》第 4 卷，人民文学出版社 2005 年版，第 365 页。

④ 据章衣萍记载，鲁迅曾说“他的哲学都包括在他的《野草》里面”（见《谈鲁迅》，《鲁迅回忆录》散篇上册，北京出版社 1999 年版，第 89 页）。

⑤ 张克：《颓败线的颤动——鲁迅与中国文学的现代性》，武汉大学 2005 年博士论文，第 94 页。

第十一章 “有力之美”的艺术:“鲁迅风骨”

一、“有力之美”:鲁迅的审美个性与艺术特征

1927 年 10 月鲁迅由广州来到上海之后,一方面回应着无产阶级革命文学的论争,对无产阶级文学的诸多方面提出了自己独特的思考,并加强了马克思文艺理论的学习、翻译与介绍;另一方面致力于欧美(包括日本)进步文艺的翻译介绍,“希望从翻译里补充点新鲜力量”①。除了与郁达夫创办了《奔流》杂志之外,还与柔石等文艺青年组织了朝花社,出版《朝花》周刊(后为旬刊)和《艺苑朝华》,先后印行了《近代木刻选集》(1)(2)、《蕗谷虹儿画选》、《比亚兹莱画选》、《新俄画选》等美术作品集,开始自觉倡导新兴木刻版画②。鲁迅之所以积极倡导新兴木刻版画,除了木刻作为一种简便的艺术,易于艺术家掌握与流行,同时作为一种复数性的艺术,易于传播与普及③,并且“容易印刷而不至于很失真,因此流布也能较广远”④等原因之外,一个重要的原因(甚至是首要的原因)是鲁迅在审美趣味上对木刻艺

---

① 许广平:《鲁迅回忆录》,《鲁迅回忆录》专著下册,北京出版社 1999 年版,第 1208 页。

② 后来鲁迅还积极倡导扶持新兴木刻版画的创作,促进了木刻版画作为一种独立的艺术在现代的生成,因而鲁迅又被誉为“中国新兴木刻艺术之父”(见田敬宝:《开拓者和建设者——鲁迅与木刻艺术》,《鲁迅研究[4]》,中国社会科学出版社 1981 年版,第 281 页)。

③ 用鲁迅的话来说就是:“木刻是无需多化钱的,只用几把刀在木头上划来划去——这也许未免说得太容易了——就如印人的刻印一样,可以成为创作,作者也由此得到创作的欢喜。印了出来,就能将同样的作品,分给别人,使许多人一样的受到创作的欢喜。总之,是比别种作法的作品,普遍性大得远了。”(《〈木刻创作法〉序》,《鲁迅全集》第 4 卷,人民文学出版社 2005 年版,第 626 页)

④ 鲁迅:《〈奔流〉编校后记》,《鲁迅全集》第 7 卷,人民文学出版社 2005 年版,第 192 页。

术的契合与喜爱①。在鲁迅看来,“所谓创作底木刻者,不模仿,不复刻,作者捏刀向木,直刻下去。——记得宋人,大约是苏东坡罢,有请人画梅诗,有句云:‘我有一匹好东绢,请君放笔为直干!’这放刀直干,便是创作底版画首先所必须,和绘画的不同,就在以刀代笔,以木代纸或布。中国的刻图,虽是所谓‘绣梓’,也早已望尘莫及,那精神,惟以铁笔刻石章者,仿佛近之”②。“至于‘创作板画’,是并无别的粉本的,乃是画家执了铁笔,在木版上作画……自然也可以逼真,也可以精细,然而这些之外有美,有力;仔细看去,虽在复制的画幅上,总还可以看出一点‘有力之美’来。”③——创作木刻“以刀代笔”、“放刀(笔)直干”所呈现出来的“有力之美”正是木刻艺术鲜明的艺术特征,也是鲁迅从小喜爱与追求的一种艺术风格与境界。

这样一种“有力之美”首先便来源于艺术家(作家)主体精神强力的弥满与迸发,“有精力弥满的作家和观者,才会生出‘力’的艺术来。‘放笔直干’的图画,恐怕难以生存于颓唐,小巧的社会里的”④。而这种主体的精神强力正与一种博大苍凉、生气勃发的审美意识相联系。早在日本倡导《新生》文艺运动时期,鲁迅就写作了《摩罗诗力说》,以拜伦等“无不刚健不挠,抱诚守真;不取媚于群,以随顺旧俗;发为雄声,以起其国人之新生,而大其国于天下”的“摩罗诗派”为榜样,倡导“抱诚守真”、“争天拒俗”、“力足以振人”的“摩罗诗力”。“恶魔者,说真理者也。”而倡导这种“诗力”的目的正在于“致吾人于善美刚健者”⑤。因而鲁迅所倡导的这种“力之美”又与他所致力的国民性改造的启蒙主义指向关联起来。在他看来,颇能体现中国传统艺术神韵的“宋的院画”不少“萎靡柔媚”之作,唐伯虎笔下的“细腰

---

① 许广平记叙道:“鲁迅先生向来爱好美术,对于艺术书籍,尤其时常关心,欢喜购置浏览,以有些周转灵便,就赶紧托人把马克和法郎,寄到在德国留学的徐诗荃先生和在法国研究的季志仁先生那里,托其寻搜版画。……他编书的脾气是很特殊的,不但封面欢喜更换,使得和书的内容配合,如托尔斯泰专号,那封面就不但有书名,而且还加上照片。内容方面,也爱多加插图,凡是他手编的书如《奔流》,以及《译文》,都显现出这一特色。而插图之丰富,编排之调和,间或在刊物中每篇文稿的前后插些寸来大小的图样,都是他的爱好。……就因为编《奔流》时需要很丰富的插图……托商务印书馆向外国带书,许多英国的木刻,内中大约不少是这样带来的。原先不过志在给《奔流》预备找插图而搜求的新书,因了所见一多,引起爱好,更大事购置,于是一九二九年的《近代木刻选集(一)》以全部介绍英国作家作品,和中国艺术界见面了。”(《关于鲁迅的生活》,《鲁迅回忆录》专著中册,北京出版社 1999 年版,第 721—723 页)

② 鲁迅:《〈近代木刻选集〉(1)小引》,《鲁迅全集》第 7 卷,人民文学出版社 2005 年版,第 335 页。

③ 鲁迅:《〈近代木刻选集〉(2)小引》,《鲁迅全集》第 7 卷,人民文学出版社 2005 年版,第 351 页。

④ 同上。

⑤ 鲁迅:《摩罗诗力说》,《鲁迅全集》第 1 卷,人民文学出版社 2005 年版,第 101、68、84、102 页。

纤手的美人”更透出一种病态的纤弱趣味。① 这种以形式上的工整细腻和“清玩”为特点的艺术趣味正是纤细沉静的心智的外化,进而以纤细柔弱、极端被动性为特征的美在明清之际发展到登峰造极,在某种意义上,也可以说是民族精神衰败的艺术征候。② “几千年的文化发育已近迟暮,由于缺乏异质文化的介入与冲击,日渐在原先的轴心上自行精致化,萎顿、沉静、细密、精雅、熟巧成为中国人特有的精神气质。中国艺术中特有的‘微雕’与‘绣梓’与中国人特有的饮食文化无不体现出‘熟’而‘精’的特点。”③“那些文人雅舍中的‘小摆设’再也没有汉唐艺术的闳放气魄,再也没有六朝石刻的生命气象,只留下千人一面的风花雪月、梅兰竹菊和山水小景。”④“拘于无形之囹圄”⑤,抹尽人间的烟火味,现实的人民精神被抒写性灵的文人气所替代,表现出一种纤细娇弱、被动内敛的病态美学性格⑥。因而鲁迅感到:“我看中国书时,总觉得就沉静下去,与实人生离开;读外国书——但除了印度——时,往往就与人生接触,想做点事。”⑦鲁迅还借用日本的长谷川如是闲的公式比较了西洋人与中国人的脸:如果说西洋人的脸是“人 + 兽性 = 西洋人”的话,那么一部分中国人的脸就是“人 + 家畜性 = 某一种人”,其实“野牛成为家牛,野猪成为猪,狼成为狗,野性是消失了,但只足使牧人喜欢,于本身并无好处”。⑧ 这样一种被“驯化”的“家畜性”正是中国人被几千年封建宗法制

---

① 鲁迅:《论旧形式的采用》,《鲁迅全集》第 6 卷,人民文学出版社 2005 年版,第 24 页。

② 鲁迅分析那些文人推崇“静穆”的美学风格的原因是:“对于人生,即惮扰攘又怕离去,懒于求生,又懒于求生,又不乐死,实有太板,寂绝又太空,疲倦得要休息,而休息又太凄凉,所以又必须有一种抚慰。”(见《鲁迅全集》第 6 卷,第 440 页)著名艺术史家贡布里希以他特有的敏感,从中国的绘画中体味出中国人“安静”、“雅致”和“微妙”的心灵:中国人的画“是画在绢本卷轴上,保存在珍贵的匣椟之中。只有在相当安静时才打开来观看和玩味,很像是人们打开一本诗集对一首诗再三地吟诵咏叹。这就是中国的十二世纪和十三世纪时最伟大的风景画中所蕴含的意图”。同西方人不同,中国人“有更多的时间去达到雅致和微妙”,而“浮躁的西方人,对那种参悟的功夫缺乏耐心和了解”(《艺术与人文科学》,浙江摄影出版社 1988 年版,第 81 页)。

③ 魏韶华:《论鲁迅的艺术趣味》,《东方论坛》1994 年第 2 期。

④ 沈刚:《形式意味中的生命力度——论鲁迅美术思想中的文化性格》,《绍兴文理学院学报》1996 年第 3 期。

⑤ 鲁迅:《摩罗诗力说》,《鲁迅全集》第 1 卷,人民文学出版社 2005 年版,第 71 页。

⑥ 或许正是在这一意义上,鲁迅一反俗见地批评了以梅兰芳为代表的京剧的“高雅”趣味:“他未经士大夫帮忙时候所做的戏,自然是俗的,甚至于猥下,肮脏,但是泼剌,有生气。待到化为‘天女’,高贵了,然而从此死板板,矜持得可怜。看一位不死不活的天女或林妹妹,我想,大多数人是倒不如看一个漂亮活动的村女的,她和我们相近。”(《略论梅兰芳及其他》,《鲁迅全集》第 5 卷,第 610 页)

⑦ 鲁迅:《青年必读书》,《鲁迅全集》第 3 卷,人民文学出版社 2005 年版,第 12 页。

⑧ 鲁迅:《略论中国人的脸》,《鲁迅全集》第 3 卷,人民文学出版社 2005 年版,第 432—433 页。

度及其伦理道德压抑与规训的结果。"老大的国民尽钻在僵硬的传统里,不肯变革,衰朽到毫无精力了。"①甚至连儿童画的儿童形象中也没有"英国沉着、德国粗豪、俄国雄厚、法国漂亮、日本聪明",只剩下"衰惫的气象"。②

正是为了改造与振兴这种萎靡衰惫的国民精神,鲁迅激烈抨击沉迷在幻境中的"团圆病"、"十景病"③,大声呼唤"只要一叫而人们大抵震惊的怪鸱的真的恶声"④,赞美山野的野猪:"君不见夫野猪乎?它以两个牙,使老猎人也不免于退避。这牙,只要猪脱出了牧豕奴所造的猪圈,走入山野,不久就会长出来。"⑤直到晚年鲁迅还写道:"假使我的血肉该喂动物,我情愿喂狮虎鹰隼,却一点也不给癞皮狗们吃。养肥了狮虎鹰隼,它们在天空,岩角,大漠,丛莽里是伟美的壮观,捕来放在动物园里,打死制成标本,也令人看了神旺,消去鄙吝的心。但养胖一群癞皮狗,只会乱钻,乱叫,可多么讨厌!"⑥钱理群认为:"与其说他在赞美猛兽、恶鸟,不如说他在肯定与猛兽、恶鸟相契合的人的原始生命力与野性。这是自然的壮阔伟美的发现,更是人的本性的壮阔伟美的发现与召唤。他要借'野性的呼唤',唤回现实中人(特别是中国人)已经失去了的原始生命力。"⑦或许正是由这种野性与生

① 鲁迅:《忽然想到·六》,《鲁迅全集》第3卷,人民文学出版社2005年版,第46页。

② 鲁迅:《上海的儿童》,《鲁迅全集》第4卷,人民文学出版社2005年版,第581页。

③ 参见鲁迅《再论雷峰塔的倒掉》、《上海文艺之一瞥》等文。也许正是在这一意义上,鲁迅否定了"止于至善"的封闭凝固的思想:"革命无止境,倘使世上真有什么'止于至善',这人间世便同时成了凝固的东西了。"(见《黄花节的感想》,《鲁迅全集》第3卷,人民文学出版社2005年版,第428页)

④ 鲁迅:《"音乐"?》,《鲁迅全集》第7卷,人民文学出版社2005年版,第56页。

⑤ 鲁迅:《一点比喻》,《鲁迅全集》第3卷,人民文学出版社2005年版,第233页。

⑥ 鲁迅:《半夏小集》,《鲁迅全集》第6卷,人民文学出版社2005年版,第619页。

⑦ 钱理群:《心灵的探寻》,上海文艺出版社1988年版,第295页。在某种意义上,鲁迅就如同他的小说所描写的"一匹受伤的狼"(《孤独者》),遇到不能忍受的痛苦时,他就"索性躺在荒山里","总如野兽一样,受了伤,就回头钻入草莽,舐掉血迹,至多也不过呻吟几声的"(《鲁迅全集》第3卷,第395页;第12卷,第405页)。因而瞿秋白认为鲁迅是"野兽的奶汁所喂养大的""莱漠斯","他从他自己的道路回到了狼的怀抱"(《〈鲁迅杂感集〉序言》,《瞿秋白选集》,人民出版社1985年版,第526—527页)。而朋友则称他为"猫头鹰":据沈尹默回忆,鲁迅"在大庭广众,有时会凝然冷坐,不言不笑,衣冠又一向不甚修饰,毛发蓬蓬然,有人替他起了一个绰号,叫猫头鹰。这个鸟和壁虎,鲁迅对于它们都不甚讨厌,实际上,实际上,毋宁说,还有点喜欢"(《鲁迅生活中的一节》,《鲁迅回忆录》散篇上册,北京出版社1999年版,第248页)。鲁迅1909年回到杭州执教期间,鲁迅曾在自制植物标本的封面上绘制了一幅猫头鹰的小画(现存北京图书馆)。"猫头鹰在传统上是一种不祥之鸟,却是鲁迅喜爱的小动物。它在黑暗中却能目光敏锐的捕猎,它象征着黑暗时代的颠覆力量。"(肖振鸣:《民元前的鲁迅美术年谱[二]》,《鲁迅研究月刊》2009年第4期)鲁迅还自称他的言论(杂文)是"枭鸣":"我的言论有时是枭鸣,报告着大不吉利事,我的言中,是大家会有不幸的。"(《且介亭杂文二集·序言》)

命的原色和活力,鲁迅发现了木刻版画的形式意味:"这种用锋利的'雕刀'一刀一刀切割而成的艺术,会让我们产生一种与狼的锋利的牙齿一口一口撕裂食物时的情景的联想。黑白反差强烈的造型手段,体现了原生质的生命力度,而构图饱满的形式正好对应了生命力在压迫下聚集着辉煌爆发的力量。"①虽然"这'力之美'大约一时未必能和我们的眼睛相宜"②,但它的生命血色与强度恰恰可以充当国人纤弱虚幻与微温中道气质③的一副解毒剂:这种刚健的"力的艺术"正是改造传统人性、建构现代人性的一种艺术,是"正合于现代中国的一种艺术"④,"木刻是中国所固有的,而久被埋没在地下了。现在要复兴,但是充满着新的生命。新的木刻是刚健,分明,是新的青年的艺术,是好的大众的艺术"⑤。"若干青年们的一副铁笔和几块木板,便能发展得如此蓬蓬勃勃。它所表现的是艺术学徒的热诚,因此也常常是现代社会的魂魄。"⑥

这样一种"力的美"的审美取向也成为鲁迅评判自然与文学艺术作品的一个核心标尺。对于自然美,他说:"我不爱江南。秀气是秀气的,但小气","满洲人住在江南二百年,便连马也不会骑了,整天坐茶馆"。⑦"杭州的市容,学上海洋场的样子,总显得小家子气,气派不大。至于西湖风景,虽然宜人,有吃的地方,有玩的地方,如果流连忘返,湖光山水,也会消磨人的志气的。"⑧因而不喜欢"罗马夕照"、"西湖晚凉"之类悠闲之作⑨。他欣赏

---

① 沈刚:《形式意味中的生命力度——论鲁迅美术思想中的文化性格》,《绍兴文理学院学报》1996 年第 3 期。

② 鲁迅:《〈近代木刻选集〉(2)小引》,《鲁迅全集》第 7 卷,人民文学出版社 2005 年版,第 351 页。

③ 雅斯贝尔斯这样为中国人的心灵画像:"在这种文明里,所有的痛苦、不幸和罪恶都只是暂时的,毫无必要出现的扰乱。世界的运行没有恐怖、拒绝或辩护——没有控诉,只有哀叹。人们不会因绝望而精神分裂:他安详宁静地忍受折磨,甚至对死亡也毫无恐惧,没有无望的郁结,没有阴郁的受挫感,一切都基本上是明朗、美好和真实的。在这一文明中,恐惧和战栗固然也是经验的一部分,并且在它就跟在那些已经觉悟到的悲剧意识的文明一样的司空见惯。然而安详静谧仍然是占支配地位的生活气氛,没有挣扎,没有挑战。对过去的依恋意识将人与一切事物的古典原则联在一起,这里人们所追求的并非任何历史运动,而是秩序井然,德行美懿的永恒实在的不断更新与重建。"(《悲剧的超越》,工人出版社 1988 年版,第 13—14 页)

④ 鲁迅:《〈木刻创作法〉序》,《鲁迅全集》第 4 卷,人民文学出版社 2005 年版,第 626 页

⑤ 鲁迅:《〈无名木刻集〉序》,《鲁迅全集》第 8 卷,人民文学出版社 2005 年版,第 406 页。

⑥ 鲁迅:《〈全国木刻联合展览会专辑〉序》,《鲁迅全集》第 6 卷,人民文学出版社 2005 年版,第 350 页。

⑦ 鲁迅:《致萧军》,《鲁迅全集》第 13 卷,人民文学出版社 2005 年版,第 532 页。

⑧ 川岛:《忆鲁迅先生一九二八年杭州之游》,《鲁迅回忆录》散篇中册,北京出版社 1999 年版,第 829 页。

⑨ 鲁迅:《"连环图画"辩护》,《鲁迅全集》第 4 卷,人民文学出版社 2005 年版,第 457 页。

的是那“耸立于风沙中的大建筑”[①],那“在无边的旷野上,在凛冽的天宇下,闪闪地旋转升腾着”的“朔方的雪花”[②],喜欢的是广漠大野,那“漫天的黄埃的北方景物”,“因为因此可见这抱着明丽之心的作者,怎样为人和自然的苦斗的战场所惊,而自己也参加了战斗”——“在黄埃漫天的人间,一切都成了土色,人于是和天然争斗,深红和绀碧的栋宇,白石的栏杆,金的佛像,肥厚的棉袄,紫糖色脸,深而多的脸上的皱纹……凡这些都在表示人们对于天然并不降服,还在争斗”。的确,它们都体现出了一种“天然的倔强的灵魂”的美[③],一种躁动不安、血气迸发的内蕴的力之美。同样,这一“力之美”的审美原则也贯穿在鲁迅对文艺作品的评价中。他喜欢曹氏父子的清峻通脱、阮籍的狂诞放荡,特别是嵇康的敢于发议论,“非汤武而薄周孔”。[④] 他推崇“几乎全部是抗争和愤激之谈”的“罗隐的《谗书》”、“一榻胡涂的泥塘里的光彩和锋镳”的“《皮子文薮》和《笠泽丛书》中的小品文”、“有不平,有讽刺,有攻击,有破坏”的“明末的小品”,原因即在于它们都“含着挣扎和战斗”。[⑤] 鲁迅推荐萧红的《生死场》,原因它刻画的“北方人民的对于生的坚强,对于死的挣扎,却往往已经力透纸背”,能够给人们“坚强和挣扎的力气”。[⑥] 鲁迅赞赏“汉人石刻,气魄深沉雄大”[⑦],是因为在那些看似巨大、厚重甚至笨拙的汉代石刻造像(如霍去病墓前的石兽)中蕴含着一种宏伟雄大的气势,一种沉稳深厚的人性力量:那石马奔腾跃越的姿态、石牛的咄咄逼人的气势、石狮拔地昂首的雄姿。

当然,对于木刻艺术,鲁迅始终推崇的也仍然是它的“有力之美”。对苏联版画木刻,鲁迅推重的是“它不像法国木刻的多为纤美,也不像德国木刻的多为豪放;然而它真挚,却非固执,美丽,却非淫艳,愉快,却非狂欢,有力,却非粗暴;但又不是静止的,它令人觉得一种震动——这震动,恰如用坚实的步法,一步一步,踏着坚实的广大的黑土进向建设的路的大队友军的足音”[⑧]。“我觉得这些作者,没有一个是潇洒,飘逸,伶俐,玲珑的。他们个个如广大的黑土的化身,有时简直显得笨重,自十月革命以后,开山的大师就

---

① 鲁迅:《小品文的危机》,《鲁迅全集》第4卷,人民文学出版社2005年版,第591页。
② 鲁迅:《雪》,《鲁迅全集》第2卷,人民文学出版社2005年版,第186页。
③ 鲁迅:《看司徒乔君的画》,《鲁迅全集》第4卷,人民文学出版社2005年版,第73—74页。
④ 参见鲁迅《魏晋风度及文章与药及酒之关系》。
⑤ 鲁迅:《小品文的危机》,《鲁迅全集》第4卷,人民文学出版社2005年版,第591—592页。
⑥ 鲁迅:《萧红作〈生死场〉序》,《鲁迅全集》第6卷,人民文学出版社2005年版,第422—423页。
⑦ 鲁迅:《致李桦》,《鲁迅全集》第13卷,人民文学出版社2005年版,第539页。
⑧ 鲁迅:《记苏联版画展览会》,《鲁迅全集》第6卷,人民文学出版社2005年版,第500页。

忍饥,斗寒,以一个廓大镜和几把刀,不屈不挠的开拓了这一部门的艺术。”①对他衷心喜爱的珂勒惠支,鲁迅借用别人的评论说:“这艺术是阴郁的,虽然都在坚决的动弹,集中于强韧的力量,这艺术是统一而单纯的——非常之逼人。”不过在鲁迅看来,透过这“强韧的力量”呈现出来的更是“她以深广的慈母之爱,为一切被侮辱和损害者悲哀,抗议,愤怒,斗争;所取的题材大抵是困苦,饥饿,流离,疾病,死亡,然而也有呼号,挣扎,联合和奋起”②。因而“有了这画集,就明白世界上其实许多地方都还存在着‘被侮辱和被损害的’人,是和我们一气的朋友,而且还有为这些人们悲哀,叫喊和战斗的艺术家”③。对以颓废、唯美著称的艺术家比亚兹莱,鲁迅看重的是他的“恶魔的美”:“比亚兹莱是个讽刺家,他只能如 Baudelaire 描写地狱,没有指出一点现代的天堂底反映。这是因为他爱美而美的堕落才困制他;这是因为他如此极端地自觉美德而败德才有取得之理由。有时他的作品达到纯粹的美,但这是恶魔的美,而常有罪恶底自觉,罪恶首受美而变形又复被美所暴露。”④“那锋利的刺戟力,就激动了多年沉静的神经”⑤,“日本底凝冻的实在性变为西方的热情底焦灼的影像表现在黑白底锐利而清楚的影和曲线中,暗示即在彩虹的东方也未曾梦想到的色调”⑥。此外,鲁迅欣赏的蕗谷虹儿自述:“我的艺术,以纤细为生命,同时以解剖刀一般的锐利的锋芒为力量”,“我所引的描线,必需小蛇似的敏捷和白鱼似的锐敏”,“而为了孕育这些爱的幻想的模特儿们,我的思想,则不可不如深夜之暗黑,清水之澄明”。⑦ 可见这种“恶魔的美”对于中国传统单一的精巧、雅致、虚幻、迷离、纤弱的审美趣味与情调的突破与冲击,“其阴郁中充满强韧的感觉力

① 鲁迅:《〈苏联版画集〉序》,《鲁迅全集》第6卷,人民文学出版社 2005 年版,第 615 页。

② 鲁迅:《〈凯绥·珂勒惠支版画集〉序目》,《鲁迅全集》第 6 卷,人民文学出版社 2005 年版,第 487—488 页。鲁迅还具体解读与阐释了珂勒惠支的作品。如说其《反抗》:“谁都在草地上没命的向前,最先是少年,喝令的却是一个女人,从全体上洋溢着复仇的愤怒。她浑身是力,挥手顿足,不但令人看了就生勇往直前之心,还好像天上的云,也应声裂成片片。”

③ 鲁迅:《写于深夜里》,《鲁迅全集》第 6 卷,人民文学出版社 2005 年版,第 518—519 页。

④ 鲁迅:《〈比亚兹莱画选〉小引》,《鲁迅全集》第 7 卷,人民文学出版社 2005 年版,第 356 页。张克解释说:“比亚兹莱的‘恶魔的美’将罪恶审美化的变形中,混杂着美的面具与罪恶的自觉,在这一审美化的过程中,有着多少‘残酷’与‘慈悲’的纠缠呀……它搅动的是‘审美的残忍’和人类生存困境本身。”(见张克:《颓败线的颤动——鲁迅与中国文学的现代性》,武汉大学 2005 年博士论文,第 130 页)。

⑤ 鲁迅:《〈蕗谷虹儿画选〉小引》,《鲁迅全集》第 7 卷,人民文学出版社 2005 年版,第 342 页。

⑥ 鲁迅:《〈比亚兹莱画选〉小引》,《鲁迅全集》第 7 卷,人民文学出版社 2005 年版,第 356 页。

⑦ 鲁迅:《〈蕗谷虹儿画选〉小引》,《鲁迅全集》第 7 卷,人民文学出版社 2005 年版,第 342—343 页。

量,都是鲁迅呼唤生命强力的‘立人’思想的感性呈现”①。如同他晚年对陀思妥耶夫斯基的评价:“他把小说中的男男女女,放在万难忍受的境遇里,来试炼它们,不但剥去了表面的洁白,拷问出藏在底下的罪恶,而且还要拷问出藏在那罪恶之下的真正的洁白来。”②值得注意的是,“‘有力之美’可以表现为粗犷、浑厚,但也可以显示为纤细之中的强韧。由‘纤细’与‘有力’结合而成的强韧之美,正处在由虚而盈、由阴柔嬗变为阳刚的临界之际,充满着爆发之前的内敛力量。这种强韧之美带来的感觉意味,无意识地切合鲁迅对‘韧性’的思想觉悟。鲁迅对雪莱、安特莱夫的感受和评价,同样微妙地体现了这种内心秘密。鲁迅在《摩罗诗力说》中所塑造的雪莱是一个‘奋迅如狮子’、‘多力善斗’的‘恶魔’形象,但是后来在《〈浮士德与城〉后记》中赞许勃洛克时,却说‘有一切美,然而纤弱,恰如 Shelley 和他的伟大’;与此类似,鲁迅在早期的《域外小说集·杂识》中突出安特莱夫‘其文神秘幽深’的特点,十多年后的《〈黯淡的烟雾里〉译者附记》中又评价安特莱夫的创作,‘都含着严肃的现实性以及深刻和纤细,使象征印象主义与写实主义调和’。这一变化背后所体现出来的鲁迅感觉取向,并不是对‘有力之美’的削弱,而是恰恰对‘有力之美’的加强——用内敛力来置换外显力,从而使‘有力之美’包含了更丰富的感觉意味”③。

鲁迅对于木刻的“有力之美”的喜爱与倡导还在于这样一种“有力之美”是通过“以刀代笔”、“放笔直干”而刻画出来的,因而以一种质朴、简练、刚健、鲜明和深刻表达出艺术家(作家)的思想和情感。“在色彩方面,它抛开一切有彩色,只选择最单纯的黑白二色,利用黑与白强烈的明暗对比衬托或黑与白的协调过渡来暗示大千世界的缤纷色彩;在线条的运用方面,它以刀为笔刻出的富有金石之味的各种粗线、细线、直线、曲线来勾勒形象,建构既抽象又具有表现力的空间。这种表现方式使黑白木刻不以模拟周围世界为能事,而将表现艺术家对这个世界的感觉与思考为己任,以简洁、概括、富有张力的形象给人强烈的视觉冲击力,启迪人们无穷的回味与想象。”④木刻其实发源于中国,它是一种根源于古代刻印文化与雕版印刷术相结合的

① 陈浩:《“恶魔的美”:鲁迅与唯美主义》,《鲁迅:跨文化对话——纪念鲁迅逝世七十周年国际学术讨论会论文集》,大象出版社 2006 年版,第 106 页。

② 鲁迅:《陀思绥耶夫斯基的事》,《鲁迅全集》第 6 卷,人民文学出版社 2005 年版,第 425 页。

③ 陈浩:《“恶魔的美”:鲁迅与唯美主义》,《鲁迅:跨文化对话——纪念鲁迅逝世七十周年国际学术讨论会论文集》,大象出版社 2006 年版,第 105 页。

④ 顾晓梅:《仿佛是木刻似的——鲁迅小说艺术形象的造型特色及其成因》,《山东师范大学学报》1999 年第 4 期。

一种艺术形式,广泛运用于书籍插画、纸牌、年画等领域,“从唐到明,曾经有过很体面的历史”①。不过这些木刻大体都“有一张图画作为底子的,既有底子,便是以刀拟笔,是依样而非独创,所以仅仅是‘复刻板画’”。鲁迅所强调与倡导的是与这种“复刻板画”相对的“创作木刻”:“是并无别的粉本的,乃是画家执了铁笔,在木版上作画。”②这种创作木刻是来自西方的一种新兴艺术。“所谓创作底木刻者,不模仿,不复刻,作者捏刀向木,直刻下去……这放刀直干,便是创作底版画首先所必须,和绘画的不同,就在以刀代笔,以木代纸或布。”“因为是创作底,所以风韵技巧,因人不同,已和复制木刻离开,成了纯正的艺术。”③因而它更加真切与鲜明地表达了艺术家(作家)的艺术个性与风格。鲁迅在艺术上始终强调要表现自己的个性与情感。他说:“我是大概以自己为主的。所谈的道理是‘我以为’的道理,所记的情状是我所见的情状。”④“在思想、艺术的创造上,鲁迅从来都是从‘自我’——自我的创作目的,创作个性出发——出发,即使是艺术形式的选择、创造上,鲁迅也要显示个性的某个侧面,打上自己的烙印。”⑤因而木刻这样一种以简洁、概括、尖锐、富有张力(乃至变形)的形象突显出艺术家(作家)对世界的感觉与思考的艺术形式便成为十分契合鲁迅艺术个性的一种艺术。在“以刀代笔,以木代纸或布”“放笔直干”的过程中,“每一刀呈现一个形象,每一刀呈现一个感觉,每一刀又都是对前一刀或前一个画面的否定,每一次否定其实都是情感、感觉的捕捉与表达离终极感、真实感越来越近的过程。画面就是在一刀刀的否定中建立起来的。画面中刀痕的一次次刻过,像树木的年轮、长者的皱纹,每一道都是一个故事、一次感动,层层堆积,不甚好看,但却沧桑、厚重,让人敬畏。画面就是在此不断复加、堆积中体现了创作者的精神、作品的艺术生命力以及淋漓遒劲的木刻纯粹艺术语言和饱满、浑厚的立体空间感。……黑白木刻作品的艺术生命力就是创作者此种情感在精神层面显现的结果”⑥。

王安忆说:“鲁迅是个热爱思想的人,但他决非玄思者,他的思想从来

---

① 鲁迅:《〈木刻纪程〉小引》,《鲁迅全集》第6卷,人民文学出版社2005年版,第49页。

② 鲁迅:《〈近代木刻选集〉(2)小引》,《鲁迅全集》第7卷,人民文学出版社2005年版,第350页。

③ 鲁迅:《〈近代木刻选集〉(1)小引》,《鲁迅全集》第7卷,人民文学出版社2005年版,第336页。

④ 鲁迅:《新的蔷薇》,《鲁迅全集》第3卷,人民文学出版社2005年版,第336页。

⑤ 钱理群:《心灵的探寻》,上海文艺出版社1988年版,第15页。

⑥ 何军:《黑白木刻的纯粹语言空间及艺术生命力》,《装饰》2005年第8期。

没有离开过现实,只是,这思想锐利到穿透了现实的表层。他看生活,看到的是日常细节之下的本质。即便是小说这种具象性质的艺术,在他,也是突出着思想的骨骼。所以,鲁迅的小说,总是给人‘瘦’的感觉,很少血肉。但这决不是指‘干’和‘枯’,思想同样是具有美感的,当它达到一定的能量。所以,鲁迅喜爱木刻,那种严峻,强烈,有力,摆脱了琐碎细节的线条,变形的,却突兀着感情性格的事物形态,应是特别合乎鲁迅尖锐和严格的审美观念。现实的人和事,在鲁迅,必是要经过思想的锻炼,才可做表现的材料。此时,人和事,都已经脱离了自然的状态,它们被思想引入了另一个情景之中。”①鲁迅在谈到自己的小说创作时说:“所写的事迹,大抵有一点见过或听到过的缘由,但决不全用这事实,只是采取一端,加以改造,或生发开去,到足以几乎完全发表我的意思为止。”②《故事新编》“只取一点因由,随意点染”③的目的也在于更加自由和有力地表达作家的思想和感情。这里的“改造”、“生发”和“点染”都可以说是一种“思想的锻炼”,从而以木刻“那种严峻,强烈,有力,摆脱了琐碎细节的线条,变形的,却突兀着感情性格的事物形态”来突显“思想的骨骼”。同样,“措辞”“很含糊”的记录“随时的小感想”④的散文诗《野草》、“论时事不留面子,砭锢弊常取类型”⑤的杂文都应该作如是观。这可以说是一种“类型的美”,“它不是个别性,独特性的,而是类型化的。类型的美是抽象的美,它不以与现实相似的生动活泼取胜,却是以高度概括的精炼鲜明为优点,它更具有形式的美感和思想的含量”⑥。这样一种突破艺术常规,以变形的、夸诞的形式来自由地表现自我的思想与情感的方式构成了鲁迅独特的审美个性与艺术方式。

鲁迅这样一种以木刻艺术为代表的审美兴趣与艺术个性正是由他童年时期受到的越地文化艺术的熏陶所孕育而生成的。贯穿于鲁迅生命始终的对木刻这一艺术形式的喜爱正萌芽于他早年的越地生活。无论是他“似乎遇着了一个霹雳,全体都震悚起来”⑦的渴望已久的《山海经》,还是他孜孜

① 王安忆:《类型的美》,《21世纪:鲁迅和我们》,人民文学出版社2001年版,第438页。
② 鲁迅:《我怎么做起小说来》,《鲁迅全集》第4卷,人民文学出版社2005年版,第527页。
③ 鲁迅:《故事新编·序言》,《鲁迅全集》第2卷,人民文学出版社2005年版,第354页。
④ 鲁迅:《〈野草〉英文译本序》,《鲁迅全集》第4卷,人民文学出版社2005年版,第365页。
⑤ 鲁迅:《伪自由书·前记》,《鲁迅全集》第5卷,人民文学出版社2005年版,第4页。
⑥ 王安忆:《类型的美》,《21世纪:鲁迅和我们》,人民文学出版社2001年版,第440页。
⑦ 鲁迅:《阿长与〈山海经〉》,《鲁迅全集》第2卷,人民文学出版社2005年版,第254页。

不倦地影描的小说绣像①,都是以木刻形式呈现出来的中国民族的艺术。“木刻的图画,原是中国早先就有的东西。唐末的佛像,纸牌,以至后来的小说绣像,启蒙小图,我们至今还能够看见实物。而且由此明白:它本来就是大众的,也就是‘俗’的。”②木刻版画在中国诞生后,其复数性的艺术特征和简洁锐利的艺术形式适应江南(越地)日益兴盛的商品经济和市民社会的需要,得到江南(越地)民众的喜爱。杭州(临安)一直是木刻印制(艺术)的中心之一。越地著名画家陈老莲更是对于木刻艺术的发展做出了重要的贡献。他和黄子立合作的《水浒叶子》“盛行一代”③。“他完全打破了小说按地位高下、功劳大小和男尊女卑安排序位的局限,以宋江开头,起了提携全军的作用,以鲁智深结尾,既和纸牌‘空没文’的名目吻合,又形成了一种充满风趣和乐观的活泼气氛,给一切奸佞之徒以威胁,给一切善良的人们以希望和信心,妙趣横生,回味无穷。”“就形式语言而言,线条刚劲挺健,多用方折之笔。表现手法简洁质朴,因具有金石味而独树一帜。”④陈洪绶同时代人汪念祖称陈所绘人物“颊上生气,眉尖火出,一毫一发,凭意撰造,无不令观者为之骇目损心”;张岱观后则感叹陈“才足掞天笔能泣鬼”。⑤这种以“刚劲挺健”、“简洁质朴”、“有金石味”的木刻形式而“令观者为之骇目损心”,足以“掞天”“泣鬼”的艺术冲击力正构成了鲁迅尖锐深刻的“有力之美”的一个艺术渊源⑥。而陈洪绶的这种“高古奇骇”乃至夸诞变

---

① 鲁迅回忆他在三味书屋的读书生活说,当“先生读书入神的时候”,几个同学“用纸糊的盔甲套在指甲上做戏”,“我是画画儿,用一种叫作‘荆川纸’的,蒙在小说的绣像上一个个描下来,象习字时候的影写一样。读的书多起来,画的画也多起来;书没有读成,画的成绩却不少了,最成片断的是《荡寇志》和《西游记》的绣像,都有一大本”(见《从百草园到三味书屋》,《鲁迅全集》第2卷,人民文学出版社2005年版,第291页)。

② 鲁迅:《〈全国木刻联合展览会专辑〉序》,《鲁迅全集》第6卷,人民文学出版社2005年版,第350页。

③ 郑振铎:《中国木刻画史略》,上海书店2006年版,第145页。

④ 李跃红:《陈洪绶〈水浒叶子〉论略》,《美术观察》2009年第11期。

⑤ 转引自宋志坚:《鲁迅与陈洪绶的版画》,《福建艺术》2010年第2期。

⑥ 鲁迅对陈洪绶始终保持着浓厚的兴趣。据《鲁迅日记》,从民国初年到1930年代,鲁迅搜购陈洪绶人物画的兴趣始终未减。在与郑振铎合作编印民族版画的计划中,陈老莲的版画是一个十分重要的内容。在给青年版画家李桦的信中,鲁迅说:“中国古时候的木刻,对于现在也许也有可采用之点,所以我们有几个人,正在企图翻印(玻璃版)明清书籍中之插画,今年想出它一两种。有一种陈老莲的人物,也在制版了。”(见《鲁迅全集》第13卷,人民文学出版社2005年版,第433页)许寿裳说:“总之章侯之画,以人物为最工,其笔法之渊静,气局之高旷,躯干之伟岸,衣纹之圆劲,识者谓三百年来无此笔墨。鲁迅特别爱好。”(见《我所认识的鲁迅》,《鲁迅回忆录》专著上册,北京出版社1999年版,第495页)

形的艺术风格在一定意义上又传承了徐渭“猖狂绝伦”、“疏纵不为儒缚”①的审美精神,他晚年寓居徐渭故居——绍兴前观巷的青藤书屋,正潜在地表达了对这位乡贤前辈的尊敬与认同,从而贯通了源远流长的越文化艺术的精神长河。值得注意的是,“叶子”是一种民间娱乐的纸牌,多为古人喝酒娱乐时调节气氛所用,最早产生于唐代末年,因为其大小如树叶,故纸牌游戏又称“叶子戏”或“斗叶”。赵吉士《寄园寄所寄》说叶子戏“图宋寇姓名而斗之”。陈洪绶的《水浒叶子》便采用了这种民间艺术的形式,既充满了虎虎的生气,同时也潜在地表达了广大民众的精神与情绪。

“每一个形式都能唤起一千种记忆和后像(afterimage)。一个物象一作为艺术出现,一种新的参考框架就会随之而被创造出来,它想摆脱也摆脱不了。”②在贡布里希看来,童年的“原始物象”对成年后的物象思辨和感觉记忆所产生的影响是根深蒂固的,而且是辐射状的,它直接指向后天的每一种艺术创造活动。在某种意义上,鲁迅的艺术个性与越地绍兴台门建筑和古城环境及其民俗艺术也具有某种深刻的关联。“台门作为中国的古典建筑艺术,它有自身完整的形式结构和象征意义。它是严肃的、沉重的,具有血缘的隐喻特征,它的黑暗形象使它克制了浮薄的轻佻和花里胡哨的低俗趣味,从而隐含着浓厚的中国文人意识。黑暗色调和天井在台门中被反复地使用,使台门具有简化的统一感。这样,台门被统一在庄重、单纯的秩序中,显示出沉稳静态的气氛。其内敛和封闭的性质使人着意于内省和体悟,它使长期生活于其中的人因受环境的熏陶而具有一种对黑暗的色调和单纯的形式构成的敏锐感觉,并催化其拥有对黑暗意象进行冥想的气质。”“台门本身就有一股阴暗的黑气,这股黑气在阴雨天表现得更为明显,绍兴的气候条件使台门内常年笼罩着一股浓重的黑气。”③“乌瓦粉墙、乌篷船、乌台门、甚至乌漆棺材,从在都昌坊的鲁迅旧居到不远处的三味书屋即是从一个乌漆台门走入另一乌漆台门。其间,还留着长妈妈很多关于鬼神的阴森故事,这种阴冷的气氛,阴暗的色调,无不给童年鲁迅以艺术感觉上的浸染,也造

---

① 徐渭:《自为墓志铭》,《徐渭集》,中华书局1983年版,第639页。

② 〔英〕贡布里希:《艺术与人文科学——贡布里希文选》,浙江摄影出版社1989年版,第35页。

③ 沈刚:《鲁迅黑暗意象的发生学解释——1~18岁居住空间对鲁迅视觉图像的影响》,《复旦学报》2008年第1期。沈刚又说:“从黑暗的房子内部看事物或站在天井中看黑暗的房子,而且多在暗夜里,经常是鲁迅‘看’事物的立足点和出发地,这成为鲁迅形象思维的一个特点。”“在台门这个黑暗的空间中,鲁迅已经把外在的黑暗转化为内心的黑暗,把经验的遭遇转化为一种生命的体验,一种哲学的思考,从而形成了钱理群所说的鲁迅的‘黑洞’。”

成了鲁迅'灵魂的"黑暗"与"冷酷"'。"[①]或许正是在这一片阴冷与黑暗中,小鲁迅才那么热烈地期待与盼望迎神赛会和目连社戏等民俗活动与民间节日[②],而在这些红红绿绿的游行队伍中,鲁迅说:"我们——我相信:我和许多人——所最愿意看的,却在活无常。他不但活泼而诙谐,单是那浑身雪白这一点,在红红绿绿中就有'鹤立鸡群'之概。"[③]而在目连戏里唯一穿着大红衫子的女吊同样给人留下深刻的印象,也不仅仅在于"红色较有阳气,易于和生人相接近……绍兴的妇女,至今还偶有搽粉穿红之后,这才上吊的"[④],而且在于在一片阴冷与黑暗的背景中,那闪亮的"雪白"与"大红"构成的强烈对比所造成的强烈的视觉刺激与审美震撼。而这样一种审美方式无疑在注重黑白对照的木刻艺术中找到了对应的艺术形式[⑤],共同塑造了鲁迅的审美个性与艺术方式。据钱理群研究:"在鲁迅《呐喊》、《彷徨》、《故事新编》与《野草》这四部作品中,用得最多的私彩是白色,红色与黑色,分别占所用色彩的百分之二十五点九、百分之十八点九与百分之十八点三。"[⑥]白、红、黑都是基本色,最大的特点是"它们基本上是互不关联的","它们所表示的基本品质是互相排斥的","在一幅构图上,这些单纯的色相决不能当作过渡色来用","它们可以彼此区别,但它们在一起就引起一些紧张"。[⑦]

帕特里克·哈南说:"对鲁迅来说,视觉艺术和文学差不多具有同等含义。如果说他对这两个领域的趣味毫无联系,那倒是奇怪的事。他对漫画、动画、木刻的提倡肯定超过了它们的实际效果。他的短篇小说的深刻的单纯和表现方法的曲折也许正可以和这些艺术形式单纯的线条及表现的曲折相比美。这些形式也诉诸教侮,要求公众作出道德评价。鲁迅艺术趣味的一个方面可以说是现在所谓的表现主义。这不仅是在柯勒维支、格罗兹等人的德国运动的意义上来说的而且根据最新的定义,也包含了'强调和曲

---

① 沈刚:《形式意味中的生命力度——论鲁迅美术思想的文化性格》,《绍兴文理学院学报》1996年第5期。

② 鲁迅回忆说:"孩子们所盼望的,过年过节之外,大概要数迎神赛会的时候了。但我家的所在很偏僻,待到赛会的行列经过时,一定已在下午,仪仗之类,也减而又减,所剩的极其寥寥。往往伸着颈子等候多时,却只见十几个人抬着一个金脸或蓝脸红脸的神像匆匆地跑过去。于是,完了。"(见《五猖会》,《鲁迅全集》第2卷,人民文学出版社2005年版,第269页)

③ 鲁迅:《无常》,《鲁迅全集》第2卷,人民文学出版社2005年版,第276页。

④ 鲁迅:《女吊》,《鲁迅全集》第6卷,人民文学出版社2005年版,第276页。

⑤ 当然也包括鲁迅从小就感受到的魏晋文章与师爷笔法的"骨力"、"刀笔"的熏陶与感染。

⑥ 钱理群:《心灵的探寻》,上海文艺出版社1988年版,第322页。

⑦ 〔美〕R. 阿恩海姆著,常又明译:《色彩论》,云南人民出版社1980年版,第28页。

折地表现的特点’这样更广的含义。”①正是这一艺术个性与方式形成了鲁迅文学独特的艺术特征。一方面鲁迅深谙中国(越地)民族艺术以少胜多、以一当十的艺术法则,力求文学形式的简洁。他说:“我力避行文的唠叨,只要觉得够将意思传给别人了,就宁可什么陪衬拖带也没有。中国旧戏上,没有背景,新年卖给孩子看的花纸上,只有主要的几个人(但现在的花纸却多有背景了),我深信对于我的目的,这方法是适宜的,所以我不去描写风月,对话也决不说到一大篇。”②“写完后至少看两遍,竭力将可有可无的字,句,段删去,毫不可惜。宁可将可作小说的材料缩成 Sketch,决不将 Sketch 材料拉成小说。”③的确,鲁迅的文体是极简练的,“他文字的简洁真个做到了‘增之一分则太长,减之一分则太短,施粉则太白,施朱则太赤’的地步”④。但是这简洁却并不是简单,而是深刻;不是单一,而是凝练。虽然只有寥寥的几笔,但是笔笔都力透纸背、力斥三军。如鲁迅说:“忘记是谁说的了,总之是,要极省俭的画出一个人的特点,最好是画他的眼睛。我以为这话是极对的,倘若画了全副的头发,即使细得逼真,也毫无意思。”⑤这样一种“画眼法”正是木刻艺术的基本方法。“黑白木刻最为简洁含蓄,它只有黑白二色,单纯之极,简洁之极,却决不单调,它把一个原本色彩绚丽的世界抽象、升华,以黑白变化去暗示那无限丰富的色彩,并由此拉开艺术与生活的距离。黑与白以比彩色更强的表现力演示出更深邃的艺术空间。而造成黑白的各种线更具有明快概括的表现力。曲直、粗细、长短、刚柔等各具韵律的线条,既勾勒着物象,又直接抒发情感,具有艺术表现的高度自由。看似单纯的艺术以最符合艺术规律的方式表现着无限丰富的人类生活。”⑥同样,在鲁迅文学作品简洁的文字背后,“容下了太多的东西”。“那文字的背后,隐隐地拖着长长的影子,似乎几千年来的苦楚,都集中于此了。而在同代人或父辈的作品中,永远看不到词语后悠长的时光,以及远逝者的灵魂。”“他创造了一座(语言)迷宫,让成千上万的读者陷入阅读的快感。即

---

① 〔美〕帕特里克·哈南:《鲁迅小说的技巧》,《国外鲁迅研究论集》,北京大学出版社 1981 年版,第 332 页。

② 鲁迅:《我怎么做起小说来》,《鲁迅全集》第 4 卷,人民文学出版社 2005 年版,第 527 页。

③ 鲁迅:《答北斗杂志问——创作要怎样才会好?》,《鲁迅全集》第 4 卷,人民文学出版社 2005 年版,第 373 页。

④ 苏雪林:《〈阿 Q 正传〉及鲁迅创作的艺术》,《国闻周报》第 11 卷第四十四期,1934 年 11 月 5 日。收入《鲁迅研究学术论著资料汇编》第 1 册,中国文联出版公司 1985 年版,第 1040 页。

⑤ 鲁迅:《我怎么做起小说来》,《鲁迅全集》第 4 卷,人民文学出版社 2005 年版,第 527 页。

⑥ 顾晓梅:《仿佛是木刻似的——鲁迅小说艺术形象的造型特色及其成因》,《山东师范大学学报》1999 年第 4 期。

便在最明快的表达中,仍可以体味出多向度的深情远致来。"这文字之所以凝聚了如此丰富的历史内容,不仅仅在于鲁迅思想的巨大的穿透性力量,也不仅仅在于它呈现了鲁迅内心"无法言说而又不得不言说的冲突",那"不甘于被奴役的苦涩的心"①,而且在于由这些思想、情感和潜意识意象相互纠缠相互扭结所形成的一种独特的语言表达方式。它内蕴着一种深沉峻厚而又尖锐犀利的"力之美"。"鲁迅的天性,鲁迅的文学笔调,这种笔调的黑白质地,从来是木刻性的,正合于他的禀赋:简约,精炼,短小,在平面范围内追求纵深感。版画趣味,是鲁迅文学风格自然而然的延伸。"②

前面谈到王安忆对鲁迅文学创作"瘦"的感觉,刘纳先生也有同感:"鲁迅作品呈现出金圣叹所说的'瘦'的形态。"③这种"瘦"也可以理解为一种单纯、疏朗、空脱。令鲁迅晚年仍然心醉神迷的故乡的目连戏,虽然演出"自傍晚做起,直到次日天明",但是其基本框架却是单一的,"所演只一出戏,即'目连救母'"④,在这一背景与框架中所展现的"无常"和"女吊"的形象也是简洁、刚健、苍劲与清新的,如同鲁迅所喜爱的民间剪纸与木刻。但是另一方面,这种木刻式的线条却并不是单一的,不仅它本身充满了思想与情感的张力,而且线条与线条之间还展开了或对立或互补或交错或渗透或反衬或交融等多种复杂交织的关系,并进而形成了它独特的话语方式:那(无常)"一出台就须打一百零八个嚏,同时也放一百零八个屁",那"口头的硬语与谐谈……"⑤那乡下人的"'犴辞'及'冷语'",以及"除首尾以外,其中十分七八,却是演一场场的滑稽事情"⑥。"在滑稽、笑谑的表现中达到了悲与喜、恶与善的两极统一:'鬼而人,理而情,可怖而可爱','脸上的哭或笑,口头的硬语与谐谈'。"⑦鲁迅文学作品的语言也具有这样一种反常的悖论的特质。王朔说,鲁迅的文字"有些疙疙瘩瘩,读起来总有些含混"⑧。葛

① 孙郁:《文字背后的历史》,《21世纪:鲁迅和我们》,人民文学出版社2001年版,第140、137、145—146、147页。

② 陈丹青:《鲁迅与美术》,《笑谈大先生》,广西师范大学出版社2011年版,第149页。

③ 刘纳:《"也是人"的鲁迅作为"人"的独异性》,《21世纪:鲁迅和我们》,人民文学出版社2001年版,第128页。

④ 周作人:《谈目连戏》,寿永明主编:《鲁迅与社戏》,江西人民出版社2005年版,第179页。

⑤ 鲁迅:《无常》,《鲁迅全集》第2卷,人民文学出版社2005年版,第280、281页。

⑥ 周作人:《谈目连戏》,寿永明主编:《鲁迅与社戏》,江西人民出版社2005年版,第179页。

⑦ 陈浩:《思想对话的形象——从绍兴民间文化解读鲁迅的思想风格》,《鲁迅研究月刊》2004年第10期。

⑧ 王朔:《我看鲁迅》,《收获》2000年第2期.

红兵则说,鲁迅“文白杂糅、半阴不阳的文字实在别扭”①。王朔和葛红兵都感觉到了鲁迅文学作品的语言相对于传统典范的同时也是光滑的语言的异质性,但是遗憾的是,作为作家和学者的他们,却并没有理解鲁迅悖论的、陌生化的语言的革命性意义。实际上正是鲁迅语言的“疙瘩”、“杂糅”、“别扭”,最大限度地凝聚起语言的爆破性力量,将言说与无法言说的、正面与反面的、显露的与潜隐的、冷与热、爱与憎、黑色的与白色的、红色的等多种向度、多种维面的情感、哲思与意象凝聚起来,以它弥漫着张力的特有的怪异、陌生与悖论颠覆和冲击着传统的话语规范和秩序,并进而更新着人们的思维方式、情感方式和生存方式。例如,“《狂人日记》里的自叙分明像一幅木刻,在黑白之间,涌动着生命之流。他使用的都是人们再熟悉不过的口语,但组合方式,却是反逻辑的、超常规的。你在他的陌生化的叙述里,可以嗅出人本的气息,而这,已在世俗的叙述里被淹没了。鲁迅的语言颠覆了日常的幻影,他还原了一个原本的存在”。所以鲁迅的文体“像一座冰山,他的语言的躯体,大多还隐在海底,露出的,仅仅是一部分”。②

而从鲁迅文学形式的这种简练中凝聚和投射出来的正是一种如木刻一样深邃厚重悠长而又犀利尖锐无坚不摧之力,一种由这一力所闪射出来的寒光闪烁的逼人之美。在发表于1924年的小说《祝福》中,鲁迅描写“我”最后见到祥林嫂的形象是:“五年前的花白的头发,即今已经全白,全不像四十上下的人;脸上瘦削不堪,黄中带黑,而且消尽了先前悲哀的神色,仿佛是木刻似的。”③这“仿佛是木刻似的”既是祥林嫂给“我”的突兀而深刻的印象,同时也可作为鲁迅小说艺术特征的自我说明。同样喜爱木刻艺术的西谛(郑振铎)早在1926年就敏感到“《呐喊》是最近数十年来中国文坛上少见之作,那样的讥诮而沉挚,那样的描写深刻,似乎一个字一个字都是用刀刻在木上的”④。顾晓梅这样解读《狂人日记》的木刻艺术特征与美:“小说正文的一开头便突兀地来了一句‘今天晚上很好的月光’,这是令人叫绝的一笔,现实世界的一切在很好的月光笼罩之下消褪了原有的色彩,变成了黑、白以及黑白调和而成的灰。作者借助月光抢先渲染了一种惨淡诡秘的氛围,这是狂人特有的视觉心理感受,也是作者基于自己对那个世界深切的感知和理解而作的色彩归纳。整篇小说就沉浸在这样一种色调之中:基调

---

① 葛红兵:《为20世纪中国文学写一份悼词》,《芙蓉》1999年第6期。

② 孙郁:《文字背后的历史》,《21世纪:鲁迅和我们》,人民文学出版社2001年版,第144、146页。

③ 鲁迅:《祝福》,《鲁迅全集》第2卷,人民文学出版社2005年版,第6页。

④ 西谛(郑振铎):《〈呐喊〉》,《鲁迅研究学术论著资料汇编》第1册,中国文联出版公司1985年版,第208页。

是黑,‘黑漆漆的,不知是日是夜’,‘屋里面全是黑沉沉的’,活动于其中的人物的脸色也一概是青的、铁青的,真的是黑暗到无以复加的地步。一片漆黑的基调之上又醒目地跳着白,除了有使黑暗更加阴晦凄厉的惨淡月光,还有‘白厉厉地排着’的‘吃人’的家伙的牙齿,‘白而且硬’的黄鱼的眼睛。漆黑的背景上,这些白的面积极小,却因对比强烈而特别的刺激,令人触目惊心。黑白对比产生的强烈的表情性,使小说在对黑暗社会的吃人特质的深刻揭示方面产生了独特的效果。”①至于经常被人引用分析的《药》结尾的场景描写:“阴森森的墓地的中间有一条歪歪斜斜的细路,宛如高明而又大胆的画家在画面中心划了一条曲线将画面分为左右两部分;层层迭迭馒头似的丛冢形成圆弧充满画面;枯草如铜丝支支直立;一株没有叶的树枝干笔直,上面铁铸一般站着一只乌鸦。就在这直线与曲线构成的背景里,两位母亲来祭奠各自的儿子,在路的左右两边。瑜的坟上,突兀的出现了一个圆圆的有红白花的一圈,成为夺人视线的画面中心。多么道地的一幅黑白木刻版画!精心的构图和娴熟的刀法将线条与黑白的魅力恰到好处地发挥出来。小说所要揭示的意蕴和所欲渲染的气氛在这生动的刻画中得到充分展现。”②同样,对于散文诗《颓败线的颤动》的结尾——“当她说出无词的言语时,她那伟大如石像,然而已经荒废的,颓败的身躯的全面都颤动了。这颤动点点如鱼鳞,每一鳞都起伏如沸水在烈火上;空中也即刻一同振颤,仿佛暴风雨中的荒海的波涛”③,李欧梵说:“我每读到这一段,就不禁在脑海里看到一幅黑白分明的木刻,这个老女人的样子,仿佛出自珂勒惠支的《牺牲》的模型。”④“鲁迅仿佛刻制木版的高手,迅疾如风,挖掘出大块大块粗砺、遒劲的线条,更在极其强烈的黑白对照中,突出了苦难人物的精神意象。这是黎明爆发前的沉默,并连这沉默也要尽绝的反抗。”⑤其实即使在《秋夜》——“在我的后园,可以看见墙外有两株树,一株是枣树,还有一株也是枣树”⑥——这看似重复烦琐、实际上简练遒劲的话语中,同样潜蕴着具有丰富的思想能量的“瘦”(尖锐而犀利)的木刻美,它所凸现的恰恰是在寂寥

---

① 顾晓梅:《仿佛是木刻似的——鲁迅小说艺术形象的造型特色及其成因》,《山东师大学报》1999 年第 4 期。

② 同上。

③ 鲁迅:《颓败线的颤动》,《鲁迅全集》第 2 卷,人民文学出版社 2005 年版,第 211 页。

④ 〔美〕李欧梵著,尹慧珉译:《鲁迅与现代艺术意识》,《铁屋中的呐喊》,河北教育出版社 2000 年版,第 209 页。

⑤ 崔云伟:《论鲁迅作品中的表现主义版画(木刻)感》,《沈阳师范大学学报》2004 年第 4 期。

⑥ 鲁迅:《秋夜》,《鲁迅全集》第 2 卷,人民文学出版社 2005 年版,第 166 页。

的秋夜中两株枣树的突兀而苍劲的存在，并且在与后文“默默地铁似的直刺着奇怪而高的天空”的语句的相互勾连与贯通中，以它特有的语气和情绪，传达出一种执拗地抗争黑暗与虚无的滞重而又沉毅的节奏感与旋律感。甚至在清新、温馨而缠绵的《朝花夕拾》中，那冤屈而又洒脱的“无常”，那沉郁而又求索的“范爱农”，那似乎有“伟大的神力”的“阿长”（长妈妈），以及“覆盆子”、“赤练蛇”都传动出一种执拗坚韧而又充满生气的力。至于本身就被誉为“匕首”、“投枪”的鲁迅杂文更是与木刻艺术达到了一种异质同构、异曲同工的质地与功能。

二、“鲁迅风骨”：中国（越地）民族艺术的现代升华与显现

鲁迅这样一种内蕴丰厚而又尖锐犀利的“力之美”可以借用一个古典美学范畴——风骨来概括。“风骨”最早是由刘勰提出的一个审美范畴，后来广泛运用于文学艺术批评领域，如“建安风力”（钟嵘）、“汉魏风骨”（陈子昂）、“建安骨”（李白）、“建安风骨”（严羽）等，虽然对它的理解至今仍有争论①，但是强调它与艺术家（作家）内在精神骨骼的关联却是为学界基本认同的。“从现代美学的角度看，中国古典文论中所谓的‘气’，例如神韵，气韵，风力，风骨……它实际上是指人的抽象化的内在精神或抽象化的主体人格力量。这种抽象化的内在精神或人格力量，它不是体现在或出自于文学如诗歌中的具体的思与情的内含中，而是作为一种抽象化的生命活力——气，作为思与情内容的外在形式或内在形式，渗透在思与情所寄存的意象（情境）之中。……作为抽象的主体性的内容，作为充满生命省略的‘内容化’的形式，它独立于内容与形式之外，成为风格的第三构成因素。它使风格中的主体生动，厚博，广大。”②可以说，“鲁迅风骨”就是深沉峻厚的鲁迅精神与个性在鲁迅文学中的审美呈现，是鲁迅抽象精神的形式标记。从这样一种角度，可以看到“鲁迅风骨”与源远流长的中国古典艺术和美学精神的内在契合与血脉贯通。有论者指出：“在二十世纪的中国文学中，鲁迅的文气卓越，神韵盖世，无可企及者。他那非凡的文体家的笔力，是本世

---

① 有学者统计，对《文心雕龙》“风骨”的解读，到 1990 年代初，就已有十多类、六七十种之多（见陈耀南：《〈文心〉‘风骨’群说辨疑》，《文心同雕集——庆贺杨明照教授八十寿辰》，成都出版社 1990 年版，第 216 页）。

② 张鲁高：《古典文气与它的现代形式——鲁迅文风试析》，《鲁迅研究月刊》2000 年第 10 期。

纪的一些大作家如郭沫若、茅盾、老舍、巴金、曹禺等,所远不能相比的。”“鲁迅的文气,不仅现代作家们无可企及,即使将之放入整个中国古代文学史中,他也是少有的几个伟大作家之一。”①郜元宝比较了“胡适之体”与“鲁迅风”。在他看来,“胡、鲁文体最触目的差别在于一为传统型通儒语言,一为现代型专家语言。通儒语言可以熔议论、沉思、刻画、虚拟、感觉、想象、激情、梦幻于一炉,文史哲自然无所不包,广出犄角,连类旁通,适应性强,不以论题影响其个性”,“专家语言也有一贯色彩,但易受客观牵制,常随治学领域与议论对象而变化”,“‘胡适之体’往往只能照顾到真理的光亮的一面,‘鲁迅风’却更能够表达真理本身的复杂性。……他的语言方向层次更多,内在成分更复杂,有直说,有曲笔,有明喻,有暗示,有平坡,有沟壑,有扩张,有收敛,有言语道断,又有含不尽之意见于言外。也许并不好读,但对懂得的人,收放迭宕之间,始终有内在的紧张,含了不尽的刺激与意外的启迪,别具一种酣畅淋漓,可以药倦,可以针劳,经得起一读再读”。② 这种可以“经得起一读再读”的特点或许正是中国古典文气(风骨)的生命底蕴与生气贯注使然。

不过值得注意的是,虽然“鲁迅风骨”传承了中国古典艺术与美学传统的精神血脉,但是并不停留在情感气韵与感性直觉的层面,而是经过了现代理性的熔铸与升华,因而又必然带有思辨理性的色彩。只是“‘胡适之体’是语言绝对归顺于逻辑,‘鲁迅风’则是逻辑寓于语言之中,化为语言的肌理”;“胡适之文以逻辑的整一性牺牲了语言的丰满,鲁迅之文则呈现出语言逻辑的高度化合”③。李长之分析鲁迅杂感文的特殊风格与方式时说:“他的笔是扩张又收缩的,仿佛放风筝,线松开了,却又猛然一提,仿佛开水流,却又于现在下流来一个闸,一张一弛,使人的精神有一种快感。”“他用什末扩张人的精神呢?就是那些‘虽然’,‘自然’,‘然而’,‘但是’,‘倘若’,‘如果’,‘却’,‘究竟’,‘竟’,‘不过’,‘譬如’……他惯用这些转折字,这些转折字用一个,就引人到一个处所,多用几个,就不啻多绕了许多弯儿,这便是风筝的松线,这便是流水的放闸。可是在一度扩张之后,他收缩了,那时他所用的,就是:‘总之’。”而“鲁迅之所以能够用那些转折的字者,是因为他思想过于多,非这样,就派遣不开的缘故”。④ 张克由此进一步发

---

① 张鲁高:《古典文气与它的现代形式——鲁迅文风试析》,《鲁迅研究月刊》2000 年第 10 期。

② 郜元宝:《“胡适之体”和“鲁迅风”》,《文学评论》1998 年第 1 期。

③ 同上。

④ 李长之:《鲁迅批判》,北京出版社 2003 年版,第 131—132、133 页。

掘出了鲁迅话语世界的理想类型及其意志——“倘若……然而……”。“‘倘若’意味着一种设定,一次话语出发的起点,一种进入特定语境的准备和提示,诸如‘如果’、‘假如’、‘譬如’等可以归为此类。‘然而’则意味着转折,意味着对前述话语意向的偏离、扭转、对立、质疑甚至驳斥,诸如‘但是’、‘不过’、‘究竟’等都可归为此类。”“在鲁迅这些以‘倘若……然而……’句式为骨架的表达中,似乎没有一个固定的话语中心,有的只是动态的缠绕性的颠覆力量。‘倘若……’作为某种情形的设定,带来的是在意义表达上从逻辑制高点带来的俯冲力,而它试图抢占话语表达的制高点,也表征着话语意志的强烈和坚决。‘然而……’却无疑是这一切的拆解和质疑。在鲁迅话语内部,一方是决绝甚至是执拗的话语意志,另一方也是同样有力的质疑与争辩,这两者的纠缠使鲁迅的话语立场和话语属性常常难以厘定。”“从逻辑关系上讲,‘倘若……然而……’的构成是以‘倘若’引领的条件的不足或情境设定的先天困境,阻断了它在某一逻辑方向上可能性的生长为前提的。从纯粹形式上讲,‘倘若……然而……’是对某种可能性的否定性的表达。而这种‘对某种可能性的否定性的表达’正是鲁迅话语世界里的核心命题。”它广泛地存在于鲁迅的杂文、小说和散文诗等文学创作中。可以说,“鲁迅的话语世界就是一个以‘倘若……然而……’为基本语态的话语世界”。它不仅存在于“具体的话语句式和行文的节奏中,甚至还存在于其文章整体的立意和构思中”。[①] 木山英雄在细致梳理与分析了《野草》的行文逻辑和结构后说:“从一个极端到另一个极端往复探求以解析混沌状态,这是鲁迅最显著的特有方法”,“在《野草》里各篇的完成,不是作为体系的基础而胶着在一起,而只是作为连续不断的往复运动之一极而留下来的痕迹”。[②] 也就是说,在某种意义上,鲁迅“对某种可能性的否定性的表达”的话语意志已经延伸到了文集内独立的篇章与篇章之间的整体运思之中。竹内好分析鲁迅的小说说:“他的小说虽然包含着各种不同的倾向,但可以认为,其中至少有一对在本质上是对立的异质物混存一体。这不是意味着没有中心,而是说有两个中心。它们既像一个椭圆的中心,又像两条平行线,其两种物力,相互牵引,相互排斥。……总之,有一点可以肯定,那就是有两

① 张克:《“倘若”与“然而”——鲁迅话语世界的理想类型》,《鲁迅研究月刊》2008年第4期。

② 〔日〕木山英雄著,刘金才、刘生社译:《〈野草〉的诗与“哲学”》,《鲁迅研究月刊》1999年第11期。

个中心奇妙地联系在一起。"①在张克看来,"竹内好指出的这一特点并不仅限于鲁迅的小说,而是遍布其文章的全部。鲁迅的体验和表达方式,从来不是单向的,直线式的,而是呈现出有'两个中心''既相约,又排斥'的结构性图景。在表面的文字趋向于其中一个中心时,另一个中心的排斥力构成对这一文字的纠缠、争辩、扭曲、质疑"②。它呈现出现代中国知识分子最具"现代性"色彩的心灵体验。

张克还认为,鲁迅这样一种"对某种可能性的否定性的表达"的话语意志实际上是"一种具有'现代性'特征的体验及其表达方式",并且是"整个人类在面对相同的现代性处境时共通的一种回应方式在老大中国的显现"。③ 他的这一观点在赫尔曼·乌伊特斯普罗特对卡夫卡的评论和丹尼尔·贝尔提出的现代主义文学的"漩涡"式体验中得到了印证④。"当鲁迅把笔触更多的对准自己内部的心灵世界时,他同样是进入到了一种'旋涡'式的体验中。而一种'旋涡'式的体验永远是激荡的,冲突的,其构成因素是在永无休止的互为冲撞、质疑和辩论着。这恰恰就是'倘若……然而……'作为句式、节奏、构思在鲁迅话语世界中频繁出现的根本原因。"⑤钱理群总结鲁迅的思维方式说:"他从不对某一个单一的命题作孤立的考察,而总是同时提出(关注)与之相对立的反题,也即在正、反题的对立中(例如,'科学'与'非科学','理性'与'非理性','物质'与'精神','群体、多数的民主'与'个体、少数的自由'、'平等'与'不平等、差别',等等)进行

---

① 〔日〕竹内好著,李冬木等译:《近代的超克》,三联书店2005年版,第88—89页。李心峰的译文是:"虽然他的小说含有各种倾向,但是,其中至少有一种本质上的对立,可以认为是不同质的东西的混合。这不是说它没有中心,而是说有两个中心。它们既象椭圆的焦点,又象平行线,是那种有既相约,又排斥的作用力的东西。……不管怎样,应该认为有某种由两个东西奇妙地纠缠在一起的中心。"(见竹内好著,李心峰译:《鲁迅》,浙江文艺出版社1986年版,第96页)

② 张克:《颓败线的颤动——鲁迅与中国文学的现代性》,武汉大学博士论文,2005年,第108—109页。

③ 张克:《"倘若"与"然而"——鲁迅话语世界的理想类型》,《鲁迅研究月刊》2008年第4期。

④ 赫尔曼·乌伊特斯普罗特评论卡夫卡说:"在所有德语作家中,卡夫卡对反意连词'aber(但是)'的使用是最多的。确切的说,与其他作家相比,他平均多用了两到三倍……这样做的原因在于心灵的、不寻常的复杂性。心灵不会以简单、直线的方式来看和感受。心灵的怀疑和忧郁并非出自懦弱和谨慎,而是出自目光的锐利。从每一个思想、每一个感知和每一个断言中,心灵都能立即听到一个小妖魔般的卡夫卡'aber(但是)',增加了我们'在清晰性中的混乱'"。(转引自齐格蒙特·鲍曼《现代性与矛盾性》商务印书馆2003年版,第272—273页)。丹尼尔·贝尔评论现代主义文学说:"尽管常规语言忠于一种由中转性介词衔接起来的井然有序的实词感,现代主义文学力图把这种中转成分作为传递感觉神经冲动的突触点来强调,力图把人们抛进轰动的漩涡里。"(《资本主义的文化矛盾》三联书店1989年版,第163页)。

⑤ 张克:《"倘若"与"然而"——鲁迅话语世界的理想类型》,《鲁迅研究月刊》2008年第4期。

辩证的思考;但他又从不把正、反题的对立绝对化,对任何一方作绝对肯定或否定的价值判断,他总是肯定的同时提出质疑,又在质疑的同时作出肯定,这种双重肯定与双重否定(质疑)的立场(态度),使他的价值判断带有很大的相对性;但他又从不追求折中的‘合题’,与其说他在抹平正、反题之间的矛盾、对立,毋宁说他在正视正、反题的对立的同时,更不回避自身在选择上的矛盾与困惑;他在‘肯定’与‘质疑’中往返、反复正是深刻地反映了他已经将正、反题的外在矛盾内化为他自我精神上的矛盾与痛苦。”①尾崎文昭由此进一步发掘出鲁迅“多疑的思维方式”,并总结出两种类型。一类是“定向否定的深化”型,即“先有观念(理解)的否定与新的发现在多个层面上反复进行下去”,其特点是“对某个现象进行思考时,不是用粗略的分析与解释使其终结,而是以各种并不显眼的征兆为线索,暴露出这一现象背后所隐藏着的另一个深层的形态以及更为深层的本质这样一种思考过程”。例如《狂人日记》。另一类是“在两项之间的往复多阶段否定,即往复深化型”,“这不是单纯的往复,不如说是一个边往复边深化的否定的过程”。比如鲁迅小说中呈现出来的“具有分裂因素相互否定的结构”,也可以视之为“小说结构性自我否定”;而“从与通常相左的视角来观察事物”的戏拟、反讽的“基本结构特征,实际上是多方观察事物、否定并脱离先有观念从而突进到深层理解的‘多疑’思维方式在小说方法层面的成果,并不单纯是一种技巧”。②

这种“肯定的同时提出质疑,又在质疑的同时作出肯定”的“双重肯定与双重否定(质疑)的立场(态度)”或者“多方观察事物、否定并脱离先有观念从而突进到深层理解的‘多疑’思维方式”,可以说,正是现代对立统一的辩证思维的一种体现③。黑格尔说:“思辨逻辑,包含有以前的逻辑和形而上学,保存有同样的思想形式、规律和对象,但同时又用较深广的范畴和

---

① 钱理群:《鲁迅对“现代化”诸问题的历史回应》,《文艺研究》1996年第6期。

② 〔日〕尾崎文昭:《试论鲁迅“多疑”的思维方式》,《鲁迅研究月刊》1993年第1期。

③ 即使当代的解构主义哲学家也坚持着这种思维。如德里达说:“一方面我说:书已经完结——从我说出‘书的终结’那日起——但同时我也支持拯救书以抵抗威胁着记忆、威胁着书文化的某些新技术。这里我也试着同时进行两种相互矛盾的工作:接纳新技术,接纳一切与之一同来临的东西,将只当做某种运气来接纳,但同时也去发现与之俱来的威胁,以我所能,以我的方式与之抗争,以求保存一切与书文化相联系的东西。不仅仅是卷轴的形式,还有阅读的时间、阅读的耐心及阅读的个体空间,及一切与书文化相联系的品质。两种显然相互矛盾的命令间的那种和解之必要性一直把持着我,无论是在哲学上、政治上还是在伦理学上。总是在协商之中,既不说是也不说不,而是从一个我无法决定的地方开始着手。这就是那关于无法决定者的问题:我不能决定对书持完全赞同或完全否定的态度,也不能决定对哲学持同样决断的态度。因此这是一种妥协、一种互让和解(transaction),是在两种必要性中、最终矛盾的律法中寻求最佳可能性的和解。”(见《书写与差异·访谈代序》,三联书店2001年版,第8—9页)

形式去发挥和改造它们。”“‘思想’本身的矛盾变化发展,就是‘思辨逻辑’。”①在黑格尔的哲学中,“‘思辨’是一种‘映像’,而这个‘(映)像’与概念的普遍性,总还是处于‘矛盾’之中,为克服这种矛盾,‘概念’就要超越自身,进入更高的层次”②。因而虽然“‘且夫’,‘然则’”也是中国传统的一种典型的意义表达形式③,但是鲁迅的“倘若……然而……”的话语形式却并不像前者那样执著于意义的空转和思维的模棱两可,而是在不断的“双重肯定与双重否定”中深化了对事物的理解与认识,并凸显了主体执著追求真理的坚强意志。这种不断自我否定与深化认识的过程与“更高的层次”恰恰是中国传统的思维方式与意义表达方式所缺乏的。竹内好说:“鲁迅一般被看成中国式的文学家。所谓‘中国式’,我认为具有‘传统的’意义。不过,若是把反传统的、否定中国的东西也包括在‘中国式’意义之中,我对这种说法也没有异议。”④也就是说鲁迅以传统的方式反击(否定)了传统,或者说他坚持与发展了传统并把它推向了现代这一新的阶段,在民族的形式中植入了现代的张力与内涵。

就是在精神意涵方面,“倘若……然而……”的鲁迅话语所呈现出来的“鲁迅风骨”也传承了中国民族传统精神的血脉,不过并不是占主导地位的儒道思想,而是居于异端与边缘地位的越文化精神的潜流。它最初的渊源可以追溯到大禹和勾践分别代表的两大基本精神原型——“在求实中探索”与“在复仇中抗争”。“勇于探索”是越文化生生不息而至今源源不竭的

---

① 〔德〕黑格尔著,贺麟译:《小逻辑》,商务印书馆,1980年版,第49页。

② 叶秀山、王树人:《西方哲学史》第1卷,凤凰出版社、江苏人民出版社2004年版,第198、204页。

③ 鲁迅就曾指出“清重帖括而有‘且夫’‘然则’”(见《学界的三魂》,《鲁迅全集》第3卷,人民文学出版社2005年版,第220页)。鲁迅还说:“譬如中国人,凡是做文章,总说‘有利然而又有弊’,这最足以代表知识阶级的思想。”(《关于知识阶级》,《鲁迅全集》第8卷,人民文学出版社2005年版,第225页)这种异常发达的“有利然而又有弊”的话语形式正是“‘且夫’‘然则’”的一种变体。弗朗索瓦·于连把这样一种方式命名为“迂回与进入”,并且分析了儒家经典中经常运用到的“……而……”的句式说:“后面的说法相对于前面说法并没有进步,后者也没有重复前者,而只是使之变化。而任何一种说法都不是结论。从一种说法到另一种说法的移动连续不断,保持着等距离,这些说法围绕着同一个中心——即圣人均衡的中心——转动”(见〔法〕弗朗索瓦·于连著,杜小真译:《迂回与进入》,三联书店1998年版,第247页)。这种“绕着同一个中心——圣人均衡的中心——转动”的表达策略就是“迂回与进入”。它常常像鲁迅所指出的“孔丘先生确是伟大,生在巫鬼势力如此旺盛的时代,偏不肯随俗谈鬼神;但可惜太聪明了,‘祭如在祭神如神在’,只用他修《春秋》的照例手段以两个‘如’字略寓‘俏皮刻薄’之意,使人一时莫名其妙,看不出他肚皮里的反对来”(《再论雷峰塔的倒掉》,《鲁迅全集》第1卷,人民文学出版社2005年版,第202页),如同一只空转的陀螺,沦为意义的空转。

④ 〔日〕竹内好著,李心峰译:《鲁迅》,浙江文艺出版社1986年版,第6页。

生命源泉与精神动力,而“求实奋斗”则规定了这一探索创新的先在根基,是立足于大地的切实的探索与创新,而不是离开大地的凭空虚构,从而保证了这种探索的切实性与实践性。“在复仇中抗争”则提示了一种坚忍不拔、顽强抗争的精神,并且这种精神又是始终以主体精神的自我张扬与认同作为前提的。因而虽然处在不断否定与探索的运动之中,但是主体自我的形象却又是贯穿始终的。如前所述,从王充“疾虚妄”①的现实批判精神,到嵇康“越名教而任自然”②的抗争与自由精神,到王阳明“无心外之理,无心外之物”③的主体精神,到黄宗羲批判封建君主专制制度的启蒙精神,到章学诚“《六经》皆史”④对神圣与权威的解构精神,再到章太炎“依自不依他”、“自贵其心”⑤的个体主义精神和以不齐为齐、尊重差异与多元的齐物思想,构成了一条前后相续、源远流长而又始终充满了生命活力、激荡澎湃的思想潮流与谱系。“鲁迅风骨”正是这一思想潮流与谱系的现代高扬。其核心精神就是置身于文化的野地与民间争取自由解放和不屈抗争的意志。如同鲁迅谈到他的杂感时所说:“这里面所讲的仍然并没有宇宙的奥义和人生的真谛。不过是,将我所遇到的,所想到的,所要说的,一任它怎样浅薄,怎样偏激,有时便都用笔写了下来。说得自夸一点,就如悲喜时节的歌哭一般,那时无非借此来释愤抒情,现在更不想和谁去抢夺所谓公理或正义。你要那样,我偏要这样是有的;偏不遵命,偏不磕头是有的;偏要在庄严高尚的假面上拨它一拨也是有的,此外却毫无什么大举。名副其实,‘杂感’而已。”⑥“‘偏要’正是杂文的本质特征”,其实质就是“一种‘价值倒转’机制”⑦,也可以说是“鲁迅风骨”的本质特征,所谓的“价值倒转”⑧不就是求实中探索的一种体现吗?而“偏”更是复仇中抗争的形象写照。因而它喷涌出来的是一种深厚古老的越文化底蕴,虽然处于异端与边缘的地位,却贯通了中华民族的精神长河。至于“鲁迅风骨”显现为一种文风或思维时与

---

① 王充:《论衡·佚文篇》,《论衡校释》,中华书局 1990 年版,第 870 页。

② 嵇康:《释私论》,《鲁迅辑录古籍丛编》第四卷,人民文学出版社 1999 年版,第 83 页。

③ 王阳明:《传习录一》,《王阳明全集》卷一,上海古籍出版社 1992 年版,第 6 页。

④ 章学诚:《文史通义·易教》,严杰等译注:《文史通义全译》,贵州人民出版社 1991 年版,第 1 页。

⑤ 章太炎:《答铁峥》,《章太炎全集》第四卷,上海人民出版社 1985 年版,第 369—370。

⑥ 鲁迅:《华盖集续编·小引》,《鲁迅全集》第 3 卷,人民文学出版社 2005 年版,第 195 页。

⑦ 张克:《“杂”与“偏要”——鲁迅“文体”问题发微》,《天中学刊》2008 年第 4 期。

⑧ 李欧梵解析鲁迅的杂文《长城》说:“通过精妙的价值倒转(reversal values),他把这有名的古迹变成了颓败的封建文化的象征……”两篇论雷峰塔倒塌的杂文则运用了更复杂的“‘象征物价值倒转’(symbolic values)的技巧”,“在每篇阅读的终了,我们初读时的概念和印象也往往完全‘颠倒’了过来”(见《铁屋中的呐喊》,河北教育出版社 2000 年版,第 113—114 页)。

具体的越文化因子(如"绍兴师爷笔法")的精神关联,前面已多有论述,在此就不再赘述了。这里仅再引钱理群的观点以为参考:"鲁迅创造性思维与绍兴刑名师爷传统的继承,当然不是简单的'取诨名'的手法,而是一种善于察视事物隐匿方面('察见渊鱼')的锐利的观察力,善于透过纷纭复杂的现象,迅速切入本质,'简括'的提炼,敏捷而明确的判断力,以及从整体上把握事物,'提挈全般'的'写意'式的思维方式。"①

当然,如前所述,"鲁迅风骨"的精神意涵和思维肌理是与鲁迅独特的语言文体相联系的,或者说首先是通过鲁迅独特的语言文体体现出来的。郜元宝说:"鲁迅的全部写作对汉语传统巨大的依附性以及在此基础上传达出来的一般现代作家无法传达的汉语精神及其在现代的考验,也许是鲁迅区别于一般现代作家最根本的地方。"②的确,"鲁迅风骨"之所以具有一种恒久的穿透性力量,鲁迅文学之所以"经得起一读再读",一个重要的原因便在于它对于中国民族的汉语传统与汉语精神的承传、张扬与升华。语言作为人类生存的家园,也建构起人类的文化。不同于西方由表音字母但成的语言,中华文化是建立在象形文字的语言基础之上的,也就是说中华民族的语言文学是植根于文字之中的。③ 不同于拼音文字的能指与所指是武断的抽象的,象形的汉字的"能指本身就直接近似实物,与实物或形似,或神似,或包含实物的处境、历史结构,及生活习惯"。"与拼音文字相比,它的每一个符号都是一件艺术品,都具有生命力,都与生活中的自然与社会紧连,都是人类文化的历时性的积淀。""'视而可识'使得字的象形部分栩栩如生,跃于纸上。'察而见意'更是充满了想象力,象征性的丰富。"④因而

---

① 钱理群:《心灵的探寻》,上海文艺出版社 1988 年版,第 93 页。

② 郜元宝:《现代汉语:工具论与本体论的交战》,《当代作家评论》2002 年第 2 期。

③ 章太炎在《东京留学生欢迎会演讲录》中由"国粹"谈到汉字,明白宣示:"又且文辞的本根,全在文字,唐代以前,文人都通小学,所以文章优美,能动感情。两宋以后,小学渐衰,一切名词术语,都是乱搅乱用,也没有丝毫可以动人之处。究竟什么国土的人必看什么国土的文,方觉有趣。像他们希腊、梨俱的诗,不知较我家屈原、杜工部优劣如何?但由我们看去,自然本种的文辞,方为优美。"(1906 年 7 月《民报》第 6 号)或许正由此章太炎提出了"文学者,以有文字著于竹帛,故谓之文。论其法式,谓之文学"(《国故论衡》,上海古籍出版社 2003 年版,第 49 页)的文学观。

④ 郑敏:《汉字与解构阅读》,《汉字文化》1997 年第 1 期。马叙伦指出:"象形之为画成其物,其字至为单纯。故视而可识。指事之为指物体上发生之事。故指事字必以一部分以上之象形字和合不成字而为指示此象形之物体上发生之事之标帜者而成。其成字之象形部分,所谓视而可识者,是也。其不成字而为指示此象形之物体上发生之事之标帜者,所谓察而见意者是也。……会意字之异乎象形者,会意字必合两部分以上之象形或指事字而成。盖必两种物体或两种以上物体相互关系而发生之意义为会意。"(见《说文解字研究法》,商务印书馆 1957 年版,第 86—87 页)

汉字与汉文学艺术有一种天然的血缘联系。鲁迅《汉文学史纲要》首篇“自文字至文章”即认为文章(广义的文学)原是“连属文字”,“初始之文,殆本与语言稍异,当有藻饰,以便传诵”,明白揭示了汉文学与汉字的源初关系。在他看来,“书契者,相传‘古者庖牺氏之王天下也,仰则观象于天,俯则观法于地,观鸟兽之文与地之宜,近取诸身,远取诸物,于是始作八卦。’(《易》《下系辞》)‘神农氏复重之为六十四爻。’(司马贞《补史记》)颇似为文字所由始”。“今之文字,形声转多,而察其缔构,什九以形象为本柢,诵习一字,当识形音义三:口诵耳闻其音,目察其形,心通其义,三识并用,一字之功乃全。其在文章……遂具三美:意美以感心,一也;音美以感耳,二也;形美以感目,三也。”①从汉字的义、音、形建构起汉文学“意美”、“音美”、“形美”的三美。可以说,“汉文学成立的直接前提,是汉字,而非宽泛的‘汉语言’,汉字特有的形式藻采是汉文学的美感来源”②。诚如周作人所言:“超越善恶而又无可排除的传统,却也未必少,如因了汉字而生的种种修辞方法,在我们用了汉字而写东西的时候总摆脱不掉的。”③

因而不同于胡适之善于用欧西逻辑“造句”,缺乏字词的内涵,其结果是“句法消蚀字词”,“逻辑伤害语言”,“西语”宰制“中文”,“鲁迅的奇崛句法已经先声夺人了,但目的不在‘造势’,故没有抹平单个字词的头角峥嵘,反而为字词提供了发挥力量的开阔空间。他的句法灵便,字词也尽量突现其意义色彩和思想重量,像坚韧不拔的单兵,兀立于松而不散收放自如的长句中”。④ 或许正是这些“头角峥嵘”的“字词”源源不断地迸发出一种思想与情感冲击力的锋利而有力的美,构成了“鲁迅风骨”深厚绵长而又犀利尖锐的审美底蕴。鲁迅说:“我在私塾里读书时,对过对,这积习至今没有洗干净,题目上有时就玩些什么《偶成》,《漫与》,《作文秘诀》,《捣鬼心传》,这回却闹到书名上来了。这是不足为训的。”⑤其实这种“对对子”正是深得汉语精髓的最典范的语言训练形式⑥。“这种对仗所透视出来的成句条

---

① 鲁迅:《汉文学史纲要》,《鲁迅全集》第 9 卷,人民文学出版社 2005 年版,第 355、353—354 页。

② 郜元宝:《“胡适之体”和“鲁迅风”》,《文学评论》1998 年第 1 期。

③ 周作人:《周作人自编文集 · 谈龙集》,河北教育出版社 2002 年版,第 40 页。

④ 郜元宝:《“胡适之体”和“鲁迅风”》,《文学评论》1998 年第 1 期。

⑤ 鲁迅:《〈南腔北调集〉题记》,《鲁迅全集》第 4 卷,人民文学出版社 2005 年版,第 427—428 页。

⑥ 陈寅恪便主张用“对对子”的方法来进行国文考试,并认为“所对不逾十字,已能表现中国语言特性之多方面”:一、“对子可以测验应试者能否知分别虚实字及其应用”;二、“对子可以测验应试者能否分别平仄声”;三、“对对子可以测验读书之多少及语藏之贫富”;四、“对子可以测验思想条理”(见《与刘文典教授论国文试题书》,《陈寅恪先生全集》,台湾里仁书局 1980 年版,第 1370—1372 页)。

件就是一个‘对’字,两两相对才成句,并且还集语音、语义、语汇、语法于一身,不是单纯的语法结构。这种‘句’有几个重要的特点。第一,非线性,即A根据时间顺序原则生成的组字成句的线性结构规则还需要将其中每一个结构位置上的结构单位,根据声调的平仄、语义的对称性、功能的相似性和结构规则的一致性投射于B,生成一个新的结构,相互对称,不然它就难以独立成句。第二,它以声律为框架,在平仄有规律地交替使用中讲求平仄相对、字义相对、字义关系的结构规则相对,形成一种对称性、综合性的结构。……第三,它以奇求偶,形成二向对立,凸显主观性因素的参与,借联寓意。”正鲜明地体现出“A借助于B,从A与B的相互关系中去把握、体悟A和B的性质与特点”①的汉语语句的特点。鲁迅在三味书屋接受的一种严格的语言训练就是对对子。他回忆说:“我就只读书,正午习字,晚上对课。先生最初这几天对我很严厉,后来却好起来了,不过给我读的书渐渐加多,对课也渐渐地加上字去,从三言到五言,终于到七言。”②一次寿镜吾先生出了一个“独角兽”的三字题,同学中有的对“二头蛇”、“三脚蟾”,也有对“八脚虫”、“九头鸟”,还有对“四眼狗”,先生都不满意,唯独鲁迅根据《尔雅》对了个“比目鱼”,受到寿先生的称赞,“说‘独’不是数字,但有单的意思,‘比’也不是数字,但有双的意思,可见是用心对出来的”③。鲁迅从小就显示了对汉语的敏感与优秀的文字功力,后来更自觉地广泛运用于文学写作中④,正呈现出植根于民族文化语言家园的越地文化教育的一个优良传统。绍兴师爷的所谓“刀笔”,即善于咬文嚼字,利用手中的笔(文字)发挥刀的作用而翻云覆雨,同样渊源于这样一种深厚的文字训练与修养。同时,在郜元宝看来,章太炎对于语言文字在人类思维和活动中绝对支配地位的坚信:“不仅过往的历史只有在语言文字中才能寻找其踪迹,语言文字还可以为

① 徐通锵:《思维方式与语法研究的方法论》,《北京大学学报》2004年第1期。

② 鲁迅:《从百草园到三味书屋》,《鲁迅全集》第2卷,人民文学出版社2005年版,第290页。

③ 朱忞等编:《鲁迅在绍兴》,浙江文艺出版社1997年版,第95页。

④ 据许寿裳回忆鲁迅在日本读书时给朋友写信乃至开玩笑也常常用骈文(游戏文章)。见《鲁迅的游戏文章》,《鲁迅回忆录》专著上册,北京出版社1999年版,第529—534页。虽然许氏称之为“游戏文章”,实际上却是深得汉语言文学之神髓、符合汉字之规律的。郭绍虞说:“中国文字的特征,一点是单音,所以可以讲整齐,讲对偶,讲调平仄;又一点是孤立,所以又可以活用。为此二种关系,所以又可以利用声音语中方言的分歧,有转注方法以使同义之字而有不同之形,有假借方法以使异义之字而具同一之形。于是,更增加了修辞上俪对或变化的诸种法门。把这些法门应用到言辞上,说得坏一些就成为文字的游戏,说得好一些,又成为创造的规律。”(见《中国语言所受到文字的牵制》,《照隅室语言文字论集》,上海古籍出版社2009年版,第112—113页)

我们把现在与未来的创造所必由的途径指示出来。”对鲁迅影响很深,使他“对于语言文字历史传统的延续性”十分尊重,“不仅在自己的白话文写作中经常借重文言文来表达白话无法表达的意思,而且他的白话文的节奏与韵律,始终是整个现代作家中最突出的一种语文现象”。① 这实际上也正显示出越地语言文字(文学)传统的一种传承。

近代以来,在西学东渐与中国由古代向现代转型的双重推动下,汉语经历了巨大的挑战与变迁。一方面,为了使语言切入广大底层民众的生存并适应现代社会的转变,鲁迅和五四新文化运动的先驱者一起投入废文言兴白话的文学革命中②,极力打击与摧毁负载着封建伦理道德的文言文系统③,致力于现代汉语与现代文学的实践探索;同时,为了丰富现代汉语的资源,使现代白话(汉语)更精密,鲁迅始终致力于西方文学作品的翻译,“不但在输入新的内容,也在输入新的表现法”④。另一方面,鲁迅又不同于胡适简单照搬西方拼音语言的模式,“在汉语之外”,“作为新文化的权力主体来‘说汉语’使之听命于自己的意志”,“不是从某个超越的阿基米德点出发重塑汉语,不是百分之百用白话代文言,同时全面推广西文律则,以强行中断汉语原来的那个‘说’,开始全新的另一种‘说’,即所谓‘用汉字写汉语’的‘完全的白话’”,而是“主张利用一切资源,站在动态的汉语本体(姑且生造一个术语)的最近处,以独有的方式‘在汉语之中’重写汉文”。⑤ 早在翻译《域外小说集》时,鲁迅就坚持“宁拂戾时人”⑥而“迻译亦期弗失文情”⑦的直译(甚至被梁启超贬为“硬译”),后来也一直坚持这种方式。他

---

① 郜元宝:《现代汉语:工具论与本体论的交战》,《当代作家评论》2002 年第 2 期。

② 鲁迅后来概括这一“革命”的主旨说:“那大意也并不可怕,不过说:我们不必再去费尽心机,学说古代的死人的话,要说现代的活人的话;不要将文章看作古董,要做容易懂得的白话的文章。”(见《无声的中国》,《鲁迅全集》第 4 卷,人民文学出版社 2005 年版,第 13 页)

③ 张克分析鲁迅小说《离婚》中泼辣的爱姑被七大人恐怖的“来——兮”击败的情节说:“七大人用文言形式发出的声音显得高深莫测,因为这种形式脱离了爱姑在口语中接触和理解的世俗世界,可以说她根本就听不懂那个文言世界的声音,更把握不住其中的信息。七大人正是利用了这一点通过显示自己对文言世界的独占性从而也显示了自己在话语权上的绝对统治地位。而这种话语权上的严重不平等恰恰是造成大众的生存空间极为狭小的重要原因。这也正是鲁迅一直视文言和汉字具有反大众性,本身是个死症的原因。”(见《颓败线的颤动——鲁迅与中国文学的现代性》,武汉大学博士论文,2005 年,第 90 页)在《孔乙己》中,孔乙己与周围人语言的隔膜所构成的喜剧嘲笑了这种迂腐的文言文,也是对孔乙己所信奉的封建伦理价值的打击。

④ 鲁迅:《关于翻译的通讯》,《鲁迅全集》第 4 卷,人民文学出版社 2005 年版,第 391 页。

⑤ 郜元宝:《“胡适之体”和“鲁迅风”》,《文学评论》1998 年第 1 期。

⑥ 鲁迅:《域外小说集·略例》,《鲁迅全集》第 10 卷,人民文学出版社 2005 年版,第 170 页。

⑦ 同上书,第 168 页。

所强调的“除了几处不得已的地方,几乎是逐字译”①的做法正是将这种测试的对接点放置在文字这一层面,“文句大概是直译的,也极愿意一并保存原文的口吻”②。“文句仍然是直译,和我历来所取的方法一样,也竭力想保存原书的口吻,大抵连语句的前后次序也不甚颠倒。”③木山英雄认为,这样一种文体实验是周氏兄弟在章太炎先生“文字者语言之符,语言者心思之帜”④的影响下实现的,“章炳麟有关把文学不作为传统的文饰技巧,而是以文字基本单位加以定义的独特想法及其实践,为周氏兄弟的翻译活动暗示了行之有效的方法:他们在阅读原文时,把自己前所未有的文学体验忠实不二地转换为母语,创造了独特的翻译文体。……他们所果敢尝试的以古字古意相对译实验,哪怕因而失之牵强,但恰恰因为如此,通过这样的摩擦,作为译者自身的内部语言的文体感觉才得以真正形成吧”⑤。在张克看来,“周氏兄弟用最具本原意义的汉字去极力承载西方文学的异质的精神形态和表达方式。可以说是翻译本身提供了中国文字与西方文学的异质精神相摩擦的媒介。这种极端的语言实验,无疑是在测试这种承载的可能性”,“鲁迅的‘欧化语体’始终处于这种中西异质的精神冲突和同既成的语言表现法的搏斗中”。⑥ 张新颖说:“仅仅把《域外小说集》的直译理解成照搬过来是远远不够的,甚至可能是错误的:这样理解的直译,往往是以所译的语言及其文化意义为本位,如果用汉语来进行翻译,汉语只不过是传达所翻译的对象的工具。《域外小说集》的野心,却是想以异域的思想和文学来试验汉语的接受性,通过有意识地追求艰难、剧烈的摩擦,试验汉语再造、新生的能力。”“他以极端的方式——几乎可以说是,在两个极端之间——进行着摩擦力巨大的精神和文学试验,也是锻造语言主体性的实验。”⑦

当然另一方面鲁迅又是立足于底层民众的生存来写作的,因而力图运用底层民众活的语言,“将活人的唇舌做为源泉,使文章更加接近语言,更

---

① 鲁迅:《译了〈工人绥惠略夫〉之后》,《鲁迅全集》第10卷,人民文学出版社2005年版,第184页。

② 鲁迅:《〈苦闷的象征〉引言》,《鲁迅全集》第10卷,人民文学出版社2005年版,第257页。

③ 同上书,第271页。

④ 章太炎:《规〈新世纪〉》,《民报》第24号(1908年10月)。

⑤ 〔日〕木山英雄著,赵京华编译:《文学复古与文学革命》,北京大学出版社2004年版,第231页。

⑥ 张克:《颓败线的颤动——鲁迅与中国文学的现代性》,武汉大学博士论文,2005年,第88页。木山英雄说,胡适的“文学改良论绝难产生于对时代危机的观察而造成的精神冲突,以及同既成的语言表现法的搏斗”(见《文学复古与文学革命》,北京大学出版社2004年版,第115页)。而这样一种“用最具本原意义的汉字去极力承载西方文学的异质的精神形态和表达方式”也正显示出从章太炎到周氏兄弟的越地文学的语言谱系与传统。

⑦ 张新颖:《20世纪上半期中国文学的现代意识》,三联书店2001年版,第74、72页。

加有生气”[1],贯通底层民众的精神血脉。但是由于中国地大物博、人口众多、各地文化差异大,因而只能建设一种“特别的白话”,“文言的分子也多起来”,“采说书而去其油滑,听闲谈而去其散漫,博取民众的口语而存其比较的大家能懂的字句,成为四不像的白话”。同时,由于“中国的文或话,法子实在太不精密了”,为了医治这病,“只好陆续吃一点苦,装进异样的句法去,古的,外省外府的,外国的,后来便可以据为己有”。[2] 为了救济“现在人民的语言的穷乏欠缺”,“须在旧文中取得若干资料,以供使役”。[3] 并且要着眼于创造,“时常加些新的字眼,新的语法在里面”,“群众的言语才能够丰富起来”。[4] 其核心正在立足底层民众的生存,冲破新旧的重重桎梏,“在汉语之中”重写汉文,“内外两面,都和世界的时代思潮合流,而又并未梏亡中国的民族性”。“有人斥道:你用这样的语体,可惜皮肤不白,鼻梁不高呀!诚然,这教训是严厉的。但是,皮肤一白,鼻梁一高,他用的大概是欧文,不是欧化语体了。正唯其皮不白,鼻不高而偏要‘的呵吗呢’,并且一句里用许多的‘的’字,这才是为世诟病的今日的中国的我辈。”正如鲁迅所赞赏的陶元庆的绘画:“他并非‘之乎者也’,因为用的是新的形和新的色;而又不是‘Yes’‘No’,因为他究竟是中国人。所以,用密达尺来量,是不对的,但也不能用什么汉朝的虑傂尺或清朝的营造尺,因为他又已经是现今的人。我想,必须用存在于现今想要参与世界上的事业的中国人的心里的尺来量,这才懂得他的艺术。”[5]这种“欧化语体”正是“现今想要参与世界上的事业的中国人的心”里的语言,是现代正在生长着的“动态的汉语本体”,它“既

---

① 鲁迅:《写在〈坟〉后面》,《鲁迅全集》第1卷,人民文学出版社2005年版,第302页。

② 鲁迅:《关于翻译的通信》,《鲁迅全集》第4卷,人民文学出版社2005年版,第393、391页。

③ 鲁迅:《写在〈坟〉后面》,《鲁迅全集》第1卷,人民文学出版社2005年版,第302页。

④ 鲁迅:《关于翻译的通信》,《鲁迅全集》第4卷,人民文学出版社2005年版,第392页。郜元宝分析“五四”以前构成中国语言文字的诸要素主要有:1.诗词曲文(八股文在内),2.官话,3.白话文,4.各地方言土语,5.两次外来语(佛经翻译和近代日语)。然后说:“‘现代汉语’就是在这些语言存在的基础上抟塑而成,其复杂性可想而知。‘现代汉语’是上述诸语言要素的凝聚,这一凝聚的过程并非某一要素(比如‘文言’)的彻底退场或消失,亦非某一要素(比如‘口语’和‘白话’)的绝对排他性存在,而只是诸要素原来结构关系的重新调整,也就是说,‘现代汉语’是包含着丰富差异面的民族语言的新的同一,这新的同一以丰富的差异面的保存为前提。”“鲁迅所设想的现代中国新语言,其本质,就是包含着同一和差异的内在紧张,所以他一再强调,对如此前进着的现代中国语言和基于这种语言的一切文学创作,不能以抽象、固定和现成的标准来衡量,而‘必须用存在于现今想要参与世界上的事业的中国人的心里的尺来量’。”(见《同一与差异——中国现代知识分子的语言观念之五》,《上海文学》2003年第10期)

⑤ 鲁迅:《当陶元庆君的绘画展览时》,《鲁迅全集》第3卷,人民文学出版社2005年版,第573—574页。

是现代化整体格局中汉语古典书写模式向方言口语和外来语的历史性‘开放’(Opening),又是汉语在开放中的一次历史性‘聚集’(Gethering),亦即把‘开放’带来的各种新的语言材料或如周作人所说的各种语言‘分子’,在一定的心理文化层面与生存基础上‘聚集’起来”。[①] 其根底就在于它深深地切入广大底层民众的生存,贯通了源远流长的中华民族文化的精神血脉,同时又敞开与沟通了与世界各民族文化的精神联系,从而提炼出自己(民族)的声音(语言)。正是基于这样一种立场,鲁迅勇于“冲破一切传统思想和手法”[②],同时也敢于质疑“美国的‘文学概论’或中国什么大学的讲义”,“他以为非这样写不可,他就这样写,因为他只知道这样的写起来,于大家有益”[③]。虽然他获得的,不过是“灵魂的荒凉和粗糙”。鲁迅说:“但是我并不惧惮这些,也不想遮盖这些,而且实在有些爱他们了,因为这是我转辗而生活于风沙中的瘢痕。”[④]在这种写作中,同时也贯通了鲁迅自己与底层民众生存和精神的关联。

因而,一方面,当鲁迅的小说一出世,便使人“只觉得受着一种痛快的刺戟,犹如久处黑暗的人们骤然看见了绚丽的阳光。这奇文中冷隽的句子,挺峭的文调,对照着那含蓄半吐的意义,和淡淡的象征主义的色彩,便构成了异样的风格,使人一见就感着不可言喻的悲哀的愉快”。“在中国文坛上,鲁迅君常常是创造‘新形式’的先锋;《呐喊》里的十多篇小说几乎一篇有一篇新形式,而这些新形式又莫不给青年作者以极大的影响,必然有多数人跟上去实验。”[⑤]另一方面,人们又看到(鲁迅)“他的作品满熏着中国的土气,他可以说是眼前我们唯一的乡土艺术家”[⑥]。虽然在张定璜的论述中,这一“土气”主要是在与外国风格相对的“中国”这一概念中来确定的,强调的是鲁迅(文学)作品所表现的中华民族的生活与民族的精神,但实际上这一“土气”首先是透过鲁迅(文学)作品的语言及其艺术形式表现出来的。“他以现代的审美形式(白话),保存、显现了长期生存于古典形式(文

---

① 郜元宝:《“胡适之体”和“鲁迅风”》,《文学评论》1998年第1期。郜元宝还认为:“语言的生命,就是存在的既开放着又聚集着的呈现,既非片面的静止的所谓‘坚闭固拒’式的‘聚集’,也非无限地开放无限地显出差异面(‘言’是‘思’的差异面,‘文’是‘言’的差异面,‘欧化语’是‘文言’的差异面,‘文体’是一般语文现象的差异面)而没有与此同时不断地聚集自性。”(同上)

② 鲁迅:《论睁了眼看》,《鲁迅全集》第1卷,人民文学出版社2005年版,第255页。

③ 鲁迅:《徐懋庸作〈打杂集〉序》,《鲁迅全集》第6卷,人民文学出版社2005年版,第300页。

④ 鲁迅:《华盖集·题记》,《鲁迅全集》第3卷,人民文学出版社2005年版,第4—5页。

⑤ 茅盾:《读〈呐喊〉》,《鲁迅研究学术资料汇编》(1),中国文联出版公司1987年版,第34、36页。

⑥ 张定璜:《鲁迅先生》(下),《鲁迅研究学术论著资料汇编》第1册,中国文联出版公司1985年版,第87页。

言)中的伟大‘文气’。”①“现代中国作家中,确实难得像鲁迅那样兼及强烈的现代意识与深厚的古典修养的。”吊诡的是,“在‘鲁迅走在《金光大道》上’的十年‘文革’期间,很多年轻人正是借助于鲁迅著作(主要是杂文)的阅读,学会曲折幽深、半文半白的表达方式,并借以颠覆空话连篇的‘新华文体’”②——以新异的现代(白话)语言形式传达出深厚的古典审美精神与气韵可以说是“鲁迅风骨”的一个基本特征,也是鲁迅文学的一个基本特征。它根源于鲁迅深深地植根于生生不息汉语长河之中,“在汉语之中”写作。面对近代以来汉语发展自身的困境与各种外来语言的压力,鲁迅坚持一种“回心/转化”的语言取向,“回心/转化”以抵抗为媒介,而抵抗“是对于自身的一种否定性的固守与重造”。③ 一方面,他在向西方语言学习的过程中改造着自己的(汉语)语言;但与此同时,另一方面,他又在改造汉语语言(自我)的过程中始终坚守汉语语言的自我。通过“保存”自我而又“否定”自我的“挣扎/抵抗”,在自己内部形成一种新的主体性,从而使以文字作为本位的汉语焕发出新的活力与生命光辉。正如郜元宝所言:“鲁迅是要在多重的似乎无路可走的语言困境中走出一条自己的语言的道路,其中既包含对传统的批判,也包含了对传统的新的认同,同时更包含了对当时所有的各种语言资源的巧妙改造与大胆运用。我们无法用‘回归’、‘依靠’这样的概念来定位他与任何一种传统的关系,只能说他与纷乱的中国现代语言传统有一种鲁迅式的关系。”④而鲁迅的这样一条汉语之路正启示着中国现代汉语与中国现代文学的道路。在中国当代文学盲目追逐西方而疲惫不堪,纠缠于诺贝尔文学奖情结而空虚贫乏的今天,我们重新阅读鲁迅,或许会给中国文学发展以新的启示——只有回到作为民族生存与文化家园的语言文字的根中,文学才能获得它富有自性的生生不息的创造力,进而显示出它独特的民族审美个性与艺术魅力。⑤

---

① 张鲁高:《古典文气与它的现代形式——鲁迅文风试析》,《鲁迅研究月刊》2000 年第 10 期。

② 陈平原:《分裂的趣味与抵抗的立场——鲁迅的述学文体及其接受》,《文学评论》2005 年第 5 期。

③ 孙歌:《竹内好的悖论》,北京大学出版社 2004 年版,第 58 页。

④ 郜元宝:《音本位与字本位——在汉语中理解汉语》,《当代作家评论》2002 年第 2 期。

⑤ 遗憾的是,“鲁迅先生对现代汉语发展的深刻影响,还根本没有说清楚,作为将来现代汉语发展的一个取之不尽的资源,鲁迅的写作的意义也没有被足够的评价”(见李陀:《汪曾祺与现代汉语写作——兼谈毛文体》,《花城》1998 年第 5 期)。

下　编

作为“中华民族新文化方向”的鲁迅

——越文化在中国现代文化建构中的生成性意义

第十二章 “面海的中国”与中国的现代化

一、现代化与现代化运动

美国学者布莱克指出:在人类历史上,有三次伟大的革命性转变。第一次革命性转变发生在约100万年前,原始生命经过亿万年的进化以后,出现了人类;第二次革命性转变是人类从原始状态进入文明社会;第三次革命性转变则是近几个世纪正在经历的事,全世界不同地域、不同民族和不同国家从农业文明或游牧文明逐渐过渡到工业文明。[①] 这第三次革命性转变便是一般意义上理解的现代化。这是一个活生生的动态过程,是由以农业文明(或游牧文明)为标志的传统社会向以工业文明为标志的现代社会的演变。不过由于不同的地域与在“世界历史”[②]中的不同位置,不同的社会结构、文化形态与历史传统,各民族与国家开始现代化的历程与方式又是各不相同的。一般说来,西方自文艺复兴便开始了文化变革,17世纪初开始了科学革命,出现了许多实用科学和新技术,形成了重实证和反对宗教权威的近代科学精神,从而为工业化和文化观念的更新开辟了道路。18世纪伴随着工业革命的爆发,西方兴起了启蒙运动,高扬起理性主义和人文主义的大旗,确立了尊重理性、知识、科学和人的现世利益的原则,建立起指向理性化和世俗化的现代观念,推动西方社会率先实现了工业化的现代文明。由于知识爆炸以及科技革命和工业革命提供的客观要素,现代化不同于前两次人

① 参见〔美〕布莱克:《现代化的动力:一个比较史的研究》,浙江人民出版社1989年版,第1—4页。

② 马克思把资本主义生产方式全球扩张后的历史称为“世界历史”。他说:“各个相互影响的活动范围在这个发展进程中越是扩大,各民族的原始封闭状态由于日益完善的生产方式、交往以及因交往而自然形成的不同民族之间的分工消灭得越是彻底,历史也就越是成为世界历史。”(见马克思、恩格斯:《德意志意识形态》,《马克思恩格斯选集》第1卷,人民出版社1995年版,第88页)

类历史的革命性转变在个别地域或各个民族相互隔绝、彼此孤立状态下的个别实现,具有了世界性的弥散和扩张性质。它首先从西欧开始,然后通过殖民化弥散到美洲、澳洲、亚洲和非洲广大地区。因此不同国家现代化历程的启动时间与启动方式是各不相同的。美国社会学家 M. 列维将其分为"内源发展者"和"后来者"两大类型,即"早发内在型"现代化和"晚发外生型"现代化。前者以英、法、美国为代表,后者则包括德、俄、日本,以及当今世界广大的发展中国家。① 按照这种划分,中国的现代化也属于后一类型,即现代化的最初诱发和刺激因素主要源自外部世界的生存挑战和现代化示范效应。也就是说,中国现代化的动力与资源都来自西方的冲击以及中国对这一冲击的历史回应。这一模式被美国历史学家马士的《中华帝国对外关系史》和费正清的《中国对西方的回应》等一系列历史研究具体化,被学术界概括为中国现代化的"冲击—反应"模式,并成为影响中国现代化研究的主流学术话语。根据这样一种话语,中国的现代化应该兴起于 1840 年的第一次鸦片战争,也就是我们目前通用的中国近代史模式。这样一种"西方冲击—中国反应"的模式后来又受苏联学者的影响,改造成了"(西方)侵略—(中国)革命"模式,虽然话语的涵义与感情色彩有所差异,但是其实质都是强调西方是中国现代化的第一动因,中国传统社会与文化缺乏现代化的内在动力,只能被西化或被俄化。

然而这样一种话语只揭示了中国现代化历史的部分真实与真理,同时又带上了浓厚的西方中心主义的阴影。因为一方面大量的历史研究已经打破了支持该理论的"中国社会长期停滞论"②。例如,美国学者彭幕兰的名著《大分流:欧洲、中国及现代世界经济的发展》从经济的角度对 18 世纪欧洲的英格兰与中国的江南进行了比较研究,得出结论:18 世纪以前,东西方处在同样的发展水平上,西方并没有任何明显的完全为西方自己独有的内

---

① 〔美〕M. 列维:《现代化与社会结构》,普林斯顿大学出版社 1966 年版,第 16 页。

② 这一观点首先见于亚当·斯密:"中国一向是世界上最富的国家,土地最肥沃,耕作最精细,人民最繁多而且最勤勉的国家。然而,许久以前,它似乎就停滞于静止状态了。今日旅行家关于中国耕作、勤劳及人口稠密状况的报告,与五百年前视察该国之马哥孛罗的记述比较,几乎没有什么区别。也许在马哥孛罗时代以前好久,中国的财富就已达到了该国法律制度所允许的发展程度。"(见《国民财富的性质和原因的研究》上卷,商务印书馆 1972 年版,第 165 页)同样,黑格尔也认为,辉煌的中国文明虽然可以作为世界历史的开端,但已经是历史深处极其遥远的绝响了,从此以后,"无论发生任何变化,一种终古如此的固定的东西代替了一种真正的历史的东西"(见黑格尔《历史哲学》,上海书店 2001 年版,第 123 页)。20 世纪初,马克斯·韦伯在《新教伦理与资本主义精神》、《儒教与道教》等著作中,虽然不完全否认中国社会有发展,但是仍然认为中国不具备西方那样的资本主义发展,因而中华帝国是"静止的社会"。

生优势;18 世纪末 19 世纪初,由于美洲新大陆的开发使土地的制约解除,英国煤矿优越的地理位置使蒸气为动力的大规模使用成为可能,才使历史来到了一个岔路口,东西方之间开始逐渐背离,分道扬镳,距离越来越大。① 李伯重更明确地指出:“至少自明末以后,江南经济已具有亚当·斯密所总结的 18 世纪中叶经济近代化的主要特征:分工专业化及与交通运输相联系的市场发展。在商业化、城市化、农村工业、交通条件、人民受教育程度方面,江南均走在 18 世纪中叶英国的前面。因此,从上面这些方面来看,若以 18 世纪中叶的西欧为标准,江南可以说已是十分‘近代化’了。”②许苏民也认为“晚明江南与同时期的英国相比,无论在经济发展(国内市场和国际市场)和科学技术上,还是在市民社会的觉醒和言论自由的程度上,似乎都不逊色”③。乃至德国学者弗兰克在其名著《白银资本》中根据晚明时期世界各地的白银大量流入中国的现象,认为在 1500—1800 年,中国是整个世界经济秩序的中心,而白银导致了全世界的商业扩张。④ 虽然这一观点引起了中外学者极大的争议,但是关于中国乃至亚洲的经济与社会具有自己走向现代化的活力与规律的观点,却得到了学界广泛的认同:“在近代早期的欧洲和明清时期的中国,经济变化的动力颇为相似,直到 19 世纪,它们才变得截然不同。”⑤另一方面,卢卡契在谈到世界文学的相互影响时曾经指出:“任何一个真正深刻重大的影响是不可能由任何外国文学作品所造成,除非在有关国家同时存在着一个极为类似的文学倾向——至少是潜在的倾向。这种潜在的倾向促成外国影响的成熟。因为真正的影响永远是一种潜力的解放。”⑥文学之间的相互影响是如此,文化之间的相互影响也是如此。因而外来影响只有受到中国文化传统内部的异质因素的呼应才能发生作用。而且正因为有原有文化的这种“潜在的倾向”与结构的呼应和接引,才决定了这样一种外来影响形成一种特殊的富有弹性的模式,而不完全等同于原有文化。更重要的还在于,中国属于不同于西方的另一种文明形态,它

---

① 〔美〕彭幕兰:《大分流:欧洲、中国及现代世界经济的发展》,江苏人民出版社 2003 年版。

② 李伯重:《发展与制约——明清江南生产力研究》,台北联经出版公司 2002 年版,第 401—402 页。

③ 许苏民:《中国文化现代化的历程——17 世纪中西大分流的历史教训》,《华南理工大学学报》(社会科学版)2006 年第 6 期。

④ 〔德〕弗兰克著,刘北成译:《白银资本》,中央编译出版社 2000 年版。书名直译应为《重新东向定位:亚洲时代的全球经济》。

⑤ 〔美〕王国斌著,李伯重、连玲玲译:《转变的中国——历史变迁与欧洲经验的局限》,江苏人民出版社 1998 年版,第 3 页。

⑥ 〔匈〕卢卡契:《卢卡契文学论文集(二)》,中国社会科学出版社 1981 年版,第 452 页。

有自己独特的历史传统、经济基础、社会结构与文化形态,有自己现代化的独特形式与道路,不能完全套用西方现代化的“语法”。傅衣凌在他的遗作《中国传统社会:多元的结构》中指出:“中国传统社会产生了许多西欧社会发展模式所难以理解的现象”,例如“奴隶制因素、地主制因素、自耕农经济成分和其它多种经济因素长期并存”,“地主阶级通过租佃制主要以实物地租形态剥削佃农的同时,劳役地租(如佃仆制)和货币地租也长期作为其附属和补充,而不表现为一种时间先后的替代;自耕农、半自耕农经济的存在更是一种长期的现象……此外,原始村社制的残余也普遍存在。而且,各种经济成分之间有着复杂的互动关系,总是处于历时性的、动态的变化之中”。又如中国的国家形式并不是由于组织大型水利工程或公共工程建立起来的,“虽然中国专制集权国家也经常组织一些大型的水利工程和公共工程,但是这些活动并非集权国家形成的原因,而是集权国家出现后由于其地位而具有的功能,而且是其众多的功能之一,并未具备什么特殊的重要性”。这些“用西欧模式看起来互相矛盾的各种现象,在中国这个多元的社会结构中奇妙的统一着,相安无事,甚至相得益彰,这种既早熟又不成熟的弹性特征,使中国传统社会具有其它社会所无法比拟的适应性”。所以“鸦片战争以前的中国社会,与西欧或日本那种纯粹的封建社会,不管在生产方式、上层建筑或者是思想文化方面,都有很大差别”。正是立足于这种差异性,傅衣凌使用了“中国传统社会”这样一个词,并将其定义为“一个多元的结构”。[①] 傅衣凌的思考对于中国历史的研究,特别对于方法论探讨是非常富有启示性的。

其实布莱克所说的人类历史的革命性转变也可以理解为人类诞生与成长的历程,其核心是人从自然与人类社会的压迫与束缚中解放出来的历史过程。与布莱克所说的人类历史的第三次革命性转变相对应的是人从中世纪的宗教禁锢与封建专制主义的政治束缚中解放出来。实质上,欧洲的工业革命所爆发的社会生产力之所以“比过去一切世代创造的全部生产力还要多,还要大”[②],固然直接来源于科技创新的革命性成果,但从根本的意义上来说,还是来源于文艺复兴和启蒙运动所推动的人的解放。科学在本质上是一种“人性之光”,并且“科学发见,常受超科学之力”,“本于圣觉”(灵

---

① 傅衣凌:《中国传统社会:多元的结构》,《中国社会经济史研究》1988 年第 3 期。

② 〔德〕马克思、恩格斯:《共产党宣言》,《马克思恩格斯选集》第 1 卷,人民出版社 1995 年版,第 277 页。

感)，“以知真理为惟一之仪的”。① 沃勒斯坦认为有两种不同的现代性——“技术的现代性”和“人类自我解放的现代性”，以往现代性过程注重的是技术的现代性，背离了人类解放的目标，因而应该结束这种“假的现代性”而开始“真正的现代性”。② 所以作为人类历史的第三次革命性转变的现代化又可以被理解为人类解放历史行程中人从宗教蒙昧与封建专制的束缚下解放出来获得个性独立与主体自由的启蒙过程。具体说来它是以启蒙思潮的萌芽、生长与展开作为主要线索与形式的。并且如前所述，这样一种思想解放往往对于社会解放、经济发展乃至科技革命产生巨大的历史作用。③

二、中国文化的差异性、多样性与内在运动

如果按照这样一个框架来审视中国历史的“第三次革命性转变”的话，那么可以说它早在晚明时代就已经开始。1920 年代，梁启超在介绍了明末清初的黄宗羲、顾炎武、王夫之等著名学者后，说他们的学术思想及其对后学的影响“与欧洲的‘文艺复兴’绝相类似”，反对晚明学术的流弊，“教学者脱宋明儒羁勒，直接反求之于古经”，形成了“以复古为解放”的思想特点。④ 1931 年嵇文甫在他所编述的讲义《十七世纪中国思想史概论》中认为 17 世纪“是中国近古思想史上一个重要关键，从纵的方面看，宋明道学和清代朴学正在过渡，从横的方面看，中国文化和西洋文化开始接触。这期间蜕蝉演变参互错综的情形，直牵涉中国近古思想史乃至社会史的全部”。而在纵的过程中，王阳明学派又是一个桥梁，构成了一个从道学到反道学的“辩证的发展”，即：“一方面把道学发展到极端，同时却也把道学送终；一方面激起下一时代的反动，同时却也替下一时代准备些反动的材料。”而在横的过程中，则是西学的输入。明朝万历年间，西洋耶稣会会士利玛窦、庞迪我、熊三拔、龙华民、艾儒略、金尼阁、阳玛诺等相继来华，与中国学者徐光启、李之藻等一起，成为当时输入西学的中心人物。“西人所用观察实验归

① 鲁迅：《科学史教篇》，《鲁迅全集》第一卷，人民文学出版社 2005 年版，第 29—30 页。

② 〔美〕伊曼努尔·沃勒斯坦等著，郝明伟、张凡译：《自由主义的终结》，社会科学文献出版社 2002 年版，第 143 页。

③ 例如中国新时期以来经济与社会的迅速发展首先便得益于“实践是检验真理的唯一标准”的思想大解放。

④ 梁启超：《清代学术概论》，上海古籍出版社 1998 年版，第 4、3、7 页。

纳比较种种的科学方法，其影响于明清间诸大师的治学方法者也实在不少。”这种西学输入和古学复兴到17世纪后半叶，“遂完全形成中国思想史上的一个新时代”①。在《左派王学》中嵇文甫更明确地指出：“王阳明是中国近古思想史上一位极有光辉的大人物。由他所领导起来的一种学术运动，是一种道学革新运动，也是一种反朱学运动。”“这次革新运动，发端于（陈）白沙，而大成于阳明。”在王阳明那里，“处处是打破道学的陈旧格套，处处表现出一种活动自由的精神，对于当时思想界，实尽了很大的解放作用”。而最能表现王学精神的是王阳明“以‘狂者’自命，直往直来，信手行去，把一种软眉圆熟的乡愿气息一扫而空”。左派王学正是把王学这个“狂”的精神发展到极端而形成所谓“狂禅”派。② 侯外庐于1945年出版的《中国近世思想学说史》③则正式提出中国近代（早期）启蒙论。他在梳理了从17世纪的王夫之到20世纪的王国维的思想发展线索之后，认为他们的思想“不仅是反理学运动的量变，而是按他们自己的方式表现出对资本主义世界的绝对要求”④，透射出预示近代社会即将来临的曙光，具有早期启蒙性质，进而把中国近代史看做是中国资本主义萌芽和具有近代人文主义性质的启蒙思潮发生与发展的历史，以明清之际作为中国近代史的开端。萧萐父、许苏民等坚持与发展了这一学说，试图以更加充分的思想史资料进一步说明从晚明到“五四”的中国传统文化的代谢过程“是一个同质的文化过程”，也就是“中国开始走出中世纪、迈向近代化的文化进程”。⑤ 许苏民在综合了这一领域的许多研究成果之后，提出了中国经济和思想文化领域“内发原生的早期现代化萌动”（从16世纪30年代到19世纪30年代）的观点，并且将这一“萌动”的起点确定为具有重要改革与开放意义的明万历九年（1581年）。⑥ 西方学者艾尔曼的《从理学到朴学》也指出：“17世纪，儒家知识分子毅然摆脱了前代儒学理论的限制，他们提倡客观实证学风……并以此为突破口，向官方正统学说展开猛烈攻击。”“17、18世纪的历

---

① 转引自王炯华：《嵇文甫三十年代论著述评》，《河南师范大学学报》1989年第2期。

② 嵇文甫：《左派王学》，开明书店1934年版，第401、403、411—412页。

③ 1947年再版时，书名改为《近代中国思想学说史》；1956年，侯外庐又将该书从王船山到龚自珍的部分独立成书，而名之为《中国早期启蒙思想史》，且增补了关于16—17世纪和18世纪中国资本主义萌芽的专章论述。

④ 侯外庐：《中国早期启蒙思想史》，人民出版社1956年版，第30页。

⑤ 参见萧萐父、许苏民：《明清启蒙学术流变》，辽宁教育出版社1995年版，第24页导论和第783页跋语。另见吴根友：《中国现代价值观初生历程——从李贽到戴震》，武汉大学出版社2004年版，第382页。

⑥ 许苏民：《“内发原生”模式：中国近代史的开端实为明万历九年》，《河北学刊》2003年第2期。

史不仅是儒教中国衰亡的前奏,也是新时代即将来临的序曲。”①

从以上学者所勾勒的早期(近代)启蒙思想谱系中可以发现一个明显的特征,这些早期(近代)启蒙思想家绝大多数都在江南,而其中由越地的王阳明到黄宗羲到章学诚到龚自珍到章太炎更构成了一条前后相续、轮廓分明的思想主线。这充分说明了中国经济社会与思想文化发展的差异性与不平衡性。提出“中国传统社会”是“一个多元的结构”观点的傅衣凌指出:“在注意中国传统社会结构的多元化时,我们还不能忽视这种多元化是出现在经济、政治、社会发展极不平衡的辽阔国土上的。由于自然环境的差异和生态平衡的改变,历史上开发时间的先后,人口的流动和增减,以及经济重心的转移等等因素的影响,各个地区的生产技术水平、生产方式、社会控制方式和思想文化千差万别,而且还随着历史的发展而出现周期性的和不规则的变化。这种情况使多元化社会结构更为复杂。”②希尔斯也指出:“没有一个庞大社会的诸种传统可能是完全同质的,它的各个部分最多共有某些根本性的传统。这样一种社会必然会有不同的部分。自然资源的分布带有职业的空间差异;一系列复杂的欲求有各种非常不同的、由各个专门职业群体生产的物品。许多大社会都是通过联邦或征服而建立起来的,并吸收了众多的移民,这一事实连同不同的才智和不同的趣味都促成了社会中传统的多样性。既然他们的传播范围扩展到整个社会,所以在各种传统中除了存在某些共识之外,也必然存在着众多差异性。”③中华文明不仅在起源上是由多个民族、多种文化经过漫长的历史岁月发展演变而形成的,而且在一定程度上,它的发展演变也是由多个民族、多种文化相互冲突、相互融合所推动的。从宏观的空间结构的横向视野来看,中国文化有两个基本的板块:“面向海洋的东南地区和面向亚洲腹地的中原和西北部地区。”④内陆型的西北—中原文化具有典型的游牧—农耕文化的特征,因而建立起一整套宗法礼教制度与大一统的官僚体制。而海洋型的江南文化则更多地带有工商文化与自由浪漫的个体文化特征。由于在人类发展的早期阶段,内陆型的游牧—农耕文化较海洋型的工商文化更适应人类初级阶段的发展,因而虽然这两个板块同样古老,但是在血与火迸溅的撞击中,随着炎黄集团战胜夷人集团的以西胜东,农耕方式的社会结构得到基本确立。“中原腹地成

---

① 〔美〕艾尔曼著,赵刚译:《从理学到朴学》,江苏人民出版社1995年版,第4页。

② 傅衣凌:《中国传统社会:多元的结构》,《中国社会经济史研究》1988年第3期。

③ 〔美〕E.希尔斯著,傅铿、吕乐译:《论传统》,上海人民出版社1991年版,第339页。

④ 彭晓丰、舒建华:《“S会馆”与五四新文学的起源》,湖南教育出版社1995年版,第30页。

为正统的‘中夏’，而东南海隅就偏离正统成了‘蛮夷’。”①东南地区的文化也就游移出文明的中心而成为边缘的“蛮夷”文化。东南文化作为一种边缘文化始终受到作为中心文化的中原文化的压抑，例如管仲说：“越之水重浊而洎，故其民愚极而垢。”②《汉书·严助传》也说：“越，方外之地，剪发文身之民也。”③就语言来说，中原腹地的重浊被称为“夏声雅言”，吴楚的清浅被斥为“南蛮鴂舌”。④ 一直到魏晋，东南之民仍被视为化外之民，袁准在《劝曹爽宜捐淮、汉以南书》中说：“吴楚之民，脆弱寡能；英才大贤，不出其土；比技量力，不足与中国相抗。”⑤但是东南文化却始终在按照自身的机制运行着。特别是随着社会的发展、江南的开发和晋室南渡，中国经济文化中心逐渐南移。唐代的“安史之乱”加剧了南迁的进度，宋室偏安东南一隅标志着这一迁徙的正式完成。⑥ 从南宋开始，江南成为“中国的经济文化中心”。⑦ 这一迁移一方面由文化的流动与融合而带来了江南地区经济与文化的极大发展，形成了“江南财赋地，江左人文薮”（康熙语）的盛况；另一方面也同时意味着中原农耕—官僚文化对于江南工商文化的压抑、排挤与扭曲。随着封建王权的扩张，建立在农耕—官僚体制基础上的文化专制主义的正统文化也日益渗透、扩展到各边缘地区与文化，改造着这些地区的原有文化。因而“这种位移并不意味着整个封建大一统有丝毫程度的改变。那个由内陆腹地厚载的超稳定结构自始至终作为传统主导森然屹立。东南海隅无论是枯瘠还是丰沃，无论是受鄙夷，还是受倚重，它也自始至终作为一种次要传统固定下来”⑧。或许正是由于这一价值观念的差异，发生了明朝江南商人沈万山想出巨资犒赏王师却险些招致杀身之祸的悲哀。不过面对来自内陆的强大的同化力量，江南文化也会源于自身的文化逻辑而作出灵敏的抵抗与反应，“这种反应当然不是采取激进的暴力的形式，而是表现在文化心理上的疏离，或者说，有一股绵密坚劲的离心力从区域文化场中渗透出来。这一离心力汇流整个传统中所有的对抗性因素，主动呼应和适应异质文化传统的冲击波。由此，作为一种次要传统的东南沿海潜藏着一个变

---

① 彭晓丰、舒建华：《“S会馆”与五四新文学的起源》，湖南教育出版社1995年版，第30页。

② 管子：《管子·水地》三十九，《管子新注》，齐鲁书社2006年版，第315页。

③ 班固：《汉书·严助传》卷六十四上，中华书局1962年版，第2777页。

④ 参见《孟子·藤文公》：“今也南蛮鴂舌之人，非先王之道。”（见《四书全译》，贵州人民出版社1988年版，448页）

⑤ 见《全晋文》卷五十四，商务印书馆1999年版，第562页。

⑥ 参见陈正祥：《中国文化地理》第一篇《中国文化中心的迁移》，三联书店1984年版。

⑦ 董楚平：《吴越文化发展的三次机遇》，《浙江社会科学》2001年第5期。

⑧ 彭晓丰、舒建华：《“S会馆”与五四新文学的起源》，湖南教育出版社1995年版，第35页。

革传统的‘召唤结构’”①。正由于此，早期（近代）启蒙思想谱系几乎是由江南人士构成与推动的，而作为异质的江南文化核心与渊源的越地更是独领风骚，占据了一个发动机的地位，勾画出了一条贯穿始终的思想主线。这是由越文化在江南文化中独特的地位与作用所决定的。

在某种意义上，越文化在江南文化中具有母文化的性质。河姆渡文化不仅标志着越文化的发生，而且标志着中华文明中不同于黄河文化的另一种文化——长江文化的源起。据学界考证，“河姆渡文化是越族在宁绍平原繁衍生息的晚期的文化，是越族从平原进入山区以前的最后一批聚落之一”②。在这之前越族便已经在“背山面海”，具有“山林之饶”、“鱼盐之利”，“气候暖热，水土资源丰富”的宁绍平原这片“得天独厚”的土地上生息繁衍起来。③ 当卷转虫海侵淹没宁绍平原使之成一片浅海时，越族被迫迁移，其中一支“越过今杭州湾，向今浙西和苏南的丘陵地迁移，他们就是以后称为句吴的一族，是马家滨文化、崧泽文化和良渚文化的创造者。《越绝书》中曾两次提到他们与越族之间的‘同气共俗’。《吴越春秋》中称：‘吴与越，同音共律，上合星宿，下共一理。’《吕氏春秋·知化篇》说：‘吴之与越也，接土邻境壤交通属，习俗同，语言通。’谭其骧教授说他们是‘一族两国’”。这些说法都说明吴文化与越文化是同源的，“都是由于卷转虫海侵而从宁绍平原流散的”。与此同时，越族除了就地向上靠，进入了四明山地和会稽山地外，还有一支“运用长期积累的漂海技术，用简单的独木舟或木筏漂洋过海。他们的足迹可能很广，台湾、琉球、南部日本以及印度支那等地”，即《越绝书》所称的“外越”，或“东海外越”。④ 这从学界对这些地区的许多文化现象与越文化的渊源或越文化遗存的研究中已经得到证实⑤，也从一个侧面说明了越文化不同于内陆型游牧—农耕文化的特征。另外，楚文化研究表明：“从今鄂城（今湖北鄂州）起，沿江而下逾湖口，登陆而东至大海，土著民族即为越人。”⑥“考古发现，鄂东和江西、湖南的大部分地方，在楚进入前都为越人占据。”⑦说明越文化与长江中游的楚文化也具有相生

① 彭晓丰、舒建华：《“S会馆”与五四新文学的起源》，湖南教育出版社1995年版，第40页。

② 陈桥驿：《越族的发展与流散》，《东南文化》1989年第6期。另参见乐祖谋：《历史时期宁绍平原城市的起源》，《中国历史地理论丛》第三辑，1988年。

③ 陈桥驿：《于越历史概论》，《浙江学刊》1984年第2期。

④ 陈桥驿：《吴越文化和中日两国的史前交流》，《浙江学刊》1990年第4期。

⑤ 详见蔡丰明主编：《吴越文化的跨海东传与流布》，学林出版社2006年版。

⑥ 张正明、刘玉堂：《大冶铜绿山古铜矿的国属》，《楚史论丛》，湖北人民出版社1984年版，第72页。

⑦ 湖北省社会科学院历史研究所编：《湖北简史》，湖北教育出版社1994年版，第36页。

共融的密切联系。正是这样一种源远流长、内涵深厚的文化积淀与承传才使吴越文化在春秋末期上演了一场惊心动魄的英雄传奇,在春秋五霸中雄踞了两霸。秦始皇统一中国后,为了镇压越族的反抗,不但将大越更名为山阴,而且把聚居在大越城及其附近的越族居民用强制手段迁移到今浙西和皖南地区,然后从北方移入汉族,以改变这个地区居民的民族结构。不过这只是越民迁移的一部分,还有更多的越民逃离他们的故土,“其中一部分逃入浙、皖、赣一带的山区,后来称为‘山越’”①。此外还有东越、南越、闽越等部族。《汉书》记载:“闽粤王无诸及粤东海王摇,其先皆粤王勾践之后也。”②明焦竑指出:“东越一名东瓯,今温州;南越始皇所灭,今广州;闽越今福州,皆勾践之裔。”③这说明越族已经覆盖东南沿海与长江中下游地区,越文化对于这些地区均有影响。另外还有一部分越民则流散到华南和西南地区,并与早年移居那里的“外越”重新融合,在西南地区也留下了许多越文化的遗存,因此我国南方和西南的许多少数民族又常被称为“百越”。④《越绝书》也记载“秦始皇并楚,百越叛去”⑤。《汉书·地理志》注引臣瓒曰:“自交趾至会稽七八千里,百越杂处,各有种姓。”⑥这些都说明了越文化与这些地区的联系以及越文化的广阔辐射与广泛影响。

三、“面海的中国”与中国的现代化

或许正是由于这种深厚绵密、富于原创性的文化创造力从越地源源不断地喷发出来,才形成了越文化在中华文明中的独特地位,形成了它不同于在中华文明中占据主导地位的黄河文化的异质性。“中国古文明是多元并起、相互影响的,中国也有两河文明,长江也是中国文明的摇篮。”“长江文明与黄河文明既有共性,也有差异。越文化正好处在长江下游。越文化是构成长江文明特色的主要内容之一,从而形成了与黄河文明的对比。”⑦两

① 陈桥驿:《越族的发展与流散》,《东南文化》1989年第6期。

② 班固:《汉书·西南夷两粤朝鲜传》,中华书局1962年版,第3859页。

③ 焦竑:《焦氏笔乘正续》第三册,中华书局1985年版,第194页。

④ 参见陈桥驿:《越族的发展与流散》,《东南文化》1989年第6期。

⑤ 《越绝书·外传记吴地传》,见《二十五别史·越绝书》第6集,齐鲁书社2000年版,第14页。

⑥ 班固:《汉书·地理志第八下》卷二十八下,中华书局1962年版,第1667页。

⑦ 李学勤、江林昌:《越文化在中国文明史中的地位以及对东亚历史文化的影响》,见《中国传统文化与越文化研究》,人民出版社2004年版,第2页。

者之所以构成了明显的差异与对比，其中很重要的一个原因就是黄河文明主要是一种内陆型文明；而长江文明，特别是它的下游最有代表性的越文化却是一种海洋型文明。从这一文明最早的代表性遗址之一河姆渡文化中发掘出的木桨、舟的模型与许多鲸鱼、鳖鱼的骨骼，都表现出海洋文化特征。[①]《越绝书》说："夷，海也。"[②]被称为蛮夷之人的越人，在当时也就被认作是海人。正是由于海洋与内陆不同的地理环境影响到他们不同的文化取向与价值追求。"人类共同体的文化同一性或'身份'、'认同'与其所处的地缘一自然环境紧密地联系在一起，纠缠在一起，或者说，'有赖于人类和生物本性之间关系的性质，其中的生物本性既包括种族和血缘的，也包括土壤与国土的'。"[③]由于越地濒海面水，自然环境又以存在无数相互阻隔的河流湖泊为特点，因而越人很早就发展了舟楫之利，并养成了"以船为车，以楫为马，往若飘风，去则难从"[④]的生活习性。这样一种飘逸流动的生活方式极易形成一种"锐兵任死"、勇于探索与自由活泼潇洒的民族个性。同时越地"地广人稀，饭稻羹鱼，或火耕水褥，果隋蠃蛤，不待贾而足。地势饶食，无饥馑之患"[⑤]，再加上秀水青山、大洋浚流及气候诸因素的综合作用，更加强化了他们适情任性的民族特征。即使在春秋战国民族大融合的时期，由于远离中原，也更多地保留着氏族社会原始蛮性思维与朴野任性的生活习俗。比如其"剪发文身"的习俗便为文献普遍记载，甚至一直延续到汉代，淮南王刘安上书武帝曰："越，方外之地，剪发文身之民也。"[⑥]不过另一方面，越人却并不以他们的文化为耻，而是坚持他们的文化个性。这样一种文化个性，在笔者看来，其核心就是从海洋文化派生出来的不同于中原宗法礼乐文化的一种自由而浪漫的个体文化精神。

先秦时期的越地，"周公制礼作乐以来盛行于中原诸夏的那一套道德伦理观念还不见影子，社会内部的权利义务也还没有明确的规定。且不说上上下下、君君臣臣之类尊卑等级制度没有真正确立，甚至连君位的嫡长子

---

① 从舟山群岛的白泉十字街、马岙及岱山等地所发掘的新石器文化遗存上，也发现了与河姆渡文化相一致的文化特征（王和平、陈金生：《舟山群岛发现新石器时代遗址》，《考古》1983 年第 1 期），证明河姆渡人已能进行较长距离航海，跨海在海岛定居，把河姆渡文化传播到其他地方。

② 《越绝书·吴内传》，见《二十五别史·越绝书》第 6 集，齐鲁书社 2000 年版，第 19 页。

③ 阮炜：《地缘文明》，上海三联书店 2006 年版，第 5 页。

④ 《越绝书·越绝外传记地传》，见《二十五别史·越绝书》第 6 集，齐鲁书社 2000 年版，第 43 页。

⑤ 司马迁著，杨燕起译注：《史记全译》，贵州人民出版社 2001 年版，第 4465 页。

⑥ 班固：《汉书·严助传》卷六十四上，中华书局 1962 年版，第 2777 页。

继承制都还没有完善"①。这就出现了一个有趣的现象:"立者为王,不讲忠孝。"②这也是勾践以后,越国长期处于政治混乱、自相残杀的局面中,最后终于衰败的一个重要原因。但是这样一种个体文化精神却可以为建立在群体本位基础上的主流正统的宗法政治伦理文化注入一种异质的血液与声音,并每每可以挽救这种宗法伦理文化的板结、凝固与沉滞。可以说,我们前面所介绍的越文化中以大禹原型所象征的在求实中探索与勾践为原型所象征的在复仇中抗争的精神正是这一个体文化精神的生动展开。正是这样一种精神使越人创造了光辉灿烂的越文化,并且在融入中华文化的整体后,不但以自己的特色文化丰富了中华文化的整体构成③,同时还以一种与主流正统的宗法政治伦理文化疏离与异质的个性潜在地生长着,并推动着整个中华文化的发展。比如东汉的王充面对由封建专制王权所强制推行的独尊儒术、天人感应、谶纬迷信等观念,不但大胆地提出"疾虚妄"的现实批判精神,并且在《问孔》、《刺孟》、《劈韩》等篇章中对儒家的经典也表现出了独立思考与探索的理性精神。进而影响到魏晋,开启了中国思想文化史上的一个"人的自觉"与"文的自觉"的时代。作为这一时代最杰出代表的嵇康也正来源于越地。在某种意义上,魏晋玄学与魏晋风骨可以看做是由越文化孕育的个性解放思潮的一次集中喷发。所谓"越名教而任自然","非汤、武而薄周、孔",都是对于个性自由的争取与对压抑人个性解放的虚伪的名教伦理文化的反抗。因而这一时代一方面是"中国政治上最混乱、社会上最苦痛的时代",另一方面却又是"精神史上极自由、极解放,最富于智慧、最浓于热情的一个时代,因此也就是最富有艺术精神的一个时代"。④"它实质上标志着一种人的觉醒,即在怀疑和否定旧有传统标准和信仰价值的条件下,人对自己生命、意义、命运的重新发现。"⑤刘士林认为它"最根本的精神觉醒则是唤醒了个体的审美意识,它使人自身从先秦以来的伦理异化中摆脱出来并努力要成为自由的存在","它还构成了这个民族一切审美活动的'原本'与'深层结构'。以后大凡真正的或较为纯粹的中国审美

---

① 后世在越地发掘出的青铜器多为兵器,很少乐器而几乎没有礼器,与中原地区大量出土礼器、乐器的情况构成鲜明的对比,正与古籍记载相互印证。

② 陈剩勇:《亚洲东南沿海地区的百越文化及其民族文化心理特征》,《东南文化》1990 年第 3 期。

③ 如中原王朝治船用舟,无不吸收越人之技。《竹书纪年》载:周赧王时,"越王使公孙隅来献舟三百"。汉朝水师强大,曾启用许多越人为将,戈船将军严、下濑将军甲、驰义侯遗等人,皆越人也(参见《汉书·武帝记》)。

④ 宗白华:《美学散步》,上海人民出版社 1981 年版,第 208 页。

⑤ 李泽厚:《美的历程》,中国社会科学出版社 1984 年版,第 107 页。

经验,可以说与江南轴心期的精神结构都是密切相关的”。[①] 他还把江南诗性—审美文化与北方政治—伦理文化并列起来作为中国文化的两大基本骨架与系统,认为“江南轴心期对中国文化结构的建构意义重大而深远,正是有了这‘半壁江山’,中国文化的基本构架才完整起来。如果说北方政治—伦理文化是中国现实世界最强有力的脊梁,那么江南诗性—审美文化则构成了中国民族精神生活的支柱”,并且说:“在中国文化传统中,除了审美功能比较发达的江南诗性文化,其他传统对个体基本上都是充满蔑视与敌意的。所以江南诗性文化最有可能成为启蒙、培育中国民族的个体性的传统人文资源。”[②]充分强调了江南文化在中国传统文化中的异质性与近代(启蒙)性[③]。余英时的《士与中国文化》在分析了这一历史时期“士之新自觉与新思潮”——“士之群的自觉”与“士之个体的自觉”之后,与欧洲的文艺复兴思潮作了比较,说“十四世纪意大利亦以个体自觉著称”,“十四五世纪意大利知识分子个性发展之环境与历程与吾国汉晋之际之士极多相似之处”,并列举出早于他作这种比较的森三树郎和 J. K. Shryock 等学者的著作作为参照。[④] 的确在某种意义上,魏晋玄学与魏晋文学可以看做中国早到的“文艺复兴”。或许正是经过这一次的文化解放与洗礼,再加上文化的包容与开放(以对佛教的接受融合为代表),才铸造了中国文化在隋唐的鼎盛与辉煌。

隋唐而后,进入宋代,特别是宋室南迁后,中国社会经济与文化的重心逐渐南移。海洋型的开放型经济以及与此相适应的商品经济日益发展,并且这样一种商品化与世界化趋势是相互联系的。例如中国商品经济的发展推动了中国白银的货币化,而白银的货币化又推动了中外贸易(促使西方的白银货币/西班牙银元大量流入中国)与中西文化的交流,并引发了一系

---

① 刘士林:《江南轴心期与中国古典美学精神的生成》,《浙江学刊》2004 年第 6 期。

② 刘士林:《在江南探寻中国民族的诗性精神》,《民族艺术》2006 年第 2 期。

③ 刘士林的思考是有启示意义的。但是他对这一观点的推导却是令人难以接受的。他所谓的江南轴心期起始于东汉末年的天下大乱,形成于魏晋。而之所以形成这样一种审美的诗性精神,只是江南人“尚文”的结果,而完全忽略了江南先民的文化基因与传统(他用“野蛮”、“刁悍”一笔带过)。实际上,如上所述,不仅江南审美的诗性精神渊源于越先民的个体文化精神,而且就审美方式来看,越先民也常常“以一种诗化了的语言去思考事物,表达日常生活事件,反对将对象看作一种僵死呆板的东西。这正适合于他们那崇扬个体的本性”(参见杨建华:《吴越思想文化论》,《东南文化》1989 年第 3 期)。因而应该说江南诗性—审美文化是越文化合乎历史逻辑的发展。

④ 〔美〕余英时:《士与中国文化》,上海人民出版社 2003 年版,第 272、345 页。

列变革,江南在中国经济与社会结构中的地位和作用日益凸显。[①] 而为引导或适应这种经济与社会的发展,蓄积在越文化中心区域的中国正统文化的反叛性力量也驱动了一系列的文化变革。如果说早期的永嘉学派、永康学派、金华学派等主要是开创了与正统儒学"舍今而求古"、"舍人事而言性天"的"空言著述"不同的"经世"以"切合当时人事"为本的学术取向的话,那么王阳明心学则在对当时正统的朱熹"格物致知"理学的怀疑与超越中,鲜明地提出了"无心外之理,无心外之物"[②]的主张,将人们的思维本体从外在的"理"转移到内在的心上来,从而为冲破"灭人欲"的"天理"的束缚提供了思想解放的武器与力量,孕育了中国(东方)的现代性之源,并提出了"四民异业而同道"[③],"求之于心而非也,虽其言出于孔子,不敢以为是也"[④]等反叛性命题。其后以李贽为代表的"左派王学"(嵇文甫语)进一步发展了这种叛逆精神,在对"私"和"童心"的倡导中充分肯定了人欲(个性)的合理性与正当性。受他们影响而崛起的浪漫主义的文艺洪流则以惊世骇俗的个性风采掀起滔天巨浪,其中尤以越中奇人徐渭焕发出夺目的光彩。虽然由于满族入关的血腥屠戮,这一早期启蒙思潮遭受了严重的挫折,但却以变异了的形式在黄宗羲、章学诚、龚自珍、章太炎等思想家中传承下来(梁启超说,明末清初的学者虽随着政局的变动而"厌恶阳明学派……他们自身,却都是——也许他们自己不认——从'阳明学派'这位母亲的怀里哺养出来"[⑤]),并逐渐成为主导中国思想史的一条重要线索,引领着中国的思想文化变革与近代化的发展道路。因而在某种意义上,中国历史文化又是在农业—官僚政治的中原文化与以越文化为代表的海洋—工商的东南文化冲突—融合的互动之中展开的。特别是宋以后这两种文化的冲突与融合日益构成中国近代化发展的历史主线。原来主张"冲击—反应"模式和"传统—现代"模式的费正清在研究了大量的中国史料之后,也开始改变他的看法。他在晚年主编的《剑桥中国史》中,把中国社会的近代转型追溯到鸦片战争以前,并且明确指出其现代化在相当大的程度上是"中国内部社会演化的结果"[⑥],而这种演化的一条主要线索,就是"面海的中国"(东南沿

---

① 参见万明:《晚明社会变迁问题与研究》,商务印书馆 2005 年版;许苏民:《中国文化现代化的历程——17 世纪中西大分流的历史教训》,《华南理工大学学报》2006 年第 6 期。

② 王阳明:《传习录三》,《王阳明全集》卷三,上海古籍出版社 1992 年版,第 96 页。

③ 王阳明:《节庵方公墓表》,《王阳明全集》卷二十五,上海古籍出版社 1992 年版,第 941 页。

④ 王阳明:《传习录二》,《王阳明全集》卷二,上海古籍出版社 1992 年版,第 76 页。

⑤ 梁启超:《中国近三百年学术史》,《梁启超全集》,北京出版社 1999 年版,第 4434 页。

⑥ 〔美〕费正清:《剑桥中国晚清史》,中国社会科学出版社 1993 年版,第 39 页。

海)的海洋—工商文化的“小传统”(次要传统)冲击农业—官僚政治文化的“大传统”(主要传统),并日益从边缘走向中心,影响中国的过程。[①] 实际上这一传统是源远流长的,它最初的原型来源于越地先民独特的文化精神。也正是在这一意义上,我们在“引论”中梳理与勾画了越文化这一前后相续、源远流长的精神谱系。

值得注意的是这里的“小传统”与“大传统”的概念。这一对概念最早是由美国人类学家、民族学家雷德菲尔德在《原始世界及其类型》、《乡民社会与文化》等著作中提出来的。所谓大传统,是指都市上层阶级以及知识分子以文字记载的文化,小传统主要是在小规模共同体,特别是乡村中通过口头传承的文化。由于雷氏用这对范畴实地考察印度社会文化的计划未及展开而病逝,他对大小传统之间关系的基本特征也没有作出明确界定,因而后人运用这对概念时发生了许多分歧乃至混乱。作为对区域性文化的一种认定,相对于处于中心的主流、正统的大传统文化来说,边缘、次要的非正统文化可以称为小传统文化。不过更多的学者习惯于用这对概念来指称上层文化与下层文化。而这样一种上层文化与下层文化的区分,无论是在中原文化还是在越文化内部都是存在的。[②] 这样一种划分,也更深刻地揭示了越文化源远流长的生命底蕴与活力之所在。如前所述,这一精神谱系的著名知识分子和文化名人实际上在世的时候并不得意,甚至是历尽坎坷,潦倒终生。他们大多生息在民间,或者与底层民众有深厚的联系。即使有过短暂的入仕的辉煌,最终仍遭到朝廷的排挤,如王阳明。不过恰恰是这样一种独特的人生经历使他们可以源源不断地吸收底层民众的智慧,开创出一种新的思想与文化学说。王充便被徐复观称为“草莽中的自由学派”[③],王阳明的“心学”思想也形成于他被贬谪贵州龙场时期的悟道。所以在一定意义上他们正代表了越地底层民众的小传统。而这一小传统相对于封建正统(包括处于整个文化中央的中原的官方,也包括越地代表封建正统的官方)的主流的文化传统来说往往是被压抑的、异端的、边缘化的。但是正是这样一种异端的、边缘的、被压抑的文化维系着越文化源远流长的精神血脉,孕育着走向现代的文化基因。诚如章太炎所说:“学术文史,在草野则理,在

---

① 参见《剑桥中国民国史·作为小传统的面海的中国》,中国社会科学出版社 1993 年版,第 11—15 页。

② 因而《剑桥中国民国史》1994 年的中文译本中将“小传统”改成了“次要传统”。

③ 徐复观:《两汉思想史》第二卷,华东师范大学出版社 2001 年版,第 360 页。

官府则衰”①,“中国学术,自下倡之则益善,自上建之则日衰”②,因而“学在民间”。其原因便在于草野民间(以“书院”等“私学”为代表)并不以“干禄”为目的,因而可以“提供更多自由思考和独立探索的可能性”③。所以“综观二千岁间,学在有司者,无不蒸腐臭败;而矫健者常在民间”④。这样一种自由探索与独立创新的精神与越文化大禹原型所象征的求实中探索精神是一脉相通的。就章太炎本身来看,他终其一生也“基本上是个在野的思想家,对官场始终没有好感”⑤,始终就是这样一个民间在野的知识分子,从而把这一传统传承延伸到近代。在一定意义上,也可以说,这样一种民间的边缘的知识分子所传承的思想谱系正维系与支撑了中国文化根本的精神血脉。所以有论者认为,在五四时期,承续了章太炎学术思想的以鲁迅为代表的“S会馆”对于《新青年》和北京大学倡导的新文化运动的“变革性思想文化资源在起到来自民间社会的支撑作用的同时,又以其作为民间思想者不受体制规范的思考的自主性与独立性,保证了思想文化资源的变革意义”⑥。或许也正是在这一意义上,鲁迅明确指出:“惟有民魂是值得宝贵的,惟有他发扬起来,中国才有真进步。”⑦而由章太炎到鲁迅正是这一“民魂”在近现代卓越的自觉传承者与发扬光大者。

---

① 章太炎:《说林下》,《章太炎全集》卷四,上海人民出版社1985年版,第120页。
② 章太炎:《与王鹤鸣书》,《章太炎全集》卷四,上海人民出版社1985年版,第152页。
③ 陈平原:《章太炎与中国私学传统》,《批评空间的开创》,东方出版中心1998年版,第63页。
④ 章太炎:《代议然否论》,《章太炎全集》卷四,上海人民出版社1985年版,第308页。
⑤ 陈平原:《章太炎与中国私学传统》,《批评空间的开创》,东方出版中心1998年版,第49页。
⑥ 陈方竞:《对五四新文化、新文学运动发生根基的再认识(下)》,《海南师范学院学报》2003年第6期。
⑦ 鲁迅:《学界的三魂》,《鲁迅全集》第3卷,人民文学出版社2005年版,第222页。

第十三章　“世界史”时代:在跨文化对话中寻求民族新生与复兴之路

一、“世界史”时代:中国现代化展开的历史语境

不过虽然中国的现代化具有自己的内发原生性资源与动力,却并不像西方英美等国家的内发原生型模式一样是在自己的传统变革中实现现代化的历史转型。这固然是由于严酷的封建专制主义及其意识形态沉重地压抑与阻碍着中国商品经济(市场经济)与资本主义生产关系的萌芽,沉重地压抑与阻碍着来自于文化异端与底层民间、代表着这一新的经济生产方式的启蒙主义思潮的兴起,特别是随着满族入主中原,以更加残酷与野蛮的游牧文化血腥屠杀与摧残了明后期蓬勃兴起的现代化的萌芽与萌动。正是这样一种历史挫折延迟了中国的现代化历程,使中西历史的发展出现了“大分流”①的历史沉郁。虽然中国社会的现代化进程并没有因此而停止,在经过中国社会与文化的自我修复后,仍然在缓慢地发展着,特别是在乾隆时期“中国资本主义萌芽较明代有了新的发展”,之后“在经济发达的地区,资本主义因素就从萌芽的时期进入成长的时期了”,与此同时,还出现了“反对传统礼教束缚,主张人性自由;反对学术垄断,主张独立思考;反对极端君主专制,主张‘公天下’”的反传统的革新与解放思潮②,但是随着英美法等西方国家的率先现代化及其向世界范围的弥散与扩张,人类历史已经进入了现代化的“世界史”时代。在这一时代,西方先发型现代化国家借助于科技革命所产生的巨大成果——大工业文明、地理大发现和世界市场的开拓,把

① 参见许苏民:《中国文化现代化的历程——17世纪中西大分流的历史教训》,《华南理工大学学报》(社会科学版)2006年第6期。

② 高翔:《论清前期中国社会的近代化趋势》,《中国社会科学》2000年第4期。

全世界各民族、国家和地区都联结成了一个整体,“过去那种地方的和民族的自给自足和闭关自守状态,被各民族的各方面的互相往来和各方面的互相依赖所代替了。物质的生产是如此,精神的生产也是如此”①。因而中国独自发展自己的现代化道路已经完全不可能,而被强行拽入了“世界史”的历史语境中,必须在与西方先发型现代国家的交流与互动中展开自己的现代化历程。

但是中国在“世界史”历史语境中的现代化启动却是在一种倾斜的历史处境中展开的。一方面,当西方列强的炮舰携带着鸦片敲开中国闭关锁国的大门之时,固然带来了工业文明的成果,引进了现代化的因素和范例,推进了中国现代化的历史进程;另一方面,这样一种文明的输入又带有资本主义原始扩张与掠夺的血腥,不仅摧毁了中国传统的自给自足的小农经济,而且对中国历史正在缓慢发展的民族资本主义造成了极大的冲击与压抑。特别在西方列强军事、外交、经济等多重压力下,中华民族的独立、领土的完整和国家的尊严始终受到严峻的挑战,时时迫在眉睫的亡国灭种的危机威胁着每一个中国人,从而使中华民族陷入深重的灾难。因而中国的现代化运动的全面启动在尚缺乏必要的社会、经济与文化基础的前提下,直接源于对西方入侵的应对,是以救亡图强的民族主义作为主旋律展开的。这种民族主义一方面对现代化运动发挥了具有魔力般的社会动员作用;另一方面也经常淹没现代化的主题,使之偏离主航道,并进而派生出救亡与启蒙、西化与民族化、传统与现代等一系列困扰整个中国现代化历史进程的时代课题。当然与此同时西方几百年现代化的历史经验也构成一种共时性的思想文化资源,为中国的现代化提供了多样化的借鉴与选择。更重要的是,现代化运动实质上是告别传统走向现代的过程。中国是一个具有悠久文明和文化传统的国家,这些传统虽然包含着种种不适应现代社会生活的成分,但同时也凝聚着某种人类的智慧和推动社会变迁的要素。而这一切又是犬牙交错地交融一体的。因而要清醒地认识和抉择传统是一件十分困难的事。并且,由于传统的悠久庞大和长期滞迷于“天朝上国”历史迷梦中的封闭性,要对它进行整体的变革也是十分困难的事。而西方现代化日益显现的某些负面效应,如社会经济结构的二元化对峙、道德信仰的崩溃、个人安全感的

① 〔德〕马克思、恩格斯:《共产党宣言》。马克思正是在这一意义上提出了“世界历史”这一概念。他指出:“各个相互影响的活动范围在这个发展进程中越是扩大,各民族的原始封闭状态由于日益完善的生产方式、交往以及因交往而自然形成的不同民族之间的分工消灭得越是彻底,历史也就越是成为世界历史。”(《马克思恩格斯选集》第1卷,人民出版社1995年版,第276页)

丧失等等,也给人们带来历史与道德二律背反的困惑,从而使中国的现代化进程充满了历史的迷雾与曲折。再加上中国幅员辽阔、人口众多,各个地区之间也严重存在政治、经济、文化发展的不平衡,这样便使中国的现代化不可能亦步亦趋地再现西方现代化演进的历史逻辑,而具有自己独特的运行轨迹。所以,这样一种“世界历史”语境的到来,完全改变了中国现代化历史道路的既有进程。虽然中国具有内发原生性的现代化资源与动力,但是它的现代化不可能仅仅依靠这些资源,在自身的传统与历史的轨道中实现,而必须加入到“世界历史”之中,在与其他民族与国家的相互交流与交往的互动中来实现。而由于前面所述中国前近代历史迟滞的原因,这样一种“世界历史”的语境使中国处于一种十分屈辱与尴尬的历史处境。这样,“极为相似的事情,但在不同的历史环境中出现就引起了完全不同的结果”①。当然,西方几百年的现代化历史的经验与教训,也为中国现代化提供了多种多样的现代性资源,使中国完全可以超越西方的经验与模式而开创出一条具有中国特色的现代化道路。

不过从另一方面来说,虽然中国历史的现代转型并不是在中国传统内完成,但是中国的内发原生性的现代化资源与动力仍然发生着很重要的作用。如前所述,面海的中国对于西方现代文明的到来起到了一个良好的呼应与召唤的作用,并且引领着中国现代化的发展。早在16世纪,当意大利人利玛窦等耶稣会士来到中国开启了第一次中西文化的交流,积极地与他们进行有成效的合作,并促进了中国科学技术的发展和对西方文化的了解的先驱性人物,被称为“圣教三柱石”的徐光启、李之藻、杨廷筠便都是江南人。当第一次鸦片战争,西方列强的炮舰与鸦片敲开了中国闭关锁国的大门,推进了中国的现代化历史行程后,先后引领中国现代化行程的也是闽粤(东南)、江浙、湖湘等区域文化的崛起,因而有论者称之为“主导中国近现代命运的三大区域文化”②。在文学领域则表现为由吴、粤文化区向越文化区的位移,从而体现出中国近现代文学的历史转型。③ 这样一种趋势延续到当代,进而形成了一种沿海—内地两元分梯度推进与发展的现代化结构与向度。当然这样一种先后的崛起或传动与位移,正表明了中国现代化是在一种倾斜的历史处境中,面对十分复杂的历史情景,在多种多样的中西文

① 〔德〕马克思:《给“祖国纪事”杂志编辑部的信》,《马克思恩格斯选集》第3卷,人民出版社1995年版,第342页。

② 袁法周:《主导中国近现代命运的三大区域文化:东南、江浙、湖湘》,《理论学刊》2007年第2期。

③ 参见彭晓丰、舒建华:《“S会馆”与五四新文学的起源》,湖南教育出版社1995年版,第21—29页。

化的交流、冲突、融合与对话中展开的。而在思想文化领域更呈现出一种中西相互激荡与相互交融、传统与现代相互冲突又相互补充的复杂状态。从而在探索民族新生与复兴的历史道路上,在探索具有中国特色的现代化道路上,走过了一条十分艰辛而又曲折的道路。鲁迅正是在这样一种复杂的跨文化对话中,在各种现代化思潮相互激荡冲突的历史语境中,带着深厚的越文化传统与西方现代文化融合而创造了中国(东方)的现代文化。

二、在探索民族新生与复兴的道路上:从严复、梁启超到章太炎

如果说,面对第一次鸦片战争所导致的一系列割地赔款、丧权辱国的不平等条约,魏源等"师夷长技以制夷"(魏源语)的新观念所引导的洋务运动开启了中国在器物层面学习西方,走向现代化的历史进程的话,那么,洋务运动的精华北洋水师在甲午海战中毁于一旦所造成的"三千年未有之变局"(李鸿章语)——中国被自古以来的藩夷之邦的蕞尔小岛日本所任意宰割——激发起的维新变法思潮则开始把民族自身的解放与国家的繁荣富强结合起来,开启了在制度文化的层面上学习西方、变革传统的现代化历史进程。因而前一个历史进程主要呼应与衔接起相对比较外源性的东南沿海工商文化的经济冲动(而洋务运动也主要在这一地区取得成效),后一个历史进程则在前一个历史冲动的基础上,主要呼应与衔接起植根于中国历史深处的源远流长的中国人民自身解放潮流的历史冲动——即反对封建专制主义,争取人(个性)解放的历史冲动。而这一历史冲动,如前所述,在历史上主要是以一种异端的文化形式出现的,其中越地的思想家构成了一条鲜明的线索。作为这一思潮代表之一的梁启超就明确地宣称:"最近三十年思想界之变迁,虽波澜一日比一日壮阔,内容一日比一日复杂,而最初的原动力,我敢用一句话来包举他,是残明遗献思想之复活。"并且特别指出其中黄宗羲的《明夷待访录》"对于三千年专制政治思想为极大的反抗。在三十年前——我们当学生时代,实为刺激青年最有力之兴奋剂。我自己的政治运动可以说是受这部书的影响最早而最深"。① "梁启超、谭嗣同辈倡民权共和之说,则将其书(《明夷待访录》)节钞印数万本,秘密散布,于晚清思想

① 梁启超:《中国近三百年学术史》,《梁启超全集》,北京出版社1999年版,第4452页。

之骤变,极有力焉。”①或许正是这样一种民主解放思想的承继,使梁启超们顺利地接受并大力倡导西方的自由民主思想,同时以此为基础自觉地对中国几千年来的封建专制政体加以变革。

正是在这样一种中西交融的启蒙主义思想视野中,梁启超们开始了中国历史上“个人”的发现与解放的思考。严复认为:“今日之治,莫贵乎崇尚自由。自由,则物各得其所致,而天择之用存其最宜,太平之盛可不期而自至。”②但中国历史恰恰缺乏这样一种“自由”:“夫自由一言,真中国历古圣贤之所深畏,而从未尝立以为教者也。”③在经历了戊戌变法的失败以后,探讨与总结维新变法失败的经验教训的梁启超也开始反思改革国民性的重要性:“夫吾国言新法数十年而效不睹者,何也?则于新民之道未有留意焉者也。”④在他所倡导的“新民说”中,把“自由”、“独立”作为其中一个重要的内容。“吾以为不患中国不为独立之国,特患中国今无独立之民。故今日欲言独立,当先言个人之独立,乃能言全体之独立。”⑤而这同样也是以中国源远流长的奴隶根性作为思考的背景的。“中国数千年之腐败,其祸及于今日,推其大原,皆必自奴隶性来;不除此性,中国万不能立于世界万国之间。而自由云者,正使人自知其本性,而不受钳制于他人。今日非施此药,万不能愈此病。”“言自由者无他,不过使之得全其为人之资格而已。质而论之,即不受三纲之压制而已,不受古人之束缚而已。”⑥因而他们的思想接续上中国近代启蒙主义的思想传统,并把它推向了一个新的阶段。

然而如前所述,中国近代的启蒙主义思潮是在一个倾斜的历史语境中展开的,时时迫在眉睫的亡国灭种的危机始终伴随着近代启蒙主义思潮的展开,也制约着它的历史进程。在梁启超时代,建立一个现代民族国家以抵抗西方列强的侵略始终是时代的焦点与主题。因而梁启超们虽然发现了“个人”的自由与独立,并作出了初步的思考,但是很快便淹没在以群体为本位的国家主义之中。严复在1903年出版的《法意》按语中说:“特观吾国今处之形,则小己自由尚非所急。而所以祛异族之侵横,求有立于天地之

---

① 梁启超:《清代学术概论》,上海古籍出版社1998年版,第18页。
② 严复:《〈老子〉评语》,《严复集》第四册,中华书局1986年版,第1082页。
③ 严复:《论世变之亟》,《论世变之亟——严复集》,辽宁人民出版社1994年版,第3页。
④ 梁启超:《新民说》,《梁启超全集》,北京出版社1999年版,第655页。
⑤ 梁启超:《十种德性相反相成义》,《梁启超全集》,北京出版社1999年版,第428页。
⑥ 梁启超:《致南海夫子大人书》,《梁启超全集》,北京出版社1999年版,第5931页。

间,斯真刻不容缓之事。故所急者,乃国群自由,非小己自由也。”[①]到了1914年,他甚至对这种个人自由产生了明显的敌意:“今之所急者,非自由也,而在人人减损自由,而以利国善群为职志。”[②]同样,梁启超也在《新民说·论自由》(1902)中明确指出:“自由云者,团体之自由,非个人之自由也。野蛮时代,个人之自由胜,而团体之自由亡;文明时代,团体之自由强,而个人之自由减。”[③]不过,这固然是源于民族危机的一种焦虑性思考,但同时也受到中国传统文化的规约与塑形。西方的individual及现代个人观念在中国历史语境中完全是一个陌生的事物,因而梁启超们在引进这一概念时必然受到中国历史传统的规引。严复《〈群学肄言〉译余赘语》中说:“东学以一民而对于社会者称个人,社会有社会之天职,个人有个人之天职。……大抵万物莫不有总有分,总曰拓都,译言全体;分曰么匿,译言单位。笔拓都也;毫么匿也。饭拓都也,粒么匿也;国拓都也,民么匿也。社会之变相无穷,而一一基于小己之品质。”[④]他用“毫”与“笔”、“粒”与“饭”来比喻论证个人与社会、国家的关系。个人之于社会、国家,是分与总的关系,是部分与全体的关系。前者是“单位”,后者是“全体”。从这样的定位来衡量二者的价值,便自然认为群体的价值高于个体的价值。虽然他把这一关系置入“群学”(Sociology,今译为社会学)的框架内,但是其重点在于强调“合群保种”的“能群”性。[⑤] 这一“能群”性与中国建立在氏族宗法血缘基础之上的宗族性天然地契合,而后者正体现了中国悠久的历史传统[⑥],因而得到那一时代普遍的赞成与认同。虽然梁启超已经注意到旧群与新群的不同,“群族而居,自成风俗者,谓之部民,有国家思想能自布政治者,谓之国民”[⑦],但是由于国民只是构成国家的一个部分,即所谓“国者积民而成”[⑧],因而他强调的

---

① 严复:《法意·按语》,《严复集》第四册,中华书局1986年版,第981页。

② 严复:《〈民约〉平议》,《严复集》第二册,中华书局1986年版,第337页。

③ 梁启超:《新民说》,《梁启超全集》,北京出版社1999年版,第678页。

④ 严复:《群学·译余赘语》,见斯宾塞著,严复译:《群学》,商务印书馆1981年版,第2页。

⑤ 严复在介绍斯宾塞的Sociology,并将其定名为“群学”时说:“斯宾塞尔者,亦英产也。与达氏同时。其书于达氏之《物种探原》为早出,则宗天演之术,以大阐人伦治化之事。号其学曰‘群学’,犹荀卿言人之贵于禽兽者,以其能群也,故曰‘群学’。”(见《论世变之亟——严复集》,辽宁人民出版社1994年版,第22页)

⑥ 李泽厚认为:“中国古代思想传统最值得注意的重要社会根基”,“是氏族宗法血亲传统的强固力量和长期延续。它在很大程度上影响和决定了中国社会及其意识形态所具有的特征”(见《中国古代思想史论》,人民出版社1986年版,第299页)。

⑦ 梁启超:《新民说》,《梁启超全集》,北京出版社1999年版,第663页。

⑧ 梁启超:《论近世国家竞争之大势及中国前途》,《梁启超全集》,北京出版社1999年版,第309页。

是国民的共性,即国民对于国家的责任与义务(“国家思想”)——大声呼唤国民的公德(即对国家的责任与义务),试图建立一种国民的公共信仰,以国家为共同的认同对象,以此形成民族国家的凝聚力。虽然他也讲到国民的个性,但“这种个性,归根到底只是每个个人都能意识到对自己的国家和民族的责任。在他那里,个人的权利是这种责任,个人的义务也是这种责任”①。由于片面地向群体本位倾斜,而忽视作为这一共同体基础的个体的独立性,再加上中国又缺乏一个个性独立与解放的历史传统与精神资源,这样一个国民共同体(国家)就很容易在这样一种偏至中被一小撮掌握权力的领导人篡改为一个新的专制体制。中华民国建立后不久即被袁世凯篡夺为一个复辟封建王朝的工具正印证了这一危机。②

正是在对这一危机的警惕中章太炎对于“公理”(世界、社会、国家等)等进行了质疑:“若其以世界为本根,以凌籍个人之自主,其束缚人亦与言天理者相若。”③“言公理者,以社会常存之力抑制个人,则束缚无时而断。”④这是因为“盖人者,委蜕遗形,倏然裸胸而出,要为生气所流,机械所制;非为世界而生,非为社会而生,非为国家而生,非互为他人而生。故人之对于世界、社会、国家,与其对于他人,本无责任。责任者,后起之事。必有所负于彼者,而后有偿于彼者。若其可以无负,即不必有偿矣。……即实而言,人本独生,非为他生。而造物无物,亦不得有其命令者”⑤,强调了个体的独立性及其基础性意义。这渊源于他早先“大独必群,群必以独成”,“大独,大群之母也”⑥的命题。而这一命题正是他在承传越地阳明心学作为主体意识之“心”的基础上,在与佛教作为真如本体之“自心”、“自识”的沟通与融合中提出来的。这一思想线索正显示出他作为越人对于越文化异端思潮(东方现代性的萌芽)更为本质的传承与张扬,也凸显出他在中国思想启蒙运动中的异质性与超前性。不过或许是由于与改良主义激烈的论争语境,或许是由于受到无政府主义思想的影响,章太炎走向了对于国家(群

---

① 王富仁:《立于两个不同的历史层面和思想层面上——鲁迅与梁启超的文化思想和文学思想之比较》,《河北学刊》1987 年第 6 期。

② 著名中国历史学家耿云志先生在对 20 世纪中国历史加以深刻的考察与反思之后,明确指出:“历史证明了,人们都放弃了个人的自由,结果所争来的国家的自由,民族的自由,都只会成为供新的专制主义者用来压制个人自由的最好理由和根据。”(见《近代中国的文化转型:问题与趋向》,《广东社会科学》2008 年第 3 期)

③ 章太炎:《四惑论》,《章太炎全集》卷四,上海人民出版社 1985 年版,第 444 页。

④ 同上书,第 449 页。

⑤ 同上书,第 444 页。

⑥ 章太炎:《明独》,《章太炎全集》卷三,上海人民出版社 1985 年版,第 54 页。

体)的极端否定:"国家既为人民所组合,故各各人民,暂得说为实有,而国家则无实有之可言。非直国家,凡彼一村一落,一集一会,亦为各人为实有自性要之,个体为真,团体为幻,一切皆然,其例不可以偻指数也。"①实际上在中国的历史语境中,完全脱离了群体(国家等)的支撑与支持,要真正获得个体的自由与解放也是不可想象的。

三、"原鲁迅":"个"的思想与亚洲的近代

如果说当初鲁迅"走异路,逃异地,去寻求别样的人们"②,还主要是因为家庭变故所导致的创伤性体验而走出绍兴去寻求个人与家庭的出路的话,那么当他来到南京矿路学堂如痴如醉地嗜读严复《天演论》以及《时务报》、《译学汇编》等新书籍杂志的时候,便开始把个人的命运融入到民族与国家的命运中,在关注与思考着个人的命运与前途的同时更关注与思考着民族和国家的命运与前途。1903 年他到日本求学的第二年在"断发照"后面题写的《自题小像》——"灵台无计逃神矢,风雨如磐暗故园。寄意寒星荃不察,我以我血荐轩辕"——已明确地把个人的命运融入到民族的命运中,把寻求民族的解放、新生与复兴的真理作为了一生的志向与梦想。③《天演论》所宣扬的"物竞天择,适者生存"的进化论观念揭穿了列强纷争中"优胜劣汰"、"弱肉强食"的残酷现实,激励着鲁迅投身到民族的解放、新生与复兴的伟大事业中,而越人集体无意识基因中"复仇中抗争"的"勾践原型"更强化了他的这种民族主义与爱国主义精神。多年以后,他还回忆到当年慷慨激昂地传诵着"被发大叫,抱书独行,无泪可挥,大风灭烛"诗句的情景。④ 难怪同学会赞叹他"斯诚越人也,有卧薪尝胆之遗风"⑤。

当然鲁迅对于民族的解放、新生与复兴的真理的探寻也经历了一个逐渐深化的过程。无论他在南京学习矿业,还是到日本后选择医学,都还主要

---

① 章太炎:《国家论》,《章太炎全集》卷四,上海人民出版社 1985 年版,第 457—458 页。

② 鲁迅:《〈呐喊〉自序》,《鲁迅全集》第 1 卷,人民文学出版社 2005 年版,第 437 页。

③ 鲁迅在《呐喊·自序》的开篇说:"我在年青时候也曾经做过许多梦",虽然"后来大半忘却了",但他却"偏苦于不能全忘却,这不能全忘的一部分,到现在便成了《呐喊》的来由"。笔者以为这"梦"的最早孕育便开始于他南京—日本求学时期对民族的解放、新生与复兴道路的寻觅,并构成了他一生的目标。即使他对于人生存在主义式的虚无体验与感受,也是建立在这一背景之中。脱离了这一背景,孤零零地去分析他的虚无体验与感受,很难感受到真正的鲁迅。

④ 参见鲁迅:《集外集·序言》,《鲁迅全集》第 7 卷,人民文学出版社 2005 年版,第 4 页。

⑤ 沈瓞民:《回忆鲁迅早年在弘文书院的片断》,1961 年 9 月 23 日《文汇报》。

是从一个“科学者”(伊藤虎丸语)的角度作出的维新思考。因而这一时期他主要在《浙江潮》等杂志上发表了《中国地质略论》、《说钼》等科学论文和翻译改写法国儒勒·凡尔纳《月界旅行》和《地底旅行》等科幻小说。然而鲁迅并不是一个机械的唯科学(自然的进化与物质的进步)主义者,他介绍这些科学知识的目的还在于使读者“获一斑之智识,破遗传之迷信,改良思想,补助文明……导中国人群以进行”①。也就是说他不是简单地将自然科学作为一种知识来接受,而是同时作为一种伦理与思想来接受,已经开始把科学知识与科学思想、自然现象与人类社会区别开来,在简单的进化决定论中看到了自然和社会进步与演化中的复杂性。② 正如伊藤虎丸所说:“重视人的主体能动性,是这一时期鲁迅对‘科学’的理解、他的‘科学救国论’、进而是他的民族主义的又一大特征。”③同时,在与许寿裳等关于“理想人性”的讨论中,显示了他对于对于国民性的最早的关注。④ 正是这样一种独特的思想视角与文化关怀,使鲁迅后来因著名的“幻灯片事件”而弃医从文。1906 年鲁迅离开仙台回到东京从事《新生》文艺运动。从仙台到东京,不仅是鲁迅从事文学事业的开始,而且标志着从“科学者”鲁迅向“文学者”鲁迅的历史的跨越,标志着鲁迅对于自然与物质层面的维新思潮的超越。在与梁启超、章太炎,尼采、拜伦等中西各种思想的相互融合、冲突与激荡中,形成了他独特的启蒙主义思想。虽然《新生》的流产给鲁迅以“如置身毫无边际的荒原,无可措手的了”⑤的悲哀,但是鲁迅为这次文艺实践所作的思考还是借《河南》杂志得到了一次喷发。他以“令飞”、“迅行”为笔名,发表了《人之历史》、《科学史教篇》、《文化偏至论》、《摩罗诗力说》和《破恶声论》等论文,展示了早期思想的深化。诚如伊藤虎丸所说,“这些文章是

① 鲁迅:《月界旅行·辨言》,《鲁迅全集》第 10 卷,人民文学出版社 2005 年版,第 164 页。

② 鲁迅在《人之历史》中强调了进化中“人类之能,超乎群动”的主观能动精神(见《鲁迅全集》第 1 卷,人民文学出版社 2005 年版,第 8 页)。

③ 〔日〕伊藤虎丸著,李冬木译:《鲁迅与日本人——亚洲的近代与“个”的思想》,河北教育出版社 2000 年版,第 67 页。

④ 许寿裳在《回忆鲁迅》中回忆到,他们在宏文学院学习时“常常谈着三个相联的问题:(一)怎样才是理想的人性?(二)中国民族中最缺乏的是什么?(三)它的病根何在?对于(一),因为古今哲人说孜孜追求的,其说浩瀚,我们尽可择善而从,并不多说。对于(二)的探索,但是我们觉得我们民族最缺乏的东西是诚和爱,——换句话说,就使中了诈伪无耻和猜疑相贼的毛病,口号只管很好听,标语和宣言只管很好看,书本上只管说的冠冕堂皇。天湖乱坠,但按之实际,却完全不是这回事。至于(三)的症结,当然要在历史上去探究,因缘虽多,而两次奴于异族,认为是最深的病根。做奴隶的人还有什么地方可以说诚和爱呢?”(见《鲁迅回忆录》专著上册,北京出版社 1999 年,第 487—488 页)

⑤ 鲁迅:《〈呐喊〉自序》,《鲁迅全集》第 1 卷,人民文学出版社 2005 年版,第 439 页。

鲁迅的文学原论,也是他青年思想的集成,从中已经可以看出鲁迅后来的思想框架"①,构成了后来鲁迅思想和文学的原型——"原鲁迅"。

如果说《人之历史》是前期科学思想的尾声,那么《科学史教篇》则是从"科学与爱国"走向文艺启蒙的过渡。它不仅介绍和阐述了科学技术在改造自然和推动社会进步方面的巨大作用,同时也指出了"所谓世界不直进,常曲折如螺旋,大波小波,起伏万状,进退久之而达水裔"②的人类历史演变规律,而且提出了"当防社会入于偏",如果"使举世惟知识之崇,人生必大归于枯寂,如是既久,则美上之感情漓,明敏之思想失,所谓科学,亦同趣于无有矣。故人群所当希冀要求者,不惟奈端(牛顿)已也,亦希诗人如狭斯丕尔(莎士比亚);不惟波尔,亦希画师如洛菲罗(拉斐尔);既有康德,亦必有乐人如培得诃芬(贝多芬);既有达尔文,亦必有文人如嘉来勒(卡莱尔)。凡此者,皆所以致人性于全,不使之偏倚,因以见今日之文明者也"③——已经开始注意到实用科学(工具)理性对人性的扭曲,其结果不仅是造成人性的异化,科学也将被毁灭。因为在鲁迅看来,科学本质上是一种"人性之光",并且"科学发见,常受超科学之力","本于圣觉"(灵感),"以知真理为惟一之仪的"。④ 人类历史上,精神与物质的价值均有各自的适当地位并应相互平衡。因而面对"言非同西方之理弗道,事非合西方之术弗行"⑤的所谓维"新"思潮,他特别批判了那些仅仅从表面拾西人(文明)牙慧的现象:"震他国之强大,栗然自危,兴业振兵之说,日腾于口者,外状固若成然觉矣,按其实则仅眩于当前之物,而未得其真谛。"⑥的确,如果仅仅考虑科学技术造就的经济与军事实力,那就没有得到西方科学思想的"真谛"。鲁迅进而对偏至的现代性的某些弊端进行了反思与批判,其关注的中心话语已从"科学"转向了"人"。

正是在以上的背景中,鲁迅展开了以"立人"为中心的启蒙主义思想纲领。在《文化偏至论》中他以开阔的视野审视了(西方)人类社会历史和文化的发展流脉,虽然西方"物质文明之盛,直傲睨前此两千余年之业绩",并

---

① 〔日〕伊藤虎丸著,李冬木译:《鲁迅与日本人——亚洲的近代与"个"的思想》,河北教育出版社2000年版,第8页。

② 鲁迅:《科学史教篇》,《鲁迅全集》第1卷,人民文学出版社2005年版,第28页。

③ 同上书,第35页。

④ 同上书,第29—30页。

⑤ 鲁迅:《文化偏至论》,《鲁迅全集》第1卷,人民文学出版社2005年版,第45页。

⑥ 鲁迅:《科学史教篇》,《鲁迅全集》第1卷,人民文学出版社2005年版,第33页。

且使“世界之情状顿更,人民之事业益利”①,但是如走向极端,片面地追求物质功利,便会走向偏至。“诸凡事物,无不质化,灵明日益亏蚀,旨趣流于平庸,人惟客观之物质是趋,而主观之内面精神,乃舍置不之一省。重其外,放其内,取其质,遗其神,林林众生,物欲来蔽,社会憔悴,进步以停,于是一切诈伪罪恶,蔑弗乘之而萌,使性灵之光,愈益就于黯淡。”同样,“平等自由之念,社会民主之思”,以法国大革命为顶点的欧洲“革命”,虽然挣脱了封建专制的束缚,解放了人民,但是走向极端,也会发生弊病。民主如果演变成“以多数临天下而暴独特者”②,就会变成新的专制;“平等”如果变成“夷隆实陷”,“使天下人人归于一致”,就必然扼杀“个人殊特之性”,并降低社会发展水平,“精神益趋于固陋”③。因而又有施蒂纳、尼采等出来倡导“非物质”、“重个人”的新神思宗学说:“知精神现象实人类生活之极颠,非发挥其辉光,于人生为无当;而张大个人之人格,又人生之第一义也。”④所以“欧美之强”,其“根抵在人”。⑤ 以这样一种“人学”视点,鲁迅反观了我国当时的现代化方案,批判了以西方物质是趋的“辁才小慧之徒,于是竞言武事”(金铁/洋务论)倾向和惑言“众治”的“制造商估立宪国会”(国会论)倾向,皆非“根本之图”。⑥ 前者正是洋务运动以来,仅仅眩惑于西方的强大而迷失于甲兵武器的物质之中的洋务思潮。“虽兜牟深隐其面,威武若不可陵,而干禄之色,固灼然现于外矣!”⑦而后者则是以康梁为代表的立宪国会的维新思潮。虽然康梁所倡导的立宪国会不失为中国走向现代民族国家的一种形式,但是在中国的历史语境中,由于封建宗法专制秩序及其意识形态的长期禁锢,缺乏西方在市场经济基础上的个人主义思想的洗礼⑧,因而这种个体虚位的形式上的民主制度很容易演变成“借众以陵寡,托言众治,压制乃尤烈于暴君”⑨的恶劣倾向。没有个人之自由的自由,一方面会压抑坚守独立的个体的“殊特之性”与创造性,降低社会发展水平,“精神益趋于固

---

① 鲁迅:《科学史教篇》,《鲁迅全集》第1卷,人民文学出版社2005年版,第54页。
② 同上书,第49页。
③ 同上书,第51—52页。
④ 同上书,第55页。
⑤ 同上书,第58页。
⑥ 同上书,第46页。
⑦ 同上。
⑧ 鲁迅在《文化偏至论》中指出:“个人一语,入中国未三四年,号称识时之士,多引以为大诟,苟被其谥,与民贼同。”见《文化偏至论》,《鲁迅全集》第1卷,人民文学出版社2005年版,第51页。
⑨ 鲁迅:《文化偏至论》,《鲁迅全集》第1卷,人民文学出版社2005年版,第46页。

陋”①;另一方面则可能被一小撮领导人篡夺为一种披着“民主”外衣的新形式的专制与极权,因而只能是一种伪民主与伪自由。“呜呼,古之临民者,一独夫也;由今之道,且顿变而为千万无赖之尤,民不堪命矣,于兴国究何与焉。”②(辛亥革命建立的中华民国及其黑暗现实无疑印证了鲁迅的判断。)鲁迅进而提出了他的民族新生与复兴的方略:“诚若为今立计,所当稽求既往,相度方来,掊物质而张灵明,任个人而排众数。人既发扬踔厉矣,则邦国亦以兴起。”③“是故将生存两间,角逐列国是务,其首在立人,人立而后凡事举;若其道术,乃必尊个性而张精神。”④“国人之自觉至,个性张,沙聚之邦,由是转为人国。”⑤这样一种启蒙主义的“立人”方略不仅达到了对于“欧洲‘精神’”的“本源性的把握”⑥与沟通,实现了对于器物层面的洋务运动与制度层面的立宪运动的超越,而且在精神层面上也实现了对于同时期梁启超所倡导的“新民”运动的超越。如前所述,梁启超的“新民”是立足于群体(国家)本位的对国民对于国家的责任与义务(“国家思想”)的呼唤,而鲁迅的“立人”则是立足于个体本位的对于个性与精神的张扬。“没有个人的自立,就决不会产生民众间的沟通(团结);而没有沟通,也就决不会有社会的发展(克服宿命论)。”⑦“只有在‘个对于全体来说,不是部分与全体的关系’这种人性观的基础上,才有可能建立起真正的平等。”⑧“欧洲思想和宗教传统所孕育的‘近代’精神生活及其产物(近代的各种思想和制度)向我们提示的,就是‘人是作为“个”而被自觉出来的’。就是说,人不是在家族、部族、村落、党派和国家等各个层次上自觉到自己是‘社会’的‘一员’的(具有责任的),而是直接站在绝对者(或‘死的威严’)面前,自觉到自己并且具有责任意识的。即对于家族或国家等群体来说,‘个人’决不是处于‘部分’和‘整体’之间的关系上的。这就是人作为‘个’的自觉。人有了这种自觉,才能从一切既成的思想和意识形态当中独立出来,才能创造新事物,才能承受苦难、诱惑甚至是死亡和拷问的折磨,获得属于自身的‘自由’。”“亚洲的近代化课题,首先是如何把造就西方近代的‘个的思想’,即

① 鲁迅:《文化偏至论》,《鲁迅全集》第1卷,人民文学出版社2005年版,第52页。
② 同上书,第47页。
③ 同上。
④ 同上书,第58页。
⑤ 同上书,第57页。
⑥ 〔日〕伊藤虎丸著,李冬木译:《鲁迅与终末论》,三联书店2008年版,第69页。
⑦ 〔日〕伊藤虎丸著,李冬木译:《鲁迅与日本人——亚洲的近代与“个”的思想》,河北教育出版社2000年版,第112页。
⑧ 同上书,第175页。

个的主体性变为自身的东西的问题。"[①]因而伊藤虎丸认为鲁迅所倡导的这种"个"的思想代表了亚洲的近代化方向[②]。

不过,在伊藤看来,鲁迅之所以形成了这样一种"个"的思想,主要是在与以尼采为代表的西方近代的相遇中"极其深入地把握到了西方近代的本质——它造就了异质于中国传统文化的另一种文化"[③],明显地忽略了同一时期章太炎对于鲁迅"个"的思想的影响。虽然强调作为"西方近代文化根底的'个'的思想"[④]与中国传统文化的异质性,是符合历史实际的,但是这种传统文化只能是以中国封建正统文化为代表的文化,而作为这种正统文化对立面的异端的或边缘的文化恰恰是反这一文化倾向的。如前所述,在中华文明的起源中,滨海的越文化便以一种海洋—工商型的自由而浪漫的个体文化精神显示出不同于主流的正统的中原宗法政治伦理文化的个性与特征。正是在这样一种边缘的"蛮夷"文化的孕育下,到明代中后期,生成了可以称为东方现代性萌芽的阳明心学。其"无心外之理,无心外之物"的主张为人们的思维本体从外在的"理"转移到内在的"心"上来确立了理论的支点,从而开辟了中国人自身精神的解放历程。应和着当时商品经济的发展和市民社会的崛起,王学左派——泰州学派和李贽更是明确提出"穿衣吃饭,即是人伦物理"[⑤]和"夫私者人之心也,人必有私而后其心乃见,若无私则无心矣"[⑥],"夫童心者,绝假纯真,最初一念之本心也。若失却童心,便失却真心;失却真心,便失却真人"[⑦],倡导"不以孔子之是非为是非"[⑧]。在对"私"与"童心"的呼唤中,"非圣无法","凡千古相传之善恶,无不颠倒

① 〔日〕伊藤虎丸著,李冬木译:《鲁迅与日本人——亚洲的近代与"个"的思想》,河北教育出版社2000年版,第181—182页。

② 这或许也就是他把他研究鲁迅的著作命名为《亚洲的近代与"个"的思想》的理由之所在。这里的"近代"包括我们中国语境的近代与现代。本节的标题为了凸显鲁迅这一思想的意义,化用了伊藤这一题目。

③ 〔日〕伊藤虎丸著,李冬木译:《鲁迅与日本人——亚洲的近代与"个"的思想》,河北教育出版社2000年版,第51页。

④ 同上书,第12页。

⑤ 李贽:《焚书·答邓石阳》,《李贽文集》第一卷,社科文献出版社2000年版,第4页。

⑥ 李贽:《藏书卷三二·德业儒臣后论》,《李贽文集》第二卷,社科文献出版社2000年版,第626页。

⑦ 李贽:《焚书·童心说》,《李贽文集》第一卷,社科文献出版社2000年版,第92页。

⑧ 参见李贽《藏书·世纪列传总目前论》:"前三代吾无论矣,后三代,汉唐宋是也。中间千百余年而独无是非哉,岂其人无是非哉?咸以孔子之是非为是非,故未尝有是非耳。然则予之是非人也又安能已!夫是非之争也,如岁时然,昼夜更迭,不相一也。昨日是今日非矣,今日非而后日又是矣。虽使孔子复生于今,又不知作何是非也,而遽可以定本行赏罚哉!"(见《李贽文集》第二卷,社科文献出版社2000年版,第7页)

异位"[①]——实在是开启了中国近代启蒙思想的先声。虽然这一思想流脉在满族入主中原后遭到各个方面的非议与排挤,但是却以各种变异的形式传承了下来。从明清之际破天荒提出"为天下之大害者,君而已矣"[②]的黄宗羲,再到戴震对宋明礼教的控诉:"其所谓理者,同于酷吏之所谓法。酷吏以法杀人,后儒以理杀人,浸浸乎舍法而论理,死矣,更无可救矣!"[③]有清一代"但开风气不为师"的龚自珍、主张"六经皆史"的章学诚和"自我横冲的独行孤见"(侯外庐语)的章太炎,几乎构成了一个前后相互贯通的精神谱系。而章太炎"依自不依他"、"自贵其心,不依他力"[④]的"自识"宗,明确地是在把阳明心学主体意识之"心"与佛教真如本体之"自心"、"自识"相互沟通与融合的基础之上而提出来的,他倡导与躬行的"群必以独成"、"大独,大群之母也"[⑤]的"大独"人格可以说把中国近代启蒙思想推向了一个高峰。实际上,前述严复、梁启超对于"自由"、"独立"的倡导,还有谭嗣同对于封建纲常礼教的抨击,"冲决名教之网罗"[⑥],都可以纳入这一近代启蒙思想谱系,构成它的一个阶段。

不难发现鲁迅"个"的思想与这一思想谱系的精神联系。鲁迅正是在继承章太炎"依自不依他"的"大独"人格的基础上,把这一"个人"的发现推向了民族新生与解放的中心环节——"国人之自觉至,个性张,沙聚之邦,由是转为人国"[⑦]。因而从中国自身的现代化历程来看,可以说鲁迅"个"的思想是中华民族争取自身解放的启蒙思想一个合乎逻辑的发展,达到了中国近代启蒙思想的最高峰,同时也开创了中国现代启蒙思想的一个坚实的新起点。而这样一种近代启蒙思想传统的主导线索正是由越地异端思想家所组成与推动的。鲁迅从小便濡染在这一异端文化传统之中,很自然地接受了它的熏陶与潜移默化的影响。据周作人介绍,在他们家的藏书

---

① 纪昀等编:《四库全书总目·卷五十·史部·别史类存目·藏书》,中华书局 1997 年版,第 702 页。

② 黄宗羲:《明夷待访录·原君》,中华书局 1981 年版,第 2 页。

③ 戴震:《孟子字义疏证》卷上《与某书》,中华书局 1982 年版,第 174 页。

④ 章太炎:《答铁峥》,《章太炎全集》第四卷,上海人民出版社 1985 年版,第 369—370 页。

⑤ 章太炎:《明独》,《章太炎全集》第三卷,上海人民出版社 1985 年版,第 54 页。

⑥ 谭嗣同在《仁学·八》中说:"俗学陋行,动言名教,敬若天命而不敢渝,畏若国宪而不敢议。嗟夫!以名为教,则其教已为实之宾,而绝非实也。又况名者,由人创造,上以其制下而不能不奉之,则数千年来,三纲五伦之惨祸烈毒由是酷焉矣,君以名桎臣,官以名轭民,父以名压子,夫以名困妻,兄弟朋友各挟一名以相抗拒,而仁尚有多少存焉者得乎。"(见《仁学——谭嗣同集》,辽宁人民出版社 1994 年版,第 17 页)

⑦ 鲁迅:《文化偏至论》,《鲁迅全集》第 1 卷,人民文学出版社 2005 年版,第 57 页。

中,便包括了《王阳明全集》、《章氏遗书》(即《文史通义》)等书①,在祖父对子弟“自由读书”的鼓励下,喜爱广泛浏览读书的鲁迅无疑也受到过这些思想的熏染。而他在“三味书屋”学习的老师寿镜吾先生也很喜爱魏晋文章而憎厌《近思录》等程朱理学。② 正是这些影响使鲁迅从小就“决不跟着正宗派去跑,他不佩服唐朝的韩文公(韩愈),尤其是反对宋朝的朱文公(朱熹)”③。所以在这样一种文化摇篮中成长起来的“鲁迅对于古来文化有一个特别的看法,凡是‘正宗’或‘正统’的东西,他都不看重,却是另外去寻找出有价值的作品来看”④。正是这种对个性自由的认同与向往、对奴役和压迫的厌恶与反抗,使他承接了中国民族文化传统中争取人的解放、反抗专制与精神奴役的思想血脉,并且在尼采等新神思宗的“个人主义”思想中获得了共鸣与深化。我们反对简单地将传统作为一个整体来加以肯定与否定,必须看到它的复杂性与多样性,鲁迅之所以接受了西方以尼采所代表的新神思宗为代表的“个”的思想是与我们文化传统中本身便涌流着这一思想的暗流相应合的⑤,也可以说是在西方“个”的思想的启迪下,开启了中国传统文化的新的重新构造。诚如卢卡契所说:“任何一个真正深刻重大的影响是不可能由任何外国文学作品所造成,除非在有关国家同时存在着一个极为类似的文学倾向——至少是潜在的倾向。这种潜在的倾向促成外国影响的成熟。因为真正的影响永远是一种潜力的解放。”⑥一方面,鲁迅所承传的章太炎传统构成了他选择以尼采为代表的西方个性主义的“新神思宗”和以拜伦为代表的“摩罗诗人”的期待视野与接受心理;另一方面,在西方“个”的思想的启迪与激活下,鲁迅又把章太炎的传统推向了一个新高峰。正是从这一意义上,我们也可以说,经过鲁迅的创造,作为章太炎传统的母体的越文化也被发展,提升,结晶出近现代的再度辉煌。

---

① 周作人:《关于鲁迅》,新疆人民出版社 1997 年版,第 64 页。

② 同上书,第 126 页。

③ 同上书,第 429 页。

④ 同上书,第 435 页。

⑤ 章太炎在《答铁铮》中谈到佛学、王学与尼采思想暗合的关系,说:“仆所奉持,以‘依自不依他’为臬极。佛学,王学虽有殊形,若以《楞伽》,五乘分教之说约之,自可铸融为一。王学深者,往往涉及大乘,岂特天人之诸教而已,及其失也,或不免偏于我见,然彼所谓我见者,是自信,而非利己,犹有厚自尊贵之风,尼采所谓超人,庶几近之(但不可取尼采贵族之说)。”(见《章太炎全集》第四卷,上海人民出版社 1985 年版,第 374—375 页)

⑥ 〔匈〕卢卡契:《卢卡契文学论文集》(二),中国社会科学出版社 1981 年版,第 452 页。

第十四章　鲁迅:中国现代文化的精神之父

一、“个”与“群”:“人国”(现代民族国家)建构之路

如果说,近代的转变渊源于“个人”的发现,或者说,个人的觉醒与解放构成了人类社会近代化最深厚的思想根基,诚如梁漱溟所言,西方“所谓从‘宗教改革’以至‘人权宣言’一贯相通的,无非‘我’之觉醒,直接间接皆个人主义自由主义之抬头。个人主义,自由主义,是近代文化之主潮;从思想到实际生活,从生活的这一面到生活的那一面,始而蓬勃,继而弥漫,终则改变了一切”,那么就中国文化来看,“中国文化最大之偏失,就在个人永不被发现这一点上。一个人简直没有站在自己立场说话机会,多少感情要求被压抑,被抹杀”。① 正是这样一种反个人或者说压抑个人的文化导致了中国在近代的落伍;也因此,从晚明便已经开始萌动的启蒙思潮也始终被压抑在中国文化的边缘,作为一种异端而存在。正是在这一意义上,鲁迅承接章太炎等人的呐喊,并吸取西方近代思潮的文化理念,明确提出:“诚若为今立计,所当稽求既往,相度方来,掊物质而张灵明,任个人而排众数。人既发扬踔厉矣,则邦国亦以兴起。”②“是故将生存两间,角逐列国是务,其首在立人,人立而后凡事举;若其道术,乃必尊个性而张精神。”③将“尊个性而张精神”的“立人”作为“生存两间”、邦国兴起之“首”与“本”,从而确立起作为现代文化根本精神的“个”的思想(个人的觉醒与解放)的基本原则,这无疑是对中国传统血缘家族伦理文化的一个巨大的突破,标志着中国现代文化

---

① 梁漱溟:《中国文化要义》,学林出版社 1987 年版,第 45、259 页。这样一种“个人”的缺失,反映在语言上,“遂致中国人没有‘主体’(subject)的观念”(见张东荪:《从中国语言构造上看中国哲学》,《东方杂志》1936 年第 7 期)。

② 鲁迅:《文化偏至论》,《鲁迅全集》第 1 卷,人民文学出版社 2005 年版,第 47 页。

③ 同上书,第 58 页。

根本精神的确立。

但是另一方面,“从历史根源说,没有脱离人群而独立出现的个体”①,自我/个体始终是在群体与社会/国家的环境中生存与发展的,脱离了群体与社会/国家的自觉也就没有自我/个体的自觉。自我/个体与他人/群体是相互关联、相互依存的。只有群体之中所有个体共同的觉醒与解放才是现代主体的真正的觉醒与解放,这样一种主体与主体之间共同的主体性才是真正的现代的主体性。正是在这一意义上,鲁迅没有走向章太炎否定国家(群体)的道路,而是由“人各有己”的“个”的觉醒与解放而走向“群之大觉近矣”的“群”的觉醒与解放。因而鲁迅所谓的“立人”,并不仅仅在于唤醒个体的觉醒与解放,更重要的还在于通过个体的觉醒与解放而唤醒整个群体(民族)的觉醒与解放,进而达到现代民族主体的确立和现代民族国家的建立。这才是鲁迅“立人”的启蒙思想更深层的目标,即“人各有己,而群之大觉近矣”②,“国人之自觉至,个性张,沙聚之邦,由是转为人国”③。当然“个”与“群”的关系是辩证统一的:一方面“人各有己”是要达到“群之大觉”,“个”的自觉要走向“群”的自觉,“群”(“群之大觉”、“转为人国”)规定了“个”的走向与目标;另一方面,这一“群”的目标(“群之大觉”、与“人国”的建设)又依赖于“个”的独立与自由,即所谓“人各有己,不随风波,而中国亦以立”④。鲁迅这样一种思考就在承传越文化中争取自由与解放的个体文化精神的基础上又融入了关怀国事民瘼、苍生社稷的群体文化精神。如果从文化渊源来看,这一群体文化精神显然发源于中原宗法制血缘氏族伦理,当然又经过了由家而宗族而朝廷/国家而天下这样一个依次的延伸与扩大。所谓“先天下之忧而忧,后天下之乐而乐”(范仲淹语)正是这一精神的集中体现,并构成了中华民族与中华文化历经几千年风雨的冲刷而始终屹立于世界民族与文化之林的一个重要原因。在这一意义上,我们可以说,鲁迅的“立人”思想在新的历史语境中实现了越文化与中原文化一个更高层面的融合与结晶,代表着越文化在新的历史条件下的发展。

不过值得注意的是,中国传统文化中的“群体”,还并不是建基在个体的独立与平等的现代的群体,而是一个差序/等级的宗法性的群体。“在这样层系组织之社会中,没有‘个人’观念。所有的人,不是父,即是子。不是

---

① 李泽厚:《乙卯五说》,《历史本体论乙卯五说》,三联书店 2003 年版,第 230 页。

② 鲁迅:《破恶声论》,《鲁迅全集》第 8 卷,人民文学出版社 2005 年版,第 26 页。

③ 鲁迅:《文化偏至论》,《鲁迅全集》第 1 卷,人民文学出版社 2005 年版,第 57 页。

④ 鲁迅:《破恶声论》,《鲁迅全集》第 8 卷,人民文学出版社 2005 年版,第 27 页。

君,就是臣。不是夫,就是妇。不是兄,就是弟。"因而个人其实只是一个"依存者","不是其生存必须依靠于他人而言,乃是说其生活在世必须尽一种责任,无异于为了这个责任而生"①。而鲁迅的"群"则是建立在"人各有己"(即个体的独立与自由)的基础之上,显然鲁迅对于传统的群体文化精神已经结合西方近代的"个的思想"进行了根本的改造。这一改造的核心就是"对于家族或国家等群体来说,'个人'决不是处于'部分'和'整体'之间的关系上的。这就是人作为'个'的自觉"②,即把"个"的自觉(独立与自由)作为建构"群"(团体、民族、国家等)的首要前提与坚实基础。因而相对于中国几千年封建专制秩序及其礼教文化对于"个人"的蔑视与抹杀,首要的是唤醒每个个体的个性觉醒与主体自由,"盖惟声发自心,朕归于我",才能"人始自有己"③;而"人各有己"才能"群之大觉",并进而"转为人国",构成了鲁迅早期"立人"思想的基本内涵,也构成了鲁迅"弃医从文"人生选择的最深层的内在逻辑。

不过中国的现代化之路并不平坦。当鲁迅由仙台来到东京倡导《新生》文艺运动时,遭遇到的却是"如置身毫无边际的荒原"般的悲哀与寂寞④。对于鲁迅所说的这一"悲哀与寂寞"过去学界往往归因于《新生》杂志还没有诞生便已经夭折的命运。实际上,虽然《新生》并没有面世,但是鲁迅为这一文艺运动所准备的思想与文学还是借其他形式喷发出来了。周作人回忆说:"鲁迅计划刊行文艺杂志,没有能够成功;但在后来这几年里,得到'河南'发表理论,印行'域外小说集',刊载翻译作品,也就无形中得到了替代,即是前者可以算作新生的甲篇,转载评论,后者乃是刊载译文的乙篇吧。"⑤在笔者看来,真正给鲁迅留下刻骨铭心、难以忘怀的寂寞与悲哀的是"生人"的反应:"凡有一人的主张,得了赞和,是促其前进的,得了反对,是促其奋斗的,独有叫喊于生人中,而生人并无反应,既非赞同,也无反对,如置身毫无边际的荒原,无可措手的了,这是怎样的悲哀呵,我于是以我所感到者为寂寞。"⑥如前所述,鲁迅弃医从文倡导《新生》文艺运动的目的是要去唤醒每个同胞的个性觉醒与主体自由,然而遭遇的却是"生人并无反

---

① 张东荪:《理性与民主》,转引自梁漱溟:《中国文化要义》,学林出版社 1987 年版,第 90、91 页。

② 〔日〕伊藤虎丸著,李冬木译:《鲁迅与日本人——亚洲的近代与"个"的思想》,河北教育出版社 2000 年版,第 182 页。

③ 鲁迅:《破恶声论》,《鲁迅全集》第 8 卷,人民文学出版社 2005 年版,第 26 页。

④ 鲁迅:《呐喊·自序》,《鲁迅全集》第 1 卷,人民文学出版社 2005 年版,第 439 页。

⑤ 周作人:《知堂回想录》,群众出版社 1999 年版,第 194 页。

⑥ 鲁迅:《呐喊·自序》,《鲁迅全集》第 1 卷,人民文学出版社 2005 年版,第 439 页。

应”，悬置与抽空了鲁迅这一努力的所有意义，这无疑使鲁迅落入了人生虚无的巨大寂寞与悲哀。

当《新青年》倡导新文化运动，钱玄同来邀请鲁迅为他们做点文章时，鲁迅仍然关注的是如何能唤醒民众。鲁迅回忆说：“我懂得他的意思了，他们正办《新青年》，然而那时仿佛不特没有人来赞同，并且也还没有人来反对，我想，他们许是感到寂寞了，但是说：‘假如一间铁屋子，是绝无窗户而万难破毁的，里面有许多熟睡的人们，不久都要闷死了，然而是从昏睡入死灭，并不感到就死的悲哀。现在你大嚷起来，惊起了较为清醒的几个人，使这不幸的少数者来受无可挽救的临终的苦楚，你倒以为对得起他们么？’‘然而几个人既然起来，你不能说决没有毁坏这铁屋的希望。’是的，我虽然自有我的确信，然而说到希望，却是不能抹杀的，因为希望是在于将来，决不能以我之必无的证明，来折服了他之所谓可有，于是我终于答应他也做文章了，这便是最初的一篇《狂人日记》。”①——这便是有名的鲁迅关于“铁屋子”的谈话。过去学界关注的是“铁屋子”的“万难破毁”带给鲁迅的绝望。这固然强调了鲁迅生存环境的黑暗，鲁迅自己也说他“见过辛亥革命，见过二次革命，见过袁世凯称帝，张勋复辟，看来看去，就看得怀疑起来”②；但是这里首先指出的是《新青年》面临着他当年同样的寂寞与困境——“仿佛不特没有人来赞同，并且也还没有人来反对”，而这样一种寂寞与困境同样源于“生人并无反应”——只能“惊起了较为清醒的几个人”的悲哀。因为只有“几个人”，这铁屋子自然是难以毁坏的；但是如果惊起了大多数的人，甚至是所有的人，这个铁屋子也就会不毁自破了。能否真正唤醒民众，进而打破这“铁屋子”，是鲁迅与五四新文化运动启蒙主导话语的一个重要的思想差异。

二、“赎罪的文学”与抵抗的文学：中国现代文化的历史生成

如果说钱玄同们认为只要惊醒了昏睡的人们，就能毁坏这铁屋子的话，鲁迅却认为这铁屋子被一种超稳定的隐形结构支撑着，“万难破毁的”。这一超稳定的隐形结构正是源于宗法血缘社会封建等级的礼教秩序。它被一层表面温情脉脉的血缘亲情面纱笼罩着，可是在“君仁臣忠”、“父慈子孝”、

---

① 鲁迅：《呐喊·自序》，《鲁迅全集》第1卷，人民文学出版社2005年版，第441页。

② 鲁迅：《自选集·自序》，《鲁迅全集》第4卷，人民文学出版社2005年版，第468页。

“夫义妇顺”、“兄友弟恭”等纲常伦理的背后掩藏着的却是血淋淋的“吃人”与“被人吃”关系的罪恶。正如后来鲁迅明确指出的:“有贵贱,有大小,有上下。自己被人凌虐,但也可以凌虐别人;自己被人吃,但也可以吃别人。一级一级的制驭着,不能动弹,也不想动弹了。”例如《左传》便记载:“天有十日,人有十等。下所以事上,上所以共神也。故王臣公,公臣大夫,大夫臣士,士臣皁,皁臣舆,舆臣隶,隶臣僚,僚臣仆,仆臣台。”是不是“台”就没有臣,太苦了呢?鲁迅接着说:“无须担心的,有比他更卑的妻,更弱的子在。而且其子也很有希望,他日长大,升而为‘台’,便又有更卑更弱的妻子,供他驱使了。如此连环,各得其所,有敢非议者,其罪名曰不安分!”①并且圣人还以“仁义道德”来粉饰与教化使这些秩序成为人们自觉的心理,从而积淀为一种民族文化传统。因而“先儒”之所谓“一治一乱”始终不能摆脱“想做奴隶而不得的时代”与“暂时做稳了奴隶的时代”②的结构循环,而中国人也始终脱离不了“奴隶 = 奴隶主”③的根性。所以这一隐形结构并不是改换“专制”、“共和”的政体形式的招牌可以改变的,“最要紧的是改革国民性”④。或许正是在这一意义上,竹内好认为,鲁迅“通过与政治的对决而获得了文学的自觉”⑤。在以秋瑾为革命而英勇牺牲为原型题材写作的小说《药》中,鲁迅就透过以夏瑜鲜血做成的“人血馒头”并未救治华小栓生命的故事,“不仅对华家的生活方式和固有规范构成反讽,而且对辛亥革命构成了反讽。因为这‘人血’正是革命者夏瑜(秋瑾)的鲜血,虽然他为了民族的解放而英勇牺牲,但是他的鲜血除被卖作‘人血馒头’之外,留下的只是一片惨淡的残忍、冷漠与遗忘。即使唯一真正怀念他的母亲,也不过是认为他冤屈。作品之所以选取‘华’‘夏’作为两家主人公的姓,正隐喻着对中华民族命运的思索。‘药’在这里也就升华出更深层次的象征意义:华家(中华民族)的‘痨病’(精神暗伤)不是夏瑜式革命(辛亥革命)所能救治的。要

① 鲁迅:《灯下漫笔》,《鲁迅全集》第1卷,人民文学出版社2005年版,第227—228页。

② 同上书,第225页。

③ 伊藤虎丸对鲁迅思想的一个概括,见伊藤虎丸:《鲁迅与终末论》,三联书店2008年版,第63页。

④ 鲁迅:《两地书》,《鲁迅全集》第11卷,人民文学出版社2005年版,第31页。

⑤ 〔日〕竹内好著,李冬木、赵京华、孙歌译:《近代的超克》,三联书店2005年版,第53页。

医治民众愚昧麻木的精神病苦,必须寻求新'药'"①。

不过更加严重的是,这些前驱者(革命者、启蒙者)作为中华民族的一员,本身也不自觉地受到这一隐形结构潜移默化的熏陶与影响,从而往往会以新的形式(革命、启蒙、自由、科学等)重构这一奴役与被奴役的等级秩序与权力关系,造成新的压迫与黑暗。早在《新生》时期,鲁迅便洞察到那些所谓的维新之士常常"假是空名,遂其私欲"②,"假此面具以钓名声于天下耶"③,且"复掩自利之恶名,以福群之令誉,捷径在目,斯不惮竭蹶以求之耳"④,因而"众昌言自由,而自由之蕉萃孤虚实莫甚焉"⑤。如果说民国以后封建复辟逆流甚嚣尘上,是因为"使奴才主持家政,那里会有好样子"⑥,那么新的文化运动与政治运动的前驱者是否就不会再次陷入这一隐形结构

---

① 王晓初:《中国现代文学发展演变史 1898—1989》,西南师范大学出版社 2002 年版,第 63—64 页。值得注意的是《药》这篇小说的主题长期被学界置于启蒙主义思想的范式之中解读而造成了严重的误读。例如钱理群等的《中国现代文学三十年》便认为,在《药》中,"启蒙的结果是被启蒙的对象活活地吃掉;这里,被质疑、批判的对象是双重的:既是那些'吃人'的民众,更是'被吃'的启蒙者,以致启蒙本身"(北京大学出版社 1998 年版,第 32 页)。直到最近还有学者在撰文争论《药》的启蒙的有效与无效(见宋剑华:《启蒙的无效与鲁迅〈药〉的文本释义》,《天津社会科学》2008 年第 5 期)。其实质都在于把夏瑜当成了启蒙者。其实无论是从人物原型的秋瑾,还是从文本本身的描写来看,夏瑜(秋瑾)都不是一个致力于启发民众精神觉悟的启蒙者,而是一个"造反"的革命者。鲁迅与秋瑾的分歧与差异已如上述,日本学者永田圭介的《秋瑾——竞雄女侠传》还记载他们产生过激烈的冲突。周作人也回忆说,鲁迅讲到当时的情景时秋瑾拔出了小刀,"以示威吓"(见《知堂回想录》第 1 卷,群众出版社 1999 年版,第 129 页)。从文本来看,康大叔所转叙的夏三爷告发夏瑜,夏瑜劝劳头"造反"和说阿义"可怜",乃至说"这大清的天下是我们大家的",都只是着眼于更换"天下"的造反,在一定意义上正代表了当时的同盟会"毕其功于一役"的(武装)革命企图。而鲁迅对于这一革命始终是持审慎的有保留的肯定态度的。当时与鲁迅接触非常密切的孙伏园转述鲁迅向他讲述的《药》创作的动机时说:"《药》描写群众的愚昧,和革命者的悲哀;或者说,因群众的愚昧而来的革命者的悲哀;更直截说,革命者为愚昧的群众奋斗而牺牲了,愚昧的群众并不知道这牺牲为的是谁,却还要因了愚昧的见解,以为这牺牲可以享用,增加群众中的某一私人的福利。"(《鲁迅先生二三事》,《鲁迅回忆录》专著上册,北京出版社 1999 年版,第 77 页)很清楚,鲁迅是把夏瑜定位为"革命者"而不是"启蒙者"。而革命者与群众之间的复杂纠葛与双重悲哀,正传达出鲁迅对他们的复杂情感,从根柢上表现了对于夏瑜式革命(辛亥革命)的深刻反思与反讽。因而不是"启蒙的无效",而是"夏瑜式革命"的无效。而"所谓'革命',如果从广义上讲,就是政治",鲁迅正是"通过与政治的对决而获得了文学的自觉"(竹内好语),并进而走向启蒙,呼应了五四新文化运动。"文学者无限地生成出启蒙者的鲁迅的终极之场。"(竹内好语)

② 鲁迅:《文化偏至论》,《鲁迅全集》第 1 卷,人民文学出版社 2005 年版,第 47 页。

③ 鲁迅:《破恶声论》,《鲁迅全集》第 8 卷,人民文学出版社 2005 年版,第 28—29 页。

④ 鲁迅:《文化偏至论》,《鲁迅全集》第 1 卷,人民文学出版社 2005 年版,第 47 页。

⑤ 鲁迅:《破恶声论》,《鲁迅全集》第 8 卷,人民文学出版社 2005 年版,第 28 页。

⑥ 鲁迅:《两地书》,《鲁迅全集》第 11 卷,人民文学出版社 2005 年版,第 31 页。

的恶性循环呢？这正是鲁迅始终关注与警惕的问题。[①] 因而他没有胡适之们"为大中华,造新文学,此业吾曹欲让谁?"[②]的乐观与豪气,而是始终把自己定位为一个"聊以慰藉那在寂寞里奔驰的猛士,使他不惮于前驱"[③]的"助威"[④]的呐喊者,一个从"从旧垒中来","反戈一击"的历史的"中间物"[⑤]。而正是这样一种"历史的中间物"意识使他对自身的历史局限性有一个清醒的认识。"我未必无意之中,不吃了我妹子的几片肉……","有了四千年吃人履历的我,当初虽然不知道,现在明白,难见真的人!"[⑥]或许正是这样一种深入骨髓的"原罪"意识,以及为反省与救赎这一"原罪"而不遗余力的努力,使竹内好认为鲁迅的文学成为了一种"赎罪的文学",并因此而获得了文学的自觉:"鲁迅在精神气质上所把握到的东西,是非宗教性,甚至是反宗教性的,但他把握的方法却是宗教性的。……在鲁迅的根柢当中,是否有一种要对什么人赎罪的心情呢？恐怕鲁迅自己也不会清晰地意识到,他只是在夜深人静时候,对坐在这个什么人的影子的面前。……"[⑦]"鲁迅的文学,在其根源上是应该称作'无'的某种东西。因为是获得了某种根本上的自觉,才使他成为文学者的,所以如果没有了这根底上的东西,民族主义者鲁迅,爱国主义者鲁迅,也就都成了空洞的言词。我是站在把鲁

---

① 1920年鲁迅给朋友的信中就反思了五四新思潮提倡者的人格缺陷及其流弊:"近来所谓新思潮者,在外国已是普遍之理,一入中国,便大吓人;提倡者思想不彻底,言行不一致,故每每发生流弊,而新思潮之本身,固不任其咎也。"(见《鲁迅全集》第11卷,人民文学出版社2005年版,第382页)徐麟在分析了中国(东方的)"唯意志"与西方的唯意志哲学的区别之后,指出:"如果说,传统的'士'(包括改良主义者)在其社会和人生操作中,总努力把个人意志变成君权的工具的话,那么在五四时代的政治操作中,就可能产生出新的权力意志。尽管这在当时还只具有初始性,但它与激进主义、民粹主义相呼应,已经具有意识形态的性质,并正在走向塑造新的社会权威和社会中心。"(见《鲁迅:在言说与存在的边缘》,山东文艺出版社1997年版,第12—13页)

② 胡适:《沁园春·誓诗》,《胡适文集》第9卷,北京大学出版社1998年版,第223页。

③ 鲁迅:《〈呐喊〉自序》,《鲁迅全集》第1卷,人民文学出版社2005年版,第441页。

④ 鲁迅在《自选集·自序》中追述自己在五四时期的新文学创作说:"既不是直接对于'文学革命'的热情,又为什么提笔的呢？想起来,大半倒是为了对于热情者们的同感。这些战士,我想,虽在寂寞中,想头是不错的,也来喊几声助助威罢。首先,就是为此。"(《鲁迅全集》第4卷,人民文学出版社2005年版,第468页)

⑤ 鲁迅:《写在〈坟〉后面》,《鲁迅全集》第1卷,人民文学出版社2005年版,第302页。相浦杲认为鲁迅的"深沉的自觉"就在于他"自觉地认识到自己属于'旧'一代,而将自己置于这一位置去和社会的黑暗作斗争",相反,"胡适、陈独秀是站在青年的前面为他们指示新道路的指导者。也就是说,他们是把自己置于'新'的位置的"(见相浦杲:《中国现代文学的诞生和鲁迅、胡适、陈独秀》,《考证、比较、鉴赏》,北京大学出版社1996年版,第58页)。

⑥ 鲁迅:《狂人日记》,《鲁迅全集》第1卷,人民文学出版社2005年版,第454页。

⑦ 〔日〕竹内好著,李冬木、赵京华、孙歌译:《近代的超克》,三联书店2005年版,第8页。

迅称为赎罪文学的体系上发出自己的抗议的。"①

伊藤虎丸则借用终末论的理论来说明鲁迅由这样一种"罪"的意识而获得了一种真正的"个的自觉"。"所谓终末论法则，首先是和把所有人都同样吞入其中并且流淌下去的'自然'性时间相反……是一种与自然时间对峙起来的思考，当此时降临，它迫使每个人都做出主体性决断。……'个'与绝对者直接相连，不是相对于'全体'的'部分'，所以每个完全不同的个体都具有面对绝对者的意义（或被绝对者所赋予的意义）。"②所以终末论作为一种宗教哲学，提倡"在必死中求生"，即在旧的人格、伦理的消亡中，求得新的精神之再生。③ 而这样一种新的精神不是相对于"全体"作为"部分"的个体的自觉，而是作为"全体"独立的完全不同的个体的自觉。伊藤虎丸还运用这一理论出色地分析了鲁迅的《狂人日记》，认为《狂人日记》"隐藏着鲁迅自己从青年时代到写出第一篇小说的精神史"④。相对于狂人第一次觉醒对于"真的人"的向往与对于"吃人的人"的诅咒——"你们可以改了……你们要不改，自己也会吃尽。即使生得多，也会给真的人除灭了"，第二次觉醒——"有了四千年吃人履历的我……难见真的人！"则"从被一种思想所占有的阶段，前进到将其作为自己的思想拥有的阶段——真正获得主体性的阶段，也可以叫做'获得自由'的阶段"。⑤ 如果说第一次觉醒，狂人的世界秩序和伦理价值只是颠倒了一个个儿，还仍然处于尊卑贵贱的等级之中，同先前的隐形结构一样的话，那么，狂人由"罪的自觉"（即发现自己也是一个"加害者"）进而发现"每个人的不同所具有的价值，从按照既成的模范、教条、组织等来衡量人的距离的异己意识和尊卑意识当中解放出来"⑥，从而获得了真正的"个"的自觉。在伊藤看来，"欧洲思想和宗教传统所孕育的'近代'精神生活及其产物（近代的各种思想和制度）向我们提示的，就是'人是作为"个"而被自觉出来的'。就是说，人不是在家族、部族、村落、党派和国家等各个层次上自觉到自己是'社会'的'一员'的（具有责任的），而是直接站在绝对者（或'死的威严'）面前，自觉到自己并且具

---

① 〔日〕竹内好著，李冬木、赵京华、孙歌译：《近代的超克》，三联书店 2005 年版，第 57—58 页。

② 〔日〕伊藤虎丸著，李冬木译：《鲁迅与终末论》，三联书店 2008 年版，第 136 页。

③ 〔日〕伊藤虎丸著，孙猛、徐江、李冬木译：《鲁迅、创造社与日本文学——中日近现代比较文学初探》，北京大学出版社 1995 年版，第 175 页。

④ 〔日〕伊藤虎丸著，李冬木译：《鲁迅与日本人——亚洲的近代与"个"的思想》，河北教育出版社 2000 年版，第 120 页。

⑤ 同上书，第 122 页。

⑥ 同上。

有责任意识的。即对于家族或国家等群体来说,'个人'决不是处于'部分'和'整体'之间的关系上的。这就是人作为'个'的自觉。人有了这种自觉,才能从一切既成的思想和意识形态当中独立出来,才能创造新事物,才能承受苦难、诱惑甚至是死亡和拷问的折磨,获得属于自身的'自由'"①。而且"只有在'个对于全体来说,不是部分与全体的关系'这种人性观的基础上,才有可能建立起真正的平等"②。因而"亚洲的近代化课题,首先是如何把造就西方近代的'个的思想',即个的主体性变为自身的东西的问题"③。正是在这一意义上,伊藤认为鲁迅所倡导的这种"个"的思想代表了亚洲的近(现)代化的方向。

张宁也认为,正是这样一种"原罪"感使鲁迅意识到:"'奴役'和'压迫'不仅存在于社会形态,也表现于人的内心结构。而这种内在的'奴役'和'压迫'对他而言是作为'恶'、也作为'罪'来感受的,是作为反抗的对象、也是作为'赎罪'的内容来行动的。"这样鲁迅就"使中国文化在骨骼里面拥有了前所未有的东西,使'平等'这一中国传统文化中并不或缺的要素,有了真正生长的内在机制。在没有基督教文化背景的中国,鲁迅以一种悖谬的方式,承担了以'罪'的意识反观自身这种'替代性'功能。而这种'替代性'又是不可替代的,因为其中并不存在一个从'半成品'到'成品'的递进过程"。因而"相对中国文化的'前所未有'而言,鲁迅可被视为中国式的耶稣,是一个凝结着历史性而非超越性的耶稣,或者在另外一个意义上说,是一个最具有基督性的非耶稣。而这一点,只有把鲁迅看作一个凡人而不是英雄时,才能够领会"。④

可以说,鲁迅对于"绝无窗户而万难破毁"之"铁屋子"的黑暗的洞察与对于绝望的"确信",正来源于他对于中国国民性与社会历史文化传统及其隐形结构的历史惰性的深刻把握,所以深知鲁迅的周作人说:"鲁迅写小说散文又有一特点,为别人所不能及者,即对于中国民族的深刻的观察。大约现代文人中对于中国民族抱有那样一种黑暗的悲观的难得有第二个人吧。"⑤中国现代化的特殊语境又加剧着这一历史惰性与危机。中国社会的现代化进程不仅在时间上滞后西方几百年,而且是在一种倾斜的历史语境

---

① 〔日〕伊藤虎丸著,李冬木译:《鲁迅与日本人——亚洲的近代与"个"的思想》,河北教育出版社2000年版,第181—182页。

② 同上书,第175页。

③ 同上书,第182页。

④ 张宁:《无数人们与无穷远方:鲁迅与左翼》,复旦大学出版社2006年版,第71页。

⑤ 周作人:《关于鲁迅》,《关于鲁迅》,新疆人民出版社1997年版,第498—499页。

中展开的,亡国灭种的民族危机一方面强化了中国现代化进程的深层动力,另一方面也可能演变为一种文化保守主义,压抑或冲淡现代化的历史主题。同时,从根本上说,中国的现代化是一种“被”现代化,现代化的资源和价值目标基本上都来源于作为“他者”的西方,其启蒙主义的主导价值与以儒学为主导的文化传统构成了某种根本的价值紧张。更重要的还在于,中国启蒙运动所面对的是一个有几千年传统的封建帝制的农民社会,而不是西方的市民社会,从而不仅缺乏本土的社会根基和动力,而且阿Q式农民在传统的支持下还常常与启蒙主义的价值观念构成某种冲突与对立,并成为封建专制主义存活与复辟的土壤。或许正因为如此,竹内好说:“他把问题看透了,那就是把新道德带进没有基础的前近代社会只会导致新道德发生前近代的变形,不仅不会成为解放人的动力,相反只会转化成为有利于压制者的手段。”①但是另一方面,面对这一黑暗与绝望,鲁迅又从来没有放弃过挣扎与抵抗。而且“惟有绝望才生发自身当中的希望。死孕育生,生又不过走向死”②。因为“自我否定是不断更生的媒介,因而它也是生的象征”③。“路漫漫其修远兮,吾将上下而求索”,是鲁迅在《新青年》解体后,借用屈原《离骚》的两句诗题写在他的小说集《彷徨》扉页的题词,也可以说是贯穿他一生的一条精神线索。他在给友(爱)人的信中说:“我常常觉得惟‘黑暗与虚无’乃是‘实有’,却偏要向这些作绝望的抗战……因为我终于不能证实:惟黑暗与虚无乃是实有。”④“绝望而反抗者难,比因希望而战斗者更勇猛,更悲壮。”⑤在竹内好看来,“他(鲁迅)并没有安顿在绝望里,而是对绝望感到绝望”⑥;“无路可走而必须前行,或者说正因为无路可走才必须前行这样一种状态”,“这就是鲁迅所具有的、而且使鲁迅得以成立的、‘绝望’的意味,绝望,在行进于无路之路的抵抗中显现,抵抗,作为绝望的行动而显现。

---

① 〔日〕竹内好著,李冬木、赵京华、孙歌译:《近代的超克》,三联书店2005年版,第148页。政治革命也应作如是观。徐麟说,在鲁迅看来,“如果不从根本上改变国民人格及其文化心理结构,以个性意识的普遍确立来终止传统政治和意识形态的延续,那么大规模的政治运动不仅不会给中国带来进步,相反只会阻断‘国民性’再造的良性渐进过程,毁去文化批判与个性进化的全部精神成果;而所谓革命,也就因此而只会成为政治权力的一次更替和一次新的历史轮回”(《鲁迅:在言说与生存的边缘》,山东文艺出版社1997年版,第24页)。

② 〔日〕竹内好著,李冬木、赵京华、孙歌译:《近代的超克》,三联书店2005年版,第10页。

③ 孙歌:《在零和一百之间(代译序)》,见《近代的超克》,北京大学出版社2005年版,第24页。

④ 鲁迅:《两地书》,《鲁迅全集》第11卷,人民文学出版社2005年版,第21页。

⑤ 鲁迅:《致赵其文》,《鲁迅全集》第11卷,人民文学出版社2005年版,第477—478页。

⑥ 〔日〕竹内好著,李冬木、赵京华、孙歌译:《近代的超克》,三联书店2005年版,第107页。

把它作为状态来看就是绝望,作为运动来看就是抵抗”①;“他不相信一切,甚至也无心相信自己的绝望。他看到了黑暗,而且只看到了黑暗,但却没有把目击黑暗的自己同黑暗的对象分开。不过只有在这种被赋予自己痛苦的实感之上,他才能意识到自己。为了生,他不能不做痛苦的呐喊。这抵抗的呐喊,就是鲁迅文学的本源,而且其原理贯穿了他的一生”②;“他与恶的战斗,是与自己的战斗,他是要以自毁来灭恶。在鲁迅那里,这便是生的意义,因此他惟一的希望,就是下一代不要像自己”③。而抵抗“是对于自身的一种否定性的固守与重造”④。“他拒绝自己成为自己,同时也拒绝成为自己以外的任何东西。”⑤在这一挣扎/抵抗的过程中,挣扎/抵抗着的自我不复是以前的自我,但也不是自我以外的他者。因而通过“否定”自我而又“保存”自我的“挣扎/抵抗”,鲁迅就在自己内部形成一种新的主体性。而这“新的价值不是从外部附加进来的,而是作为旧的价值的更新而产生的,在这个过程中,是要付出某种牺牲的;而背负这牺牲于一身的,是鲁迅”⑥。因而正是鲁迅通过绝望的抗争,通过痛苦的呐喊,“通过论争在世界之外构筑了世界”⑦,从而在中国民族文化内部生成了具有中国民族特色的现代文化。因而如果说五四新文化运动是中国的“文艺复兴”或“启蒙运动”的话,那么真正在缺乏个人主义传统的中国⑧确立起以相互主体性为基础的“个”的现代思想的是鲁迅。

鲁迅与《新青年》主流派的差异性思考鲜明地表现在鲁迅的第一声“呐喊”——《狂人日记》之中。一方面透过狂人对于几千年历史的研究,从歪歪斜斜的每叶上都写着“仁义道德”几个字的字缝中看出了它“吃人”,揭露了封建宗法家族制度及其礼教秩序的“吃人”本质,并对这一“吃人的世界”发出了“你们可以改了,从真心改起!要晓得将来容不得吃人的人,活在世上”的诅咒与呐喊,表达了他对于五四新文化运动反封建的启蒙主义思想的积极认同,并标志着五四新文化运动反封建思想所能达到的高度,显示出

---

① 〔日〕竹内好著,李冬木、赵京华、孙歌译:《近代的超克》,三联书店 2005 年版,第 206 页。

② 同上书,第 148—149 页。

③ 同上书,第 149 页。

④ 孙歌:《竹内好的悖论》,北京大学出版社 2004 年版,第 58 页。

⑤ 〔日〕竹内好著,李冬木、赵京华、孙歌译:《近代的超克》,三联书店 2005 年版,第 206 页。

⑥ 同上书,第 151 页。

⑦ 同上书,第 109 页。

⑧ 梁漱溟说,就中国文化来看,“中国文化最大之偏失,就在个人永不被发现这一点上。一个人简直没有站在自己立场说话机会,多少感情要求被压抑,被抹杀”(见梁漱溟:《中国文化要义》,学林出版社 1987 年版,第 259 页)。

他彻底勇猛的反封建的先驱者姿态①。但是另一方面，当觉醒（疯狂）的狂人劝转人们去掉“吃人的心思”时，遭遇的却是人们（常人）的“冷笑”、“铁青”的脸色、“凶狠”的眼光。而且狂人越是急切地去劝转人们，唤醒人们，人们越是与他处于一种敌对状态之中，他的目的也就越是难以达到。几千年的“仁义道德”已经内化为人们的习俗与准则，禁锢着任何违反这一传统规范的个性觉醒与异端思维。这才是狂人忧心如焚的地方，也是《狂人日记》更深刻的思想内涵之所在。正是狂人与常人之间不同的价值世界的隔膜与对立导致了狂人的无能为力，难以唤醒他的同胞（常人）觉醒，并最终使狂人复归到常人世界中（痊愈）去寻求与常人对话的新的文化语码，当然这样一种复归（痊愈）又包含着一种难言的痛楚与深广的忧愤②，从而表达了作家对于中国的启蒙困境与启蒙先驱者命运的悲剧性思考。

如果说在五四新文化运动的高潮中鲁迅的这种悲剧性思考还不为人所注意的话，那么到五四新文化运动的落潮时期，他的这一思考的意义便凸显了出来。受到苏维埃“十月革命”的鼓舞和巴黎和会上中国民族主权被西方列强出卖的双重刺激与影响，以人的发现和个性解放为主要内容的五四启蒙主义思潮走向衰落，《新青年》同人发生分化。以陈独秀、李大钊为代表的左翼知识分子走向马克思主义和社会反抗运动，而以胡适为代表的右翼知识分子则走向“好政府主义”和“整理国故”运动。正是在这一背景中，鲁迅再一次感受到先前的寂寞与悲哀，陷入到“第二次绝望”的“彷徨”中。他在《自选集·自序》中说：“后来《新青年》的团体散掉了，有的高升，有的退隐，有的前进，我又经验了一回同一战阵中的伙伴还是会这么变化，并且落得一个‘作家’的头衔，依然在沙漠中走来走去”③；在《题〈彷徨〉》的诗中也写道：“寂寞新文苑，平安旧战场，两间余一卒，荷戟独彷徨。”④这样一种孤独感与寂寞感从根本上来说仍然来自于启蒙的失落与无效。《祝福》中濒临生命绝境的祥林嫂见到从外面回到故乡的知识分子“我”时，“那没有精采的眼睛忽然发光”了，并进而把她最终的生命探寻——“有没有灵魂？”的询问瞩望于“我”。然而“我”虽然是一个“新党”，一个在外面的世界中闯荡了多年，已经超离了旧有生活轨道的知识分子，可是面对这样有关生命的信仰与拯救问题，才自觉到自己的无能为力，“也还是完全一个愚人，什

① 鲁迅在《呐喊·自序》中说他的呐喊是“聊以慰藉那在寂寞里奔驰的猛士，使他不惮于前驱”。

② 鲁迅曾比较他的《狂人日记》与果戈理的同名小说，说它“比果戈理的忧愤深广，也不如尼采超人的渺茫”（见《中国新文学大系小说二集·序》）。

③ 鲁迅：《自选集·自序》，《鲁迅全集》第4卷，人民文学出版社2005年版，第468页。

④ 鲁迅：《题〈彷徨〉》，《鲁迅全集》第7卷，人民文学出版社2005年版，第156页。

么踌躇,什么计画,都挡不住三句问",只能用"说不清"来搪塞与逃遁。这段置于《彷徨》首篇开首的情节片断是富有象征意义的,它潜在地表达了作家对于知识分子是否真正理解了底层民众的精神血脉,"知识分子是否天然地扮演了'启蒙者'的角色,是否真有可能为民众'代言'"①等这些所谓不证自明(公理性)的命题的反思与怀疑,从而奠定了鲁迅《彷徨》的一个主题基调,同时也构成"彷徨"得以发生的一个叙事前提。

与此同时,那些被五四新文化运动惊醒的青年,也同样处于痛苦与迷茫之中。正如鲁迅所记叙的,"那时觉醒起来的智识青年的心情,是大抵热烈,然而悲凉的。即使寻到一点光明,'径一周三',却更分明的看见了周围的无涯际的黑暗"②,茅盾也回顾说:"到'五卅'的前夜为止,苦闷彷徨的空气支配了整个文坛,即是外形上有冷观苦笑与要求享乐和麻醉的分别,但内心是同一苦闷彷徨。"③或许正是出于对这些被惊醒的青年命运的关切与忧虑,一方面鲁迅提出了关于"娜拉走后怎样?"的思考,两年后又在小说《伤逝》中探讨了觉醒的女性的悲剧命运与"启蒙主义的女性解放话语乃至于启蒙取向本身的内在危机"④;另一方面又使鲁迅产生了在吃人的宴席上"做这醉虾的帮手"的罪感⑤,这样一种"罪感"从根本上来说,还是来源于鲁迅眼看着觉醒的青年被白白地屠杀,却难以唤醒人们(启蒙失落)的焦虑与愤激。而对他们的抗争精神与意志,如刘和珍君等"干练坚决,百折不回的气概"、"三·一八"惨案中"在弹雨中互相救助,虽殒身不恤"的精神则表达了由衷的钦佩与赞叹,并发出了"苟活者在淡红的血色中,会依稀看见微茫的希望;真的猛士,将更奋然而前行"⑥的预言。

导致鲁迅产生这种虚无感与绝望感的除了启蒙思潮的风流云散外,还有中华民国当局专制主义统治的黑暗、野蛮与残暴。无论是用婆婆管媳妇的方法来治理学校的杨荫榆对学生的压迫,还是段祺瑞政府对于赤手空拳的请愿学生的血腥屠杀,都使鲁迅"觉得所住的并非人间"⑦。在现代体制

---

① 张春田:《重思鲁迅与中国现代文学的"原点"》,《文艺理论与批评》2006 年第 2 期。

② 鲁迅:《中国新文学大系小说二集·序》,《鲁迅全集》第 6 卷,人民文学出版社 2005 年版,第 251 页。

③ 茅盾:《中国新文学大系小说一集·导言》,《茅盾文艺杂论集》上集,上海文艺出版社 1981 年版,第 532 页。

④ 张春田:《从娜拉出走到中国改造——兼及鲁迅与启蒙话语之关系》,《文艺理论与批评》2008 年第 2 期。

⑤ 鲁迅:《答有恒先生》,《鲁迅全集》第 3 卷,人民文学出版社 2005 年版,第 473 页。

⑥ 鲁迅:《纪念刘和珍君》,《鲁迅全集》第 3 卷,人民文学出版社 2005 年版,第 294 页。

⑦ 鲁迅:《死地》,《鲁迅全集》第 3 卷,人民文学出版社 2005 年版,第 282 页。

中,许多在其他现代国家中不成为问题的问题在中国都成了问题。因而虽然经过辛亥革命,现代政治体制建立了[①],但是鲁迅却"觉得仿佛久没有所谓中华民国"[②]——人的基本尊严与权利并没有得到基本的保障。更严重的问题是,那些启蒙者,即现代知识分子也面临着被新的压迫性体制与机制异化的危险。启蒙作为一种知识,也产生着权力。而在一个由工具理性所主导的合理化与科层化的现代社会中,这种权力很容易被统治者所征用,一些知识分子"逐渐变成为制度化的官僚权力的一部分,变成为权力系统运作不可或缺的一个零件"[③]。五四以后一些在外国留过学的"特殊知识阶级"在大学等现代机构里已经占据了重要位置,开始自觉不自觉地站在体制的立场上,以"公理"与"正义"的名义压迫"无刀无笔的弱者",使他们"不得喘息"。[④] 而这样一种"伪士"身上所披的现代知识与文化的光晕无疑是最迷惑人的。因而如何揭穿这些"伪士"的现代伪装,揭示出这样一种新的奴役与压迫关系,成为真正代表被压迫的底层平民说话的"真的知识阶级"就成为鲁迅思考的一个新的焦点[⑤],并促进他思想的发展,在当时的时代社会反抗浪潮的激励下,确立起他 1930 年代走向底层民众,进而走向左翼运动的一个思想的基点。看来鲁迅已经意识到在中国这样一个国度,要单独进行思想文化启蒙是难以成功的,应该与底层民众的解放结合起来寻求民族的新生与复兴的道路。

不过另一方面,对于启蒙的质疑与绝望并没有动摇鲁迅坚守启蒙的意志。虽然鲁迅"于浩歌狂热之际中寒;于天上看见深渊",但又正是"于一切眼中看见无所有;于无所希望中得救。……"[⑥]当"我"用希望之盾,去"抗拒那空虚中暗夜的袭来"的时候,不过耗尽了青春,心却分外的寂寞和平安,没有爱憎,没有哀乐,没有颜色;而且青年也很平安:"没有星和月光,没有僵坠的蝴蝶以至笑的渺茫,爱的翔舞"。而当"我"放下希望之盾,去肉薄

---

① 李新宇在《鲁迅启蒙之路再思考(中)》中指出五四时期中国的情形是:"政治上的变革已经基本完成,人民的权利已经写进了宪法",即已经建立一个现代政治体制(见《鲁迅研究月刊》2004 年第 10 期)。

② 鲁迅:《忽然想到·三》,《鲁迅全集》第 3 卷,人民文学出版社 2005 年版,第 16 页。

③ 周宪:《审美现代性批判》,商务印书馆 2005 年版,446 页。

④ 鲁迅:《我还不能"带住"》,《鲁迅全集》第 3 卷,人民文学出版社 2005 年版,第 260 页。

⑤ 参见鲁迅:《关于知识阶级》,《鲁迅全集》第 8 卷,人民文学出版社 2005 年版,第 223—229 页。在《野草·这样的战士》中不断地举着投枪,不断掷向"头上有各种旗帜,绣出各样好名称:慈善家,学者,文士,长者,青年,雅人,君子……头下有各样外套,绣出各式好花样:学问,道德,国粹,民意,逻辑,公义,东方文明……"的敌人这样的战士形象正是鲁迅形象的写照。

⑥ 鲁迅:《野草·墓碣文》,《鲁迅全集》第 2 卷,人民文学出版社 2005 年版,第 207 页。

这虚空中的暗夜时,“我的面前又竟至于并且没有真的暗夜”。因而“绝望之为虚妄,正与希望相同”①,未来正生成于对于绝望的抗战中。这样一种绝望感不但没有熄灭鲁迅的抗争与求索意志,反而激励与强化了这样一种抗争与求索的精神——“路漫漫其修远兮,吾将上下而求索”,被借用为《彷徨》题词的《离骚》诗句正表达了鲁迅的自励。而在这种抗争中,越地那种“纠缠如毒蛇,执着如怨鬼”②的在复仇中抗争的勾践原型精神正构成了一种支撑性的维度与精神底蕴。《狂人日记》虽然展示了狂人深渊般的绝望,但是在阅读过程中,当读者由“余”引导,穿过大哥视点而与狂人视点认同,也就是逐渐把狂人由一个“语颇错杂无伦次,又多荒唐之言”的疯子理解为一个穿透了历史迷雾而发现了历史的真理,并致力于启发民众觉醒的启蒙先驱时,读者也就实现由常人/“吃人的人”的价值世界向“狂人”/“真的人”的价值世界的跨越,完成了“日记”中“狂人”难以完成的历史任务,并理解了狂人“忧愤的深广”③。鲁迅也正是在对启蒙的质疑与绝望的张力中获得了对启蒙更深刻的理解与更执着更坚韧的坚守,并且在与底层民众的解放斗争的结合中获得了新生。

1925 年在与朋友谈到民国虽然已经成立二十七年了,可是国民思想仍然是“满车的‘祖传’,‘老例’、‘国粹’等等”,腐败不堪时,鲁迅明确说:“现在的办法,首先还得用那几年以前《新青年》上已经说过的‘思想革命’。还是这一句话,虽然未免可悲,但我以为除此没有别的办法。”④在随后的《两地书》中,鲁迅再次指出:“最初的革命是排满,容易做到的,其次的改革是要国民改革自己的坏根性,于是就不肯了。所以此后最要紧的是改革国民性,否则无论是专制,是共和,是什么什么。招牌虽换,货色照旧,全不行的。”⑤在 1933 年写作的《我怎么做起小说来》中,鲁迅仍然明确宣称:“说到‘为什么’做小说罢,我仍抱着十多年前的‘启蒙主义’,以为必须是‘为人生’,而且要改良这人生。”⑥这些都说明,坚持唤醒人们的个性解放与主体自由(即“人各有己”)的启蒙思想始终是鲁迅思想的一个基点。⑦ 只是这

① 鲁迅:《野草·希望》,《鲁迅全集》第 2 卷,人民文学出版社 2005 年版,第 16 页。
② 鲁迅:《杂感》,《鲁迅全集》第 3 卷,人民文学出版社 2005 年版,第 52 页。
③ 鲁迅::《中国新文学大系小说二集·序》,《鲁迅全集》第 6 卷,人民文学出版社 2005 年版,第 246 页。
④ 鲁迅:《通讯》,《鲁迅全集》第 3 卷,人民文学出版社 2005 年版,第 23 页。
⑤ 鲁迅:《两地书》,《鲁迅全集》第 11 卷,人民文学出版社 2005 年版,第 31—32 页。
⑥ 鲁迅:《我怎么做起小说来》,《鲁迅全集》第 4 卷,人民文学出版社 2005 年版,第 526 页。
⑦ 李新宇认为“鲁迅通过启蒙的困境和启蒙者的尴尬所要表达的,其实只是启蒙的艰难,而非他对启蒙的质疑或否定”,“目的只是让知识者认识这片荒原,认识自身的力量局限,并在此基础上寻找穿越荒原的途径”(《鲁迅启蒙之路再思考[中]》,《鲁迅研究月刊》2004 年第 10 期)。

一基点在新的时代环境中已经与争取底层民众、被压迫阶级和民众的解放有机地结合起来。面对双手沾满无辜青年鲜血的法西斯政权以及日寇侵占东三省后日益加剧的民族危机,鲁迅加入了左翼文化运动,把争取底层民众与被压迫阶级的解放和民族的解放置于一个突出的地位,但是这样一种群体的解放同样是以个性解放,即尊重个体的独立与自由为前提的。在民族危机空前严峻的1936年,鲁迅还语重心长地告诫人们说:“用笔和舌,将沦为异族的奴隶之苦告诉大家,自然是不错的,但要十分小心,不可使大家得着这样的结论:‘那么,到底还不如我们似的做自己人的奴隶好。’”①所以,不做奴隶,即坚守一个人的基本人格与尊严是鲁迅的人生与他努力构建现代民族国家(“人国”)的基本底线。正如增田涉所说,鲁迅对“自己和自己民族的奴隶地位的自觉,就是跟他的‘人’的自觉相联结的”,“正在这儿就有着决定着他的生涯的根据”。②

正是从坚守一个人的基本人格与尊严的底线出发,鲁迅对于左翼阵营内部“打着革命的旗号制造新的专制、新的压迫和新的黑暗”③的极左倾向也作了坚决的斗争。如果说启蒙/被启蒙的二元结构关系可能生产出新的权力关系,革命/被革命的关系同样可能生产出新的权力关系。正是这样一种压抑性的权力机制,使一些“只借革命以营私”④的投机者利用攫取的权力,对于那些不顺从他们“领导”的人或者异己者给以残酷打击和无情斗争。鲁迅在参加“左联”之后不久,便再一次感受到被围剿和被愚弄的感觉。他在给朋友的回信中提出了“横站”这一姿态。⑤ 特别是随着周扬一伙把持了“左联”的领导权之后极力排挤和架空鲁迅,更加强化了鲁迅的这种阴暗的感觉。在给朋友的书信中,鲁迅不断重复着“寂寞”、“悲愤”、“痛苦”等语词,并不断使用“鞭子”的意象。他称周扬一伙为“英雄”、“工头”、“奴隶总管”、“元帅”,而自称“苦工”和“奴隶”。实际上这种“奴隶”感觉正是极“左”路线在革命的旗号下所推行的封建专制主义对人的独立个性和主体自由的任意剥夺。

---

① 鲁迅:《半夏小集》,《鲁迅全集》第6卷,人民文学出版社2005年版,第617页。

② 〔日〕增田涉:《鲁迅的印象》,《鲁迅回忆录》专著下册,北京出版社1999年版,第1382页。

③ 王晓初:《中国左翼文艺运动的内在差异与张力》,《文学评论》2007年第1期。

④ 鲁迅:《答徐懋庸并关于抗日统一战线问题》,《鲁迅全集》第6卷,人民文学出版社2005年版,第550页。

⑤ 鲁迅1934年12月18日致杨霁云信中说:“叭儿之类,是不足惧的,最可怕的确是口是心非的所谓‘战友’,因为防不胜防。例如绍伯之流,我至今还不明白他是什么意思。为了防后方,我就得横站,不能正对敌人,而且瞻前顾后,格外费力。”见《鲁迅全集》第13卷,人民文学出版社2005年版,第301页。

如果说在1936年以前,鲁迅为了共同的革命目标,还把这种内心痛苦压抑在心间的话,那么当1936年,周扬一伙解散“左联”,又不发表一个公开的申明,同时另外重组“文艺家协会”,提倡“国防文学”,并诬蔑鲁迅“破坏统一战线”的时候,重病中的鲁迅终于拍案而起,愤怒地揭露了他们一伙“左得可怕”的本来面目。他一方面鲜明地表白自己无条件地加入“中国目前的革命的政党向全国人民所提出的抗日统一战”,另一方面则揭露这些“自称‘指导家’”,“表面上扮着‘革命’的面孔,而轻易诬陷别人为‘内奸’,为‘反革命’,为‘托派’,以至为‘汉奸’者”,不过“只借革命以营私”,“抓到一面旗帜,就自以为出人头地,摆出奴隶总管的架子,以鸣鞭为唯一的业绩”①,一针见血地揭穿了这些所谓“前进作家”不过是打着“革命”的旗号来谋取自己私利的人物,不过是在一种新的现代形式(革命)中制造着新的奴役与压迫,维护权势者的利益,做“文坛皇帝”。鲁迅正是在与这些所谓的“前进作家”的斗争中发现了这种极“左”痼疾将是阻碍中国现代化历史进程的更可怕的危害。因而即使在重病中仍然没有放弃与他们的斗争。虽然疾病最终使他难以完成这一历史任务,但他在临终遗嘱中仍以“我也一个都不宽恕”②,表达了对这些极“左”痼疾的永远的愤怒。

三、鲁迅“个”的思想的历史意义与现代价值

如前所述,鲁迅的“立人”思想是以“人各有己”——唤醒人的自觉、个性解放与主体自由——作为基本前提与逻辑起点的。这是由于几千年来中国建立在宗法血缘基础上的专制秩序与礼教文化是以抹杀和蔑视人的个性为基本特征的,正是这样一种反个人或者说压抑个人的文化导致了中国在近代的落伍。因而唤醒人的个性觉醒与解放是中华民族走向现代,获得新生与复兴的首要前提。但是首要前提并不等于最终的目标,逻辑起点也不等于逻辑的终点,因而它本身并不是自足的。在鲁迅“立人”思想的逻辑中,“人各有己”的目标是“群之大觉”,“转为人国”。在鲁迅的思想中,“个”的思想的确是以个人的独立与自由为特征的,特别是以“以自然生命

① 鲁迅:《答徐懋庸并关于抗日统一战线问题》,《鲁迅全集》第6卷,人民文学出版社2005年版,第549—550、558页。

② 鲁迅:《死》,《鲁迅全集》第6卷,人民文学出版社2005年版,第635页。

为基础的不断超越有限自身的精神性个人"①作为核心的，但是鲁迅并不肯定个人所有的冲动与欲望。他在《忽然想到·六》中明确说："我们目下的当务之急，是：一要生存，二要温饱，三要发展。"②在《北京通讯》中又对这三句话作了解释："我之所谓生存，并不是苟活；所谓温饱，并不是奢侈；所谓发展，也不是放纵。"③非"苟活"、"奢侈"、"放纵"，便明确地限定了个人欲望与冲动的基本内涵与界限。一方面非"苟活"，说明必须是具有人的自觉与尊严的生活；另一方面这样的生活又并不是"奢侈"、"放纵"，不是为所欲为，甚至伤害别人、压迫别人、奴役别人的，而是在尊重别人的个性与尊严基础上的"适如其分，发展各各的个性"④。或许正是出于这样一种思想视野，鲁迅在《故乡》中讽刺性地批判了杨二嫂损人利已的"辛苦恣睢而生活"，在《阿Q正传》中尖锐地揭露了阿Q"我要什么就是什么，我欢喜谁就是谁"的革命的荒谬与愚昧；或许也正因此而没有对于明代中叶之后由李贽所代表的精神解放思潮产生强烈共鸣⑤。不同于晚明精神解放思潮仅仅着眼于个性解放，鲁迅所倡导的个性解放又是与民族解放紧密联系在一起的。因而作为五四新文学宣言的《狂人日记》中"狂人"的意义不仅仅在于发现与揭露了中国几千年"仁义道德"的历史其实是"吃人"的历史，更重要的还在于他要把这一发现告诉他的同胞（首先是他的大哥），劝转他们去掉"吃人"的心思，成为"真的人"。在他"被吃"的恐怖中始终交织着的是对"吃人的人"不能进化成"真的人"的焦虑。所以他才那么声嘶力竭地呼唤人们——"你们可以改了，从真心改起！要晓得将来容不得吃人的人，活在

---

① 汪卫东：《鲁迅前期文本中的"个人"观念》，人民文学出版社2006年版，第200页。

② 鲁迅：《忽然想到·六》，《鲁迅全集》第3卷，人民文学出版社2005年版，第47页。

③ 鲁迅：《北京通讯》，《鲁迅全集》第3卷，人民文学出版社2005年版，第54—55页。

④ 鲁迅：《两地书·四》，《鲁迅全集》第11卷，人民文学出版社2005年版，第20页。

⑤ 林非在《鲁迅与中国文化》中追溯了明代中叶之后的精神解放思潮后说："令人奇怪的是鲁迅对这些文化现象从未引起过强烈的共鸣，不能不说是这位伟大思想家的一个重要疏忽。"（第65页）对于鲁迅"个人"观念有深入研究的汪卫东也论述了仅仅依赖自然人性的中国启蒙运动的困境，并认为鲁迅的"个人"观念也内含着这样一种危机（见汪著《叩问始基：鲁迅"个人"观念研究的反思》，见《回顾与反思：鲁迅研究的前沿与动态》，上海三联书店2010年版，以及《鲁迅前期文本中的"个人"观念》，人民文学出版社2006年版，第194—204页）在我看来，一方面在中国思想史的流脉中，鲁迅是潜在地承传了他们的思想因素和传统的，这已如前述；另一方面，鲁迅对于他们只立足于"私"（个体），乃至尽情放纵自然情欲本能的倾向也有所保留。特别是在面对"千古未有之变局"的民族危机与挑战中，更增加了对于民族（群体）命运的关注与思考，而这样一种思考在根本上是源于一种主体间性的理论视野，从而对于独断论的主体性有清醒的警觉与制衡。这样一种差异也埋下了后来鲁迅与周作人在晚明问题上出现分歧以及周氏兄弟分化的伏笔。

世上",也才因为这样一种呼唤的绝望而复归"清醒"。也就是说,狂人并不满足于他的独自觉醒,而是致力于整个民族的觉醒。当然这样一种民族觉醒又是以"个"的觉醒,即意识到我们的历史和我们每一个人都还处在蒙昧野蛮的"吃人"状态为前提的。[①] 正如张宁所说:"他的民族主义是以个人主义为底色的,而他的个人主义则是以每个人都成为'真的人'为背景的。"[②]伊藤虎丸也认为,鲁迅的民族性或民族主义,"就包含在每个人的'个性'当中,或处在其延长线上"[③]。这样一种民族主义的"背景"正是"世界史"时代西方列强的殖民扩张所带来的巨大的民族危机赋予中国启蒙思潮的一个新的时代内涵,从而使鲁迅超越了明清启蒙思潮而走向一个新的历史高度,同时也构成了中国(启蒙)现代性与西方(启蒙)现代性的差别:由于不同的历史语境,"欧洲启蒙运动以'个人的觉醒'为目的,而中国启蒙思潮则以个性解放为国家富强的途径。在中国,救亡的民族主义诉求既是启蒙的动力,也是启蒙的最后目的。因而中国启蒙从来就是救亡式的启蒙。……这种救亡式的启蒙主义,恰恰是边缘国之现代性的典型表现"[④]。

鲁迅的"个"的思想从根本上看是建立在主体间性(相互主体性)的视域基础之上的。鲁迅所倡导的"人之自觉至,个性张",是以实现每个人的自觉、个性解放与主体自由的"人各有己"、"群之大觉"为目标、前提与底线的。也就是说,他并不仅仅着眼于自己的解放而是着眼于每个人的解放,并在这一解放的基础上建立起新的民族共同体——"人国"。正是在这一思想的原点上他与许多假借"文明"、"科学"、"进化"、"富强"、"众治"(民主)、"自由"等等新的现代名称来实现自己的私欲(即鲁迅在《文化偏至论》中所指出的"假是空名,遂其私欲","掩自利之恶名,以福群之令誉")的"伪士"根本区别开来。张宁指出:"人国""虽指的是他(鲁迅)自己的国家,但就像'人各有己,而群之大觉'一样,这一个'人国'也旁及着其他的'人国'",正如他在《破恶声论》中所表达的,"凡有危邦,咸与扶掖,先起友国,次及其他,令人间世,自繇具足,眈眈皙种,失其臣奴","从'族'的觉醒,到'人'的觉醒,再到'类'的觉醒,鲁迅走了一个独特的思想历程。他从尼

---

① 鲁迅在1918年致许寿裳的信中说:"《狂人日记》实为拙作……偶阅《通鉴》,乃悟中国人尚是食人民族,因成此篇。此种发见,关系亦甚大,而知者尚寥寥也。"(《鲁迅全集》第11卷,人民文学出版社2005年版,第365页)

② 张宁:《无数人们与无穷远方:鲁迅与左翼》,复旦大学出版社2006年版,第66页。

③ 〔日〕伊藤虎丸著,李冬木译:《鲁迅与日本人——亚洲的近代与"个"的思想》,河北教育出版社2000年版,第179页。

④ 高力克:《五四的思想世界》,学林出版社2003年版,第9页。

采等人那里汲取了精神的强力,习得了对‘以众虐独者’的绝不屈从,但从自身和民族受屈辱受奴役的处境中,又体悟到了所有人都应‘朕归于我’,所有的国家都应转为‘人国’的普遍性,从而于尼采思想的另一种逻辑中夺路而逃。这种‘人各有己’的‘人国’理想,已经把‘人’的观念推向了极致,推向了没有任何奴役的一种特别的乌托邦状态”。①

正是出于这样一种思想立场与视域,鲁迅严斥了那些“孤尊自国,蔑视异方,执进化留良之言,攻小弱以逞欲,非混一寰宇,异种悉为其臣仆不慊也”的“兽性爱国者”②,同时揭露了那些“举世滔滔,颂美侵略,暴俄强德,向往之如慕乐园,至受厄无告如印度波兰之民,则以冰寒之言嘲其陨落”③的“志士”其实不过是“灵台之中,满以势利”,“自屈于强暴久,因渐成奴子之性”④。所以高远东认为:“作为一个‘受侵略之国’的青年思想者,鲁迅对‘崇侵略’思想的批判完全不同于‘彼可取而代之’的反抗逻辑,完全超越了当时亚洲/中国思想关于人、社会、国家、世界之关系的理解水平。”“他不仅关心反侵略、反奴役、反殖民,而且关心侵略、奴役、殖民的思想机制的生产,关心怎样从根本上消除侵略、奴役和殖民机制的再生产问题。”⑤而这样一种思考的理论基点正是建立在“主体间性”(相互主体性)的基础之上的。“只有在相互关系中,‘兽性者’才有可能思考、关注他人的‘不乐为皂隶’问题;只有进行‘反诸己’的‘自省’,‘兽性者’与‘奴子之性’者才可能在与他人、与异己者的关系中产生‘觉悟’,最终出脱主从关系。”⑥从而在现代时期透过争取自身民族解放的思考就已经表达了超越现代(民族国家)的超前性思想。北冈正子也指出:“鲁迅这时不在奴隶及其主人关系的主从位置转化中寻求救国之道,而在人类精神进化为基调的新价值体系的创造中寻找出路,这种特异思想所光照的世界,与西欧以及追随西欧的后进国家的图式完全不同。”⑦因而面对鲁迅与左翼聚讼纷纭的历史公案,张宁独辟蹊径地指出

① 张宁:《无数人们与无穷远方:鲁迅与左翼》,复旦大学出版社2006年版,第66页。

② 鲁迅:《破恶声论》,《鲁迅全集》第8卷,人民文学出版社2005年版,第34—35页。

③ 同上书,第35页。

④ 同上书,第35—36页。

⑤ 高远东:《鲁迅的可能性——也从〈破恶声论〉寻找支援》,《鲁迅研究月刊》2003年第7期。北冈正子在解读鲁迅《摩罗诗力说》的《摩罗诗力材源考》中也指出:同样面对生存竞争的冲击,“鲁迅却和严复等人不同,他们在强者与弱者的位置交换上发现民族救亡的契机。鲁迅怀疑强者弱者构成的价值体系结构本身,并在这种情况下承受了冲击”(见北冈正子:《摩罗诗力材源考》,北京师范大学出版社1983年版,第213页)。

⑥ 高远东:《鲁迅的可能性——也从〈破恶声论〉寻找支援》,《鲁迅研究月刊》2003年第7期。

⑦ 〔日〕北冈正子著,何乃英译:《摩罗诗力说材源考》,北京师范大学出版社1983年版,第213页。

鲁迅向左转,是"转而未变",因为"鲁迅在遭遇现实的左翼文化运动之前,就秉有了一个真正的左翼文化人所应具有的精神理想与文化心态,以及反抗任何形式之奴役的决心"①。而这样一种思想立场与取向又扎根于鲁迅早年与越地底层民众精神的血脉相通之中。如他所说:"我母亲的母家是农村,使我能够间或和许多农民相亲近,逐渐知道他们是毕生受着压迫,很多苦痛,和花鸟并不一样了。"②再加上后来的家庭变故,使他在"坠入困顿"的途中开始超越根深蒂固的主奴结构与关系,摆脱一个台门子弟的偏见,走向社会底层与民间,贯通了越地底层民众的小传统的精神血脉,始终关怀被压迫的底层民众,为他们的解放呼号、抗争,并最终走向左翼运动的精神原点。

"个体意识的觉醒,是人类从蒙昧走向文明的精神表征,也是现代性的根本特征。以独立自由的'个体'价值诉求的个人主义,是启蒙精神的价值内核,也是现代秩序的价值基石。"③从马克思所概括的人的解放的历史进程——从"人的依赖关系"到"以物的依赖性为基础的人的独立性",再到"自由个性"的辩证历史过程④——来看,这种基于"物的依赖性"的"人的独立性"也是达致共产主义"自由人联合体"的历史前提:"每个人的自由发展是一切人自由发展的条件。"⑤因而这样一种启蒙主义必须坚守个体的独立性为民族共同体的基础。特别是在中国这样一个植根于宗法血缘家族基础上的社会,传统意义的国家(朝廷)不过是这一家族关系的同构式放大,"'国'就是一个大'家','家'就是一个小'国',在全国范围内的各种不同的社会关系,几乎全部可以用家庭内部的血缘亲情关系来理解,来思考,来表现,反之亦然",而这样一种血缘宗法关系,由于先在的上下、尊卑、主从的关系决定了它"不仅仅是一个领导与被领导的关系,同时更是一个包含与被包含的关系"。⑥ 其基本前提是"'家'是属于父亲一个人的,'国'是属于君主一个人的",因而"在所有这些关系中,都是包含与被包含的关系。在父子关系中,'父'是包含'子'的,'父'体现的是整体,他的意志就是整体的意志;'子'只是一个虚设的'位',但这个'位'上的人却不是作为一个独立的人存在的,他已经被包含在'父'中。'君'与'臣'、'夫'与'妻'的关

---

① 张宁:《无数人们与无穷远方:鲁迅与左翼》,复旦大学出版社2006年版,第67页。
② 鲁迅:《英译本〈短篇小说选集〉自序》,《鲁迅全集》第7卷,人民文学出版社2005年版,第411页。
③ 高力克:《五四的思想世界》,学林出版社2003年版,第9页。
④ 马克思:《经济学手稿》,《马克思恩格斯全集》第46卷,人民出版社1979年版,第104页。
⑤ 马克思:《共产党宣言》,《马克思恩格斯选集》第1卷,人民出版社1972年版,第273页。
⑥ 王富仁:《文化守夜人》,人民文学出版社2001年版,第19页。

系就更是如此”。[1] 所以如果悬置甚至颠覆了个体独立这一价值基础,那么如前所述,这样一个民族共同体(国家)就很容易在“人民”、“集体”、“国家”等新名词炫目的包装中被一小撮掌握权力的领导人篡改为一个新的专制体制。同时,中国的启蒙运动面对的是一个帝制结构的农民社会,匮缺市民社会的根基和动力,并且没有西方式的孕育了现代性的传统文化资源可资利用,因而如果没有现代启蒙思想的真正洗礼,一些与封建—宗法社会结构相适应的思想元素,如平均主义、家长制、等级秩序、排外狭隘等往往会混同于现代性的民族主义、集体主义而渗入新的社会思想中。[2]

进一步地看,就是这些现代性观念本身,如“科学”、“民主”、“进步”、“理性”等等,一旦把它们推向极端与偏至,也会产生新的奴役、新的压迫与新的弊端。例如鲁迅在《文化偏至论》中便对西方“物质”(唯物)、“众数”(民主)走向偏至的倾向进行了批判:“社会民主之倾向”,“其为理想诚美矣”,然而“顾于个人殊特之性,视之蔑如,既不加之别分,且欲致之灭绝。更举黑甚暗,则流弊所至,将使文化之纯粹者,精神益趋于固陋,颓波日逝,纤屑靡存焉。盖所谓平社会者,大都夷峻而不湮卑,若信至程度大同,必在前此进步水平以下”。[3] “同是者是,独是者非,以多数临天下而暴独特者”[4],“近世人生,每托平等之名,实乃愈趋于恶浊,庸凡凉薄,日益以深,顽愚之道行,伪诈之势逞,而气宇品性,卓尔不群之士,乃反穷于草莽,辱于泥涂,个性之尊严,人类之价值,将咸归于无有”[5]。同样,虽然西方“物质文明之盛,直傲睨前此两千余年之业绩”,并且使“世界之情状顿更,人民之事业益利”,但是如果“视若一切存在之本根”[6],那么“诸凡事物,无不质化,灵明日益亏蚀,旨趣流于平庸,人惟客观之物质是趋,而主观之内面精神,乃舍置不之一省。重其外,放其内,取其质,遗其神,林林众生,物欲来蔽,社会憔

---

① 王富仁:《文化守夜人》,人民文学出版社 2001 年版,第 20—21 页。

② 李泽厚论述到新中国成立以后,“当以社会发展史的必然规律和马克思主义的集体主义世界观和行为规约来取代传统的旧意识形态时,封建主义的‘集体主义’却又已经在改头换面地悄悄地开始渗入。否定差异泯灭个性的平均主义、权限不不清一切都管的家长制、发号施令唯我独尊的‘一言堂’、严格注意尊卑秩序的等级制,对现代科技教育的忽视和低估,对西方资本主义文化的排斥,随着这场‘实质上是农民革命’的巨大胜利,在马克思主义的社会主义或无产阶级集体主义名义下,被自觉不自觉地在整个社会及知识者蔓延开来,统治了人们的生活和意识”(见《中国现代思想史论》,东方出版社 1987 年版,第 35—36 页)。

③ 鲁迅:《文化偏至论》,《鲁迅全集》第 1 卷,人民文学出版社 2005 年版,第 51—52 页。

④ 同上书,第 49 页。

⑤ 同上书,第 52—53 页。

⑥ 同上书,第 49 页。

悴,进步以停,于是一切诈伪罪恶,蔑弗乘之而萌,使性灵之光,愈益就于黯淡”①。尤其值得注意的是由于中国人缺乏集团生活的训练,缺乏公共观念,“所谓公共观念,即指国民之于其国,地方人之于其地方,教徒之于其教,党员之于其党,合作社社员之于其社……如是之类的观念。中国人,于身家而外漠不关心,素来缺乏于此”②,因而一些别有用心的人很容易借用这样一些好听的名称、好看的招牌,来谋取自己的私利。如“竞言武事”者,“虽兜牟深隐其面,威武若不可陵,而干禄之色,固灼然现于外矣”;而“制造商估立宪国会之说”者,“借众以陵寡,托言众治压制乃尤烈于暴君”。③ 这些人“所持为坚盾以自卫者,则有科学,有适用之事,有进化,有文明,其言尚矣,若不可以易。特于科学何物,适用何事,进化之状奈何,文明之谊何解,乃独函胡而不与之明言”,其实都不过是“假此面具以钓名声于天下耶”④,且“复掩自利之恶名,以福群之令誉,捷径在目,斯不惮竭蹶以求之耳”⑤。因而“众昌言自由,而自由之蕉萃孤虚实莫甚焉”⑥。或许正是对于这样一种伪士虚伪性的洞察,使鲁迅深深感到“我们民族最缺乏的东西是诚与爱,——换句话说:便是深中了诈伪无耻和猜忌相贼的毛病。口号只管很好听,标语和宣言只管很好看,书本上只管说得冠冕堂皇,天花乱坠,但按之实际,却完全不是这回事”⑦。正是要破除这种种“恶声”,鲁迅“思聆知者之心声而相观其内曜。内曜者,破黮暗者也;心声者,离伪诈者也”,致力于唤醒人们的“心声”和“内曜”。“盖惟声发自心,朕归于我,而人始自有己;人各有己,而群之大觉近矣”,“人各有己,不随风波,而中国亦以立”。⑧

所以鲁迅从来不盲从,也不轻信,而是立足于中华民族的新生与复兴,立足于中国现代化独特的历史语境,去寻求民族与人民解放的道路与真理。

---

① 鲁迅:《文化偏至论》,《鲁迅全集》第1卷,人民文学出版社2005年版,第54页。

② 梁漱溟:《中国文化要义》,上海人民出版社2005年版,第63页。中国民间长期流传的俗语“各人自扫门前雪,莫管他家瓦上霜”正是这一状态的经验总结。梁启超在考察了美国的人文社会并与华人社会作了比较后认为,由于“吾国社会之组织,以家族为单位,不以个人为单位;所谓家齐而后国治也。周代宗法之制,在今日形式虽废,其精神犹存也”,因而“中国有族民资格而没有市民资格”,“有村落思想而无国家思想”,所以华人团体要么是“寡人专制政体”,要么是“暴民专制政体”,是故中国若采用多数政体,如自由、立宪、共和等,“是无以异于自杀其国也”(《新大陆游记》,《梁启超全集》,第1187—1188页)。

③ 鲁迅:《文化偏至论》,《鲁迅全集》第1卷,人民文学出版社2005年版,第46页。

④ 鲁迅:《破恶声论》,《鲁迅全集》第8卷,人民文学出版社2005年版,第28—29页。

⑤ 鲁迅:《文化偏至论》,《鲁迅全集》第1卷,人民文学出版社2005年版,第47页。

⑥ 鲁迅:《破恶声论》,《鲁迅全集》第8卷,人民文学出版社2005年版,第28页。

⑦ 许寿裳:《回忆鲁迅》《鲁迅回忆录》专著上册,北京出版社1999年,第487页。

⑧ 鲁迅:《破恶声论》,《鲁迅全集》第8卷,人民文学出版社2005年版,第25—27页

为破除封建专制秩序与宗法伦理文化对人民的奴役与禁锢，他拿来西方的个性文化，呼唤“声发自心，朕归于我”而“人各有己”，但是这“人各有己”又与“群之大觉”紧密相连，其最终目标是“转为人国”而使“中国亦以立”。他“别求新声于异邦”，期望通过引介西方的“新神思宗”和“摩罗诗人”以启国人之新生，但与此同时，又对那些舶来的“科学”、“民主”、“进步”、“理性”等等现代观念本身保持高度的警惕，特别是对那些“假此面具以钓名声于天下耶”①的现代伪士玩弄的“惟客观之物质是趋”的唯物质思潮（唯科学工具理性的功利倾向），“以多数临天下而暴独特者”的“民主”，“夷隆实陷”，“使天下人人归于一致”，扼杀“个人特殊之性”的“平等”都进行了批判，称之为“获以交通传来之新疫”。② 正如毛泽东指出的：“鲁迅的骨头是最硬的，他没有丝毫的奴颜和媚骨，这是殖民地半殖民地人民最可宝贵的性格。”③而这样一种性格正是由源远流长的越地诸多异端思想家那种特立独行的思想传统所孕育与生成的。

在鲁迅看来，在中国这样一个被几千年封建专制秩序与礼教传统禁锢成的“铁屋子”里，同时又是在“被现代化”——以一种屈辱的形式接触到异域的启蒙主义文化精神的悖论性历史情境中，只有经过痛苦的绝望与绝望的抵抗/挣扎才能真正走向“个”的自觉。鲁迅一生都在批判国民的劣根性，批判阿 Q 精神，攻击那个生成这一劣根性的隐形的心理潜结构——封建专制等级秩序及其礼教文化。他从不预约给人们什么黄金世界，也不相信那些希望的虚幻幻影，更从来不以导师自居④，而只是执拗地执着于现在

---

① 鲁迅：《破恶声论》，《鲁迅全集》第 8 卷，人民文学出版社 2005 年版，第 28—29 页。

② 鲁迅：《文化偏至论》，《鲁迅全集》第 1 卷，人民文学出版社 2005 年版，第 58 页。

③ 毛泽东：《新民主主义论》，《毛泽东选集》第二卷，人民出版社 1993 年版，第 698 页。

④ 鲁迅在《导师》中说：“要前进的青年们大抵想寻求一个导师。然而我敢说：他们将永远寻不到。寻不到倒是运气；自知的谢不敏，自许的果真识路么？凡自以为识路者，总过了‘而立’之年，灰色可掬了，老态可掬了，圆稳而已，自己却误以为识路。假如真识路，自己就早进向他的目标，何至于还在做导师。”在《写在〈坟〉后面》更明确地说：“倘说为别人引路，那就更不容易了，因为连我自己还不明白应当怎么走。中国大概很有些青年的‘前辈’和‘导师’罢，但那不是我，我也不相信他们。我只很确切地知道一个终点，就是：坟。然而这是大家都知道的，无须谁指引。问题是在从此到那的道路。那当然不只一条，我可正不知那一条好，虽然至今有时也还在寻求。”而学界的一些急于创新的学者根本就没有深入鲁迅的精神世界和文学世界，而是拾来后现代主义的一些牙慧就主观印象先行地把鲁迅祭上了启蒙主义的教师爷的圣坛，百般挑剔。至今仍有人说鲁迅式的启蒙是“先知先觉”的“对大众指导、教诲式的启蒙”，“谆谆告诫‘大众’应该做什么、不应该做什么的‘启蒙’”，结果“走向了‘启蒙’的反面”（郭铁城《论阿 Q 的无奈——兼谈鲁迅的“启蒙主义”》，《文艺争鸣》2008 年第 9 期），造成了对鲁迅的严重误解与误读。

的反抗与批判[①]。而正是他的冷峻批判,才使青年们清楚了自己被奴役的处境,并启迪着他们"要有勇气运用你自己的理智"[②]——在自己寻"路"的过程中,敞开了自由解放的可能与道路。日本学者竹内好早在1940年代便认为,鲁迅的这样一种在绝望中抵抗的文化代表了"亚洲的近代"。不同于日本作为学习西方的优等生的"转向"的近代文化,鲁迅代表了另外一种"回心/转化"的近代文化。"转向"发生于自我放弃,因而日本虽然进步很快,却失去了自我主体;"回心/转化"以抵抗为媒介,而抵抗"是对于自身的一种否定性的固守与重造"[③],通过"保存"自我而又"否定"自我的"挣扎/抵抗",在自己内部形成一种新的主体性。"在竹内好的分析里,这个朝向内部的文化否定力量,才是创造东方历史的真正动力,它同时以抵抗为媒介,把西方的近代包容到自己的历史中来。因此,东方的现代化过程,对于世界史而言,是一个以西方的入侵为媒介再造传统的过程,在这个过程里,西方同样被东方以主体自我否定的方式解构进东方的现代之中。而这个结构,却不是以西方的逻辑建构的,它遵循了东方的逻辑。"[④]伊藤虎丸继续了这一思考,认为鲁迅"凭借绝望,事实上是开辟了一条真正继承和再生作为民族个性的文化传统之路",因而"鲁迅提出的问题,至今仍然暗示给我们今后文化努力的重要方向","不仅对亚洲,而且也对今后世界文化的应有方向提出某种暗示"。[⑤] 韩国学者朴宰雨也说"鲁迅是20世纪东亚历史上非常重要的思想的、文化的、人物的资源。他虽然首先是属于中国的知识分子,但又是属于东亚的知识分子。他是现代东亚知识界里一直受瞩目的文学家兼思想家,是一位很难再有的历史文化向导"[⑥]。在日益全球化的今天,对于如何保持与承传我们民族,乃至亚洲与东方独特的现代性,鲁迅为我们提供了极其丰富的资源。

---

① 因而木山英雄注意到,五四时期出现了许多新思想的口号,诸如"人"、"进化"、"世界"、"科学"、"爱"等等。但"在鲁迅来说,这些词语只不过是在与之正相反的中国现状中被逆向性地规定了的、专为否定用的相反概念而已","那些新词语对作者来说,和新时代人类形象或未来一样,不过是模糊的假定物而已,因此即使采用了这些新词语,也无法将自我定位于现实世界中"(见:《文学复古与文学革命》,北京大学出版社2004年版,第5、6页)。

② 康德:《历史理性批判文集》,商务印书馆1990年版,第22页。

③ 孙歌:《竹内好的悖论》,北京大学出版社2004年版,第58页。

④ 孙歌:《在零和一百之间》,竹内好:《近代的超克》,三联书店2005年版,第56页。

⑤ 〔日〕伊藤虎丸著,李冬木译:《鲁迅与日本人——亚洲的近代与"个"的思想》,河北教育出版社2000年版,第172页。

⑥ 〔韩〕朴宰雨:《韩国鲁迅研究文集》序,《韩国鲁迅研究文集》,河南人民出版社2004年版,第3页。

鲁迅作为中国现代文化之父,源源不断地为现代中国人的人生提供现代的价值资源与意义源泉。从五四到抗战,从建国到新时期,鲁迅的精神哺育了一代代的中国人,引导着他们去寻求人生的真理与现代的价值。虽然他们每每也遭到历史的误解、摧残与压抑,但却仍然前赴后继地组成“一个以鲁迅为先驱的‘精神界战士’的谱系”①。即是在那严冬般的时代,鲁迅形象受到极“左”思潮与意识形态的改造与塑形,但是那本真的“人各有己,而群之大觉近矣”②——“个”的精神却还是作为一种宝贵的资源温暖着青年们僵死的心,启迪着青年们的良知,使他们从噩梦中苏醒并发出“我不相信”(北岛)的挑战世界的声音。如同王富仁所指出的,面对史无前例的“文化大革命”的精神浩劫,是“鲁迅第二次拯救了中国文化”,“维系了中国文化走向新生的根本命脉”。③ 就是在1990年代以来的解构时代,在挑战鲁迅、否定鲁迅思潮出现的同时,也涌现出了一种自觉继承鲁迅精神的文化潮流与取向。“在精神的荒原上,在悲凉的雾海中,鲁迅,这个已经去世半个多世纪的人,成了精神上的一种安慰,一种支撑,成了虚无之海里的一座灯塔。”④作为这样一种支撑与灯塔的核心的,就是对于人的独立人格与尊严的自觉捍卫与坚守。

---

① 钱理群:《“精神界战士”谱系的自觉承续——摩罗思想随笔序》,《当代作家评论》1999年第3期。

② 鲁迅:《破恶声论》,《鲁迅全集》第8卷,人民文学出版社2005年版,第26页。

③ 王富仁:《中国鲁迅研究的历史与现状》,福建教育出版社2006年版,第162页。

④ 李新宇:《雾海中的灯塔》,《西南民族大学学报》2006年第8期。

跋语　绝望的抗战——“寻路”:创造中国历史的“第三样时代”与文化

竹内好说:“鲁迅是文学者。首先是一个文学者。他是启蒙者,是学者,是政治家,但正因为他是文学者,即正因为丢掉了这些,这些才作为表象显现出来。”①“鲁迅所看到的是黑暗。但是他却是以满腔热情来看待黑暗,并绝望的。对他来说,只有绝望才是真实。但不久绝望也不是真实了。绝望也是虚妄。……对绝望感到绝望的人,只能成为文学者。不靠天不靠地,不以任何东西来支撑自己,因此也就不得不把一切归于自己一身。于是,文学者鲁迅在现时性的意义上诞生了,致使启蒙者鲁迅得以色彩纷呈的显现出来的那个要素,也因此成为可能。”②的确,鲁迅虽然始终只是一个文学者,一个为五四新文化运动“助威”的呐喊者,一个自觉的置身于时代边缘的边缘者,一个深味黑暗与虚无的绝望确信者,但是他却通过绝望的呐喊,通过与黑暗和虚无的坚韧的搏斗,通过无止境的文学论争,而“论争在本质上是文学性的。即,不是行为以外的东西”③,“他不仅攻击旧时代,也不宽恕新时代”④,“首先让自己和新时代对阵,以‘挣扎’来涤荡自己,涤荡之后,再把自己从里边拉将出来。……但是他被‘挣扎’涤荡过一回之后,和以前也并没什么两样”⑤,从而建构了“文学者鲁迅无限地生成出启蒙者鲁迅的终极之场”⑥,深深地介入与改写着历史,体现、捍卫与坚守了五四的新文化精神。

特洛尔奇指出:“启蒙运动是欧洲文化和历史的现代时期的开端和基础,它与迄至当时占支配地位的教会式和神学式文化截然对立……启蒙运

---

① 〔日〕竹内好著,李冬木、赵京华、孙歌译:《近代的超克》,三联书店 2005 年版,第 108 页。
② 同上书,第 107 页。
③ 同上书,第 109 页。
④ 同上书,第 4 页。
⑤ 同上书,第 11 页。
⑥ 同上书,第 142 页

动绝非一个纯粹的科学运动或主要是科学运动,而是对一切文化领域中的文化的全面的颠覆,带来了世界关系的根本性位移和欧洲政治的完全更改。”①按照康德的经典诠释,“启蒙”意味着人类藉理性的自由运用而脱离不成熟状态。人类脱离蒙昧而达致成熟状态,即自由精神在信仰、知识和政治诸方面展开的过程。② 如果说五四新文化运动也就是中国历史上这样一场“对一切文化领域中的文化的全面的颠覆”的文化变革,一个确立人的“自由精神在信仰、知识和政治诸方面展开的过程”,那么真正代表与实现了这一文化精神的是鲁迅。正是鲁迅的存在改写了历史。竹内好说:“在鲁迅之前,虽然产生过一些先驱性的开拓者典型,但他们都孤立于历史之外。因为孤立于历史之外,他们作为开拓者未能得到历史性的评价。使这些先驱者有可能被视为开拓者,盖始于鲁迅出现以后。就是说,原因在于,鲁迅的出现具有改写历史的意义。故新的人物之诞生,以及与此相伴随的意识上之全面更新的现象在历史进程中发生,而自觉到这一点总是要在历史的一个时期过去之后。”③鲁迅始终是生存在历史之中,作为中国文学的一个“现役文学者”④而持续不懈地论争/搏斗着、挣扎/抵抗着的。这一方面来源于他对于中国社会历史与文化深渊般的黑暗面以及那个始终生成着这一黑暗面的隐形的潜结构(“无”)的深刻洞察、把握与绝望,另一方面,“他并没安顿在绝望里,而是对绝望感到绝望”,而“对绝望感到绝望的人,只能成为文学者。不靠天不靠地,不以任何东西来支撑自己,因此也就不得不把一切归于自己一身”。⑤ “在论争中,他的对手遍及所有阶层,亦遭受了来自所有阶层的嘲骂。……但是他所抗争的,其实却并非对手,而是冲着他自身当中无论如何都无可排遣的痛苦而来的。他把痛苦从自己身上取出,放到对手身上,从而再对这被对象化了的痛苦施加打击。他的论争就是这样展开的。可以说,他是在和自己孕育的‘阿 Q’搏斗。”⑥“他的与恶的战

---

① 〔德〕特洛尔奇:《启蒙运动》,转引自刘小枫:《现代性社会理论绪论》,上海三联书店 1998 年版,第 175 页。

② 〔德〕康德著,何兆武译:《历史理性批判文集》,商务印书馆 1990 年版,第 22 页。

③ 〔日〕竹内好著,李冬木、赵京华、孙歌译:《近代的超克》,三联书店 2005 年版,第 181 页。

④ 竹内好认为:“作为近代文学的中国文学,迄今为止经历了三个大的时期:‘文学革命’、革命文学和民族主义运动。每个时期都有一大批先觉者在混沌的内部斗争之后纷纷落伍。仅仅在‘文学革命’的先觉者当中,就有严复、林纾、梁启超、王国维、章炳麟等人,他们的末路都是文学意义上的悲剧。从‘文学革命’之前一直存活到最后的,只剩下鲁迅一个人。鲁迅的死,不是历史人物的死,而是现役文学者的死。”(同上书,第 10 页)

⑤ 〔日〕竹内好著,李冬木、赵京华、孙歌译:《近代的超克》,三联书店 2005 年版,第 107 页。

⑥ 同上书,第 108—109 页。

斗,是与自己的战斗,他是以自毁来灭恶。”[①]因而虽然他始终只是在攻击旧文明与解剖自我,“他的文学不靠其他东西来支撑,一直不松懈地走在一条摆脱一切规范,摆脱过去的权威的道路上,从而否定性地形成了他自身”[②],没有提出什么乌托邦的未来社会的光明方案和宏大新颖的社会哲学思想(正因此有不少学者诟病鲁迅不是思想家),却通过“‘与自己产出的阿Q不断斗争’的过程,把握到了中国现代历史里最混沌也最深厚的一页,这是各种意义上的先觉者们不曾经验的问题,但是也正因为这一页,鲁迅使历史之外的点进入了历史,使得中途退出历史的先驱们重新获得了历史的意义”[③]。

康德在其名文《何为启蒙?》中说:启蒙运动就是摆脱人类所处的未成年状态(另一种译法为“未成熟状态”)。未成年就是人类在主观意愿上屈从于理性无能的状态,屈从于接受他人居高临下的引导,即不经他人引导便无力运用自己的理智能力的权威主义态度。而摆脱未成年状态,就是人类自身向囿于无能状态的理性蒙昧进行挑战。[④] 鲁迅在《新生》文艺运动时期就倡导并坚信:“人各有己,而群之大觉近矣”[⑤],“人各有己,不随风波,而中国亦以立”[⑥]。不过在中国这样一个延续了几千年的封建专制秩序与礼教传统的国度,只能经过痛苦的绝望与绝望的抵抗/挣扎才能真正走向“个”的自觉[⑦];同样地,对于其他国民与同胞,也应该让他们都感受与体验到这种痛苦与绝望,这样才能使每个人都真正生成“个”的自觉(即“人各有己”)。因而虽然“他几乎不怀疑人是要被解放的不怀疑人终究是会解放的,但是他却关闭了通向解放的道路,把所有的解放都看作幻想”[⑧]。竹内好说:“奴才拒绝自己为奴才,同时拒绝解放的幻想,自觉到身为奴才的事实却无法改变它,这是从‘人生最痛苦的’梦中醒来之后的状态。即无路可走而必须前行,或者说正因为无路可走才必须前行这样一种状态。他拒绝自己成为自己,同时也拒绝成为自己以外的任何东西。这就是鲁迅所具有

---

① 〔日〕竹内好著,李冬木、赵京华、孙歌译:《近代的超克》,三联书店 2005 年版,第 149 页。

② 同上书,第 146 页。

③ 孙歌:《在零和一百之间(代译序)》,《近代的超克》,北京大学出版社 2005 年版,第 52 页。

④ 参见康德:《历史理性批判文集》,商务印书馆 1990 年版,第 22 页。参考了其他译本。

⑤ 鲁迅:《破恶声论》,《鲁迅全集》第 8 卷,人民文学出版社 2005 年版,第 26 页。

⑥ 同上书,第 27 页。

⑦ 鲁迅在给朋友的信中谈到他的散文诗《过客》时说:“绝望而反抗者难,比因希望而战斗者更勇猛,更悲壮。”见《鲁迅全集》第 11 卷,人民文学出版社 2005 年版,第 477—478 页。

⑧ 竹内好:《近代的超克》,三联书店 2005 年版,第 148 页。

的、而且使鲁迅得以成立的、‘绝望’的意味。”①因而只有“当所有通向进步的道路都被封闭了,所有的新的希望都被粉碎了的时候,才能积淀起鲁迅那样的人格吧”②。伊藤虎丸则认为鲁迅之所以把“揭示出‘吃人的社会’的整体构造”,看得“比攻击压制者的暴虐更为重要”,就在于“他是把民众能否从政治的客体变成政治的主体作为问题的”。③

所以虽然“鲁迅从来就不是,也从来没有成为‘方向’,他任何时候(过去、现在和将来)都不可能成为‘方向’,因为他对任何构成‘方向’的主流意识形态,以至‘方向’本身,都持怀疑、批判的态度”,“鲁迅在整个现代中国思想文化体系、话语结构中,始终处于边缘地位,始终是少数和异数”④,但是他却通过他的绝望/抵抗在中国生成(启迪)了一种从来没有过的“第三样时代”⑤的文化——既不是“想做奴隶而不得的时代”,也不是“暂时做稳了奴隶的时代”的文化,而是真正打破了“奴隶 = 奴隶主”的恶性结构循环的“真的人”(现代人)的文化,帮助我们每一个人都成长为有自由思想的、独立人格的人的文化。虽然鲁迅作为一个文学者,认为文学是无用与无力的,但是他却用这无力的文学的“无力”批判了政治。竹内好说:“文学对政治的无力,是由于文学自身异化了政治,并通过与政治的交锋才如此的。游离政治的,不是文学。文学在政治中找见自己的影子,又把这影子破却在政治里,换句话说,就是自觉到无力,——文学走完这一过程,才成为文学。”⑥张宁则认为“鲁迅与政治之间存在着一种奇特的关系,这种关系无法用与实际政治的远近来定义,而只能在对‘政治’重新定义后才能获得理解。毫无疑问,鲁迅是政治的,也投身于政治,但鲁迅投身的是一种‘非政治’的政治,一种不靠政治手段、不以政权为目的的政治。这个‘政治’没有现实的终极目标,看起来更像是一种文化事业,但又与一般文化事业的守成、传递和创新不尽相同,这是让一种真正的政治在每个人身上成长起来的那种事情”⑦。或许正是这样一种“让一种真正的政治在每个人身上成长起来”或者说把民众“从政治的客体变成政治的主体”的政治性构成了鲁迅精神最

---

① 〔日〕竹内好著,李冬木、赵京华、孙歌译:《近代的超克》,三联书店 2005 年版,第 206 页。

② 同上书,第 209 页。

③ 〔日〕伊藤虎丸著,李冬木译:《鲁迅与日本人——亚洲的近代与“个”的思想》,河北教育出版社 2000 年版,第 114 页。

④ 钱理群:《我们为什么需要鲁迅》,《同舟共济》2006 年第 10 期。

⑤ 鲁迅:《灯下漫笔》,《鲁迅全集》第 1 卷,人民文学出版社 2005 年版,第 225 页。

⑥ 〔日〕竹内好著,李冬木、赵京华、孙歌译:《近代的超克》,三联书店 2005 年版,第 134 页。

⑦ 张宁:《无数人们与无穷远方:鲁迅与左翼》,复旦大学出版社 2006 年版,第 73 页。

根柢的内涵,也构成了中国现代文化的核心价值——即五四新文化的根本精神,并且在一次次的历史动荡与时代的风云变幻中支撑着中国现代精神的发展。

而支撑了鲁迅这样一种反抗绝望或者说绝望的抗战——"寻路"精神的,正是他故乡源远流长的越文化精神。如前所述,无论是大禹原型所象征与开创的求实中探索的精神,还是勾践原型所象征与开创的复仇中抗争的精神,都强化了一种坚韧的探索与抗争的精神,即"纠缠如毒蛇,执着如怨鬼,二六时中,没有已时"①的执着求索的精神。而在这样一种探索与抗争之中,既坚守了自我,同时也发展了自我,或者说是在求索之中不断更新自我,也在发展中坚守了自我。正是这样一种精神哺育与滋养了一大批文化精英和一个源远流长的文化谱系:从大禹、勾践到范蠡、文种,从王充到嵇康、王羲之,从陆游到吕祖谦、陈亮、叶适,再从王阳明到"左派王学"、徐渭、张岱、王思任,再从刘宗周、黄宗羲到章学诚、龚自珍、章太炎……例如章太炎,"以大勋章作扇坠,临总统府之门,大诟袁世凯的包藏祸心者,并世无第二人;七被追捕,三入牢狱,而革命之志,终不屈挠者,并世亦无第二人"②。"抽史以明因果,覃思以尊理性,举古今中外之学术,或论验实或论理要,参伍时代,抑扬短长,扫除穿凿附会,打破墨守古法,在清末学者中卓然凌厉前哲,独高人一等","在中国思想史上这样有人格性的创造,实在数不上几人"。③ 而这样一种文化精神无疑潜在地规定了鲁迅"外之既不后于世界之思潮,内之仍弗失固有之血脉,取今复古,别立新宗"④的基本品格与文化指向。同时,相对于时代的主流与正统文化来说,他们都处于一种边缘或异端的位置,鲁迅也始终把自己定位为一个"聊以慰藉那在寂寞里奔驰的猛士,使他不惮于前驱"的"助威"的呐喊者,一个从"从旧垒中来","反戈一击"的历史的"中间物"。而正是这样一种边缘性的位置与视野使他深刻地洞察到时代的病症以及自身的历史局限性,从而生成了一种执着求索、反抗绝望的文化精神。因而正是他们这样一种异端的、边缘的甚至是被压抑的文化探索与抗争维系着越文化源远流长的精神血脉,并进而为中华文化提供了一种生生不息的精神源流与血脉,引导与推动着中国文化的现代化。而鲁迅则通过悖论时代里的绝望的抗战,把这一文化谱系推进到了辉煌的现

① 鲁迅:《杂感》,《鲁迅全集》第3卷,人民文学出版社2005年版,第52页。
② 鲁迅:《关于太炎先生二三事》,《鲁迅全集》第6卷,人民文学出版社2005年版,第567页。
③ 侯外庐:《中国近代启蒙思想史》,人民出版社1983年版,第206、219页。
④ 鲁迅:《文化偏至论》,《鲁迅全集》第1卷,人民文学出版社2005年版,第57页。

代。或许正是在这一意义上,有论者说:“可以说,鲁迅来自传统中国的黑暗的深部,来自现代的源头,来自东西方文化冲突的第一波,来自从农业社会向工业社会,从专制政治向民主政治转型的粗糙的摩擦面。鲁迅及其时代的关系,就整个现代化进程来说,带有某种‘原型’性质。”①

① 林贤治:《鲁迅的最后十年》,《黄河》2002 年第 1 期。

主要参考文献

一、文献类

1.《鲁迅全集》1—18 卷,人民文学出版社 2005 年版。
2.《鲁迅译文全集》1—8 卷,福建教育出版社 2008 年版。
3.《鲁迅辑录古籍丛编》1—4 册,人民文学出版社 1999 年版。
4.《鲁迅年谱》(增订本)1—4 册,人民文学出版社 2000 年版。
5.《鲁迅回忆录》专著上中下、散篇上中下,北京出版社 1999 年版。
6.《鲁迅生平史料汇编》1—5 辑,天津人民出版社 1981—1986 年版。
7. 周作人:《关于鲁迅》,新疆人民出版社 1997 年版。
8. 周作人:《知堂回想录》,群众出版社 1999 年版。
9. 周作人:《周作人自编文集》(34 册),河北教育出版社 2002 年版。
10. 周作人:《知堂集外文·〈亦报〉随笔》,岳麓书社 1988 年版。
11. 周建人:《鲁迅故家的败落》,福建教育出版社 2001 年版。
12. 观鱼:《回忆鲁迅房族和社会环境 35 年间(1902—1936)的演变》,人民文学出版社 1959 年版。
13. 周芾棠:《乡土忆录——鲁迅乡亲友人忆鲁迅》,陕西人民出版社 1983 年版。
14. 裘士雄等:《鲁迅笔下的绍兴风情》,浙江教育出版社 1985 年版。
15. 朱忞等编:《鲁迅在绍兴》,浙江文艺出版社 1997 年版。
16. 周海婴主编,王锡荣编纂:《鲁迅的艺术世界》,江苏文艺出版社 2009 年版。
17. 寿永明、裘士雄主编:《鲁迅与社戏》,江西人民出版社 2005 年版。
18. 王充原著,黄晖撰:《论衡校释》,中华书局 1990 年版。
19. 王阳明:《王阳明全集》,上海古籍出版社 1992 年版。
20. 叶适:《叶适集》,中华书局 1961 年版。
21. 陈亮:《陈亮集》(增订本),中华书局 1987 年版。
22. 吕祖谦:《东莱博议》,中国书店 1986 年版。
23. 徐渭:《徐渭集》,中华书局 1983 年版。

24. 黄宗羲:《黄宗羲全集》,浙江古籍出版社 2005 年版。
25. 章学诚:《文史通义校注》,中华书局 1985 年版。
26. 章学诚:《章学诚遗书》,文物出版社 1985 年版。
27. 〔日〕山口久和著,王标译:《章学诚的知识论——以考证学批判为中心》,上海古籍出版社 2006 年版。
28. 龚自珍:《龚自珍全集》,上海人民出版社 1975 年版。
29. 孙文光、王世云编:《龚自珍研究资料集》,黄山书社 1984 年版。
30. 章太炎:《章太炎全集》,上海人民出版社 1985 年版。
31. 章太炎:《民国章太炎先生自订年谱》,台湾商务印书馆 1980 年版。
32. 章太炎:《章太炎政论选集》,中华书局 1977 年版。
33. 章太炎:《国故论衡》,上海古籍出版社 2003 年版。
34. 王汎森:《章太炎的思想(1868—1919)及其对儒学传统的冲击》,台北时报文化出版公司 1985 年版。
35. 全祖望:《鲒埼亭集》(木刻本)。
36. 戴震:《孟子字义疏证》,中华书局 1982 年版。
37. 张岱:《陶庵梦忆》,西湖书社 1982 年版。
38. 王思任:《王季重小品》,文化艺术出版社 1996 年版。
39. 李贽:《李贽文集》1—7 卷,社会科学文献出版社 2000 年版。
40. 孙文光、王世云编:《龚自珍研究资料集》,黄山书社 1984 年版。
41. 王国维:《王国维戏曲论文集》,中国戏剧出版社 1984 年版。
42. 李慈铭:《越缦堂日记》,广陵书社 2004 年版。
43. 纪昀等:《四库全书总目》,中华书局 1983 年版。
44. 司马迁著,杨燕起译注:《史记全译》,贵州人民出版社 2001 年版。
45. 班固:《汉书》,中华书局 1962 年版。
46.《二十五别史》,齐鲁书社 2000 年版。
47. 房玄龄等:《晋书》,中华书局 1974 年版。
48. 赵尔巽等:《清史稿》,中华书局 1997 年版。
49.《太平广记》,中华书局 1961 年版。
50.《太平御览》,中华书局 1960 年影印本。
51. 刘义庆:《世说新语》,商务印书馆 1956 年版。
52.《四书全译》,贵州人民出版社 1988 年版。
53. 庄周著,张耿光译注:《庄子全译》,贵州人民出版社 1991 年版。
54. 黄永堂译注:《国语全译》,贵州人民出版社 1995 年版。
55. 王强模译注:《列子全译》,贵州人民出版社 1993 年版。
56. 周才珠、齐瑞端译注:《墨子全译》,贵州人民出版社 1995 年版。
57. 陈奇猷校注:《吕氏春秋新校注》,上海古籍出版社 2002 年版。
58. 吕不韦门客编撰,关贤柱等译注:《吕氏春秋全译》,贵州人民出版社 1997 年版。

59. 管子著,姜涛注:《管子新注》,齐鲁书社 2006 年版。
60. 刘向:《说苑》,中华书局 1985 年版。
61. 孟元老等:《东京梦华录 都城纪胜 西湖老人繁盛录 梦粱录 武林旧事》,中国商业出版社 1982 年版。
62. 王士性:《广志绎》,中华书局 1981 年版。
63. 焦竑:《焦氏笔乘正续》,中华书局 1985 年版。
64.《历代书法论文选》、《历代书法论文选续编》,上海书画出版社 1993 年版。
65. 傅振照:《绍兴思想史》,中华书局 2004 年版。
66. 罗萍:《绍兴戏曲史》,中华书局 2004 年版。
67. 罗萍:《绍剧发展史》,中国戏剧出版社 1996 年版。
68. 茆耕茹:《目连戏资料编目概略》,台北施合郑基金会 1999 年版。
69. 徐冰若、阮庆祥、杨乃浚:《绍兴民俗文化》,中华书局 2004 年版。
70. 李敬仕、楼国民:《绍兴绘画史》,中华书局 2004 年版。
71. 汪龙庄:《佐治药言》,今日中国出版社 1995 年版。
72. 平步青:《霞外捃屑》,上海古籍出版社 1982 年版。
73. 骆玉明、贺圣遂:《徐文长传》,浙江古籍出版社 1987 年版。
74. 梁启超:《梁启超全集》,北京出版社 1999 年版。
75. 梁启超:《清代学术概论》,上海古籍出版社 1998 年版。
76. 严复:《严复集》,中华书局 1986 年版。
77. 谭嗣同:《仁学——谭嗣同集》,辽宁人民出版社 1994 年版。
78. 马叙伦:《说文解字研究法》,商务印书馆 1957 年版。
79. 胡适:《胡适文集》,北京大学出版社 1998 年版。
80. 郁达夫:《郁达夫文集》1—12 卷,花城出版社 1983 年版。
81. 瞿秋白:《瞿秋白选集》,人民出版社 1985 年版。
82. 茅盾:《茅盾文艺杂论集》,上海文艺出版社 1981 年版。
83. 朱光潜:《朱光潜全集》,安徽教育出版社 1993 年版。
84. 柯灵:《柯灵杂文集》,三联书店 1984 年版。
85. 夏衍:《懒寻旧梦录》,三联书店 1985 年版。
86. 曹聚仁:《我与我的世界》,人民文学出版社 1983 年版。
87. 曹聚仁:《中国学术思想史随笔》,三联书店 1986 年版。
88. 蒋梦麟:《新潮》,台北传记文学出版社 1967 年版。
89. 舒芜:《周作人概观》,湖南人民出版社 1986 年版。
90. 余秋雨:《秋雨散文》,浙江文艺出版社 1994 年版。
91. 顾颉刚:《古史辨》,上海古籍出版社 1982 年版。
92. 郑振铎:《中国木刻画史略》,上海书店出版社 2006 年版。
93. 陈寅恪:《陈寅恪先生全集》,台湾里仁书局 1980 年版。
94. 陈寅恪:《魏晋南北朝史讲演录》,黄山书社 1987 年版。

95. 梁漱溟:《中国文化要义》,学林出版社 1987 年版。
96. 嵇文甫:《左派王学》,开明书店 1934 年版。
97. 任访秋:《中国新文学渊源》,河南人民出版社 1986 年版。
98. 王瑶:《王瑶文集》,河北教育出版社 2000 年版。
99. 唐弢:《燕雏集》,作家出版社 1962 年版。
100. 郭绍虞:《照隅室语言文字论集》,上海古籍出版社 2009 年版。
101. 刘大杰:《魏晋思想论》,上海古籍出版社 1998 年版。
102. 刘大杰:《中国文学发展史》上中下卷,中华书局 1949 年版。
103. 钱穆:《中国近三百年学术史》,中华书局 1986 年版。
104. 钱穆:《中国思想史》,台湾学生书局 1985 年版。
105. 杜维运:《清代史学与史家》,中华书局 1988 年版。
106. 李泽厚:《中国现代思想史论》,东方出版社 1987 年版。
107. 李泽厚:《中国古代思想史论》,人民出版社 1986 年版。
108. 李泽厚:《中国近代思想史论》,人民出版社 1979 年版。
109. 李泽厚:《美的历程》,中国社会科学出版社 1984 年版。
110. 李泽厚:《历史本体论 乙卯五说》,三联书店 2003 年版。
111. 宗白华:《美学散步》,上海人民出版社 1981 年版。
112. 贺麟:《五十年来的中国哲学》,辽宁教育出版社 1989 年版。
113. 徐复观:《两汉思想史》,华东师范大学出版社 2001 年版。
114.《中华文明史》,河北教育出版社 1989 年版。
115. 范文澜:《中国通史简编》,人民出版社 1965 年版。
116. 翦伯赞:《中国史纲要》,人民出版社 1983 年版。
117. 侯外庐:《中国思想史》,人民出版社 1956 年版。
118. 侯外庐:《中国近代启蒙思想史》,人民出版社 1993 年。
119. 萧萐父、许苏民:《明清启蒙学术流变》,辽宁教育出版社 1995 年版。
120. 吴根友:《中国现代价值观初生历程——从李贽到戴震》,武汉大学出版社 2004 年版。
121. 万明:《晚明社会变迁问题与研究》,商务印书馆 2005 年版。
122. 高力克:《五四的思想世界》,学林出版社 2003 年版。
123. 叶秀山、王树人:《西方哲学史》第 1 卷,凤凰出版社、江苏人民出版社 2004 年版。
124. 〔德〕马克思、恩格斯:《马克思恩格斯选集》人民出版社 1995 年版。
125. 〔美〕费正清:《剑桥中国晚清史》,中国社会科学出版社 1993 年版。
126. 〔美〕余英时:《中国思想传统及其现代变迁》,广西师范大学出版社 2004 年版。
127. 〔美〕余英时:《士与中国文化》,上海人民出版社 2003 年版。
128. 〔日〕沟口雄三著,索介然、龚颖译:《中国前近代思想的屈折与展开》,中华书局 2005 年版。
129. 〔日〕岛田虔次著,甘万萍译:《中国近代思维的挫折》,江苏人民出版社 2005 年版。

130.〔美〕夏志清著,刘绍铭等译:《中国现代小说史》,香港中文大学出版社 2001 年版。
131.〔美〕E. 希尔斯著,傅铿、吕乐译:《论传统》,上海人民出版社 1991 年版。
132.〔美〕露丝·本尼迪著,何锡章、黄欢译:《文化模式》,华夏出版社 1987 年 9 月版。
133.〔法〕丹纳著,傅雷译:《艺术哲学》,人民文学出版社 1963 年版。
134.〔意〕维柯著,朱光潜译:《新科学》,商务印书馆 1989 年版。
135.〔奥〕弗洛伊德著,张焕民译:《弗洛伊德论美文选》,知识出版社 1987 年版。
136.〔奥〕弗洛伊德著,林克明译:《日常生活的心理分析》,浙江文艺出版社 1986 年版。
137.〔瑞士〕荣格著,冯川、苏克译:《心理学与文学》,三联书店 1987 年版。
138.〔法〕昂利·柏格森著,萧聿译:《材料与记忆》,华夏出版社 1999 年版。
139.〔俄〕巴赫金著,白春仁等译:《巴赫金全集》1—5 卷,河北教育出版社 1998 年版。
140.〔德〕海德格尔著,陈嘉映、王庆杰合译:《存在与时间》,三联书店 1987 年版。
141.〔德〕本雅明著,陈永国译:《德国悲剧的起源》,文化艺术出版社 2001 年版。
142.〔德〕本雅明著:《本雅明文选》,中国社会科学出版社 1999 年版。
143.〔美〕詹明信著,陈清侨等译:《晚期资本主义的文化逻辑》,三联书店 1997 年版。
144.〔法〕雅斯贝尔斯著,亦春译:《悲剧的超越》,工人出版社 1988 年版。
145.〔美〕丹尼尔·贝尔著,赵一凡、蒲隆、任晓晋译:《资本主义的文化矛盾》,三联书店 1989 年版。
146.〔英〕齐格蒙特·鲍曼著,邵迎生译:《现代性与矛盾性》,商务印书馆 2003 年版。
147.〔法〕德里达著,张宁译:《书写与差异》,三联书店 2001 年版。
148.〔法〕弗朗索瓦·于连著,杜小真译:《迂回与进入》,三联书店 1998 年版。
149.〔英〕贡布里希著,范景中译:《艺术发展史——“艺术的故事”》,天津人民美术出版社 1991 年版。
150.〔英〕贡布里希:《艺术与人文科学》,浙江摄影出版社 1988 年版。
151.〔美〕阿恩海姆著,常又明译:《色彩论》,云南人民出版社 1980 年版。
152.〔匈〕卢卡契:《卢卡契文学论文集(二)》,中国社会科学出版社 1981 年版。
153.〔德〕康德著,何兆武译:《历史理性批判文集》,商务印书馆 1990 年版。
154.〔德〕黑格尔著,贺麟译:《小逻辑》,商务印书馆 1980 年版。
155.〔德〕黑格尔著,杨造时译:《历史哲学》,上海书店 2001 年版。
156.〔德〕马克斯·韦伯著,于晓、陈维钢等译:《新教伦理与资本主义精神》,三联书店 1987 年版。
157.〔德〕马克斯·韦伯著,洪天富译:《儒教与道教》,江苏人民出版社 1995 年版。
158.〔美〕布莱克:《现代化的动力:一个比较史的研究》,浙江人民出版社 1989 年版。
159.〔美〕M. 列维:《现代化与社会结构》,普林斯顿大学出版社 1966 年版。
160.〔英〕亚当·斯密:《国民财富的性质和原因的研究》,商务印书馆 1972 年版。
161.〔美〕彭幕兰著,史建云译:《大分流:欧洲、中国及现代世界经济的发展》,江苏人民出版社 2003 年版。
162.〔德〕弗兰克著,刘北成译:《白银资本》,中央编译出版社 2000 年版。

163. 〔美〕王国斌著,李伯重、连玲玲译:《转变的中国——历史变迁与欧洲经验的局限》,江苏人民出版社1998年版。
164. 〔美〕伊曼努尔·沃勒斯坦等著,郝明伟、张凡译:《自由主义的终结》,社会科学文献出版社2002年版。
165. 〔美〕艾尔曼著,赵刚译:《从理学到朴学——中华帝国晚期思想与社会变化面面观》,江苏人民出版社1995年版。
166. 李伯重:《发展与制约——明清江南生产力研究》,台北联经出版公司2002年版。
167. 张庚:《中国戏剧通史》,中国戏剧出版社1980年版。
168. 廖奔:《中国戏曲史》,上海人民出版社2004年版。
169. 谢选骏:《神话与民族精神》,山东文艺出版社1986年版。
170. 周宪:《审美现代性批判》,商务印书馆2005年版。
171. 刘小枫:《现代性社会理论绪论》,上海三联书店1998年版。
172. 董小英:《再登巴比伦塔——巴赫金与对话理论》,三联书店1994年版。
173. 王建刚:《狂欢诗学——巴赫金文学思想研究》,学林出版社2001年版。
174. 陈正祥:《中国文化地理》,三联书店1984年版。
175. 阮炜:《地缘文明》,上海三联书店2006年版。
176. 蔡丰明主编:《吴越文化的跨海东传与流布》,学林出版社2006年版。
177. 郑择魁主编:《吴越文化与中国现代文学》,杭州大学出版社1998年版。
178. 费君清主编:《中国传统文化与越文化研究》,人民出版社2004年版。
179. 朱志勇、李永鑫主编:《绍兴师爷与中国幕府文化》,人民出版社2007年版。
180. 钱理群等:《中国现代文学三十年》,北京大学出版社1998年版。
181. 司马长风:《中国新文学史》上中下卷,昭明出版社1978年版。
182. 王晓初:《中国现代文学发展演变史1898—1989》,西南师范大学出版社2002年版。
183. 张正明、刘玉堂:《楚史论丛》,湖北人民出版社1984年版。
184. 湖北省社会科学院历史研究所编:《湖北简史》,湖北教育出版社1994年版。
185. 残雪:《解读博尔赫斯》,人民文学出版社2000年版。

二、研究类

(一) 著作

1. 《鲁迅研究学术资料汇编》1—5册,中国文联出版公司1987年版。
2. 何炳松:《浙东学派溯源》,中华书局1989年影印本。
3. 董平:《浙江思想学术史》,中国社会科学出版社2005年版。
4. 陈方竞:《鲁迅与浙东文化》,吉林大学出版社1999年版。

5. 顾琅川：《周氏兄弟与浙东文化》，人民出版社 2008 年版。
6. 彭晓丰、舒建华：《“S 会馆”与五四新文学的起源》，湖南教育出版社 1995 年版。
7. 钱理群：《心灵的探寻》，上海文艺出版社 1988 年版。
8. 钱理群：《与鲁迅相遇》，三联书店 2003 年版。
9. 钱理群：《鲁迅作品十五讲》，北京大学出版社 2003 年版。
10. 钱理群：《鲁迅九讲》，福建教育出版社 2007 年版。
11. 钱理群：《周作人传》，北京十月文艺出版社 1990 年版。
12. 王富仁：《文化守夜人》，人民文学出版社 2001 年版。
13. 王富仁：《中国鲁迅研究的历史与现状》，福建教育出版社 2006 年版。
14. 李长之：《鲁迅批判》，北京出版社 2003 年版。
15. 王瑶：《鲁迅作品论集》，人民文学出版社 1984 年版。
16. 林非：《鲁迅与中国文化》，学苑出版社 2000 年版。
17. 杨义：《鲁迅作品综论》，人民出版社 1998 年版。
18. 孙郁：《鲁迅与周作人》，辽宁人民出版社 2007 年版。
19. 孙郁：《鲁迅与胡适》，长江文艺出版社 2007 年版。
20. 孙郁：《文字后的历史》，春风文艺出版社 2001 年版。
21. 陈漱渝等：《颠覆与传承——论鲁迅的当代意义》，福建教育出版社 2006 年版。
22. 徐麟：《鲁迅：在言说与存在的边缘》，山东文艺出版社 1997 年版。
23. 一土编：《21 世纪：鲁迅和我们》，人民文学出版社 2001 年版。
24. 乐黛云编：《国外鲁迅研究论集》，北京大学出版社 1981 年版。
25. 〔日〕伊藤虎丸著，李冬木译：《鲁迅与日本人——亚洲的近代与“个”的思想》，河北教育出版社 2000 年版
26. 〔日〕伊藤虎丸著，李冬木译：《鲁迅与终末论》，三联书店 2008 年版。
27. 〔日〕伊藤虎丸著，孙猛、徐江、李冬木译：《鲁迅、创造社与日本文学——中日近现代比较文学初探》，北京大学出版社 1995 年版。
28. 〔日〕竹内好著，李冬木、赵京华、孙歌译：《近代的超克》，三联书店 2005 年版。
29. 〔日〕竹内好著，李心峰译：《鲁迅》，浙江文艺出版社 1986 年版。
30. 〔日〕丸山升著，王俊文译：《鲁迅·革命·历史》，北京大学出版社 2005 年版。
31. 〔日〕木山英雄著，赵京华译：《文学复古与文学革命》，北京大学出版社 2004 年版。
32. 〔日〕丸尾常喜著，秦弓译：《“人”与“鬼”的纠葛——鲁迅小说论析》，人民文学出版社 2006 年版。
33. 〔日〕丸尾常喜著，秦弓译：《耻辱与恢复》，北京大学出版社 2009 年版。
34. 〔日〕北冈正子著，何乃英译：《摩罗诗力材源考》，北京师范大学出版社 1983 年版。
35. 〔美〕李欧梵著，尹慧珉译：《铁屋中的呐喊》，河北教育出版社 2000 年版。
36. 〔韩〕朴宰雨主编：《韩国鲁迅研究文集》，河南人民出版社 2004 年版。
37. 孙歌：《竹内好的悖论》，北京大学出版社 2004 年版。
38. 郜元宝：《鲁迅六讲》，北京大学出版社 2007 年版。

39. 汪卫东:《鲁迅前期文本中的“个人”观念》,人民文学出版社2006年版。
40. 彭小燕:《存在主义视野下的鲁迅》,北京大学出版社2007年版。
41. 黄子平:《“灰阑”中的叙述》,上海文艺出版社2001年版。
42. 张宁:《无数人们与无穷远方:鲁迅与左翼》,复旦大学出版社2006年版。
43. 郑家建:《被照亮的世界——〈故事新编〉诗学研究》,福建教育出版社2001年版。
44. 郑家建:《中国文学现代性的起源语境》,上海三联书店2002年版。
45. 汪晖:《死火重温》,人民文学出版社2000年版。
46. 汪晖:《反抗绝望——鲁迅及其文学世界》,河北教育出版社2000年版。
47. 张新颖:《20世纪上半期中国文学的现代意识》,三联书店2001年版。
48. 田刚:《鲁迅与中国士人传统》,中国社会科学出版社2005年版。
49. 梁展:《颠覆与生成——德国思想与鲁迅前期的自我观念》,上海锦绣文章出版社2007年版。
50. 廖诗忠:《回归经典——鲁迅与先秦文化的深层关系》,上海三联书店2005年版。
51. 高远东:《现代如何“拿来”——鲁迅思想与文学论集》,复旦大学出版社2009年版。
52. 吴康:《书写沉默——鲁迅存在的意义》,人民出版社2010年版。
53. 袁盛勇:《鲁迅:从复古走向启蒙》,上海三联书店2006年版。
54. 郝庆军:《诗学与政治:鲁迅晚期杂文研究1933—1936》,文化艺术出版社2007年版。
55. 陈丹青:《笑谈大先生》,广西师范大学出版社2011年版。
56. 朱奇志:《龚自珍鲁迅比较研究》,岳麓书社2004年版。
57. 张克:《颓败线的颤动——鲁迅与中国文学的现代性》,2005年武汉大学博士论文。
58. 张梦阳:《中国鲁迅学通史》(宏观反思卷),广东教育出版社2001年版。
59. 张梦阳:《中国鲁迅学通史》(下卷),广东教育出版社2002年版。
60. 徐妍:《新时期以来鲁迅形象的重构》,安徽教育出版社2008年版。
61. 曹聚仁:《鲁迅评传》,复旦大学出版社2006年版。
62. 陈越:《鲁迅传论》,海南出版社2000年版。
63. 朱正:《一个人的呐喊——鲁迅1881—1936》,北京十月文艺出版社2007年版。
64. 林贤治:《人间鲁迅》,安徽教育出版社2004年版。
65. 林辰:《鲁迅传》,福建人民出版社2004年版。
66. 吴俊:《鲁迅评传》,百花洲文艺出版社1992年版。
67. 孙郁、黄乔生主编:“回望鲁迅”系列丛书(未单列出的其他册)。
68. 陈越主编:《越文化视野中的鲁迅》,百花洲文艺出版社2004年版。
69. 《鲁迅:跨文化对话——纪念鲁迅逝世七十周年国际学术讨论会论文集》,大象出版社2006年版。
70. 寿永明、王晓初主编:《回顾与反思:鲁迅研究的前沿与趋势》,上海三联书店2010年版。
71. 王晓明主编:《批评空间的开创》,东方出版中心1998年版。

(二)论文

1. 蔡克骄:《"浙东史学"再认识》,《史学理论研究》2002 年第 3 期。
2. 崔云伟:《论鲁迅作品中的表现主义版画(木刻)感》,《沈阳师范大学学报》2004 年第 4 期。
3. 陈方竞:《为有源头活水来——鲁迅对浙东民间文化的感性体悟》,《鲁迅研究月刊》1991 年第 9 期。
4. 陈方竞:《对五四新文化、新文学运动发生根基的再认识(下)》,《海南师范学院学报》2003 年第 6 期。
5. 陈桥驿:《吴越文化和中日两国的史前交流》,《浙江学刊》1990 年第 4 期。
6. 陈桥驿:《越族的发展与流散》,《东南文化》1989 年第 6 期。
7. 陈桥驿:《于越历史概论》,《浙江学刊》1984 年第 2 期。
8. 陈浩:《思想对话的形象——从绍兴民间文化解读鲁迅的思想风格》,《鲁迅研究月刊》2004 年第 10 期。
9. 陈浩:《"恶魔的美":鲁迅与唯美主义》,《鲁迅:跨文化对话——纪念鲁迅逝世七十周年国际学术讨论会论文集》,大象出版社 2006 年版。
10. 陈平原:《分裂的趣味与抵抗的立场——鲁迅的述学文体及其接受》,《文学评论》2005 年第 5 期。
11. 陈剩勇:《亚洲东南沿海地区的百越文化及其民族文化心理特征》,《东南文化》1990 年第 3 期。
12. 陈越:《剑与书:越文化的精神模式与鲁迅的精神结构》,《西南民族大学学报》2006 年第 7 期。
13. 陈越:《论鲁迅的越文化背景》,《鲁迅研究月刊》2000 年第 6 期。
14. 陈越:《摆脱陈源的阴影——也谈鲁迅与"绍兴师爷"》,《鲁迅研究月刊》2004 年第 10 期。
15. 陈祖楠:《鲁迅小说的方言运用》,《绍兴师专学报》1986 年第 3 期。
16. 程凯:《"招魂"、"鬼气"与复仇——论鲁迅的鬼神世界》,《鲁迅研究月刊》2004 年第 6 期。
17. 〔日〕代田智明:《基于鲁迅思考之上的"复仇"与"末日"》,《鲁迅研究月刊》2007 年第 1 期。
18. 董楚平:《吴越文化的三次发展机遇》,《浙江社会科学》2001 年第 5 期。
19. 范美俊:《明代中后期徐渭的书画转型与心学背景》,《西昌学院学报》(自然科学版)2006 年第 2 期。
20. 〔荷兰〕佛克马著,范智红译:《中国与欧洲传统中的重写方式》,《文学评论》1999 年第 6 期。
21. 傅衣凌:《中国传统社会:多元的结构》,《中国社会经济史研究》1988 年第 3 期。
22. 高翔:《论清前期中国社会的近代化趋势》,《中国社会科学》2000 年第 4 期。

23. 高远东:《论鲁迅与墨子的思想联系》,《中国现代文学研究丛刊》1999 年第 2 期。
24. 高远东:《鲁迅的可能性——也从〈破恶声论〉寻找支援》,《鲁迅研究月刊》2003 年第 7 期。
25. 高玉:《鲁迅"现代中国的圣人"解》,《中南民族大学学报》2004 年第 4 期。
26. 郜元宝:《"胡适之体"和"鲁迅风"》,《文学评论》1998 年第 1 期。
27. 郜元宝:《现代汉语:工具论与本体论的交战》,《当代作家评论》2002 年第 2 期。
28. 郜元宝:《音本位与字本位——在汉语中理解汉语》,《当代作家评论》2002 年第 2 期。
29. 郜元宝:《同一与差异——中国现代知识分子的语言观念之五》,《上海文学》2003 年第 10 期。
30. 耿云志:《近代中国的文化转型:问题与趋向》,《广东社会科学》2008 年第 3 期。
31. 葛红兵:《为 20 世纪中国文学写一份悼词》,《芙蓉》1999 年第 6 期。
32. 郭铁城:《论阿 Q 的无奈——兼谈鲁迅的"启蒙主义"》,《文艺争鸣》2008 年第 9 期。
33. 顾晓梅:《仿佛是木刻似的——鲁迅小说艺术形象的造型特色及其成因》,《山东师范大学学报》1999 年第 4 期。
34. 何军:《黑白木刻的纯粹语言空间及艺术生命力》,《装饰》2005 年第 8 期。
35. 侯外庐:《论鲁迅三题:鲁迅与中国传统思想》,1948 年 9 月 22 日《文汇报》。
36. 皇甫积庆:《结构 解构 建构——论鲁迅文体思想及文体/文类构架》,《鲁迅研究月刊》1997 年第 4 期。
37. 皇甫积庆:《历时创作中的变异与持恒——〈故事新编〉创作心理解读》,《鲁迅研究月刊》1995 年第 2 期。
38. 皇甫积庆:《鲁迅"杂感"文体论》,《鲁迅研究月刊》2006 年第 9 期。
39. 黄键:《鲁迅与中国诙谐文化中的乡愚主题》,《广东社会科学》2003 年第 6 期。
40. 黄昌勇、符杰祥:《"鲁迅道路"问题的理论反思》,《文学评论》2004 年第 3 期。
41. 〔韩〕洪焌荧:《文学想象与现代散文话语的建立(1925—1935)(上)》,《中国现代文学研究丛刊》2004 年第 1 期。
42. 〔韩〕洪焌荧:《文学想象与现代散文话语的建立(1925—1935)(下)》,《中国现代文学研究丛刊》2004 年第 2 期。
43. 胡辉杰:《从目连戏看鲁迅和他的文本世界》,《鲁迅研究月刊》1999 年第 7 期。
44. 靳新来:《杂文:鲁迅综合素质全息图》,《江淮论坛》2003 年第 1 期。
45. 凌云岚:《鲁迅与民间文化——游子的精神返乡之旅》,《鲁迅研究月刊》2003 年第 1 期。
46. 李乔:《烈日秋霜——鲁迅与绍兴师爷》,《鲁迅研究月刊》2000 年第 9 期。
47. 李林荣:《被遮蔽和改写的传统——重审作为中国当代文学话语的"鲁迅笔法"与"杂文时代"》,《海南师范学院学报》2005 年第 6 期。
48. 李敬仕:《个性人格的凸现——论徐渭绘画的特色及其历史价值》,《艺术探索》2000 年第 1 期。

49. 李振声:《作为新文学资源的章太炎》,《书屋》2001 年第 Z1 期(增刊)。
50. 李新宇:《鲁迅启蒙之路再思考(中)》,《鲁迅研究月刊》2004 年第 10 期。
51. 李新宇:《雾海中的灯塔》,《西南民族大学学报》2006 年第 8 期。
52. 李跃红:《陈洪绶〈水浒叶子〉论略》,《美术观察》2009 年第 11 期。
53. 李陀:《汪曾祺与现代汉语写作——兼谈毛文体》,《花城》1998 年第 5 期。
54. 林贤治:《鲁迅的最后十年》,《黄河》2002 年第 1 期。
55. 刘士林:《江南轴心期与中国古典美学精神的生成》,《浙江学刊》2004 年第 6 期。
56. 刘士林:《在江南探寻中国民族的诗性精神》,《民族艺术》2006 年第 2 期。
57. 〔日〕木山英雄著,刘金才、刘生社译:《〈故事新编〉译后解说》,《鲁迅研究动态》1988 年第 11 期。
58. 〔日〕木山英雄著,赵京华译:《〈野草〉的诗与"哲学"》(上),《鲁迅研究月刊》1999 年第 9 期。
59. 〔日〕木山英雄著,赵京华译:《〈野草〉的诗与"哲学"》(下),《鲁迅研究月刊》1999 年第 11 期。
60. 彭定安:《温床与羁绊:鲁迅世界和他的家世》,《鲁迅研究月刊》1990 年第 9 期。
61. 彭定安:《论鲁迅小说中的"狂人"家族》,《中国现代文学研究丛刊》1984 年第 4 期。
62. 〔日〕片山智行著,李冬木译:《〈故事新编〉论》,《鲁迅研究月刊》2000 年第 8 期。
63. 〔捷〕普实克:《鲁迅》,《鲁迅研究年刊》1979 年。
64. 曲六艺:《目连戏的演变与傩文化的渗透》,《文艺研究》1992 年第 1 期。
65. 钱理群:《文本阅读:从〈朝花夕拾〉到〈野草〉》,《江苏社会科学》2003 年第 4 期。
66. 钱理群:《鲁迅对"现代化"诸问题的历史回应》,《文艺研究》1996 年第 6 期。
67. 钱理群:《"精神界战士"谱系的自觉承续——摩罗思想随笔序》,《当代作家评论》1999 年第 3 期。
68. 钱理群:《我们为什么需要鲁迅》,《同舟共济》2006 年第 10 期。
69. 钱碧湘:《古今 · 取舍 · 得失——读鲁迅的〈故事新编〉杂记》,《安徽师范大学学报》1980 年第 3 期。
70. 孙绍振:《杂文家鲁迅与小说家鲁迅的矛盾(二)》,《名作欣赏》2009 年第 5 期。
71. 孙郁:《鲁迅的译介意识》,《鲁迅:跨文化对话》,大象出版社 2006 年版。
72. 孙郁:《老舍的鲁迅观》,《兰州大学学报》2009 年第 2 期。
73. 沈刚:《形式意味中的生命力度——论鲁迅美术思想中的文化性格》,《绍兴文理学院学报》1996 年第 3 期。
74. 沈刚:《鲁迅黑暗意象的发生学解释——1 ~ 18 岁居住空间对鲁迅视觉图像的影响》,《复旦学报》2008 年第 1 期。
75. 宋志坚:《鲁迅与陈洪绶的版画》,《福建艺术》2010 年第 2 期。
76. 宋剑华:《启蒙的无效与鲁迅〈药〉的文本释义》,《天津社会科学》2008 年第 5 期。
77. 谭桂林:《鲁迅与佛学问题之我见》,《鲁迅研究月刊》1992 年第 10 期。
78. 王嘉良:《越文化:鲁迅精神范式形成的文化源头》,《浙江万里学院学报》2004 年第

4 期。
79. 王风:《鬼和与鬼有关的——鲁迅〈女吊〉讲稿》,《鲁迅研究月刊》2005 年第 1 期。
80. 王富仁:《从“兴业”到“立人”》,《中国社会科学》1987 年第 2 期。
81. 王富仁:《立于两个不同的历史层面和思想层面上——鲁迅与梁启超的文化思想和文学思想之比较》,《河北学刊》1987 年第 6 期。
82. 王和平、陈金生:《舟山群岛发现新石器时代遗址》,《考古》1983 年第 1 期。
83. 王向远:《鲁迅的杂文观念的形成演变与日本文学》,《鲁迅研究月刊》1996 年第 2 期。
84. 王晓初:《中国左翼文艺运动的内在差异与张力》,《文学评论》2007 年第 1 期。
85. 王炯华:《嵇文甫三十年代论著述评》,《河南师范大学学报》1989 年第 2 期。
86. 王朔:《我看鲁迅》,《收获》2000 年第 2 期。
87. 汪晖:《鲁迅与向下超越——〈反抗绝望〉跋》,《中国文化研究》2008 年第 1 期。
88. 汪晖:《进化的理念与“轮回”的经验》,《广东社会科学》1989 年第 4 期。
89. 汪晖:《历史的“中间物”与鲁迅小说的精神特征》,《文学评论》1986 年第 5 期。
90. 吴康:《鲁迅杂文的生存论意义》,《长江学术》2009 年第 2 期。
91. 吴林兵、胡子明:《鲁迅杂文——从绝唱到绝响》,《学术研究》2000 年第 12 期。
92. 〔日〕尾崎文昭:《试论鲁迅“多疑”的思维方式》,《鲁迅研究月刊》1993 年第 1 期。
93. 魏韶华:《论鲁迅的艺术趣味》,《东方论坛》1994 年第 2 期。
94. 肖同庆:《狂人谱系:在疯狂与理性的边缘》,《鲁迅研究月刊》1995 年第 8 期。
95. 〔日〕相浦杲:《中国现代文学的诞生和鲁迅、胡适、陈独秀》,《考证、比较、鉴赏》,北京大学出版社 1996 年版。
96. 徐小蛮:《鲁迅辑校古籍手稿及其研究价值》,《鲁迅研究动态》1987 年第 7 期。
97. 徐淦:《鲁迅先生和绍兴戏》,1956 年 9 月 5 日《人民日报》。
98. 徐行言:《论〈故事新编〉的表现主义风格》,《鲁迅研究月刊》1995 年第 11 期。
99. 徐行言:《论鲁迅艺术趣味与文艺思想的多元性——在表现主义与写实主义的二难抉择中》,《文艺理论研究》1997 年第 6 期。
100. 徐麟:《无治主义 · 油滑 · 杂文》,《中国现代文学研究丛刊》1997 年第 4 期。
101. 徐通锵:《思维方式与语法研究的方法论》,《北京大学学报》2004 年第 1 期。
102. 许苏民:《中国文化现代化的历程——17 世纪中西大分流的历史教训》,《华南理工大学学报》(社会科学版)2006 年第 6 期。
103. 许苏民:《“内发原生”模式:中国近代史的开端实为明万历九年》,《河北学刊》2003 年第 2 期。
104. 薛毅:《论〈故事新编〉的寓言性》,《鲁迅研究月刊》1993 年第 12 期。
105. 薛毅:《反抗者的文学——论鲁迅的杂文写作》,http://www.chinese-thought.org/whyj/005685_3.htm。
106. 杨义:《鲁迅与中国文化的现代启示》,《文学评论》2006 年第 5 期。
107. 杨义:《古越精神与现代理性的审美错综——鲁迅〈铸剑〉新解》,《绍兴师专学报》

1991 年第 3 期。
108. 杨建华:《吴越思想文化论》,《东南文化》1989 年第 3 期
109. 〔日〕伊藤虎丸:《鲁迅的生命与鬼——鲁迅的生命论与终末论》,《文学评论》2000 年第 1 期。
110. 〔日〕伊藤虎丸著,庄玮译:《〈故事新编〉之哲学 · 序》,《鲁迅研究月刊》1993 年第 5 期。
111. 严家炎:《鲁迅与表现主义——兼论〈故事新编〉的艺术特征》,《中国社会科学》1995 年第 2 期。
112. 叶志良、金琳:《绍兴社戏中鬼戏的艺术人类学研究》,《浙江艺术职业学院学报》2008 年第 1 期。
113. 袁法周:《主导中国近现代命运的三大区域文化:东南、江浙、湖湘》,《理论学刊》2007 年第 2 期。
114. 袁国兴:《鲁迅小说和"杂感"类"文章"的文类体式互侵》,《鲁迅研究月刊》2010 年第 4 期。
115. 张春田:《重思鲁迅与中国现代文学的"原点"》,《文艺理论与批评》2006 年第 2 期。
116. 张春田:《从娜拉出走到中国改造——兼及鲁迅与启蒙话语之关系》,《文艺理论与批评》2008 年第 2 期。
117. 张东荪:《从中国语言构造上看中国哲学》,《东方杂志》1936 年第 7 期。
118. 张克:《"倘若"与"然而"——鲁迅话语世界的理想类型》,《鲁迅研究月刊》2008 年第 4 期。
119. 张克:《"杂"与"偏要"——鲁迅"文体"问题发微》,《天中学刊》2008 年第 4 期。
120. 张鲁高:《古典文气与它的现代形式——鲁迅文风试析》,《鲁迅研究月刊》2000 年第 10 期。
121. 张旭东:《中国现代主义起源的"名""言"之辩:重读〈阿 Q〉正传》,《鲁迅研究月刊》2009 年第 1 期。
122. 张旭东:《杂文的"自觉"——鲁迅"过渡期"写作的现代性与语言政治(上)》,《文艺理论与批评》2009 年第 1 期。
123. 张旭东:《杂文的"自觉"——鲁迅"过渡期"写作的现代性与语言政治(下)》,《文艺理论与批评》2009 年第 2 期。
124. 张业松:《暗夜的苦痛与想象——鲁迅文学的一个侧面》,《社会科学论坛》2008 年第 1 期。
125. 张业松:《重读〈呐喊 · 自序〉》,《鲁迅研究月刊》2008 年第 5 期。
126. 张直心:《"梦中的女孩"——鲁迅〈在酒楼上〉细读》,《中国现代文学研究丛刊》2005 年第 4 期。
127. 赵宪涛:《鲁迅与"野史思维"》,《石家庄学院学报》2007 年第 5 期。
128. 郑家建:《"油滑"新解——〈故事新编〉新论(之一)》,《鲁迅研究月刊》1997 年第

1 期。
129. 郑择魁:《"开拓越学、俾其曼延"——鲁迅与越文化》,《绍兴师专学报》1990 年第 3 期。
130. 郑敏:《汉字与解构阅读》,《汉字文化》1997 年第 1 期。
131. 周聪秀:《鲁迅与野史》,《鲁迅研究月刊》2005 年第 2 期。
132. 朱晓进:《鲁迅小说的杂感化倾向》,《鲁迅研究月刊》1993 年第 10 期。
133. 左尚鸿:《鲁迅小说的"油滑"手段与浙东戏曲的"二丑艺术"》,《华中师范大学研究生学报》2006 年第 4 期。
134. 《鲁迅研究月刊》(创刊以来至现在)未单列的有关论文。

后 记

2003 年我由重庆三峡学院来到绍兴文理学院,其中一个重要原因是景仰滋养了伟大文学家和思想家鲁迅的这片土地。正如当年我在校报上发表的感想——《走向文学圣地》:“对几乎每一位现代文学学者来说,诞生了现代文学之父鲁迅的绍兴都构成了他们心中的文学圣地。今年有幸加盟到绍兴文理学院中文系,终于圆了我这个长久的梦。”以绍兴为中心的越地不仅仅孕育了鲁迅这样的文学大师和思想大师,而且从远古上古时期的大禹、勾践、王充,到中古时期的嵇康、王羲之、陆游,再到近古时期的王阳明、徐渭、黄宗羲、章学诚,乃至近现代时期的章太炎、蔡元培、秋瑾等,构成了一个源远流长的精神谱系,既构成了生成鲁迅的深厚的地域文化背景,也提供了透视鲁迅的一个独特视角。绍兴的前辈学人(如裘士雄、陈越等)已经在这条学术道路上筚路蓝缕,我作为一个新来者理应继承这一学术传统,力所能及地加以推进并传承下去。正是在这一背景下我暂时放弃了原来从事的中国现代文学史和现代性研究而全力以赴地转入越文化视野中的鲁迅研究。但是要真正进入乃至深入这一研究又是极其艰难的。经过了近百年的探索与积累,鲁迅研究已经构成一座巍峨的学术迷宫和一门显学(“鲁学”),常常令许多学人望而却步。而越文化源远流长,博大精深,积累深厚,仅就原始文献来看就浩如烟海。好在我就生息在这片土地上,能够更切近地感受与敏悟到它独特的历史底蕴、风俗特征与文化个性。因而我抓住一切机会和时间搜集、整理和阅读鲁迅和越文化的有关资料、文献与论著,逐步积累与建构起自己基本的学术视野,2005 年开始在《文学评论》等刊物上推出了一些成果,比如被黄修己先生评价为“把整个现代文学中的地域文化研究,推到一个新的高度”的《论鲁迅思想与艺术的越文化渊源》等;但是这些成果还是专题性的,缺乏一种总体性的整合与思考。2007 年绍兴文理学院越文化研究院批准了我申报的省社科规划项目——“鲁迅:从越文化视野透视”,经过两年多的努力,于 2009 年完成初步成果后又申请了国家社科基金后期资助项目,再根据国家社科基金评审专家的意见进一步补充、修改与完善了成果，最终于2010年2月完成了这部书稿。

在课题的完成（即书稿的写作）过程中，我要感谢浙江省社科规划办和国家社科规划办诸位专家的宝贵意见和立项支持，特别是温儒敏先生、孙郁先生和王嘉良先生，他们不仅对我的省社科规划课题结题成果给予了充分的肯定，而且为我写了参加国家社科基金后期资助项目申报的推荐意见，更重要的是提出了实实在在的学术意见，使我完善了我的成果。钱理群先生在序言中说："我在读本书时，就特别注意晓初在注释与参考书目里，提到的研究者中，有不少是我并不熟悉的青年研究者，从晓初的引述中可以看出他们的有些研究，已经达到了相当的深度。这就引发了我的第二个感想：对鲁迅研究及青年研究者的潜力，鲁迅文学与思想开掘的可能性，也要有新的认识和充分估计。"的确，我的成果是建立在许多学术前辈与同仁的成果的基础之上，我感谢这些前辈和同仁给予我许多学术滋养与启迪，也非常欣慰能够在同学术前辈与同仁的对话中对于鲁迅研究作出一点点自己的探索与思考。虽然我们每个人的贡献都只是一点点，但人类的学术大厦就是靠这一点点积累起来的。感谢由著名的京师大学堂译书局和编书处发展而来的北京大学出版社的支持，拙著能够忝列众多名家著作的行列中，深感荣幸。感谢《文学评论》、《文艺研究》、《学术月刊》、《鲁迅研究月刊》、《中国现代文学丛刊》、《中国文学研究》、《浙江社会科学》、《西南大学学报》、《绍兴文理学院学报》、《中国社会科学报》等报刊发表我课题的阶段性成果，促进了研究的深入展开。感谢本书责任编辑艾英女士的悉心编校。当然我也要感谢绍兴文理学院、感谢人文学院、感谢中国现代文学学科的领导与同仁们，正是他们的关怀与支持使我获得了一种专心于学术的条件与环境。另外我还要感谢我的家人的关爱、理解与支持。

感谢学术前辈钱理群先生、孙郁先生和王嘉良先生欣然作序。钱先生说，他在十多年前就与我相识，是看着我在学术上逐渐"长大"的。其实我认识钱先生是在1988年北京举办的第二届中国现代文学研究创新座谈会上，当时我还在天津师范大学攻读研究生，有幸参加了那次盛会，认识了许多现代文学的知名学者。后来我公开发表的第一篇学术论文《两个世界的隔膜和对立：狂人由疯狂到康复的记录》还是经钱先生推荐发表在《鲁迅研究月刊》（当时叫《鲁迅研究动态》）1989年第5、6期上的，因而实际上我是在钱先生的扶持下走上学术道路并逐渐"长大"的（这从本书中我引用的钱先生的成果也可见一斑）。当然或许这一"长大"过程十分缓慢，所以才有钱先生十年的错觉。孙先生虽然年龄比我还小一岁，但在学术和人格上早就是我的老师，正如韩愈所说："道之所存，师之所存也。"他早在1993年出版的第一部鲁迅研究专著《20世纪中国最忧患的灵魂》就引起了我的关注,那种用生命体验生命的激情与智慧给我极大的启迪,其后更是以一系列学识渊博、敏锐犀利、富有哲思的论著给我以长久的滋养。王先生是中国现代文学研究德高望重的资深老前辈,更是浙江省现代文学研究和鲁迅研究的泰斗,在许多方面都开创与引领了浙江的学术事业。能够得到他们的鼓励与奖掖,无疑是十分荣幸的。不过我把他们的奖掖更多地看做是对我的鞭策与希望。虽然书稿已经初步完成,我关于鲁迅与越文化的思考也有了一个阶段性的成果,但是我知道这成果还是有不少不尽人意的地方,比如对以木刻为代表的鲁迅审美个性与艺术方式、艺术风格的探讨深入下去,就会涉及鲁迅的文学创作方法究竟是表现主义还是现实主义的争论,由于牵涉面太多,最终还是舍去了。只能留待以后有机会再弥补了。

天行健,君子当自强不息!

路漫漫其修远兮,吾将上下而求索!

王晓初

2011年11月20日

于绍兴风则江畔风和苑寓所